Het spoor van de doden

SARAH BAILEY

HET SPOOR VAN DE DODEN

Thriller

Vertaald uit het Engels door Jetty Huisman

uitgeverij marmer

Voor mijn ouders. Door ons huis vol te zetten met boeken
hebben ze mij een hoofd vol ideeën meegegeven.

Zondag 10 april, 0.21 uur

Op de tast worstelt het meisje zich struikelend door de dichte bomenrij. De klap galmt nog na in haar oren, het geluid voegt zich bij haar raspende ademhaling. Even wordt het haar te veel en ze staat stil in het donker. Ze trekt haar telefoon uit haar zak, tikt het schermpje aan en begint op een paar toetsen te drukken, maar dan laait de woede opnieuw op. Ze stopt hem weer weg.

Wat heeft het voor zin om hem te bellen? Wat valt er verder nog te zeggen?

Er klinkt een dof gedreun vlakbij, waarna de weg plotseling oplicht als een startbaan wanneer er twee enorme lichtbundels op het asfalt neerdalen. Ze krabbelt achteruit, terug in de beschutting van het dikke struikgewas. Een voorbijdenderende vrachtwagen doet de aarde op zijn fundamenten schudden. Dan wordt de wereld weer in duister gehuld. Ze moet een paar strengen van haar lange haar uit twijgen en takken lostrekken, stapt de weg op en neemt een sprintje naar een straatlantaarn verderop.

Paspoppen loeren vanuit hun glazen kooien en achter reclamebordjes lijkt iets lugubers te schuilen. Het meisje slaat haar armen om zich heen, ook al is het nog warm. Had ze haar jack maar aangedaan.

Krak.

Ze verstijft. Was dat het geluid van iemand die op een takje trapte?

Zonder te kijken rent ze door, van de hoofdstraat af het smalle pad naar het strand op. Haar hart bonkt in haar oren. Tranen mengen zich met zweet en make-up.

Kappen met huilen. Doe niet zo kinderachtig.

Diep vanbinnen weet ze wel waar ze naar onderweg is, maar ze zet de schaamte van zich af. Tenslotte was het niet haar bedoeling dat het vanavond zo zou gaan, dat dit allemaal zou gebeuren.

De gruizige grond onder haar voeten maakt plaats voor zand en de bomentunnel mondt uit in de ronde baai. De maan hangt boven de zee, een enorme witte bol die de toppen van de golven laat oplichten.

Ze voelt een scherpe steek in haar zij en buigt zich happend naar adem voorover. Met haar vingers op haar buik gedrukt om de pijn te verzachten loopt ze wankelend aan de rand van het strand langs de parkeerplaats.

Er welt een snik op in haar keel en ze zet wat er eerder is gebeurd haastig uit haar gedachten. De ruzie galmt na in haar hoofd, de woorden tollen in het rond, tot ze weer begint te huilen. Ze voelt zijn aanraking nog op haar huid en ze wordt overspoeld door spijt. Het was een vlaag van verstandsverbijstering, daarnet.

Links van haar duikt een gammel houten hek op met daarachter de zachte gloed van het tankstation. Ze kijkt het strand af naar de grillige rotsen aan de rand van de badplaats. Daarna kijkt ze achterom, naar het winkeltje: ze heeft ontzettende dorst.

Een donkere stem dringt door tot haar paniekerige gedachten. Snel draait ze zich om, met grote ogen en bonkend hart.

Niets. Alleen het gewoel van de wind door het droge gras en het ritmische gedruis van de golven die het strand kussen.

Voorzichtig duwt ze het hek open en stapt het gebarsten asfalt op.

En dan ziet ze hen: twee schimmige gestalten, ineengedoken in de verste hoek van het parkeerterrein naast de open kofferbak van een wagen.

Als haar ogen zich wat hebben aangepast, herkent ze het paar en wordt het duidelijk wat er daar gebeurt.

Het verraad is een klap in haar gezicht en tot haar afgrijzen ontsnapt haar een zachte kreet.

De schimmen bevriezen.

Haar voeten zijn bollen beton die aan de grond vastzitten.

De boomblaadjes ritselen zachtjes, golven breken op het zand.

Eén gestalte maakt zich los en zet een stap in haar richting. 'Hallo Abbey', zegt hij. Hij houdt zijn hoofd schuin in een vriendelijk gebaar, maar er schuilt iets venijnigs in zijn blik. 'Jij bent nog laat buiten.'

Ze houdt haar telefoon steviger beet en wijkt hijgend achteruit en valt. Als ze de grond raakt klappen haar polsen dubbel, maar ze merkt de pijn amper op. 'Nee!' gilt ze en krabbelt overeind.

'Toe nou, doe niet zo flauw.' Hij loopt sneller nu.

Ze wankelt bij het strand vandaan, naar de winkels toe. Haar aderen zijn bevroren tot ijstunneltjes waar haar bloed door jaagt.

Een andere stem roept haar naam, schel, vertwijfeld.

Er valt iets met een scherp, blikkerig geluid op de grond. Haar telefoon, uit haar trillende vingers geglipt.

Hij schopt het ding weg en raapt het op. Hij lacht.

Nee, nee, nee.

Wanhopig tuurt ze de lege straat door. Achter een grote vrachtwagen die voor de benzinepompen staat geparkeerd schijnt licht in het tankstation, maar daar kan ze onmogelijk komen voordat hij haar heeft ingehaald. Ze weet hoe sterk hij is, maar niet hoever hij zal gaan. Waartoe hij allemaal in staat is.

Het komt niet bij haar op te gaan schreeuwen. Wegrennen is haar enige gedachte. Zijn voetstappen klinken hard achter haar wanneer ze zich uit de voeten maakt, terwijl de angst haar keel dichtknijpt zodat ze amper adem kan halen.

Af en toe wordt haar naam geroepen, maar dat geluid vervliegt in de vlagerige wind.

Eén dag vermist

Zondag 10 april, 7.42 uur

Dot Clark komt voorzichtig uit bed, moeizaam kreunend. Daniel is al opgestaan. Dot sluit haar ogen en zendt een gebedje op. De angst die ze vannacht voelde, is nog even pijnlijk aanwezig als de blauwe plekken op haar schouder. Hopelijk slaapt hij zijn roes uit op de veranda achter het huis. Daar zit hij soms in alle vroegte wanneer het heel warm is, wijdbeens met zijn uitpuilende buik, net een schaars geklede kerstman. De insecten doen hem niets, zelfs de muggen niet. Misschien smaakt zijn bloed wel smerig door al die driftbuien, denkt Dot weleens.

Gisteravond ging hij erg tekeer, meer dan normaal, en de drankwalm die zijn dikke, leerachtige huid uitwasemt hangt nog steeds zwaar in de lucht.

Dot bindt haar slierterige haar in een lage paardenstaart en doet in plaats van haar dunne nachthemd een vale zomerjurk aan. Ze trekt het laken over het bed en schudt de slappe kussenslopen op – een beweging die een pijnscheutje door haar lijf jaagt. Overal op haar borst zitten donkerpaarse plekken die pijnlijk kloppen. Ze zet haar handen in haar zij, nu al doodmoe. Wat er gisteravond is gebeurd heeft haar volledig uitgeput, ondanks dat ze heeft geslapen als een blok.

Onverwacht wordt ze razend op hen allebei: Daniel is een kruitvat, onvoorspelbaar en gemeen, maar Abbey lijkt er enorm op gebrand de lont aan te steken. Gisteravond is Abbey te ver gegaan, daar zullen ze allemaal voor moeten boeten.

Dot haalt een paar maal fluitend adem, terwijl haar boosheid inzakt tot de bekende hopeloosheid. Ze schuifelt naar het voeteneind van het bed. Ze heeft een hekel aan dit huis, maar bovenal aan dit bed; ze heeft een hekel aan de lelijke houten hoofdsteun en de keiharde matras vol hardnekkige zweetvlekken. Wel vreemd dus dat ze elke morgen na het opstaan alleen nog maar terug wil kruipen op die vunzige brits en haar ogen weer wil dichtdoen.

Ze trekt iets met haar been als ze naar de kamer van de jongens loopt. Haar knie is nog gevoelig na haar val van vorig weekend: Daniel had haar de drie treden van de verandatrap achter het huis af geduwd.

De gordijnen van Chris en Wayne zijn nog dicht, maar de dag dringt zich vastberaden naar binnen en zet de houten kamer in een roze gloed. Door het aarzelende zonlicht wordt de stokoude ventilator in de hoek zichtbaar, die de muffe lucht onverstoorbaar van de ene naar de andere plek verplaatst. De kamervloer is bezaaid met spullen: kleren, boeken, papieren, speeltjes, prullen. Dot weet nog dat de jongens toen ze nog klein waren, altijd wel iets in hun hand of mond hadden waar ze mee sloegen, op kauwden of wat ze uit elkaar trokken.

Heel anders dan Abbey. Dots dochter zat juist uren achtereen alleen maar uit het raam te kijken of met een stokje vormen in het zand te tekenen.

'Jongens zijn nu eenmaal druk', zei Dots moeder altijd met een verveeld schouderophalen. 'Ze kunnen verdorie nooit eens gewoon stilzitten – dat durven ze niet, want dan zouden ze moeten gaan nadenken.'

Dots tweeling is op dit moment in ieder geval niet druk. Ze slapen, op hun onderbroek na in hun blootje. Chris ligt op zijn buik, zijn benen wijd gespreid en met de onderkant van zijn vuile voeten naar het plafond gericht. Wayne vormt een lange, zachte krul; zijn dikke wenkbrauwen zijn als twee scherpe strepen boven een waaier van donkere wimpers. Je begint al een beetje te zien dat het mannen worden – een gedachte die haar zowel angst als opluchting bezorgt.

Ze staat niet graag stil bij het onvermijdelijke: dat ze er op een dag allemaal vandoor gaan. Ontsnappen. Abbeys slaapkamerdeur staat wijd open en ook haar gordijnen zijn helemaal opengetrokken, zodat het kleine vertrek in fris, wit licht baadt. Zoals altijd is het er onberispelijk netjes. Dat ergert Daniel mateloos: alweer iets waar hij haar geen verwijten over kan maken. Dot laat haar ogen langs de foto's op het bureau gaan en vervolgens afdwalen naar het spijkerjack dat aan het voeteneind van het bed ligt, boven op het gladde dekbed, met het vaalblauwe kussen zonder hoofdafdruk aan het andere eind.

De bezorgdheid die als een losse knoop in Dots maag ligt, wordt opeens strakgetrokken. Ze klapt voorover en steunend met haar hand tegen de groezelige muur haalt ze raspend adem, waarna ze proestend een paar maal astmatisch moet hoesten.

Haar benen trillen terwijl ze langzaam de trap af loopt.

Daniel zit in de keuken, gekleed in een blauw onderhemd en een verbleekte spijkerbroek. Zijn gebruinde gezicht glanst van het zweet. Ook al is hij dikker geworden, toch lijkt hij nog opvallend veel op de tiener op wie ze ooit verkikkerd was. Heel eerlijk toegeven: als hij op een bepaalde manier kijkt, voelt ze het verlangen in haar binnenste oplaaien. Schijnbaar hebben de jaren van pijn en lijden niet echt vat op haar lichaam.

Daniel staart naar de mok thee die voor hem staat. Het theezakje hangt over de rand en geleidelijk lekt het vocht langs het touwtje naar het label. Ze vangt een vleug vette baklucht op van de worstjes van gisteren. Er cirkelen vliegen boven de stapel borden in de gootsteen, tot Dot alleen hun gezoem nog maar kan horen.

'Ze is hier niet', zegt Daniel. Zijn schorre, dreunende stemgeluid mengt zich door het gegons van de vliegen.

'O', zegt Dot, die haar uiterste best doet om ondanks het lawaai na te denken, om iets te bedenken wat ze kan zeggen. Ze vouwt haar handen, doet ze weer van elkaar en klemt ze vervolgens weer samen. Ze slikt. Het koude zweet breekt haar uit.

'Ik vermoord die klootzak!' brult Daniel. De thee spat in het rond als hij met zijn vuist op tafel slaat.

Twee dagen vermist

Maandag 11 april, 8.14 uur

Woensdagmorgen vroeg glipte Scott weg naar waar de doden ook maar heen gaan. Op de dag af drie maanden nadat de ziekte bij hem werd vastgesteld die zijn lichaam verwoestte, zijn verstand verstrikte en hem zijn toekomst ontnam.

De ziekte die ons normale leventje op de kop zette.

Dinsdag, iets na tien uur 's avonds, werd ik door het ziekenhuis gebeld, net toen Ben eindelijk in slaap was gevallen en ik een dubbele whisky voor mezelf had ingeschonken. De kalmerende stem van dokter Dave deelde me mee dat Scott in coma was geraakt: nadat hij zo koppig de dood het hoofd had geboden, schoot hij er nu op af. Jodie had Dave gevraagd mij te bellen, en hij was van mening dat we nu moesten komen, als we dat tenminste wilden.

Pap en Rebecca gingen liever niet, dus stapte ik die avond alleen met Ben de deur uit. De wind woelde door de eucalyptusbomen boven de carport, zodat ze hun parfum de lucht in sproeiden toen ik Ben achter in Rebecca's Volvo installeerde. Nadat ik zachtjes zijn portier had dichtgedaan, keek ik op naar het zilveren sterrendak en pufte beverig mijn angst weg.

Ik reed door de donkere straten van Smithson, de hand van mijn zoontje tussen de stoelen door in de mijne geklemd, niet in staat een woord uit te brengen. Het was zo onvoorstelbaar wat er stond te gebeuren dat alle woorden zinloos leken.

Er hing een spookachtig schijnsel in het ziekenhuis en op de achtergrond klonken elektronische piepjes van dure apparaten die wegkwijnende mensen hardnekkig van levensadem bleven voorzien. Ik herinner me amper dat ik Ben door de witte gangen loodste – alleen de scherpe geur van ontsmettingsmiddel en af en toe een meelevende blik van een verpleegkundige.

Toen we bij Scotts kamer kwamen, zat Jodie er Annabel de borst te geven. Haar vrije hand greep Scotts linkerhand beet en het verdriet was zo diep in haar gelaatstrekken geëtst dat ik het wel uit kon schreeuwen. Ik herinner me niet dat ik me ooit zo hulpeloos heb gevoeld.

Maar Ben, ons zoontje, was verbazingwekkend dapper. Hij legde zijn hoofd naast Scotts gezicht op het kussen en aaide over zijn wang. 'Ik ben het, pap', zei hij zachtjes. 'Ik ben er.'

Met een hand tegen de post bleef ik in de deuropening staan en voelde me heel bedrukt. Het gesprek dat ik nog maar een paar dagen geleden met Scott had gevoerd spookte nog door mijn hoofd, tergde me. Dit was het, besefte ik. Alles wat we hadden besproken ging nu beginnen.

Na een poosje gaf Jodie me een veelbetekenende blik. Sniffend kwam ze overeind en met Annabel tegen haar borst gedrukt zocht ze een hoek van de kamer op.

Mijn beurt.

Ik nam Scotts vrije hand, die nog warm was van Jodies grip. Zijn hand, die tot voor kort zo bedreven was geweest. Zo krachtig. Ik gaf er een zacht kneepje in en keek over zijn borst naar ons zoontje. Bens ogen leken op groene knikkers, zijn mond bewoog in een geluidloos eenrichtingsgesprek met zijn vader. Scotts raspende ademteugen lieten het bed trillen. Mijn keel werd dichtgeknepen toen ik mijn ogen sloot, voor het laatst afscheid nam, sorry zei en stilzwijgend beloften deed die ik vurig hoopte te kunnen nakomen.

Ik heb een hechte band met de dood. We gaan lang terug samen. We leerden elkaar kennen via mijn moeder, die op mijn veertiende overleed aan een hersenaneurysma, en kwamen elkaar een paar jaar daarna opnieuw tegen toen mijn eerste echte vriendje, Jacob Mason, zelfmoord pleegde. Als rechercheur ben ik van dichtbij met de dood in aanraking gekomen. Ik ben om hem heen geslopen, heb hem geroken en hem recht in het gezicht gekeken. Ik weet dat hij nooit ver weg is. Een groot deel van mijn leven heb ik over hem nagedacht, gepraat, hem zelfs verwacht – en wanneer je iets telkens weer het hoofd biedt, gaat je geest er uiteindelijk relaxter mee om.

Misschien dat het me daarom erg verrast dat Scotts dood me zo van mijn stuk heeft gebracht. Ik ben een rillend hoopje ellende, al is dat volstrekt ongeoorloofd. De gedachten aan mijn vaderloze zoontje, aan arme Jodie die nu weduwe is en baby Annabel die gelukkig van niets weet, zijn ontnuchterend en herinneren me er ruw aan dat ik het recht om te rouwen heb verspeeld. Tijdens zijn leven behandelde ik Scott als een stuk speelgoed waar ik genoeg van had. Ik verwachtte zoveel van hem, terwijl hij zo weinig van mij verwachtte. Nu is de wroeging van jaren in alle hevigheid aan de oppervlakte gekomen. De laatste gesprekken die we hadden blijven door mijn hoofd malen, wat hij zei vreet aan me. Ik had angstig uitgekeken naar zijn aanstaande overlijden, maar nu hij er niet meer is ben ik pas echt bang.

Mam en Jacob werden allebei uit het leven weggerukt, zodat ik verslagen achterbleef maar met de scherpe, pijnlijke zekerheid dat ze niet meer in deze wereld waren, hoe wanhopig graag ik ook wilde dat ze terugkwamen. Scotts aanwezigheid voel ik juist overal. Hij kijkt toe als ik 's avonds bij Ben kom liggen, onze gezichten kletsnat van de tranen. Hij hoort me redeneren met Ben, die me laat weten niet terug naar school te willen en ook de onbeholpen berichtjes van zijn vriendjes niet wil beantwoorden. Scott luistert ook wanneer ik zo goed en kwaad als het gaat met zijn broer spreek, of als ik tevergeefs probeer iets geschikts tegen Jodie te zeggen.

Ik zit vast in een bizar limbo: tussen mijn leven in Sydney en het leven in mijn geboorteplaats in: weer thuis, maar nu is alles er verdrietig en vreemd.

Scotts moeder is weduwe en inmiddels te zwak voor de reis vanuit Engeland en er zijn geen andere familieleden die van ver moeten komen, dus de begrafenis is razendsnel geregeld. Jodie en Scott hadden in de afgelopen paar weken de details doorgesproken, zodat we ieder plichtmatig onze plaats innemen achter de lopende band van de rouw. Bovendien schijnen er meer dan voldoende mensen te zijn die ons voortdurend vertellen wat er gedaan moet worden.

Ik laat me dankbaar voortdrijven en schuw alles behalve praktische taken waar ik niet bij hoef te denken, want ik weet dat dat vooral moeilijk wordt. Onmogelijk. Een nieuw leven vormgeven, nieuwe plannen maken. In veel opzichten wil ik deze pauzestand, waarin er niet veel van me verwacht wordt, wel zo houden. Aan de andere kant: als ik in de vissenkom van Smithson blijf waar ik alle tijd heb om te denken, word ik knettergek.

Ben en ik praten amper op de ochtend van de begrafenis. Ik neem een douche en trek een zwarte jurk aan die ik had ingepakt voor wanneer Scott begraven zou worden. Daarna kam ik mijn dikke haar en draai het ineen tot een lage knot, waarna ik Ben in zijn broek en jasje help dat we nog maar twee dagen geleden hebben gekocht.

'Koop wat nieuws voor hem voor de begrafenis, Gemma', had Scott gezegd rond de tijd dat het laatste restje bruin van zijn gezicht verdween. 'Ik wil niet dat hij dezelfde kleren draagt als op mijn trouwdag.'

Ik knip de merkjes eruit en help Ben om gel in zijn haar te doen. Met zijn gezicht in mijn handen kijk ik hem diep in de ogen en knik hem kordaat toe terwijl mijn kin gevaarlijk trilt. Hij slikt moeizaam en knikt terug.

We kunnen dit aan, maar met moeite.

Buiten schijnt een gele zon opgewekt en ik rommel door mijn tas op zoek naar mijn zonnebril, maar die kan ik niet vinden. Ben en ik klimmen op de achterbank van paps Toyota Hilux, zodat ik me weer kind voel. Ik zie zijn ernstige profiel als hij de contactsleutel omdraait. Hij heeft zijn grijze haar achterovergekamd; de houtachtige geur van zijn aftershave hangt zwaar in de besloten ruimte en mijn ogen beginnen te tranen. Rebecca zit kaarsrecht, haar zilverblonde bobkapsel stijf van de haarlak. Ze draagt een dik parelsnoer om haar hals. Om de paar minuten bet ze haar ogen met een gebloemd zakdoekje.

De ochtendspits in Smithson haalt het niet bij de waanzinnige verkeersdrukte van Sydney. Een bescheiden rijtje voertuigen vormt een konvooi dat optrekt en stilstaat op het ritme van de verkeerslichten. We komen langs de supermarkt, de bibliotheek, de tattooshop. Aan weerszijden van de weg stappen groepjes kinderen in hun schooluniform de nieuwe week tegemoet, hun reusachtige rugzakken dansen boven hun kleine hoofd op en neer. Vrouwen lopen achter kinderwagens; hun in lycra gehulde benen malen energiek, de tekenen van slaapgebrek verborgen achter een zonnebril. Stellen op leeftijd laten de hond uit.

We zien het allemaal, maar nemen er niets van mee. Vandaag horen we niet bij die wereld.

Mijn telefoon trilt als er een bericht van Mac binnenkomt.

Denk aan jou en Ben. Ik was toch echt liever met je meegegaan om je te steunen. Ik hou van je, bel je me later?

Ik zie in gedachten hoe hij op en neer loopt door het werkkamertje in ons appartement met een bezorgde blik op zijn scherpe gelaat; ik zie zijn vriendelijke ogen, zijn dikke, grijs-blonde haar dat ik zo graag beetpak als we elkaar kussen. Mijn blik wordt vertroebeld door tranen wanneer ik een antwoord typ en de telefoon in mijn tas laat glijden. Ik mis hem, maar het was een goede beslissing hem niet hier te laten komen. Mac heeft geen rol in het verhaal van vandaag en ik wil voorkomen dat mijn gedachten in de zinloze klaagzang blijven steken over de wrede manier waarop ons leven samen is ontwricht. Daar is morgen genoeg tijd voor, en alle dagen daarna.

De ochtendzon valt in vrolijke stralen door de autoramen, terwijl er vertrouwde flarden van de herkenningstune van het radionieuws van ABC in de wagen opklinken. Het journaal opent met een zojuist gemelde moord in Fairhaven, een badplaats ten noorden van Byron Bay. Een zeventienjarige jongen is thuis doodgeslagen en de politie roept iedereen die iets gezien of gehoord heeft, op zich te melden.

Bovendien willen ze informatie over een vermist tienermeisje, een bekende van de doodgeslagen jongen, die zaterdagavond voor het laatst werd gezien op een huisfeest.

Bij de woorden 'vermist tienermeisje' krijg ik de koude rillingen. Ongeveer een halfjaar geleden had ik een onderzoek dat me bijna de genadeslag gaf, en dat misschien wel het dieptepunt van mijn carrière vormt. Een kat-en-muisspel dat mijn gevoelens beïnvloedde, mij aan mijn intuïtie deed twijfelen en tussen hoop en vrees heen en weer slingerde, tot ik uiteindelijk het laatste flintertje vertrouwen in de mensheid moest opgeven.

Nicki Mara had Mac en mij samengebracht, en ten slotte bijna uit elkaar gerukt.

Als we bijna bij de kerk zijn pak ik Bens hand stevig vast. Ondanks de omstandigheden begin ik in gedachten de summiere details uit het nieuwsbericht langs te lopen. Waren de dode jongen en het vermiste meisje een stel? Vrienden? Is er een verband tussen de twee voorvallen? Leeft het meisje nog? Heeft zij hem misschien vermoord?

Mijn gedachtegang wordt afgekapt als pap zijn keel schraapt en de radio uitzet, ongetwijfeld omdat hij vindt dat we vandaag al genoeg dood en ellende op ons bordje hebben.

De afscheidsdienst is ondraaglijk zwaar. Ben lijkt wel een standbeeld naast me. Jodie zit een stukje verderop in de bank hard te huilen, terwijl het vrolijke gekir van baby Annabel iedereen in de kerk aangrijpt. Het is warm en benauwd, en aanvankelijk ben ik bang dat ik misselijk word, daarna dat ik flauwval. De ogen van een extra grote Scott zijn vredig op mij gericht vanaf een ezel naast zijn kist, bijna alsof hij wacht tot ik het verknal.

De begrafenis zelf duurt maar even. Scott wordt in een gapend gat op het kerkhof van Smithson neergelaten bij de klanken van onderdrukt gehuil en hortende ademteugen. De dominee zegt iets over de aarde en Scotts ziel en dan is het voorbij. Weg is hij, in een oogwenk.

Tijdens de bijeenkomst na afloop moet ik voor mijn gevoel

urenlang verpletterend gekeuvel verdragen, wat in feite maar twintig minuten duurt. Uiteindelijk vlucht ik naar de keuken achter in de kerkzaal, schenk een glas water in dat ik in twee grote slokken opdrink, waarna ik het glas nog eens vul om naar Ben te brengen. Wanneer ik bij het aanrecht vandaan loop word ik door vermoeidheid overvallen. Ik voel een scherpe steek bij mijn slaap en mijn energie stroomt zo snel weg dat ik bang ben dat ik in elkaar zak. Ik wil overal naartoe, als ik hier maar weg kan.

Josie Pritchard komt binnenwervelen met een leeg plastic dienblad in haar handen. Ze monstert me met een snelle maar deskundige blik die zowel moederlijk als koeltjes overkomt. 'Red je het een beetje, meid?' Als ze de oven opendoet, voel ik de hitte helemaal op de plek waar ik sta. Ze haalt een bakplaat tevoorschijn die ze boven op het koude fornuis zet en begint de dampende pasteitjes er met haar blote hand vanaf te pakken.

'Goed hoor', zeg ik, wat een leugen is, maar iets wat iedereen hier voortdurend van me wil horen, zeker vandaag.

'Heel erg verdrietig voor die kleine knul van je, deze toestand', zegt ze afwezig terwijl ze de kruimelende bladerdeegbakjes in nette rijen op twee grote schalen schikt. 'Zeker nu hij zo blij was dat hij eindelijk een zusje had! En lieve hemel, die arme Jodie.'

Ik antwoord niet maar mompel iets wat hopelijk beleefd en instemmend klinkt, waarna ik weer terugga naar de grote zaal en met ferme pas doorloop naar buiten, de tuin in. Niemand weet raad met mij. Ik ben Scotts vriendin niet, zijn weduwe niet en zelfs niet officieel zijn ex-vrouw. Maar gewoon een kennis ben ik nu ook weer niet bepaald. Mijn aanwezigheid wordt gevoeld als een hapering, een verlegenheid die besmettelijk is.

Aan de andere kant van het verlepte grasveld zie ik mijn beste vriendin, Candy Fyfe, staan. Ze vormt een kleurrijke boei in de zwarte zee van begrafenisgasten, met haar lila jurk die haar enorme zwangere buik omspant. Ik blijf plotseling stilstaan wanneer ik zie dat ze met Jodie praat.

Ik moet vechten tegen de sterke neiging om een scène te trappen. Om de hele boel op stelten te zetten. Ik wil met mijn vuisten op de grond beuken. Het gaan liggen uitkrijsen. Ik wil dat iemand me vertelt wat ik doen moet. Hoe moet het nu in godsnaam verder?

Mijn vroegere baas Ken Jones – Jonesy – staat in de schaduw van het kerkgebouw te bellen, een papieren bordje met stapels clubsandwich en cake in zijn vrije hand. De lijnen op zijn voorhoofd worden steeds dieper. Hij heeft vast iemand van het werk aan de telefoon.

Ik ga naar pap en Rebecca toe, die met Jack Grace staan te praten, een van de oudste collega's van Scott.

'Tjonge, wat verschrikkelijk, hè?' zegt hij tegen me.

Ik knik, en opnieuw dreigt de wanhoop me kopje-onder te trekken.

'Wanneer ga je weer terug naar Sydney?' vraagt hij.

Ik krijg kippenvel op mijn armen wanneer ik alle ogen op me gericht voel. 'Dat weet ik nog niet. Eerst moet er nog worden beslist of Ben bij mij in Sydney intrekt of dat ik, eh, hier een poosje kom wonen.'

Tijdens dit gesprekje houdt pap zijn ogen op de grond gericht, en Jack kijkt verrast van de een naar de ander. 'O, krijg jij dan voogdij over Ben? Het leek me logisch dat hij bij Jodie zou blijven wonen.' Jack schudt zijn hoofd. 'Wow, dat is niet niks.'

'Sorry', zeg ik en licht struikelend duik ik op het buffet af.

Jonesy komt meteen naar me toe gebeend. Met zijn stevige postuur barst hij bijna uit de naden van zijn donkere pak. 'Woodstock, red je het een beetje?'

Ik ben meteen weer bij de les en dis mijn standaardantwoord op. 'Ja hoor.'

'Helemaal niet', blaft hij en hij legt een hand op mijn schouder.

Ik knipper de tranen weg die weer opwellen en hou een hand voor mijn ogen tegen de schittering. Waar is die stomme zonnebril nou toch? Met een verbeten grijns steun ik telkens op een ander been, de nauwelijks gedragen hakschoenen knellen bij de enkels. Ik doe wat ik kan om niet in te storten, maar ik weet niet zeker of dat genoeg zal zijn. Ik mis Mac. Ik mis Sydney. Ik mis hoe mijn leven verliep tot dat klotetelefoontje van Scott.

Jonesy trekt me opzij, uit de zon. Ik zie Ben bij Jodie staan. De gel is uit zijn haar gezakt en er hangen donkere lokken voor zijn ogen. Hij ziet er niet uit als iemand van acht, eerder als een kleuter.

'Is er iets aan de hand?' vraag ik Jonesy. 'Ik zag u daarnet bellen.'

'Wat? O, ja.' Hij propt een driehoekje kipsandwich naar binnen en weet daar handig naast te praten. 'Ze zoeken een invaller in een badplaats bij Byron Bay die leiding kan geven aan een moordonderzoek – de hoofdcommissaris heeft gisteren een auto-ongeluk gehad, dat geloof je toch niet? Ik ken de man nog ook, we hebben elkaar jaren geleden op een cursus ontmoet. Maar goed, de regionale hoofdinspecteur belde, Tran heet ze geloof ik. Ze vroeg of ik erheen kon gaan, maar ik heb gezegd dat er hier morgen een intern onderzoek van start gaat en ik mijn team hier sowieso onmogelijk zonder toezicht kan achterlaten. Aan de helft heb je geen kloot.'

Aan de andere kant van het gazon staat Jodie met haar handen op Bens schouders als iemand zich naar haar toe buigt voor een omhelzing. Mijn kleine jongen verdwijnt onder de opbollende zwarte stof. Ik kijk naar het gras voor mijn voeten, waar cakekruimels aan het crowdsurfen zijn over een drom mieren.

Met roffelend hart kijk ik Jonesy aan. 'Ik doe het. Ik ga wel.'

Maandag 11 april, 11.52 uur

Ik besef pas dat ik dat hardop heb gezegd als ik Jonesy's verbaasde blik zie. 'Jij?'

'Ja. Ik zou kunnen gaan. Ik zou het kunnen doen. Heel graag zelfs.'

Jonesy's voorhoofd glimt van het zweet en hij laat zijn papieren bordje bijna vallen als hij met zijn servet langs zijn haarlijn dept. 'En Ben dan?'

'Die neem ik mee. Hij vindt het nu sowieso vreselijk om hier te zijn. Misschien doet een andere omgeving ons allebei wel goed. Denkt u dat ze daar vakantieactiviteiten organiseren? Daar doet hij anders aan mee als er geen school is. Of ik regel een oppas – als hij met me meegaat naar Sydney moet dat in ieder geval.'

Jonesy kijkt me weifelend aan. 'Meen je dat, Gemma? Ik begrijp dat de afgelopen paar weken heel zwaar voor je zijn geweest, en vandaag is het uiteraard een moeilijke dag, maar ik denk echt...'

'Ik meen het, uit de grond van mijn hart. Ik ga even met Ben praten en dan kunt u de politiechef terugbellen en haar meedelen dat ik eraan kom. Ik kan hier toch niet blijven, ik stik hier.'

Iemand heeft de foto van Scott achter in de zaal neergezet, waarvoor zich een rij mensen heeft opgesteld om afscheid te nemen van Jodie en haar nog een laatste keer te condoleren. Ze zullen zich daarna wel vlug uit de voeten maken, neem ik aan, om bij een stevige borrel stil te staan bij de tragiek van een jong leven waar zo abrupt een einde aan is gekomen.

Nadat ik Ben bij Rebecca vandaan heb gehaald, zet ik de situatie in Fairhaven snel voor hem uiteen.

Hij aarzelt niet. 'Ik wil mee.'

'Weet je het zeker?' vraag ik, en ik pak zijn kin beet en kijk hem in de ogen.

Hij knikt beslist. 'Ik wil hier niet blijven.'

Ik loop naar Rebecca terug.

'Je kunt niet zomaar weggaan, Gemma', zegt ze met een verontruste blik in haar grijze ogen. 'Ga eerst met je vader praten.'

Maar de drang om weg te komen giert door mijn lijf. 'Nee, we moeten juist opschieten', zeg ik.

Ze kijkt wanhopig om zich heen. 'Laat me alsjeblieft eerst Ned even halen.'

'Ik spreek pap thuis wel', roep ik haar over mijn schouder toe terwijl ik met Ben over het gazon wegloop. 'We moeten gaan pakken.' Ik installeer Ben in een van de taxi's die bij de kerk staan te wachten en met een kneepje in zijn hand laat ik mijn hoofd achterover tegen de leuning zakken.

Gespannen bel ik het nummer dat ik van Jonesy heb gekregen.

De stem van hoofdinspecteur Celia Tran klinkt to the point, zakelijk. 'Goed, Ken heeft je vast verteld dat we met een doodslag en een vermissing zitten, alleen weten we in dit stadium nog niet of er een verband tussen de twee is.'

'Hoe is de jongen omgekomen?'

'Doodgeslagen in zijn garage', antwoordt ze. 'Verwondingen aan het hoofd.'

'Geen wapen?'

'Dat zoeken we nog.'

Ik knik en probeer het voor me te zien, een tienermeisje dat een tienerjongen doodslaat.

'Is het meisje vaker weggelopen?' vraag ik.

'Nee,' zegt Tran, 'maar haar thuissituatie is zeer explosief. Eerlijk gezegd wist ik vrijwel zeker dat ze van huis was weggelopen of misschien zelfmoord had gepleegd, tot we vanmorgen de melding over Rick binnenkregen. Nu weet ik niet goed wat ik denken moet.'

Het déjà vu laat me maaien met mijn armen alsof ik val, al staan mijn beide voeten nog steeds op de vloer. De twijfel die zich in de loop van de zaak-Mara diep in me heeft vastgezet, komt weer boven.

'Is er bekend of de twee iets met drugs te maken hebben?'

'Tegenwoordig is de stad behoorlijk clean', antwoordt ze met een vleugje trots in haar stem. 'We hadden een paar jaar geleden in de hele streek problemen met ice, maar door een gezamenlijke inspanning van alle politiebureaus, van Byron tot Fairhaven, hebben we die uitgeroeid. Het nieuwe ziekenhuis van Fairhaven heeft eraan bijgedragen, en we hebben wat fondsen van de overheid ontvangen. Er wordt nog wel veel cannabis van mindere kwaliteit gebruikt, maar de overlast valt erg mee. En de backpackers zorgen doorgaans voor de verspreiding van partydrugs, maar dat is alleen in het seizoen. We zijn er 's zomers alert op, maar het is vrij mat allemaal.'

De situatie die ze beschrijft lijkt op die in Smithson, behalve dat ik uit mijn gesprekje met Jonesy heb opgemaakt dat ice daar nog steeds een grote zorg is.

'Ik wil graag zo snel mogelijk alle ins en outs weten', zeg ik.

'Ik stuur je alles wat we tot nu toe hebben, wat uiteraard niet veel is.' Ze zwijgt even. 'Je zal meteen flink aan de slag moeten gaan, vrees ik. Het is een kleine gemeenschap, iedereen zal van je willen weten hoe je de veiligheid gaat garanderen.'

Mijn hart klopt bij mijn slapen. 'Komt voor elkaar. Tijdens de vlucht zal ik me zo goed mogelijk inlezen.'

'Mooi. Nou, in ieder geval help je me enorm uit de brand. Volgens de hoofdinspecteur daar is het team onmogelijk in staat een dergelijke zaak op te lossen. Ik heb het net even nagekeken: ik kan een vlucht om 13.30 uur vanuit Gowran voor jou en je zoon boeken, als jullie dat redden.'

Ik werp een zijdelingse blik op Ben en kijk daarna op het dashboardklokje van de taxi. 'Dat lukt wel.'

'Oké, prima. We zullen het lichaam pas weghalen als jij er bent, dus laat het me weten als je vertraging hebt.'

'Gemma, dit is belachelijk.' Pap staat in de deuropening van de logeerkamer terwijl ik kleren en toiletspullen in mijn koffer kwak. 'Ben moet nu bij zijn familie zijn.'

Ik draai om mijn as. 'Nee, hij moet bij mij zijn. Maar niet hier. We moeten weg hier.'

De neus van een van mijn werkschoenen piept onder het bed vandaan. Ik leg hem bij de steeds hoger wordende berg spullen op de lelijke abrikoosgele leunstoel.

Mijn telefoon piept voortdurend met binnenkomende mailtjes die vast van inspecteur Tran zijn: aantekeningen over de zaak, gegevens over ons verblijf, dossiers.

'Wat vindt Mac hier allemaal van?' vraagt pap nors.

Meteen vlamt het schuldgevoel op en ik veeg een paar lokken haar van mijn bezwete voorhoofd. 'Volgens hem moet ik doen wat goed voelt voor mij', antwoord ik bits. 'Hij vertrouwt me.'

'En Jodie?'

'Die heb ik nog niet gesproken, maar ik hoef haar niet om toestemming te vragen. We hebben afgesproken dat Ben voorlopig bij mij blijft. Ik bel haar later wel.'

Pap doet zijn ogen dicht en zijn gezicht verkrampt van boosheid. 'Gemma, wil je er in ieder geval eerst even over nadenken? Een nachtje over slapen misschien? Dit is een slecht moment om overhaaste beslissingen te nemen.'

'In godsnaam, pap, ik moet vandaag nog naar de plaats delict. De vlucht is al geboekt.' Ik duw met mijn gewicht op de overvolle koffer en trek de rits over de bobbels heen. Dan keer ik me weer naar hem. 'Hoor eens, ik weet dat je bezorgd bent, maar het levert niks op wanneer ik hier blijf rondhangen. En het is ook niet zo dat Ben de komende twee weken zijn lessen moet missen, donderdag begint de vakantie.'

Rebecca verschijnt in de deuropening. Haar blikken schieten

zenuwachtig van de een naar de ander. 'Misschien is het wel een goed idee, Ned, als ze even uit Smithson weg kunnen.'

Pap maakt een wanhoopsgebaar. 'Sinds wanneer is het een goed idee om een verdrietig jongetje mee te sleuren naar een onbekende plaats, terwijl zijn moeder zich begraaft in een moordonderzoek? Ben je nou helemaal gek?'

'Wat ik bedoel,' zegt Rebecca, frommelend met haar zakdoekje, 'is dat ik snap dat het misschien lastig is voor Gemma en Ben om juist nu hier te zijn. Het is hoe dan ook een moeilijke situatie.'

Verrast werp ik haar een dankbare blik toe. 'Rebecca heeft gelijk.'

Pap opent zijn mond, doet hem dan hoofdschuddend weer dicht. 'Het is dit weekend Pasen.'

'Wie kan dat een donder schelen? We waren toch niet van plan het te gaan vieren.'

'Gemma!'

'Het spijt me, pap, maar dit moet ik echt doen.'

Een herinnering aan vroeger komt bij me boven: pap en ik die een paar weken na het overlijden van mam voor de vorm Kerstmis vierden, en hoe onverdraaglijk het was om net te doen alsof de vertrouwde activiteiten ons opvrolijkten.

Pap kijkt me een tijdje aan, tot zijn blik niet langer boos is maar treurig staat. 'Ik ga je niet vertellen wat je moet doen, Gemma – die pogingen heb ik al jaren geleden opgegeven – maar ik wil wel dat je weet dat ik dit een ongelooflijk stom idee vind.'

'Dank je, pap', zeg ik sarcastisch. 'Fijn dat je me zo steunt.' Ik dring langs hem heen om Bens koffer te pakken.

Hij loopt achter me aan de gang in. 'Je beseft toch zeker wel dat de situatie nu anders is? Het draait nu niet meer allemaal om jou. Je kan niet zomaar aannemen dat het goed gaat met Ben en dat er wel voor hem wordt gezorgd. Die luxe heb je niet meer.'

Ik loop vuurrood aan en klem mijn kiezen op elkaar om niet al te venijnig uit te halen. 'Ik weet donders goed dat Ben mijn zoon is en dat ik degene ben die voor hem moet zorgen. En dat probeer ik ook. Maar ik kan hier niet blijven nu. Dat gaat gewoon niet.'

Pap zucht. 'Tja, dan heb je wel wat om over na te denken, lieverd. Dit is Bens thuis. Hier heeft hij familie. Mensen die van hem houden. En, eerlijk gezegd: hij is het belangrijkst, niet jij.' Zachtjes voegt pap eraan toe: 'Wat zou Scott ervan vinden?'

Ik word witheet, en voel me vervolgens enorm schuldig, maar ik wil geen ruzie meer met pap, daar heb ik geen puf meer voor. Mijn blik glijdt over zijn ingevallen gezicht, vol kreukels en ouderdomsvlekken. Zou hij uit Smithson weg hebben gewild nadat mam overleden was? Was hij graag ergens anders opnieuw begonnen? Het kost me geen moeite paps strakke gezicht en starende blik van toen voor de geest te halen, maar dat is ook alles. Al was ik verdrietig, verward en vond ik de gedachte aan een leven zonder moeder verschrikkelijk, ik heb nooit gedacht dat we iets anders zouden doen dan in Smithson doorploeteren.

Ik neem een grote hap zuurstof en probeer rustig te blijven. 'Het is maar voor eventjes. Ik heb tijd nodig om na te denken, en hier lukt me dat niet. Bovendien functioneer ik beter wanneer ik aan het werk ben, dat weet je.' Ik gris Bens T-shirts, shorts en ondergoed van de bedbank in de werkkamer en stop ze in zijn rugzak.

'Ik weet dat je van Ben houdt, Gemma. Als je er maar van doordrongen bent dat hij je nu meer dan ooit nodig heeft.' Paps stem beeft. 'Zorg dus dat je altijd voor hem klaarstaat, begrepen?'

Candy en ik staan op het vliegveld voor de securitycheck en wachten op Ben, die een zakje chips aan het kopen is. Ik zie mezelf in een spiegel van de winkel. Ik ben een kop kleiner dan Candy en naast haar lijk ik wel een kind. De goedkope zonnebril die ik net bij de drogist heb gekocht houdt mijn lange, donkere haar netjes uit mijn gezicht, maar mijn volle paardenstaart bungelt slordig op mijn rug. De huid van mijn armen en gezicht is bleek en ik heb donkere wallen onder mijn groene ogen. Mijn conditie laat te wensen over, wat te zien is ook: dat ik de laatste tijd niet gesport heb, blijkt duidelijk uit mijn mollige figuur.

'Bedankt voor de lift', zeg ik.

'Geen dank', zegt Candy rustig. Ze draagt nog steeds haar begrafeniskleren, maar heeft er een spijkerjasje over aangetrokken. Met een hand op haar enorme buik verplaatst ze haar gewicht op haar andere been. 'Ik bedoel maar: ik snap het helemaal. Er is een jongen dood, een meisje vermist en waarschijnlijk ook dood, dat is voor jou als stroop voor een vlieg: precies waar jij op kickt.'

'Candy!'

'Rustig maar, daar kick ik zelf ook op.'

Als Ben terugkomt druk ik hem tegen me aan, het chipszakje knispert tussen ons in. 'Gaat-ie?'

Hij knikt. 'Mag ik op je telefoon?'

'Tien minuutjes', zeg ik en ik geef hem mijn mobiel.

'En ik vind helemaal niet dat je op de vlucht slaat', gaat Candy verder, terwijl ze haar blik op Ben laat rusten.

'Dat zei ik toch niet?'

'Dat heb je jaren geleden al gedaan, bedoel ik.'

'Cándy!'

'Ik maak maar een geintje.' Ze draait haar nek helemaal naar rechts en rilt even. 'Wat vond Mac ervan?'

'Die bel ik later.'

Ze kruist haar armen boven haar bolle buik en kijkt me misprijzend aan. 'Heb je het hem nog niet verteld?'

Ik antwoord niet.

'Allemachtig, Gemma', mompelt ze.

'Mac begrijpt het wel', zeg ik, al ben ik daar niet zo zeker van. 'Hij weet dat ik er nog niet aan toe ben om Ben mee te nemen naar Sydney. Ik heb tijd nodig om te bedenken wat we gaan doen.'

Candy zuigt haar wangen vol lucht en blaast puffend uit. 'Ergens kan ik me wel indenken dat sommige mensen het vreemd vinden dat je rechtstreeks van de begrafenis van je ex naar een onbeduidend surfplaatsje vertrekt om er een moord op te lossen. Maar je bent nu eenmaal vreemd. En ik snap dat je even weg moet uit dit shitgat.

En dan ben je ook nog een workaholic die knettergek wordt zonder moordzaak. Dus dat zijn aardig wat vliegen in één klap.' Ze gaapt ongegeneerd. 'Sorry, ik ben doodop. Trouwens, maakt het ene moer uit wat anderen ervan vinden? In de rouwtijd kun je je zo vreemd gedragen als je wilt.'

'Dank je, Candy.' Ik omhels haar en snuif de citrusgeur van haar parfum op.

'Je hoeft me niet te bedanken', zegt ze, haar mond in mijn haar. 'Als je maar wel een plan hebt wanneer je terugkomt. Het is prima om even te freewheelen, maar dat ventje van je moet wel richting in zijn leven hebben. Of in ieder geval weten waar hij komt te wonen.'

Die opmerking komt aan. Vier jaar geleden heb ik in feite afstand gedaan van mijn bewijs van ouderschap, iets wat ik me terdege bewust ben. Ik ben actief gebleven in een ondersteunende rol, heb enthousiast langs de lijn gestaan en aangemoedigd, maar het kwam me goed uit om Scott te laten rijden. En nu bestuur ik een jakkerende auto met kapotte remmen en zit Ben doodsbang naast me.

Er wordt omgeroepen dat onze vlucht gaat vertrekken. Ik wenk Ben.

'Ik ben van plan om een plan te hebben als ik terugkom', zeg ik zachtjes.

Candy kijkt me indringend aan. 'Mooi.' Ze kijkt naar het restaurant van het vliegveld en klemt haar buik weer vast. 'Shit, wat een dag. Niet verder vertellen, maar ik neem zo een wijntje.'

Maandag 11 april, 14.03 uur

Het is een korte vlucht, nog geen halfuur. Ben tekent een draak op de achterkant van een kotszakje, terwijl ik op mijn telefoonschermpje de aantekeningen doorneem die Tran me over de zaak heeft gestuurd.

Het telefoongesprek dat ik voordat we opstegen met Jodie heb gevoerd, laat me niet los. Ze klonk geïrriteerd omdat we zo plotseling waren vertrokken, maar ook hondsmoe, en ik kreeg de indruk dat het haar gedeeltelijk ook opluchtte dat ik uit haar leven was verdwenen, al was het maar tijdelijk.

'Je hebt niet eens gebeld om het me te vragen, Gemma', had ze bits gezegd. 'Ik wist zelfs niet waar jij en Ben naartoe waren gegaan na de begrafenis.'

'Het ging allemaal heel snel', zei ik.

Ze zuchtte alleen maar en vroeg Ben aan de lijn.

Ik word nog steeds laaiend als ik aan haar laatste woorden denk. 'Uiteraard heeft Ben hier alles wat hij nodig heeft, Gemma, dus stel dat het allemaal te veel voor je wordt, dan komt hij maar gewoon naar huis.'

Ik knijp eventjes in zijn been en focus me dan weer op mijn schermpje. Er is nog maar amper iets bekend over de vermoorde jongen, alleen de basisgegevens. Richard Fletcher, roepnaam Rick, zeventien jaar. Beide ouders leven nog en zijn nog samen. Een oudere broer, Aiden, en een oudere zus, Belinda. Rick woont al zijn hele leven in Fairhaven. Aan het eind van het vijfde jaar is hij van school gegaan en onlangs is hij begonnen als zelfstandig tuinontwerper. Geen strafblad, niets wat erop kon wijzen dat hij op een maandagochtend eens dood onder zijn carport kon belanden.

Over het vermiste meisje is weinig meer bekend: ze is jonger dan Rick, net vijftien, en zit in de derde van de middelbare school in Fairhaven. Het verslag bevat ook een gezinsdossier. Haar vader wordt al heel lang verdacht van huiselijk geweld, maar er is nooit aangifte tegen hem gedaan, afgezien van één keer eind jaren tachtig, toen hij werd gearresteerd wegens dronkenschap en een kroeggevecht waarbij een man voor het leven werd verminkt. De politie van Fairhaven wordt geregeld naar de woning van de Clarks gestuurd door bezorgde buren, maar Daniels vrouw Dorothy weigert aangifte te doen en ontkent dat haar man losse handjes heeft. Ik schuifel op mijn stoel en wriemel met mijn tenen. Dat een misbruiksituatie kan uitlopen op moord is niet erg vergezocht, helemaal niet als Abbey steeds mondiger begon te worden.

Een vertrouwde beklemming steekt de kop op wanneer ik op een foto van Rick Fletcher klik. Als ik een slachtoffer zie, wordt een moord er bij me in geprent; hebben ze eenmaal een gezicht, dan is er geen weg terug. Met zijn blonde haar, gebruinde huid en vriendelijke lach zou Rick zomaar een acteur in een toeristisch reclamespotje voor een oer-Australische strandvakantie kunnen zijn. Wat zonde.

Daarna klik ik een foto van Abbey Clark aan. Onmiddellijk krijg ik kippenvel op mijn armen en benen. Ze lijkt heel erg op Nicki Mara. Hetzelfde golvende bruine haar, net zo'n knap gezicht. En meteen zit ik weer in de felverlichte briefingzaal en glimlacht Nicki vanaf het fotobord naar me terwijl ik probeer het raadsel van haar verdwijning op te lossen.

Ik onderdruk de neiging om op te staan en te eisen dat het vliegtuig rechtsomkeert maakt. Ook al zegt mijn verstand me dat deze zaak anders is, dat Abbey Nicki niet is, de angst is er niet minder om. De knagende twijfel. Naast me is Ben nog steeds op het kotszakje aan het tekenen, het vliegtuig bromt gestaag. Er verschijnen minuscule witte vlekjes voor mijn ogen. Met bonkend hart tel ik tot tien. Ik klik Abbeys foto weg en lees verder in de aantekeningen.

Abbeys vader heeft haar gisteren iets na tien uur als vermist opgegeven. Hij beweerde dat hij een paar uur daarvoor wakker was geworden, merkte dat ze de vorige avond niet thuis was gekomen en onmiddellijk naar Rick Fletchers huis was gereden om haar te zoeken. Kennelijk was Daniel ervan overtuigd dat Rick achter haar verdwijning zat.

Zaterdagavond was ze naar een groot feest bij iemand thuis gegaan, en volgens verschillende getuigen was er niets met haar aan de hand geweest – al had ze blijkbaar later op de avond een fikse ruzie met Rick gehad. Toen Tran zondag Rick had ondervraagd, gaf hij toe dat hun verkering onlangs was uitgegaan en dat ze ruzie hadden gehad omdat hij dacht dat ze op het feest met iemand stond te flirten, wat hij respectloos vond. Rick beweerde dat hij Abbey ongeveer een half uur later bij het feest weg had zien fietsen, net iets voor halftwaalf, in haar eentje.

Met een rimpel op mijn voorhoofd lees ik het volgende stuk in het vermissingsverslag. Zo rond kwart voor twaalf was Abbey op het politiebureau van Fairhaven aangekomen en had beweerd dat haar fiets tijdens het feest was gestolen. De dienstdoende agent, Kai Lane, was de aangifte aan het opstellen toen een van de buren van het huisfeest belde om te klagen over geluidsoverlast. Lane had de hoofdinspecteur gebeld en afgesproken dat hij hem daar zou treffen en bood Abbey een lift naar huis aan, maar die wilde ze niet.

Sindsdien is ze niet meer gezien. Ze heeft haar bankpasje niet gebruikt. Rond middernacht is haar telefoonsignaal uitgevallen; de laatste locatie die werd geregistreerd ligt in het centrum van Fairhaven, dus ik maak een aantekening of Tran beelden van bewakingscamera's in dat gebied wil opvragen.

Het lijkt er verder op dat de agenten het huis van de familie Clark die zondag slechts vluchtig hebben doorzocht. Voor zover ze konden zien was Abbey niet thuis geweest, maar ze kunnen iets over het hoofd hebben gezien. Het team van Fairhaven zal niet erg veel ervaring hebben en bovendien kunnen de rechercheurs bevooroordeeld zijn; misschien veronderstelden ze dat Abbey bij een vriendin haar roes lag uit te slapen of er even tussenuit wilde.

Ik tik met mijn pen tegen het uitklaptafeltje. Ondanks de intrieste ochtend beginnen de radertjes in mijn hoofd voor het eerst in weken te draaien. Mijn gedachten cirkelen rond de bekende feiten over de zaak, proberen de gebeurtenissen op volgorde te zetten. Als Abbey Clark iets is overkomen, dan moet Rick Fletcher wel bovenaan de lijst verdachten staan: pas uit elkaar, een uur voor ze verdween een knetterende ruzie.

Of was het andersom? Was Abbey zo woest op hem geweest dat ze zich schuil had gehouden om een paar dagen later toe te slaan?

Ik scrol een paar pagina's verder naar de samenvatting van de verklaring die Rick zondag had afgelegd. Agent Edwina de Luca schrijft in haar verslag dat hij 'ontredderd' overkwam. Hij verklaarde dat hij bij het feest was weggegaan om zijn zus en haar vrienden op te zoeken, die op het strand zaten te drinken: niet bepaald een waterdicht alibi. Hij was lopend, dus hij had Abbey makkelijk tegen kunnen komen, haar uit de weg kunnen ruimen en naar het strandfeest kunnen gaan zodat hij een alibi had. Maar waarom? Voelde hij zich vernederd doordat zijn verkering uit was? Bedrogen misschien?

Ik klik Abbeys dossier weer aan. Wat betekent die gestolen fiets? Misschien was die helemaal niet gestolen. Of toch wel, maar waarom zei Rick dan dat hij haar op de fiets bij het feest weg had zien gaan? Hij kan het zich verkeerd herinneren omdat hij dronken was, maar zoiets verzin je toch niet zomaar? Misschien was Abbeys bewering dat haar fiets was gestolen wel een list om de aandacht niet op haar verdwijntruc te vestigen. Ik maak een aantekening dat ik moet nakijken hoe ver ze 's nachts ongezien op de fiets kon komen.

Mijn gedachten dwalen af naar alle verhitte discussies die Mac en ik over Nicki Mara hebben gevoerd. We bleven maar profielschetsen opstellen en tot 's avonds laat doorpraten, lang nadat Owen en de anderen van ons team al naar huis waren.

Na een paar weken verkasten we met die verhitte gesprekken naar de kroeg tegenover het politiebureau. Verscholen in een afgezonderd zitje dronken we het ene na het andere biertje terwijl we de verborgen aanwijzingen in de telefoongegevens en WhatsApp-berichtjes van Nicki bespraken. Ik had het gevoel dat ik haar van dichtbij kende: haar voortdurende clashes met haar moeder, dat ze jaloers was op haar oudere zus, dat ze zoveel om haar vader gaf. Dat ze op feestjes pilletjes slikte, met psychische problemen kampte. Ik verdiepte me zo in haar dat ik de dingen niet meer helder zag. Mijn intuïtie was aan gort. Maar Mac wist een gezonde afstand te bewaren. Hij zag dingen die ik miste.

Door de zaak-Mara heb ik wat koudwatervrees gekregen, dat besef ik goed: ik ben bang om te snel voor één denkrichting te kiezen. Ik blijf aan mezelf twijfelen, en vervolgens twijfel ik aan mijn twijfels, doodsbang dat ik door mijn aannames het vinden van een oplossing in gevaar breng – of een leven zelfs.

Ik weet nog niet bij welke categorie Abbey hoort, maar wat ik wel weet is dat weggelopen kinderen er doorgaans niet midden in de nacht tussenuit knijpen, zeker niet in hun eentje. En helemaal niet als ze in een kustplaatsje wonen waar weinig ontsnappingsmogelijkheden zijn. Geen bus, geen trein, zelfs geen taxi. Ik neem me voor ook haar rekeningen nog even na te kijken. Dit lijkt helemaal geen geplande actie, maar mocht ze geld opgepot hebben, dan wijst dat misschien een andere kant op.

Een stem meldt over de luidsprekers dat we over tien minuten gaan landen, dus de grote elektronische apparaten moeten worden uitgeschakeld. Ik klap mijn laptop dicht en werp een blik op Ben. Hij staart met een uitdrukking die ik niet kan peilen naar de rugleuning van de stoel voor hem.

Ik kan er nog steeds niet helemaal bij dat ik dit doe. Er zit een knoop in mijn maag. Het dringt hoe langer hoe meer tot me door dat dit weleens de stomste beslissing kon zijn die ik ooit heb genomen.

We gaan van boord en halen onze bagage op; mijn zakelijke rolkoffer steekt lelijk af tegen al die kleurrijke strandtassen. Ik kijk naar onze medereizigers, die hun jassen uittrekken, petten opzetten en zich insmeren met zonnebrand terwijl ze enthousiast praten over de temperatuur van het zeewater en wandelingen in de bush, en ondertussen klagen dat ze nog zo bleek zijn. Ik sla een arm om Ben heen en trek hem even geruststellend tegen me aan.

Met de sleutels van mijn huurauto in de hand lopen we de kleine luchthaven uit en een warme, vochtige lucht zakt direct over ons heen. Het zweet breekt me uit en ik lik langs mijn lippen. Ik proef de zee.

Ben wijst naar een bord met het logo van het autoverhuurbedrijf. 'Die kant op, mam.' Als we onze auto gevonden hebben, voer ik het adres dat Tran me heeft gegeven in het navigatiesysteem in. De zaak is mijn gedachten al binnengekropen. Ik blijf pogingen doen de gebeurtenissen te ordenen: een vermist meisje, een dode jongen, twee levens die zo meteen ontleed zullen worden als een kerstkalkoen.

Ben prutst met schokkerige gebaren aan de knopjes van de raambediening en switcht tussen liedjes op de autoradio.

'Gaat het, lieverd?'

Hij haalt zijn schouders op. 'Ja hoor.'

'Ik begrijp dat dit best gek is. Als je van gedachten verandert en hier liever niet naartoe gaat, of je wilt naar huis, dan zeg je het maar, oké?'

'Jij haat Smithson', zegt hij.

De hitte kruipt langs mijn hals omhoog. 'Dat is niet zo.'

'Geeft niet hoor, ik haat het ook.'

'Ben, dat meen je niet. Daar ben je thuis.'

Weer een schouderophalen. 'Alles is anders geworden. Papa is dood en we wonen bij opa.' Zijn stem begint gevaarlijk te trillen. 'Ze weten allemaal niet wat ze tegen me moeten zeggen. Ik wil na de vakantie niet naar school terug, het was al best erg toen papa ziek was. Kan ik niet gewoon bij jou in Sydney komen wonen?'

De felle zon brandt in de auto, maar toch krijg ik de rillingen, alsof ik het ijskoud heb. Hij zegt precies wat ik wil horen, maar er klinkt ook verdriet in zijn stem.

De weg strekt zich voor ons uit als een zwarte streep die in een groene tunnel verdwijnt. Waar zat ik met mijn gedachten toen ik besloot hierheen te gaan?

'Over een paar dagen denk je er misschien anders over', opper ik halfhartig.

Met een pruillip zakt hij onderuit in zijn stoel. 'Je wil niet dat ik bij je in Sydney kom wonen.'

'Dat is helemaal niet waar, Ben. Ik vind alleen dat we even rustig moeten nadenken over wat voor jou het beste is.'

Hij zet zijn petje af en veegt met de rug van zijn hand over zijn neus. Met zijn kin naar voren kijkt hij me uitdagend aan. De uitdrukking op zijn gezicht doet me plotseling denken aan de keer dat Scott en ik boven zijn wiegje naar hem keken toen hij lag te slapen, een baby van nog maar een paar dagen oud. *Zijn gezichtje heeft dezelfde vorm als het jouwe*, had Scott dromerig gezegd, met zijn vinger langs Bens wangen strijkend en met een dikke stem van ontroering, terwijl hij een arm om me sloeg en mijn kin naar boven duwde. *Hopelijk is hij niet zo koppig als jij.*

Ik herinner me hoe zwaar ik het op school had na mams overlijden. Iedereen gaapte me aan. Gefluisterde gesprekken die ophielden zodra ik de hoek om kwam. Mijn hart breekt als ik denk aan de Gemma van toen, en nu breekt het vanwege Ben.

'Ik weet dat het moeilijk is, lieverd. Je vriendjes vinden het heel erg voor je, maar ze weten niet wat ze tegen je moeten zeggen. Ze willen je geen verdriet doen. Maar het wordt makkelijker, echt waar.'

Hij zegt een tijdje niets, maar ik merk dat hij zich een beetje ontspant, dat zijn boosheid wegebt. Dat, of hij is gewoon uitgeput.

'Is het vermiste meisje dood?'

Ik deins terug van die directe vraag. 'Dat zou kunnen,' geef ik toe, 'maar ik hoop van niet. In ieder geval willen haar ouders graag weten wat haar is overkomen. En ík ook.'

Hij knikt maar houdt zijn lippen stevig op elkaar.

Ik voel een golf frustratie opkomen en ik haal diep adem om rustig te blijven. Ik klem het stuur beet en richt mijn aandacht op de weg. Natuurlijk is hij kapot van verdriet. Wist ik maar wat ik moest zeggen.

Mijn privételefoon gaat over: Jonesy. Met een blik naar Ben doe ik mijn oortjes in en neem op.

'Ben je er al?' Zijn barse stem klinkt ver weg.

'Ja. We zijn op weg naar de plaats delict.'

'Allemachtig', verzucht hij. 'Nou, ik heb dus een paar belletjes gepleegd. Ik geloof dat ik al had gezegd dat de man van dat auto-ongeluk een oude bekende van me is, toch? Hoofdinspecteur Tommy Gordon. Maar goed, zijn vrouw Vanessa is een gepensioneerde onderwijzer en ze heeft aangeboden om overdag voor Ben te zorgen als jij in Fairhaven aan het werk bent. Ze past al op een jongetje tijdens de schoolvakantie, dus het is geen moeite, zegt ze. Het is een prima mens, Gemma.'

'Dat klinkt super', zeg ik en tot mijn verbazing schiet ik vol.

'Zeker. Ze zei dat ze vanavond wel met je wil afspreken – je weet wel, zodat je een indruk van haar kan krijgen. Ik stuur je haar nummer nu door, dan kun je haar later bellen en een en ander regelen.'

'Bedankt, Jonesy. Daar ben ik heel blij om.'

Hij snuift minachtend. 'Nou, ik weet nog niet of dit een goed idee is, maar dat zal wel een gepasseerd station zijn. Kijk maar goed uit je doppen en hou me op de hoogte.'

'Dat zal ik doen.'

Ik vertel Ben welke oppasregeling Jonesy bedacht heeft terwijl ik onze huur-Toyota door uitbundig groene, met bladeren bedekte straten loods. De zon staat boven ons als een blikkerend witte cirkel in een saffierblauwe lucht. Scotts begrafenis lijkt wel een eeuwigheid geleden.

Ongeveer een kwartier later komen we langs een groot plaatsnaambord waar WELKOM IN FAIRHAVEN! 4080 INWONERS op staat, met een verbleekte tekening van een zon boven de tekst en wat wel twee kogelgaten lijken ernaast. De maximumsnelheid gaat omlaag wanneer de weg bochtiger wordt en opeens is er rechts van ons helemaal niets meer en zien we de zee onderaan een loodrechte helling liggen. Ben hangt in zijn gordel om meer te kunnen zien. Een klein zeiljacht dobbert op het glinsterende pad dat de zon scherp in het water aftekent. We dalen af via het ene na het andere magnifieke uitzichtpunt en komen langs enkele huizen die de zwaartekracht trotseren, tot we op vlak terrein aankomen. Aan onze linkerkant verschijnt hier en daar een woning en dan rijden we op een rijtje winkels af en een ijzerhandel die zo te zien verlaten is. Er wijst een bordje in de richting van het vakantiepark van Fairhaven, een ander bordje naar de vuurtoren.

In de hoofdstraat wordt de licht zilte geur opeens weggedrukt door een zware mosachtige lucht. Ben trekt zijn neus op en we passeren een paar verbleekte plastic speeltoestellen en vervolgens een pension waar een enorme rode kat op het stoepje ligt te slapen.

Verderop staat een telefooncel met een scheef aangeplakt A4'tje. Het glimlachende gezicht van Abbey wappert in de wind, met in grote letters VERMIST boven haar hoofd. Langs de straat staan hier en daar groepjes mensen bij elkaar. Aan hun grote ogen valt te zien dat ze beseffen dat de dood vlakbij heeft toegeslagen.

'Oké, we zijn er bijna', mompel ik. De navigatie laat me nog een paar bochten nemen tot we een straat met een rijtje eenvoudige woningen in rijden, en we zijn duidelijk op onze bestemming. Er staat een ambulance achterstevoren op een oprit geparkeerd, rechts van een met planken betimmerde bungalow. De carport is afgezet met politielint en een groepje aangeslagen buren dromt samen in de schaduw van een eucalyptus aan de overkant van de straat.

Net als ik mijn auto achter een politiewagen stilzet, gaat mijn privételefoon weer: Mac. Dit is al de derde keer sinds vanochtend dat hij belt. Ik laat de telefoon helemaal overgaan en dan zet ik het apparaat uit en stop het in het handschoenenkastje.

Een jonge politiebeambte loopt al bellend in de tuin op en neer. Aan zijn lichtblauwe badge kan ik zien dat hij een gewone agent is. Er zitten twee ambulancemedewerkers naast de brievenbus uit een flesje water te drinken en zachtjes te keuvelen.

'Wacht hier eventjes', zeg ik tegen Ben, die langs me heen de oprit aftuurt.

Het is warmer dan ik had verwacht, en het onafgebroken getjirp van de cicaden zeurt aan mijn hoofd, zodat de hoofdpijn waardoor ik geregeld geplaagd word, weer aanzwelt. Ik knik de agent toe en loop op de ambulancemedewerkers af: een man van middelbare leeftijd en een jongere vrouw met blonde highlights in haar donkere haar. Ik laat mijn penning zien en stel mezelf voor. 'Ik heb mijn zoontje bij me', zeg ik. 'Hij is acht en ik kon op zo'n korte termijn geen oppas regelen. Zouden jullie een ogenblik op hem kunnen letten? Alleen maar even als ik zo bijgepraat word.'

'Geen probleem. Kinderen en werk combineren, daar weet ik alles van', zegt de man. 'We zijn hier zelf ook nog maar net; blijkbaar is de lijkschouwer opgehouden, dus we kunnen het lichaam toch nog niet weghalen.'

Ik haal Ben uit de auto en laat hem bij Andy achter, die de jongen meteen enthousiast zijn ambulance vanbinnen laat zien. Ik blijf even staan kijken en richt me dan gerustgesteld naar het huis.

Er verschijnt een lange vrouw met een Aziatisch uiterlijk in de deuropening, van top tot teen in beschermende kleding. Met een ruk neemt ze haar gazen kap af, beent naar me toe en ik zie een gezicht vol donkere sproeten en een glad, zwart bobkapsel met hier en daar een grijze streng. 'Gemma?' Ze stroopt haar rechterhandschoen af en geeft me een hand.

'Hoofdinspecteur Tran.' Mijn arm verstijft door haar ferme handdruk.

'Wat fijn dat je er bent', zegt ze ernstig. 'Trek gauw een overall aan, dan zal ik je hem laten zien.'

Maandag 11 april, 14.59 uur

Rick Fletcher ligt in een vreemde houding op de betonnen garagevloer naast zijn witte pick-up, het portier aan de bestuurderskant wijdopen, zijn schouderlange blonde haar in een waaier rond zijn gezicht. De rigor mortis is nog niet helemaal ingetreden, zijn gelaatstrekken zien er slap en sullig uit en zijn armen en benen lijken wel dronken aan zijn lijf te bungelen. Rond de wond bij zijn slaap zit geronnen bloed en zijn kruin kleurt donkerrood. Zijn nachtblauwe ogen zijn opengesperd, wat de indruk wekt dat hij me naar hem ziet kijken.

'We denken dat hij net na zes uur vanmorgen is aangevallen.' Trans donkere ogen schieten naar Ricks lichaam en zwenken dan langzaam weer mijn kant op. 'Hij zou vandaag zo'n twintig minuten hiervandaan aan een tuin gaan werken en had de klant gezegd dat hij er om halfzeven zou zijn. We hebben het wapen nog niet gevonden, maar het is duidelijk dat hij met een flink voorwerp is neergeslagen. Mogelijk met zijn eigen gereedschap.' Ze maakt een gebaar naar een indrukwekkende verzameling tuingereedschap aan de muur. 'We weten niet zeker wat er ontbreekt, en ik zie nergens splinters. In ieder geval is er niet geschoten – dan zou de puinhoop veel groter zijn.'

'Wie heeft hem gevonden?' vraag ik.

'De buurman van hiernaast, Bruce Piper.' Ze wijst naar de crèmekleurige bungalow aan de andere kant van de garage. 'Hij zegt dat hij iets hoorde toen hij wakker werd. Later, toen hij weg wilde rijden om naar zijn werk te gaan, zag hij dat Ricks autoportier openstond en dat leek hem nogal vreemd. Hij vond Rick en belde iets na zevenen het politiebureau.'

'Hij is geen verdachte?'

Er verschijnt een rimpel boven Trans neus. 'Dat lijkt me niet. Hij was erg van streek en hij zei precies wat je zou verwachten. Hij kent Rick al van toen hij nog een kind was. Volgens hem was dit vroeger het ouderlijk huis.'

Ik buk me om Ricks handen te bekijken. Hij heeft veel eelt en een snee in zijn linkerwijsvinger, zo te zien van een tijdje geleden.

'Het lijkt me dat hij van achter aangevallen is.' Ik kom weer overeind. 'Aan de manier waarop zijn haar aan de achterkant bij elkaar komt, denk ik dat daar nog een wond zou kunnen zitten. Ik vermoed dat hij bij de eerste slag door zijn knieën is gegaan, toen nog een klap kreeg en vervolgens is leeggebloed.' Ik wijs naar zijn hoofd. 'Misschien wel meer klappen. Dat lijkt me logisch als je ziet hoe hij ligt.'

Tran knikt. Het lijkt alsof ze liever niet wil reageren. 'De lijkschouwer komt er zo aan', zegt ze dan. 'Hij is bij een ongeluk op een boerderij, een paar uur hiervandaan. Samen met de technische recherche.'

Ik ga de garage uit en laat mijn blik langs de voorgevel glijden. 'Zei je niet dat dit vroeger zijn ouderlijk huis was? Woonde Rick Fletcher hier alleen? Hij is nog maar zeventien, toch?'

'Zijn broer van twintig woont hier ook, maar die is er momenteel niet. We proberen hem op te sporen. Volgens de buurman, Bruce Piper dus, zijn hun ouders vorig jaar half en half met pensioen gegaan en wonen ze een eindje verderop aan de kust. Ik heb Edwina de Luca en Damon Grange daar vanochtend naartoe gestuurd voor het slechtnieuwsgesprek en om wat vragen te stellen – dat zijn de twee andere agenten in Tommy's team. Plus Kai Lane, die staat hiervoor in de tuin.'

'Ik heb de aantekeningen onderweg hierheen gelezen. Abbey Clark en Fletcher waren een stel.'

'Ja. Kennelijk was het tot vorige week dik aan tussen hen.' Tran kijkt op haar horloge en fronst dan. 'Tjonge, het is al na drieën.' Na een korte blik op Ricks lichaam zegt ze: 'We gaan Lane halen en dan praat ik je even bij. Ik kan hier niet veel langer blijven, we hebben in Byron vandaag zo onze eigen drama's.' Ze lacht wrang. 'Ik geloof niet dat er voor iemand van ons een rustige Pasen in zit.'

Ik schuif de kap van mijn overall af en ga snel bij Ben kijken. Hij zit op de stretcher in de ambulance met Andy te praten.

'Alles goed hier?' vraag ik aan Ben, die knikt.

'We zitten gezellig te kletsen', zegt Andy.

'Mooi. Nou, ik moet binnen even een paar dingen doorpraten en daarna kunnen wij naar het hotel. Mee eens, Ben?'

'Ja hoor, het gaat goed, mam.' Hij kijkt ernstig, maar van de spanning die ik tijdens de autorit zag is niets meer te zien.

'Haal me maar als je me nodig hebt', zeg ik tegen Andy, die onopvallend zijn duim naar me opsteekt. Ik bof maar dat hij vandaag dienst heeft.

Wanneer Tran en ik de tuin in lopen stopt er een witte Mazda achter de ambulance. Een magere man in een vale ribbroek en hemelsblauw T-shirt komt via de passagierskant de auto uit en loopt zelfverzekerd de oprit op. 'Inspecteur Tran! Verdenkt u Abigail Clark van de moord op Rick Fletcher of zijn het afzonderlijke incidenten volgens u?' Hij zet zijn pilotenbril niet af maar steekt zijn telefoontje in de lucht en lijkt een paar foto's van het huis en de garage te maken.

'Nog steeds geen commentaar, Simon', snauwt Tran. Ze balt haar vuisten en mompelt: 'Jij was toch naar huis gegaan?'

'Nee hoor, ik wilde graag even met de nieuwe aanwinst praten.' Hij draait zich om naar mij. 'Simon Charleston, *Byron Bay News.* U moet de nieuwe rechercheur uit Sydney zijn. Kunt u bevestigen dat dit de woning is van Rick Fletcher, de vriend van Abbey Clark die sinds zaterdagavond vermist is?'

Trans neusvleugels trillen. 'Ik meen het, Simon. Weg van de plaats delict, anders krijg je een boete. Dat geldt voor jullie allemaal.' Ze kijkt de andere journalisten en fotografen strak aan, die verrassend genoeg op een fatsoenlijk afstandje in het gras staan.

'Sorry, sorry.' Simon duwt zijn zonnebril in zijn krullen en kijkt schaapachtig voor zich uit. In zijn grijze ogen dansen lichtspikkeltjes. 'Ik wilde alleen maar dat je weet dat ik hier ben, mocht je toch iets willen melden.' Als hij weer naar zijn auto loopt, rekt hij zich uit en probeert om de ambulance heen te kijken.

Ik wissel een blik met de piepjonge agent in de tuin, terwijl Tran iets bij zichzelf mompelt en wenkt dat we bij haar op de veranda moeten komen. 'Hier.' Ze geeft de man een overall. 'Gemma, dit is agent Kai Lane. Hij zit nu ruim een jaar bij de politie van Fairhaven. Kai, je hebt natuurlijk al over rechercheur Woodstock gehoord.'

Lane maakt een vreemd buiginkje, met zijn bovenlichaam naar voren, in een poging me te groeten terwijl hij zijn pak aantrekt. Hij kukelt bijna omver. 'Sorry.' Hij weet zijn evenwicht te hervinden en schraapt zenuwachtig zijn keel. 'Super om kennis met je te maken, rechercheur Woodstock.'

Ik knik. 'Hetzelfde.'

Ik herken zijn naam uit Abbeys dossier. Hij had dienst toen Abbey na het feest aangifte van haar gestolen fiets kwam doen. Afgezien van de stevige baardschaduw op zijn kin kon Lane makkelijk voor een middelbare scholier doorgaan. Een van zijn voortanden staat een tikje scheef en hij heeft een dikke bos bruin haar die me aan Ben doet denken.

Tran doet de voordeur open en schuifelt op haar schoenovertrekken de smalle gang door. 'Ik zal je eerst Fletchers kamer laten zien en dan praten we.'

Binnen in huis voelt het hol aan door het regelmatige tikken van een klok. We lopen door een brede, boogvormige gang een keuken in met daarachter een woonkamer. De keuken is keurig, op wat serviesgoed op de keukenbar na. De hals van een plastic melkfles steekt boven de gootsteen uit. In mijn verbeelding zie ik Rick hier vanochtend zijn ontbijt klaarmaken, niet vermoedend dat dat het laatste was wat hij ooit zou doen.

In de woonkamer staan drie surfplanken achter een versleten leunstoel tegen de wand. Aan de muur ertegenover hangt een enorm televisiescherm boven een aftandse bank. De halve vloer is bedekt met een lichtbruin hoogpolig kleed.

Voor me sjokt Lane achter Tran aan en duikt met een komische beweging opzij om te voorkomen dat hij zijn hoofd tegen een bungelende lamp stoot. Tran stopt en gebaart dat we de slaapkamer aan het eind van de gang binnen moeten gaan.

Daar is flink huisgehouden. Het beddengoed is van het bed getrokken en er puilen kleren uit de linnenkast over het vloerkleed, waarboven een prullenbak is omgekeerd. Een surfplank is schuin tegen een bureau aan gegooid en de hals van een glimmende gitaar vertoont een lelijke barst. Naast het bed ligt een lege whiskyfles. Mijn oog valt op een roze shirt tussen de berg kleren op de grond.

Op de achterste muur hangen foto's van Rick en Abbey. Op elke foto is het gezicht van het meisje met een viltstift zwart gemaakt; tientallen gekraste cirkels die hoe langer ik ernaar kijk tot één zwart vlak samenvloeien.

'Jemig.' Lanes gezicht is vlak bij me en zijn warme pepermuntadem strijkt langs mijn wang. Met grote ogen neemt hij de ravage op.

'Wat denken we, heeft Rick Fletcher dit gedaan?' Ik knik in de richting van de foto's. 'Was hij erg boos toen het tussen hen uitging?'

Tran staat nog steeds in de gang achter ons. Ze tikt driftig op haar telefoon. 'Toen we hem gisteren verhoorden, gaf hij toe dat het een felle ruzie was geweest. Het kan zijn dat hij haar gezicht op de foto's heeft weggekrast, maar dat hij zijn eigen kamer overhoop zou halen lijkt me raar. Dat met die foto's was zondagmiddag zeker nog niet gebeurd.'

Ik stap langs een paar schoenen om de bizarre muurversiering beter te kunnen bekijken. Op allerlei strandfoto's staat Rick met een grijns, of hij kijkt met opzet broeierig. Het is duidelijk dat Abbey en hij zich bij elkaar op hun gemak voelden; op sommige foto's is het moeilijk te zien welke gebronsde armen of benen van hem of haar zijn.

Hij dood, zij vermist.

'Het is nogal morbide om haar gezicht zo weg te krassen', zeg ik.

'En het is overal behoorlijk nauwkeurig gedaan, het lijkt helemaal niet op een dronken woedeaanval – al kun je dat niet zeker weten, lijkt me.'

Trans blik schiet weer even naar de foto's. 'Rick gedroeg zich niet heel volwassen', zegt ze uiteindelijk. 'Hij had het nogal te kwaad toen we zondag met hem spraken.'

Tran heeft gelijk: het wegkrassen van Abbeys afbeelding kon net zo goed iets heel sinisters zijn als de kinderachtige reactie van een verdrietige tiener.

Met mijn in gaas verpakte voet schuif ik een snipper papier opzij. Er staan drie mobiele nummers op gekrabbeld, en ik pak mijn mobieltje om een foto te maken.

De telefoon van Tran zoemt als er een reeks berichtjes binnenkomt. 'De technici zijn er over een halfuur.' Haar vingers vliegen over het scherm. 'Ik heb ook een verzoek om versterking ingediend – die heb je vanzelfsprekend nodig.'

Haar nuchtere stijl verbaast me. Ik had verwacht dat een politiechef die aan het hoofd van een regionale eenheid stond, wat relaxter zou zijn. Een beetje zoals Jonesy. Ik vraag me af of het overcompensatie is. De klim naar de functie van hoofdinspecteur zal vast niet makkelijk zijn geweest.

'Hoeveel fte krijgen we?' vraag ik als we naar de woonkamer teruglopen.

'Ik probeer drie agenten extra te krijgen, als we geluk hebben vier. Het politiebureau moet de komende tijd echt 24/7 bemand worden; bovendien zal er veel roep zijn om meer politie op straat tot we de moordenaar hebben.'

'Ik heb een paar vragen over de aantekeningen die je me over de zaak hebt gestuurd', zeg ik.

Met z'n drieën drommen we in de keuken bij elkaar.

'Brand maar los', zegt Tran met haar armen gekruist.

'Ik kan die gestolen fiets niet plaatsen. Om te beginnen moet óf zij hebben gelogen dat ze op de fiets bij het feest vandaan is gegaan, óf loog Fletcher toen hij zei dat hij haar met de fiets gezien had. Maar in beide gevallen snap ik niet waarom.' Ik kijk Lane aan. 'Jij had toch dienst toen ze op het bureau kwam?'

Hij knikt. 'Er komt hier aardig wat diefstal voor, dus op het moment leek het niet zo vreemd. Nu wel uiteraard.'

'Hoe kwam ze op je over die avond?' vraag ik.

Lane wordt een beetje zenuwachtig, er trekt een kleur over zijn gladde wangen en ik bedenk weer hoe jong en onervaren hij is; ik hoop maar dat de rest van het team straks niet zo gespannen op me reageert. 'Abbey was van streek vanwege die fiets. Dat was een kerstcadeau van haar vader, zei ze, en ze was bang voor zijn reactie.'

'Daniel Clark, ja, ik heb over huiselijk geweld gelezen in het verslag. Mishandelt hij Abbey ook?'

'Daar zijn we van overtuigd', zegt Lane. 'Maar we hebben haar nog nooit zover gekregen dat ze aangifte wilde doen. Daniel slaat Dot, zijn vrouw, al jaren. Tommy Gordon, dat is onze hoofdinspecteur, heeft al heel wat keren geprobeerd Dot over te halen aangifte te doen, maar ik denk dat ze dat niet durft.'

'Zoiets zie je regelmatig gebeuren', zeg ik.

'Zeker in deze omgeving', zegt Tran. 'De geweldsdelicten pieken in de zomer, en 's winters opnieuw wanneer er niet veel werk is.'

Als Rick de hoofdverdachte is in Abbeys vermissingszaak, dan is haar vader beslist verdachte nummer twee.

'Is haar fiets inmiddels gevonden?' vraag ik.

Lane schudt zijn hoofd. 'We hebben geen idee waar die is.'

'Dus als Abbey hem niet bij zich heeft, dan is hij vermoedelijk echt gestolen?' Ik kijk van de een naar de ander.

Lane haalt zijn schouders op. 'Waarschijnlijk wel, ja.'

Ik probeer er chocola van te maken. 'En ze wilde geen lift vanaf het politiebureau naar huis, ook al was het bijna middernacht?'

Hij opent zijn mond om antwoord te geven wanneer er iemand in de voortuin begint te schreeuwen.

Maandag 11 april, 16.06 uur

Onderaan de oprit probeert een jonge man zich voorbij de ambulancemedewerkers te worstelen. De aderen liggen als kabels op zijn bruinverbrande armen terwijl Andy hem in bedwang probeert te houden. Ik ren naar de ambulance, waar Ben op zijn knieën op de stretcher zit en door het zijraampje naar alle gedoe tuurt.

'Blijf hier, ja?'

Hij knikt met ogen als schoteltjes.

De verslaggever die eerder door Tran op zijn nummer was gezet, Simon Charleston, staat bij het open portier van zijn auto en filmt het tafereel met zijn telefoon.

'Ik moet naar binnen!' schreeuwt de jonge man.

Even denk ik dat Rick op de een of andere manier weer tot leven is gewekt, zo ontzettend lijkt deze man op de dode die in de garage ligt. Maar dan zie ik het rijtje tatoeages in zijn nek, en dat zijn blonde haar niet krult maar steil is. Achter de ambulance staat een glanzend zwarte pick-up slordig op de oprit geparkeerd.

Tran loopt resoluut op de man af. 'Aiden Fletcher? Ik ben hoofdinspecteur Celia Tran. Kom met mij mee alsjeblieft.'

De man kijkt wantrouwig naar haar, maar bedaart wel een beetje. Andy verslapt langzaam zijn greep.

'Ik woon hier!'

Tran knikt.

'Wat is er met Rick gebeurd? Zeg het!'

'Toe, kom alsjeblieft mee.' Ze slaat haar arm stevig om zijn middel en loodst hem naar de andere kant van de tuin, weg van het bebloede lichaam van zijn broer en de telefoon van Simon. 'Er zijn op dit moment een paar agenten bij je ouders thuis.'

Aiden laat een diep gekreun horen. 'Is hij dood? O God, nee.'

Tran gaat op dezelfde emotieloze toon verder. 'Aiden, ik moet je helaas vertellen dat je broer vanmorgen werd aangevallen en aan zijn verwondingen is overleden.'

Aiden laat zich op de grond zakken, begint heen en weer te wiegen en kijkt tegen de zon in van de garage naar het huis. 'Ik wist het wel', fluistert hij en barst dan in huilen uit.

Wat bedoelt hij daar in hemelsnaam mee?

'Aiden?' Ik hurk naast hem neer. 'Heb je enig idee wie Rick iets kan hebben aangedaan?'

Het jammerlijke gekreun houdt niet op.

'Aiden?'

Hij kijkt naar me op alsof hij uit een diepe slaap ontwaakt, met kleine pupillen die proberen te focussen en het spuug nog op zijn lippen. 'Het is allemaal mijn schuld.'

Aiden zit tegenover me met zijn hoofd in zijn handen. Na zijn uitbarsting heb ik hem naar een gammel prieeltje in de achtertuin gebracht, uit de buurt van de pers.

Tran was achter ons aan gebanjerd, iets mompelend over Simon Charleston, gevolgd door Lane.

'Aiden, ik vind het vreselijk wat je broer is overkomen', begin ik.

Hij antwoordt niet maar de schok is hem aan te zien.

'Aiden, wat bedoelde je daarnet toen je...'

Zijn hoofd schiet omhoog en met een kreun slaat hij zich voor zijn hoofd. 'O God, ik kan het niet geloven.' Op zijn wangen groeit wat vlassig haar, zijn bloeddoorlopen ogen staan dof. 'Wanneer?' fluistert hij.

'Rond zes uur vanochtend. Volgens ons stond hij op het punt naar zijn werk te gaan.'

Aiden begint weer luid te snikken. 'O God, o God.'

Ik leun naar voren en leg een hand op zijn schouder. 'Wanneer heb je hem voor het laatst gezien?'

'Vorige week. Ik ben al vanaf donderdag weg, maar we gaan veel met elkaar om.' Een nieuwe huilbui neemt bezit van hem. 'Mijn ouders gaan hier kapot aan.' Zijn gezicht vertrekt en hij schudt ongelovig zijn hoofd. Zilveren speekseldraadjes spannen zich tussen zijn lippen.

'Wanneer had je voor het laatst contact met Rick?' vraag ik zachtjes.

'Wat? Eh, gisteren. Hij had me verteld dat Abbey zondag opeens vermist bleek, en gisteravond belde hij nadat haar vader hier weer was geweest.'

'Daniel Clark is hier gisteravond geweest?'

Aiden snuft en strijkt met zijn hand langs zijn neus een klodder snot over zijn pols. 'Ja. Hij dacht dat Rick wist waar Abbey was, maar dat was niet zo. Dat wist Rick echt niet, ik zweer het.'

'Wat vond Rick ervan dat Abbey opeens weg was?'

'Gewoon, hij was bezorgd. Ik bedoel: ze waren natuurlijk net uit elkaar, maar hij was gek op haar. Het zou vast weer aangegaan zijn.'

Ik denk weer aan al die zwarte krassen over haar glimlachende gezicht op Ricks slaapkamermuur. Zou Daniel Clark die gezien hebben? Had hem dat ervan overtuigd dat Rick zijn dochter kwaad had gedaan?

'Aiden, heb je ooit weleens gemerkt dat je broer agressief was tegen Abbey?'

Hij ademt raspend uit. 'Nee, absoluut niet. Hij was knettergek op haar. Hij was bang dat ze een ander had, maar ik heb hem gezegd dat hij zich maar wat in zijn kop haalde. Zoiets is echt niks voor Abbey.'

'Hoe kwam Rick erbij dat ze hem met iemand bedroog?'

Aidens rechtervoet begint onbedwingbaar te trillen. 'Weet ik niet. Hij zei alleen dat ze zich de laatste tijd vreemd gedroeg.'

Ergens in een duister hoekje van mijn hoofd dribbelt iets rond, maar het duikt telkens weg voor ik het te pakken kan krijgen. 'Kun je iemand bedenken die je broer iets aan zou willen doen, Aiden?'

'Nee, néé. O God, ik begrijp er helemaal niks van.'

'Aiden, waarom zei je dat het allemaal jouw schuld is?'

'Hè?'

'Daarnet in de tuin. Wat bedoelde je daarmee?'

Hij spreidt zijn benen en zet zijn ellebogen op zijn knieën, het hoofd gebogen. 'Dat weet ik niet. Ik weet bij God niet wat ik allemaal zeg.' Hij begint weer te huilen, en Tran en ik wisselen even een blik. Het is duidelijk dat nu doorvragen niets meer oplevert.

'Wil je dat we je ouders bellen, Aiden?' vraagt Tran. 'Een van onze agenten kan je naar hen toe brengen.'

'Nee. Nee.' Hij slingert naar voren, maar weet overeind te blijven en veegt zijn tranen over zijn vlekkerige gezicht.

'We begrijpen dat je vandaag een enorme schok te verwerken hebt,' zeg ik, 'maar we zullen binnenkort nog wel met je moeten praten. We hebben je hulp nodig om degene te vinden die Rick dit heeft aangedaan.'

Aiden kreunt en schuifelt neurotisch in een kringetje rond, met zijn gezicht nog steeds in zijn handen. 'Kan ik naar binnen?'

'Op dit moment niet, helaas', zegt Tran. 'Maar als je iets nodig hebt, kan ik het misschien voor je pakken.'

Hij grijpt met zijn vuisten in zijn blonde haar en kijkt wanhopig naar het huis.

'Aiden?'

'Ik wil alleen maar naar mijn ouders.' Hij struikelt voorover en stormt dan opeens naar de smalle strook gras die uitkomt in de voortuin. Het duurt een ogenblik voordat we overeind krabbelen en achter hem aan gaan.

De journalisten springen op wanneer ze Aiden zien, ze gooien hun waterflesjes gauw weg en zetten snel hun telefoontjes en videocamera's aan. Aiden duikt in zijn pick-up en rijdt met hoge snelheid in een grote boog achteruit, waarbij hij bijna de voorkant van Simon Charlestons Mazda aantikt.

'Hé!' schreeuwt Simon en rent zonder veel overtuiging door de tuin.

Alsof de duivel hem achternazit schiet Aiden naar voren en rijdt de straat op. De persmensen zwermen als insecten achter hem aan.

Uit de andere richting komt het busje van de technische recherche aanrijden, dat stilstaat bij de stoeprand zodat de samengestroomde buren op moeten breken. Een jack russell ontsnapt uit de groep en rent de tuin door, zijn riem sleept over de grond achter hem aan. De hond vliegt regelrecht op Simon af en begint om zijn voeten te keffen terwijl Simon een telefoongesprek probeert te voeren.

Tran neemt het chaotische tafereel hoofdschuddend op.

'Volgens mij weet Aiden iets', zeg ik. 'Hoorde jij hem ook zeggen dat het zijn schuld was?'

'Misschien. Maar het lijkt me dat hij vooral in shock is. Je kunt morgen of woensdag wel weer met hem praten.' Trans hoge jukbeenderen lijken haar bewering kracht bij te willen zetten. Ik vind het moeilijk te raden hoe oud ze is. Haar huid glanst, maar is zo strakgespannen dat ik botox vermoed.

Tran en ik laten Lane achter om het huis te bewaken en gaan de technisch rechercheurs begroeten: drie mannen die net uit hun busje stappen.

'Het belangrijkste is dat het wapen wordt gevonden, maar ik wil ook dat het huis, de garage en de tuin op drugssporen worden onderzocht', zeg ik als we bij elkaar staan in de schaduw van de carport. 'En alle elektronische apparatuur moet zo snel mogelijk ingepakt worden en naar het lab gestuurd. Verder wil ik dat jullie de foto's in de slaapkamer op vingerafdrukken controleren – iemand heeft op het gezicht van het vermiste meisje gekrast, waarschijnlijk met een soort onuitwisbare stift.'

'We zouden de inkt kunnen bestuderen', biedt een van de rechercheurs aan, zo te zien de jongste. 'Misschien krijgen we dan een indruk van het tijdstip dat er is gekrast.'

De technici trekken hun witte pakken en handschoenen aan en gaan het huis binnen. Dan parkeren er nog twee auto's bij het huis. Een kale man van middelbare leeftijd rolt bijna uit een Nissan Pathfinder en loopt puffend naar ons toe. 'Ha Celia', zegt hij piepend tegen Tran voordat hij zich tot mij richt. 'Mick Lamb, regionaal lijkschouwer.' Hij geeft me een bezwete hand. 'Mijn airco hield er onderweg mee op', verontschuldigt hij zich. 'Wat hebben we hier? Een overleden knul met hoofdwonden, toch?'

Ik kijk naar Tran, die haar aandacht weer bij haar onafgebroken zoemende telefoon heeft.

'Dat klopt. Hij is hier binnen.' Ik knik naar de garage. 'Wat ik vooral van u wil weten is welk soort wapen er volgens u gebruikt is, en of een tienermeisje deze verwondingen kan hebben toegebracht.'

'Ja hoor, tuurlijk.' Mick Lambs ademhaling vertraagt langzaam tot een normaal tempo. 'Dat zal waarschijnlijk pas echt duidelijk worden na de volledige autopsie, maar als ik zo een kijkje heb genomen zal ik je zeggen wat ik denk.' Met een ernstige blik loopt hij om Fletchers lichaam heen, gaat dan zijn instrumenten halen en installeert zich in de garage.

Lane wordt afgelost door een van de invallers waar Tran om had gevraagd: agent Tim Mayfair, een bleke, gedrongen man met felrood haar en een hoge stem. Hij knoopt bedaard een praatje aan met de onthutste buurtbewoners op straat terwijl Lane, Tran en ik bij de voordeur bijeenkomen om de overdracht van de zaak af te ronden.

'Goed,' begint Tran, 'Lamb denkt dat Fletchers autopsie woensdag wordt.' Met haar ogen halfdicht tegen de middagzon scrolt ze door haar telefoon. 'Ze stonden al onder druk om de achterstand voor Pasen weg te werken, maar ik heb ze duidelijk gemaakt dat dit een dringend geval is.' Nu kijkt ze bezorgd. 'Oké, ik heb nog een minuut of tien. Is er verder nog iets wat je wilt bespreken?'

Ik werk het vragenlijstje af dat ik in het vliegtuig had opgesteld. 'Zijn er bewakingsbeelden? Staat daar mogelijk iets van zaterdagavond of vanochtend op?'

‘We waren net bezig om het beeldmateriaal van de gemeente op te vragen toen dit drama erbij kwam, maar we verwachten niet dat ze veel hebben’, antwoordt Tran.

‘Er is bijna niets’, zegt Lane. ‘We horen telkens geruchten dat er nieuwe camera’s komen, maar er gebeurt niets. Volgens mij is er geen budget.’

Tran werpt hem een geïrriteerde blik toe.

‘Heb je nog iemand anders op het oog naast Daniel en Abbey?’ vraag ik.

‘Een paar jongeren die op het feest waren, beweerden dat iemand Abbey lastigviel,’ zegt Tran, die weer op haar telefoon kijkt, ‘maar we weten nog niet wie die jongen is. Als het goed is krijg je later vandaag of morgen beschikking over haar belgegevens en socialemedia-accounts, dus hopelijk duikt er daar wat op.’

En weer loop ik tegen de overbekende onzichtbare muur op. Bij de meeste moordzaken komt het er in wezen op neer dat je met de beschikbare middelen moet jongleren en uitdokteren waar je tijd aan kunt besteden en wat je moet laten schieten. Deze zaak wordt beslist geen uitzondering.

‘Oké, laatste vraag’, zeg ik. ‘Hebben ze op dat feest veel gezopen of geslikt?’

‘Helemaal niets, als we hen mogen geloven. Je zou denken dat ze het hele feest hebben uitgezongen op een rantsoen van wat lightbiertjes uit het keukenkastje’, zegt Tran met een wrang lachje. ‘Ik moet er nu echt vandoor. De anderen kunnen je verder bijpraten. Mijn team heeft de handen vol en ik kan ze niet alleen laten.’

‘Natuurlijk.’

Eerlijk gezegd wil ik niets liever dan dat Tran weggaat; ik wil mijn handen vrij hebben om alle losse draadjes met elkaar te verweven, al ben ik wat nerveus en moet ik er even in komen.

‘Nog even een waarschuwing’, zegt Tran. ‘Je moet Daniel Clark echt voorzichtig benaderen, Gemma. Hij is niet bepaald dol op de politie, en ik wil straks geen opgeklopte klacht aan m’n broek krijgen.

Als ik jou was, ging ik eerst even bij hem langs om kennis te maken en hem en zijn vrouw wat vragen over Rick te stellen.'

'Geen probleem, doe ik.'

'O, en nog iets wat ik vergeten ben te melden', zegt Tran, opeens bedremmeld. 'Rick heeft gisteravond naar het bureau gebeld om te zeggen dat hij iets wilde vertellen.'

'Wat dan?'

Tran aarzelt. 'Dat weten we niet. Vanaf het moment dat Abbey vermist was, wilde ik dat het politiebureau dag en nacht bemand werd, maar ik kon vannacht niemand vinden en het hele team had gisteren al een volle dag gewerkt. Ik ben zelf zo lang mogelijk gebleven, tot een uur of elf. Ricks telefoontje is direct naar de voicemail gegaan, maar ik had de lijn van het bureau niet goed doorgeschakeld naar mijn eigen telefoon. Toen zijn bericht vanochtend eindelijk werd beluisterd, stond ik al hier over zijn lichaam gebogen.'

Maandag 11 april, 17.28 uur

Tran knikt ons nog eenmaal kort toe en beent dan naar haar auto, terwijl haar vingers nog steeds over haar telefoontje vliegen. Ze voelt zich duidelijk schuldig dat ze Rick gisteravond niet aan de lijn heeft gehad. Een van de technisch rechercheurs inspecteert een paar sneakers bij de voordeur. Zelf zou ik me ook rot voelen – als Rick zijn verhaal had kunnen doen, leefde hij nu misschien nog.

Ik kijk naar Lane, die wat overdonderd lijkt. Ik vraag me af of hij ooit aan een moordzaak heeft gewerkt. 'Ik zou morgen graag een briefing doen op het bureau voordat ik naar de Clarks ga. Kun je vragen of de anderen er om halfnegen zijn?'

'Ja, natuurlijk.'

'En zou je me een opname willen sturen van het voicemailbericht dat Fletcher heeft ingesproken, plus de beelden van zijn verhoor van gisteren?'

'Ja, dat zal ik meteen doen.' Lane probeert ontspannen te glimlachen. 'Wat een dag, hè?'

'Zo zullen we er de komende tijd waarschijnlijk wel meer krijgen.'

Hij slikt en kijkt in de richting van de garage, waar de donkere rechthoek bij de ingang zo nu en dan wordt verlicht door een flitsende camera. Dan recht hij zijn schouders en klemt zijn kaken op elkaar. Ondanks alles moet ik lachen; zijn jongensachtige enthousiasme is vertederend. Ik zeg dat hij voor een goede nachtrust moet zorgen en zet mijn nieuwe zonnebril op.

Ik merk dat Simon Charlestons blik me volgt wanneer ik de tuin door loop.

'Mam,' roept Ben, die uit de opengeslagen deuren van de ambulance stapt, 'is de man in de garage dood?'

'Ik denk dat dat ons hotel is.' Ben wijst naar een houten gebouw met een verdieping een paar honderd meter verderop. Er staat met gouden letters THE PARROT op de dakrand.

'Klopt als een bus.' Ik doe mijn best vrolijk te klinken. 'Goed gezien.'

De lobby met receptie lijkt in niets op een strandtent: reliëfbehang en klassieke meubels met dikke bekleding. Een enorme foto van een ara die door de lucht zweeft, hangt achter de ontvangstbalie.

'Hallo!' bast een luide stem. Een man met roodbruin haar en een brede glimlach verschijnt bovenaan de trap en komt naar ons toe. 'Laat me eens raden – rechercheur Woodstock en de jongeheer Ben. Heb ik het goed?' De begroeting klinkt heel muzikaal door zijn zware, Ierse accent.

'Ja', zeg ik en Ben knikt.

'Ik zeg welkom in Fairhaven en in het bijzonder in mijn logement. Ik ben Cameron O'Donnell. Maar mijn beste vrienden en vijanden noemen me Cam.' Met een bijna kinderlijk enthousiasme leunt hij over de balie om ons een hand te geven. 'Ik heb jullie nummer negen gegeven, dat is de suite helemaal in de hoek op de begane grond. Die vinden jullie vast geweldig. Vanuit de slaapkamer heb je een mooi uitzicht op het strand, gratis en voor niks.'

Hij rookt, dat ruik ik aan zijn adem. Hij heeft geen trouwring om. Het randje van een zwarte tatoeage piept onder de mouw van zijn shirt vandaan. Hij is ongelooflijk aantrekkelijk; een combinatie van jongensachtige charme en een gespierd lichaam.

Hij tikt een toetsencombinatie op de pc in. 'Oké, eens even kijken. Aha, de sterke arm der wet is zo vriendelijk jullie rekening te betalen. Ik heb alleen maar een paar krabbels van je nodig en dat is dan dat. En ik geef je wat maaltijdbonnen voor in de pub, die zijn van het huis.'

'Daar gaan we vanavond eten', zegt Ben.

'Weet ik.' Cam knipoogt naar hem. 'Dat heb ik horen fluisteren.'

Opeens ben ik op mijn hoede en onderteken gehaast de formulieren.

Cam geeft me de sleutel en pakt dan een busje visvoer onder de balie vandaan. 'Hé, vind je het misschien leuk om Paddy te voeren?' Hij wijst naar een aquarium aan de andere kant van het vertrek, waar een opgezwollen rood-witte goudvis lusteloos tussen wier en plastic ruïnes drijft. 'Niet te veel. Een snufje maar.' Wanneer Ben wegsjokt, leunt Cam tegen de balie, met een blik van verstandhouding op zijn ernstige gezicht. 'Ik heb het hele verhaal van Rick Fletcher gehoord. Gewoon niet te geloven.'

Het bloederige tafereel uit de garage borrelt weer bij me op.

'Ja, dat is altijd moeilijk, zeker als het slachtoffer zo jong is.'

'Is hij doodgeschoten? Dat heb ik gehoord. Ik bedoel, kolere zeg.' Cam schudt ongelovig zijn hoofd. 'Dit is Fairhaven hier, niet de een of andere linke achterbuurt in Limerick.'

'Ik kan er echt niet op ingaan.'

'Nee, natuurlijk niet. Neem me niet kwalijk.' Cam zucht en wrijft in zijn ogen. 'Hij heeft hier gewerkt, wist je dat? Tot ongeveer een maand geleden. Ik zie hem zo voor me, hier in de keuken, geintjes maken met het personeel... tjee, hij was nog maar zo jong.' Met een triest lachje gaat hij verder: 'Jij krijgt dit soort dingen waarschijnlijk de hele tijd op je bordje, maar ik kan het maar moeilijk bevatten.'

Ben zet het busje visvoer terug en begint folders over Fairhaven uit het rekje onder de foto van de ara te trekken.

'Echt makkelijker wordt het nooit.' Ik hou me op de vlakte, terwijl het Cam duidelijk aangrijpt. 'Ken je de vriendin van Rick, Abbey Clark?'

Cam zucht en knippert met zijn ogen in een poging zijn emoties de baas te worden. 'Een beetje. Fairhaven is maar een klein plaatsje, zeker buiten het seizoen. Ze kwam weleens met haar vriendinnen naar het restaurant, en ik kom haar soms tegen. Ze werkt in de supermarkt. Lijkt me een leuke meid.' Hij laat een pen in zijn hand ronddraaien. 'De Clarks zijn hier geen stamgasten of zoiets, hoor. Haar vader

Daniel komt hier af en toe en dan drinkt hij te veel, maar zolang hij niemand lastigvalt heb ik dat liever dan dat hij ergens anders rotzooi trapt. Iedereen weet hoe hij zich thuis gedraagt. Trieste zaak.' Cam grimast. 'De meeste jongens met wie ik het vandaag had over wat Rick is overkomen, denken dat Daniel er wel iets mee te maken zal hebben gehad. De man is een wandelende granaat – toen ze gisteren besloten de zoektocht naar Abbey te staken, ging hij helemaal door het lint. Hij zei tegen iedereen die het maar wilde horen dat Rick wist waar ze was.'

Ik knik. 'En hoelang heeft Rick hier gewerkt?'

'Bijna een jaar, denk ik, in de bediening. Ongeveer een maand geleden heeft hij opgezegd om die tuinbusiness op te zetten. Ik vond het jammer dat hij wegging, maar dat was gelukkig wel om een goede reden.' Cam schudt zijn hoofd en knijpt in zijn neusbrug. 'Ik heb gehoord dat het uit was tussen hem en Abbey. Een jongen die hier werkt zei dat. Overigens wist ik wel dat er iets rommelde.'

'Wat bedoel je daarmee?'

Cam haalt glimlachend zijn schouders op. 'Gewoon, tienerproblemen. Rick zat de hele tijd te klagen dat ze chagrijnig was. Ik heb hem gezegd dat hij haar een beetje moest ontzien omdat ze het natuurlijk thuis niet bepaald makkelijk had. Toen kreeg hij het een poosje geleden in z'n kop dat ze een ander had, maar ja, wie zal het zeggen? Ik kan die jongelui vaak niet meer volgen.' Hij lacht in een poging een vrolijkere toon aan te slaan. 'Het lijkt soms net een stoelendans.'

Ik betwijfel of Abbey echt een ander had; Rick kan gewoon overdreven wantrouwig zijn geweest. Maar als hij het bij het juiste eind had, moeten we deze onbekende figuur zo snel mogelijk vinden en ondervragen.

'Heb je weleens problemen met Rick gehad toen hij hier werkte?' vraag ik.

Even kijkt Cam peinzend voor zich uit. 'Rick is een prima knul. Was. Hij kon af en toe een kort lontje hebben, en hij maakte zich soms opeens ergens heel druk over, maar hij kon hard werken. Zoals ik al zei: ik vond het jammer dat hij wegging.'

'En kende je zijn broer Aiden?'

'Alleen van gezicht. Aardige knul. Iets ouder dan Rick, denk ik.'

Ben begint onrustig te worden. Hij trekt aan mijn hand en ik woel door zijn haar.

'Gaan we nou, mam?'

'Sorry joh, dat ik je moeder zo lang voor me opeis', zegt Cam, die naar voren buigt en Ben speels op zijn schouder stompt. Hij lacht twee rechte rijen tanden bloot. 'Gaan jullie je maar snel installeren. Ik weet wel dat je hier niet bepaald rustig vakantie komt vieren, maar ik wens je een aangenaam verblijf, rechercheur.'

'Zeg maar Gemma.'

'Doen we', zegt Cam vriendelijk en hij komt weer overeind. 'Gemma.' Dan kijkt hij weer naar Ben. 'Als je moeder aan het werk is, past Vanessa Gordon op jou – klopt toch?'

Ben knikt. Cam schijnt hem ontzag in te boezemen.

'Nou zeg, bof jij even. Ze is geweldig.'

Ik voel een zweempje argwaan. 'Hoe wist je dat Vanessa op Ben past?'

Cam glimlacht weer, met aantrekkelijke rimpeltjes in zijn gezicht. 'Heel Fairhaven stond de afgelopen dagen op z'n kop, Gemma. Eerst blijkt Abbey vermist te zijn, dan krijgt Tommy Gordon een ongeluk, en dan uiteraard wat er vandaag is gebeurd, maar toch is je komst niet onopgemerkt gebleven. Die was hét onderwerp van gesprek.'

Ik steek mijn kamersleutel in de lucht en betrap me op een glimlach. 'Bedankt, hoor. We zien je vast nog wel.'

'Graag gedaan. Ik woon hierboven, dus ik ben altijd in de buurt.'

Vreemd genoeg wil ik niet weg uit dit ouderwetse vertrek, maar ik weet mijn ogen van Cam los te maken en loods Ben de deur door.

Een strook licht valt op Cams gezicht en laat zijn blauwe ogen fluoresceren. 'Ik sta vanavond achter de bar', roept hij ons achterna met een accent dat rond de woorden danst. 'Zoek me maar op, dan krijg je een drankje van me. Na vandaag heb je dat wel verdiend.'

Maandag 11 april, 17.57 uur

We hebben een verrassend ruime kamer, bijna net zo groot als mijn oude appartement. Ik inspecteer snel de pantry, zit-, bad- en slaapkamer. Ik ben benieuwd hoelang we hier zullen blijven. In de badkamerspiegel zie ik hoe bleek en slonzig ik inmiddels ben. Terwijl ik mijn make-up verwijder, vraag ik me af hoe we hier in hemelsnaam terechtgekomen zijn.

Nadat we hebben gedoucht en uitgepakt, merk ik dat ik uitgehongerd ben. Tegelijkertijd heb ik een opgeblazen gevoel, dus de gedachte aan eten trekt me minder aan dan zou horen. Ben zit tv te kijken, voor het ogenblik net voldoende in de ban van een stom verhaaltje om de verpletterende pijn niet te hoeven voelen. Ik pers mijn lippen op elkaar, ik vertik het weer te gaan huilen. Ik kijk als een berg op tegen wat ons te wachten staat: ik zal Ben moeten helpen om met zijn grote verdriet om te gaan, en dat terwijl ik als geen ander weet dat dat nooit overgaat, dat je het je simpelweg eigen moet maken totdat het een deel van je wordt.

En voor mij komt er nog allemaal geregel boven op deze emotionele achtbaan. De hele papierwinkel. De volwassen gesprekken en de lastige beslissingen. Dealen met Jodie. Overwegen waar we het best kunnen gaan wonen. Bepalen wat er nog van mijn oude leventje over kan blijven.

Mijn bloeddruk gaat onderuit en de vloer kantelt. Ik ga op het tweepersoonsbed liggen, trek mijn benen op en tel de puntjes die een slingerpatroon op het dekbed vormen. Als ik bij de honderd ben blaas ik mijn adem uit.

Ik stuur een bericht aan Jodie om haar te zeggen dat het goed met ons gaat. Ik stuur hetzelfde tekstje naar pap en dan bel ik Vanessa Gordon.

'Hallo!' Ze heeft een warme, melodieuze stem. 'Ik weet dat de omstandigheden akelig zijn, maar ik zie ernaar uit om jou en Ben vanavond te ontmoeten.' We praten een paar minuten beleefd en spreken dan een tijd af waarop we elkaar in de pub treffen. 'Ik heb iets paars aan', zegt ze lachend.

Ik laat me weer in de kussens zakken en staar naar het plafond. Ik kan het niet langer uitstellen.

Ik bel Mac via FaceTime. 'Hoi, ik ben het.'

'Hoi.' Zijn bezorgde gezicht verschijnt op mijn scherm. 'Ik wilde je net een berichtje sturen. Red je het een beetje? Ging het goed vandaag?'

Ik kan de rest van de kamer niet zien, maar ik weet dat er een halfvolle kop lauwe thee op het bureau staat, en dat Arthur ergens vlakbij opgekruld keihard ligt te snorren.

'De begrafenis was vreselijk, uiteraard.' Ik kuch met opzet. 'Maar eh, ik zit nu op een zaak.'

Macs gezicht verstrakt. 'Wat?'

Ik vertel hem over Jonesy die door Tran werd gebeld, mijn ad-hocbesluit om hiernaartoe te komen en de dramatische toestand op de plaats delict.

'Is dat echt een goed idee op dit moment? vraagt hij koeltjes.

Zijn lichtbruine ogen achter zijn bril met zwart montuur staan ernstig, zijn haar is warriger dan normaal en ik moet meteen denken aan de laatste keer dat ik er met mijn hand doorheen streek. Hij heeft een van zijn dure blauwe ruitjesoverhemden aan – ik zeg altijd voor de grap dat dat eigenlijk zijn politie-uniform is, want hij heeft minstens zes vrijwel identieke shirts. Hij draagt ze altijd als hij aan het werk is, zelfs als hij thuiswerkt. Ook toen ik hem ontmoette had hij er zo een aan.

Toen ik naar Sydney verhuisde hoorde ik voor het eerst van Mac:

een voormalige psycholoog en advocaat die rond zijn vijfendertigste was overgestapt naar de politie, waar hij al snel naam maakte als uitstekend rechercheur, om op zijn drieënveertigste opeens te kiezen voor de wetenschap.

Een paar jaar geleden had de hoofdcommissaris hem weer weten te strikken als adviseur bij ingewikkelde moordzaken en cold cases, wat een goede zet bleek. Met Macs hulp konden een aantal beruchte moordenaars in New South Wales worden veroordeeld. Zo nu en dan ving ik een glimp van hem op, tijdens grote briefings of op het nieuws. Ik had ook een paar online lezingen van hem gevolgd en was onder de indruk van zijn sonore stem en zijn unieke kijk op recherchewerk. Dat benaderde hij als een kunstvorm, een complexe dans. Het verhoor van een verdachte vergeleek hij met een lied, waarvan de coupletten altijd subtiel op de kernvraag terugvoeren. Het gaf me een enorme bevestiging, zoals hij het beroep beschreef dat ik al mijn hele leven uitoefen. Precies hoe ik het werk als rechercheur zelf altijd had ervaren, maar wat ik nooit helder kon verwoorden.

Zo'n drie maanden nadat ik in Sydney was komen werken, gaf Mac een lezing voor senior rechercheurs over de aanpak waarmee hij zijn laatste paar zaken had weten op te lossen. Ik had de eerste vijf minuten van zijn presentatie gemist omdat ik het zaalnummer verkeerd had onthouden, en was uiteindelijk van de ene naar de andere uithoek van de universiteitscampus gerend. Ik stormde het auditorium binnen, knikte verontschuldigend naar alle ogen die mijn kant op keken en haastte me naar de achterste rij, terwijl mijn nieuwe zijden bloes onflatteus tegen mijn klamme huid plakte.

'U bent precies op tijd voor de publieksparticipatie', klonk Macs zware stem.

Het duurde even voor ik doorhad dat hij dat tegen mij zei. Ik wist niet goed wat ik moest doen, dus ik liep naar een stoel maar bleef staan. Met een hartverzakking, dat wel.

'Ik zei net hoe belangrijk het in deze branche is wanneer je je kwetsbaar kunt opstellen', zei hij, zijn ogen op mij gericht. Ik speurde naar een vleugje humor in zijn blik, maar dat zag ik niet. 'Misschien kunt u ons vertellen wanneer u zich in een werksituatie kwetsbaar voelde?'

Ik schaamde me dood, het zweet droop over mijn rug. 'Eh, nu?'

Ze moesten allemaal lachen, ik ging zitten en bleef de rest van zijn lezing angstvallig zijn blik ontwijken.

Na die eerste keer spotte ik Mac overal op het werk. Leunend tegen de achtermuur wanneer ik een briefing hield, de handen ineengestrengeld voor zich, de ogen gesloten. In de gangen van het Harbourside-politiebureau. Ik ontdekte later dat achter die buitenkant een scherpe geest schuilging die maar één versnelling kende: de turbo. Vóór de zaak-Nicki was hij slechts zijdelings bij mijn zaken betrokken, maar ook toen stuurde hij me vaak een e-mail na afloop van een briefing om me op andere invalshoeken en vergelijkbare zaken uit het verleden te wijzen. Hij was een originele denker en bezat een groot inlevingsvermogen, wat me erg voor hem innam. Zijn kalme energie trok me enorm aan, en zelfs voordat ik hem beter leerde kennen wilde ik indruk op hem maken.

Maar op die dag dat hij zijn lezing in het auditorium hield, had ik geen idee wat ons te wachten stond. Ik wist alleen dat de tinteling die door mijn arm joeg toen hij me na afloop een hand gaf, iets bijzonders was – nadat ik drie jaar ver uit de buurt was gebleven van alles wat maar naar romantiek zweemde, veranderde er opeens iets. Ik mocht deze intelligente, knappe, iets oudere man wel.

Nog geen vier maanden na die handdruk werd Nicki Mara vermist. Nog geen tien maanden geleden. Ik kan me maar moeilijk voorstellen dat ik Mac een jaar geleden nog helemaal niet kende, en toch lijkt het alsof die twee vreemden in het auditorium acteurs in een film waren. Onschuldige versies van onszelf, die toevallig wel een leuke rol speelden waar de vonken vanaf spatten. Onze verhouding was intens, maar kende een zekere lichtheid. Nu voel ik telkens een zwaarte als ik met hem omga, en ik weet dat ik Mac mee de diepte in trek.

'Gemma, heb je me wel gehoord?' Hij klinkt ontstemd, wat niks voor hem is. 'Ik betwijfel echt of je in deze situatie een vermissingszaak zou moeten aannemen.'

Mac is de enige die weet hoe erg de zaak-Nicki me aan het wankelen heeft gebracht. Aanvankelijk was ik blij dat ik iemand had bij wie ik helemaal open kaart kon spelen, iemand die mijn wanhoop begreep en me uit de put wist te trekken, maar de laatste tijd begin ik het gevoel te krijgen dat hij daarmee informatie bezit die in zijn voordeel is. Kennis die mijn gebruikelijke schuilplaatsen verraadt.

'Volgens mij is dat prima', zeg ik geïrriteerd.

Mac doet zijn bril af en wrijft in zijn ogen. 'Daar zullen we het dan wel niet over eens worden. Waar zit je precies?'

'In Fairhaven, een toeristenplaats zo'n veertig minuten ten noorden van Byron Bay. Kennelijk met meer surfers en dolfijnen dan alle andere badplaatsen.'

Hij snuift schamper en zijn telefoon verschuift, waardoor ik even een glimp van onze studio in Glebe opvang. Een hoek van Macs lievelingsschilderij – een straattafereel in Parijs – en de rijen boeken in de eikenhouten boekenkast. Een vaasje met pennen. 'Fairhaven, dat ken ik. Jaren geleden heb ik er een keertje tijdens een gerechtelijk onderzoek geadviseerd. Een jong stel was vermist. Uiteindelijk werd in het vooronderzoek bepaald dat de man zijn vriendin had vermoord en er vervolgens vandoor was gegaan. Het was nogal een zootje, als ik het me goed herinner. Getuigen die hun verklaring introkken, onbruikbaar bewijsmateriaal.'

'Echt waar?' vraag ik, en ik neem me voor die zaak later eens te bekijken. 'Dan ken je de baas waarschijnlijk. Volgens mij is de man al eeuwenlang hier.'

'Hij heette Gordon', zegt Mac zoals verwacht. Hij heeft een geheugen als een olifant.

We zeggen even allebei niets, en het enige wat ik hoor zijn de hoge stemmetjes van het tv-programma waar Ben naar zit te kijken.

'We gaan zo in de pub eten', verbreek ik de stilte. 'Die hoort bij het hotel.'

Mac zucht. 'Ik weet gewoon niet wat ik moet zeggen, Gem. Ik heb me vandaag zo'n zorgen om je gemaakt, en ik wilde echt bij je zijn – en nu hoor ik opeens dat je ergens in the middle of nowhere zit en een vermissingszaak moet leiden.'

'En ook een moordonderzoek.'

Mac rolt niet eens met zijn ogen. 'Gemma', zegt hij vermanend.

Zo gaat het altijd tussen ons: ik race vooruit en hij remt me af. Ik denk weer aan al die avonden dat we tot laat doorwerkten en met onze hoofden dicht bij elkaar gebogen het ene na het andere doodlopende spoor probeerden, op zoek naar dat ene aanknopingspunt dat ons naar Nicki kon leiden. In die tijd werd ik verliefd op hem, ik bewonderde zijn kalme, wijze manier van doen. Maar nu is alles anders geworden. Zelfs Mac kan me de route niet wijzen in een landschap zonder Scott; die zal ik alleen moeten uitstippelen.

'Dat meisje is Nicki niet, Gemma.'

'Ik ben niet achterlijk, Mac.'

Hij gooit het over een andere boeg. 'Denk je echt dat het een goed idee is om Ben daar mee naartoe te slepen? Kon hij niet bij Jodie blijven?'

'Nee.'

Mac staart me strak aan. 'Ga hem nou niet gebruiken om je gelijk te bewijzen, Gemma. Luister naar iemand die er verstand van heeft: dat werkt niet.'

Mac heeft twee volwassen kinderen en de verhouding met zijn exvrouw is kil. Hij weet van zichzelf dat hij workaholic is en meent dat zijn gedrevenheid en ambitie die haar in het begin had aangetrokken, uiteindelijk de reden is geweest dat ze bij hem wegging. Zijn verhouding met zijn dochter Molly, die in Sydney woont, is prima, maar tussen hem en zijn zoon Billy, die naar Engeland is vertrokken, blijft het stroef gaan. We hebben meer bagage dan een Airbus 380, zegt Mac vaak.

'Ik wil helemaal niets bewijzen', antwoord ik bits. 'Ik probeer alleen maar na te denken, en dat lukt me in Smithson niet, waar iedereen me op de nek zit.'

Mijn boosheid vlamt hoog op en dooft dan tot een smeulend grijs hoopje uit.

'Hoe gaat het met Ben?' vraagt Mac kalm, en het lijkt even of ik zijn hand langs mijn wang voel strijken.

'Ik heb geen idee', geef ik toe. 'Hij praat. Hij is verdrietig. Hij is boos. Alles wat te verwachten valt.'

Weer volgt er een ongebruikelijk zwijgen.

'Ik moet vliegen, er is zo een briefing', zegt Mac met tegenzin.

Opeens verlang ik hevig naar hem. Ik moet weer denken aan de laatste keer dat we samen waren, vijf weken geleden toen ik me in mijn vaders logeerkamer aan hem vastklampte. We waren allebei doodsbang dat het kostbare dat tussen ons opbloeide zou afsterven en wegrotten – verstikt door alles wat er om ons heen gebeurde. Ik wilde niets liever dan opgaan in het moment, ik verlangde naar Mac, maar het lukte me niet goed om alles van me af te zetten. Toen we na afloop in het donker lagen terwijl onze hartslag tot een normaal tempo afnam, besloten we onze vakantie af te zeggen. Het zou mijn eerste reis naar Europa worden, maar we waren het erover eens dat er later wel een geschiktere gelegenheid zou komen. Maar toch, als ik eerlijk ben hebben we niet alleen onze vakantie uitgesteld. Het lijkt eerder of onze hele relatie in de wacht staat.

Onze eerste paar keer samen waren zo heftig, met een intimiteit waar ik bijna van schrok, maar nu lijk ik wel gevoelloos. Alsof ik niet meer zeker van ons ben.

'Help je mee met een nieuwe zaak?' vraag ik.

'Ja. Een cold case. Een brand waarbij twee mensen waren omgekomen. Een agent van jullie kreeg een tip van iemand die op zijn sterfbed verklaarde dat het vuur was aangestoken.' Hij zwijgt even. 'Ik kwam Owen gisteren tegen. Je moest de groeten hebben. Hij vindt het vreselijk om met Carl te moeten werken, hij wil dolgraag dat je terugkomt.'

Ik schuif iets opzij zodat ik Ben kan zien. Hij zit nog steeds gekruld op de bank, zijn kin op zijn opgetrokken knieën, en staart naar de tv.

'Ach ja', zeg ik. 'Owen weet zich wel te redden.'

'Ik wil ook nogal graag dat je terugkomt, Gemma', zegt Mac. 'Even praktisch: wanneer denk je dat je naar huis kunt komen?'

Daar geef ik geen antwoord op. Door de tussenmuur klinkt een roffel van een leidingbuis als iemand hiernaast de douche aanzet.

Ik onderdruk een snik en kantel de telefoon iets in een wanhopige poging mijn emoties de baas te blijven. We waren nog maar een maand samen toen Mac voorstelde dat ik mijn piepkleine appartement in Forest Lodge zou opzeggen en met mijn schamele bezittingen bij hem in zijn piepkleine studio in Glebe zou komen wonen. Officieel ons leven delen: hij was er evenzeer op gebrand als dat ik er de zenuwen over had, maar hij schaamde zich er niet voor dat tegen me te zeggen. En ondanks mijn reserves hadden we een heerlijke tijd. We vormden dan wel niet zo'n hecht venndiagram als Scott en Jodie dat met Ben voor elkaar hadden gekregen; onze cirkels bewogen zich los van elkaar in een parallelle baan, maar raakten hoe langer hoe meer op elkaar afgestemd. Vandaar dat ik me de laatste paar weken bedrogen voel, en ergens diep vanbinnen ben ik ervan overtuigd dat de belemmering van ons geluk in feite op een vorm van karmische straf neerkomt.

Ik draai het telefoonscherm weer recht en schraap mijn keel. 'Sorry. Ik weet het niet. Ik wil Ben niet het gevoel geven dat ik mijn manier van leven aan hem opdring. Het is zo al verwarrend genoeg voor hem.'

Nu schraapt Mac zijn keel. 'Tuurlijk, dat begrijp ik. Maar je zult op een gegeven moment moeten beslissen wat je gaat doen. Met deze zaak kun je daar een week of twee langer over nadenken, maar hoe dan ook lijkt het me geen oplossing voor de lange termijn dat jullie in Smithson blijven, toch?'

Ondanks de zon die uitbundig naar binnen schijnt, trekt er een ijskoude rilling door me heen. Het enige wat ik wil is duizend jaar slapen. Ik schiet vol en kijk naar Macs bezorgde gezicht, dat een ogenblik overgaat in dat van Scott.

Er klinkt een galmend gekrijs in mijn oren en ik focus me weer op de stippels van het dekbed. 'Ik geloof niet dat er op dit moment een echt goede oplossing is', fluister ik en beëindig het gesprek.

Maandag 11 april, 18.24 uur

Wanneer ik de hoteldeur achter me dichttrek en Ben bij de hand pak, kleurt de lucht rozenrood. Na mijn gesprek met Mac voel ik me teugelloos en een beetje roekeloos. Vanaf de andere kant van het gebouw stijgt een zacht geroezemoes op van een groepje mensen dat voor de ingang van het restaurant staat te praten en te roken. Voornamelijk toeristen: dat merk je direct aan hun duidelijk Britse tongval en knalrood verbrande gezicht. De vrouwen dragen allemaal eenzelfde vakantieoutfit: luchtige zonnejurken of hemdjes met een dolfijnenmotiefje, kleding van de sale bij de surfwinkel waar we eerder vandaag langskwamen. Hier en daar ligt nog een laatste zonaanbidder op het strand langs de baai en er zitten vissers op de pier; telkens als iemand opstaat om de vangst in te halen, joelen en klappen de toeschouwers.

Ook al heb ik het beton en het rumoer van Sydney achter me gelaten en ben ik de afgelopen paar weken weer wat aan de frisse lucht en het hoge gras van Smithson gewend, toch ervaar ik Fairhaven als nóg een stapje dichter bij de natuur. Er is hier geen enkele grens tussen de stad en de immense oceaan, en ik ben me meer dan anders bewust van mijn eigen sterfelijkheid.

De warme lucht in de pub tast gretig als een dronkenman naar onze blote huid. Jimmy Barnes blèrt ons uit de boxen tegemoet en mijn neus raakt verstopt door een robuuste cocktail van bier, zweet en dierlijk vet. Midden in de eetzaal hangt een glinsterende kroonluchter en er ligt een fel smaragdgroen tapijt. Een opzichtige muurschildering met papegaaien bedekt de lange wand en in mijn gedachten worden daar ook Scotts begrafenis, de ruzie met pap, het verminkte gezicht van Rick Fletcher en Macs teleurstelling op geprojecteerd tot er een uiterst bizarre collage ontstaat.

Het duizelt me even, al die heftige indrukken.

Aan de tafeltjes voor in de bar zitten allemaal gezinnen, de stamgasten hebben de krukken opgeëist en zo te horen zijn de backpackers buiten op het terras. Een aantal van de verslaggevers die eerder bij Ricks huis waren, zitten om een grote tafel in de hoek rumoerig te praten, opgelucht nu ze weer terug zijn in hun natuurlijke habitat. Ik herken Simon Charleston, die helemaal achterin bij de muur een telefoongesprek probeert te voeren.

Sommige mensen zien nog pips, zo geschrokken zijn ze, en er heerst een sfeer van onuitgesproken angst. Iedereen hier is op z'n qui-vive.

Ik loods Ben door de drukte. 'Hierheen.'

Cam grijnst ons vanachter de bar toe en ik zwaai naar hem, waarna we aan een tafeltje voor twee in de eetzaal gaan zitten. Vrijwel direct wordt er een mandje met afbakbrood en een kan water tussen ons neergekwakt. 'Dank je', zeg ik tegen de verdwijnende paardenstaart van de serveerster.

Ben wipt achterover op zijn sowieso al gammele stoel en laat zijn blik nieuwsgierig het vertrek rondgaan.

'Zo,' zeg ik, 'wat een heftige dag, hè. Gaat het een beetje met je?' Ik verafschuw dat formele toontje van me, ik lijk wel zo'n stomme therapeut uit een televisiefilm. En ik zie Scotts moedeloze gebaar al. *Allemachtig, Gemma, praat gewoon met hem. Zo moeilijk is dat niet.*

Ben schokschoudert.

'Het spijt me dat ik je vandaag naar dat huis heb meegenomen. Het ging allemaal heel snel opeens, maar ideaal was het niet.'

'Waarom heeft iemand die man doodgemaakt?'

Rick Fletcher was nog geen tien jaar ouder dan Ben. Maar al was Ricks gebruinde huid nog gaaf en zijn lichaam nog niet helemaal volwassen, toch was hij beslist al meer man dan jongen. Als ik Bens smalle schouders en zijn ronde gelaatstrekken zie, moet ik vechten tegen de neiging hem in te pakken en op te bergen zodat hij voor altijd zo jong blijft als nu.

'Dat weet ik nog niet. Mensen doen veel dingen die nergens op slaan.'

De zanger van het coverbandje begint met zijn tamboerijn tegen zijn bovenbeen te slaan, en een ogenblik gaapt Ben hem vrijwel zonder te knipperen aan. Dan zegt hij: 'De man kende het meisje dat vermist is. Jij en Cam hadden het erover.'

Ik schrik ervan dat hij zoveel meekrijgt. 'Ja, ze waren vrienden.'

'Denk je dat hij iets slechts met haar heeft gedaan?'

'Toe nou, Ben, ik wil niet dat je daarover zit te denken. Daar maak ík me wel druk over, dat is mijn werk.'

'Pap zei altijd dat je werk gevaarlijk is.'

Weer kantelt de aarde, en ik druk mijn voeten stevig op mijn barkruk. 'Soms wel, maar ik ben heel voorzichtig.'

We kijken een poosje naar het bandje. Wat zou ik dolgraag Bens hoofd binnen willen stappen om er zijn gedachten te kunnen lezen. Checken of hij in orde is en zo nodig het een en ander bijstellen.

'Ik weet dat je pap ontzettend zal gaan missen.'

Hij knikt met zijn hoofd maar antwoordt niet.

'Ben je blij dat we hierheen zijn gegaan?' probeer ik dan.

Hij schopt tegen de tafelpoot en staart narrig voor zich uit. 'Het is hier een stuk leuker dan in Smithson.'

'Nou, dat weet ik nog zo net niet, maar hopelijk doet een andere omgeving ons allebei wel goed.' Ik besef meteen dat dat precies is wat ik tegen Jonesy heb gezegd – misschien moet ik het wel blijven herhalen tot ik het zelf geloof.

'Kun je alle andere agenten hier al het werk laten doen omdat jij de baas bent?' vraagt Ben.

Daar moet ik om lachen. 'Zo ongeveer, ja.' Ik geef over de tafel een kneepje in zijn hand. Ondanks de grote afstand die er vaak tussen ons was, wisten we telkens instinctief onze draai weer te vinden na een tijd apart. Ik maak me zorgen over hoe dat zal gaan als ik altijd in de buurt ben, maar mijn angst voor het alternatief is nog groter. Vreemd genoeg lijkt de mogelijkheid dat ik helemaal word uitgevlakt nu op de een of andere manier reëler dan toen Scott nog leefde. Al stond hij niet altijd te juichen bij alles wat ik deed, hij zorgde wel dat er ruimte was voor mijn rol als Bens moeder, ondanks onze onorthodoxe omgangsregeling.

'Wil je wat brood?' Met afgewende neus bied ik Ben het mandje aan.

'Pardon? Hallo.' Een vrouw met een sportief uiterlijk komt bij ons tafeltje staan en staart me strak aan. De gelooide huid is bij haar neus en wangen gladgetrokken. 'Ik wil jullie niet storen tijdens het eten,' zegt ze met luide stem en haar gezicht maar een paar centimeter bij het mijne vandaan, 'maar ik wou me eventjes voorstellen. Jij bent Gemma, ik heet Tara Sheffield.' Ze laat haar stem theatraal zakken. 'Ik weet dat je hier voor de moord op Rick bent. Ik heb je gegoogeld. Vandaar dat ik wist hoe je eruitzag.'

'Hallo', hakkel ik. Ik doe het in mijn broek voor dit soort vrouwen: iemand met zo'n tot in de puntjes verzorgd uiterlijk dat ze eerder op een etalagepop lijkt dan op een mens.

Na een ongemakkelijke stilte steek ik mijn hand uit. Lachend schudt ze hem. Ik staar gebiologeerd naar haar fluorroze nagels die ze onafgebroken door haar pikzwarte haar harkt. 'Ongelooflijk wat die jongen van Fletcher is overkomen. Zo tragisch.' Traag slaat ze een kruisje; eerst tilt ze haar hand op in de richting van haar slaap, dan laat ze hem weer zakken naar haar borst en ze wijst vervolgens met een vinger van het ene naar het andere sleutelbeen. 'Je mag me natuurlijk niets vertellen. Daar weet ik alles van, tenslotte ben ik met een arts getrouwd.' Ze rolt met haar ogen. 'Echt, privacy is hét buzzword bij ons thuis.'

'Aha', zeg ik, me vermannend.

'Trouwens, ik ben een vriendin van Vanessa Gordon. Ik zit hier met m'n gezin, kijk maar.' Ze wijst naar een kale, sportief uitziende man en kinderen met een lichtbruine huid aan een tafeltje verderop. 'Dat is mijn man, Eric. Hij is chef van het plaatselijke ziekenhuis. Hij heeft heel vaak contact met de politie, dus jullie paden zullen elkaar vast vroeg of laat kruisen.'

Eric glimlacht me vriendelijk toe, en ik reageer met een knikje.

'Maar hoe is het met jóú?' Tara zakt door haar knieën tot ze Ben aan kan kijken en trekt een gezicht waaruit blijkt dat ze het weet van Scott.

'Goed, dank u wel', zegt Ben.

'Zo mag ik het horen', kirt ze. 'Flinke knul.' Ze grijpt mijn hand vast alsof we goede vriendinnen zijn.

Ben neemt een grote slok water en blijft Tara aangapen.

Ik schraap mijn keel en probeer wanhopig een veilig gespreksonderwerp te bedenken.

Tara stoomt echter door en kijkt ons stralend aan. 'Ik weet dat je hier voor je werk bent, maar ik hoop dat je ook een beetje van Fairhaven kunt genieten. De schoonheidssalon aan Church Street is van mij, die grote op de hoek. Een roze gebouw, valt niet te missen. Kom eens langs voor een behandeling.' Haar blik glijdt over mijn slordige paardenstaart en al een tijdje niet bijgewerkte make-up. 'Alleen als je tijd hebt, uiteraard.' Dan buigt ze zich dichter naar me toe en fluistert: 'Denk je dat ze nog leeft? Abbey, bedoel ik.'

'Het spijt me, Tara, maar daar mag ik echt niet over praten.'

Haar blik danst door het vertrek. 'Als zij het niet was, zou ik hebben gedacht dat ze weggelopen was. Die tienermeisjes doen altijd zo dramatisch, en sowieso heeft ze het thuis niet bepaald makkelijk. Geen stabiele situatie. Mijn oudste zit in het jaar onder haar, dus ik vang natuurlijk weleens het een en ander op: ze zijn altijd aan het bitchen en roddelen, je kent het wel.' Zuchtend zet ze een hand in haar zij. 'Alleen is haar vader zo'n hufter, het kan bijna niet anders dan dat... tja, dat kan je maar beter niet hardop zeggen, toch? Ik zeg het weleens tegen Eric: Daniel is van nature slecht. Sommige mensen zijn nu eenmaal zo, toch? Zijn ouders waren net zo. Rotte appels. Nou ja, ik weet zeker dat iedereen er zo over denkt. En nu heeft hij haar vriendje wat aangedaan. De arme zielen.'

'Daar mag ik echt niet over praten', herhaal ik op zo vriendelijk mogelijke toon, met een hoofdknikje in de richting van Ben in de hoop dat ze de hint oppikt.

'Vanzelf.' Ze maakt een ritsgebaar met haar vingers langs haar lippen en flapt er dan uit: 'Het is alleen dat er hier al jarenlang niets naars is gebeurd. Niet sinds dat andere jonge stel is verdwenen – en dat was vréselijk, echt waar. De jongen, Greg, werkte hier namelijk vroeger. Heel aardig joch. Schonk altijd de drankjes voor ons in, en hij kwam heel vriendelijk over, maar ja, je weet natuurlijk nooit wat er bij iemand allemaal onder de oppervlakte speelt. Het was hier jarenlang hét onderwerp van gesprek.' Ze stopt even en gaat dan fluisterend verder. 'Sally's moeder komt nog steeds af en toe naar mijn salon. Ze ziet er belabberd uit, als ik het zeggen mag; door de hele toestand lijkt ze veel ouder, met zo'n afgetobd gezicht.'

Ik begrijp dat Tara het over dezelfde zaak moet hebben als waar Mac het aan de telefoon over had.

'Maar goed', gaat Tara verder, nog harder zelfs dan daarnet. 'Nu worden er hier dus opeens tieners het hoofd ingeslagen en vermoord en er zijn pedo's die op het strand onze kinderen lopen te fotograferen. Er is zelfs ingebroken in mijn salon, dat geloof je toch niet? Ik heb niet eens geld in kas, het was puur vandalisme. Eerlijk waar, ik zei vorige week nog tegen Tommy dat hij de politie maar eens moest laten patrouilleren, net als in de grote stad.' Ze richt zich op en inspecteert haar nagels. 'Dat zal wel het een en ander kosten, maar je moet dit soort ongeregeldheden in de kiem smoren, toch?'

Zodra ze ademhaalt zie ik mijn kans schoon. 'Nou, fijn dat je even dag kwam zeggen.'

Ze steekt haar hand in de lucht als om me het zwijgen op te leggen. 'Nou ja, ik klets weer veel te veel. Ik zal je niet langer lastigvallen. Succes ermee. En vergeet niet even langs te komen in mijn salon. Van het huis.'

Ben kijkt hoe Tara wegtrippelt. 'Wat had die mevrouw een harde stem.'

'Volgens mij probeerde ze alleen maar vriendelijk te zijn.'

Cam komt achter de bar vandaan met een knipoog naar Ben. Hij laat zijn armen op onze tafel rusten en zegt samenzweerderig: 'Ik zag dat het welkomstcomité bij jullie langs is geweest.'

'Eh, ja.'

Hij lacht. 'Je moet even wennen aan Tara, maar ze bedoelt het niet slecht.' Hij pakt een metalen fiche uit zijn zak dat hij aan Ben geeft. 'Wat denk je, vind je het leuk om straks die videogame eens te proberen?' Verderop staat een klassieke speelautomaat. 'Misschien kun je een poging wagen mijn topscore te overtreffen terwijl je moeder en ik wat drinken samen.' Cam geeft me een veelbetekenende blik en ik krijg meteen een koude rilling.

Bens ogen beginnen te glimmen. 'Cool. Dank u wel.'

'En dan zeggen ze nog dat stadskinderen geen manieren hebben', lacht Cam. Dat laat ik maar zo.

Hij neemt onze bestelling op en loopt weer naar de bar. Ben en ik kletsen een tijdje zonder haperen, aangespoord door het aanhoudende geroezemoes in de pub. We houden het bij veilige onderwerpen: sport, zijn meester op school. Als ik even Cams kant op kijk, zie ik Kai Lane aan de bar zitten met een knappe blonde vrouw die haar lange dreadlocks heeft opgestoken als een soort suikerspin. Hij ziet me niet, maar het valt me op dat hij zijn hand onder de band van haar nauwsluitende rode rok manoeuvreert wanneer hij haar hals kust. Dat doet me denken aan mijn eerste vriendje, Jacob – dat we toen ook de hele tijd aan elkaar zaten, en ik voel heimwee naar die tijd van mijn leven.

We hebben ons eten net op wanneer Vanessa me een berichtje stuurt dat ze eraan komt. Een paar minuten later kijkt Ben nieuwsgierig op als de zijdeur opengaat. 'Ik denk dat ze daar is.'

Ik volg zijn blik en zie een vrouw in de deuropening met een hartelijke glimlach naar verschillende mensen in de pub zwaaien. Wanneer ze ons ziet schiet haar hand in de lucht alsof ze zich als proefkonijn voor een goochelact aanbiedt. Ondanks haar lange grijze haar ziet ze er veel jonger uit dan ruim vijftig, wat ze volgens mij moet zijn. Ze draagt een helderpaars shirt met tie-dye-patronen die bij haar buik tot een draaikolk samenkomen. Een verbleekte spijkerrok spant om haar bruine benen.

'Gemma?'

'Ja. Vanessa?'

'Dan ben jij Ben zeker!' roept ze hem stralend toe.

Ben glimlacht en ik zie meteen dat hij haar aardig vindt.

'Welkom.' Ze richt een bezorgde blik op mij. 'En, hoe is het nu met jullie? Ik begrijp dat jullie een pittige dag achter de rug hebben.'

Er is iets aan deze eenvoudige vraag, iets in haar lieve, moederlijke stem wat me zo raakt dat ik mijn emoties bijna niet de baas kan. Ik zou zo bij haar op schoot willen kruipen en me huilend in haar armen laten troosten.

'Bedankt dat je ons hebt opgezocht', zeg ik toch maar, terwijl ik mijn mond tot een glimlach plooi en onopvallend mijn klamme hand aan mijn spijkerbroek afveeg voor ik hem uitsteek.

'Je geeft een hand!' Ze lijkt opgetogen als ze mijn hand drukt. 'Helemaal zoals het hoort. Het team hier kan wel iemand als jij gebruiken, een beetje verfijning kan geen kwaad. Ik ben Vanessa, uiteraard – maar Ness mag ook.'

'Hallo', zegt Ben, die rechtop gaat zitten. Zijn groene ogen glanzen in het zwakke licht en hij bijt op zijn lip alsof hij zenuwachtig is.

Vanessa bukt zich tot ze op zijn hoogte is. 'Ik heb het gehoord van je papa, en ik weet dat het nu allemaal hopeloos lijkt. En dat zul je waarschijnlijk nog wel een poosje zo voelen. Maar zolang je bij mij bent gaan we doen wat jij nodig hebt, en de rest passen we daar wel bij aan, is dat goed?' Ze haalt haar telefoon tevoorschijn en scrolt tot ze een foto heeft gevonden. 'Dit is Inka, mijn hond. Het is een Hongaarse vizsla. Die ga je morgen ontmoeten. Ze vindt het superspannend dat er een nieuw jongetje met haar komt spelen.'

Ben knikt, hij kan zijn ogen niet van de hond afhouden. Ik weet dat

Scott van plan was geweest hem er in juli een voor zijn verjaardag te geven; Ben wil al zo lang een huisdier.

Vanessa komt overeind en wenkt een ober. 'Deze is van mij', zegt ze met klem nadat ze witte huiswijn voor ons heeft besteld.

'Ik zou jou juist iets te drinken moeten aanbieden', zeg ik. 'Je helpt me ontzettend uit de brand door op Ben te passen.'

Ze wimpelt alle oppasuren weg. 'Doe niet zo gek. Ik zei het al tegen Ken Jones: ik zie er erg naar uit. Ik hou van kinderen. Trouwens, ik zou gek worden wanneer Tommy en ik de hele tijd op elkaars lip zaten.'

Ben vraagt of hij met Cams fiche op de flipperkast mag gaan spelen.

'Als je maar wel meteen terugkomt wanneer het spelletje uit is.'

Vanessa en ik kijken hem na als hij het vertrek door loopt. 'Wat een lieve knul, Gemma.' Ze draait zich naar me om. 'Ik kan gewoon niet geloven wat er gebeurd is met Rick Fletcher. Echt afgrijselijk.'

'Gaat het al wat vooruit met je man?' vraag ik.

'O, die is aan de beterende hand, maar het is niet bepaald een makke patiënt en hij heeft nog steeds flink wat pijn. Ik blijf maar zeggen dat hij in feite enorm geboft heeft. Hij is natuurlijk heel gefrustreerd, zeker met wat er nu allemaal speelt. Diep vanbinnen zal hij echt wel blij zijn dat je kon komen helpen – maar aan de andere kant wil hij er natuurlijk dolgraag bij betrokken blijven.' Ze lacht vrolijk. 'Maar ja, hij kan op het moment niet werken, dus daar zal hij zich overheen moeten zetten.'

Dat klinkt als een beladen opmerking, maar dan wordt onze wijn gebracht en Vanessa steekt enthousiast van wal over de mooie natuur rond Fairhaven. 'Tja,' zegt ze tot slot, 'ondanks wat er vandaag is gebeurd is het echt een leuk stadje. Je voelt je vast snel op je gemak.'

We spreken af dat ik Ben morgen om acht uur bij haar langsbreng.

'We wonen maar een paar kilometer hiervandaan', zegt ze. 'En het politiebureau is nog geen vijf minuten rijden van ons huis.' Ze glimlacht. 'Alles is eigenlijk vlakbij in Fairhaven, dat zul je snel genoeg ontdekken.' Dan houdt ze haar hoofd schuin en tuurt naar me. 'Weet je zeker dat het wel gaat?'

'Alleen een beetje moe', geef ik toe.

'Dan zou ik je adviseren eens goed te slapen, maar ik weet hoe dat bij jullie agenten zit.' Ze zwijgt en lijkt even te twijfelen, maar zegt dan: 'Pas je wel op jezelf, Gemma?'

Weer schiet ik helemaal vol als ze triest naar me glimlacht en dan wegloopt om Ben gedag te zeggen. Op weg naar buiten blijft ze bij Tara's tafeltje staan en ze praten een ogenblik geanimeerd. Tara's man rolt met zijn ogen en als hij mijn blik opvangt glimlacht hij schaapachtig.

Cam wenkt me wanneer ik langs de bar loop, op weg om Ben bij zijn spel vandaan te sleuren.

'Gemma Woodstock! Wat dacht je van dat drankje?' Ik pik Cams accent nu nog duidelijker op, na Vanessa's geronde klinkers.

'Dank je, maar graag een ander keertje. Ik moet Ben naar bed brengen.'

Ik kijk naar de flipperkast, maar daar is Ben niet. Mijn hart slaat op hol. 'Waar is hij?'

'Wie?'

'Ben!' Gejaagd kijk ik het drukke vertrek rond.

'Eh...' Cam tuurt ingespannen van links naar rechts. Dan licht zijn gezicht op. 'Daar is hij.'

Mijn blik schiet de kant op die Cam aanwijst. In een hoek van de pub staat Ben met Simon Charleston te praten.

Maandag 11 april, 20.23 uur

'Hé daar, wat denk je dat je aan het doen bent?' vraag ik terwijl ik tussen de groepjes door dring. Simon kijkt glimlachend op. 'Hallo, rechercheur Woodstock. Ben en ik stonden gewoon wat te kletsen.'

'Nou, laat dat', zeg ik boos en ik trek Ben achter me aan.

Tara kijkt nieuwsgierig onze kant op en zegt iets tegen Eric als ik Ben terugloods naar de bar. 'Wat zei hij tegen je, Ben?'

Mijn zoontje kijkt me aan alsof ik mijn verstand verloren heb. 'Niks. Hij vroeg gewoon naar mijn school en of we hier weleens eerder waren geweest.'

'Ik wil niet dat je zomaar met iemand praat', zeg ik.

'En Vanessa dan?'

'Met mensen van wie ík niet weet dat je met ze praat', leg ik uit.

'Alles in orde?' zegt Cam als we bij de bar zijn.

'Prima.' Ik kijk even naar Simon, die iets op zijn MacBook zit te typen.

Cam knikt opgewekt en zwaait naar iemand die weggaat. 'Fijn om te horen. Weet je zeker dat je niets van me wilt drinken?' Hij gaat op gemaakte fluistertoon verder. 'Met een beetje mazzel kan ik misschien een ijsje voor je regelen.'

Ben kijkt me hoopvol aan.

'Vooruit dan maar', zeg ik glimlachend. 'Zo laat is het nu ook weer niet. Geef mij maar een biertje – een kleintje graag.'

Een serveerster komt Ben een hoorntje chocolade-ijs brengen en Cam tapt een biertje voor me.

'Hoelang woon je hier al, Cam?' vraag ik.

Hij zet grote ogen op, zogenaamd van schrik, en zet zijn accent extra aan. 'Hè? Denk je nou echt dat ik hier niet geboren ben?'

'Mijn ervaring als rechercheur zegt me dat dat niet het geval is, nee.'

'Wow, scherp hoor.' Hij glimlacht hartelijk. 'Zo'n vijftien jaar geleden ben ik hier voor een weekje naartoe gekomen.'

'En je werd verliefd op het klimaat?'

'Op een vrouw, om eerlijk te zijn. Maar het klimaat trok me ook wel, en dat bleek uiteindelijk minder veranderlijk.'

Ik lach.

Hij neemt een bestelling op en begint in een sneltreinvaart een cocktail te mixen. Mijn vermoeide ogen komen tot rust door zijn bewegingen te volgen.

'Ik kom uit een gezin van bollebozen', zegt hij. 'Zelf heb ik een jaartje medicijnen gestudeerd, maar mijn drie broers lijken wel junkies die de ene na de andere titel willen scoren.' Hij gebaart naar de drukte om ons heen en lacht. 'Ze weten zich absoluut geen raad met dit hier.'

'Wonen ze allemaal nog in Ierland?'

'Een van mijn broers woont in Sydney. Hij heeft een vrouw en een stel kinderen, net als mijn andere broers.' Cam knipoogt. 'Ik ben altijd het zwarte schaap, hè.'

'Ze zijn vast erg onder de indruk van wat je hier hebt opgebouwd. Dat zou iedereen zijn, toch?'

Cam lacht met jongensachtige trots de kuiltjes in zijn wangen en maakt de cocktail met een zwierig gebaar af. 'Met zulke opmerkingen maak je je heel populair bij mij.'

Een aantal van zijn klanten hengelen om aandacht, dus we zeggen gedag. Ik neem de zijdeur om uit de buurt van Simon te blijven. Het is nog warm buiten en de zeebries wervelt om ons heen als we naar onze kamer lopen. Het voelt fijn om weer op onszelf te zijn. Ben mag van mij het slot van een kinderfilm kijken en ik pak de laatste spullen uit voor ik met hem zijn avondritueel afraffel en hem het eenpersoonsbed in jaag. Zijn ogen vallen al dicht als ik het laken tot onder zijn kin optrek en hem een nachtzoen geef.

Vandaag is zijn vader begraven, denk ik met een blik op zijn gave gezichtje.

Ik doe het grote licht uit, knip het tafellampje naast mijn bed aan en kleed me om in een oud T-shirt. Dan kruip ik tussen de schone, witte lakens op het tweepersoonsbed, ga op internet en spreid de aantekeningen over de zaak uit die Tran me heeft gegeven. Er komen een paar e-mails binnen: niet alleen heeft Lane me de dossiers gestuurd maar ik heb ook de inlogcodes van Abbeys socialemedia-accounts gekregen. Met een bezwaard gevoel swipe ik door een paar foto's van Abbey en wat vriendinnen. Ze lijkt inderdaad op Nicki, maar niet zo erg als op die eerste foto die ik zag. Honingkleurige strengen lichten op in Abbeys lange, donkere haar en ze heeft leuke sproetjes op haar gladde, licht gebruinde huid. Doordat ze op een aantal foto's een serieuze blik in haar goudbruine ogen heeft, lijkt ze veel ouder dan vijftien. Ik scrol al lezend door wat pagina's met mailwisselingen, recente opmerkingen en contacten op sociale media en haar wereldje komt voor me tot leven. Ze houdt van tekenen, dolfijnen en muziek. Ze maakt zich zorgen over de toekomst van onze planeet. Ze heeft altijd in Fairhaven gewoond. Ik check haar berichten, die vooral bestaan uit linkjes naar nieuwsberichten, blogs en YouTubefilmpjes die vriendinnen haar hebben gestuurd, plus een paar uitnodigingen voor verjaardagsfeestjes. Er is niets wat erop wijst dat ze gepest wordt, depressief is of aan zelfmoord denkt; niet dat ik dat uit zou willen sluiten, maar er zijn in ieder geval geen onmiskenbare signalen. Er is ook geen mailverkeer met Rick – ze zullen dus wel via sms, Snapchat of WhatsApp hebben gecommuniceerd.

Een zekere Robert Weston heeft wel twee berichten gestuurd, allebei in de afgelopen drie weken. Het eerste luidt:

Hoi! Super dat ik je vandaag tegenkwam. Ik hoop dat je het niet vervelend vindt dat ik je op deze manier een berichtje stuur maar ik heb wat rondgevraagd en zo kom ik aan je naam ;-) Je bent zo mooi. Hopelijk zie ik je gauw nog eens. Rob.

Abbey had niet op dit bericht gereageerd, maar dat weerhield Robert er niet van haar vorige week woensdag nog eens te benaderen.

Ben ik weer. Hopelijk had je een geweldige week. Ik was benieuwd of je vrijdagavond naar het feest gaat. Volgens mijn vrienden en mij wordt dat heel gaaf. Zou super zijn je daar te zien. Ik wil graag eens echt met je praten. R.

Abbey antwoordde op vrijdagochtend:

Hoi. Ja, ik was zeker van plan te gaan. Tot dan! Abbey.

Ik klik door naar Robert Westons profielpagina. Die staat ingesteld op privé, maar je kunt wel een paar afbeeldingen zien. Hij heeft een joekel van een dode vis als profielfoto; sterke, bleke handen houden het beest vast. De twee andere foto's zijn landschappen. Robert komt uit Groot-Brittannië, maar hij moet nu wel in Australië zijn: de recent geplaatste foto's zijn op het strand gemaakt. Nergens staan mensen op. In gedachten tik ik met een vinger tegen mijn lip. Het valt me op dat Abbey hem heeft geantwoord op de ochtend nadat ze het met Rick zou hebben uitgemaakt. Ik lees Roberts berichtjes nog eens. Het is duidelijk dat hij Abbey heeft ontmoet, maar ik kan nergens uit opmaken of ze elkaar na zijn eerste bericht nog eens hebben gezien. Haar reactie is vriendelijk, maar het lijkt er niet bepaald op dat ze iets hadden samen, ondanks Roberts flirterige toon.

Ik noteer het mobiele nummer dat aan zijn Facebook is gekoppeld en gaap langdurig in een poging wakker te blijven.

Mijn gedachten dwalen af naar Macs opmerking over het gerechtelijk onderzoek in Fairhaven waar hij jaren geleden als adviseur bij betrokken was, hetzelfde als waar Tara het over had. Even googelen levert tientallen artikelen op, de meeste geschreven door Simon Charleston. Ik klik op het stuk dat dateert van twee dagen na de verdwijning van het jonge stel, Gregory Ng en Sally Luther.

De foto die boven het artikel staat lijkt wel afkomstig uit een modereportage. Glimlachend heeft Greg zijn arm om Sally's schouders geslagen, met een biertje in zijn hand. Hij heeft glanzend, donker haar met een kuifje en een gezonde blos op zijn gebruinde, gave huid. Sally's blonde hoofd is schuin naar de camera gericht, zodat haar scherpe sleutelbeenderen te zien zijn. Haar lach is onschuldig en verleidelijk tegelijk. De gezondheid en jeugdigheid spatten van hen af.

Ze hadden de avond van hun verdwijning niet samen doorgebracht. Het was op een zondag; Sally had bij haar zus Evelyn gegeten en haar geholpen met de laatste voorbereidingen voor haar trouwdag het volgende weekend. Tegen tienen was Evelyn met Sally meegelopen, de korte oprit af naar haar auto, waarna Sally wegreed. Evelyn Luther vroeg niet waar haar zus naartoe ging, maar dat kwam doordat ze aannam dat Sally naar het huis van haar ouders ging, waar Evelyn tot drie maanden daarvoor had gewoond. De volgende ochtend stond Sally's auto er nog voor de deur, zoals altijd, maar haar ouders waren in Sydney met familieleden die voor het trouwfeest naar Australië waren gekomen, dus het valt niet te zeggen of ze die avond en nacht nog binnen is geweest.

Greg werkte een shift van acht uur in de pub, zoals altijd op zondag. Het was een rustige avond en ze sloten rond tien uur. Sally en Greg hadden die zondag niet met elkaar gebeld, maar hij stuurde wel een berichtje om 22.13 uur om te zeggen dat hij bij de pub aan het afsluiten was. Hij zei welterusten en dat hij van haar hield. Er is nooit geantwoord. De twee andere medewerkers klokten uit en Greg bleef achter om op te ruimen en af te sluiten. In het artikel wordt Cam aangehaald, die zei dat hij in de keuken was toen hij Greg hoorde roepen dat hij ervandoor ging. Cam groette terug en zocht er niets achter: tot hij de volgende dag ontdekte dat er bijna achthonderd dollar minder in de kassa zat.

Op dat moment waren Sally en Greg al weg. Gregs auto ook, wat de geruchten aanwakkerde dat ze midden in de nacht met de noorderzon waren vertrokken. Sally's familie hoopt nog steeds dat hun dochter gevonden wordt, en heeft een fikse beloning uitgeloofd voor wie weet waar ze is.

Ik lees over het gerechtelijk onderzoek, dat zo'n twee jaar daarna plaatsvond, sluit het artikel en zoek dan op Simon Charleston.

Er verschijnen een paar portretfoto's, samen met zijn recentste artikel waar een schreeuwerige kop boven staat: SLAPERIG SURFSTADJE OPNIEUW DOOR RAMPSPOED GETROFFEN. Daaronder een foto waarop ik in de voortuin van Rick Fletcher met Lane sta te praten, met de ambulance achter ons op de oprit. RECHERCHEUR WOODSTOCK UIT SYDNEY KOMT HET ONDERZOEK LEIDEN, luidt het onderschrift.

Ik sla mijn laptop dicht en mijmer op het ritme van uilengekras in de buurt over Sally en Greg: twee zielen die nooit rust hebben gekregen doordat er twijfel rond hun nagedachtenis blijft hangen. Dan dwalen mijn gedachten naar Abbey: de vergelijking met Greg en Sally ligt voor de hand, maar naast hen lijkt ze wel heel jong. Stel dat ze zaterdagavond is gestorven, dan zal de ontbinding al zijn begonnen. Ik zie haar voor me: bebloed en huilend, levend begraven. Ik stel me voor hoe ze alleen in de wildernis rondloopt, smekend dat iemand haar vindt. Ik zie Nicki Mara voor me. Dan doe ik mijn ogen dicht. Nee. Nicki mag hierbij geen rol spelen; ik moet mijn schuldgevoel parkeren zodat mijn hoofd helder blijft. Abbey verdient beter.

Er is natuurlijk nóg een mogelijkheid: dat Abbey de moordenaar is. Mick Lamb wilde dat niet bij voorbaat uitsluiten. Mijn blik gaat weer naar haar foto. Het lijkt me erg onwaarschijnlijk.

Ik herinner me niet dat ik ingedommeld ben, maar als ik een uur later wakker word is de lamp nog aan, de aantekeningen liggen kriskras links van me op het laken en rechts naast me ligt Ben, zijn tengere lijfje in de kromming van mijn rug gedrukt, zijn magere armpje strak om mijn middel geslagen.

Drie dagen vermist

Dinsdag 12 april, 5.12 uur

De hele nacht lig ik te woelen en wanneer het daglicht al door de jaloezieën de kamer binnendringt, geef ik de gedachte aan slaap maar op. Eventjes blijf ik met zware, vermoeide ogen naar het plafond liggen staren en vraag me af hoe het met de ouders van Rick Fletcher gaat vandaag: ze worden wakker in een compleet andere wereld, een wereld zonder hun zoon.

Voorzichtig, om Ben niet te storen, duw ik het dekbed van me af.

Ik sta huilend onder de douche en was mijn haar met de mini's kokosshampoo en conditioner uit het badkamerkastje. Met een handdoek omgeslagen ga ik in de pantry zitten, waar ik een korte mail aan Jonesy tik en pap een berichtje stuur. Door de keukenruit zie ik de zee glinsteren als een veld vol saffieren. De vissers staan er weer en verderop langs het strand deinen een paar surfers op het witte schuim. Mijn moeder genoot van zwemmen in zee; ik herinner me dat ze er dolenthousiast over praatte. Ik heb altijd een krachtige zwemslag gehad en sinds ik in Sydney woon trek ik geregeld een paar baantjes in het zwembad, wat erg wordt toegejuicht door mijn psycholoog, maar de paar keer dat ik me in open water waagde vond ik het onaangenaam dat ik niets onder water kon zien.

Ik voel me niet helemaal super, maar maak een inktzwarte kop oploskoffie en ga verder met de aantekeningen over de zaak, waarvan ik me de feiten probeer in te prenten.

Abbey heeft een spaarrekening, en neemt met de regelmaat van de klok de vierhonderdtwintig dollar op die er elke twee weken door het bedrijf Fresh Holdings op wordt gestort. Dat klopt met wat Cam zei, dat ze bij de plaatselijke supermarkt werkte. Ik tik met mijn pen tegen het koffiekopje. Het zou mooi zijn als we wisten waar ze haar geld aan uitgaf. Misschien hielp ze haar ouders met het geld, want het gezin Clark moet wel een inkomen onder de armoedegrens hebben. Ze hebben hun huis vijftien jaar geleden gekocht; het staat op Daniels naam, maar in het verleden hebben ze vaak een betalingsachterstand gehad, en ook nu zijn ze achter met de hypotheek. Dorothy werkt als oproepkracht op het vakantiepark: caravans schoonmaken, maar Daniel is een paar maanden geleden zijn baan als automonteur kwijtgeraakt toen de garage de deuren sloot, en krijgt nu een uitkering. Ik vraag me af of hij in de verleiding is gekomen om zijn inkomen met zwart werk aan te vullen. Dan zou het kunnen dat Abbey of Rick dat toevallig hebben ontdekt. Iets dergelijks was Nicki overkomen. Het kan ook zijn dat Abbey gewoon zo'n verwarde tiener was als waar ik Nicki voor hield: een jong meisje dat is afgeknapt omdat het allemaal te veel werd. Er is geen afscheidsbriefje aangetroffen, maar er is ook niets dat zelfmoord uitsluit. En al komt alles wat ze online deed redelijk onbezorgd over, ik weet als geen ander dat er een duistere onderstroom kan zijn en dat je veerkracht je juist in de steek kan laten als je die het hardst nodig hebt.

Ik probeer me voor de geest te halen hoe vreselijk ingewikkeld het leven is als je vijftien bent. Toen wist ik al waar ik inmiddels absoluut zeker van ben: tieners zijn beangstigend impulsief en ontzettend bedreven in het nemen van overhaaste besluiten met verschrikkelijke gevolgen. Ik heb maar al te vaak bij het gezonde lichaam van een sterke, fitte jongere gestaan dat na een mislukte stunt of sportief waagstuk koud en stijf is geworden. Een prachtig stel hersenen, aangetast door roekeloos drugsgebruik of een ondoordachte vuistslag. De wrede waarheid is dat jongeren door hun vitaliteit een ongekend zelfvertrouwen bezitten, terwijl hun emoties tegelijkertijd een goed beoordelingsvermogen in de weg staan. Ze kunnen je meedogenloos afstraffen, waarbij ze kunnen beschikken over wapens als zelfmoord, drugsgebruik en diefstal. En er is nóg een aantrekkelijke optie voor een tienerbrein: spoorloos verdwijnen, wat als een vrij logische reactie wordt gezien op vermeend onrecht dat hun is aangedaan – maar toch heb ik zo mijn twijfels of Abbey echt midden in de nacht is weggelopen met alleen de kleren die ze aanhad.

Ik blader terug naar de incidenten bij de Clarks. Die hebben allemaal hetzelfde ontmoedigende verloop: de politie werd gebeld door buren die zich zorgen maakten of Dorothy Clark en haar kinderen niets zou overkomen omdat ze hoorden hoe Daniel tekeerging. De wijkagent werd erop afgestuurd, maar wanneer die ter plaatse was verzekerde een griezelig kalme Daniel hem dat er niets aan de hand was.

Een doodsbenauwd ogende Dot beaamde dat, en de kinderen zeiden niets, Abbey ook niet.

Sinds Kerstmis dit jaar is dat al drie keer gebeurd. Ik blader verder en lees dat Daniel ergens half december zijn baan verloren heeft. In mijn ervaring is het nooit goed wanneer iemand met zijn handen in de zak loopt; zeker als iemand een gewelddadige aard heeft is het belangrijk iets omhanden te hebben.

Ben verschijnt in de deuropening met haar dat alle kanten op staat. 'Hoi mam.'

'Hoi lieverd.' Ik trek hem dicht tegen me aan. 'Beetje geslapen?'

Hij knikt, en ik maak een schaaltje cornflakes voor hem waarmee hij voorzichtig naar de salontafel loopt. Mijn spieren protesteren als ik mijn armen richting plafond stretch. Ik moet nodig eens hardlopen, maar dat zit er vandaag beslist niet in.

Ik verlang naar Mac als een cafeïneverslaafde die nog geen koffie heeft gehad, maar sinds ons telefoongesprek is er iets in me verhard, ik ben verbetener, killer. Onze relatie heeft altijd al een bijzondere ritmiek gekend; door zijn levenswijsheid heeft Mac net iets meer overwicht, en als reactie zet ik mijn jeugdige passie extra sterk aan. Maar tijdens ons gesprek gisteravond sloeg de balans door en kwamen we in onbekend vaarwater terecht – ik ving duidelijk een bevoogdend toontje op. Ik merkte dat hij kritiek op me had en, misschien erger nog: aan me twijfelde. Ik dacht dat we tijdens de zaak-Mara een onverwoestbare band hadden gekregen, maar misschien is iets wat op zo'n chaotisch fundament is gebouwd nu eenmaal gedoemd om af te brokkelen. Tijdens en na die waanzinnige periode was Mac mijn anker, maar nu voelt hij eerder als een blok aan mijn been. Ons leven samen lijkt opeens ver weg, alsof al dat geluk van iemand anders is. Hoeveel makkelijker zou het zijn om er samen met Ben vandoor te gaan, alle losse eindjes gewoon te laten bungelen en ergens een nieuwe start te maken. Tenslotte heb ik dat wel vaker gedaan.

Opnieuw raakt het besef dat Scott dood is me keihard, en met gesloten ogen grijp ik me aan de stoelleuning vast. *Hij is er niet meer, voorgoed verdwenen*, houd ik me voor de zoveelste maal voor. Gek dat het simpele feit dat hij bestond altijd zo'n geruststelling was. Scott en ik hadden weinig contact – voordat hij ziek werd spraken we elkaar een keer of twee per maand – maar ik wist dat hij er was en dat ik op hem kon rekenen. Dat Ben op hem kon rekenen. Nu de dynamiek van de begrafenis voorbij is, voel ik me ongelooflijk alleen.

Ik adem diep in en vouw de A3-formaat kaart van Fairhaven open die ik van Tran heb gekregen. Het huis van het gezin Clark is omcirkeld, en een ander adres ook. Ik neem aan dat daar zaterdagavond het huisfeest was. Ik zoek het huis van Rick en Aiden Fletcher en omcirkel dat ook. Het kleine reepje bushland achter het huis van de Clarks waar zondagmiddag werd gezocht, is gearceerd, net als een stukje van het strand, het uitkijkpunt over Parrot Bay en de pier. Daarachter is het een en al wildernis. Uitgestrekte duinenrijen en de eindeloze zee.

Ze kon overal zijn.

Mijn gedachten gaan plotseling van de zaak naar Mac terug. Het verlangen naar de tijd vóór de afgelopen maanden bekruipt me weer, en ik kan het wel uitschreeuwen.

Het is nog niet eens zeven uur en ik ben al doodop. Ik leg kleren klaar voor Ben, die onder de douche staat. Daarna kleedt hij zich aan terwijl hij een tekenfilm kijkt.

Nog steeds met een handdoek om me heen doe ik mijn oordopjes in mijn laptop en open de bestanden die Lane me gestuurd heeft. Na een klikje komt een jonge mannenstem aan het woord. 'Hallo? Met Rick. Rick Fletcher. Hoor eens, ik heb jullie hulp nodig. Ik moet jullie iets vertellen. De agenten bedoel ik. Het is, eh, belangrijk. Ik had vandaag iets moeten zeggen, maar ik raakte een soort van in paniek. Kan er iemand, eh, me terugbellen? Of moet ik morgenochtend naar het bureau komen? Sorry, maar eh, alvast bedankt. Jullie hebben mijn nummer.'

Ik had niet verwacht dat Rick zo'n androgyne stem zou hebben, zonder de mannelijke klank die ik had verondersteld. Hij klinkt bang en wanhopig. Toen Tran me gisteren over Ricks telefoontje vertelde, kreeg ik de indruk dat ze dacht dat hij iets wilde opbiechten, maar nu ik zelf het bericht beluister klinkt het eerder als een noodkreet.

Daarna laad ik het filmpje. Een klein vertrek komt in beeld. Rick zit achter een grijze tafel waar twee glazen water op staan, de camera is op hem gericht. In leven blijkt hij net zo knap als ik al dacht.

Door mijn oortjes klinkt Trans stem, bruusk als altijd. 'Zoals ik al heb uitgelegd zijn we erg bezorgd om Abbey Clark. Heb je enig idee waar ze is?'

Ricks armen blijven stijf voor zijn borst gekruist en hij kijkt naar het tafelblad. 'Nee.'

'Heeft ze je weleens verteld dat ze plannen had om hier weg te gaan? Al was het maar voor een paar daagjes?'

Met een hoofdgebaar schudt Rick zijn blonde haar uit zijn gezicht. 'Ze zei altijd dat ze uit Fairhaven zou weggaan als ze van school ging, maar dat duurde nog jaren.'

'Volgens haar ouders hebben jullie al langer dan een jaar iets samen. Was dat een serieuze relatie?'

Er trekt iets boosaardigs over Ricks gezicht wanneer hij zich naar voren buigt. 'Van *míjn* kant wel. Of zij het serieus nam weet ik niet – ze heeft me vanaf Kerstmis aan het lijntje gehouden.'

'Dat moet heel frustrerend zijn geweest', zegt Tran, in een poging meeleven te tonen.

'Ze heeft me donderdag gedumpt. Ik haalde haar bij school op zoals altijd en toen zei ze zomaar ineens dat het uit was.' Ricks aderen zwellen op in zijn hals en hij ademt puffend. 'Ik zei: "Mij best", de hele zooi kon me opeens niets meer schelen. En ik heb gezegd dat ik wist dat ze al een ander vriendje had.'

'Hoe kwam je daarbij?'

Hij haalt zijn schouders op. 'Geen idee. Die indruk had ik.'

'Heb je haar ernaar gevraagd?'

'Ja. Ze zei dat het niet waar was.'

'Kregen jullie daar ruzie over?'

Hij laat zich weer achteroverzakken. 'Toen niet. Ik heb haar bij haar werk afgezet en ben gaan surfen. Ik was kwaad maar het leek me zinloos om erover te praten.'

'Heb je haar daarna nog gesproken?'

Hij strijkt met een vinger over een slijtplek op tafel en zegt: 'Ik heb haar vrijdag een paar berichtjes gestuurd. Had ik misschien beter niet kunnen doen – ik snapte gewoon niet wat er aan de hand was. Ze zei niet eens waarom ze het precies met me uitmaakte, alleen dat we "uit elkaar gegroeid waren" of zoiets belachelijks. Ze wilde me gewoon niet zeggen wat er echt was.'

'Dus je was boos', zegt Tran.

Rick kijkt haar aan. 'Ja, ik dacht dat ze me belazerde. Het sloeg nergens op dat ze het uitmaakte, en ze deed er heel schimmig over.'

'Hadden jullie een seksuele relatie?'

Met een zenuwachtig lachje kruist hij zijn armen weer voor de borst. 'Daar praat ik niet met u over.'

'Abbey is vijftien', gaat Tran verder. 'Ze is nog minderjarig. Jij bent twee jaar ouder; als jullie met elkaar naar bed gaan, is dat strikt genomen een overtreding.'

Rick zet grote ogen op. 'Ik heb nooit iets gedaan wat ze niet wilde. Eerlijk niet.'

Ik merk dat Tran er ingenomen mee is dat ze het overwicht heeft terugveroverd. 'Goed. Dus ze heeft het donderdag uitgemaakt en je wist niet waarom. Op vrijdag heb je een paar berichtjes gestuurd. Heeft ze het toen wel uitgelegd?'

'Nee, ze schreef alleen wat gezeik over dat het niet goed meer voelde tussen ons', mompelt hij.

'Ben je zaterdag naar dat feest aan de Firestone Drive geweest?'

Hij knikt. 'Iedereen ging ernaartoe.'

'Heb je daar met Abbey gepraat?'

'Ik heb haar duidelijk gezegd wat ik ervan vond. Ze stond met een vent te flikflooien, dat zal haar nieuwe vriendje wel geweest zijn. Ik vond het superlullig dat ze dat deed waar ik bij was. Ik zei dat ik haar een bitch vond.'

'Heb je haar gevraagd wie die jongen was?'

'Ja. Ze zei dat hij haar probeerde te versieren en dat ze hem amper kende. En daarna had ze het erover dat ze het zo erg vond dat het uit was tussen ons, en ze begon te huilen en zo, en dat ze spijt had maar dat het nu allemaal was veranderd.'

'Maar je wist niet waar ze het over had?'

Rick wringt met zijn handen en slaat zijn blik neer. 'Geen idee.'

'En wat gebeurde er daarna?'

'Daarna ben ik bij wat vrienden gaan staan en heb nog een paar biertjes gedronken. Toen kreeg ik een telefoontje van Bel, dat is mijn zus, die vroeg of ik ook naar het strand kwam, daar was ze met haar vriendinnen. Ik liep naar de zijkant van het huis om haar beter te kunnen verstaan, en ik zag Abbey weggaan.'

'Hoe laat was dat ongeveer?'

'Halftwaalf, denk ik.'

'Waar ging ze naartoe?'

'Weet ik niet. Ze stapte gewoon op haar fiets en ging weg.'

'Alleen?'

'Ja, ze was in haar eentje.'

'En die jongen met wie ze stond te praten? Enig idee waar hij was?'

Rick haalt zijn schouders op. 'Die zal nog wel binnen zijn geweest, maar dat weet ik niet.'

Tran schuift naar voren. 'En je zag Abbey weggaan op de fiets?'

'Ja.'

'Dit is erg belangrijk, Rick. Weet je het heel zeker?'

'Dat heb ik al gezegd. Ze pakte haar fiets die aan de overkant van de straat stond en reed weg.'

'Welke kant op?'

'Terug naar de stad. Naar huis, leek me. Ze moest sowieso voor twaalf uur thuis zijn van haar vader. Ze mocht bijna niks – die man is een ontzettende zak.'

'Ben je haar achternagegaan?'

'Nee!'

'Later toevallig nog tegengekomen?'

Rick loopt rood aan. 'U kan beter met haar vader praten. Híj is degene die niet spoort. Weet u wat hij haar en haar moeder allemaal heeft aangedaan? Dit is bullshit.' Rick rolt de mouw van zijn shirt op om een donkerblauwe plek te laten zien. 'Kijk eens wat hij me vanmorgen heeft geflikt. Die vent is knettergek.'

Tran fronst. 'Heeft Daniel Clark dat gedaan?'

Rick haalt een hand door zijn haar, duidelijk geïrriteerd. 'Ja, hij kwam bij me thuis en trapte zowat de fokking deur in. Hij bleef maar beweren dat Abbey er was – hij heeft het hele huis doorzocht, al zei ik hem dat ze er niet was.'

'Het huidige onderzoek richt zich zeker ook op Daniel Clark,' zegt Tran, 'maar op dit moment willen we met jou praten. Dus als je iets weet wat ons kan helpen om Abbey te vinden, kun je ons dat maar beter nu laten weten.'

'Ik zei toch al van niet.'

'Weet je werkelijk niet waar ze is?'

'Nee!' Zijn stem breekt. 'Ik heb haar sinds zaterdagavond niet meer gezien.'

'Op het feest?'

Rick houdt zijn ogen neergeslagen. 'Ja.'

'Heb je een idee met wie ze zou kunnen omgaan?'

'Niet echt. Het leek me niet dat het iemand van school was, maar wie zal het zeggen. Een backpacker misschien?'

'Waar denk je dat Abbey is, Rick?'

Hij tilt zijn hoofd op en ik zie dat hij bloeddoorlopen ogen heeft en op het punt staat in huilen uit te barsten. 'Weet ik niet,' zegt hij schor, 'eerlijk waar niet. Maar ik had geen ruzie met haar moeten maken.' Hij zwijgt, dept zijn ogen en haalt weer een hand door zijn haar. 'Ze was van streek door wat ik zei. Misschien heeft ze iets stoms gedaan.'

'Heb je ooit gemerkt dat ze misschien zelfmoordneigingen had?'

'Niet echt, maar de afgelopen paar weken was ze zichzelf niet. Het kan zijn dat iets haar het laatste zetje heeft gegeven.' Rick bijt op zijn lip. 'Ik heb haar een slet genoemd. Dat was lullig van me, maar ze stond met die vent te flirten en, nou ja, toen werd het even rood voor mijn ogen.'

Buiten knalt een startende automotor en ik ben met een schok in het hier en nu. Ricks angstgevoel omgeeft me, zijn wroeging is bijna tastbaar. Ik slik het laatste restje koude koffie door en probeer het bedrukte gevoel van me af te zetten.

Ik kleed me snel aan en bel Robert Westons mobiele nummer dat ik gisteren in mijn notitieblok had gekrabbeld. Hij gaat over tot er een piep klinkt. Ik weet niet zeker of dat van zijn voicemail is, maar ik spreek een bericht in met de vraag of hij me terugbelt. Ik werp een blik op de tijd; we moeten haast maken. 'Hé Ben, poets je tanden en trek je sokken en schoenen aan, we moeten weg.' Ik stop het dossier van de zaak in mijn tas en bekijk mezelf snel in de spiegel. Keurig wit shirt en nette broek. Haar in een staart, vleugje make-up. Donkere kringen onder mijn ogen en onpraktische winterschoenen.

In ieder geval een zakelijke look.

Ben zet de tv uit als ik de deur open.

Mijn adem stokt voordat ik goed en wel besef waar ik naar sta te kijken, en ik sla mijn hand voor mijn open mond. Op het betonnen stoepje ligt een grote opossum opgekruld in een plas bloed, met zo'n diepe snee in zijn hals dat de kop er bijna af is.

Dinsdag 12 april, 7.48 uur

'Wat is er, mam?'

Ik sla de deur dicht, stap achteruit en jaag Ben de woonkamer weer binnen. Mijn tanden klapperen en ik proef braaksel.

'Mam?'

'Niks aan de hand. Ik bedacht alleen dat ik nog even iemand moest bellen voor we weg kunnen.' Ik druk een hand tegen mijn opspelende maag en loop de pantry in. 'Zet anders de tv maar weer aan, oké?' Met een geforceerde glimlach rommel ik in een lade, op zoek naar het informatieboekje. Maar het enige wat ik zie is de gestoorde grijns van die dode opossum, de rij scherpe tanden, de gruwelijke rode brij ingewanden die uit zijn keel gulpt.

Als ik het boekje gevonden heb bel ik de receptie.

'Parrot Hotel, met Cam.'

'Cam, met Gemma Woodstock. Ik heb je hulp ergens bij nodig.'

'Gemma!' klinkt zijn warme stem. 'Natuurlijk. Wat is er van je dienst?'

Ik bijt op mijn lip om niet te gaan huilen. 'Kun je even naar mijn kamer komen alsjeblieft? Dan zie je het zelf.'

Op de bank gaat Ben op in de tv, hij merkt mijn paniek niet.

'Hier blijven wachten, oké lieverd?' zeg ik en hij bromt.

Wanneer ik de deur weer opendoe verwacht ik half en half dat de opossum weg is, maar hij ligt er nog steeds. Een rijtje mieren marcheert op de bloedplas af. Ik maak een paar foto's met mijn telefoon.

Cam komt om de hoek van het gebouw aanlopen met een vrolijke lach op zijn bruine gezicht. 'Rechercheur Woodstock, wat is er aan de hand? O.' Hij vertraagt zijn pas als hij dichter bij onze voordeur komt en zet grote ogen op. 'Wat is dat? Wie heeft dit gedaan?'

'Dat weet ik niet. Het lag hier toen we daarnet weg wilden gaan.'

Cam slikt, zodat zijn adamsappel wild op en neer danst. 'Waar is Ben?'

'Binnen. Hij heeft niets gezien en dat wil ik graag zo houden.'

'Oké.' Cam grijpt zijn kin beet en sluit even de ogen. 'Wacht hier. Ik haal iets om erover te leggen.'

'Een vuilniszak', zeg ik automatisch. 'Wel een nieuwe, graag. Ik heb al foto's gemaakt, maar ik denk dat ik iemand van de technische recherche erbij haal om monsters te nemen.'

'Natuurlijk.' Hij loopt weg maar draait zich dan om. 'Dit is... shit zeg; gaat het wel, Gemma?'

Ik knik, nog verbetener dan daarnet. 'Prima.' Ik probeer te lachen. 'Blijkbaar denkt iemand uit de buurt dat hij een Australische Don Corleone is.'

Cam kijkt me alleen maar bezorgd aan.

Ik blijf naast de dode opossum wachten; ik kan Bens tekenfilm door de dunne deur horen. De zon weet zich tussen de wolken door te dringen en werpt hete, felle stralen naar beneden. Ik voel me naakt, alsof ik op een podium in de spotlights sta. Ik weet wel dat ik Tran zou moeten bellen, en Vanessa en mijn team op het politiebureau, maar ik ben als verlamd.

Mijn telefoon trilt als er een berichtje van Owen Thurston binnenkomt. Sinds ik in Sydney ben heb ik bij elke zaak met hem samengewerkt. Waarschijnlijk is hij de beste partner die ik tot nu toe heb gehad; hij werkt heel erg volgens het boekje en lijkt eerder een bibliothecaris dan een agent, maar hij is scherpzinnig en grappig en ongelooflijk aardig. Hij is gescheiden en heeft geen kinderen, en naar verluidt is hij bi, maar daar hebben we het nooit samen over gehad. We vormen een hecht team, maar weten ondertussen amper iets over elkaars privéleven.

In Owens bericht staat dat een belangrijke getuige in de zaak die we onder handen hadden toen ik uit Sydney wegging, dood is aangetroffen: in koelen bloede doodgeschoten op zijn eigen oprit, met zijn vrouw en kinderen op nog geen vijf meter bij hem vandaan.

Ik sta in de zon met mijn rug naar de opossum door de lijst personen te scrollen die ik het afgelopen jaar van dichtbij heb leren kennen en probeer in te schatten wie van hen in staat is zo'n executie te flikken. Het voelt alsof ik tussen twee werelden in ben blijven steken, versuft en machteloos, en op elk levensterrein half werk aflever. Ik antwoord dat ik Owen later zal bellen.

Cam komt met een rol vuilniszakken en twee bakstenen aan. 'Hier, daarmee lukt het wel.'

Samen vouwen we een zak open en draperen die voorzichtig over het dier wanneer mijn telefoon gaat.

Er komt een jong stel uit hun hotelkamer een paar deuren verderop. Ze babbelen enthousiast over wat ze vandaag van plan zijn. De man wuift ons vriendelijk toe. 'Goedemorgen!'

'Goedemorgen', weet Cam uit te brengen terwijl hij op zijn knieën de plastic zak aan beide kanten met een baksteen vastzet.

Dan besef ik dat mijn telefoon nog steeds overgaat. Het is Jodie, die waarschijnlijk met Ben wil praten. Ik zet het geluid uit.

'Neem maar op', zegt Cam. 'Ik wacht hier wel.'

Ik knik, tot de aarde opeens kantelt. Ik druk mijn hielen op de grond en zet me schrap. Dit is niet het moment om flauw te vallen.

Ik steek de straat over en loop op en neer over het lege terrein voor het tankstation. Alles is op hol geslagen: mijn hartslag, mijn gedachten, mijn ademhaling. Ik adem langzaam uit, probeer al lopend de paniek weg te drukken en geen aandacht te schenken aan het groeiende besef dat het een grote fout was hier te komen.

De zon brandt fel en ik richt mijn blik op de grond. Met mijn hand boven mijn ogen negeer ik de gemiste oproep van Jodie en toets Trans nummer in.

Onkruid, sigarettenpeuken, mieren, stukjes plastic. Een spijker.

Mijn oproep gaat direct naar de voicemail. ‘Dag, hoofdinspecteur Tran,’ hakkel ik, ‘rechercheur Woodstock hier. Gemma.’

En dan zie ik het bloed.

Dinsdag 12 april, 8.17 uur

Vanessa rijdt het parkeerterrein van het hotel op en rent naar me toe, haar lange, wapperende boerenrok in haar kielzog.

Ik verstuur net een berichtje aan Lane om hem te melden dat ik wat later op de vergadering ben.

'Bedankt dat je kon komen', zeg ik zachtjes tegen Vanessa. 'Ben zit binnen.'

'Geen probleem', mompelt ze, haar blik strak op het stuk plastic voor de deur gericht.

Ik loods Ben haastig langs de opossum en installeer hem in Vanessa's jeep. 'Het stoepje voor onze kamer is gebarsten, dus Cam komt het even repareren.' Ik zorg dat ik opgeruimd klink. 'Ik kom je later bij Vanessa thuis ophalen, zoals we hebben afgesproken.'

Zijn mintgroene ogen turen in de mijne, maar hij knikt alleen maar en klikt zijn gordel vast. Ik geef hem een zoen, duw de deur dicht en blaas de adem uit die ik onbewust had ingehouden.

'O, Gemma, wat is dit verschrikkelijk', zegt Vanessa handenwringend. 'Gaat het met je?'

'Super, bedankt', zeg ik resoluut. 'Dit is vast een wat uit de hand gelopen grap. Ik wil alleen niet dat Ben vermoedt dat er iets aan de hand is, oké? Je hoort later van me. En bel vooral als dat nodig is.'

Vanessa werpt een blik op Cam. Die loopt op en neer over het betonnen pad voor mijn hotelkamer en voert rokend een telefoongesprek. De frons tussen haar ogen wordt dieper. 'Je kunt hier niet blijven, Gemma. Niet na wat er gebeurd is.'

Het busje van de technische recherche dat gisteren bij Rick thuis was, komt het parkeerterrein op rijden. Er kringelt een straaltje zweet tussen mijn schouderbladen. 'Ik moet ervandoor. We hebben het er later over.'

Ik zie hoe Vanessa zich vermant. Dan stapt ze in haar auto en tovert een brede glimlach op haar gezicht als ze zich omdraait om iets tegen Ben te zeggen. Ik zwaai ze uit en ga met Jason praten, een van de drie rechercheurs van gisteren.

'Dat moet wel bloed zijn, maar het kan uiteraard gewoon van een dier zijn', zeg ik tegen Jason als we de weg oversteken. Ik wijs naar de grote roestrode plek op het hobbelige asfalt.

Hij tekent een cirkel om de plek en bukt zich om die beter te kunnen zien. 'Zeker. Al denk ik niet dat hier een lichaam heeft gelegen.'

'Nee hè?' Het patroon lijkt niet op de bloedspetters die ik weleens bij een dodelijk schot of een steekwond heb gezien, en er is niet genoeg voor iemand die hier is leeggebloed. Het is wel een flinke hoeveelheid. Misschien is de opossum hier aan zijn bloedige eind gekomen? Maar er kan hier ook gewoon een kroegruzie zijn uitgevochten.

Of Abbey is hier overvallen.

'Het heeft sinds vrijdag niet meer geregend, dus de kans bestaat dat dit van het weekend is', zeg ik. 'Wat denk je dat je zou kunnen uitzoeken voor me?'

Jason klakt met zijn tong.

'Of het mensenbloed is. DNA, uiteraard, dat we hopelijk kunnen thuisbrengen. Wellicht hoe oud het bloed is, maar dat wordt waarschijnlijk een ruwe schatting. We hebben wat mensen op kantoor rondlopen die zich wel aan een gokje willen wagen over de aard van de verwonding en een paar scenario's voor je kunnen schetsen.' Hij komt overeind en trekt een pijnlijk gezicht als zijn knieën knikken. 'Ik zal het hier afzetten en een paar foto's maken.'

'De directe omgeving moet ook uitgekamd worden.' Met mijn handen in mijn zij tuur ik naar de struiken. 'Zou je dat kunnen regelen?'

Jason fluit tussen zijn tanden. 'Ik zal mijn chef bellen, maar ik geef je niet veel hoop. Je kan misschien beter de brandweer vragen.' Zijn blik gaat naar het tankstation. 'Ik moet koffie hebben.'

'Ik zou graag willen dat je eerst nog iets anders bekeek', zeg ik.

Jason staat abrupt stil als hij de opossum ziet. 'Fjiew,' reageert hij, 'fokking heftig, zeg.' Hij wijst met een duim naar de deur. 'En dit is jouw kamer?'

Ik knik.

'Tjeez.' Hij lijkt nogal onder de indruk en maakt weer zo'n keelklikje; hij is net een levende geluidsband.

'Jason, kunnen we dit onder ons houden?'

'Tuurlijk, spreekt vanzelf.'

Cam beëindigt zijn telefoongesprek en komt met een zorgelijke frons bij ons staan.

'Zou je nog een poosje hier kunnen blijven?' vraag ik hem. 'Jason heeft denk ik je hulp nodig om mensen hier weg te houden tot zijn collega's er zijn.'

Cam knikt. 'No worries, Gemma. Er is iemand die de hele ochtend bij de receptie staat.' Hij kijkt de weg af in de richting waar hij Jason en mij de bloedplek moet hebben zien bestuderen. 'Hebben jullie nog meer gevonden?'

'Waar wordt dat lege terrein voor gebruikt?' vraag ik.

'Nergens voor, gewoon een braakliggend stuk. Er wordt in de zomer weleens geparkeerd als er voor het hotel geen plaats is. Ik weet niet eens van wie het is. Van de gemeente, denk ik.'

Mijn oog valt op een sticker op de ruit van mijn hotelkamer waarop staat dat er vierentwintiguursbewaking is, maar als ik langs de gevel van het gebouw kijk zie ik nergens een camera hangen. 'Heb je bewakingsbeelden van dit gedeelte?' vraag ik aan Cam.

'Nee, alleen van de ingang van de pub en de lobby.' Het komt er wat bedremmeld uit.

'We willen alles zien wat je hebt,' zeg ik, 'vanaf zaterdagavond tot vanmorgen. En ik wil een lijst van alle gasten die je in die periode hebt gehad. O, en je moet je personeelsleden voor me vragen of ze gisteravond iets verdachts hebben gezien – maar graag niets over die opossum zeggen. Dat hoeft niet rondgebazuind te worden, oké?'

'Ja, vanzelfsprekend.'

Jason gaat zijn apparatuur uit zijn busje halen. Een zacht briesje woelt door de eucalyptusbomen en strooit hier en daar noten op het asfalt. Heeft iemand ons gisteren gevolgd om uit te vinden welke kamer van ons was? Ons gezien toen we na het eten terugkwamen?

'Bedankt, Cam', zeg ik met een afgemeten glimlach. 'Ik moet ervandoor.'

Hij kijkt me bezorgd aan. 'Moet je horen, Gemma, ik weet even niet wat ik moet zeggen. Ik vind het vreselijk voor je, en helemaal omdat je Ben bij je hebt. Weet je zeker dat het goed met je gaat?'

'Het gaat super.' Ik haal mijn schouders op. 'Zoals ik al zei: het is gewoon een lugubere grap. Ik spreek je later.'

Ik stap mijn benauwde huurauto in en opeens ben ik weer in de ziekenhuiskamer bij Scott.

Zijn gezicht is even wit als het kussen, hij staart naar het plafond.

'Ik ga niet meteen naar Sydney terug', zeg ik nog eens. 'Ik weet niet hoelang ik hier kan blijven, maar in ieder geval een poosje.'

Scott haalt raspend adem en zegt dan kuchend mijn naam. 'Gemma.'

'Ja', fluister ik. Ik heb mijn stem amper in bedwang.

'Je hoeft je eigen leven niet helemaal op te geven. Ik wist niet eens zeker dat je hierheen zou komen.'

Een vlammende pijnscheut in mijn borst. 'Het is niet in me opgekomen weg te blijven.'

'Hij heeft Jodie', prevelt Scott. 'Hij heeft familie.'

'Hij heeft mij', zeg ik.

Scott draait mijn kant op, maar zijn bruine ogen staan dof. Ik geloof niet dat hij me ziet.

'Pas goed op jezelf, Gem.'

'Ik zal goed op Ben passen', zeg ik met een voorzichtig kneepje in zijn hand.

Hij sluit uitgeput zijn ogen. 'Nee. Pas goed op jezélf. Ben houdt zoveel van je, Gemma. Ik wil niet dat hij zich over jou zorgen hoeft te maken.'

Het laatste woord wordt opgeslokt door het onophoudelijke gepiep van de ziekenhuisapparaten, en met trillende vingers voer ik het adres van het politiebureau in mijn navigatiesysteem in.

Dinsdag 12 april, 8.49 uur

Het politiebureau van Fairhaven lijkt op een groot toiletgebouw: een laag, bakstenen vierkant, opzichtig blauwgroen geverfd en met verroeste tralies kruiselings voor de kleine ruiten. Een betonnen hellingbaan voert naar een simpele deur van draadwerk. In de linkerbovenhoek is een reliëf met het officiële embleem van het korps van New South Wales; het lijkt wel een postzegel op een enorme briefkaart. Aan de linkerkant van het bureau zijn een paar woningen en rechts ervan staan twee schuurtjes op een betonnen fundering die iets groter is dan de golfplaten wanden. Alles is aangetast door de onzichtbare tentakels van de zee; de zoute lucht heeft de houten raamkozijnen aangevreten en de verf doen afbladderen. Zelfs de struiken, die optimistisch als een soort slotgracht rond de gebouwen zijn aangeplant, hellen over in de richting van het parkeerterrein, gekromd door de onafgebroken waaiende zeewind.

Een handjevol verslaggevers staat voor het bureau langs de weg geparkeerd. Simon Charleston is erbij en leunt nonchalant tegen de motorkap, pilotenbril op zijn neus. Wanneer ik voorbijrijd zwaait hij naar me en maakt een gebaar van iemand die belt.

Er staan twee wat oudere politieauto's op het kleine parkeerterreintje en een motor is voor een van de schuurtjes gestald. Ik neem het een-na-laatste vrije plaatsje, het dichtst bij de ingang. Tijdens het uitstappen trek ik onopvallend mijn shirt onder mijn oksels los. De vogels kwetteren erop los als ik naar de deur loop en ik negeer het spervuur aan vragen van de journalisten. Achter de balie zit een man van middelbare leeftijd met een imposante grijze haardos. Zijn naam is zo lang dat ze een kleinere letter voor zijn naamplaatje moesten gebruiken: AGENT NOAH KINGSTON-FORD.

'Goedemorgen', zegt hij opgewekt. 'Waarmee kan ik u van dienst zijn?'

'Rechercheur Gemma Woodstock.' Ik geef hem een hand.

'O, jeetje, excuus, ik wist niet dat jij dat was. Ik werk meestal in Evans Head, maar blijkbaar ben ik ten minste tot Pasen hier nodig. De Luca heeft me wegwijs gemaakt en ik heb genoeg gekregen om me van de straat te houden. Ik heb begrepen dat een zekere Kylie Crossin me om vijf uur komt aflossen.' Hij wijst op een berg dossiers. 'Maar geef vooral een gil wanneer je wilt dat ik iets anders voor je doe.'

'Ik ben blij dat je ons kon komen helpen.'

'Anders ik wel. Het lijkt me dat jullie meer dan genoeg op jullie bordje hebben.'

Hij neemt een telefoontje aan en maakt notities op een blok waar al heel wat op geschreven staat. Ik lees een paar keer de naam Fletcher.

Wanneer ik om me heen kijk valt het me op hoe benauwd deze ruimte is, zeker in vergelijking met de drukbezochte ontvangsthal van het Harbourside-politiebureau. Zelfs het bureau in Smithson is minstens drie keer zo groot als dit hier. Ik ben opeens bang dat ik het misschien niet nog een keer kan opbrengen: me beperken tot zo'n klein wereldje na al die jaren bij een korps in een grote stad. Ik verlang opeens naar Owen en ons team. Ik mis de coole vergaderzalen en mijn mooie kantoor. Ik mis zelfs Marie, onze chagrijnige chef. En ik mis de lawaaierige rauwheid van Sydney, de kleuren, het rumoer, de chaos. Ik mis mijn oude leventje.

Ik schud mijn hoofd om te voorkomen dat ik nog aan de wanhoop toegeef ook.

Noah glimlacht naar me om aan te geven dat de beller aan een lang verhaal begint, dus ik lach terug en loop het bureau in. Drie hoofden kijken om als ik het kantoor binnenga.

Er zit een jonge vrouw boven op een bureau midden in het vertrek met een dossiermap in de hand. Ze draagt haar donkere haar in warrige laagjes en er krullen plukjes over haar uniformkraag. Haar ogen zijn donkergrijs en de vingers die de map beethouden zijn lang en rank. Lane en nog een agent zitten op een bureaustoel voor haar.

'Morgen', zegt Lane, die opstaat.

De vrouw laat zich als een kat van de tafel af glijden en de andere agent springt met een zenuwachtig lachje overeind.

Lane recht zijn schouders. 'Jongens, dit is rechercheur Woodstock.' Hij draait zich om en knikt naar de anderen. 'Dit is agent Edwina de Luca en aspirant-agent Damon Grange.'

De vrouw neemt een uitdagende houding aan en neemt me koeltjes op. 'Hallo.'

Grange komt enthousiast op me af, en ik zie tot mijn verbazing dat hij even kort is als ik; hij zal wel nét aan tot de politieacademie zijn toegelaten. Hij heeft bizar lange wimpers en een heel rond gezicht.

Zijn kale hoofd veert op en neer. 'Bijzonder aangenaam kennis met je te maken, rechercheur. Wat een dag was dat, hè, gisteren?' Hij keert zich op zijn hakken om en zijn armen zwaaien rond als hij ons alle drie aankijkt, nu niet langer nerveus, maar met een samenzweerderig glimlachje.

Het wordt stil in het vertrek.

'Het spijt me erg dat ik wat te laat ben', zeg ik. 'Het was een verrassend veelbewogen ochtend.'

De Luca's keurige wenkbrauwboogje schiet omhoog.

'Is alles in orde?' vraagt Lane.

'Ik heb de forensische recherche gevraagd naar het lege terrein bij het tankstation te komen. Ik had daar een bloedvlek gevonden.'

Drie paar ogen sperren zich tegelijk open.

'Het heeft sinds vorige week niet geregend', zegt De Luca. 'Dat bloed kan van Abbey Clark zijn.'

'Ja, precies wat ik ook dacht. Op dit moment wordt het onderzocht, maar we zullen wel een paar dagen moeten wachten tot we iets concreets te horen krijgen.' Ik besluit niets over de opossum te zeggen, in ieder geval niet tot ik met Tran heb gesproken. 'Ik zou graag willen dat het struikgewas rond het tankstation wordt doorzocht. Kun je me helpen om net zoiets te organiseren als ze zondag hebben gedaan?'

De Luca knikt en begint te bellen.

Ik pak een glas water, mijn laptop en een notitieblok en loop in gedachten alles na wat er gedaan moet worden.

De Luca hangt met een onverschillige blik op. 'Geregeld. De regionale brandweer stuurt er binnen twintig minuten een tiental mensen naartoe.'

'Oké, mooi.' Ik sla mijn handen ineen. De Luca's toontje komt wat vijandig op me over, maar dat beeld ik me vast in. 'Laten we snel bijpraten, dan kunnen we aan de slag.' Ik tuur een donkere kamer aan de rechterkant van het gebouw in. 'We gaan hier zitten.' Ik doe het licht aan. In het bedompte hok staan zes verschillende bureaustoelen, een bandrecorder en een oeroude verplaatsbare tv.

'Er is hier geen airco.' De Luca glipt langs me naar binnen en gaat aan het hoofd van de tafel zitten. Ik worstel een paar minuten met het raam tot het eindelijk openschiet. 'Goed.' Ik neem de plek recht tegenover haar. Grange en Lane nemen plaats aan weerszijden van De Luca en klappen hun laptops open. De zenuwen gieren door me heen. 'Om te beginnen wil ik zeggen dat ik ernaar uitkijk om met jullie samen te werken, en dat ik begrijp dat dit een ongebruikelijke situatie is.'

De uitdrukking van de twee mannen blijft vriendelijk, maar De Luca kijkt straal langs me heen naar de deur.

'Verder wil ik jullie op het hart drukken dat we een dodelijk misdrijf onderzoeken, mogelijk zelfs twee, dus we moeten de lijnen kort houden. Ik zal veel van jullie vragen, en ik verwacht dat jullie het me laten weten als ik iets vraag wat onduidelijk is. Oké?'

Instemmend gemompel en geknik.

'Mooi.'

Ik wend me tot De Luca. 'Hoe waren Ricks ouders eraan toe gisteren?' Onmiddellijk geeft het volgen van een vaste werkwijze me een rustig gevoel – dit heb ik onder de knie.

'Niet zo goed.' Haar volle lippen lijken amper te bewegen. 'De buren zaten er toen wij aankwamen, en dat was achteraf maar goed ook, want ik weet niet zeker of we ze anders alleen hadden kunnen laten. Zeker de vader niet.'

'Die zat helemaal stuk', voegt Grange toe. 'Hij huilde, was bijna niet in staat iets te zeggen. Heel triest.'

'Hebben jullie zijn broer nog aan zien komen? Aiden?'

'Nee.' De Luca schudt haar hoofd. 'We zijn teruggegaan om hier ons verslag te schrijven.'

'Vermoeden jullie dat Ricks ouders meer weten over wat hem is overkomen?'

'Ze wisten alleen maar te vertellen dat hij de laatste tijd heel vrolijk overkwam en enthousiast was over zijn hoveniersbedrijfje', zegt Grange.

'De officiële identificatie is vanochtend,' zegt De Luca, 'nadat Lamb het lichaam gefatsoeneerd heeft. Ik dacht dat we dat aan hen konden vragen en dan morgen eens met ze gaan praten. Gisteren waren ze absoluut niet in staat iets zinnigs te zeggen. We konden ze zelfs amper iets over Abbey vragen.'

De Luca heeft een aantrekkelijke cadans in haar stem, beheerst maar assertief.

Ik probeer mijn ergernis niet te tonen – zelf had ik graag gisteren al met Ricks ouders gesproken. Ook al reageren mensen heel emotioneel wanneer ze pas door een groot verdriet zijn getroffen, ze zijn vaak minder gereserveerd en laten makkelijker iets los. Mijn ervaring is dat als je nabestaanden wat tijd gunt, je ze ook de kans geeft te besluiten welke zaken ze beter kunnen verzwijgen.

'Oké, dat lijkt me goed', zeg ik. 'Het belangrijkste is dat we erachter komen hoe Ricks band met Abbey en zijn andere vrienden was. En of hij geldproblemen had of drugs gebruikte.'

De drie jonge agenten gapen me aan.

'Ik heb een aantal vragen die volgens mij leidend moeten zijn bij ons onderzoek,' zeg ik, 'maar vertellen jullie me eerst hoever jullie zijn en dan plannen we de komende achtenveertig uur in.'

De Luca komt in een soepele beweging overeind en haalt bijna onmerkbaar haar schouders op. Ze loopt het vertrek door, pakt er een groot prikbord bij en kantelt het. Ik zie een paar foto's van Abbey Clark, een plattegrond en enkele printjes, waarschijnlijk telefoongegevens en rekeningoverzichten. De Luca laat het overzichtsbord op tafel rusten en blijft erachter staan. 'Zo ver waren we zondagavond gekomen.'

Er klinkt iets uitdagends in haar stem door, iets van verzet, alsof ik al heb laten merken dat ik aan haar capaciteiten twijfel, maar ik knik haar alleen maar verwachtingsvol toe.

Ze somt op waar Abbey voor het laatst gezien is en eindigt met Lanes aanbod haar thuis te brengen, dat ze afwees. 'Beide ouders gaven toe dat Abbey voor ze wegging ruzie met haar vader had. Volgens Daniel hadden ze woorden omdat hij wilde dat Abbey om middernacht thuis moest zijn, wat zij onredelijk vond. En hij had haar gezegd dat hij Rick Fletcher maar niks vond, iets waar ze voortdurend mot over hadden.'

'Maar Abbey had het donderdag toch uitgemaakt met Rick?'

De Luca geeft niet meteen antwoord, alsof ze mijn vraag een hinderlijke onderbreking vindt. 'Dat zei Rick tegen ons, ja. Ze hebben elkaar vrijdag een paar berichtjes gestuurd waaruit dat zou blijken, al zou ik die niet doorslaggevend noemen. We hebben van enkele jongeren op het feest gehoord dat ze ruzie hadden en het uit wilden maken.' De Luca trekt een wenkbrauw op alsof ze wil checken of dat voldoende antwoord is.

'Dus Abbey had haar ouders niet gezegd dat het uit was met Rick?'

'Blijkbaar niet.'

'Weten we of de verkering van Rick en Abbey al vóór vorige week op springen stond? Is het weleens eerder uit geweest?'

'Dat is ons niet bekend.' Ze schraapt tactvol haar keel. 'We weten niet met welke jongen Abbey volgens Rick stond te flirten, maar iemand anders van het feest meende te weten dat hij van het vakantiepark kwam. We hebben nog geen kans gehad daarachteraan te gaan.'

'Ik heb gisteravond haar berichten op Facebook bekeken', zeg ik en sla een blad van mijn notitieblok om. 'Een zekere Robert Weston heeft onlangs een paar berichten met haar gewisseld, en verwees daarin naar een livecontact met haar. Hij komt uit Engeland, maar ik kon niet zien of hij nu hier woont of op doorreis is.'

De Luca maakt een aantekening. 'Kan het om een nepaccount gaan?'

'Het staat ingesteld op privé, maar er zijn honderden vrienden dus het zal wel echt zijn. Ik heb vanmorgen het mobiele nummer dat erbij staat gebeld en ingesproken dat Robert me terug moet bellen. Hier.' Ik zoek het nummer op en geef het aan haar. 'Kijk eens wat je over hem kan vinden. En probeer die telefoon te traceren.'

Ze knikt.

'Hoeveel feestgangers hebben jullie tot nu toe gesproken?' vraag ik aan alle drie.

'Ik denk een stuk of zeven, maar er waren er minstens zestig', zegt Grange. 'Het merendeel kwam van de middelbare school hier, maar er zaten ook jongeren van buiten de stad tussen. We hebben een lijst opgesteld waar we net aan wilden beginnen.'

'Daar zullen we haast mee moeten maken; vanaf deze week hebben de scholen vrij, dus ik verwacht dat er heel wat gezinnen op vakantie gaan.'

De Luca heeft niet opgekeken van het prikbord en gaat verder alsof ik niets heb gezegd. 'De telefoon van Abbey Clark is vanaf zaterdagnacht niet meer gebruikt. Hij is ongeveer een halfuur nadat ze bij het politiebureau weggegaan was, uitgezet of onklaar gemaakt. Eerder die avond heeft ze vanaf het feest een vriendin gebeld en een berichtje aan een andere vriendin gestuurd, maar verder was er niets bijzonders. En voor of na het feest heeft ze geen telefonisch contact met Fletcher gehad.' De Luca zwijgt en kijkt ons dan een voor een aan. 'Er blijkt duidelijk uit haar telefoongegevens dat ze een seksuele verhouding met

Fletcher had, en dat het zeker de laatste tijd niet zo goed ging. Uit de berichtjes valt te lezen dat ze de afgelopen maand een paar keer ruzie hebben gehad, en er zijn het afgelopen jaar wat spannende foto's over en weer gestuurd, maar onlangs niet meer.'

'Goed', zeg ik, steeds ongeduldiger. Ik sta op. 'Even voor de duidelijkheid: we hebben twee kerndoelen. We moeten Abbey Clark vinden. Ik realiseer me dat ze mogelijk iets met de moord op Fletcher te maken heeft, maar er is ook een grote kans van niet, dat ze in gevaar is. Als dat zo is, dan hebben we weinig tijd meer, dus ik wil dat iedereen doordrongen is van de noodzaak om door te pakken. We hebben de middelen niet om een grootscheepse zoekactie op te zetten, dus we moeten geconcentreerd werken. Het andere doel is uitvinden wie Rick Fletcher heeft vermoord. Vanwege de plaats en de tijd lijkt het erop dat de twee zaken met elkaar te maken hebben; we onderzoeken ze natuurlijk niet los van elkaar, maar laat je gedachten daar niet door bepalen. Wat mij betreft ligt alles nog open. Op dit moment is er nog geen theorie van tafel.'

Ik loop naar het prikbord en bekijk een foto van Abbey.

'Lane, ik wil graag dat jij een officiële verklaring van Bruce Piper afneemt, en die ook checkt bij de andere buren van de Fletchers. En kun je het forensisch team de kernpunten van hun plaatsdelictonderzoek ontfutselen? Zodra ze vanmorgen dat bloed hebben bekeken, zijn ze de rest van de dag in het huis van Rick en Aiden Fletcher bezig. Mick Lamb zei dat hij ons pas na de autopsie op woensdag echt iets kon vertellen.'

'Geen probleem', zegt Lane.

'Mooi. Grange, vraag jij zoveel mogelijk camerabeelden van zaterdagavond en maandagochtend op. Dat zullen er wel geen massa's zijn, maar ik wil beelden van de gemeente, van privébewakingscamera's, dashcams – wat je maar kunt krijgen. Ik heb al met Cam O'Donnell van The Parrot gesproken, en die stuurt zijn bestanden zo snel mogelijk op. Misschien staat de sleutel tot deze hele zaak gewoon ergens op een band en van dat soort grapjes hou ik helemaal niet. En kun je ook iemand bij het vakantiepark vragen om een complete gastenlijst? Ik wil weten wie er op zaterdag allemaal waren en wie er daarna heeft uitgecheckt. Dat geldt ook voor andere hotels en alle Airbnb-adressen in de omgeving.'

Het puntje van Grange' tong piept uit zijn mondhoek als hij aantekeningen maakt. 'Gaan we doen', mompelt hij.

Ik wend me tot De Luca, die nog steeds een onverstoorbare uitdrukking op haar knappe gezicht heeft. 'Ik wil graag dat jij met me meegaat naar de familie Clark en me daarna helpt om een chronologie op te stellen van wat Abbey zaterdagavond precies heeft gedaan.'

'Ik was van plan verder te gaan met de verhoren van de aanwezigen op het feest', zegt ze nors.

'Dit is belangrijker.'

Ze trekt een pruilmondje. 'Goed dan.'

Ik krijg een kleur als vuur. Geen idee waar het mens mee zit, maar ik heb hier absoluut geen tijd voor.

Ik pak een blanco vel van de andere kant van de tafel en begin een lijstje met punten te noteren die ik een voor een opsom. 'Willen jullie het volgende in gedachten houden? Eén: we moeten de man vinden die Abbey op het feest lastigviel. Misschien was het Robert Weston, misschien iemand die op het vakantiepark verbleef. Hoe dan ook, we moeten die Robert opsporen. Daar kunnen we de beheerder van het vakantiepark bij inschakelen. Twee: ik wil weten waar Abbey haar geld aan uitgaf. Ze kreeg elke twee weken minstens vierhonderd dollar uitbetaald en nam dat geld vrijwel meteen op. Drie: ik wil meer weten over haar geestelijke gezondheid. Waren er aanwijzingen dat ze suïcidaal was? Met wie was ze close? Heeft ze iemand in vertrouwen genomen? We moeten erachter zien te komen of iemand verder nog iets is opgevallen aan haar, bijvoorbeeld met wie ze heeft gepraat, of ze zich anders gedroeg. En ik wil dat die fiets gevonden wordt. Als die gestolen werd, door wie dan? Veel geld heeft het gezin niet, dus ik kan me niet voorstellen dat het een dure fiets was – betekent dat dat iemand een andere reden heeft gehad hem mee te nemen? En waarom wilde ze koste wat het kost midden in de nacht aangifte van diefstal doen?' Ik richt me tot Lane. 'Er zullen vast wel bewakingsbeelden zijn van het moment dat ze zaterdag bij het bureau aankwam, toch? Die wil ik graag zien.' Ik doe de dop weer op mijn pen en strek mijn rug. Wanneer ik overeind kom zeg ik: 'Wat ik nog steeds onbegrijpelijk vind is dat ze niet wilde dat je haar naar huis bracht.'

Lane knikt en likt langs zijn volle lippen. 'Ik had natuurlijk moeten aandringen', zegt hij zachtjes. 'Ik had moeten zeggen dat ik van geen nee wilde horen.'

Hij kijkt sip uit zijn ogen, en een vleugje medelijden bekruipt me. 'Had-ik-maar' is een gevaarlijk spelletje in onze tak van sport. Dan krijg je met zoveel verkeerde afslagen te maken dat je onvermijdelijk een keer in een doodlopende straat terechtkomt. Hoe sneller je daar dan in z'n achteruit uit rijdt, hoe beter. Want schuldgevoel leidt je sowieso nergens naartoe.

'Ik vermoed dat er heel veel in haar hoofd omging waar wij niets van wisten.'

'Je krijgt de camerabeelden van het bureau van me', zegt hij en hij kijkt weer op zijn laptop.

Ik prik mijn vragenlijst op het bord en pak nog een vel papier. 'We moeten met haar chef en collega's van de supermarkt praten. Idem wat Rick betreft – werkte hij met iemand samen? En hoe zit het met de andere volwassenen in hun leven? Leraren? Familieleden?'

'Het lijkt me niet dat Abbeys leraren weten wat er op dat feest is gebeurd', oppert Grange weifelend.

'Ze kan iemand hebben verteld over wat er bij haar thuis gebeurde. Het is niet ongebruikelijk dat slachtoffers van huiselijk geweld een buitenstaander in vertrouwen nemen.'

Het vuur stijgt weer naar mijn hoofd. Ergens in het vertrek zoemt zo nu en dan een vlieg, als een grasmaaier die niet wil starten.

'Kijk in ieder geval allemaal goed uit je ogen of je iets ziet wat niet klopt. Er is geen tijd te verliezen.' Ik onderdruk een zucht, want ik ben me als geen ander bewust dat dit team aanmoediging nodig heeft. 'We kunnen dit. Zorg dat jullie overdag regelmatig contact houden en praat me uiterlijk om vijf uur bij. Nog vragen?' Ik kijk het kleine vertrek rond.

Lane schraapt zijn keel. 'Ik vroeg me af hoe het met de bezetting zit. Ik weet dat Tran extra mankracht heeft geregeld, maar hoe gaat dat in z'n werk? Hebben we nog steeds nachtdienst? Want ik wil best bijspringen als het nodig is.'

'Nee, ik wil dat we met z'n vieren overdag als team samenwerken. Tot nader order wordt het bureau de hele week de klok rond bemand, maar de anderen kunnen de nachtdiensten voor hun rekening nemen. En van 7.30 tot 16.00 uur komt er iemand ons helpen met dagelijkse klussen en af en toe een patrouilledienst. Ik weet nog niet hoe het weekend eruitziet, maar ik raad jullie aan om je geliefden te melden dat er een kans is dat je de paasfestiviteiten dit jaar moet uitstellen.'

Als Lane knikt dwalen mijn gedachten weer naar de pub, waar ik zijn hand onder de rokband van die vrouw zag verdwijnen.

'Goed dan, morgenochtend zelfde tijd, zelfde plaats zonder tegenbericht van mij.'

Lane en Grange komen overeind en rapen hun spullen bij elkaar.

'Over tien minuten gaan we, oké?' vraag ik De Luca.

'Best.' Ze klemt haar dossiermap tegen haar borst en zegt: 'Lane? Kan ik je even snel spreken?'

'Prima', zegt hij vriendelijk en loopt met haar mee.

Ik ga naar het toilet en smeer mijn gezicht in met zonnebrand. Ik word onpasselijk van de weeë, zoete lucht.

'Dag', zegt Grange die er met een gewichtig air vandoor gaat.

'Dag', antwoord ik.

De deur van de andere vergaderzaal is nog steeds dicht, en ik hoor het zwakke gemurmel van Lane en De Luca's gesprek. Ik bekijk de portretfoto's van Rick en Abbey nog eens. Jonge, mooie mensen die vast niet hebben vermoed dat hun foto's nog eens op het prikbord in een politiebureau zouden hangen.

Ik bedenk opeens dat mijn zonnebril nog in de auto ligt en loop het bureau uit. Het onbedekte reepje hoofdhuid begint onmiddellijk te gloeien, en dan gaat mijn telefoon ook nog eens.

Tran.

'Sorry, Gemma, ik had de ene na de andere vergadering vanochtend. Gaat het goed?'

Ik vertel haar over de opossum en het bloed op het lege terrein. 'De brandweer helpt om het gebied eromheen uit te kammen.'

Ze reageert niet meteen. Ik loop naar de achterkant van het gebouw om de journalisten te ontlopen die in de zinderende hitte staan.

'Het zou fijn geweest zijn als je me dat had gevraagd. Ik sta niet graag bij iemand in het krijt.'

'Sorry', zeg ik bedremmeld. 'De zaken ontwikkelen zich nogal snel hier.'

'Nou, overleg de volgende keer eerst even met mij.' Ze zwijgt even. 'Ik wil geen overhaaste conclusies trekken over waar dat bloed vandaan komt,' zegt ze dan voorzichtig, 'maar die opossum zit me niet lekker.'

'Dat neem ik niet serieus', lieg ik. 'Het was wel even schrikken, maar het is vast een geintje van een paar kinderen.'

'Toch vind ik het maar niks, Gemma. Misschien moesten we je maar ergens anders onderbrengen.'

'Dat lijkt me echt niet nodig.'

Tran zucht. 'Ik heb het er wel even met mijn chef over. Ik bel je nog.' Na een stilte gaat ze weer verder. 'Gemma, als je ervanaf wilt, dan is dit het moment om dat aan te geven. Tenslotte heb je je zoontje bij je en het is een eh... moeilijke tijd voor je.'

Ik trek mijn kraagje van mijn klamme huid los. Weggaan, zou ik dat kunnen? Doen alsof dit niet gebeurd is? Rick Fletcher en Abbey Clark vergeten en met Ben teruggaan naar Smithson en... wat? Wat dan?

'Ik ben hiernaartoe gekomen om een moordonderzoek en een vermissingszaak te leiden, en daar is niks aan veranderd', zeg ik, resoluter dan ik me voel.

'Goed', antwoordt Tran even cru als altijd. 'Want ik zou behoorlijk in de penarie zitten als je je nu terug zou trekken.'

Ik loop weer naar het parkeerterrein terug en alle persmensen gaan direct in de houding staan. Dan zwaait de voordeur open en komt De Luca de hellingbaan aflopen. 'Georgina Fletcher heeft net gebeld', zegt ze zachtjes tegen me. 'Aiden is verdwenen.'

Een paar kookaburra's in een boom vlakbij beginnen luid te kakelen.

Dinsdag 12 april, 9.35 uur

De Luca rijdt zoals ze praat, met soepele bewegingen en beheerste wendingen. De airco blaast recht in mijn gezicht en de zweetplekken in mijn shirt zijn in plakken ijs veranderd. Ik sla mijn armen over elkaar in de hoop dat De Luca het kippenvel niet ziet. De temperatuur, zowel buiten als in de auto, schijnt haarzelf helemaal niets te doen; haar ivoren huid is nog even gaaf en stralend, de zorgvuldig aangebrachte oogmake-up niet uitgelopen.

Vanaf de passagiersstoel bel ik een paar mensen. Naar verluidt is Aiden uit eigen wil vertrokken; hij heeft tegen zijn ouders gezegd dat hij een poosje alleen wilde zijn en is in zijn busje weggereden. Als hij geen alibi had gehad – zijn wagen is maandagmorgen vroeg geregistreerd bij een tolpoort op de weg naar Sydney, en daar is zijn creditcard de hele week gebruikt – had ik hem van de moord op Rick verdacht. Ondanks dat alibi zit het me niet helemaal lekker.

Ik herinner me de wanhopige toon van Ricks voicemailbericht en vraag me af of Aiden in hetzelfde schuitje zit. Hij heeft ongetwijfeld verdriet, maar weet wel degelijk iets. We moeten hem zien op te sporen. Ik regel dat er naar zijn wagen wordt uitgekeken en vraag of zijn telefoongegevens en bankrekeningen worden gecheckt. Volgens zijn ouders heeft hij geen vriendin, maar Grange gaat al zijn contacten, vriendenkring en collega's na. Gefrustreerd ga ik achteroverzitten en knipper een paar maal met mijn ogen. Voor nu zit er niets anders op dan afwachten tot we weten waar Aiden uithangt.

Ik kijk uit mijn ooghoek naar De Luca. 'Wat vond jij van Ricks reactie op het bericht dat Abbey vermist wordt?'

Ze kijkt verrast op. 'Wat ik daarvan vond?'

'Ja. Kwam hij aangeslagen over? Schuldig?'

'Daniel Clark is meteen toen hij merkte dat Abbey niet thuis was gekomen, naar Rick toe gegaan, dus hij heeft het niet van ons gehoord. Daniel zei dat hij dacht dat Abbey daar kon hebben geslapen vanwege hun ruzie van de vorige avond. Rick werd wakker van Daniel die schreeuwend op zijn voordeur stond te bonken. Kennelijk heeft hij het huis ondersteboven gekeerd op zoek naar Abbey.'

Ik vraag me af of die verwoede zoektocht van Daniel Clark voortkwam uit oprechte bezorgdheid om de veiligheid van zijn dochter, of dat het een overdreven vertoon van ouderlijke aandacht was toen het duidelijk werd dat hij verdachte nummer één was.

'We hebben pas rond een uur of elf met Rick gesproken, toen we bij de familie Clark vandaan kwamen. Volgens mij was hij behoorlijk van slag.'

'Van slag als in: je ex-vriendin wordt vermist en haar gestoorde vader is net je huis door gejakkerd om haar te zoeken, of van slag omdat je haar de vorige avond per ongeluk in een driftbui hebt gedood?'

'Geen idee,' zegt De Luca, 'maar het leek me dat het hem echt aangreep.' Ze geeft richting aan en slaat soepel af. 'En we weten dat hij haar een paar keer heeft geprobeerd te bellen nadat Daniel weg was, wat erop wijst dat hij oprecht bezorgd was.'

'Misschien.' Ik heb honderden misdaadonderzoeken gedaan waarbij verdachten iemand hadden gebeld om het te laten voorkomen alsof ze niet wisten wat er aan de hand was. 'Was het maar makkelijker om het verschil te zien tussen schuld en verdriet.'

De Luca maakt een onverschillig gebaar. 'Tja.'

'Er was zondag zeker nog niks met Abbeys foto's gedaan?'

'Nee', zegt ze. 'Die moeten ergens tussen zondagavond en het moment waarop Rick maandagochtend werd gevonden, zijn beklad.'

Mijn gedachten gaan naar de lege fles Jack Daniel's op de vloer in zijn slaapkamer. Het kan dat hij zondagavond zo dronken is geworden dat hij in een woedende bui Abbeys gezicht weg heeft willen vagen. Maar dan denk ik weer aan zijn voicemailbericht – hij had helemaal niet dronken geklonken.

'Ben je hier opgegroeid?' vraag ik De Luca om het even ergens anders over te hebben.

'Ik woon hier sinds mijn twintigste.'

'Oké.'

De politieauto rammelt door, met zo nu en dan een tik-tik-tik uit de motor. De mat onder mijn voeten is helemaal doorgesleten en er zit een scheur in de skaileren stoelbekleding. We komen langs een rijtje identieke vakantiehuizen met verdieping, waar felgekleurde handdoeken over het balkonhek hangen. De Luca remt af voor een soort van splitsing in de weg en in een waas racet er een colonne skaters voorbij. Aan mijn linkerkant zweeft een reusachtige octopus van plastic boven de open deur van een snackbar, daarnaast is een wasserette die 'play, wash, repeat' heet. Aan de overkant is een druk café dat de volle breedte van de stoep bezet; de klanten zitten aan kleine tafeltjes met elkaar te kletsen terwijl ze peuters en honden in toom proberen te houden. Er is een winkel met surfbenodigdheden, een supermarkt, een grote tijdschriftenkiosk en een boekhandel waar een tafel met bonsaiboompjes en vetplanten voor staat.

Hier en daar zie ik groepjes aangeslagen tieners steun bij elkaar zoeken. De schok om Ricks dood heeft plaatsgemaakt voor verdriet.

Ik richt mijn blik weer op De Luca. Ze heeft beslist een barrière opgetrokken, en ik probeer er nog eens doorheen te breken. 'Wanneer is dat ongeluk van inspecteur Gordon eigenlijk gebeurd?'

'Nadat we hadden vastgesteld dat Abbey werd vermist, hebben we de hulpdiensten ingeschakeld om de struiken rond haar huis en de feestlocatie globaal te doorzoeken, maar Tommy had een vergadering over budgetstijgingen met het regioteam. Die vergadering was belangrijk, de minister van de staat New South Wales was erbij. Ik vermoed dat Tommy er daarom toch naartoe is gegaan, ondanks wat er hier allemaal aan de hand was.'

Het valt me op dat we nu langs veel minder chique huizen rijden. In de voortuinen staan verschillende kapotte auto's te pronken.

'Heel wat, om op één dag te moeten verwerken.'

'Ging wel.' Ze maakt een afwijzend gebaar en draait aan het ventilatierooster.

Verbaasd probeer ik het nog een keer. 'Je bent een paar keer bij de familie Clark geweest na een melding van huiselijk geweld. Ik heb een verslag van je gelezen.'

'Zeker. Niet zo vaak als Tommy en de jongens – ik doe meestal geen nachtdiensten. Tommy wil liever niet dat vrouwen 's nachts werken, en dan steekt Daniels probleem meestal de kop op.'

'Waar ik vandaan kom heb ik veel van dat soort zaken gehad', zeg ik. 'Je kan daar zo gefrustreerd van raken.'

'Ja, want waarom zou hij ermee stoppen?' zegt ze met een spottend lachje en uitschietende stem. 'Dot gaat echt nooit iets zeggen, en als zíj geen aangifte doet maakt niemand hem iets.'

De Luca lijkt even verbaasd te zijn door haar uitbarsting als ik, en een poosje luisteren we zwijgend naar het tikken van de motor en haar gejaagde ademhaling.

'En Abbeys broertjes?' opper ik voorzichtig. 'Een tweeling, toch?'

'Ik geloof niet dat hij hen slaat. Ze zijn nooit voor verwondingen behandeld. Maar ze zijn nog jong, dus wie zal het zeggen? Volgens mij begon hij Abbey ook pas te mishandelen toen ze al een tiener was.'

Ik ken dit patroon zo goed dat ik het met mijn ogen dicht kan uittekenen. Een gewelddadige man richt zijn woede vaak op de vrouwen in het gezin, zeker wanneer ze in de puberleeftijd komen, waarbij hij hun vermeende losbandigheid de schuld geeft voor zijn eigen gewelddadige gedrag. Als er jongens in het gezin zijn, dan blijven de klappen hun misschien bespaard, maar moeten ze toekijken hoe hun moeder en zusjes als slaven worden behandeld en groeien ze op met het verwrongen beeld dat vrouwen het eigendom zijn van mannen die overal recht op hebben.

De Luca gaat verder: 'Ik merkte dat Abbey wel naar de politie wilde stappen, maar ze zal het risico niet hebben durven nemen als er een kans was dat hij niet de cel in hoefde. Ze maakte zich zorgen over haar moeder.' Er is een bittere klank in De Luca's stem gekropen en ze klemt het stuur in haar handen. Voordat ik iets terug kan zeggen draaien we een pilvormig plaatsje op.

'We zijn er', kondigt ze op vlakke toon aan en parkeert in de punt van de kromming.

In makelaarstaal heet het huis van de Clarks een opknappertje. Op de een of andere manier moet ik denken aan het kinderliedje over de oude vrouw die in een schoen woonde: bruin als modder, overhellend naar links. Je kunt het golfplaten dak van de onderste woonlaag zien; de bovenverdieping wijkt een paar meter terug van de dakrand, als een wrat die midden op het huis groeit. De twee woonlagen passen totaal niet bij elkaar. Een dode boom neemt bijna de hele voortuin in beslag, de takken schrapen langs het huis. Insecten zoemen als een haperend brandalarm en ik sla een mug van mijn arm die zich te goed doet aan mijn bloed.

'Deze kant op?' Ik gebaar naar links. Er is geen voordeur te zien.

'Hierheen', zegt De Luca, die naar de rechterhoek van het huis loopt. Er staat een oude Ford op de oprit geparkeerd en ik tel drie lekke voetballen tussen het onkruid in de bloemperken.

Over de hele zijkant van het huis bladdert de verf zo dat het lijkt alsof het met een krabber is gedaan. Op de bovenverdieping staat een raam open, de dunne gordijnen wapperen in de wind. De Luca geeft een harde roffel op een ruitje in de gebarsten houten deur.

Er verschijnt een gezette vrouw met bloeddoorlopen ogen en een bezorgde uitdrukking op haar gezicht. Ze staat een poosje met het slot te klungelen. Ten slotte lukt het haar om de sleutel om te draaien en dan schuifelt ze het stoepje op, een mollige hand boven haar ogen. Ze heeft een beginnende bochel en haar donkere vlassige haar vormt een slordige krans om haar hoofd. Haar vlezige wangen zijn bedekt met sproeten en pigmentvlekken.

'Hoi Dot', zegt De Luca.

Ik steek mijn hand uit. 'Mevrouw Clark? Ik ben rechercheur Woodstock.'

Dot staat toe dat ik haar hand schud. 'Ja. Die andere vrouw heeft gebeld om te zeggen dat jullie eraan kwamen.' Ze strijkt zenuwachtig het voorpand van haar fletse zomerjurk glad en frummelt daarna aan een van de megagrote knopen. 'Is Abbey terecht?'

'Mogen we binnenkomen, mevrouw Clark?' zeg ik. Ik voel me uit de toon vallen in mijn warme, zakelijke blouse en nette broek.

Haar hand valt langs haar lichaam, ze verdwijnt in het huis en laat de deur wijd openstaan. Ik kijk De Luca even aan. Uit haar blik maak ik op dat dit Dots standaardbegroeting is.

De muren zijn kaal en donker en de plinten zitten onder een dikke laag vuil. In de keuken zijn de zware gordijnen voor het kleine raampje boven de gootsteen opzijgeschoven. De kastjes en het aanrecht zijn van hout en er staan zes stoelen slordig rond een tafel met een fruitschaal er midden op. Drie vliegen kringelen boven de verschrompelde vruchten en ik ruik een doordringende zoetzure lucht.

In de kamer naast de keuken hangen twee jonge jongens die precies op elkaar lijken op de bank, hun gezicht verlicht door hun schermpjes.

'Ik zal Daniel roepen.' Dot sjokt een andere deur door en ik maak van de gelegenheid gebruik om naar de woonkamer te gaan. De Luca blijft in de keuken.

'Ha jongens', zeg ik.

Ze kijken amper op. 'Ha', klinkt het in koor.

Ik zeg wie ik ben en ze wijzen aan wie Wayne is en wie Chris. Ze hebben dezelfde ogen als Abbey maar een ronder gezicht, en hun warrige bruine haardos heeft niet haar roze-gouden gloed. Hun onschuldige gezichten zijn façades waarachter ongetwijfeld al heel wat beschadigd is.

'We proberen jullie zus te vinden', zeg ik als ik naast hen kniel. 'Jullie hebben niks van haar gehoord, zeker?'

Ze schudden hun hoofd.

'En jullie hebben geen idee waar ze kan zijn? Heeft ze nooit iets gezegd over dat ze ergens naartoe wilde gaan?'

Weer schudden ze van nee.

'Ik zei dat ze misschien nog op het feest was,' zegt Chris, 'maar volgens mam was ze ergens anders naartoe.' Hij geeft zijn broer een schop, die hem daarna een klets tegen zijn blote been geeft.

Niet van zijn stuk gebracht door hun schermutseling zegt Wayne: 'Mam zei dat Abbey binnenkort weer naar huis komt, maar dat we deze week nog niet naar school hoeven omdat iedereen haar nog zoekt.'

'Waren jullie zaterdagavond allebei hier?'

Ze knikken. 'Ik had heel eng gedroomd', zegt Chris. 'Ik werd er midden in de nacht wakker van.'

Ik buig iets dichter naar hem toe. 'Hoorde je iets toen je wakker werd?'

Hij bijt op zijn lip, nog steeds met zijn aandacht bij zijn game. 'Ik denk het niet. Misschien was er een geluid buiten, maar dat zal wel een opossum zijn geweest. Die zitten altijd op ons dak – pap haat ze.'

Ik ben een ogenblik van mijn à propos. 'Vangt je vader er weleens een? Heeft hij een kooi om ze in te stoppen?'

Wayne giechelt. 'Nee.'

Ik knik glimlachend, en bedenk dat dit nog niet betekent dat de verrassing 's ochtends vroeg voor mijn hoteldeur níét van Daniel afkomstig was. 'Vertel eens, Chris, weet je nog ongeveer hoe laat je wakker werd?'

'Eh...' Er verschijnt een denkrimpel boven zijn neus. 'Ik hoorde de vogels, dus het was waarschijnlijk bijna ochtend?'

Ik zie zijn gelaatstrekken zich ontspannen als de roes van het gamen hem weer in beslag neemt.

'En gisterochtend? Waren jullie vader en moeder toen allebei hier?'

'Pap was buiten volgens mij', zegt Wayne. 'Daar zit hij altijd aan een motor te sleutelen.'

Ik hoor voetstappen op de houten vloer en kom overeind. 'We gaan eventjes met jullie vader en moeder praten, goed?'

Ze knikken weer in koor. Mijn aanwezigheid doet ze duidelijk niks.

Ik loop de keuken weer in als er net een man van de andere kant aan komt lopen. Daniel Clark is breed en gebruind en schuurt met zijn schouders bijna langs de posten van de smalle deuropening. Hij is een aantrekkelijke man: gladde huid en dik, donker kortgeschoren haar. Rond zijn middel heeft hij een paar kilo's te veel, maar zijn vroegere atletische lichaamsbouw is nog zichtbaar. Zijn borst gaat snel op en neer wanneer zijn donkere ogen mij opnemen. Dot, die achter hem aan sjokt, lijkt eerder zijn moeder dan zijn vrouw.

'Jij bent die agente uit de stad', zegt hij.

'Rechercheur Woodstock. U moet Daniel Clark zijn.' Ik stap naar voren om hem een hand te geven.

Zijn blik gaat van mij naar De Luca en weer terug. Traag glijdt er een spotlachje om zijn mond als hij me een stevige hand geeft. Een duistere kracht omgeeft me – de man is net een verraderlijke cocktail.

'Worden mannelijke agenten tegenwoordig gediscrimineerd? Moet ik een petitie starten?'

'Hoofdinspecteur Gordon is met ziekteverlof, dus ik leid het onderzoek naar uw dochter.'

'Ja, ik heb gehoord dat Tommy een ongeluk heeft gehad.' Hij slaat zijn armen over elkaar en wiegt heen en weer. 'Pech voor hem.'

'Meneer Clark, kunnen we misschien gaan zitten?'

Hij rukt een stoel bij de tafel vandaan en laat zich er wijdbeens op neerploffen. Daniel blijft me strak aanstaren als ik ga zitten en De Luca en Dot mijn voorbeeld volgen. Dan draait hij zijn hoofd naar de woonkamer. 'Jongens! Naar buiten!'

Een paar tellen later komt de tweeling langs de tafel stormen. Daniel kijkt verwachtingsvol in mijn richting.

'Jullie zullen mijn dochter nog wel niet gevonden hebben.'

'Nee, we weten nog niet waar Abbey is. Maar we willen jullie graag nog wat vragen stellen.'

Daniel trommelt geïrriteerd met zijn vingers op tafel. 'Nou, brand los dan.'

'Waar was u gisterochtend, meneer Clark?'

Dots hoofd schiet omhoog.

'Gísterochtend? Hier. Zoals elke ochtend. Hoezo?'

'Waren jullie gisterochtend allebei hier?' vraag ik aan Dot.

'Ja', zegt Daniel. 'Waarom vraag je ons naar gisteren? Je beseft toch wel dat Abbey al sinds zaterdagavond vermist wordt?'

'Gisteren is Rick Fletcher bij een incident betrokken geraakt. Gek dat jullie dat niet gehoord hebben. Het was op het nieuws.'

'We kijken geen nieuws', zegt Daniel. 'Zonde van de tijd.'

Als ik zo hun sombere keuken rondkijk, lijkt het me bovendien onwaarschijnlijk dat er weleens vrienden bij de Clarks een praatje komen maken.

'Dat joch deugt voor geen meter', voegt Daniel eraan toe. 'Het verbaast me niks dat hij in de problemen zit. Ik heb tegen Abbey gezegd dat ze bij hem uit de buurt moest blijven, maar ze wilde niet luisteren. Ze luistert echt nooit naar me.'

'Hoe komt het dat u zo over Rick Fletcher denkt, meneer Clark?' vraagt De Luca.

Daniel wendt zich schokschouderend naar haar. 'Zomaar een slecht gevoel. En dat bleek dus te kloppen. Want hij heeft Abbey iets aangedaan, ja toch?'

We laten die beschuldiging even onbeantwoord en dan zeg ik: 'Hebt u weleens gezien dat Rick zich gewelddadig tegen uw dochter gedroeg?'

'Hèhè, ze hingen hier natuurlijk nooit rond. Maar ik weet wat voor type het is.' Daniel leunt naar voren, met zijn armen op tafel. 'Hoor eens, hij weet waar Abbey is.'

Ik onderdruk de neiging De Luca aan te kijken. Ik kom er niet achter of Daniel echt niet weet dat Rick vermoord is of dat hij ongelooflijk goed kan toneelspelen.

'Ik heb begrepen dat u Rick hebt bedreigd, meneer Clark. Dat u op zondagavond bij hem langsgegaan bent en dat u hem telefonisch geïntimideerd hebt.'

Daniels ogen schieten vuur. 'Ja, we hebben bonje gehad. Tenslotte moet er iemand mijn dochter proberen te vinden, want jullie voeren duidelijk geen ruk uit.'

'Gisteren is Rick Fletcher dood in zijn huis aangetroffen.'

Vanuit mijn ooghoek zie ik Dot grote ogen opzetten en met haar mond een cirkel vormen.

Daniel laat zich achteruit in zijn stoel zakken en wekt de indruk oprecht verbaasd te zijn. 'Dood? Hoe dan?'

'Hij is neergeslagen.'

Dot huilt geruisloos. Daniel strijkt met de rug van zijn hand onder zijn neus en snuft. 'Nou ja, ik zei toch dat hij niet deugde. Hij ging vast met geteisem om.'

'Hebt u hier echt helemaal niets van gehoord?'

'Nee.'

Dots lippen bewegen alsof ze in zichzelf zit te praten, ik zou bijna denken dat ze bidt.

'We vroegen ons af of iemand Rick heeft aangevallen omdat hij dacht dat die iets met Abbeys verdwijning te maken had', zeg ik.

Daniel slaat zijn armen over elkaar. 'Dat zou weleens kunnen, ja.'

'Meneer Clark, ik wil zeker weten dat u gisterochtend niet van huis bent geweest.'

Hij rolt met zijn ogen. 'Ik heb hem niet aangeraakt. Kansen genoeg, als ik dat had gewild.'

Ik richt me tot Dot. 'Mevrouw Clark, kunt u alstublieft bevestigen dat u beiden gistermorgen tussen vijf en zeven hier was?'

'Ja.' Ze bijt op haar onderlip en knikt.

Als ik me tegen de rugleuning laat zakken, kraakt mijn stoel luid. 'Uiteraard zitten we nu met twee onderzoeken door wat er gebeurd is, en moeten we erachter zien te komen of de verdwijning van uw dochter met de aanval op Rick Fletcher te maken heeft. Misschien hebben we nog meer vragen voor jullie als we alle informatie verwerkt hebben.'

Daniel wordt knalrood. 'Het staat me niet aan dat jullie je alleen richten op wat hem is overkomen en Abbey laten stikken. Er is niet eens een amber alert uitgegaan.' Hij zegt dit met de naïeve verontwaardiging van iemand die iets heeft gehoord wat hij als wapen inzet, ook al heeft hij geen benul of het wel van toepassing is.

'Meneer Clark, u kunt erop rekenen dat we ons uiterste best doen uw dochter te vinden. In deze situatie kan een amber alert niet worden gebruikt, maar we nemen haar verdwijning heel serieus.' Tijdens mijn speechje word ik in gedachten teruggevoerd naar de keuken van de familie Mara. Er mag dan een wereld van verschil liggen tussen die witte tegels en het marmeren aanrecht daar en deze groezelige grot, de blik op het gezicht van Abbeys ouders is dezelfde als die van Deirdre en Lucas Mara toen ik voor het eerst bij hen aan huis kwam.

Daniel gromt en prevelt iets bij zichzelf.

'Was Abbey in haar gewone doen de laatste tijd?' Ik richt me met mijn vraag tot Dot, die met haar blik onmiddellijk Daniels bijval zoekt.

'O ja', mompelt ze.

'Abbey scheelde niks', sist Daniel met een ruk naar voren. 'Ik weet waar je naartoe wilt, maar ze is niet weggelopen en heeft geen stomme streek uitgehaald. Of dat joch van Fletcher heeft haar iets aangedaan, óf een andere klootzak. Hoe dan ook: zorg dat je haar snel vindt.'

'We moeten nog met een heleboel mensen spreken.' Ik schuif mijn stoel bij de tafel weg, kom overeind en ga snel wat verder bij Daniel Clark vandaan. 'Ik wil haar kamer graag zien, alstublieft.'

Daniel maakt een knikje naar De Luca. 'Het vorige stel heeft daar zondag al gekeken.'

'Ik zou graag zelf ook even kijken.'

Met een krassend geluid van hout op hout schuift hij zijn stoel achteruit. 'Je mag van mij je tijd verlummelen door nog eens in haar kamer rond te neuzen en te doen alsof je overal verstand van hebt, maar daarna wil ik je hier weg hebben.' Hij buigt zich dreigend naar voren, legt zijn vlakke handen op tafel en voegt eraan toe: 'Het is toch werkelijk ongelooflijk. Jullie agenten bemoeien je altijd met zaken waar je niks mee te maken hebt, en wanneer je dan eens echt nodig bent, heb je er geen donder aan.' Hij schopt de stoel opzij en plukt een sigaret uit een pakje in zijn broekzak. Dot krimpt ineen als hij langs haar stampt.

De achterdeur knalt keihard tegen de buitenmuur zodat Dot en ik opschrikken, maar De Luca trekt alleen maar een wenkbrauw op.

'En je komt pas terug wanneer je mijn dochter thuis komt brengen', snauwt Daniel over zijn schouder.

Dinsdag 12 april, 10.03 uur

Abbeys kamer is klein en bijzonder netjes. Het eenpersoonsbed is opgemaakt en in een hoek staat een mand halfvol wasgoed. Er is geen bureau maar op de doorbuigende planken staan wat boeken en een leeg glas met een gedroogd veldboeket en er liggen een paar losse vellen papier. Aan de muur hangt een groot waterverfschilderij dat Abbey in een stijlvol handschrift heeft gesigneerd. Het is een indrukwekkende mengeling van veren en schubben, kronkelende, vechtende dieren, kopjes die overal tussen de wirwar van vormen uit turen. Nog meer potloodschetsen, sommige duidelijk nog niet af, zijn met buddy's aan de muur geplakt.

Aan de voorkant van de planken hangen tientallen foto's. Sommige zijn dezelfde als die in Ricks slaapkamer, op andere staat Abbey met haar vriendinnen. Er is een foto van haar broertjes, geen enkele van haar ouders.

De Luca staat met haar armen over elkaar in de deuropening. 'Waar ben je naar op zoek?'

Door het raam kan ik Daniel in de kleine achtertuin zien. Hij zit gehurkt op een stuk dor gras naast een motorfiets aan een onderdeel te prutsen terwijl er rook uit zijn mondhoek kringelt.

'Daniel scheen verrast te zijn toen we hem vertelden dat Fletcher dood was', zeg ik, terwijl ik nog steeds naar hem kijk.

De Luca snuift minachtend. 'Hij is nogal bedreven in het uitwissen van zijn sporen. Je zou hem eens moeten meemaken als we hier langsgaan na een melding. Dan druppelen de leugens als honing van zijn lippen.'

Ze heeft ongetwijfeld een punt, maar ik zag aan Daniels gezicht dat hij echt geschokt was. Maar ja, ik ben er weleens eerder ingestonken; bij Nicki's vader Lucas ben ik er compleet ingestonken. Sommige mensen kunnen zo goed liegen dat ze er wel een gooi mee naar een Oscar kunnen doen.

'Maar goed, waar ben je naar op zoek?' vraagt De Luca nog eens.

'Dat weet ik nog niet zeker', antwoord ik.

Beducht loop ik op de kast af. In de zaak-Mara begonnen de problemen voor mij pas echt door het bewijs dat ik in Nicki's ladekast aantrof.

Nicki was zes dagen vermist toen ik haar kamer doorzocht. Vrijdagmiddag na schooltijd had ze ruzie met haar moeder gehad, en er was wat onduidelijkheid over waar ze het weekend logeerde, dus er waren al twee dagen voorbij toen Deirdre haar als vermist meldde. De berichten die zondag met haar telefoon waren verstuurd en een foto die op haar sociale media was geplaatst, maakten het nog lastiger een chronologie vast te stellen.

Er verstreken nog eens zesendertig uur voordat we een officieel persbericht uit lieten gaan. We hadden de journalisten net zo goed een granaat kunnen toewerpen, zo groot was de opwinding. Een mooi, jong wit meisje uit een rijk gezin, ook nog eens een talentvol atlete, werd vermist en men vreesde voor haar leven. Precies waar de pers op kickt.

Vanaf het begin stond de zaak me al niet aan. De eerste keer dat we bij hen thuis kwamen, op de dag dat Nicki als vermist werd gemeld, deden we ons best om ondanks Deirdres hysterische gedrag wat feiten boven tafel te krijgen. Drie dagen daarna groeide het vermoeden dat Nicki niet zomaar was weggelopen en lieten we de forensische recherche het huis doorzoeken. Maar daar troffen ze niets aan dat op een misdrijf wees, waarna Mac en ik nog uren discussieerden over de vraag of haar ouders iets met haar vermissing te maken zouden hebben. Zelf dacht ik van niet, hij had zijn twijfels.

Zes dagen nadat Nicki voor het laatst werd gezien, werden beide theorieën onderuitgehaald toen Susie, een heroïneverslaafde die opvallend goed uit haar woorden kon komen, het politiebureau kwam binnenstormen en op dramatische toon eiste 'de rechercheur die over het vermiste rijke meisje gaat' te spreken.

'Er is niks aan de hand met dat bekakte prinsesje', had Susie tegen iedereen in de wachtkamer gezegd toen ik met haar kwam praten. 'Ik heb haar met eigen ogen gezien. En ik heb een foto van d'r.' Ze haalde een recent model iPhone tevoorschijn en liet ons een donkere foto zien van een straat die overal kon zijn met iemand die wegloopt. Iemand die heel veel weg had van Nicki Mara.

Volgens Susie had ze Nicki de avond daarvoor gezien.

'Ze zat ineens in de rioolbuis waar ik normaal mijn plekje heb en ze deed alsof die van haarzelf was', zei Susie. 'Ze had stoere praat over dat ze van huis weggelopen was. Ze zei dat ze het grappig vond dat iedereen ervan uitging dat ze dood was. Ze was van plan naar het noorden te gaan, een andere naam aan te nemen en een bedrijfje te starten of zo.'

Terwijl Owen Susie verhoorde zat ik in stilte te briesen. Ik had amper geslapen sinds Nicki's verdwijning, en ik was er meer dan de anderen van ons team van overtuigd geweest dat ze was vermoord.

Een paar uur later zat Deirdre Mara tegenover me op haar hagelwitte bank te snikken nadat ik haar op de hoogte had gebracht van wat Susie had verteld. 'Ik geloof het niet.'

'Ik wil graag eens in Nicki's slaapkamer kijken', zei ik. 'Wilt u me die laten zien?'

Ze knikte en ging me voor naar de achterkant van het huis, langs Lucas die aan de keukentafel voor zich uit zat te staren. De atmosfeer in huis leek niet helemaal in orde te zijn, alsof er nog een restje spanning in de lucht hing. Ik keek naar het achterhoofd van Deirdre en probeerde het akelige, kleinzielige mens waarover Nicki het in haar berichtjes aan haar vriendinnen had, te rijmen met deze vriendelijke en intrieste vrouw.

'Dit is haar kamer', zei Deirdre, met een vochtig zakdoekje tegen haar rode neus gedrukt.

In het ladeblok van Nicki's bureau vond ik de foto's, ze waren achter de onderste lade gepropt en lagen op de vloerbedekking. Vierentwintig afdrukken van haar naakte lichaam in allerlei poses, een uitnodigende blik in de donkere ogen met de volle wimpers.

Ik voelde me verraden. Onnozel. Ik kan nog steeds niet precies uitleggen waarom, maar tot dat moment was Nicki een onschuldig meisje geweest en had ik gedacht dat ze domweg gruwelijke pech had gehad. Ik had niet veel geloof gehecht aan Susies verhaal, maar ik moet tot mijn schande toegeven dat die foto's mijn hele opinie hadden doen kantelen. Ik veroordeelde Nicki, en vanaf dat moment hield ik haar niet meer voor een slachtoffer, maar voor iemand van een duisterder categorie, een gecompliceerd soort lolita waar ik veel lastiger greep op wist te krijgen.

Natuurlijk denderde de karavaan verder. Twee weken daarna gaf Susie toe dat ze die ontmoeting met Nicki tegen betaling uit haar duim had gezogen. Ze beweerde dat een man haar dat op straat had gevraagd.

Ik knipper met mijn ogen en ik ben weer in het hier en nu. Ik doe Abbeys kleerkast open. Daar hangt een kleine voorraad kleren, voornamelijk surfkleding, netjes aan hangertjes. Een gescheurde spijkerbroek, een paar T-shirts en hemdjes liggen opgevouwen in een draadmandje. Drie paar schoenen staan keurig gerangschikt op de bodem. Het ziet er allemaal goedkoop uit.

Ik stap achteruit en bekijk de kleine kast. 'Ik heb niet de indruk dat Abbey haar hele salaris aan kleren uitgaf.'

Er staan twee eenvoudige linnen tasjes naast de schoenen op de kastbodem. In de ene zit haar badpak en een strandlaken, in de andere zitten drie schetsboeken, twee van A3-formaat en een van A4-formaat. Ik blader ze door en ben behoorlijk onder de indruk van sommige tekeningen. Abbey heeft een scherp oog, vooral voor vogels en dieren.

Het derde schetsboek blijkt een notitieblok van school te zijn. Er staan een paar bladzijden vol lesroosters en aantekeningen in, die worden afgewisseld met half voltooide schetsjes en een paar stukken geschreven tekst. Ik draai het blok om, waar een paar to-dolijstjes en allerlei losse notities kriskras door elkaar staan.

'Wat is dat?' vraagt De Luca.

'Dichter bij een dagboek kunnen we niet komen, denk ik.'

Ik kijk onder het matras en het bed, tast onder de kleren in de linnenkast en ga op mijn tenen staan om met mijn hand boven op de kast te voelen. Ik controleer de binnenkant van een lege koffer, steek mijn handen in de vakken aan de voor- en zijkanten, maar vind verder niets.

Als we weer naar beneden gaan zit Dot nog steeds aan de keukentafel. 'Heb je iets gevonden?'

Ik wijs op het linnen tasje dat aan mijn schouder hangt. 'Alleen een paar schetsboeken. Hebt u er bezwaar tegen als we die meenemen?'

Haar blik dwaalt af naar het raam en ze antwoordt zenuwachtig: 'Ik zie niet in waarom niet.'

'Dat schilderij in haar kamer is prachtig', zeg ik. 'Heeft Abbey dat gemaakt?'

Er kruipt een benauwd toontje in haar stem. 'Ze is altijd aan het tekenen. En ze maakt ook muziek. Ze speelt dwarsfluit. Dan heeft er een hekel aan dat ze dat hier doet vanwege de herrie, maar ze mag van een lerares op school oefenen. Een heel aardige vrouw is dat.' Dots angstige blik schiet weer naar het raam en ze grijpt de rugleuning van haar stoel beet. Er ontsnapt een dikke traan uit haar ooghoek die over haar wang glijdt.

'Mevrouw Clark,' zeg ik, 'dit is heel belangrijk: bent u er zeker van dat uw man de hele ochtend gisteren niet van huis is geweest?'

Buiten begint Daniel te vloeken en dan volgt er een staccato gekletter van metaal op metaal. In de woonkamer schreeuwt een van de jongens het uit: 'Yes! Je bent hartstikke dood. Nu ben ik aan de beurt!' De ander roept: 'Ga van me af!'

Er glijdt een onverschillige uitdrukking over Dots gezicht als ze naar het raam kijkt. 'Hij was hier. Nu hij niet meer werkt is hij meestal hier.'

De keukenkraan drupt de seconden weg.

'En u weet echt niet waar ze kan zijn?'

Dot kijkt me nu recht aan. 'Nee.'

Terwijl we elkaar aanstaren vraag ik me af of alles anders zou zijn verlopen als ik Lucas Mara net iets meer onder druk had gezet, als ik niet zo verrekte blind was geweest voor wat er speelde.

'Goed, we zullen van ons laten horen. En neem vooral contact met ons op als u iets van Abbey hoort of er u iets te binnen schiet wat ons kan helpen bij de zoektocht, oké?'

Dot knikt langzaam en we laten onszelf uit.

Knipperend in het zonlicht komen we naar buiten.

'Hebben jullie ooit gemerkt dat Rick gewelddadig was tegen Abbey?' vraag ik De Luca.

Ze staat stil en draait zich naar me om. 'Denk je dat wat Daniel daarnet zei waar is? Schei uit, zeg.'

Ik frons verbaasd om haar schampere antwoord. 'Eén gewelddadige man betekent toch niet dat er niet meer kunnen zijn? Abbey zou de eerste niet zijn die na misbruik thuis bij een partner belandt die haar misbruikt.'

De Luca veegt haar warrige pony uit haar gezicht. 'Er was niets wat in die richting wees. We hadden Rick Fletcher niet op de radar.'

Ik kom naast haar lopen. 'Met welke buren hebben jullie gesproken?' vraag ik als we bij de auto zijn.

'Van het huisfeest?'

'Nee, hier.' Ik wijs om ons heen.

'Dat is volgens mij nog niet gebeurd.'

Ik onderdruk een zucht en kijk op mijn horloge. 'Nou, waarom niet nu? Benieuwd of zij een andere opvatting hebben over wat er op zaterdagavond is gebeurd, of waar Daniel gistermorgen uithing.' Mijn telefoon gaat. 'Momentje', zeg ik tegen De Luca als ik een paar meter doorloop naar het midden van de straat. Het is Tran.

'Is Aiden al terecht?' vraag ik.

'Nog niet. In elk geval heeft hij zijn telefoon of bankpas niet gebruikt.'

'Shit. We moeten hem echt te spreken krijgen. Ik ben er honderd procent van overtuigd dat hij weet wie Rick heeft neergeslagen – hij zei dat het allemaal zijn schuld was.'

'Gemma, we halen je weg uit dat hotel', zegt Tran. 'Ik weet dat je net zo lief wilt blijven, en het kan zijn dat er alleen maar een verveeld joch achter die dode opossum zit. Maar de hoofdcommissaris wil niet dat je daar blijft. Zeker niet met je zoontje erbij.'

Ik onderdruk de neiging te gaan stampvoeten. 'Oké. Ik verkas wel als iedereen dat zo graag wil.'

'Mooi. Vanessa Gordon stelde voor dat jullie bij haar kwamen logeren. Dat lijkt me logisch, want ze past sowieso al op Ben. En dan ben je meteen wat flexibeler – eerlijk gezegd lijkt me dat straks geen overbodige luxe.'

Ik sta niet meteen te springen bij de gedachte dat ik weer bij iemand anders in huis zit, maar aan de andere kant is het voor de zaak niet verkeerd om een beetje bij Tommy in de buurt te zijn. Bovendien weet ik nu al dat Tran geen nee accepteert.

'Volgens mij is dat nergens voor nodig, maar het klinkt alsof het al besloten is. Ik bel Vanessa later wel.'

'Gemma', begint Tran, maar ik kap haar af door op te hangen.

Ik probeer een vriendelijke uitdrukking op mijn gezicht te toveren als ik De Luca voorbijstruin, maar dat mislukt jammerlijk. 'Kom, we gaan.'

Er staan nog drie andere huizen aan het pleintje, maar zeker valt dat niet te zeggen omdat de tuinen en groenstroken erg overwoekerd zijn. Ik klop aan bij het dichtstbijzijnde huis. Een angstaanjagend magere vrouw met gebleekt haar en gelaatstrekken die in het midden van haar gezicht zijn gerangschikt, komt aan de deur. 'Wat moeten jullie?' zegt ze bars.

Een kwartier later houdt Jacqui Cobb, 'geboren Dawson' audiëntie vanachter haar formica keukentafel vol vlekken en trakteert ons op een diepgaande analyse van Daniel en Dots rampzalige relatie, terwijl ze de as van haar sigaret aftikt.

'Arme Dot', zegt ze. 'Arme, onnozele Dot. Ik ken haar al van jongs af aan, moet je weten. En Dan ook, maar ik was wel zo snugger om zo ver mogelijk bij hem vandaan te blijven. We hebben Dot allemaal gewaarschuwd dat hij niet deugde, maar luisteren, ho maar.'

'Wat was er met Daniel aan de hand?' vraag ik.

'Hij is een driftige klootzak', zegt Jacqui botweg. Ze heeft één hand onder de oksel van de andere arm geklemd en krabt haar hoofd met haar vrije hand, zodat de rook van haar sigaret in haar vlassige paardenstaart zweeft. Dan neemt ze een flinke teug en blaast al hoestend de rook in wolkjes uit. Ze kijkt ons aan alsof ze waardevolle informatie gaat verstrekken en laat haar stem ietsjes dalen. 'Zijn pa sloeg hem altijd bont en blauw, dat heb ik van mijn moeder. Pleegde zelfmoord toen we op de middelbare school zaten, zijn vader dus. Schoot zichzelf voor de kop.'

De Luca zit ongemakkelijk op haar stoel te schuifelen.

Jacqui gaat verder, nu met een iets dromerige stem. 'Dat herinner ik me, want dat was de dag dat ik met de auto van mijn vader tegen het hek ben gereden.' Ze steekt nog een sigaret op. 'Daniel Clark was wél een charmeur, hoor, en knap om te zien ook. Hij heeft een aantrekkelijke lach, nou ja, als hij eens in een goede bui is. Dot wilde dolgraag een vriendje en ze was vanaf het begin al verkocht. Eerlijk is eerlijk, Dan was toen ook helemaal weg van haar, en daar liet ze zich door meeslepen. Dots moeder bemoeide zich er nogal mee. Ik herinner me nog dat ze tegen Dot liep te schreeuwen dat ze uit zijn buurt moest blijven. Ze zou zich omdraaien in haar graf als ze wist wat hij nu uithaalt. Ik denk niet dat Dot ooit met iemand anders is geweest.' Jacqui rilt. 'Hemel, kun je het je voorstellen?'

Ik probeer haar uit haar dromerijen weg te lokken door naar zaterdagavond te vragen.

'Het was duidelijk dat Dan uit zijn vel sprong. Hij liep ergens over te schelden en te tieren. En maar rammen tegen de droogmolen met die stomme plank van hem.'

Ik frons. 'Doet hij dat wel vaker?'

'Ja. Meestal bedaart hij dan na een paar minuten weer, maar het maakt echt een klereherrie. Daar heb ik jullie tig keer over gebeld.'

'Maar zaterdag niet?' vraagt De Luca.

'Dat leek me niet nodig. Ik dacht dat JC wel zou bellen.' Ze wijst langs mijn hoofd. 'Die woont op nummer 3.'

'Waarover was Daniel aan het schreeuwen?' vraag ik.

Met gesloten ogen neemt Jacqui een diepe haal aan haar sigaret. 'Ik zat achter het huis een biertje te drinken, dat zal om een uur of half-acht zijn geweest. Op dat moment belde mijn zoon – die heeft altijd geld nodig, hij woont in Brisbane maar hij is net weer eens zijn baan kwijt, de stakker. En toen begon het gegil. Zelfs Matty kon de klojo aan de andere kant van de lijn horen.'

'Kon u verstaan wat Daniel zei?' dringt De Luca aan.

'Neuh, maar het ging weer eens tussen hem en Abbey, zoals gewoonlijk. Dot was er ook bij; ik hoorde haar huilen en tegen hen allebei zeggen dat ze op moesten houden. Ze vindt het vreselijk als ze ruzie hebben.' Jacqui haalt haar neus op, veegt die dan aan haar pols af en snuift luidruchtig. 'Hij zei "slet" tegen haar, dat kon ik horen. Maar dat zegt hij heel vaak. Zo noemt hij Dot ook altijd. Vreemd, want dat is ze zeker niet.'

Ik herinner me Dots lege blik toen we haar huis uit liepen en ik bedenk dat haar korte leven voor haar heel lang moest aanvoelen.

'Hebt u de indruk dat het de laatste tijd erger wordt? Komt Daniel nog driftiger over dan anders?'

Ze knijpt haar ogen tot spleetjes en denkt even na. 'Zou kunnen. Hij loopt veel vaker buiten in de tuin te tieren en op die stomme droogmolen te timmeren. En hij heeft voortdurend ruzie met Abbey over van alles en nog wat. Ze is een slimme meid, ondanks alles. Dat irriteert hem waarschijnlijk mateloos.'

'En hoe liep die ruzie zaterdag af?' vraagt De Luca.

Jacqui drukt haar sigaret uit en begint met het pakje te spelen, dat ze van de ene in de andere hand laat glijden. 'Matty en ik hingen op en ik vulde het vogelvoederhuisje bij, zodat ik het geduvel aan de andere kant van het hek kon blijven volgen.' Ze brengt het pakje naar haar mond en pulkt er met getuite lippen een volgende sigaret uit. 'Abbey zei iets als: "Het kan me geen barst schelen wat jij ervan vindt!" En toen het geluid van een klap. En Dan noemde haar een trut. Dat zei hij een paar keer. Dot riep weer dat ze allebei moesten ophouden. Ik vroeg me even af of Abbey hém misschien had geslagen; tenminste, die indruk kreeg ik, maar daar zou ze wel heel wat lef voor gehad moeten hebben, toch? Een paar minuten later zag ik haar langszoeven op haar fiets, helemaal opgetut. Op weg naar dat feest waarschijnlijk. Ze heeft prachtig haar, de lieve schat.'

Jacqui wappert een vlaag rook uit haar gezicht en trekt aan haar eigen scharrige paardenstaart. 'Ik hoop dat Daniel haar niets aangedaan heeft. Ik heb altijd gezegd dat ze die man moesten opsluiten voordat hij echt iemand toetakelt.'

'En u hebt hem daarna niet weg zien gaan?'

'Nee, maar mijn kamer is aan de achterkant van het huis en volgens mijn ex slaap ik als een blok.' Jacqui zwijgt even en er verschijnt een rimpel op haar voorhoofd. 'Op een gegeven moment stopte er een auto aan het eind van de straat. Ik hoorde hem toen ik naar de wc moest, de motor draaide stationair. Hij had alleen de parkeerverlichting aan, wat ik nogal vreemd vond.' Ze maakt een afwerend gebaar. 'Ik heb de auto niet gezien, dus vraag me niet wat voor merk het was.'

'Maar volgens u waren de koplampen uit?'

'Klopt.'

'En hoe laat was dat?'

Ze kijkt me fronsend aan. 'Net na enen? Ik vond het nogal laat voor iemand die Abbey thuis kwam brengen. Ik ben er vrij zeker van dat ik de auto een paar minuten later weg hoorde rijden.'

De Luca's blik is op de vloer gericht.

'Mevrouw Cobb, was u gisterochtend thuis?'

Ze knikt.

'Hoe laat bent u opgestaan?'

'Tja, dat zal niet eerder dan een uur of zeven zijn geweest. Meestal ben ik er iets vroeger uit, maar ik had een paar wijntjes gedronken na het eten en ik kan niet zonder mijn schoonheidsslaapje.' Lachend beklopt ze haar gezicht.

'Hebt u nog een auto zien komen of gaan nadat u was opgestaan?' vraagt De Luca.

'Dat denk ik niet. Op jullie tweeën na was dat het wel de laatste paar dagen. Er loopt hier nou niet bepaald een hoofdweg langs.'

'Bedankt voor het gesprek', zeg ik en ik sta op. 'Bel vooral wanneer u nog iets te binnen schiet, goed?'

'Ik weet jullie te vinden', zegt ze opgewekt. 'Indertijd waren mijn ex en ik kind aan huis bij het politiebureau.'

Ze draait haar sigarettenpeuk in de overvolle asbak rond en brengt ons dan naar de deur, al krakend met haar smalle heupen.

'Wel zonde eigenlijk', zegt ze nadenkend. 'Dot en ik waren vroeger dikke vriendinnen. Ze kwam hier vaak langs toen Abbey nog klein was en dan zaten we te kijken hoe het kind in de tuin rondsjeesde. Maar toen kreeg Dot de tweeling. Tegenwoordig zie ik haar amper meer, of ze moet onderweg zijn naar het vakantiepark om er caravans schoon te maken. Als ik voor het huis ben zwaai ik naar haar en ik zeg gedag, maar verder is er niet veel meer om over te praten. Mijn waardeloze man is er een paar jaar geleden met een of andere sloerie vandoor gegaan, godzijdank, maar arme Dot zit blijkbaar voorgoed met die van haar opgezadeld.'

Dinsdag 12 april, 11.22 uur

De Luca en ik kloppen aan bij de overburen van Jacqui en maken een slungelige jongeman, Leo, wakker. Hij is zo stoned dat hij amper een hele zin uit kan brengen, terwijl zijn hond onafgebroken blijft blaffen. Nadat we hebben vastgesteld dat Leo het weekend weg was en gisteren de hele ochtend heeft geslapen, maken we ons zo snel mogelijk uit de voeten, tot aan het eind van de oprit achtervolgd door een doordringende stank.

Bij het laatste huis doet een zwaar getatoeëerde man van eind vijftig de deur open. 'JC,' zegt hij als hij met een brede grijns zijn hand uitsteekt, 'net als de Lieve-Heer.'

Hij weet ons te vertellen dat hij zaterdagavond tot ongeveer tien uur in het Parrot Hotel was en daarna lopend naar huis is gegaan. Hij heeft de hele nacht niets gehoord, en pas zondagmiddag ontdekt dat Abbey werd vermist toen er opeens allemaal agenten in de straat verschenen die haar zochten.

'Ik zie Dot vaak in tranen.' JC schudt zijn hoofd, zijn kleurrijke armen voor zijn bolle buik gekruist. 'Ze loopt altijd huilend door de straat met haar emmer met schoonmaakspullen terwijl hij haar vanuit huis blijft uitschelden.' JC bijt op een nagel en zucht. 'Ik ben zo oud dat ik me kan herinneren dat ze achter de kinderwagen al liep te huilen. Er verandert niks: Daniel is zo glad als een aal en Dot is te bang om iets te zeggen.'

'Hebt u hier gistermorgen auto's zien aankomen of wegrijden?'

'Nee, er is me niets opgevallen. Maar ik ben meestal buiten in de tuin achter het huis, dus ik kan jullie waarschijnlijk niet echt van dienst zijn.' Hij kijkt ons met een sluwe blik aan. 'Gaat dit over die jongen die dood is? Daar heb ik over gehoord.'

We bedanken hem en gaan weg.

De Luca belt Grange vanuit de auto, terwijl ik voor het huis van de familie Clark op straat blijf staan en Lane opbel.

'Hé Gemma.'

'Ja, hallo.' Ik kan maar moeilijk wennen aan zijn informele spreektrant. 'Heeft de forensische ploeg iets gevonden?'

'Zeker, een koektrommel vol papiergeld.'

Ik probeer niet meteen te denken aan wat voor de hand ligt. 'Hoeveel?'

'Bijna zes mille. Dat kan erop wijzen dat Rick bij iets illegaals betrokken was, toch?'

'Drugs, zou je denken, maar het kan van alles zijn. Gestolen spullen misschien, of anders gewoon handje-contantjeklussen. Het zou ook Aidens geld kunnen zijn. Ik vond het erg lastig om hem te peilen gisteren. Kun je de financiën van die twee eens tegen het licht houden en kijken of alles een beetje klopt?'

'Doe ik.' Lane klinkt buiten adem, alsof hij aan het lopen is. 'Het moet wel schimmig zijn; niemand heeft zoveel geld in huis zonder dat daar een luchtje aan zit.'

'Misschien.' Ik zie in gedachten weer hoe Aiden gisteren naar het huis keek en vraag me af of hij van dat geld op de hoogte was. 'Hebben ze nog meer gevonden?'

'Er slingerden een paar oude telefoons rond, maar zonder simkaart.'

'Dat is niet ongebruikelijk. Vingerafdrukken?'

'Geen idee; ze hebben alles onderzocht, maar het zag er niet veelbelovend uit volgens hen, dus we zullen moeten afwachten. Ze zeiden dat er geen afdrukken op de bekladde foto's zaten en dat ze ons daar waarschijnlijk verder ook niets over konden vertellen.'

'Dat is interessant. Er hadden vast afdrukken op gezeten wanneer Rick het had gedaan.'

'Dat zal wel, ja.' Het klinkt of Lane er met zijn gedachten niet bij is.

De telefoonnummers die ik in Ricks slaapkamer op de vloer zag liggen schieten me te binnen. 'Lane, ik heb een foto gemaakt van een briefje met telefoonnummers in Ricks slaapkamer. Dat zal er nog wel liggen, maar ik stuur die foto voor de zekerheid naar je door. Kun je ervoor zorgen dat alle telefoonnummers uit het huis in kaart worden gebracht, en dat alle contacten worden nagetrokken? Dus voor alle telefoons. Ik wil weten met wie Rick de afgelopen paar maanden allemaal heeft gesproken.'

'Oké, komt in orde.'

'Hebben ze al een wapen opgeduikeld?' vraag ik.

'Nee, geen wapen.'

'En die Bruce Piper, heb je zijn verklaring afgenomen?'

'Ja hoor, en die blijkt te kloppen. Ik heb de andere buren ook gesproken. Een vrouw meende gisterochtend iets te hebben gehoord, maar ze dacht dat het een tv was. Een andere buurman aan het eind van de straat was vroeg opgestaan om zijn hond uit te laten, en die beweert dat hij vlak voor zes uur iemand aan de overkant van de straat zag lopen.'

'Gaf hij toevallig een signalement?'

'Neuh, iemand met een capuchontrui. Maar de buurman wist wel zeker dat het een man was.'

'Goed. Ik weet dat Damon achter die bewakingsbeelden aan ging, maar daar zal hij wel niet aan toegekomen zijn, want hij moest Aidens contacten in kaart brengen. Zou jij nog eens kunnen nakijken of er in de straat rond het huis van de Fletchers camera's hangen waar iets op kan staan?'

'Geen probleem. Zijn De Luca en jij nog steeds bij de familie Clark?'

'We rijden bijna weg. We hebben net met de drie buren gesproken. Eentje denkt dat er zondagochtend vroeg een auto in de straat stond.'

'O ja? Nog gezien wat voor een?'

'Helaas niet. We weten niet of dit er iets mee te maken heeft, maar nu hebben we in ieder geval een uitgangspunt. Ik kan me niet voorstellen dat iemand hier zomaar midden in de nacht z'n auto parkeert. Het kan zijn dat diegene Abbey naar huis zag lopen en haar gepakt heeft.'

'Tjeez. Ja, zou kunnen.' Lanes stem sterft weg. Dan vraagt hij: 'Zei Dot dat Daniel thuis was toen Rick werd aangevallen?'

'Ja, kennelijk was hij hier, voor zover ze weet.'

'Het zal eens niet.' Lane hangt op.

Met de kiestoon nagalmend in mijn oor staar ik naar mijn telefoon en stop hem dan in mijn zak. Tommy Gordon heeft de touwtjes blijkbaar nogal laten vieren; ik zal het team wat respect voor hiërarchie moeten bijbrengen als ik wil dat het functioneert zoals ik het goed vind.

Ik zie dat De Luca nog steeds in gesprek is, dus ik bel snel Vanessa. Buiten adem neemt ze op. 'Hoi Gemma. Geen zorgen, alles kits hier.'

'Gaat het goed met Ben?'

'Ja, prima. Charlie en hij kunnen het reuze met elkaar vinden. Ze zijn buiten aan het spelen. Zal ik hem even geven?'

'Nee hoor, hoeft niet. Zeg maar gedag van mij.'

'Ik hoorde van Celia dat je graag bij ons wilde logeren. Daar ben ik blij om, Gemma – met alles wat er vanmorgen bij het hotel is gebeurd, lijkt me dat een goed idee.'

Dat irriteert me. 'Volgens mij is het nogal overdreven, maar ik stel je aanbod op prijs. Ik zorg dat ik tegen zessen bij je ben. Zeg je dat even tegen Ben alsjeblieft?'

De Luca zit een mailtje te typen op haar telefoon als ik in de auto stap. 'De brandweer heeft niets gevonden', zegt ze. 'Ze hebben de directe omgeving afgezocht, maar toen moesten ze naar een ongeluk op de snelweg.'

Ik klik mijn autogordel vast. 'Nou ja, we weten niet eens of het haar bloed wel is.' Een van de tweeling rent door de voortuin van de Clarks. 'Nog nieuws van Damon?'

'Aidens vrienden hebben allemaal niets van hem gehoord. Hij heeft blijkbaar zijn baan verloren en was van plan een poosje met Rick samen te werken, maar ook zijn vroegere baas heeft niets van hem gehoord.'

Ik vertrek mijn gezicht uit frustratie: nog een jong iemand vermist. Het mag dan vrijwillig zijn, het is wel het laatste waar we op zitten te wachten.

'En dat vakantiepark? Heeft de beheerder ons een lijst met gasten gestuurd? Is Robert Weston daar?'

Ze typt verder op haar telefoontje. 'Volgens Kate Morse staat er geen Robert Weston als gast geregistreerd. Maar ze noteert alleen de gegevens van degene die voor een chalet betaalt, dus hij kan er eentje met iemand delen. Er is blijkbaar iets mis met de riolering op het vakantiepark waar Kate druk mee was, dus ze had de lijst nog niet.'

'Maar die moeten we hebben.'

'Ja, dat weet ik', zegt De Luca koeltjes. 'Kate heeft Grange gezegd dat ze zou proberen hem vanavond die lijst te sturen.'

Ik lach ongelovig. 'Heeft hij haar wel duidelijk gemaakt dat het dringend was? Snapt die vrouw wel dat we een moord moeten oplossen?'

De Luca drukt met een zwierig gebaar op 'verzenden' en kijkt me aan. Het valt me op dat er bij haar elleboog een strak litteken zit; iemand heeft daar lang geleden een peuk uitgedrukt. Hoger op haar arm, onder het mouwtje van haar blauwe shirt, zie ik de rand van nog zo'n litteken. Er flitst iets in haar lichte ogen achter de donkere wimpers wanneer ze haar arm wegschuift. 'Ik weet niet precies wat Grange zei, maar Kate heeft beloofd dat ze alles doormailt.'

'Oké', zeg ik en verbreek het oogcontact. 'Nou, dat hopen we dan maar. We moeten onmiddellijk aan de slag.'

Ze start de auto en de airco begint te loeien; ik zet hem een paar tikjes lager. De Luca heeft het stuur stevig vast. Ik ben nog steeds belachelijk moe, en voor de tweede keer vandaag komt er een begin van een gedachte bij me op die direct weer vervliegt.

Wanneer we het pleintje afrijden, zie ik een witte Mazda in de straat ernaast staan. De chauffeur heeft het raampje opengedraaid.

Simon Charleston zwaait en glimlacht naar me als we hem passeren.

'Ken je hem?' vraag ik aan De Luca.

'De verslaggever? Ja, vaag. Die is oké. Hij is zeker niet zo erg als sommige anderen.'

Ik kijk haar verrast aan bij deze onverwacht milde opmerking.

'Nou, waar wil je beginnen?' vraagt ze. 'Waar het huisfeest was?' Ze praat nog steeds kortaf; elk woord lijkt met moeite haar mond te verlaten.

Ik doe alsof haar toon me niet opvalt. 'Ja, laten we bij dat huis beginnen, en vandaar naar het politiebureau en dan door naar het terrein bij het benzinestation. Ik wil de route die Abbey zaterdagavond waarschijnlijk heeft genomen, in kaart brengen en ook timen.'

De Luca ademt lang uit en slaat soepel rechtsaf bij het makelaarskantoor. We komen langs een kleine middelbare school met een sportveld en een kitscherig buitenzwembad, compleet met een ouderwets reclamebord van Coca-Cola.

'Is dat Abbeys school?' vraag ik.

De Luca knikt.

We rijden zo'n tien minuten verder, langs pittoreske huizen en groenstroken barstensvol veldbloemen, tot we een deftige, brede woonstraat in rijden en de auto tussen twee opritten stilzetten. Een paar huizen verderop is een man zijn auto aan het wassen, met een enorme koptelefoon op.

'Het feest was hier', zegt De Luca. 'Hier wonen de Kinlons, maar de ouders waren zaterdag uiteraard niet thuis. We hebben hun twee dochters Maggie en Beth ondervraagd, maar dat zijn niet echt vriendinnen van Abbey en ze hebben haar niet weg zien gaan. Ze denken dat ze haar niet eens hebben gesproken, al hebben ze haar aan het begin van de avond in de keuken gezien.'

Vandaag zijn het huis en de tuin in stilte gehuld, maar je kunt je makkelijk voorstellen dat er overal tieners rondkrioelen.

'Kom.' Ik doe mijn gordel los.

De Luca zet de motor af en als ik uitstap word ik meteen weer omgeven door insectengezoem. De hitte zindert boven de grond, als in een moeras.

'Is Abbeys fiets daar gestolen?' Ik wijs naar de overkant van de straat.

'Klopt. Ze zei tegen Lane dat ze hem tegen een boom had gezet, tegenover het huis. Ongeveer een meter vanaf de straat.'

Ik draai me om en wijs naar een pad aan de linkerkant van het huis. 'En Rick beweerde dat hij daar stond te bellen rond de tijd dat Abbey wegging, toch?'

'Hm-m. We hebben zijn telefoongegevens gecheckt. Belinda, zijn zus, heeft hem vlak voor halftwaalf gebeld, dus dat klopt.'

'Waarom zou hij dan liegen over die fiets, denk je?'

Er verschijnt even een frons op haar gladde voorhoofd. 'Hè?'

'Een van de twee liegt. Of Rick zag haar op die fiets weggaan, óf niet. Laten we bij hem beginnen. Kom maar met een theorie.'

Voor de eerste keer vandaag lijkt De Luca te twijfelen. 'Hij wilde ons laten geloven dat Abbey niet lopend was?'

Ik kijk de straat af. 'Oké, maar waarom?'

Ze fronst. 'Dat weet ik niet.'

'Stel dat hij degene was die haar fiets had weggenomen? We weten dat ze ruzie hadden. Misschien is hij de voordeur wel uit geslopen en heeft hij hem ergens verstopt. En toen haar vader de volgende ochtend bij hem op de deur kwam bonzen en roepen dat ze vermist werd, leek het Rick beter erover te liegen.'

De Luca kijkt niet overtuigd. 'Waar is die fiets dan?'

'Ik heb geen idee. Misschien heeft hij hem ergens verborgen, of van een rots gegooid.' Ik zwijg even en bedenk dat het vast ook niet al te moeilijk zal zijn om er een lichaam vanaf te gooien.

'Het was duidelijk dat Rick zijn hart wilde luchten toen hij het bureau belde. Misschien ging dat hierover?'

'Zou kunnen. Wacht even.' Ik pak het dossier van de zaak en haal er de kaart van Fairhaven uit. 'Laten we er even van uitgaan dat Abbey degene is die liegt en op de fiets is weggegaan. Komt dat beter uit met de timing?'

'Ze kwam rond 23.45 uur op het bureau aan', zegt De Luca. 'We weten niet precies hoe laat Rick haar hier weg zag gaan, maar kennelijk toen hij stond te bellen. Volgens mij begon het gesprek met zijn zus om 23.24 uur en duurde het ongeveer drie minuten.'

'Dat zou dan behoorlijk krap zijn geworden.' Ik kijk weer op de kaart. 'Kan dat, in die tijd lopend van hier naar het politiebureau?'

De Luca is even stil. 'Op zich wel, als ze het pad door de struiken heeft genomen.'

'Dat daar?' Ik wijs naar een bosschage aan het eind van de straat.

Ze knikt. 'Dat is een deel van het gebied waar ze op zondagochtend hebben gezocht. Een van de theorieën was dat Abbey misschien toen ze bij het politiebureau vandaan kwam, weer terug is gegaan naar het feest.'

'Laat eens zien.'

Het getjirp van de cicaden is oorverdovend wanneer we op de smalle strook groen aflopen. Er slingert een hobbelig paadje tussen de bomen door, bezaaid met stenen en eucalyptusbladeren.

'Zo kom je direct uit op de straat waar het politiebureau aan ligt. Als ze lopend dit pad heeft genomen kan ze daar makkelijk binnen een kwartier zijn aangekomen.'

Ik bekijk het dichte struikgewas eens goed. 'Zou je denken dat ze daar 's avonds in haar eentje doorheen heeft gelopen?'

'Nou, zij liever dan ik', zegt De Luca. 'Er is geen verlichting en overal zitten dieren. Spinnen.' Ze tuurt tegen de zon in. 'Maar Abbey had lopen ruziën met Rick. Wie weet was ze dronken en gedroeg ze zich onvoorzichtiger.'

Ik denk terug aan de feesten tijdens mijn middelbareschooltijd. De avonden gingen als een waas voorbij, tot er een volwassene opdaagde en opeens helderheid bracht. Beslissende veranderingen in je leven voltrokken zich zonder trompetgeschal. De dingen leken superbelangrijk en tegelijkertijd ontzettend onbeduidend. Alles was net een toneelstuk: een daverende opeenvolging van allemaal emoties, samengebald in een paar uur tijd. Het was toen net alsof alles van belang zich afspeelde in een klein omheind tuintje onder de sterrenhemel.

'Ze kan dus de waarheid hebben verteld: ze merkte dat haar fiets weg was en is toen meteen naar het politiebureau gelopen via deze korte route. Maar het is ook mogelijk dat ze erheen is gaan fietsen, over straat.'

De Luca stemt met een voorzichtig knikje in.

'In beide gevallen kunnen we wel concluderen dat ze niet heeft getreuzeld maar direct van het feest naar het bureau is gegaan.'

'Denk je dat ze in die korte tijd iemand kan zijn tegengekomen die haar fiets heeft gepikt?' vraagt De Luca weifelend.

Ik loop naar de auto terug. 'Dat is mogelijk, maar het lijkt me van niet. En stel dat het zo gegaan is, waarom zou ze dan tegen Lane liegen dat haar fiets bij het feest gestolen was?' Mijn maag knort luid van de honger. 'Misschien schaamde ze zich om te zeggen wat er echt gebeurd was. Of durfde ze dat niet.' De verschillende scenario's strijden om voorrang in mijn gedachten. 'Maar als ze bang was zou ze het aanbod van een lift naar huis toch niet hebben afgeslagen? Dus dat is dan weer vreemd.'

De Luca fronst alleen maar. 'Waar wil je nu naartoe?'

'Laten we langs het bureau rijden. En dan graag rechtstreeks, via de route die Abbey volgens jou zal hebben genomen als ze op de fiets was. En daarna gaan we naar de plek waar het bloed is gevonden.'

Als onze auto bij de stoeprand wegrijdt, zie ik een tienermeisje achter een van de ramen op de eerste verdieping. Onze blikken kruisen elkaar terwijl ze langzaam haar lange bruine haar borstelt.

De Luca loodst ons routineus door de straten: rechtsaf, linksaf, linksaf, rechtsaf. 'Daar komt het pad op uit.' Ze wijst naar het uiteinde van de bomentunnel. We rijden nog een paar honderd meter door en stoppen dan voor het politiebureau.

'Dus of ze nu lopend of fietsend was,' zeg ik, 'ze kwam uit die richting.'

De Luca knikt.

'Goed, dus ze komt hier aan, buiten adem van het lopen of het fietsen. Mogelijk heeft ze een vervelende ontmoeting gehad en is er iemand met haar fiets vandoor gegaan.' Ik buk me om mijn sok op te hijsen die vochtig is van afkoelend zweet. 'Laten we dat eens tegen het licht houden. Waarom zou ze erover liegen? Misschien heeft ze tegen iemand gedreigd naar de politie te gaan. Misschien is die gestolen fiets een verzinsel omdat iemand haar in de gaten hield, en wilde ze diegene laten geloven dat ze ergens anders aangifte van deed. Ze kan de fiets zelf hebben verstopt.'

'Maar dan is het zoals jij al zei: waarom zou ze een lift naar huis afslaan als ze bang was?'

Ik laat mijn hoofd tegen de steun rusten en tik er zachtjes tegenaan. 'Rick kan van het feest achter haar aan gegaan zijn. We weten alleen maar dat hij tegen zijn zus zei dat hij naar haar strandfeestje zou komen, en dat hij daar op een gegeven moment was, tot hij tegen de ochtend naar huis ging. Precieze tijdstippen ontbreken, en iedereen op het strand was dronken. Stel dat Abbey en Rick elkaar toch zijn tegengekomen en weer ruzie hebben gekregen?'

De Luca tuit haar lippen. 'Maar wie heeft Rick dan vermoord?'

'Iemand die wist wat hij gedaan had? Rick vermoedde dat ze een ander had, toch?'

'Dat zei hij, ja, maar daar is geen bewijs voor. Geen telefoontjes, appjes of e-mails. Niks.'

'Nou ja, helemaal ongebruikelijk is het niet om een relatie onder de radar te houden, zeker niet als je iemand bedriegt. Misschien had ze iets met een ander en was ze bang voor Rick. En uiteraard is het bekend dat Daniel Clark een gevaar vormt. Dat Dot heeft verzekerd dat hij thuis was vind ik nou niet het meest deugdelijke alibi, en dat geldt zowel voor zaterdagnacht als gistermorgen.' Mijn blik volgt een blauw vogeltje dat huppend van de ene naar de andere boom een flirterig dansje opvoert. 'Daniel geeft zelf toe dat Abbey om middernacht thuis moest zijn, en we weten dat ze om twaalf uur nog op het politiebureau was. Stel dat Daniel wakker is geworden, merkte dat zijn dochter nog niet thuis was en haar is gaan zoeken? Misschien kwam hij haar wel tegen toen ze naar huis liep en sloegen bij hem de stoppen door; fiets of geen fiets, dat maakt dan eigenlijk niet uit.'

'Wat ook mogelijk is,' zegt De Luca, 'is dat zomaar iemand van het feest haar fiets heeft gepikt. Misschien heeft die fiets er helemaal niks mee te maken.'

Ik neem een slokje water, waardoor mijn maag nog erger gaat knorren. 'Mee eens, al ben ik altijd erg op mijn hoede bij toevalligheden.'

De Luca bekoelt meteen weer. 'Wil je nu naar dat terrein?'

'Ja, graag. En weer via de meest voor de hand liggende route.'

We rijden een paar honderd meter en slaan dan rechtsaf. Na nog een paar honderd meter komen we bij de T-splitsing met de hoofdstraat. In een etalage hangt een zelfgemaakt bordje waarop muziekles voor iedereen van 8 tot 80 wordt aangeprezen; een ander bordje beweert dat ze de beste pizza in de hele stad hebben. Hier en daar kijken honden die vastgebonden zijn aan een verkeersbord of fietsenrek, somber voor zich uit. Vlak voor de bocht komen we langs een gigantische roze winkelpui die wel van Tara's schoonheidssalon moet zijn. Twee glaszetters zijn bezig een enorme ruit overeind te hijsen. De gouden letters op het dak van de pub blinken in de zon. Door de poort kun je een reep strand achter het hotel zien, waar badgasten in rijen op gekleurde handdoeken van het middagzonnetje liggen te genieten, de voeten naar de zee gericht.

We zetten de auto stil naast het hobbelige stuk asfalt waarvan Cam zei dat het braakliggend terrein was. Er groeit gras tussen de barsten en in de struiken eromheen glinsteren lege bierblikjes. Het brandweerteam en de technisch rechercheurs zijn allang weer weg, er is niemand te bekennen. De Luca staart naar de roestbruine vlek in de vage krijtcirkel.

'Is dat winkeltje dag en nacht open?' vraag ik met een blik naar het tankstation.

'In het weekend wel.'

'Laten we eens vragen of iemand iets gezien heeft.'

Dinsdag 12 april, 15.13 uur

Achter de balie zit een magere tiener met een probleemhuid. Wanneer we binnenkomen tikt hij wanhopig op de touchpad van zijn laptop en doet daarna een slechte poging nonchalant over te komen. Hij heet Kevin en we hebben geluk: hij had nachtdienst op zaterdag.

'Ken je Abbey Clark?' vraag ik.

Hij slikt zenuwachtig. 'Nee. Maar ik weet dat ze vermist is. Ze was Rick Fletchers vriendinnetje. Ik heb jaren geleden met hem op voetbal gezeten. Het is ongelooflijk wat hem is overkomen. Mijn vriendin heeft het niet meer.'

Ik zie Kevin niet voor me op een voetbalveld, of het zou als scheidsrechter moeten zijn, maar ik vraag verder. Ik laat hem een foto van Abbey op mijn telefoon zien. 'Heb je dit meisje zaterdagavond gezien?'

'Nee, niet. Dat weet ik zeker.' Zijn stem schiet een octaaf de lucht in, en hij kucht om dat te maskeren.

'Rick Fletcher?'

'Nee, die is hier niet binnen geweest.'

'En je zit meestal de hele tijd achter de balie, klopt dat, Kevin?'

'Eh, ja. Ja.'

'Mooi. Ik kom er ook even achter kijken, is dat oké?'

Ik loop langs een rek met chips en chocoladerepen en wacht tot hij de deur voor me opendoet. Hij klapt zijn laptop dicht en blijft gespannen om me heen drentelen als ik op zijn stoel ga zitten. Vandaar heb ik precies zicht op het stuk terrein waar de bloedvlek is.

'Heb je daar iemand zien rondhangen op zaterdagavond?' vraag ik en ik wijs de plek aan.

'Eh, nee.' Kevin krabt zo wild op zijn hoofd dat ik ervan schrik. 'Maar wacht eens... op zaterdag stond de tankwagen er geparkeerd.'

'Wat bedoel je?' Ik zie dat De Luca het winkeltje afspeurt naar bewakingscamera's.

'De man van de oliemaatschappij kwam de benzine bijvullen. Die wordt in van die grote opslagtanks onder de grond gepompt.'

'En hoe laat was dat?'

'Eh, zo rond zeven uur 's avonds, geloof ik. Hij zette een krabbel en begon met overpompen. Dat duurt een paar uur. Hij bleef in de stad slapen en heeft zijn tankwagen daar geparkeerd.' Kevin steekt een schriel armpje uit. 'Toen hij de volgende ochtend wegreed was ik al naar huis.'

'Hoe laat liep je dienst af?'

'Om zes uur', antwoordt Kevin.

'We moeten zijn naam hebben', zeg ik.

'Ach, tuurlijk. Dat zal wel oké zijn. Of kan ik dat misschien beter eerst aan de chef vragen?'

'We moeten sowieso met je leidinggevende praten omdat we jullie bewakingsbeelden willen hebben', zegt De Luca die weer naar de balie komt. 'Dan vertellen we hem meteen dat we zijn naam van jou hebben.'

'Oké, yep, mooi. Ik eh... zal even het logboek pakken.'

Als we de hitte weer in lopen, zegt De Luca dat ze wel even achter de chauffeur van de tankwagen aan gaat.

'Dat zou fantastisch zijn', zeg ik, blij met haar spontane aanbod.

Als ik weer bij de bloedvlek sta, smeek ik bij mezelf dat het Abbeys bloed is. Dan hebben we tenminste iets concreets in handen. Ik draai langzaam om mijn as en maak een voorstelling van die tankwagen. Als het haar bloed blijkt te zijn, wat deed ze hier dan? Ik word knettergek van de witte plekken in de chronologie. Waarom wilde ze geen lift naar huis? Had Lane laten doorschemeren dat die lift lastig voor hem was, of had ze al een afspraak met iemand anders? Misschien wel met de denkbeeldige jaloerse rivaal.

En zelfs al is het haar bloed, dan nog kan dat op elk moment tussen middernacht en 's ochtends vroeg op het parkeerterrein terecht zijn gekomen, dus misschien benaderen we het probleem wel van de verkeerde kant. Misschien is ze vanaf het politiebureau ergens naartoe gegaan en was ze in alle vroegte op weg naar huis toen haar iets is overkomen.

Na een blik op de kaart uit de auto concludeer ik dat Abbey niet de meest directe route vanaf het politiebureau naar huis heeft gekozen als ze door de hoofdstraat is gelopen, al zal ze dat wel het veiligst hebben gevonden op dat tijdstip. Maar het is wél de snelste route naar Ricks huis. Ging ze daarnaartoe? Hadden ze met elkaar gepraat toen ze bij het feest wegging en iets afgesproken samen? Was ze van plan hem bij het groepje op het strand te treffen? Abbey zou naar Ricks huis kunnen zijn gegaan om daar op hem te wachten. Maar hoe zat het dan met die auto met draaiende motor die Jacqui Cobb vlak bij haar huis had gehoord? Dat zou Daniel geweest kunnen zijn die op zoek ging naar zijn eigenzinnige dochter. Of kwam hij juist terug van zijn zoektocht?

Er lopen twee tienermeisjes arm in arm de parkeerplaats van de pub op. Een van hen klemt een schamel bosje witte margrieten in haar hand. Het is te zien dat ze allebei gehuild hebben.

Laat ons haar alsjeblieft vinden, denk ik. Losse eindjes kan ik er nu niet bij hebben. *Of weer een dode.*

'Hè?' De Luca kijkt verwonderd mijn kant op.

Ik moet het hardop hebben gezegd.

'Niks', antwoord ik en ik onderdruk een geeuw. Ik verga van de pijn in mijn rug en ik heb zo'n honger dat ik er misselijk van word. Daar komt nog bij dat ik als een berg opzie tegen een avondje beleefd converseren met de Gordons. Ik wil alleen maar naar bed.

De Luca hangt op en komt naar me toe. 'Ik heb een bericht ingesproken', zegt ze. 'Als hij niet terugbelt, dan bel ik het bedrijf op.'

'Is de auto van Daniel doorzocht?' vraag ik.

'Nee. Ik weet vrij zeker van niet.'

'Ik wil dat er sporenonderzoek wordt gedaan. Er zit natuurlijk overal DNA van Abbey in die auto, maar als er ook bloed wordt aangetroffen, hebben we wel heel wat meer in handen dan nu. En mogelijk vinden ze iets in het huis van Rick en Aiden. Ik wil dat het forensisch team zoveel mogelijk onderzoek doet zolang het hier is. Het lijkt nu wel of Abbey van de aardbodem verdwenen is. Zelfs als ze hier is aangevallen, ligt het voor de hand dat iemand haar lichaam met de auto heeft verplaatst. Zoveel bloed was het niet.'

'Prima', zegt De Luca minzaam. 'Ik regel het wel.'

'Ik vind het wel welletjes voor vandaag', zeg ik.

Als reactie klikt ze haar autogordel vast.

'Woon je ver bij het politiebureau vandaan?'

'Mijn vriendin en ik wonen in het westen van de stad.' Haar grijze ogen boren zich weer in de mijne alsof ze me uitdagen om daar iets van te zeggen. Ik ben even van mijn stuk gebracht, en vraag me af of ik me nu in haar vergis of toch niet.

'O, mooi', zeg ik stuntelig.

Er krult een glimlach om haar mond wanneer ze de auto start. Volgens mij vindt ze het wel grappig dat ik me ongemakkelijk voel.

'Waar wil je naartoe?' vraagt ze beleefd. 'Ik weet dat je in The Parrot logeert, maar je auto staat bij het politiebureau, toch?'

'Hoe komt het dat iedereen weet waar ik logeer?'

Ze haalt haar schouders op. 'Dat heb ik van Tran.'

'In ieder geval zit ik daar niet meer. Maar ik heb mijn auto wel nodig, dus het bureau is prima, dank je.' Ik probeer rustig te blijven in de bochten, maar voel me hoe langer hoe misselijker.

'Waar logeer je dan nu?' vraagt De Luca.

'Eh, bij de Gordons, als je het wilt weten.'

Haar hoofd zwaait verbaasd mijn kant op, waarna ze zich weer op de weg concentreert. 'Bij Tommy?'

'Ja', zeg ik met moeite als ik weer wagenziek word. 'Dat was gewoon het makkelijkst, vond iedereen. Als ik aan het werk ben past Vanessa op mijn zoontje.'

We rijden het parkeerterreintje op en ik hoop vurig dat ik niet ga kotsen. De Luca trekt de handrem met een ruk aan. 'Nou, dan zie ik je morgen.' Ze buigt voorover en zet de airco weer hoger.

'Tot ziens', mompel ik.

Een paar tellen later zwenkt haar auto in een halve cirkel naar achteren, schiet dan naar voren en ze laat me in een grijze stofwolk achter. Ik klik het portier van mijn huurauto open en laat me hijgend in de hete lucht op de stoel vallen. Net als ik de auto wil starten zie ik dat er een papiertje onder de ruitenwisser zit. Ik haal diep adem en klauter uit de auto om het te pakken.

Het is Simon Charlestons visitekaartje. Op de achterkant staat: 'Rech. Woodstock, we moeten praten. Bel me!'

Ik stap de auto weer in en blijf zitten wachten tot de airco op stoom komt, in de hoop dat de misselijkheid afneemt. De Luca weet me behoorlijk tegen de haren in te strijken, en net als ik haar in mijn verbeelding op haar nummer zet, weet ik weer waar ik de naam Aiden Fletcher eerder heb gezien.

Dinsdag 12 april, 17.46 uur

Er is geen opossum of bloedspoor meer te bekennen wanneer Cam me helpt mijn paar spullen uit kamer negen van het Parrot Hotel naar mijn huurauto te brengen. Hij duwt de kofferbak dicht en komt naar me toe, de handen in zijn zij. 'Nogmaals mijn excuses.'

'Dank je, Cam, maar maak je niet druk. Als ik eerlijk ben is een dood dier niet mijn grootste zorg op dit moment.'

'Snap ik.' Hij steekt een sigaret op en inhaleert gulzig terwijl hij naar iemand aan de overkant van de parkeerplaats zwaait. 'Het kwam allemaal keihard bij me binnen vandaag. Bij iedereen. Mijn personeel heeft het er moeilijk mee. Ik moet de hele tijd aan Rick denken, de arme jongen. Ik weet dat Daniel Clark het op hem gemunt had, maar toch.'

Ik brom iets vaags als ik de auto in stap en een hoestbui onderdruk wanneer zijn sigarettenrook langs mijn neus drijft. 'Dank je voor je hulp vandaag, Cam. Daar was ik erg blij mee.'

Zijn blauwe ogen kijken me indringend aan. 'Dat was wel het minste wat ik kon doen. Ik weet niet wat er aan de hand is, hier, maar ik baal ervan dat je liever weggaat.'

'Moet van de baas', zeg ik, maar het klinkt niet grappig. Met een gespannen lachje in zijn richting zet ik de auto in de versnelling.

Voordat ik gas kan geven buigt Cam zich voor mijn raampje. 'Wacht even.' Hij haalt een opgevouwen vel papier uit zijn zak. 'Dit is de gastenlijst van gisteravond.'

'Bedankt.'

'No worries. En hé, het spreekt waarschijnlijk vanzelf, maar zolang je hier bent is alles in de pub op rekening van het huis, oké?'

Ik voel de warmte van zijn gebruinde bovenarm stralen en kijk snel weg.

'Dat hoeft niet hoor, maar bedankt.' Met bonkend hart rijd ik de parkeerplaats af. Ik bel Mac handsfree, maar hij neemt niet op. Dan toets ik Owens nummer in. 'Owen, met mij.'

'Gemma! Momentje, wacht even.' Het vliegt me even aan als ik zijn stem hoor. 'Sorry Gem,' zegt hij, 'tjonge, wat een week. Hoe is het met jou? En met je zoontje?'

'Gaat goed. Nou ja, gezien de omstandigheden dan.'

'Mac heeft me over je klus in Fairhaven verteld en ik heb wat over die doodslag gelezen. Zit daar schot in?'

Ik praat Owen bij over Abbey en Rick en opeens vertel ik hem over de opossum. 'Maar Owen, zeg er niets over tegen Mac alsjeblieft. Dan gaat hij zich toch maar zorgen maken, en dat kan ik nu echt niet hebben.'

Owen fluit tussen zijn tanden. 'Ik zal mijn mond houden, maar holy shit, Gemma, dat klinkt niet goed. En nu logeer je dus bij de hoofdinspecteur daar?'

'Tja. Dat is niet echt mijn eerste keus, maar het zal wel moeten. Tran staat erop. Mijn oude chef in Smithson kent Tommy, dus het gaat vast goed. Ik ben het grootste deel van de dag toch aan het werk.'

'Nou, als het aan mij lag rond je snel af en kom je naar huis. Ik moet braaf met de andere kinderen spelen en daar is op deze manier weinig aan.'

Ik moet lachen. 'Owen, jij bent altijd braaf.'

'Dat probeer ik wel,' gaat hij fluisterend verder, 'maar ik word knettergek van Carl de clown.'

Ik rol met mijn ogen. Carl Canterbury is een enorme idioot en Owen is de enige die nog de moeite neemt om aardig tegen hem te doen. Verder noemt niemand hem Carl de clown, de anderen zeggen altijd Carl de klootzak.

'Lach niet, Gem, ik zit de hele week met hem opgescheept. Het zal wel een beproeving van de Lieve-Heer zijn, anders weet ik het niet.'

'Och, Owen, je redt het wel. Er zitten ook voordelen aan. Voor het eind van de week heb je er minstens vijftig schunnige grappen bij geleerd.'

Owen kreunt. 'Los die zaak daar nou maar op en kom naar huis, ja? Even serieus: wanneer denk je dat je terug kan zijn?'

De bankschroef om mijn borst wordt weer aangedraaid. Het lijkt me nog steeds onmogelijk om met Ben in Sydney te wonen, maar ik zou het doodzonde vinden als ik nooit meer met Owen kan samenwerken.

'Ik heb je hulp nodig', zeg ik zonder zijn vraag te beantwoorden. 'De jongen die gisteren is doodgeslagen woonde met zijn broer in huis. Aiden Fletcher.'

'Oké.'

'Ik weet vrijwel zeker dat de naam Aiden Fletcher is opgedoken bij die moordzaak in het drugscircuit waar Carl eind vorig jaar aan heeft gewerkt. De zaak met die man die zich door zijn hoofd had geschoten, maar wat Carl niet vertrouwde. Volgens mij had die jongen een dag voor zijn dood geprobeerd Fletcher te bereiken of zoiets. Herinner je je dat nog?'

'Vaag. Misschien.'

'Ik weet het zeker', zeg ik. 'Carl hield maar niet op over een drugsbende die aan de kust opereerde en hij klaagde de hele tijd over budgetten omdat hij geen geld kreeg om erheen te gaan. Ik herinner me de namen, want ik zou hem helpen met een paar verhoren, maar dat leverde vervolgens niets op.'

Ik zie Owen bijna de archiefkast in zijn hoofd raadplegen. 'O ja, nu herinner ik me dat ik er Carl over heb horen mopperen.'

'In ieder geval zei die Aiden op de plaats delict in Fairhaven iets wat ik vreemd vond, en nu is hij ervandoor. En het forensisch team heeft bij hem thuis een flinke stapel contant geld aangetroffen, in het huis waar hij samen met zijn vermoorde broer woont. Drugs, denk ik dan.'

'Maar de moord op zijn broer heeft toch zeker met die vermiste vriendin te maken?' zegt Owen.

'Ik vraag me af of ze niet ergens met z'n drieën bij betrokken waren, iets wat uit de hand is gelopen. Ricks aanvaller was zeker geen prutser, het leek bijna op een liquidatie.'

'Wat wil je van me?'

'Kun je bij Carl navraag naar Aiden Fletcher doen? En me het dossier sturen? Ik wil dat even doorspitten en kijken of er wat opduikt.'

'Je had Carl natuurlijk ook rechtstreeks kunnen bellen, hè.'

'Weet ik.'

Owen lacht. 'Pas op jezelf, Gem. Je hoort morgen van me.'

Ik stop voor het huis van de Gordons en trek de handrem aan. Eventjes overweeg ik om Jodie terug te bellen, maar daar heb ik echt geen puf meer voor. De gastenlijst die ik van Cam heb gehad schiet me te binnen. Ik pak hem en werp er snel een blik op. Er zijn maar achttien kamers en sinds het weekend stonden er vier leeg. Eén naam springt eruit: die van Simon Charleston.

Ik bekijk het rustieke, plankhouten huis. Bloemen en boomtakken lijken zich ernaar uit te strekken, alsof ze het huis voor de natuur willen terugwinnen. Rechts van de wijd openstaande voordeur staat een lange houten bank met een gehaakt kussen erop, links ervan een rij boompjes in elegante plantenbakken. Ik hijs mezelf uit de auto en word vrijwel meteen besprongen door een grote, terracottakleurige hond, de tanden ontbloot en een tong als een slobberende vlag.

'Inka!' Vanessa rent op ons af, grijpt de harige kop beet en lacht als het dier haar kin likt. 'Sorry, hoor. Ze is de hele dag al door het dolle heen vanwege de kinderen.' Vanessa houdt een hand boven Inka's kop. 'Zit.' Als ze tevreden is over de reactie van de hond, zegt Vanessa: 'Kom, ik help je met je spullen.'

Ze vist Bens koffertje uit de achterbak, neemt met een paar sprongetjes het trapje naar de brede veranda en verdwijnt in de koele gang. Ik zeul met mijn logge koffer achter haar aan.

‘Hoi mam.’ Ben komt op me afstormen, samen met een ander jongetje. Ze storten zich op Inka, die speels naar ze begint te blaffen. Daar moet Ben om giechelen en de tranen springen bijna in mijn ogen.

Ik ga op mijn hurken zitten, druk hem stevig tegen me aan en snuif zijn geur op.

Hij klopt me op de rug en wurmt zich uit mijn omhelzing. ‘Kom, Charlie, we brengen haar weer naar de tuin.’ En daar stormen ze de gang al door.

De natuurlijke souplesse die Vanessa uitstraalt merk je ook in haar huis. In het plafond zijn wigvormige ruiten aangebracht die elkaar kruisende lichtpatronen op de houten vloer werpen. Ergens vlakbij hoor ik het tinkelen van een windgong.

Als we bij het eind van de gang komen, geeft Vanessa een klopje op mijn arm. ‘Ik denk echt dat dit beter is zo, Gemma.’

‘Dank je’, zeg ik stijfjes. ‘Maar je doet al zoveel voor me. En ik realiseer me dat hoofdcommissaris Gordon nog niet helemaal beter is.’

‘Ach, maak je geen zorgen om Tommy.’ Ze loodst me naar de dichtstbijzijnde deuropening. ‘Ik had gedacht dat Ben het hier wel fijn zou vinden.’

In het keurige rechthoekige kamertje staan twee donkerblauwe zitzakken en een eenpersoonsbed. Er hangt een enorme poster van een waterval op de achtermuur. Ik zie ten minste drie soorten varens achter het raam.

‘Denk je dat deze kamer goed is?’ Ze kijkt kritisch in het rond.

Ik knik. ‘Geweldig, hoor.’

‘En ik had jou hiernaast gedacht.’

De kamer ernaast is groter en vierkanter, met een hoog raam en een glazen deur die uitkomt op de veranda aan de zijkant van het huis. Aan de deurknop hangt een tros dromenvangers en de muur wordt in beslag genomen door een joekel van een schilderij met tropische bloemen. Een bontgekleurd vloerkleed wordt in de hoeken steeds dunner, met rafelige uiteinden.

'Die deur verderop is de badkamer voor jullie tweeën', zegt Vanessa. 'Vroeger verhuurden we dit tijdens de zomervakanties als eenvoudige B&B, maar dat hebben we de afgelopen paar jaar niet meer gedaan. Waarom weet ik eigenlijk niet, want ik heb juist meer tijd nu ik met pensioen ben...'

Met haar blik op de dromenvangers gericht verzinkt ze in aangenaam gepeins.

'Nou, dank je wel', zeg ik. 'Volgens mij was er niks mis met het hotel, maar ik stel het zeker op prijs.'

'Onzin.' Ze snuift minachtend.

Geërgerd haal ik mijn schouders op.

'Goed, nu moet je Tommy even begroeten. Hij wil het vast met je over de zaak hebben.' Haar mond verstrakt en haar opgewekte toontje verdwijnt als de zon achter de wolken. 'Ik kan nog maar niet geloven wat Rick is overkomen. Niemand niet. En er is nog geen enkel levensteken van Abbey zeker? Wat verschrikkelijk. Denk je dat er een verband tussen de twee zaken zit?'

'Daar kan ik op dit moment nog niets over zeggen.'

Ze slaat haar armen over elkaar en kijkt me vorsend aan. 'Je laat al net zo weinig los als Tommy. Nou, ga anders even met hem praten als ik met Charlie mee naar huis loop, oké? Daarna regel ik iets te eten.'

Mijn maag rammelt hevig bij de gedachte aan eten; nu ik niet wagenziek meer ben sterf ik van de honger.

Vanessa loodst me via een ruime keuken en een grote woonkamer naar de achterkant van het huis. Vandaar komen we op een flinke houten veranda die zich over de volle breedte uitstrekt. Achter de veranda is een keurig grasveld dat aan het eind overgaat in grillig struikgewas. Een dunne strook zand tussen twee bomen leidt rechtstreeks naar het strand; ik vang een glimp blauw tussen het gebladerte op.

Ben laat Inka apporteren langs het hek aan de zijkant; ik hoor hem giechelen en Inka speels grommen. Dan zie ik een oudere man in een rieten stoel onder een gestreepte parasol zitten. Zijn rechterbeen zit in het gips en rust op een knoestige boomstronk. Als we dichterbij komen merk ik dat hij snurkt.

Vanessa geeft een tikje met haar voet tegen zijn goede been en grijpt hem dan bij zijn brede schouders. 'Tommy?' zegt ze luid.

Zijn verweerde gezicht vertrekt en dan schieten zijn oogleden omhoog en worden zijn bleekblauwe irissen zichtbaar. Er zit een enorme bloeduitstorting rond zijn rechteroog, en een gele plek slingert vanaf zijn wenkbrauw naar zijn haar. Hij bekijkt me aandachtig. 'Sodeju, wat ben jij jong.'

Ik verschiet van kleur. 'Hallo, inspecteur Gordon. Gemma Woodstock.'

Als ik op hem afstap en mijn hand uitsteek, kucht hij hoofdschuddend. 'Zeg maar Tommy, hoor.'

'Hoe is het met u?' vraag ik, en bedremmeld als een klein kind trek ik mijn hand terug.

Hij hijst zich aan de armleuningen van zijn stoel wat omhoog. 'Nogal belabberd. Maar niet half zo beroerd als Rick Fletcher. De arme stakker.' Hij steekt zijn hand uit naar zijn been en begint vlak boven het gips te krabben. 'Sorry, dit ding jeukt als de ziekte.' Hij raspt nog een restje slaap uit zijn keel en neemt me aandachtig op, zijn handen gevouwen in zijn schoot. 'Er is niks mis met onze stoelen, hoor.'

Ik laat me voorzichtig in een stoel zakken.

'Zo mag ik het zien.' Hij werpt demonstratief een blik op zijn horloge. 'En kijk eens aan, borreltijd.' Vanessa kijkt wat ontstemd, maar misschien is dat maar inbeelding van me, want ze biedt me gauw ook iets te drinken aan.

'Nee, dank je', zeg ik.

Ik snak naar een biertje, maar mijn oogleden zijn zwaar van vermoeidheid en ik wil helder blijven om zoveel mogelijk informatie van Tommy los te krijgen. Hij is al bijna tien jaar chef hier, dus zijn kennis is van onschatbare waarde. Ik voel hetzelfde ongeduld als altijd wanneer ik een nieuwe zaak tackel, alsof ik met elke seconde die wegtikt verder bij een oplossing vandaan kom. En we hebben al zoveel tijd verloren.

'Ik zal wat water halen.' Vanessa legt haar handen even lichtjes op de schouders van haar man, glimlacht naar me en loopt weg.

Tommy kijkt haar na en fixeert zijn blik weer op mij. 'Hoelang zit je al bij Moordzaken?'

'Bijna acht jaar.'

Hij schraapt zijn keel. 'Nog nieuwe aanknopingspunten vandaag?'

'Wat Fletcher betreft? Niet echt. Hopelijk weten we morgen na de autopsie meer.'

'En ik neem aan dat je Daniel Clark hebt gevraagd waar hij heeft uitgehangen?'

Door Tommy's onverwachte verhoor krijg ik opeens een kurkdroge mond.

'Inderdaad. Hij hield vol dat hij thuis was toen Rick werd overvallen. Zijn vrouw kon het bevestigen.'

Tommy snuift minachtend. 'Geloof maar geen woord van wat dat mens zegt. Als het om haar man gaat liegt Dot Clark glashard. Dat meen ik letterlijk – een paar jaar geleden heeft hij haar eens door een ruit geslagen, en ze beschermde hem nog terwijl het bloed over haar gezicht droop.'

Vanessa komt er weer aan en geeft Tommy een biertje. Daarna zet ze een kan water met een glas voor me neer. 'Ben helpt me met het eten.' Ze kijkt me met een ondoorgrondelijke blik aan en verdwijnt weer in het huis.

'Uiteraard sluiten we Daniel niet uit', ga ik verder.

Tommy staart me even aan en pakt dan een papieren zak tussen de plooien van de geruite plaid over zijn knieën vandaan. Hij rommelt erin en vist er een pilstrip uit; hij drukt een paar tabletten uit de zilverfolie en slaat die met een slok bier achterover.

'Dat leek me al niet', zegt hij. 'De man roept al sinds zondagochtend dat hij Rick Fletcher te grazen zou gaan nemen.'

Tommy bukt zich om de zak tegen een stoelpoot te zetten, waarna er een vreemde stilte over de tuin daalt. Ik kan Vanessa en Ben in de keuken zien, maar hun gesprek wordt gedempt door de glazen deur.

De dieren van de dag hebben hun nest opgezocht en de zangers van het tweede bedrijf staan nog in de coulissen.

'Tja, het wordt uiteraard lastig om Daniel te vervolgen als Dot hem een alibi geeft. En er zijn geen getuigen, en tot nu toe nog geen wapen. Of zijn vingerafdrukken moeten op de plaats delict worden gevonden, anders hebben we weinig om op af te gaan.'

'Dat lijkt precies op wat er zaterdagavond met dat meisje van Clark is gebeurd. Sowieso is er weinig om op af te gaan, toch?'

'We zijn nog bewakingsbeelden aan het bekijken en mensen aan het verhoren. We trekken de zaak wel vlot.'

'Daar heb je vast gelijk in', zegt Tommy zonder enige overtuiging. Hij vouwt zijn knoestige vingers in een driehoek en duwt ze tegen zijn lippen. 'Het moet wel lastig voor je zijn om je aandacht tussen je kind en je baan te verdelen. In de praktijk lukt dat eigenlijk zelden, is mijn ervaring.'

'Het is soms een beetje jongleren, maar ik red me prima', antwoord ik kortaf.

Tommy zucht diep. 'Ik ben maar een eenvoudige vent, Gemma, en ik geloof niet in toeval. Neem van mij aan: Daniel Clark deugt voor geen cent, en ik geloof geen moment dat hij hier niks mee te maken heeft. We weten dat hij zijn dochter heeft bedreigd en we weten dat hij Rick heeft bedreigd.' Tommy spreidt zijn handen alsof hij met een trucje een verdwenen munt tevoorschijn tovert. 'Ze hadden hem lang geleden al achter de tralies moeten zetten, en waarschijnlijk is dit onze kans om hem op te sluiten. Ik begrijp wel dat je gewend bent aan flinke budgetten en eindeloos theoretiseren voor een whiteboard, maar zorg dat je wel ziet wat er vlak voor je neus is.'

'We mogen niet uitsluiten dat Abbey Rick heeft aangevallen', zeg ik.

Tommy barst in lachen uit, wat hem duidelijk pijn doet. 'Dit is godsamme niet zo'n stomme feministische actiefilm', zegt hij nijdig.

Er begint iets te zoemen in mijn hoofd en het bloed schiet naar mijn wangen. 'Hoor eens, ik werk al bijna tien jaar voor Moordzaken en ik ga het aanpakken zoals altijd: ik voer een onderzoek uit waar niemand een speld tussen kan krijgen en los de zaak op.'

Tommy's blauwe ogen boren zich nog eenmaal in de mijne en laten dan los. Grinnikend neemt hij een slok bier. 'Jones zei al dat je een bijtertje was.'

Ik bal mijn vuisten. Ik zie geen enkele overeenkomst tussen Jonesy en deze vent.

Achter me schuift Ben met moeite de zware glazen deur open en roept dat het eten klaar is.

'Ga jij maar vast', zegt Tommy. 'Ik moet op de baas wachten.' Zijn droge lippen vormen een pruilmondje.

'Fijn dat we hier mogen logeren', zeg ik vormelijk als ik opsta. 'Ik besef dat het niet geweldig uitkomt nu je nog in het gips zit.'

'Vanessa stond erop', zegt hij schokschouderend. 'En ik heb gehoord dat er iemand niet wilde dat je je in The Parrot thuis ging voelen.'

Een warme windvlaag strijkt door mijn haar en aait als met zachte vingertoppen over mijn hals en armen. 'Waarschijnlijk kattenkwaad.'

'Ja, waarschijnlijk.' Hij kijkt op als Vanessa eraan komt. 'Daar hoef je je in ieder geval niet lang zorgen over te maken. Voor je het weet ben ik weer op de been.'

Vier dagen vermist

Woensdag 13 april, 5.55 uur

Met een schok ben ik bij bewustzijn. De bloederige lichamen uit mijn dromen maken langzaam plaats voor een onbekende omgeving. Dan komt het allemaal terug. De afgeslachte opossum. Rick Fletchers lege ogen. Verkassen naar Tommy en Vanessa. Ik rek mijn armen en benen uit en bots op het zachte lijfje van Ben, die blijkbaar vannacht bij me in bed is gekropen. Ik bekijk een ogenblik zijn op en neer gaande borst, het lichte trillen van zijn neusvleugels.

Het is stil in huis. Ik bedenk dat ik Jodie nog steeds niet heb teruggebeld.

'Mijn God', fluister ik naar het plafond.

Ik check mijn telefoon: een berichtje van Mac die zich verontschuldigt dat hij me gisteren heeft gemist en vraagt of ik hem bel, en een beleefd appje van pap. Verder een mail van Owen, hij heeft me wat bestanden van Carls drugszaak gestuurd. *Bel me wanneer het jou uitkomt*, schreef hij. *Ik heb met Carl gesproken maar betwijfel of je er veel aan zal hebben.*

Ik buig over de rand van het bed en pak mijn laptop van zijn wankele positie boven op mijn koffer. Ik klap hem open en klik op het bestand met de bewakingsbeelden van zaterdagavond die Lane me gisteren heeft gestuurd. Tijdens het kijken ben ik in slaap gevallen, maar ik wil er absoluut zeker van zijn dat er niets op staat waaruit blijkt wat haar is overkomen sinds ze verdween in de nacht.

Zoals bij de meeste bewakingsbeelden zit er geen geluid bij en staat de camera slecht gericht; alleen de onderkant van de hellingbaan, het houten bordes en het gedeelte vlak voor de deur zijn in beeld. De camera binnen bestrijkt een behoorlijk stuk van de wachtruimte, maar iedereen die voor de balie staat wordt jammer genoeg op de rug gefilmd. Ik druk op 'play' en zie Abbey op de hellingbaan stappen, snel over het betonnen pad naar boven lopen en even achteroverleunen wanneer ze haar hand uitsteekt om de deur open te doen. Er valt nergens een fiets te bekennen en ze kijkt ook niet achterom. Ze heeft iets doelgerichts over zich, iets vastberadens.

Ze lijkt niet bang dat iemand haar volgt, en ze komt ook niet dronken over.

Wanneer Abbey eenmaal binnen is, kan ik haar alleen van achteren zien. Lanes gezicht is meestal in beeld, maar zo nu en dan wordt hij door Abbeys hoofd en haar aan het zicht onttrokken. Hij is duidelijk verrast als ze binnenkomt; hij grijpt zijn telefoon en toetst er iets op, misschien zet hij zijn muziek uit. Dan staat hij op en heft zijn handen in een typisch troostend gebaar. Na een minuutje of zo begint hij te praten, nog steeds gebarend met zijn handen, pakt dan de aangifteformulieren en vult die in. Om 23.47 uur neemt hij een telefoontje aan en praat ruim een minuut met de beller. Hij zegt iets tegen Abbey en belt dan iemand op – dat moet volgens mij Tommy zijn, met wie hij afspreekt om hem op het feest te treffen. Als Lane belt checkt Abbey haar eigen telefoon, wippend van de ene op de andere voet.

Ze lopen samen het bureau uit en Lane sluit af. Onder aan de hellingbaan praten ze weer met elkaar. Abbey stapt uit beeld terwijl Lane rustig staat te praten, een geruststellende uitdrukking op zijn gezicht. Hij wijst naar de auto, waarna zijn hoofd iets terugwijkt, verrast misschien. Dat moet het moment zijn dat Abbey zijn aanbod afwijst om met hem mee te rijden. Als hij weer wat zegt zie ik linksonder in het scherm iets bewegen; ik vermoed dat het Abbeys haar is dat uitwaaiert wanneer ze zich abrupt omdraait.

Lane roept iets naar haar, heft zijn handen alsof hij het ook niet meer weet en verdwijnt dan met een gefrustreerd schokschouderen uit beeld.

Ik moet enorm gapen en scrol het bestand vervolgens ongeveer zes minuten terug. Bij Abbeys gezicht zet ik de film op pauze en zoom in tot ik bijna alleen maar pixels zie. Ik ben er wel aan gewend om foto's van pasgestorven mensen te zien, berichten van vermisten te beluisteren of video's van slachtoffers van moord te bekijken, maar wat ziet ze er jong uit, op dat moment, vanuit die hoek. En weer denk ik: had ze enig vermoeden van wat haar te wachten stond – wat dat ook was?

Net wanneer ik iemand de achterdeur hoor openschuiven, verroert Ben zich. Ik zie de spanning op zijn gezichtje verschijnen als de harde werkelijkheid tot hem doordringt: weer een dag zonder zijn vader. Ik druk hem tegen me aan tot hij zich losworstelt.

'Je mag wel naar de keuken, hoor', zeg ik. 'Vanessa is al wakker. Ik ga even hardlopen.'

Hij sjokt de gang in en ik schuif mijn laptop opzij en zwaai mijn voeten op de vloer. Nog steeds gapend rommel ik in mijn koffer tot ik mijn sportkleren heb gevonden. Het linnen tasje uit Abbeys slaapkamer staat tegen een kast; ik pak er een van de grote schetsboeken uit en blader het door. Ik lees een paar gedichten, bewonder enkele schetsen en stuit dan op een to-dolijstje. Het lijstje bevat bullets met huiswerkopdrachten en een herinnering om verjaardagscadeautjes voor de tweeling te kopen – verf, tekenmateriaal? Achter een andere bullet staat domweg: *Huisarts.*

Ik lees een paar stukjes tekst door. De meeste zijn dramatisch, duister, en ik vraag me af in hoeverre die iets over Abbeys psyche zeggen.

Alleen. Gevangen in een pikzwarte ruimte. Mijn hele lichaam schreeuwt het uit. Ik bevroor toen zijn handen me brandden, me bezoedelden. Angst als een hand om mijn keel. Ik kon niet schreeuwen, kreeg geen adem. In die altijd zo vriendelijke ogen zag ik opeens niets dan kwaad.

Achterin, tussen de laatste pagina en de kaft, is een stapeltje losse papiertjes gestoken: een paar foto's die uit tijdschriften zijn gescheurd, wat huiswerkschema's, een bonnetje van doucheschuim, een uitnodiging voor een verjaardagsfeest en briefjes van vrienden of vriendinnen. Ik bekijk alle briefjes, maar die zijn nogal nietszeggend; ze gaan over tv-series, bikini's en badpakken. Er springt er maar één uit:

Ik wou je alleen maar even zeggen dat ik je fantastisch vind. Je lacht zo mooi. Fijne dag! R.

De tekst is netjes, in een schuin handschrift. Rick? Weer een ongewenste toenaderingspoging van Robert Weston, ligt dat meer voor de hand? Of zou Abbey het om hem met Rick hebben uitgemaakt?

In de gang blijf ik een ogenblik staan luisteren hoe Ben enthousiast over zijn voetbalelftal praat; van de ongerustheid die zich als een knoop diep in mij heeft vastgezet weet hij gelukkig niets.

'Morgen', kondig ik mezelf aan als ik de keuken binnenkom.

'Goedemorgen. Hopelijk heb je goed geslapen.' Vanessa heeft haar grijze haar loshangen, en ze schudt haar wilde lokken over haar schouder als ze een halve sinaasappel op de fruitpers drukt.

'Ja, zeker, bedankt.'

'Sap?' vraagt ze.

Ben knikt.

'Nee, dank je', zeg ik. 'Ik wil nog even hardlopen voor ik naar mijn werk ga.'

Daar lijkt Vanessa wat van te schrikken. 'Weet je zeker dat dat slim is?'

'Ik red me wel.' Ik ga even bij Ben op de bank zitten en met het gerebbel van een tekenfilm op de achtergrond stippel ik in gedachten mijn werkdag uit. Vanessa is druk aan het redderen in de keuken, maar Tommy is nergens te bekennen.

'Zo terug', zeg ik en knuffel Ben snel.

'Als je wilt hardlopen is er een mooie route over het strand', tipt Vanessa als ze een glas troebel sinaasappelsap voor Ben neerzet. 'Dan kom je in het centrum uit en kun je over Church Street naar het zuiden rennen, langs alle winkels tot je weer hier bent. Ik heb het zelf nooit gedaan,' zegt ze lachend, 'hardlopen is niks voor mij, maar het is ongeveer een kilometer of vier.'

Er komt een berichtje van Mac binnen als ik de deur achter me dichtschuif.

Ben je wakker? Als je wilt bellen komt het nu uit.

Ik loop via de achtertuin het zandpad op. De baai glinstert in het vroege ochtendlicht. Het is nog koel maar de zon doet al een gooi naar de hoofdrol en ik adem de zilte lucht diep in. Eenmaal op het strand doe ik een paar diepe kniebuigingen. Terwijl mijn beenspieren warm worden houd ik in gedachten het gesprek met Tommy van gisteravond tegen het licht en mijn woede laait weer op. Blijkbaar ergert het hem dat ik hiernaartoe gekomen ben. Ik strek mijn armen boven mijn hoofd uit en kijk naar de schuimende branding. De Luca deed ook al onbegrijpelijk vijandig gisteren, en ik voel me ontzettend alleen.

Ik moet Mac bellen voor de dag van start gaat.

Nadat ik mijn oordopjes heb ingedaan toets ik zijn nummer in. Ik heb zware benen en mijn maag is nog steeds van streek. Maar ziek worden komt nu wel heel slecht uit.

Macs vertrouwde gezicht komt in beeld en ik word teruggeflitst naar mijn bestaan in Sydney. 'Gemma! Ik begon me zorgen te maken. Gaat alles goed?'

'Alles is helemaal prima. Ik sta op het punt om nog snel voor mijn werk op het strand te gaan hardlopen.'

Er verschijnt een frons op zijn voorhoofd. 'En hoe is het gisteren uitgepakt?'

'Je weet hoe dat gaat. Ik probeer alles in eerste instantie voor mezelf in kaart te brengen.'

Hij kijkt me aan alsof hij details van me verwacht. Als die niet komen, gaat hij verder: 'Ik weet nog steeds niet of dit wel een goed idee is, Gemma. Het lijkt me dat zo'n zaak op dit moment wat veel voor je is.'

'Ik red me heus wel.'

'En hoe gaat het met Ben? En hoe is het hotel?'

Ik richt mijn blik op Macs mond en vermijd zijn ogen. 'Hij lijkt het naar zijn zin te hebben hier, en het hotel is geweldig. Echt, Mac, ik red me prima.'

Hij zucht. 'Ik word de komende paar dagen in beslag genomen door die cold case, die van die brandstichting, maar ik wil wel graag op de hoogte blijven van wat er bij jou gebeurt.' Hij blijft een ogenblik stil. 'Ik had echt liever dat je weer in Sydney was, Gem. Ik weet dat het ingewikkeld is met Ben, en dat ik je niet onder druk moet zetten, maar die onzekerheid voelt heel vervelend.'

'Weet ik.' Mijn hart bonkt alsof mijn hardlooprondje er al op zit. 'Ik moet ervandoor', zeg ik en ik hang op.

Ik draai mijn gezicht naar de ochtendzon en ga dan weer verder met mijn warming-up. Tjeez, wat een zootje.

Een schelle krijsstem wordt door de wind mijn kant op gewaaid. 'Bent u de nieuwe rechercheur?'

Ik wankel midden in een squat en draai me abrupt om. Tot mijn verbazing blijkt er een broodmagere vrouw vlak bij me te staan, op slechts een paar meter afstand van een zandpad dat tussen een muur van struikgewas vandaan komt. Mijn allereerste indruk is die van een heroïneverslaafde op leeftijd. Ze is blootsvoets en draagt een lange, zwarte wikkeljurk van pluizend polyester. Haar bruine klithaar hangt tot op haar borst.

'Nou?' vraagt ze met een verwijtende blik.

Ik hou een hand boven mijn ogen tegen de zon. 'Ja, ik ben rechercheur Woodstock. Wat kan ik voor u doen?'

Ze negeert mijn vraag en staart naar de zee. 'Het is verschrikkelijk wat die jongen is overkomen.'

'Hebt u Rick Fletcher gekend?'

'Heel verdrietig', zegt ze, klakkend met haar tong. Ze is griezelig dun en haar ogen liggen diep in de kassen. De binnenkant van haar ellebogen zit onder de naaldsporen en bloeduitstortingen.

'Hoe heet u?'

'Ze is dood, hoor.'

'Pardon?'

'Dood en begraven.' Ze sluit haar ogen en masseert haar hoofd met knokige vingers vol nicotinevlekken. 'Als het nacht wordt zie ik haar', mompelt ze. 'Wat ze met haar gedaan hebben.'

'Hebt u het over Abbey Clark?' Ik zet een stap in haar richting en ze deinst met grote, diepliggende ogen terug.

'Niemand gelooft me', zegt ze zachtjes, aan haar armen krabbend. 'Niemand wil naar me luisteren.'

'Ik luister wel', zeg ik. 'We kunnen zo lang praten als u wilt, nu. Alstublieft, hoe heet u?'

De wind stuift op van het water, slaat ons beiden om de oren en laat haar lange strengen opwaaien. Haar glazige blik richt zich op een plek net boven mijn hoofd. Ik vraag me af of ze dronken is, al doen haar schielijke bewegingen eerder vermoeden dat ze high of manisch is.

'Ik woon hier al mijn hele leven', vertelt ze. 'Op de keukentafel geboren. Ik mocht niet meer thuisblijven, weet je. Ze zeiden dat ik een gevaar voor mezelf was, maar ik weet wat er echt achter zit – ze zijn bang voor wat ik te zeggen heb.' Ze loopt het pad op. Haar Nike-rugzak lijkt net een leeggelopen ballon. 'Pas op, rechercheur', roept ze zonder zich om te draaien. 'Niemand wil dat ze gevonden wordt.'

'Hé! Praat tegen me, alstublieft. Bedoelt u Abbey Clark? Als u iets over haar vermissing weet, wil ik met u praten.'

Ineengedoken rent ze er als een dolle vandoor. Haar hese, hoge stem golft tussen de knoestige bomen vandaan. 'Laat me met rust!'

Woensdag 13 april, 7.18 uur

Hijgend en kletsnat van het zweet kom ik weer bij de Gordons aan. Het redelijk eenvoudige rondje bewijst maar weer eens hoe mijn conditie achteruit is gehold sinds ik uit Sydney weg ben.

Tommy zit bij Vanessa en Ben in de keuken, met zijn rolstoel tegen de lange houten tafel aan geschoven. Hij eet geroosterd brood met roerei; een diepgele kleur met groene vlekjes. Het ruikt naar koffie en basilicum.

Ik douche me onder een koele straal. Tijdens het rennen voelde ik me aangeslagen. Ik weet het: Abbey Clark is hoogstwaarschijnlijk dood, maar al mag ik daar van mezelf niet helemaal in geloven, wat deze rare vrouw zei heeft een gevoelige plek geraakt. Dat ik deze zaak wilde hebben heeft deels met Nicki te maken, besef ik, vanwege de minieme kans dat ik iets goed kan maken. Helaas lijkt het steeds aannemelijker dat de zaak me meer verdriet oplevert en mijn gewetenswroeging er alleen nog maar erger door wordt. Ik heb nog niet veel vermissingszaken gedaan, nog maar vijf in de afgelopen tien jaar, maar ze hakken er emotioneel ontzettend bij je in. Vermiste personen nemen vaak mythische proporties aan; de kans dat ze nog in leven zijn compliceert de zaak en vertroebelt de praktische blik die je bij een dode nodig hebt. Het is een bizarre, langgerekte dans tussen hoop en hopeloosheid. Ik weet dat terwijl ik alles op alles zal zetten om Abbey te vinden, ik me al schrap zet dat ik haar dode lichaam vind. En toch blijf ik al die tijd vurig hopen dat zij degene wordt die de middelvinger opsteekt naar de sombere statistieken. Dat ik haar tegen alle verwachtingen in levend thuisbreng. Meer dan wat ook wil ik haar gezicht niet hoeven toevoegen aan de lange rij dode gezichten in mijn hoofd, die ooit op overzichtsborden in vergaderzalen stonden; niet hoeven toevoegen aan het denkbeeldige kerkhof dat ik telkens weer voor de geest haal, op zoek naar antwoorden die er waarschijnlijk nooit komen.

Ik droog mijn haar met een handdoek en denk aan Mac. Ik gun de twijfels die zich in mijn hoofd schuilhouden geen woonruimte en stuur hem snel een geruststellend en monter berichtje dat het echt prima met me gaat.

Tommy kijkt niet op van zijn iPad als ik de keuken binnenstap. Nadat ik een glas water heb gedronken zeg ik: 'Ik kwam een vrouw tegen op het strand die wist wie ik was. Een oude vrouw met lang, bruin haar. Ze was helemaal in het zwart gekleed.' Ik zwijg even. 'Ze leek me nogal overstuur en zei het een en ander over de zaak.'

'Dan heb je vast Meg Jarvis gezien', zegt Vanessa vanachter het gammele droogrek waar ze de was staat op te hangen. 'Die wandelt 's ochtends meestal over het strand. Ze woonde vroeger in dat oude huis aan het eind van de straat, maar vorig jaar heeft haar nicht haar in het verzorgingshuis laten opnemen – ze krijgt alleen lichte zorg, dus ze mag gewoon naar buiten.'

'Ze heeft mij al een tijdje niet meer lastiggevallen', zegt Tommy met een peinzende blik.

'Wat is het voor iemand?' vraag ik. Inka komt de achterdeur binnentrippelen en rent dan recht op Ben af.

'Ze zegt dat ze helderziend is', antwoordt Vanessa verzachtend. 'Ze verdiende vroeger haar geld met waarzeggen.'

'Het is een mafkees', zegt Tommy, die zijn ogen ten hemel slaat. 'En een junk. Ze ligt telkens met een andere ingebeelde ziekte in het ziekenhuis. Eric wordt er gek van.'

'Ze doet geen vlieg kwaad', voegt Vanessa er met een speelse tik naar haar man aan toe. 'Ze heeft allemaal bizarre theorieën, maar ze bedoelt het goed. Ze heeft jaren geleden haar man en dochter verloren tijdens een vreselijk bootongeluk, en volgens mij is ze heel eenzaam. Haar nicht is de enige die naar haar omkijkt, en die woont in Melbourne. Meg is een paar keer bijna overleden aan een overdosis heroïne. Waarschijnlijk heeft ze gehoord dat jij hier was en dacht ze dat jij voor de verandering eens echt naar haar wilde luisteren. Bij Tommy probeert ze het al jaren niet meer.'

'Ze mag niet meer op het bureau komen van me', zegt hij en duwt zijn bord van zich af. 'Ik heb gezegd dat ze haar maffe theorieën maar in een dagboek moest bijhouden en beloofd dat ik die één keer in het jaar met Kerstmis zou lezen. Waar was ze vanmorgen over aan het raaskallen?'

'Over niks in het bijzonder. Ze gilde mijn naam, dat is alles.' Mijn intuïtie waarschuwt me met klem om Megs woorden voorlopig voor mezelf te houden.

'Ik vraag me af of het wel goed is dat ze in haar eentje buiten ronddwaalt', mompelt Vanessa. Ze bijt op haar lip. 'Misschien moet ik eens met Chrissy praten.'

'Nou, hopelijk heb je haar geen aandacht geschonken,' zegt Tommy, 'het mens slokt al je tijd op. Ze denkt dat er overal in de stad lijken begraven liggen.' Hij strekt zijn nek door zijn hoofd van links naar rechts te buigen. 'Je zei dat Ricks autopsie vandaag was?'

'Om twaalf uur.'

'Jij gaat zeker?'

'Ik stuur De Luca en een van de agenten.'

Hij fronst. 'Zou mijn keus niet zijn.'

Ik vang zijn blik. 'Dat lijkt me goed voor ze. Ze zullen niet vaak met iets dergelijks in aanraking komen, en ik wil hier zelf een paar mensen spreken.'

Tommy haalt zijn schouders op. 'Je moet De Luca goed aansturen. Ze toont weinig initiatief, maar daar zit je vast al bovenop.'

Ik begin me op te winden. Grijnzend ramt hij met zijn lange vingers op zijn telefoonschermpje. Zeker, ik vond De Luca brutaal en gereserveerd, maar vergeleken met de andere twee teamleden leek het haar beslist niet aan initiatief te ontbreken. Ik loop naar de bank en probeer kalm te blijven.

'Gaat-ie?' vraag ik Ben.

'Ja hoor. We gaan vandaag naar het strand. Volgens Vanessa mag Inka mee.'

'Dat klinkt leuk. Doe je wel je pet op en smeer je je goed in?' Ik strijk met mijn vingers langs zijn kin.

'Ik ben maar één keertje eerder naar het strand geweest, in Sydney met jou en Mac.'

'Ja, dat vond je super.'

Hij knikt, maar kijkt weifelend.

'Tommy en Vanessa boffen maar met een strand voor de deur, vind je niet?'

'Ja', zegt hij. 'Ik wil leren surfen.'

Ik knijp hem zachtjes. 'Tja, misschien. Maar vandaag niet. Eén ding tegelijk, oké? Ik hoop dat het me lukt om later nog langs te komen. En anders gaan we morgen.'

Vanessa helpt Tommy naar de wc en rijdt hem daarna in zijn rolstoel op de veranda achter het huis. Ik blijf binnen maar hoor haar zeggen: 'We komen gauw weer thuis, goed? En bel maar als ik moet komen.'

Ik pak Bens pet en geef die aan Vanessa wanneer ze de keuken in komt. 'Ik bel je later wel hoe het gaat.'

'Tuurlijk.'

Ze hurkt en smeert Ben in met zonnebrand en vraagt of Scott graag naar het strand ging, alsof het de normaalste zaak van de wereld is.

Ik zwaai ze bij de voordeur gedag. Bens arm schiet naar voren als Inka aan de riem trekt.

Op de veranda zit Tommy te klungelen met een zak vol pillendoosjes. Ik pak mijn spullen en steek mijn hoofd om de achterdeur. 'Heb je nog iets nodig?'

'Nee, dank je, ik red me prima.'

Ik wil al weglopen, maar besluit een soort verzoeningspoging te doen. Met mijn armen over elkaar stap ik op hem af. 'Eigenlijk wilde ik vragen naar die verslaggever, Simon Charleston. Die ken je vast wel?'

Tommy bromt. 'O ja, die ken ik zeker.'

'Is hij een goede journalist?'

'Ik geloof niet dat ik weet wat dat betekent.'

Ik heb meteen al spijt van mijn uitgestoken hand. 'Betrek je hem weleens bij je werk? Vind je hem goed?'

'Ik vind hem zo onbetrouwbaar als wat. Een roddeltante die te veel verdient.' Tommy stopt een paar pillen in zijn mond en giet er een half glas water achteraan. Mijn aandacht wordt getrokken door de pillendoos op zijn schoot. Meperidine. Op de sticker van de apotheek staat Vanessa's naam, de datum is van november vorig jaar. 'Ik moet zoveel rotpillen slikken van Eric dat ik bijna door de bomen het bos niet meer zie', zegt Tommy korzelig als hij de medicijnen weer in de uitpuilende zak stopt. 'Maar goed, waarom vroeg je eigenlijk naar Charleston?'

'Ik kwam hem gisteren tegen.' De gedachten flitsen door mijn hoofd en er bekruipt me een akelig gevoel.

'Nou, pas maar op, hij deugt nergens voor. Hij liegt alsof het gedrukt staat.' Tommy lacht om zijn eigen grapje.

'Ik ga maar eens.'

Nog steeds lachend laat hij zijn hoofd tegen het kussen rusten. 'Fijne dag, rechercheur. Ik ben benieuwd met welke avonturen je vanavond thuiskomt.'

Met groeiend onbehagen loop ik naar mijn auto, opgelucht dat ik niets heb losgelaten over wat Meg Jarvis zei: dat Abbey Clark dood is en ergens in Fairhaven begraven ligt.

Er staan minder verslaggevers voor het politiebureau dan gisteren. Een journaliste met een microfoon in haar hand geklemd veegt met moeite haar haar uit haar gezicht terwijl ze zo te zien een kaart voor de camera houdt. Ik zie Simon nergens, maar zijn auto staat er wel. Vanwege de getinte ramen is het niet uit te maken of hij erin zit.

De politiewagen van Grange is er, maar van de anderen is geen spoor, dus ik laat de airco aan en pak mijn telefoon. Ik negeer de gemiste oproepen van Jonesy en Candy en bel Owen.

'Gemma, we hebben hem!'

'Wat? Wie?'

'Ronson! Het komt vanochtend allemaal op het nieuws, maar we hebben hem te pakken.'

'Shit, Owen, dat is fantastisch.'

'Vertel mij wat.' Owen klinkt zo trots als een pauw. 'Gisteravond laat kregen we een tip van mijn contactpersoon die betrouwbaar leek, dus wij erheen met een ploeg en daar zát hij gewoon. Ik geloof het nog steeds niet.'

'Kun je hem aanhouden voor de moord op Krystal? En op die andere getuige?'

'Daar ziet het wel naar uit. Op dit moment leggen een paar van zijn maten een getuigenis af, dus we kunnen hem in ieder geval pakken voor de drugs en die hit-and-run. Je had die idiote Carl tijdens de arrestatie moeten zien rondparaderen.'

'O, laat gaan.' Ik stop even en probeer wat speeksel in mijn mond te krijgen, die opeens gortdroog is. 'Allemachtig, Owen, goed gedaan.'

Ik staar naar de blauwgroene bakstenen muur van het politiebureau en krijg een vervreemdende gewaarwording, alsof er een filter over het tafereel voor me ligt. De zaak-Ronson was de eerste waar ik aan werkte toen ik naar Sydney kwam, en ook al zijn we erin geslaagd een paar figuren uit de lagere regionen van de organisatie op te pakken, Garry Ronson zelf bleef telkens buiten schot. Alle aanwijzingen leidden nergens toe, we zaten in feite met een onopgeloste zaak. We wisten dat hij vorig jaar juni alweer een prostituee had verkracht en vermoord, de derde vermoedden we, maar we hadden een onbetrouwbare getuige, geen enkel bewijs en Ronson leek van de aardbodem verdwenen. Ik zie het overzichtsbord nog voor me: een enorme wirwar van misdaden en contactpersonen, het glimlachende gezicht van Ronson in het midden.

'Dank je. Anyway, ik lig nog in bed, we waren pas een uurtje of drie thuis gisteren, maar ik heb nog even snel die Aiden Fletcher voor je nagetrokken voordat deze bom barstte.'

Mijn hoofd zit nog half bij de details van de zaak-Ronson. Ik heb nog veel vragen, maar ik moet mijn aandacht erbij houden – bovendien is het mijn zaak niet meer. 'Bedankt, Owen.'

'Graag gedaan. Ik weet alleen niet of je er heel veel aan hebt. Carl zei dat Aidens nummer in de telefoonlijst van de jongen stond die zich voor de kop had geschoten, en dat hij Aiden had geprobeerd te bellen. Heeft misschien niks te betekenen. Volgens de lijkschouwer was het zelfmoord en daarna liep het spoor dood. Maar goed, ik zal je het bestand sturen – het is zeker dat het om dezelfde man gaat. Zijn broer heet Richard en ze wonen in Fairhaven.'

Er komt een politieauto het parkeerterrein op rijden. Lane en De Luca stappen uit en ze lopen lachend en pratend het bureau binnen.

'Ik moet ophangen, Owen. Nogmaals bedankt. Je hoort het wel als ik nog iets nodig heb. En nog eens gefeliciteerd met Ronson. Geef je dat ook door aan het team?'

'Dank je, Gem. Je deelt in de eer, dat weet je.'

Ik stap iets te snel de auto uit, en er verschijnen witte vlekken voor mijn ogen als ik de hellingbaan op loop.

'Morgen', zeg ik tegen Noah.

'Morgen', antwoordt hij met een mond vol toast.

Lane en Grange begroeten me met een vrolijk 'goedemorgen', De Luca met een gereserveerd knikje.

De leren bekleding van Tommy's bureaustoel is bijna helemaal versleten en ik probeer niet te denken aan al het zweet dat er door de jaren heen in getrokken is. Ik buig naar voren, leg mijn armen op het bureau en ga snel weer rechtop zitten. Het blad is me iets te plakkerig.

'Oké, snelle update', zeg ik en ik ga staan. 'Ik zal beginnen. Ik weet dat we nog niet erg zijn opgeschoten met de zoektocht naar Aiden, dus laten we wat dieper gaan graven. Vorig jaar bleek dat hij contact had met een groep drugskoeriers. Dat leidde verder nergens naartoe, en ik heb geen idee of hij ook zelf dealde, maar het kan zijn dat alles wat we nu onderzoeken toch met drugs te maken heeft.' Ik frons bij de gedachte aan Tommy's zak met pillen. Ik heb een heel onbehaaglijk gevoel bij die man. Uiteraard is hij arrogant, maar er is meer: hij heeft iets onberekenbaars. Ik vraag me af of hij altijd zo geweest is of dat dat aan de medicijnen ligt.

'Dat zou kunnen kloppen. Misschien hebben Rick en Abbey ontdekt dat Aiden ergens in verwikkeld was, en wilde iemand ze het zwijgen opleggen. Misschien waren ze er zelf wel direct bij betrokken – geen idee.' Ik richt me tot Grange. 'Damon, ga jij dit even na bij het forensisch team? Vraag of ze in het huis iets hebben aangetroffen dat op drugs wijst.'

'Doe ik.'

'En je zei dat Aiden onlangs zijn baan heeft opgezegd. Wat deed hij?'

'Hij runde het cafetaria van het ziekenhuis. Dat heeft hij zelf opgezet toen hij een paar jaar geleden van school kwam. Het cafetaria stelt niet heel veel voor en kennelijk regelde hij alles zelf: bevoorrading, bediening, schoonmaken – van a tot z.'

'De sleutel van de medicijnkast is het nou ook weer niet, maar het komt in de buurt', zeg ik. 'Ga er maar achteraan. Misschien werkte hij daar samen met iemand van hogerop en liep het fout. Probeer uit te vissen of er weleens eerder medicijnen uit het ziekenhuis zijn verdwenen. Dan zal ik die zaak van vorig jaar tegen het licht houden, kijken of dat wat oplevert.'

Grange knippert met zijn ogen maar knikt.

'Verder nog nieuws?' vraag ik, en voor het eerst sinds mijn komst hier heb ik het idee dat er schot in de zaak komt.

'Ik heb de chauffeur van de tankwagen gesproken', zegt De Luca. 'Frank Bower, begin zestig. Hij heeft bevestigd dat hij zaterdag rond zeven uur in Fairhaven aankwam, zich heeft gemeld en daarna zijn tankwagen heeft aangesloten. Het overpompen van de benzine duurt ongeveer twee uur. Toen dat klaar was heeft hij afgekoppeld en is naar

The Parrot gegaan om in te checken en te eten. Dat was iets na negenen.'

'En daarna?'

De Luca gaat verder alsof ik niets gezegd heb. 'Hij staat op de bewakingsbeelden die we van Cam hebben gekregen. Hij komt de pub binnen en loopt twee uur later weer weg, in de richting van zijn kamer. Hij zei dat hij vanaf 23.30 uur zo'n twintig minuten met zijn vrouw heeft gebeld. Ik heb zijn belgegevens opgevraagd, maar betwijfel of hij iets met Abbey te maken heeft.'

'Nee, maar zijn tankwagen kan een geweldsdelict aan het oog hebben onttrokken.' Ik blaas mijn adem uit. 'Oké, zorg dat je die banden van het benzinestation te pakken krijgt. Iedereen die er in de buurt is geweest, is verdacht tot het bloedonderzoek iets anders uitwijst.'

Met samengeknepen lippen richt De Luca haar blik op het raam. 'En wanneer is dat?'

'Weet ik niet', geef ik toe. 'Ik zal het straks navragen.'

'Dat telefoonnummer van Robert Weston is een dood spoor', zegt Lane uit zichzelf. 'Het is het nummer van zijn Engelse telefoon en die is niet gebruikt sinds hij eind vorig jaar naar Australië is gegaan. Dat was in de eerste week van december. Hij heeft eerst in Sydney gezeten en is begin februari in Fairhaven aangekomen. Ik heb wat rondgezocht, maar er staat geen telefoon op zijn naam, dus hij zal een prepaid gebruiken. Ik heb hem via Facebook gevraagd contact op te nemen, maar nog niks gehoord. Ik heb ook toegang tot zijn socialemedia-accounts, daar kijk ik later vandaag naar.'

'We moeten hem vinden', zeg ik ongeduldig. 'Vanmorgen vond ik een briefje achter in een van de schetsboeken die ik uit Abbeys slaapkamer heb meegenomen. Dat zou van hem kunnen zijn. Hij was duidelijk in haar geïnteresseerd, op het hinderlijke af.' Ik kijk Grange aan. 'Heb je al iets van de beheerder van het vakantiepark gehoord? We hebben die gastenlijst echt nodig.'

'Eh, nee. Nog niet', hakkelt hij. 'Ik wou net Kate nog eens bellen. Of zal ik er zelf langsgaan en het haar vragen?'

'Nee, ik ga wel', zeg ik. 'Dit slaat helemaal nergens op; we hebben die informatie hard nodig, wat mankeert dat mens?'

Grange doet zijn mond open, maar zegt niets.

Ik zucht. 'Lane gaat vanochtend met mij mee. Eerst naar dat vakantiepark om te proberen Robert Weston te vinden en de gastenlijst boven water te krijgen. Daarna wil ik graag met wat collega's en schoolvriendinnen van Abbey praten. Ik heb een lijstje opgesteld met contacten van haar sociale media en uit haar telefoon. Verder komen Georgina en Ian Fletcher rond twee uur vanmiddag naar het politiebureau om een officiële verklaring af te leggen, dus voor die tijd moeten we weer terug zijn.' Ik laat mijn blik op Grange en De Luca rusten. 'Ik wil graag dat jullie tweeën vandaag Fletchers autopsie bijwonen.'

Ze schrikken op.

'Toch geen bezwaren?'

Ze schudden hun hoofd.

'Mooi. De autopsie wordt in het mortuarium van Byron Bay gedaan, inspecteur Tran is er ook bij. Hopelijk weten we dan welk wapen er is gebruikt en kunnen we bepalen of iemand met Abbeys postuur tot zo'n aanval in staat was.'

'Ik had voor vanochtend met de schooldirecteur afgesproken', zegt De Luca.

'Bel maar uit de auto', antwoord ik. 'Of verzet de afspraak. Je moet hier om elf uur vertrekken.'

Ze schudt haar lokken naar achter en trekt een pruillip. 'Oké.'

'Ik wil ook weten of Abbey onlangs naar de huisarts is geweest, of daar een afspraak voor heeft gemaakt. Dat moet hier in de stad worden nagegaan, en in de plaatsen in de buurt.'

'Waarom dan?' vraagt Lane.

'Er stond "huisarts" op een to-dolijstje dat Abbey in een schetsboek had geschreven. Ik ben heel benieuwd naar haar gemoedstoestand. Misschien kan dat ons helpen erachter te komen wat er aan de hand was. Als ze dacht dat ze zwanger of ziek was, kan ze het daarom hebben uitgemaakt, of het zou kunnen betekenen dat ze een ander had. Maar misschien had ze psychische problemen.'

Lane knikt langzaam. 'Klinkt logisch.'

'Ik heb de bewakingsbeelden van het politiebureau van zaterdag bekeken', zeg ik tegen hem. 'Denk je dat Abbey zaterdagavond dronken of high was?'

'Dat geloof ik niet', zegt hij. 'Ik merkte dat ze van streek was; vanwege die gestolen fiets, dacht ik. En ze zei dat ze ruzie met haar ex-vriendje had gehad.'

'Heeft ze dat jou verteld?'

'O ja, daar heeft ze absoluut iets over gezegd. Ik heb gevraagd of ze dacht dat hij haar fiets had gepakt, maar ze dacht van niet.'

'Zei ze dat ze op weg naar huis was?'

'Nee, maar daar ben ik wel van uitgegaan. Daar wilde ik haar naartoe brengen.'

'Ik kreeg niet de indruk dat ze bang was dat ze gevolgd werd.'

'Had ik ook niet, maar wie weet.' Het zit hem duidelijk dwars.

'Tran vertelde me dat er hier onlangs een grote drugsactie is gehouden. Komen jullie nog veel drugs tegen de laatste tijd?'

'Niet echt, al wordt er wel wiet gebruikt', zegt De Luca. 'En gedronken, uiteraard.'

'We hebben eerder dit jaar een groepje backpackers aangehouden', voegt Lane toe. 'Een paar jongeren hadden een auto gestolen, en toen die tegen de lamp liepen vonden we een behoorlijke partij pillen in de kofferbak.'

'Waar hebben we het dan over?'

'Amfetamine en wat geneesmiddelen. Het kon allemaal niet worden getraceerd, maar ze beweerden dat ze het hadden gekocht van een man die ze onderweg waren tegengekomen. Het zag er niet verdacht uit.'

Mijn gedachten dwalen weer naar Tommy en zijn pillen vanochtend. Het is echt heel onverstandig dat hij Vanessa's oude medicijnen en nieuwe recepten door elkaar gebruikt. In Melbourne heb ik eens een collega gehad die ongewild een medicijnverslaving kreeg en daardoor langzaam maar zeker haar hele leven verknalde.

'Partydrugs zien we hier niet echt', voegt Grange eraan toe. 'Daar is het de plek niet voor. En Tran heeft gelijk: ice hebben we grotendeels uitgeroeid.'

'Goed dan.' Ik zet mijn vingers tegen elkaar. 'Laten we proberen om vijf uur weer hier te zijn. Bel me als er uit die autopsie iets komt wat we eerder moeten weten.'

Voordat we op pad gaan schiet Lane de wc in en ik bel het lab om te vragen waar dat bloedonderzoek blijft. Een verstrooide receptioniste zegt dat het bovenaan de lijst staat, maar dat er een stortvloed aan monsters is binnengekomen en ze niet weet wanneer het mijne aan de beurt is.

Met een zucht pak ik mijn spullen. Of het bloed nu van Abbey is of niet, we moeten haar dringend zien te vinden. Ik moet telkens weer aan Ronson denken. Net als Nicki Mara heeft die man zoveel tijd opgeslokt en mijn aandacht zo lang vastgehouden dat ik amper kan geloven dat de jacht erop zit. Zo werkt dat met speurwerk: ook al moeten we alert zijn op allerlei grijstinten, alle zaken zijn in feite zwart-wit. Opgelost, niet opgelost. Gevonden, niet gevonden. Dood, levend. Nicki Mara blijft een grote smet op mijn naam. Ronson is een grote dikke plus. Ik heb zin om Mac te bellen, om te vieren dat we de zaak eindelijk officieel kunnen afsluiten, maar helaas voel ik nog steeds afstand – en niet alleen geografisch.

Ik lees het dossier dat Owen heeft gestuurd vluchtig door: dat van de zaak waar ik Aidens naam had zien opduiken. Een jonge man werd aangehouden bij een inval waar een grote partij medicijnen werd gevonden. De herkomst van de pillen was niet te achterhalen, en de jongen beweerde dat hem alleen was verteld waar hij ze moest oppikken: op het parkeerterrein van een apotheek in Redfern. Vervolgens verlinkte hij zijn huisgenoot, Tony Foy, die toegaf dat hij een paar pillen van hem had gekocht, maar beweerde niets met de levering te maken te hebben. Twee weken later troffen ze Tony dood aan op de parkeerplaats van een magazijn, met een pistool in de hand en één enkele kogel in zijn hoofd. Er werd geoordeeld dat het zelfmoord was, maar ik herinner me dat Carl twijfels had.

'Alles in orde, Gemma?' vraagt Lane en loopt me met een stralende glimlach voorbij. Zijn familiaire manier van doen stoort me zo mogelijk nog meer dan gisteren.

'Yep, we gaan', zeg ik als mijn oog over de laatste paar zinnen glijdt.

Zonder dat er een duidelijk verband is tussen de twee, heeft Tony de dag voor zijn dood op Facebook naar de naam Aiden Fletcher gezocht en het mobiele nummer gebeld dat daarbij stond. Aiden heeft nooit teruggebeld.

Woensdag 13 april, 8.54 uur

Als Lane al ontstemd is omdat hij niet mee mocht naar de autopsie, dan laat hij dat niet merken. Hij babbelt vlot en vindt het blijkbaar leuk me in sneltreinvaart langs de highlights in zijn leven te voeren.

'Ik kon heel goed rugbyen, maar ik kreeg last van mijn hamstrings, dus dat was dat. Ik vond rechten best interessant – je weet wel, van die films die zich in een rechtszaal afspelen en zo – maar toen verdween dat stel hier, jaren geleden. Ik zal een jaar of dertien zijn geweest, en daardoor begon ik erover te denken om bij de politie te gaan. Mijn ouders kenden Tommy heel goed, en hij heeft er veel met me over gepraat en me aangespoord om ermee verder te gaan. En ik vind het super, tot nu toe.' Lane wijst naar de kruising voor ons. 'Hier moet je linksaf.'

Hij praat met de onbevangenheid van iemand bij wie het onwrikbare idee dat alles altijd goed komt, erin gebakken zit. Ergens neemt dat me wel voor hem in. Hij kwettert vrolijk verder over zijn opleiding in Yamba en over zijn oom die ook rechercheur is, iemand die ik vaag ken uit Melbourne.

We komen langs een paar huizen en ik omzeil voorzichtig een partijtje straatcricket, tot we een uitgestrekt stuk bushland bereiken. 'Hier afslaan.'

We rijden onder een houten poort door die me aan schoolkamp doet denken, met verbleekte blokletters tegen de boog getimmerd. Het grind spat onder de banden van de politiewagen op, tot we bij een propvolle parkeerplaats komen. Ik zet de auto naast een pick-up, vlak voor het receptiegebouw, waarbij ik het bordje 'niet parkeren' straal negeer. Als ik het portier open hoor ik kindergegil en luid gespetter. Er hangt een doordringende stank.

'Hierheen.' Lane haalt zijn neus op en stapt door een plastic vliegengordijn naar binnen.

Het is heet in het kleine hokje, en boven op de rioolstank komt nu ook een kunstmatige eucalyptusgeur. Links van ons is een onbemande balie. Er hangt een enorm prikbord achter vol met polaroidfoto's. Stralende stelletjes, kinderen en gezinnen: allemaal parkgasten, lijkt me. De deur naar het kantoortje staat op een kier, en tegen de rechtermuur staan drie rijen met folders en kaarten achter plexiglas.

Lane geeft een tik op het zilveren belletje op de balie. Ergens vlakbij rinkelt een telefoon. 'Kate zal wel buiten zijn', mompelt hij.

Ik duw de deur open en loop een houten helling af naar een gemeenschappelijk barbecueterrein. De stank wordt sterker. Dan zie ik een aantal regentonnen en een oranje flard: een man in een fluorescerend veiligheidshesje zit zo te zien op zijn knieën bij een van de houten chalets.

Een vrouw met een vlinderzonnebril, gekleed in een strakke zwarte jurk, drentelt om hem heen, een mobiel aan haar oor en een bezorgde blik op haar gezicht.

'Dat is Kate', zegt Lane.

Ik weet niet wat ik verwacht had, maar Kate is volstrekt anders. Wanneer ik op haar afloop, met Lane achter me aan, steekt ze een hand op alsof ze me het zwijgen wil opleggen terwijl ze luistert wat er aan de andere kant van de lijn wordt gezegd.

De geknielde man komt niet overeind. Er krullen stugge haartjes boven zijn bouwvakkersdecolleté uit.

'Nou, dat komt heel slecht uit', bitst Kate. 'En u lijkt me bijzonder incompetent. Ik wil dat uw chef me zo snel mogelijk terugbelt.'

Ze tikt met een felrode plaknagel op het schermpje om het gesprek te beëindigen en schuift haar zonnebril op haar voorhoofd, zodat haar donkere ogen met uitgelopen mascara zichtbaar worden.

Daarna kijkt ze ons vernietigend aan. 'Wat een teringzooi. Sorry voor mijn taalgebruik, maar het is wel zo.'

Ze loodst ons bij de man op de grond vandaan. 'Hoi Kai, lieverd', zegt ze, en ze legt een hand op zijn schouder, geeft hem een flirterig kneepje en neemt mij dan koeltjes op. 'Jij bent de rechercheur die Tommy vervangt, toch? Sorry hoor, die andere agent zei inderdaad dat je iets van me moest hebben, maar ik ben afgelopen vierentwintig uur onafgebroken met die rioolbusiness bezig geweest. Begrijp me niet verkeerd, ik wil best helpen. Ik geloofde mijn oren niet toen ik hoorde wat die jongen van Fletcher is overkomen.' Ze speelt met haar dikke gouden halsketting. 'Wat moet je hebben uitgehaald om dat te verdienen? Want echt, je hoort zulke rare dingen.'

'Zoals?' vraag ik.

'Gewoon, geklets. Bijvoorbeeld dat zijn ouders altijd al een beetje vreemd zijn geweest. Hippies, denk ik. Alternativo's ook. Ik herinner me dat de vrouw aan koffiedik kijken deed, al heb ik horen fluisteren dat ze ook extra diensten aanbood tegen betaling, als je begrijpt wat ik bedoel. Maar goed, ik hoorde een muisje zeggen dat de Fletchers een stuk grond aan de kust hebben gekocht waar ze verboden plantjes op kweken.' Kate heft haar handen op, die vol oranje vlekken van de zelfbruiner zitten. 'Of het waar is weet ik niet, ik ken ze amper.' Ze grijpt weer naar haar halsketting. 'Uiteraard vind ik het vreselijk dat Abbey vermist wordt, echt, tenslotte werkt haar moeder voor me, maar ik zit nu eenmaal met deze akelige situatie. Er dreigen al gasten weg te gaan en ze willen allemaal korting.' Ze maakt een theatraal gebaar.

'Hoe vaak werkt Dot Clark hier?' vraag ik.

'Meestal van maandag tot donderdag, maar ze is de hele week niet geweest, dus de andere meiden moest ik extra schoonmaakdiensten laten doen.'

'Heeft ze gezegd wanneer ze er weer is?' neemt Lane het van me over.

'Als het goed is morgen', zegt Kate glimlachend. 'Ze belde gisteren en zei dat ze graag weer aan het werk ging. Haar dienst begint om twaalf uur, dus we zullen het zien – ik hoop dat ze komt opdagen! Ze zal het geld wel nodig hebben. Ze werkt flexibel, dus geen betaalde vrije dagen. Om eerlijk te zijn is het niet mijn betrouwbaarste medewerker, maar ze maakt heel goed schoon. En ik heb met haar te doen.'

'Niet zo betrouwbaar, hoezo?' vraagt Lane.

Kate wuift haar eigen opmerking weg. 'O, Dot meldt zich soms op het allerlaatste moment ziek. Ik geloof niet dat ze dan echt ziek is, het zal eerder een blauw oog zijn of iets dergelijks, maar het is wel vervelend voor mij, zeker 's zomers. En ze raakt weleens wat kwijt. Maar ere wie ere toekomt: als ze d'r is heb je er een goede aan. Ze werkt hard.'

Ik neem me voor het vakantiepark later nog een keer te bezoeken. Als ik Dot eens buiten haar huis te spreken kon krijgen, liet ze misschien makkelijker iets los over Daniels misbruik.

'Kate, ik begrijp dat je met een probleem zit hier, maar we moeten die informatie van je hebben. Echt, nu.'

Ze zucht en perst dan geërgerd haar lippen samen, waarna ze zich tot de man op de grond richt. 'Ik moet even naar het kantoor, goed?'

Hij gromt en gebaart dat hij het heeft begrepen.

Kate draaft naar het kantoor en we haasten ons achter haar aan. De stank, die in vlagen komt, is nu zo ondraaglijk dat ik door mijn mond moet ademen.

'Het is binnenkort gefikst', piept Kate opgewekt als we langs de drom gasten lopen. 'Hopelijk binnen het uur al.'

Hier en daar klinkt begripvol gemompel op uit de geïrriteerde opmerkingen. Iemand klapt traag.

Als we in het houten hokje zijn, zet Kate de computer aan en tikt ongeduldig met haar lange nagels op de tafel. 'Goed, wat willen jullie, een overzicht van alle gasten vanaf zondag?'

Ik tel op mijn vingers af wat we nodig hebben. 'We willen een compleet overzicht van alle gasten die in het weekend zijn uitgecheckt. Ook van maandag. En van iedereen die zaterdag is ingecheckt. We moeten weten of er hier een zekere Robert Weston verblijft; dat is een Brit. We willen ook weten of je de laatste tijd iets vreemds hebt gezien en of je klachten over overlast hebt gekregen.'

De blauwe gloed van het scherm verlicht haar gezicht wanneer ze bestanden opent en naar de printer stuurt. 'Ik heb Damon al gezegd dat er hier geen Robert Weston staat ingeschreven.'

'Maar je noteert alleen de namen van de gasten die betalen, toch? Dus hij kan er wel zijn.'

Kate kijkt naar me alsof ze me dolgraag weg wil hebben. 'Er zitten een paar jonge Britten hier. Ze zijn ruim een maand geleden aangekomen en huren een van de vaste chalets voor een langere periode. Ik heb alleen de namen van de twee betalende gasten.'

'Heb je problemen met ze gehad sinds ze hier zijn?'

'Hoor eens,' zegt ze als tegen een kind, 'ik run dit vakantiepark in mijn eentje en ik heb nooit minder dan tweehonderd gasten. In het hoofdseizoen gaat ook de oostelijke vleugel open, dan zit ik helemaal vol. Dat zijn achthonderd mensen. Op het ogenblik is er ongeveer de helft. Mensen komen hier vakantie vieren, dus er gebeurt altijd wel wat ongewoons – maar behalve als ze iets gevaarlijks uithalen bemoei ik me er niet mee. Daar heb ik echt geen tijd voor.'

'Dus er is niets bijzonders voorgevallen?'

Ze kruist haar armen defensief voor haar borst. 'Neuh, ze doen gewoon als iedereen: hard praten, veel drinken, troep maken.' Ze blaast haar pony uit haar ogen en gaat dan met enige tegenzin verder. 'Een schoonmaakster vertelde me dat een van die Britten bij het zwembad meisjes probeerde te filmen. Jonge meisjes.'

'Wanneer was dat?' Met een zwierig gebaar pakt Lane zijn blocnote tevoorschijn.

'Ik denk donderdag. Misschien vrijdag.'

'En dat heb je niet gemeld?' dring ik aan.

'Ze was niet heel duidelijk', antwoordt Kate bits. 'Wat verwachten jullie dan van me, dat ik eis dat ze hun telefoons laten zien? Toe nou, zeg. Het zou wat anders zijn wanneer een van de gasten had geklaagd, maar volgens mij was die jongen gewoon wat aan het klooien. Ik betwijfel of hij verkeerde bedoelingen had.'

'Zo zijn jongens nu eenmaal, wou je dat zeggen?'

Ze steekt haar handen op. 'Ze zijn volwassen en ik ben hun moeder niet. Bovendien heeft deze stad soms een haat-liefdeverhouding met de toeristen.'

'Wat bedoel je daarmee?' vraag ik.

'We zien hun geld graag, maar we vinden het minder leuk dat ze in ons stadje komen. Vandaar dat we nogal alert zijn op wangedrag. Je zou denken dat ze me hier dankbaar zouden wezen omdat ik ervoor zorg dat ze aan de toeristen kunnen verdienen, maar nee, ik krijg voortdurend gezeik aan mijn kop.'

'We krijgen inderdaad veel klachten over de toeristen binnen', waagt Lane.

Ik negeer hem. 'Kate,' zeg ik, 'we moeten die gasten echt te spreken krijgen. Als ze minderjarige meisjes in bikini filmen en die beelden delen, zijn ze misschien schuldig aan kinderporno. Weet je zeker dat ze nog hier zijn?'

Daar wil Kate duidelijk niet aan, ze giechelt zenuwachtig. 'Porno? Toe nou zeg, dat gaat wat erg ver, vind je ook niet?' Ik antwoord niet en ze zucht. 'Die jongens zijn er nog steeds. Ze nemen een tussenjaar of iets dergelijks. Volgens hun inschrijfformulier doen ze parttimewerk. Als iemand hier voor een langere periode wil huren, dan vraag ik een bewijs van inkomen of om betaling vooraf, maar volgens mij wordt hun avontuur down-under sowieso door de bank van papa en mama gesponsord.'

'Wat voor soort parttimewerk?'

'Tja, dat kan ik me niet herinneren. Op een vissersboot misschien? Eerlijk gezegd heb ik de indruk dat ze vooral aan het surfen zijn, of in de kroeg zitten. Ik geloof niet dat ze zich uit de naad werken.' Ze pakt de stapel papier uit de printer en bladert erdoor. 'Ze blijven nog een maand.' Over het papier gebogen markeert ze een paar regels. De witte strepen van haar bikini tekenen zich scherp af in haar decolleté. O, maar wacht eens even.'

'Wat?'

'Een van de jongens is maandag vertrokken – nu herinner ik het me weer, hij zette zijn bagage in een taxi toen ik bij de ingang op de winkelier stond te wachten. Maar de andere drie zijn er zeker nog. Ik zag ze vanochtend met hun surfplank lopen.'

Lane en ik wisselen een blik. 'Zei hij waarom hij wegging?'

'Nee, dat heeft hij me niet verteld, raar hè? Hij stapte zomaar in de taxi en vertrok. Ik dacht dat hij wel naar huis moest, maar zolang zijn vriend voor de kamer betaalt zit ik daar echt niet mee.' Kate wijst op de print. 'Misschien helpt het, maar ik geloof dat die William degene is voor wie de schoonmaakster me waarschuwde.' Ze omcirkelt een naam en reikt me met een sierlijk gebaar de lijst aan.

'Dat helpt enorm', zeg ik sarcastisch.

'Hoor eens,' zegt ze, iets inschikkelijker, 'ik begrijp dat jullie met hen moeten praten, maar kunnen jullie ervoor zorgen dat dat de andere gasten niet afschrikt? Het kan misschien ergens anders? Ik zit al met een kapotte rioolbuis, ik wil niet dat iedereen denkt ook nog eens op de set van CSI terecht te zijn gekomen.'

Ik voel een golf bittere gal opborrelen en er verschijnen lichtvlekjes voor mijn ogen. Een zuchtje wind voert een vlaag rioollucht mee die mijn neus prikkelt.

'We zullen je bezorgdheid in ons achterhoofd houden wanneer we de vermoedelijke doodslag van een tienermeisje en de brute moord op haar vriendje onderzoeken', weet ik nog net uit te brengen voordat ik me afzet tegen haar bureau, door het vliegengordijn naar buiten storm en omringd door een wolk insecten wanhopig probeer mijn misselijkheid te onderdrukken. Gegeneerd hoor ik Lanes voetstappen dichterbij komen terwijl ik kokhalzend boven een bloempot hang.

Woensdag 13 april, 10.39 uur

Lane draait de raampjes omlaag als we de parkeerplaats van het vakantiepark af rijden. 'Frisse lucht.' Hij steekt zijn hand een stukje uit het raam. 'Allemachtig, wat walgelijk. Arme Kate.'

Ik leun naar links zodat het briesje over mijn gezicht strijkt. Ik ben nog steeds zo wankel als een jong veulen, maar de misselijkheid is niet zo hevig meer.

'Weet je zeker dat het weer gaat?' Bij een kruising slaat Lane voorzichtig af.

'Veel beter, dank je. Ik zal wel iets hebben gegeten wat verkeerd is gevallen en die stank was de laatste druppel.'

Hij lacht. 'Ik zal Vanessa Gordon maar niet vertellen dat je dat hebt gezegd.'

Ik glimlach, maar de paniek die me naar de keel greep toen mijn maag het restje koffie eruit werkte, het enige wat ik vandaag op had, is nog niet weggeëbd. Mijn hart roffelt op het ritme van het vreemde getik van de motor. Daarnet, met mijn handen om de bloempot geklemd, viel alles opeens precies op z'n plek: de vermoeidheid waarvan ik dacht dat die door rouw en stress kwam, mijn zere armen en benen door te weinig beweging en vreemde bedden.

Ik slik en proef nog steeds wat vieze gal. Met mijn ogen dicht haal ik een paar maal diep adem. Ik moet mijn kop helder zien te krijgen. In ieder geval was deze rit geen tijdsverspilling. Ik haal de lijst van Kate uit mijn zak om hem door te nemen, maar ik word meteen weer misselijk.

'Er zijn pepermuntjes', zegt Lane die naar het dashboardkastje wijst.

'Bedankt.' Voorzichtig stop ik er een in mijn mond en de koele kick verzacht het restje zuur.

Lane is ongelooflijk aardig voor me geweest, op een onverwacht volwassen manier. Misschien had ik hem verkeerd ingeschat toen ik dacht dat hij met zijn charme en zelfvertrouwen niet ook nog invoelend kon zijn.

Ik vertel hem over de drugsbende die door Carl is opgerold en het verrassende lijntje tussen Tony en Aiden.

'Wat Kate over Ian en Georgina Fletcher zei was interessant. Heb je ooit horen fluisteren dat ze zich met drugs bezighielden?'

'Nee', zegt Lane peinzend. 'Ze lijken me nogal eenvoudige mensen die wat op zichzelf zijn. Hippies, zoals Kate al zei. Je zou Tommy ernaar kunnen vragen. Die weet misschien meer.'

Ik pieker er niet over om Tommy's hulp in te schakelen, waarvoor dan ook. 'We vragen het ze gewoon later zelf. Misschien zijn ze beter op de hoogte van wat hun zoon in zijn vrije tijd doet dan ze laten merken.'

Mijn telefoon gaat: Mac. Ik zet het geluid af en zie zijn naam op het scherm oplichten tot mijn voicemail aangaat.

Lanes blik gaat van mij naar de telefoon, maar hij zegt alleen: 'Wel vreemd dat een van die jongens maandag plotseling het vakantiepark heeft verlaten, toch?'

'Ja, die wil ik dolgraag allemaal spreken.' Ik kijk weer naar de onderstreepte namen en vraag me af of we eindelijk een behoorlijk aanknopingspunt hebben. 'Laten we naar het strand rijden, kijken of we ze kunnen vinden.'

Mijn telefoon gaat weer. Deze keer is het Grange. Zijn schuchtere stem klinkt hakkelig over de telefoon. 'Hoi, eh, rechercheur Woodstock. Wou even een update doorgeven. We hebben net met een zekere Freya Hernandez gesproken, Abbeys muziekleraar. We hadden al met de directeur gebeld en die dacht dat het een goed idee was om met Freya te gaan praten omdat Abbey vaak vroeg op school is om te oefenen en haar dus best veel meemaakt. Abbey speelt dwarsfluit, geloof ik. Of was het klarinet misschien?' Grange doet me denken aan een puppy waarvan de pootjes nog niet gehoorzamen. 'Maar goed, ik heb Freya net gebeld en die wilde ons graag spreken over iets wat er onlangs is gebeurd. Het had met Abbey te maken, maar wij moeten zo naar de autopsie toe.'

Ik kijk op het dashboardklokje. 'Heb je haar adres?' Wanneer ik heb opgehangen zeg ik tegen Lane: 'Kleine omweg. Ik wil Abbeys muziekleraar spreken. Ik neem aan dat deze straat hier vlakbij is?' Ik laat hem mijn aantekening zien en hij knikt. 'Laten we maar opsplitsen. Ik ga met Freya praten en jij probeert die Britten op het strand te vinden.'

Niet lang daarna stopt Lane bij een schattige cottage, een paar straten bij de kust vandaan. Zodra ik uitstap komt de misselijkheid weer opzetten, maar niet half zo hevig als daarnet.

Ik buk me voor het raampje en kijk Lane aan. 'De turbo moet op die zoektocht naar Robert Weston. Of hij nou degene is die maandag is vertrokken of niet, we moeten hem vinden – of hen allebei, afhankelijk van de situatie. Je zou het taxibedrijf kunnen bellen, misschien kunnen zij je vertellen waar de jongen maandag naartoe is gegaan, en daarna kijken of hij zijn paspoort en creditcard heeft gebruikt. Eventueel moeten we zijn e-mails en Facebookberichten ook nagaan.'

'In orde', zegt Lane vol vertrouwen.

'Ik bel je als ik hier klaar ben en dan kijken we of er nog tijd is om met Abbeys collega's te praten voor we naar de Fletchers moeten.'

'Hopelijk gaat het weer met je', zegt hij en hij rijdt weg.

Ik duw het hek open, stap de smalle veranda op en druk op de ouderwetse bel. Een vogelkooi die aan de dakspanten hangt wiegt in de wind, een felgroene papegaai kijkt me met zijn kraaloogjes ernstig aan, knikt eerst met zijn kopje naar links en dan naar rechts.

Een elfachtige vrouw met zwarte krullen doet open. 'Hallo?' Ze draagt een witte mouwloze jurk.

'Freya Hernandez? Ik ben rechercheur Gemma Woodstock. U

hebt eerder een van mijn agenten aan de lijn gehad, maar die is bezet, dus ik dacht: ik kom zelf even.'

'Ja!' roept Freya overdreven. 'Kom verder.'

Ze loodst me een kleine woonkamer met twee enorme rieten stoelen binnen. Op de grond ligt een dik kussen dat onder het hondenhaar zit. Op de boekenplanken staan minstens tien foto's van Freya en een breed glimlachende man met een donkere huid.

'Ik maak me zo'n vreselijke zorgen om Abbey', zegt ze. Ze is net een klein vogeltje dat in het niet valt bij de grote stoel. De tranen schieten in haar donkerbruine ogen. 'De arme meid', mompelt ze met een hand voor haar gezicht. 'Ik haal me telkens de gruwelijkste dingen in het hoofd. Zeker na wat Rick is overkomen. We waren bezig een herdenkingsbijeenkomst te regelen – je weet wel, namens de school – maar kennelijk hebben zijn ouders dat liever niet. Ze willen een besloten begrafenis. Terwijl ik juist denk dat we iets moeten doen.' Ze strijkt met haar vingers onder haar ogen. 'De mensen zijn van streek en hebben behoefte aan een afsluitend ritueel.'

Het helpt niet dat mijn brein me meteen een beeld van Nicki Mara voorschotelt.

'We doen ons uiterste best om Abbey te vinden', zeg ik. 'U bent haar muziekleraren, klopt dat?'

'Ja, ja. Het is zo'n geweldig meisje. Zeker als je bedenkt...'

'Als je wat bedenkt?'

Haar blik schiet mijn kant op. 'Ik weet vrij zeker dat haar vader haar slaat. Hij is een keer op school komen klagen dat hij moest bijbetalen voor haar fluitlessen. En hij was echt eng, zo intimiderend.'

'Heeft Abbey u weleens verteld dat ze door Daniel werd misbruikt?'

Freya bijt op haar lip. 'Niet met zoveel woorden, maar die indruk had ik wel. Ze heeft hem nooit direct ergens van beschuldigd, maar dat kon je tussen de regels door wel lezen.'

'Mijn collega zei dat u graag met ons wilde praten over iets wat Abbey is overkomen.'

Freya leunt weer naar voren, zodat ik vrij zicht heb op haar magere decolleté. 'Ja... Nou ja, ik weet niks bijzonders, helaas, maar een paar weken geleden kwam ze vroeg naar school om te oefenen, zoals altijd, en toen was ze erg van streek. Ze kwam binnenlopen en begon meteen te huilen. Zo had ik haar nog nooit meegemaakt, en daar loop ik nou de hele week al aan te denken. Ik weet zeker dat het iets met haar verdwijning te maken heeft.'

'Zei ze wat er aan de hand was?'

'Ze wilde er niet over praten. Volgens mij schaamde ze zich dat ze zo van streek was. Toen ze begon te huilen ben ik haar meteen gaan troosten. Ze was bang, zei ze.'

'Bang? Waarvoor, haar vader?'

'Dat dacht ik, ja. Maar toen ik haar vroeg of dat het was, zei ze van niet. En ze loog vast niet – ze was vaak genoeg overstuur vanwege haar vader, en ze vond het niet erg om daarover te praten. Deze keer was het anders. Eerder... alsof ze zich wezenloos was geschrokken.' Freya's handen fladderen in de lucht. 'Het is moeilijk uit te leggen, maar ik zag wel dat het niet zomaar om een stomme ruzie ging.'

'Misschien gedoe met haar vriendje?'

Freya schudt verdrietig haar hoofd. 'Nee, ik denk niet dat ze vanwege Rick van streek was. Een paar jaar geleden heb ik hem lesgegeven, dus ik kende hem een beetje. Ik vroeg of het goed ging tussen hen, omdat ik dacht dat het misschien uit was of zo, maar ze zei dat het niets met hem te maken had.'

Ik bekijk Freya eens goed. Aan de ene kant kan ik me voorstellen dat een tienermeisje haar in vertrouwen neemt, maar misschien overschat Freya dat vertrouwen van Abbey wel. Het kan zijn dat het meisje liever niet wilde toegeven dat een ruzie met Rick of een aanvaring met haar vader haar zo duidelijk had aangegrepen.

'Wanneer was dat?'

'Eind februari. Woensdag de 23ste, ik heb het voor de zekerheid nagekeken. De dag ervoor was er niks aan de hand, vandaar dat ik het vreemd vond. Er moet beslist iets zijn gebeurd waardoor ze zo van slag was.' Freya fronst. 'Over het algemeen vond ik juist dat ze het afgelopen jaar een stuk vrolijker overkwam. Ik zei nog tegen mijn man dat ze na Kerstmis wel een heel ander mens leek. Veel meer zelfvertrouwen. Ze had het over haar toekomst, vroeg naar mogelijke beroepen. Maar na die woensdag was ze weer heel gereserveerd en zenuwachtig.'

'Wat is er volgens jou gebeurd, Freya?'

Handenwringend zegt ze: 'Dat weet ik niet, maar toen ik hoorde dat ze verdwenen was dacht ik de hele tijd dat iemand haar misschien geweld had aangedaan, of haar bedreigde.' Haar onderlip trilt. 'Had ik maar iets gezegd.'

Ik stel Freya een paar vragen over Abbeys vriendinnen, en of het haar weleens is opgevallen dat het meisje ongewenste aandacht van klasgenoten kreeg, maar de muzieklerares weet niets nuttigs te melden; ze schijnt zich alleen op haar eigen schuldgevoel te kunnen focussen.

De zon staat recht boven me te blakeren als ik het hek uit loop. Ik zet mijn zonnebril op en bel onderweg naar de winkels Lane op. 'Is het gelukt?'

Hij klinkt wat buiten adem. 'Nee, ik kan ze niet vinden. Ik ben het hele strand op en neer gelopen om te vragen of iemand hen gezien had, maar niks. Ik heb ook die twee telefoonnummers van Kate gebeld, maar ik kreeg meteen de voicemail, dus ik heb een bericht ingesproken. En alle informatie over Robert Weston opgevraagd, dus die komt hopelijk zo binnenstromen.'

'Oké, goed, dan wachten we af.'

Ik breng Lane op de hoogte van mijn gesprek met Freya.

'Misschien heeft Abbey de avond ervoor ruzie met Rick gehad', oppert hij.

'Misschien, maar dan begrijp ik niet waarom ze dat niet gewoon tegen Freya heeft gezegd. Ik had de indruk dat ze nogal close waren. Trouwens, als ze mot met Rick heeft gehad, dan moet dat bijna wel over de telefoon zijn geweest. Uit haar loonstrookjes blijkt dat ze op dinsdagmiddag om vier uur begint en doorwerkt tot ongeveer halftien, tien uur. Het lijkt me niet dat ze daarna nog naar Rick toe mocht –

Daniel vond het vast niet goed dat ze op een schooldag zo laat nog van huis was.'

'Misschien heeft Rick haar een lift naar huis gegeven toen haar dienst erop zat en kregen ze toen ruzie?'

'Zou kunnen.' Ik zucht. 'Een maand later hebben ze het uitgemaakt, dus het zat in ieder geval niet lekker tussen hen.'

'Moet ik je komen halen?'

'Nee, ik ben bijna bij de supermarkt. Kom je daarnaartoe?'

'Naar de supermarkt?'

'Ja. Waarom vragen we op Abbeys werk niet eens of daar iemand weet waarom ze die woensdagochtend zo van streek was?'

Woensdag 13 april, 11.36 uur

Bij de hoofdingang van de supermarkt zit een bejaarde man op zijn rollator. Een stokoude Australische herdershond ligt opgekruld aan zijn voeten. De man heeft een sigaret tussen de lippen gestoken waarvan de rook omhoogkringelt.

Die geur doet me aan Mac denken. Hij rookt al sinds hij tiener was en het is hem niet gelukt helemaal te stoppen; elke avond rookt hij één sigaret bij een glaasje merlot. Het enige duidelijke barstje in zijn overigens verbluffende zelfbeheersing.

Ik loop voor Lane uit, maar de automatische deuren reageren minder snel dan ik had verwacht, en tot genoegen van de rokende man doe ik een raar heen-en-weerdansje voordat de deuren openschuiven. Vlak voor ons zit een opblaaspop in een kinderbadje vol paaseieren; de pop is aangekleed als strandwacht, compleet met zwembandjes en -gordel, en houdt een bord omhoog: STEUN DE STRANDHELDEN VAN FAIRHAVEN!

Er zijn maar vier gangpaden, een kleine groente- en fruitafdeling bij de ingang en een bescheiden koelwandje, parallel aan de kassa's. Een paar trieste bosjes bloemen zijn onhandig voor een van de wanden van de vriezer neergezet, met fluorescerende prijsstickers er schots en scheef op geplakt.

Er drentelen een paar mensen met een mandje aan de arm door de gangpaden. Britney Spears klinkt zachtjes, overstemd door het trage, eentonige piep-piep-piep van producten die gescand worden. Dat doet me denken aan de bewakingsapparaten in het ziekenhuis van

Smithson, en een ogenblik komt Scotts dood zo hard binnen dat ik bijna niet meer verder kan.

Iets voorovergebogen sta ik stil.

Lanes wenkbrauwen krullen omhoog. 'Word je weer niet lekker?'

'Nee, niks aan de hand. Kun je eens kijken of de manager er is?'

'Die zit daar.' Lane knikt naar de kassa's. 'Het dichtst bij de deur.'

Er zijn drie kassamedewerkers die we op de rug zien. Ik voeg me in de rij voor nummer drie, en na een paar minuten sta ik voor een kleine vrouw met een lichtgetinte huid en zwarte krullen. Ze glimlacht breed. Min heet ze, volgens haar badge. Er bungelen paashaasjes aan haar oorbellen. Als Min ziet dat Lane naast me staat, sterft haar glimlach weg.

'Hallo. Ik ben rechercheur Gemma Woodstock.'

'Jullie komen vanwege Abbey', zegt ze met een ernstige blik.

'Ja. Ik heb begrepen dat ze hier werkte.'

'Ik ben Minella Fererra, maar iedereen noemt me Min. Deze supermarkt is van mij en Des, mijn man. Abbey werkt hier nu al anderhalf jaar. Op de dag dat ze veertien werd kwam ze om een baantje vragen', zegt Min met een verdrietige glimlach. 'Ze had zich heel goed voorbereid, met een heus cv en aanbevelingen van haar leraren. We wilden haar maar wat graag in dienst nemen.'

'Is je man er vandaag ook?'

'Ja, hij is achter de winkel.'

'We willen jullie allebei spreken.' Ik werp een blik op de twee caissières die op de automatische piloot artikelen aanslaan en inpakken. 'En jullie medewerkers ook.'

'Natuurlijk. Kom maar mee.'

We lopen achter Min aan, een gangpad door en een piepkleine kantine in. Daar zit een man van in de vijftig in een plastic bak met elastiekjes te rommelen. 'Schat, weet jij waar... O, hallo, sorry.' Hij springt overeind. 'Ik ben Des.'

Zijn blik wordt meteen somber als Min hem vertelt dat we met hen over Abbey willen praten.

Ze wijst naar een houten tafeltje. 'Neem plaats.'

'Hoe deed Abbey haar werk?' vraag ik.

'Heel goed', antwoordt Min met een blik naar Des, die knikt. 'We kunnen altijd op haar rekenen. Ze draait elke week drie diensten en ze heeft zich zelfs nooit ziek gemeld, op een paar keer in maart na. Ik liet haar soms helpen met voorraden bestellen, ze was heel volwassen.'

'Wanneer heb je haar voor het laatst gezien?' vraagt Lane.

Min kijkt naar beneden en speelt met haar ringen. 'Zaterdag. Ze werkte van acht uur 's morgens tot drie uur 's middags. Toen heb ik gezegd dat ze wel kon gaan en dat ik haar dinsdag weer zou zien. Ik geloofde mijn oren niet toen ik hoorde dat ze vermist was. Echt vreselijk.'

Lane schraapt zijn keel. 'Hoe kwam Abbey die zaterdag op je over?'

'Wat stilletjes. Niet dat ik daar toen iets achter zocht, maar ze leek me niet helemaal zichzelf. Aan het begin van het jaar was ze zo blij, en de laatste paar weken juist wat lusteloos. Afgelopen dinsdag vroeg ik of ze een bestelling voor me bij de cafés en de pub wilde bezorgen, maar ze zei dat ze haar been bezeerd had. Daardoor was ze blijkbaar erg van streek.'

Ik vang Lanes blik op en zie dat hij ook voor het eerst over dat zere been hoort. Als dat waar was, dan kon Abbey toch moeilijk naar het feest zijn komen fietsen?

'Heb je die wond gezien?' vraag ik.

'Nee, en toen ik een van de anderen met de bestelling op pad had gestuurd en haar ernaar vroeg, wilde ze er beslist niet over praten. Dus ik dacht: het zal haar vader wel weer geweest zijn.'

'Weer?'

'Ja. Abbey had vaak blauwe plekken. Ze zei altijd dat die door het sporten kwamen, maar ik verdenk haar vader al tijden. Vroeger waren we met Dot bevriend, dat is een van de redenen waarom we Abbey hier graag lieten werken.' Min wringt haar handen en kijkt me dan smekend aan. 'Dat was onze manier om wat te helpen.'

Abbey zou er veel meer mee geholpen zijn geweest als iemand haar uit dat afgrijselijke huis had weggehaald, maar Min was bepaald niet de enige die symbolische pleisters plakte.

'Abbey werkte hier elke dinsdagmiddag tot in de avond, klopt dat?'

Mins blikken dwalen naar het rooster op de muur. 'Klopt, ze werkt op dinsdag en donderdag na schooltijd totdat we sluiten, en ook op zaterdag en soms extra tijdens de vakantie.'

'Herinneren jullie je iets wat er is gebeurd op een van die dinsdagen, zo'n zeven weken geleden?'

Min trekt haar fijne wenkbrauwen samen. 'Wat dan?'

'Helaas kan ik het niet preciezer vragen, maar we willen graag weten of er iets ongewoons is voorgevallen.'

'Heb je wel een datum?' Ze duwt zich uit haar stoel en schuifelt naar het rooster.

'Dinsdag 22 februari.'

Min bladert een stukje terug en wijst met haar vinger op het papier. 'Die dag waren Abbey en Erin hier. En jij ook, Des.'

Hij haalt zijn schouders op. 'Niks bijzonders. Ik ben op dinsdag meestal achter de zaak bezig met de voorraden. Op die dag komen de meeste leveringen binnen en we doen dan ook bestellingen, dus er is flink werk aan de winkel.'

'Het schijnt dat Abbey de volgende ochtend nogal van streek was, dus we vroegen ons af of er op het werk iets mis was gegaan.'

Min en Des blijven verbluft voor zich uit staren, en ik onderdruk een zucht. 'Van wanneer tot wanneer heeft ze die dag gewerkt?'

'Van vier tot negen, net als altijd', zegt Min.

'Direct na schooltijd dus?'

'Ja, we hebben de diensten zo ingedeeld dat de jongeren ook hier kunnen werken. Overdag hebben we een paar parttimers, vooral moeders uit de buurt, en de meisjes komen rechtstreeks van school en trekken hier hun bedrijfskleding aan. Ze krijgen allemaal twintig minuten pauze op een dienst van vijf uur: of om zes uur, of om halfzeven.'

'Hoe gaat ze naar haar werk?'

'Soms brengt haar vriendje haar in de auto. De laatste tijd komt ze op de fiets.'

'En ze fietst ook naar huis?' vraagt Lane.

Min en Des wisselen een blik. 'Ja. Het is niet ver, en eerlijk gezegd heb ik daar nooit zo bij stilgestaan. Volgens mij is het wel veilig in Fairhaven.'

'Hebben jullie bewakingscamera's hier binnen?'

Min knikt en komt overeind, blij dat ze een vraag eindelijk eens bevestigend kan beantwoorden. 'We hebben camera's op de in- en uitgang en de kassa's gericht, en eentje op de kluis.' Ze wijst. 'Die hangt daar.'

We draaien ons allemaal om en kijken in het glanzend zwarte camera-oog.

'Hoelang bewaren jullie de beelden?' vraagt Lane.

Ze zakt weer een beetje in. 'Een week maar.'

Een ogenblik zijn we allemaal stil en ik kijk het kleine vertrek rond. Naast de vrieskist is een open deur naar een voorraadkamer met rijen hoog opgestapelde dozen. Ik kijk naar Des; hij heeft zijn hoofd gebogen, waardoor te zien is dat hij begint te kalen, en zijn knie wipt onwillekeurig op en neer. Mijn intuïtie zegt me dat de man deugt.

Maar ja, hij was er die avond wel – heeft hij iets gedaan waardoor Abbey overstuur raakte?

'Heb je vaak met Abbey gesproken?' vraag ik hem.

Zijn wenkbrauwen vliegen omhoog. 'Nee, niet echt. Ik zei af en toe wat vriendelijks tegen haar, uiteraard, maar alle personeelszaken laat ik aan Min over. Tienermeisjes, die begrijp ik niet. Maar we hebben wel geboft. Al ons personeel is heel betrouwbaar, we hebben er nooit last mee, dus we laten ze gewoon hun gang gaan. Dit is geen grote stad', voegt hij eraan toe. 'De meeste klanten kennen we, iedereen is erg aardig. En tijdens vakanties is het zo druk dat we sowieso geen tijd hebben om te kletsen.'

'We hopen echt dat je haar vindt', zegt Min met haar hand weer bij haar keel.

'Ja, dat hopen wij ook.' Ik voel een golf frustratie opkomen: *Ik doe mijn best, ja.* 'Mocht er jullie nog iets te binnen schieten, vooral over die dinsdag in februari, laat het ons dan weten.'

'Ja, natuurlijk. We helpen zoveel mogelijk. Des is afgelopen zondag mee gaan zoeken.' Als Min naar haar man kijkt, begint haar onderlip te trillen. 'Ik dacht de hele tijd: o God, stel dat ze haar ergens vinden? En toen hoorde ik dat over haar vriendje en... nou ja, te erg voor woorden. Ik weet niet wat ik ervan moet denken. Ik bedoel: wie doet er nou zoiets? Dat kan niemand van hier zijn geweest.' Ze huilt nu. 'Ik weet wel dat iedereen zegt dat het haar vader was, maar ik kan de gedachte niet verdragen dat hij haar wat aan zou doen.' Min kijkt naar mij en daarna naar Lane. 'In ieder geval niet zoiets ergs', voegt ze eraan toe.

Ik laat de stilte even voortduren en zeg dan: 'We moeten ook met jullie andere werknemers praten, vooral met degenen die geregeld samen met Abbey dienst hadden.'

Mins gezicht verstrakt en haar ogen schieten nerveus het vertrek rond. 'Dat is vooral Erin. Die twee kunnen goed met elkaar opschieten, denk ik. En Taylor werkt soms op zaterdag met haar samen. Jullie kunnen nu met ze praten, maar wel een voor een. Met twee kassa's redden we het prima.'

'Dank je.'

Taylors magere gezicht is loodzwaar opgemaakt. Ze komt het vertrek binnenlopen alsof ze haar ondergang tegemoetgaat. Ik glimlach haar geruststellend toe wanneer ze tegenover me gaat zitten.

Aanvankelijk laat ik Lane het gesprek voeren. Hij weet de juiste snaar bij Taylor te treffen, maakt even een praatje en legt haar dan uit dat we zoveel mogelijk informatie moeten zien te krijgen. Ze ontspant zichtbaar, moet zelfs even glimlachen. Dan vraagt hij haar voorzichtig naar Abbey.

Nee, die kent ze niet erg goed, ook al kent ze haar al... nou, eigenlijk altijd al. Ja, ze kletsten af en toe maar ze hadden vrijwel nooit samen dienst. Sinds ze twee jaar geleden van school kwam heeft Taylor vooral overdag gewerkt, dus ze kwamen elkaar alleen op zaterdag tegen, en dan is het meestal te druk voor een praatje. Maar Taylor vond Abbey best wel aardig. Taylors jongere broertje is bevriend met Abbeys broers, maar hij mag van haar ouders niet bij de tweeling thuis komen, want iedereen weet dat Daniel niet spoort. Taylor heeft Abbey zo'n twee weken geleden voor het laatst gezien en ze vond haar wat down, maar verder niets bijzonders.

Ik blijf in de kantine zitten terwijl Lane Taylor wegbrengt en Erin gaat halen. In tegenstelling tot Taylor heeft Erin een blozend gezicht en vrouwelijke vormen die ze waarschijnlijk afwisselend fijn en afschuwelijk vindt. Ze heeft meer in de gaten dan Taylor, maar is ook erger van slag.

'Abbey en ik zijn best goede vriendinnen', zegt ze. 'Ik ben vorig jaar van school gegaan, maar ik doe nog steeds de late middag- en avonddienst op dinsdag en woensdag omdat Min voor overdag al mensen had. Ik kende Abbey niet echt op school, maar nu praten we vaak samen. Soms is het niet erg druk, zeker in de winter, en dan is het best saai anders.'

'Zijn er anderen met wie ze bevriend is?' vraagt Lane.

Erin peutert aan een nagelriem. 'Een paar meisjes van school, denk ik. En ze had natuurlijk verkering met Rick.' Ze trekt een reepje huid los en haar nagelriem kleurt felrood van het bloed. 'Ongelooflijk dat hij dood is.'

'Zeker', zeg ik. 'Dat onderzoek staat nog maar helemaal aan het begin.'

Erin knikt en harkt met haar vingers door haar dikke haar.

'Was je zaterdag op het feest?' vraag ik.

'Mijn broer en ik zijn samen gegaan. Het was bij Beth Kinlon thuis – dat is een vriendin van hem.'

'Heb je die avond met Abbey gesproken?' vraagt Lane.

'Eventjes. Mijn broer en ik kwamen pas laat aan. We hadden eerst thuis met mam en pap naar een film gekeken. Het ging er al behoorlijk ruig aan toe toen we aankwamen. Iedereen was total loss, en er waren massa's mensen die ik niet kende. Ik zag Abbey in de achtertuin en zei gedag, maar ze stond met Rick te praten.' Erin kijk schichtig naar de grond.

'Vond je Rick niet aardig?' vraag ik.

Ze kijkt weer op, en ik merk dat haar onderlip trilt. 'Ik vind het verdrietig dat hij dood is, maar hij was nogal bedreigend. Niet lichamelijk of zo. Emotioneel eerder.' Ze drukt haar handen op haar knieën. 'Dat klinkt waarschijnlijk nogal stom.'

'Nee hoor, helemaal niet', zegt Lane vriendelijk.

Haar mondhoeken krullen omhoog. 'Nou ja, toen ze nog op school zaten deed hij altijd heel lullig tegen mijn broer.'

Met een meelevende uitdrukking op zijn gezicht maakt Lane wat aantekeningen.

'Is je tijdens het feest iets vreemds opgevallen?' vraagt Lane. 'Stond Abbey met mensen te praten die je niet kende, of gedroeg ze zich anders dan anders?'

Erin zucht gefrustreerd. 'Dat probeer ik me te herinneren, maar dat lukt niet. Ik heb volgens mij niet zo heel erg opgelet. Zoals ik al zei zag ik haar buiten met Rick praten. En later op de avond zag ik ze bij een groepje backpackers staan. Die jongens waren een paar keer in de winkel geweest. Eentje vroeg haar telkens mee uit, maar volgens mij was hij, nou ja, gewoon maar wat aan het dollen. Abbey en ik vonden dat toen wel grappig.'

Lane en ik wisselen een blik.

'Weet je hoe hij heet?' vraagt Lane.

Nu krijgt Erin een bezorgde blik. 'Nee, sorry. Ik weet wel dat het Engelsen waren, maar ik heb niet echt met ze gepraat.'

'Wanneer zijn ze in de winkel geweest?'

'De afgelopen weken een paar keer. Dinsdagmiddag voor het laatst, volgens mij.'

'En je weet zeker dat het dezelfde jongens zijn met wie ze op het feest stond te praten?'

'Vrij zeker.' Erin kijkt me vanonder haar lange wimpers steels aan.

'Om eerlijk te zijn was ik zelf behoorlijk aangeschoten. We hadden onderweg al wat op, en mijn broer moest me zo ongeveer naar huis dragen. We waren zo rond een uur of elf op het feest.'

'Vond Abbey de jongen die haar telkens mee uit vroeg leuk?'

Erin haalt haar schouders op. 'Volgens mij niet. Ze dacht alleen maar dat het grappig was dat hij zo extreem enthousiast was. Hij had een keertje een bloem voor haar geplukt, dat vond ze wel lief.'

'Had je het idee dat ze graag met hem wilde praten op het feest?'

'Dat weet ik niet. Ik dacht gewoon dat ze Rick jaloers wilde maken.'

'Hadden ze zo'n soort relatie? Dat ze elkaar jaloers wilden maken?'

'Dat weet ik niet. Ik ben er eigenlijk altijd van uitgegaan dat Abbey weg wilde uit Fairhaven en naar de stad zou gaan. Ik geloof dat zij hun relatie minder belangrijk vond dan Rick.'

'Heeft ze het er met jou over gehad dat ze het wilde uitmaken?' vraag ik.

'Nee, niet met mij.' De tranen springen in haar ogen. 'Denkt u dat iemand op het feest haar iets heeft aangedaan?' Erins stem wordt fluisterzacht. 'Of Rick misschien? Volgens mijn moeder heeft Daniel hem doodgeslagen omdat hij had ontdekt dat hij Abbey wat had aangedaan.'

'Daar kunnen we niets over zeggen', antwoord ik zachtjes. 'Maar wat ik me afvroeg, Erin. Is er weleens iets op het werk gebeurd wat Abbey naar vond?'

'Nee, ik zou niet weten wat.'

'Ook niet op dinsdag 22 februari? Was dat soms de dag dat die backpackers in de winkel kwamen?'

'Eh, dat zou kunnen. Ik weet het niet zeker, maar ze deden niet rot tegen haar of iets dergelijks. Ze maakten alleen maar wat grapjes en zaten met haar te flirten.' Er trekt een frons over Erins gladde voorhoofd. 'Dat was ongeveer een week na Valentijnsdag. Begin februari ging mijn verkering uit, dus mijn afspraakje ging niet door die avond, maar toen raakte het weer aan en wilde mijn vriend me zien. Ik moest direct uit het werk thuis zijn, maar Abbey zei dat ik wel eerder weg mocht zodat ik even met hem samen kon zijn. Dat vond ze niet erg, zei ze.'

'Dus ze moest de winkel in haar eentje afsluiten?'

'Ja,' geeft Erin toe, 'maar dat was niks bijzonders. Het is normaal dat een van ons nog een laatste schoonmaakronde doet en afsluit wanneer het geld eenmaal in de kluis zit.'

'Hoe laat ging meneer Fererra die avond weg?'

'Hij gaat meestal om vijf voor halfacht 's avonds weg, zodat hij het halfachtjournaal kan zien. Min en hij wonen in de straat achter de winkel, dus hij is met een paar minuten al thuis.'

'Dus meneer Fererra is die avond om vijf voor halfacht vertrokken?'

Erins schouders gaan omhoog. 'In ieder geval was hij er niet toen ik om halftien wegging. Ik weet niet precies hoe laat.'

'Waar ben je naartoe gegaan met je vriendje?'

Ze loopt dieprood aan. 'Gewoon een ritje naar een uitkijkpunt. U weet wel, beetje kletsen en zo. Daarna heeft hij me thuis afgezet.'

'Oké. En voordat je wegging was er niets gebeurd waardoor Abbey van streek was? Ze heeft niets gezegd?'

'Nee, er was niets met haar aan de hand.'

'En alles oké tussen haar en Rick?'

'Ja hoor, al kwam hij misschien zeg maar iets minder vaak langs dan daarvoor, maar Abbey heeft nooit gezegd dat er wat was.' Erin buigt iets voorover, haar gezicht neemt langzaam de normale kleur weer aan.

'Weet je of ze hem die avond na werktijd nog gezien heeft?' vraag ik.

'Geen idee, maar dat lijkt me niet. Door de week fietst ze altijd meteen naar huis.'

'En daarna? Heeft ze ooit gezegd dat ze ergens overstuur van was?'

Een ogenblik geeft Erin geen antwoord. 'Ze zei niets, maar ik vond haar wel wat vreemd doen.'

'Hoe bedoel je?'

'Dat is lastig om uit te leggen. Ze leek erg gespannen.'

'Heb je gevraagd wat er was?' zegt Lane.

'Wel geprobeerd. Ongeveer twee weken geleden waren we aan het afsluiten en toen heb ik gezegd dat ze niet erg relaxed overkwam, maar dat wuifde ze weg.' Erin kauwt op de binnenkant van haar wang. Haar ogen schieten heen en weer alsof ze het antwoord op de planken boven ons hoopt te vinden. 'Ik dacht dat ze wel weer een aanvaring met haar vader moest hebben gehad. Of misschien met Rick.' Erin haalt raspend adem. 'En ze leek een beetje... wee-nie.'

Mijn telefoon trilt in mijn zak. Ik negeer de oproep, maar laat mijn stem iets ongeduldiger klinken. 'Erin, als je iets weet waardoor wij haar misschien kunnen vinden, moet je dat zeggen. Dat is heel belangrijk.'

Er verschijnen tranen in haar ogen die over haar wangen druipen als ze knippert. 'Ik weet niets, echt niet. Er is alleen wat geks gebeurd vorige week, maar misschien reageer ik wel gewoon belachelijk.'

Lane schuift naar het puntje van zijn stoel en kijkt Erin indringend aan. 'Het maakt niet uit of het dwaas lijkt. Soms blijkt een klein detail uiteindelijk heel belangrijk.'

Erin pakt een tissue uit het doosje op tafel. 'Nou ja, het gaat niet om iets wat ze zei, maar ik heb haar vorig weekend gezien.'

'Het weekend voordat ze verdween?' vraag ik.

'Ja. Mam had me zaterdagavond met de auto van netbal opgehaald en onderweg zag ik Abbey bij een boom voor het politiebureau staan, aan het begin van de oprit.'

'Wat deed ze daar?' vraag ik.

'Dat weet ik niet. Ze eh, stond daar gewoon, naar het bureau te turen. Ik geloof niet dat ze me zag.'

Lane buigt voorover, de ellebogen op zijn knieën. 'Ze stond daar gewoon?' echoot hij.

Erin veegt haar haar achter haar oren en herhaalt dat gebaar een paar keer. 'Ze zag er, zeg maar, ze zag er heel zenuwachtig uit. Het kan zijn dat ze zelfs huilde.' Er verschijnt een gekwelde blik op Erins eigen betraande gezicht. 'Het leek erop dat ze het politiebureau binnen wilde gaan en om hulp vragen.'

Woensdag 13 april, 13.28 uur

Ik pak een plastic bakje fruitsalade uit de Fresh 2 Go-afdeling van de supermarkt en ga naast Lane op het bankje aan de overkant van de weg zitten. Hij heeft een vet broodje hotdog met een flinke dot saus bij het tankstation gekocht dat hij naar binnen schrokt en wegspoelt met chocomel. Hij is opeens heel stilletjes; dit heftige onderzoek zal inmiddels zijn tol wel eisen. Ik prik lusteloos wat in de blokjes fruit, doe het deksel weer op het bakje en beantwoord de gemiste oproep van het politiebureau.

Noah neemt op. 'Hoi rechercheur Woodstock. Ik belde om een bericht door te geven. Iemand van het forensisch team in Byron heeft gebeld en zei dat die opossum niets heeft opgeleverd. Zegt dat jou wat?'

Ik was die opossum vrijwel helemaal vergeten, maar zie nu in gedachten iemand het bloederige karkas bij ons voor de deur leggen, een paar meter bij mijn slapende zoon vandaan, en ik voel de woede opborrelen. 'Ja, en dank je wel voor het doorgeven. Is verder alles goed daar?'

'Ja, alles goed hier. We hebben een paar telefoontjes gekregen over de moord op Fletcher, maar daar zit weinig bruikbaars tussen. De meeste bellers wilden alleen maar praten over wanneer ze Rick voor het laatst hadden gezien, of over hun angst dat er nog eens zoiets gebeurt. Tot nu toe hebben we niemand gehad die iets over de aanval wist te melden.'

'Oké, mooi, bedankt dat je het fort bewaakt. Tot later.'

Ik strek mijn benen en probeer grip te krijgen op de theorie die door mijn hoofd maalt sinds we Erin hebben verhoord en ik met Freya heb gesproken.

Lane krijgt een telefoontje. Hij slentert weg en gaat in de schaduw van een grote eucalyptus staan. Ik bel Tran. Ze begroet me koeltjes, maar ik steek meteen van wal in een poging gêne te verbloemen die ik voel omdat ik gisteren zomaar had opgehangen.

'Tja, wanneer Rick en Aiden in de handel zaten, had ik verwacht dat we ook wel iets bij hen thuis hadden gevonden. Maar goed, we zien hun ouders straks, dus we zullen hen er ook naar vragen. Als de eigenaresse van het vakantiepark gelijk heeft en ze zitten in de drugs, dan weten zij misschien meer dan ze loslaten.'

'Pas wel op je tellen, Gemma', zegt Tran kortaf. 'Ze hebben net hun zoon verloren.'

'Natuurlijk.'

'Hoe is het met Daniels auto afgelopen?'

'Hij had er geen bezwaar tegen dat die doorzocht werd', zeg ik. 'We moeten wachten tot volgende week voor een officieel rapport, maar het technische team heeft geen duidelijke bloedsporen of aanwijzingen van een recente schoonmaakbeurt aangetroffen.'

'Dat was misschien ook iets te veel gevraagd', zegt Tran zuchtend.

'En niets gevonden op die opossum', zeg ik.

'Dat was misschien ook maar een slag in de lucht. In ieder geval ben ik blij dat je bij de Gordons logeert.' Ze wacht even. 'Gemma?' zegt ze ten slotte, tot mijn verrassing een beetje zenuwachtig.

'Ja?'

'Weet je zeker dat het goed gaat?'

'Ja, prima. Hoezo?'

'Ik heb met Tommy gesproken. Hij dacht dat het misschien een beetje te veel voor je werd.'

'Nee hoor', zeg ik, met een klem op mijn borst. 'Ik doe voortdurend dit soort zaken.'

'Natuurlijk weet ik wel hoeveel ervaring je hebt, maar deze zaak vraagt om totale concentratie. Ik heb gehoord wat je onlangs hebt meegemaakt, en ik moet zeggen dat ik me wat zorgen maak of je op dit moment wel in staat bent om deze zaak in goede banen te leiden.'

Ik knijp zo hard in de telefoon dat mijn vingers knakken. 'Laat Tommy zich met zijn eigen zaken bemoeien. Hij zit zo onder de pijnstillers dat hij niet eens ziet wat er gebeurt.' Ik weet dat ik klink als een nukkig kind, maar ik kan er niets aan doen; ik ben zo nijdig dat de woorden als lava uit mijn mond stromen. 'Hoe durft hij als een schoolkind naar jou te rennen. Dit is volstrekte kolder.'

'Hij is alleen maar bezorgd', zegt Tran zonder een spoortje emotie.

'Bezorgd, donder op', gooi ik eruit. 'Ongelooflijk dat je niet inziet waar dit om draait.'

'Ik kan alleen maar uitgaan van wat ik heb gehoord, Gemma, en Tommy is bezorgd.' Tran klinkt bijna prekerig. 'En hij is natuurlijk zeer betrokken bij zijn team. Hij zal ongetwijfeld een beetje chagrijnig zijn dat jij de twee belangrijkste zaken sinds zijn aantreden van hem overneemt, maar hij wordt zeer gewaardeerd en kent de plaatselijke bevolking goed. Ik zou zoveel mogelijk gebruik van hem maken.'

Het kost al mijn zelfbeheersing om mijn telefoon niet weg te smijten.

Lane komt weer terug en ploft op het bankje. Ik zeg tegen Tran dat we later verder praten en hang op. Ik verbijt mijn woede en kijk naar Lane. 'Is alles goed met je?' vraag ik wanneer ik de blik op zijn gezicht zie.

'Een van die Britten, William Mayne, heeft me een berichtje teruggestuurd. Ik geloof dat hij het is over wie Kate van een personeelslid hoorde dat hij filmpjes maakte. Hij schrijft dat hij met zijn vrienden op een vissersboot zit waar amper ontvangst is. Vanavond laat zijn ze terug. Hij bevestigt dat Robert Weston een van zijn vrienden is en bij hen in het chalet woont, maar maandag naar Sydney is vertrokken. We weten dus in ieder geval dat het om dezelfde persoon gaat. Ik heb gezegd dat we ze morgenochtend om negen uur op het vakantiepark willen zien. Dat is oké, toch?'

Ik zucht. 'Daar zullen we het mee moeten doen, ja.' Ik druk mijn vingers tegen mijn slapen. 'Eigenlijk komt dat wel goed uit. Dan probeer ik van tevoren met Dot te praten. Haar dienst op het vakantiepark begint om acht uur.'

'Hecht je veel waarde aan wat Erin zei?' waagt Lane. 'Over dat ze Abbey bij het politiebureau heeft zien staan? Want wat zegt dat uiteindelijk? Ze kon er wel van alles hebben staan doen.'

'Nee, het is zeker geen afdoend bewijs. Maar misschien draaide het daar juist om, die zaterdagavond. Kan Abbey van plan zijn geweest jou om hulp te vragen, maar is ze op het laatste nippertje teruggeschrokken en heeft ze toen dat verhaaltje over die gestolen fiets verzonnen?'

Lane kijkt niet overtuigd. 'Het is mogelijk, maar ik had het idee dat ze het meende.'

Ik zucht nog eens. 'Dat was waarschijnlijk ook zo. Alleen blijft die stomme fiets me dwarszitten. Die kan ik niet plaatsen. Bovendien: als Freya gelijk heeft en er is onlangs iets voorgevallen waarvan Abbey overstuur raakte, dan had ze een reden om naar de politie te gaan. Wat kan dat toch geweest zijn?' Mijn blik gaat weer naar de supermarkt. 'Misschien heeft een klant iets gezegd, of viel Weston haar lastig.' Ik schud mijn hoofd. 'Maar waarom schreef ze hem dan terug? Dat was vorige week nog maar.'

Lane ademt zwaar uit. 'Het zal vast haar vader weer zijn geweest. Dat ging van kwaad tot erger, en misschien wilde ze na die ruzie niet meer naar huis terug. Ik krijg het idee dat ze gewoon een lift heeft genomen, de stad uit.'

'Dat zou kunnen.'

Lane heeft zijn vuisten gebald, maar ik geloof niet dat hij dat zelf merkt.

Dit vinden we allemaal moeilijk: dat we niet in staat zijn de kwetsbaarste mensen tegen zulk schaamteloos machtsmisbruik te beschermen. Het verraad dat de slachtoffers voelen wordt ook door veel agenten ervaren; ze krijgen uiteindelijk het idee dat het hele systeem tekortschiet. Door de jaren heen heb ik dat zelf ook zo gevoeld.

Ik schraap mijn keel. 'Jij bent er na de afgelopen twee meldingen heen gegaan, toch?'

'Ja. Ontzettend klote. Hoe is het mogelijk dat hij zich zo gedraagt en dat niemand er iets tegen kan doen?'

'Vertel mij wat', zeg ik grimmig. 'Heeft Abbey weleens geprobeerd er met je over te praten?'

'Niet echt', zegt hij met neergeslagen blik. 'Ze maakte zich duidelijk zorgen over haar moeder en broertjes. Ik denk dat ze daarom nooit iets zei – ze was doodsbang voor wat Daniel Dot en de jongens mogelijk zou aandoen. In feite moest zij de rol van volwassene op zich nemen. Wat een klerezooi.'

'Dat soort situaties zijn altijd lastig.'

Een ogenblik zwijgen we. Op een telefooncel vlakbij wappert het briefje met Abbeys glimlachende gezicht in de wind en we staren er allebei naar.

Als ik zie hoe laat het is duw ik me overeind. 'Kom, we gaan. We moeten terug naar het politiebureau voor ons gesprek met de Fletchers.'

Georgina en Ian Fletcher zijn veel jonger dan ik had verwacht en heel goed gekleed, in een informele, zelfgemaakte stijl. Ian heeft Ricks lange, blonde haar en Georgina zou niet misstaan op Woodstock. Onder andere omstandigheden zal het vast een bijzonder aantrekkelijk koppel zijn, maar nu ziet hun bruine huid grauw van verdriet en kunnen ze tussen de huilbuien door vrijwel alleen onsamenhangend mompelen.

'We hebben dit aan onszelf te wijten', zegt Georgina, de ene hand om die van haar man geklemd, de andere bij haar keel. 'We hadden ze niet op zichzelf moeten laten wonen, maar, nou...' Haar stem sterft weg en ze kijkt Ian aan.

'Aiden is twintig,' zegt hij, 'en Rick was bijna achttien.' Zijn stem breekt. 'We vertrouwen onze jongens, maar dat iemand ze wat zou aandoen, zoiets ergs, dat was nooit bij ons opgekomen.'

Ze beginnen allebei te snikken, en ik wacht tot ze gekalmeerd zijn voor ik meer details over Rick en Aiden uit ze los probeer te krijgen.

'We hebben beide jongens zondag twee weken geleden voor het laatst gezien – onze kinderen komen op zondag altijd lunchen', zegt Georgina. 'Soms nemen ze een vriend of vriendin mee, maar ze slaan zelden over.' Ze plukt aan haar rokzoom. 'Aiden mist de laatste tijd weleens vanwege zijn werk, maar de andere twee komen altijd.'

'Afgelopen zondag hebben we elkaar niet gezien,' voegt Ian toe, 'vanwege Abbey.'

'Hadden jullie dat van Rick gehoord?' vraag ik.

'Ja', antwoordt Georgina. 'Rick belde nadat haar vader bij hem langs was geweest. Hij maakte zich grote zorgen over haar, maar volgens mij hoopte hij dat ze alleen maar eventjes bij een vriendin logeerde.'

'Kwam Abbey ook weleens naar zo'n zondagse lunch?'

Georgina knippert met haar ogen en ze knikken beiden.

'Af en toe', zegt ze. 'Daniel vond het vreselijk dat ze met Rick optrok. Daar had hij veel last van.'

'Ik ken Daniel van de middelbare school', zegt Ian. 'Ik heb hem nooit gemogen.' Hij duwt een vuist tegen zijn oog. 'Eerlijk gezegd had ik liever niet dat Rick iets met hem te maken had – maar Abbey was een schat. Rick was helemaal weg van haar.'

'Ik had medelijden met Abbey,' zegt Georgina, die weer begint te huilen, 'en nu beweren ze dat Rick haar kwaad heeft gedaan en dat ze daarom vermist is, maar dat is niet waar. Hij verafgoodde haar.'

Ik weet nu al dat Ricks ouders ons geen doorbraak gaan bezorgen. Het is duidelijk dat ze van hun zoon hielden en hem geregeld zagen, maar hun band was maar oppervlakkig; ze lijken een naïef en ietwat geromantiseerd beeld van hem te hebben. In ieder geval geven ze toe dat Rick best slim was, maar toch moeite met school had.

'We waren zo blij toen hij besloot een hoveniersbedrijfje te beginnen', zegt Georgina. 'Hij had zó'n zakeninstinct, we wisten zeker dat het een succes zou worden.'

‘Hebt u enig idee waar Aiden is, meneer Fletcher?’

‘Geen idee’, zegt Ian. ‘Het is echt niks voor hem om er zomaar vandoor te gaan, maar Rick en hij waren heel close. Hij is in shock.’

‘Mevrouw Fletcher?’

‘Nee.’ Ze trekt aan haar linker oorbel, zodat haar oorlel gevaarlijk uitrekt. ‘Ik maak me zo’n zorgen om hem.’ Haar onderlip begint te trillen. ‘Mijn twee jongens zijn weg.’

‘Aiden slaapt zo nu en dan in zijn busje’, voegt Ian toe. ‘U weet wel, op trektochten en zo. Hij heeft wel iets van een bohemien. Vroeger maakte ik me daar niet druk om, maar dat lijkt me nu opeens veel te gevaarlijk.’

‘We doen er alles aan om hem te vinden, maar wanneer jullie kunnen bedenken waar hij naartoe is of bij wie hij kan zijn, laat het dan alstublieft weten. We denken dat hij informatie heeft die ons kan helpen Ricks aanvaller te vinden.’

‘Als hij iets wist, dan had hij dat zeker gezegd’, fluistert Georgina, die weer met een huilbui te kampen heeft. De twee zijn beslist kapot van verdriet, maar ik bespeur ook iets omzichtigs wat ik niet helemaal kan plaatsen. Ik moet weer denken aan wat Kate over hen zei.

‘We zouden graag uw woning doorzoeken’, zeg ik plompverloren.

Ze verstarren allebei zichtbaar.

‘Hoezo?’ vraagt Ian.

‘Alleen maar om een paar zaken uit te sluiten. We hebben het huis van Rick en Aiden doorzocht, maar misschien zijn er bij jullie nog andere aanwijzingen te vinden. Ik weet zeker dat jullie graag alles doen zodat we Abbey kunnen vinden en Rick recht kunnen doen.’

‘Wanneer?’ vraagt Georgina. Haar stem klinkt schel.

‘Nu meteen. Er wordt waarschijnlijk vanmiddag nog een ploeg naartoe gestuurd, als dat goed is.’

Nog steeds hand in hand vallen ze stil.

‘Goed hoor’, zegt Ian zachtjes.

Ik wissel een blik met Lane. ‘Dat was het voor dit moment’, zeg ik. ‘We houden contact.’

Wankelend komen ze overeind, Ian met zijn arm rond Georgina's tengere middel. Ze lijkt niet veel ouder dan haar zoons. 'Die andere agent...' ze stopt om te slikken, 'die zei dat de autopsie vandaag was.'

'Ja, dat klopt', zeg ik vriendelijk.

'O God. Het is onverdraaglijk. Wanneer je een kind krijgt denk je toch nooit aan... Ik bedoel, natúúrlijk maak je je zorgen, maar dít denk je toch nooit.'

'Nee.' Opeens grijpt haar verdriet me aan. 'Ik vind het zo erg van Rick.'

Als Lane hen wegbrengt zak ik volkomen uitgeput in mijn stoel. Georgina heeft gelijk: je brengt zoiets verschrikkelijks nooit in verband met je eigen kind, maar vanaf de geboorte, soms zelfs vanaf de conceptie, ben je kwetsbaar voor het ontzaglijke verdriet dat alleen het verlies van een kind kan veroorzaken.

Lane komt fronsend terug. 'Die twee verbergen iets.'

'Mee eens. Net als Aiden, waar hij ook is.'

'Ik regel die doorzoeking.' Lane gaat snel naar zijn bureau. Ik hoor Noah bellen in de receptieruimte, begeleid door het getjirp van cicaden. De beige ventilator in de hoek maakt dronken toeren. Telkens als hij helemaal naar links is gedraaid, ritselt de plastic zak in de afvalbak.

Ik bekijk de opname van Ricks verhoor nog een keer. Dan ontspan ik mijn zere nek door mijn hoofd van links naar rechts te kantelen. Mijn intuïtie zegt me dat Rick liegt als hij beweert dat hij Abbey na het feest niet meer heeft gezien.

'Hé,' zegt Lane zonder van het scherm op te kijken, 'ik bekijk alle Facebook-berichten van Robert Weston. Het lijkt erop dat hij vorig jaar twee onbekende meisjes heeft benaderd, op dezelfde manier als Abbey.'

Ik lees over Lanes schouder mee. De berichtjes zijn vrijwel gelijk aan de paar die ik pas gelezen heb: op een toevallige ontmoeting volgt een luchtige mededeling dat hij iemand aantrekkelijk vindt.

'Hij heeft een vlotte babbel', zeg ik. 'Bekijk die sociale media maar verder. Probeer erachter te komen waar hij uithangt.'

Lane knikt. 'Een beetje griezelig wel, vind je niet?'

Ik pers mijn lippen opeen. 'Dat weet ik nog niet zo, maar omdat hij maandag de stad heeft verlaten, lijkt het verdacht.'

'En dinsdag is Aiden 'm gesmeerd.'

'Ja, dat ook nog.' Ik wrijf in mijn ogen. 'Ik begin wel te twijfelen aan Aidens alibi.'

'Dat is toch vrij solide', aarzelt Lane.

'Het alibi van zijn busje zeker; we weten dat het Sydney in en uit is gereden vanwege de tolpoortjes, maar stel dat hij niet zelf reed? Stel dat hij de hele tijd in Fairhaven was?'

'Maar wie bestuurde zijn busje dan?'

'Geen idee,' zeg ik, 'maar ik vind wel dat we nog even door moeten spitten. Misschien waren de broers niet zo close als het lijkt.' Mijn gedachten gaan terug naar de zaak-Nicki Mara en mijn bezoekjes aan haar vader, Lucas. Hij was echt verdrietig, maar daarachter ging de waarheid, de belangrijkste aanwijzing schuil: zijn rol bij haar verdwijning. Zou dat ook bij Aiden Fletcher het geval zijn?

'En als hij niet in Sydney was, kan hij op zaterdagavond ook hier zijn geweest', voeg ik eraan toe.

'Er is in Sydney met zijn creditcard eten betaald', brengt Lane me in herinnering. 'En getankt.'

'Weet ik, en het loopt misschien op niets uit, maar probeer of je aan bewakingsbeelden kan komen van de tijd dat die creditcard gebruikt is. Ik weet veel liever zeker dat hij niet hier was dan dat ik het aanneem.'

Lane knikt en kruipt weer achter zijn computer.

Ik loop even snel door Aiden Fletchers Facebook- en Instagrampagina's plus zijn e-mails. Hij doet vrijwel niets op sociale media; zo nu en dan post hij surffoto's en sporadisch deelt hij artikelen over klimaatverandering. Wanneer ik nog eens luister naar het bericht dat Rick zondagavond op de voicemail van de politie had ingesproken, bedenk ik opeens dat Aiden zei dat hij Rick die middag had gebeld, na Daniels bezoekje.

Ik pak Aidens telefoongegevens erbij. 'Hadden de broers een vaste telefoon?' vraag ik Lane. 'Misschien op naam van hun ouders?'

'Wat?' vraagt Lane, aan Robert Westons onlinewereld gekluisterd. 'Eh, nee... nee, geen vaste lijn.'

'Nou, dan heeft Aiden gelogen.'

'Waarover?'

'Aiden beweerde dat hij het zondag met Rick over Daniel Clark heeft gehad, maar er is geen telefoontje tussen de twee geweest.' Ik laat mijn blik weer over de rijen met gesprekken en sms'jes gaan. 'Niet op hun mobieltjes tenminste. Volgens deze lijst hadden ze elkaar al langer dan een week niet gesproken.'

Lane keert zich om. 'Dat is vreemd.'

Dan wordt het me ineens duidelijk. 'Volgens mij gebruikten ze wegwerptelefoons. Iets anders kan het niet zijn. De officiële telefoongegevens zijn te karig en te onregelmatig. Er wordt beweerd dat de broers erg close waren, maar volgens deze lijsten hadden ze maar heel weinig contact.' Ik trommel met mijn vingers op het bureau en denk hardop. 'Dus waarom onder de radar opereren? Drugs? Diefstal? Iets anders? Mogelijk waren Rick en Aiden met een zaakje bezig dat uit de hand liep? En was Abbey misschien onbedoeld de dupe?'

Lane knikt langzaam. 'Tommy meent dat Daniel degene is die Rick heeft aangevallen.'

'Heb je met Tommy over de zaak gepraat?' vraag ik zo neutraal mogelijk.

'Niet echt', hakkelt Lane. 'Ik ben alleen maar bij hem langsgegaan, gewoon om te kijken of het goed met hem ging, en toen kwam het even ter sprake.'

Ik voel een golf frustratie, maar kan Lane geen standje geven zonder heel kinderachtig over te komen. Ik kijk weer naar het samenstel van gegevens op het overzichtsbord. 'Misschien wist Rick dat een van zijn drugsmaatjes Abbeys fiets bij het feest had gepakt en loog hij daarom dat hij haar ermee weg had zien rijden.'

Dat overweegt Lane een moment. 'Tja, is mogelijk. Ze kan zijn gevolgd op weg naar het politiebureau.' Hij zwijgt weer. 'En toen ze er vertrok.'

Paniekerig por ik met een voet in het vloerkleed. God, wat wil ik haar graag vinden. De gedachte aan nog een afgrijselijke afloop is ondraaglijk. Nog erger: de gedachte hier straks weg te gaan zonder antwoorden.

'Ik begrijp nog steeds niet waarom ze midden in de nacht een lift naar huis afsloeg', zeg ik. 'Ze zal wel niet hebben gewild dat jij wist waar ze van plan was naartoe te gaan.'

De deur van het kantoor zwaait open en De Luca en Grange komen binnenlopen. Ze brengen de dood met zich mee: de scherpe lucht van chemicaliën en de ondefinieerbare geur die alleen in mortuaria hangt.

Ik wijs naar de vergaderzaal. 'Mooi dat jullie terug zijn. Overleg over, wat zullen we zeggen, vijf minuutjes? We hebben nieuws voor jullie.'

Ze bewegen zich niet.

'Wat is er? Is er iets gebeurd tijdens de autopsie?'

'We hebben de beelden van de gemeente gekregen toen we terugreden', zegt De Luca.

'Eindelijk', zeg ik. 'Hebben jullie er al wat van kunnen bekijken?'

'Ja.' De adamsappel van Grange zwelt in zijn hals. 'Ze staat erop. Abbey.'

Woensdag 13 april, 16.58 uur

'Staat Abbey op de beelden?'

'Inderdaad', zegt Grange.

Lane zet grote ogen op. 'Waar?'

'Op de hoofdstraat.'

Ik wijs naar de vergaderzaal. 'Wanneer je het even uploadt, dan kijken we met z'n allen.'

We drentelen achter elkaar aan het benauwde zaaltje binnen en wachten ongeduldig terwijl Grange met zijn laptop prutst en een paar kabeltjes op de oude verrijdbare tv-set in de hoek aansluit. De hoofdstraat van Fairhaven verschijnt in beeld. Grange schuift de tijdbalk naar het stuk dat op veertien minuten na middernacht is opgenomen – daar komt Abbey aan. Haar lange, dikke haar hangt los, zodat we haar gezicht moeilijk kunnen zien, maar zelfs op de brokkelige beelden ziet ze er overstuur uit. Haar ogen zijn groot en ze beweegt schokkerig: de adrenaline giert duidelijk door haar lichaam. Ze rent midden over straat naar het begin van de strandovergang toe, daar waar Lane en ik vanmiddag zaten te eten. Dan verdwijnt ze uit het zicht.

'Speel nog eens af.' Ik knijp mijn ogen tot spleetjes als het beeld weer gaat lopen. Abbeys gejaagde houding lijkt voort te komen uit een soort oergevoel, maar er zit beslist niemand achter haar aan.

Grange ziet er nerveus uit. De Luca lijkt te peinzen. Lane ziet lijkbleek.

'Gaat het wel?' vraag ik hem.

'Ja hoor. Ik kan mezelf alleen wel voor mijn kop slaan dat ik haar niet thuisgebracht heb.' Hij grijpt naar zijn achterhoofd. 'Fuck', mompelt hij.

'Hoeveel beeldmateriaal is er nog?' vraag ik Grange.

'De gemeente heeft alles gestuurd van de periode die we hebben opgevraagd, maar er is maar één andere camera en die hangt een eind verder in de straat – voor de openbare toiletten bij de kerk – dus waarschijnlijk is er maar een uur of twee waar we wat aan hebben.'

Ik draai me naar Lane toe. 'Kun jij daar nu aan beginnen? Uiteraard wil ik weten of Abbey nog eens verschijnt, maar ik wil ook een tijdcode en signalement van elke auto en iedere persoon die langskomt. We moeten iedereen die in de buurt is geweest die avond, te spreken krijgen.'

Ik sta stijf van de spanning. Fairhaven lijkt onmetelijk: ingeklemd tussen de oceaan en oneindig bushland. Ze kan overal en nergens zijn. Het gebazel van Meg Jarvis op het strand galmt door mijn hoofd. Als ze Abbey werkelijk ergens begraven hebben, vinden we haar waarschijnlijk nooit.

Grange geeft zijn laptop en nog een andere usb-stick aan Lane, plus een handvol kabels. Die stapt met een verbeten gezicht naar het kantoorgedeelte.

'En, hoe was de autopsie?' vraag ik aan de anderen, nog steeds met bonkend hart.

'Behoorlijk confronterend', antwoordt Grange serieus.

'Wat zei Lamb?'

'Kennelijk was Fletcher kerngezond toen hij doodging', begint Grange.

'Mick gaat ervan uit dat er een stuk tuingereedschap als wapen is gebruikt, waarschijnlijk een moker', zegt De Luca cru. 'Of de zijkant van een bijl.'

'Allemachtig.'

'Inderdaad.' Ze slikt.

'Denkt Lamb nog steeds dat Abbey het gedaan kan hebben?' vraag ik.

De Luca knikt langzaam. 'Hij kan het niet uitsluiten, maar het lijkt hem onwaarschijnlijk. Er was flink wat kracht nodig voor de eerste klap.' Ze zwijgt even. 'En trefzekerheid. Mick wil nog wat meer analyseren en testjes doen. Hij zal contact opnemen met de Fletchers, want de begrafenis kan dan later pas.'

Abbey die Rick met een mokerslag velt: ik kan het me niet voorstellen, maar ik heb in mijn werk al zoveel onbegrijpelijks meegemaakt dat ik de mogelijkheid nog niet afschrijf, hoezeer die ook tegen mijn gevoel indruist.

'Het wapen was in ieder geval niet op de plaats delict,' gaat De Luca verder, 'maar het lijkt erop dat er een stuk gereedschap van Rick weg was. De moordenaar kan het met zich meegenomen hebben.'

'Dat zou betekenen dat de moordenaar er zonder wapen naartoe gegaan is, terwijl het er toch op lijkt dat de aanval opzet was', opper ik.

'Het kan er ook op wijzen dat de moordenaar Rick goed genoeg kende om te weten dat hij veel gereedschap had', zegt De Luca. 'Dat was waarschijnlijk minder riskant dan zelf iets meenemen.'

'Goed punt', zeg ik. 'Al moest de moordenaar het dan nog steeds mee terugnemen.'

De Luca haalt haar schouders op. 'Klopt. Mick zei dat Rick geen verdedigingswonden had. De dader verdeed zijn tijd niet. Eén felle tik op zijn achterhoofd, daarna drie tegen zijn slaap. Na de tweede slag was Rick al vrijwel zeker bewusteloos en na een paar minuten moet hij al klinisch dood zijn geweest.'

Ik probeer me de vluchtige angstflits voor te stellen voordat Rick wegzonk in eeuwigdurende vergetelheid. Zou hij überhaupt wel iets gemerkt hebben?

'Aiden kent het huis als zijn broekzak', zeg ik. 'Abbey ook.'

De Luca slaat haar armen over elkaar. 'Denk je dat die twee onder één hoedje spelen?'

'Dat weet ik niet. Ik begin me af te vragen of het geen act was dat Aiden maandag naar het huis kwam. Mogelijk dacht hij dat een kort optreden als rouwende broer hem van de verdachtenlijst kon houden, en het bovendien aannemelijker zou maken dat hij was gevlucht omdat het hem allemaal te veel werd.'

'Maar heeft hij dan geen waterdicht alibi? Hij zat toch in Sydney?'

'Daar twijfelen Lane en ik aan', zeg ik. 'We zijn van plan nog wat verder te spitten, zien of dat nog wat oplevert.'

De Luca bijt op haar lip en kijkt weer naar de tv. 'Denk je dat Aiden en Abbey wat met elkaar hadden?'

'Tja, ze zullen elkaar geregeld hebben gezien. Het is vast niet de eerste keer dat iemand op de vriendin van zijn broer valt.'

'Aiden zal zijn broer toch niet hebben afgemaakt vanwege een tienerverliefdheid?' zegt Grange.

De Luca's wenkbrauw schiet omhoog, maar ze reageert verder niet. Ze kijkt langs me heen, en ik begrijp dat ze verschillende theorieën tegen het licht houdt. 'Misschien is Rick erachter gekomen dat Abbey was weggelopen en Aiden haar heeft geholpen.'

'Zou kunnen.' Ik vertel over Aidens bewering dat hij Rick op zondag heeft gebeld, die niet lijkt te kloppen. 'Misschien hebben ze elkaar wel gesproken en ruzie gekregen. Het kan ook dat er geen telefoongesprek op de lijst staat omdat ze elkaar hebben ontmoet. Wie weet ging daar het gemiste telefoontje van Rick naar het politiebureau over. Misschien wilde hij zijn broer wel aangeven. En Abbey.'

We zwijgen, en ik weet dat we allemaal aan dat gemiste telefoontje van Rick denken, en hoe anders alles zou zijn verlopen als hij die avond met Tran had gepraat.

'Goed dan', zeg ik en maak een eind aan ieders eindeloze overpeinzingen. 'En het toxicologisch onderzoek? Is er al iets definitiefs te melden?'

'Mick kijkt of het hem lukt het ons morgen te sturen', zegt De Luca. 'Op basis van Ricks maaginhoud kon hij al wel zeggen dat hij de avond ervoor whisky had gedronken.'

Grange trekt een vies gezicht. 'Dat was te ruiken.'

'Hij zei ook dat hij wat drugsgebruik vermoedde – iets over de toestand van Ricks bloedvaten en tanden', zegt De Luca.

'Maar waar zijn die stomme drugs dan?'

Ze gapen me allebei aan.

'Waren er sporen te zien op Ricks lichaam? Wat dan ook?'

'Tot zover niet. Ze gaan ervan uit dat de moordenaar in de slaapkamer en de keuken is geweest. De technische man met wie ik heb gesproken, zei dat sommige oppervlakken wel schoongeveegd leken.'

'Super', zeg ik geërgerd. Om de een of andere reden ben ik verbaasd: blijkbaar had ik niet verwacht dat een suffe kruimelcrimineel dat van tevoren zou hebben bedacht. 'En Ricks telefoon? Heeft die iets opgeleverd?'

'Niets', antwoordt De Luca. 'Maar er was wel iets vreemds met die gegevens. Tot een maand geleden gebruikte Rick dinsdags zijn telefoon amper.'

'Hoe bedoel je?'

Ze schokschoudert. 'Net alsof hij dan compleet offline is. Soms stuurde hij Abbey 's ochtends een berichtje dat hij haar kwam ophalen, maar dat was het wel zo ongeveer.'

'Was hij dan niet gewoon aan het werk? Of misschien gebruikte hij dan een andere telefoon. Zoek even uit wanneer hij een dienst in de pub draaide.'

De Luca leunt achterover in haar stoel met een arrogant trekje om haar mond. 'Goed hoor, maar dat zegt toch niks. Hij werkte meer dan één dienst in de week, en verder heeft hij niet zulke hiaten in zijn telefoongedrag.'

'Nou,' zeg ik overdreven geduldig, 'het moet wel met zijn baan in de pub te maken hebben als het een maand geleden ophield, zoals jij zegt. Want dat was toen het enige wat er voor hem veranderde, toch? Laten we eens een paar andere theorieën proberen.'

'Jongens!' roept Lane vanuit het andere vertrek. 'Kom eens kijken.'

We drommen met zijn drieën rond zijn computerscherm, waar hetzelfde stuk hoofdstraat te zien is als op de beelden die we eerder hebben bekeken. Hij heeft de video stilgezet op 0.31 uur. Lane drukt op 'play' en de bomen wuiven in de wind. Na een paar seconden verschijnt er een man in een donkere spijkerbroek en een wit T-shirt. Met zijn handen in zijn zakken loopt hij met snelle passen aan de kant van de weg vanuit de richting waar we zonet Abbey zagen aankomen. Het beeld is korrelig en zijn gezicht wazig, maar doordat hij een paar maal over zijn schouders kijkt komt hij gejaagd over. Even later begint hij te rennen.

'Spoel eens terug', zeg ik, wat Lane doet.

We zien de man weer over straat lopen en daarna uit beeld rennen.

'Inzoomen', blaf ik.

We staren met z'n allen naar het vage beeld. Ik speur zijn blote armen af naar een tatoeage maar zie niets.

'Kent iemand deze man?'

Ze schudden hun hoofd.

'Nou, zoek dat uit. Laat de beelden analyseren. Vraag of ze het bestand kunnen bewerken zodat we een goede foto van zijn gezicht krijgen. Het kan me niet schelen, al moeten we er de hele stad mee rond – we moeten erachter komen wie dit is.'

Ik pak mijn tas en stop mijn waterflesje er zo haastig in dat ik op het bureau mors.

'Ik moet weg. Kun je me de stills sturen voor je naar huis gaat?'

Ik ben halverwege de vergaderzaal als ik de voordeur open hoor zwaaien.

Daar zijn Georgina en Ian Fletcher weer.

'We hebben jullie iets te vertellen', zegt Ian.

Woensdag 13 april, 17.49 uur

Georgina en Ian hebben het aardig geregeld. Doordat ze vorig jaar een groter huis hebben gekocht, konden ze hun wietteelt uitbreiden en er zo'n vijf keer meer aan verdienen.

'We kweken al jaren plantjes in de bush', zegt Ian zachtjes. 'Toen de kinderen klein waren ging dat makkelijk, maar het werd lastiger te organiseren toen ze ouder werden. We bedachten dat we een lap grond konden kopen en het vanuit huis doen, en dan goed, maar zonder dat de kinderen het merkten.' Hij kijkt naar me op met een wanhopige blik. 'Ze weten er niets van af. Daar zorgen we heel goed voor. Vandaar dat we verhuisden en de jongens in ons huis lieten wonen. Belinda woonde toen al samen met haar vriend. We wilden niet dat ze erbij betrokken raakten, en het was de beste manier om een behoorlijk inkomen te verdienen.'

'We wilden dat ze het beter zouden hebben dan wij vroeger', zegt Georgina terwijl er tranen op haar handen druppen.

'We hebben geen van tweeën onze school afgemaakt, vandaar dat we zo teleurgesteld waren toen Rick ermee stopte en in de pub ging werken. Dat was precies wat we niet wilden: altijd moeite om rond te komen, allerlei losse baantjes.'

'Als de klanten het niet bij ons kopen, dan gaan ze wel ergens anders heen', voegt Ian toe. 'We kunnen de vraag nauwelijks aan.'

'Alstublieft,' zegt Georgina, 'we doen echt niemand kwaad. We verkopen nooit aan minderjarigen. En het is maar hasj, iets anders hebben we nooit gedaan.'

Lusteloos ondervraag ik de Fletchers nog zo'n drie kwartier. Ik laat ze achter in de vergaderzaal, hand in hand als schoolkinderen, terwijl ik Lane op de hoogte breng zodat hij het team dat hun woning doorzoekt kan uitbreiden met de narcoticabrigade.

'Nou, jij wilde eens kijken of het iets opleverde', zegt hij. 'Dit lijkt me zeker iets.'

'Ja.'

Weer in de vergaderzaal leg ik de Fletchers uit hoe het nu verder gaat. Daarna blijf ik in de deuropening staan en kijk ze na. Aan het eind van de oprit staan ze stil; Ian omhelst zijn vrouw en ze snikt in zijn armen.

Ik slik de brok in mijn keel weg, ga ook naar buiten en stap in mijn auto.

Het universum speelt duidelijk een spelletje met me, want net als ik voor de drogist parkeer belt Mac. Ik laat hem bellen; het paniekgevoel van vanmorgen zwelt weer aan. Ik weet dat het kinderachtig is, maar ik kan nu echt niet met hem praten. Ik heb geen idee wat ik zeggen moet.

Ik sla het autoportier achter me dicht en stap de warme avond in. Ondanks de trage start tikt de temperatuur uiteindelijk bijna de dertig graden aan.

In de drogist wordt mijn komst door een luide bel aangekondigd. Aarzelend loop ik door het pad vlak bij de deur en probeer erachter te komen hoe de producten zijn ingedeeld. Op ongeveer de helft van de schappen staan allerlei merken zonnebrand.

'Hallo!' De verkoopster groet me zangerig. Ze buigt haar hoofd van links naar rechts om langs alle bordjes te kunnen kijken. 'Kan ik je ergens mee helpen?'

'Hoi', roep ik en ik duik weg achter een display. 'Nee, dank je.' Mijn hart begint te bonzen, ik ben opeens weer zestien en probeer te bedenken hoe ik condooms kan kopen zonder dat Mary Curtis, een vriendin van mijn vader, dat merkt. Ik volg dezelfde methode als toen:

ik neem een mandje en pluk lukraak dingen van de schappen die ik niet nodig heb. Hopelijk valt het aanstootgevende niet op tussen de rest.

Eindelijk sta ik dan voor de zwangerschapstesten. Ik pak de duurste.

Geen idee waarom ik zo nodig een test moet doen – ik weet toch al wat de uitkomst is. Ik ben al twee keer eerder zwanger geweest, dus ik herken de traagheid, de specifieke, allesverterende vermoeidheid. Maar die misselijkheid – die is nieuw.

'Dat is alles?' De vrouw lacht stalend als ze mijn aankopen scant. 'Je hebt heel wat spulletjes, zeg. Hoelang blijf je in Fairhaven?'

'Dat weet ik nog niet.'

'Prachtig. Het is hier in deze tijd van het jaar heerlijk. Niet zo druk als 's zomers. Je moet echt eens een boottochtje maken.'

Ze scant de zwangerschapstest maar babbelt onafgebroken verder over een zeeavontuur dat ze heeft geboekt voor later dit jaar.

'Dank je, dank je', mompel ik als ze mijn tasje geeft.

Ik vlucht de winkel bijna uit, ondertussen rommelend in mijn handtas om mijn sleutels te pakken. Met gebogen hoofd steek ik mijn hand dieper in de krochten van de tas en tast langs oude bonnetjes en visitekaartjes tot ik mijn sleutels voel en mijn auto openpiep. Als ik overeind kom bots ik bijna tegen iemand op die naast mijn autoportier staat, half verscholen achter de enorme SUV ernaast. 'O!'

'Ho, rustig maar.' Simon Charleston pakt zachtjes mijn ellebogen beet en laat zijn grijze ogen over het tasje van de drogist glijden.

Ik ruk me los uit zijn greep, zwaai het tasje achter mijn benen en hoop hartstochtelijk dat hij de zwangerschapstest niet door het dunne witte plastic kan zien.

'Je liet me schrikken', zeg ik boos.

Hij kijkt me verontschuldigend aan. 'Sorry, was niet de bedoeling. Ik kwam je vragen of je even tijd hebt voor een drankje. Ik moet met je praten.'

Ik stuur Vanessa een berichtje dat ik wat later ben terwijl Simon een tafeltje voor ons zoekt.

Cam lacht me stralend toe wanneer ik naar de bar loop. 'Wat mag het zijn, Gemma Woodstock?'

'Een biertje en een citroenlimonade graag.'

Zijn gezicht betrekt en hij kijkt de pub rond om te zien met wie ik wat ga drinken.

'Hoe is het met je?' Het klinkt oprecht gemeend. 'Gaat-ie?'

Ik wimpel zijn bezorgdheid weg met een vraag. 'Hé, het is wat op goed geluk, maar ken je deze man? Jij ziet toch zo ongeveer iedereen die in de stad rondloopt?' Ik hou mijn telefoon omhoog en toon hem de still van de bewakingsvideo.

Hij tuurt naar het scherm. 'Lastig te zeggen... ik kan zijn gezicht niet goed zien, maar die schoenen herken ik wel.' Hij wijst naar de hardloopschoenen van de mysteryman. 'Die zijn van Adidas, limited edition. Daar heb ik het op een avond met hem over gehad – ik heb iets met schoenen, vandaar dat ik er een opmerking over maakte. Als dat deze man was, dan is het een Brit. Zijn vriend heeft hier een paar weken achter de bar gestaan. Volgens mij stonden ze op het vakantiepark.'

'Weet je niet meer hoe hij heette?'

'Sorry,' zegt Cam schouderophalend, 'ik zou het je niet kunnen zeggen.'

'Kan het Robert zijn geweest?'

Cam zet de drankjes voor me neer en buigt zich naar voren, met zijn gespierde armen op de bar. Er krullen kastanjebruine haartjes boven zijn shirt uit. 'Zou kunnen. Volgens mij was het wel zoiets saais, ja. Hoezo, wat heeft hij gedaan?'

'Sorry, daar kan ik echt niet op ingaan.' Ik reik hem mijn creditcard aan, die hij wegwuift.

'Deze zijn van het huis, Gemma.'

'Dank je, Cam.'

'No worries. Geniet van je drankje.'

Ik voel zijn ogen in mijn rug prikken als ik met de glazen naar Simon loop. Ik betrap me op een licht heupwiegen.

'Wacht even', zeg ik. Ik schuif het biertje naar hem toe en pak mijn telefoon. 'Ik moet even snel bellen.'

'Ik ga nergens heen.'

Ik gooi er een bericht naar het team uit, dat de man op de video weleens Robert Weston kon zijn. En dat we dat moeten zien te bevestigen, gevolgd door een opsporingsbericht. Na een zijdelingse blik op Simon bel ik Candy snel.

'Candy, wat kun je mij over Simon Charleston vertellen? De journalist?'

'Hallo Gemma', zegt ze droog. 'Het gaat goed met me, fijn dat je het vraagt.'

'Sorry, maar ik heb een beetje haast. Ik zie hem zo.'

'Op een date?'

'Cándy!'

'Simon is oké. Hij schrijft goede artikelen, echt degelijk onderzoekswerk. Het is niet iemand die helemaal volgens het boekje werkt, hij is nogal eigengereid. Jullie tweeën zouden best een mooi stel zijn.'

'Ik zal het in gedachten houden.'

'Doe dat maar. Ik heb gehoord dat hij de meeste vrouwen bij Channel 7 al heeft gehad en nu aan Channel 9 is begonnen. Hij wil vast graag ook een rechercheur op zijn lijstje.'

'Maar hij is dus oké volgens jou?' vraag ik nog eens.

'Jawel hoor', bevestigt ze. Ze laat haar kauwgom klappen. 'Hou alleen je benen over elkaar.'

We hangen op en ik ga weer naar het tafeltje. 'Goed,' zeg ik, 'dit moet wel snel.'

'Nou ja zeg, ook proost', zegt Simon, die met zijn biertje tegen mijn glas limonade tikt. 'Maak je niet druk, ik weet dat je naar je zoontje moet. Ik zal het kort houden.'

'Hou mijn zoontje erbuiten graag.'

'Ik wilde alleen maar iets aardigs zeggen, even contact maken.'

Ik rol met mijn ogen. 'Oké dan, ik zit hier nu, dus zeg het maar.'

Simon gaat rechtop zitten. 'Je logeert nu bij Tommy Gordon, toch?'

Mijn blik dwaalt naar de bar. Cam staat cocktails te maken, maar ik zie dat hij naar ons kijkt.

'Volgens mij gaat dat jou niks aan.'

'Kende jij hem al voor je hierheen kwam?'

'Helemaal niet. Een vroegere collega van me kent hoofdinspecteur Gordon, maar zelf had ik hem niet eerder ontmoet.'

Dat lijkt Simon wat gerust te stellen. 'Waarom zit je daar dan? De politie zal toch zeker een eenvoudig hotel wel voor je willen betalen? Maandagavond zat je hier – waarom ben je verkast?'

'Het kan zijn dat ik in herhaling val, maar dat gaat je niks aan.'

'Het is vreemd.'

'Je zat hier zelf maandagavond ook.'

Hij opent zijn mond om te antwoorden maar stopt dan enigszins verward. 'Ik zit hier altijd. Maar Gemma, toe nou, zeg eens waarom je naar de Gordons bent gegaan.'

'Volgende vraag.'

Hij heft zijn handen. Er zit een schuimsnor op zijn bovenlip. 'Ik ben niet nieuwsgierig hoor, echt niet.'

Ik kijk hem smalend aan. 'Toe nou, zeg.'

Hij glimlacht, en ik kan een lachje niet binnenhouden. 'Oké, ik ben altijd nieuwsgierig, maar dat is nu niet aan de orde.'

'Mooi. Wat dan wel?'

'Ik geloof dat er iets vreemds aan de hand is met het auto-ongeluk van Tommy Gordon.'

Verrast zet ik mijn glas neer. 'Hoe bedoel je dat?'

'Er kloppen een paar zaken niet.'

'Zoals?'

'Nou, om te beginnen is er geen behoorlijk onderzoek gedaan. Toen de melding binnenkwam was Abbey Clark net als vermist opgegeven, en daar was het hele bureau druk mee. Tommy heeft zijn vrouw vanaf de plaats van het ongeluk gebeld en zij is hem komen ophalen.'

'Is Vanessa met hem naar het ziekenhuis gereden?'

'Vanessa is met hem naar húís gereden. En de auto is pas op maandagavond weggesleept.' Simon neemt zenuwachtig een slokje bier en kijkt me verwachtingsvol aan.

'Oké. Dus de plaats van het ongeval is pas later opgeruimd. Niet ideaal, maar het was een crash met één enkel voertuig, zonder dodelijke afloop, dus getuigenverklaringen waren niet nodig. Tommy heeft Vanessa waarschijnlijk alleen maar gebeld omdat hij een eigenwijze oude vent is die het vertikt om hulp te vragen.'

'Misschien. Maar ik ben de plek zelf wezen bekijken.'

Ik sla mijn armen over elkaar. 'De detective uithangen zeker?'

Hij haalt zijn schouders op. 'Niemand anders deed het.'

'En, wat heb je ontdekt, Sherlock?'

'Niet veel,' geeft hij toe, 'maar naar wat ik had gehoord beweerde Tommy dat de zon in zijn ogen scheen, er een kangoeroe voor zijn auto sprong en hij plotseling moest uitwijken. Ik ben er de volgende dag naartoe gegaan, op precies hetzelfde tijdstip waarop hij volgens hem was gecrasht. Het is onmogelijk dat de zon toen in zijn ogen heeft geschenen.'

Ondanks mezelf vind ik dit toch wat verontrustend. 'Herinneringen aan een ongeluk kloppen soms niet met wat er echt is gebeurd. Misschien bedoelde hij gewoon dat het zonnig was.'

'Mogelijk. Maar naar mijn weten zijn er geen kangoeroes daar, en ik neem die weg vaak.' Er sluipt een stuurs toontje in zijn stem. 'Neem maar van mij aan: er klopt iets niet.'

Ik haal diep adem en neem hem eens goed op. Het is een knappe man, maar van de morsige soort. Er zitten koffiespetters op de kraag van zijn overhemd en hij heeft inktvlekken op zijn vingers. Een spiertje trilt in de tere huid onder zijn rechteroog. Ook al heb ik zo mijn reserves, hij komt oprecht op me over.

'Ik heb het met Tommy over je gehad', zeg ik. 'Ik kreeg niet de indruk dat jullie dikke vrienden zijn.'

Hij kijkt chagrijnig. 'Tommy kan niet zo goed met kritiek omgaan.' Simon zwijgt, kennelijk overweegt hij of hij daar meer over kwijt wil. 'Een jaar of tien geleden heb ik een artikel over de aanpak van een vermeende moordzaak geschreven. Daarin kwam de politie er niet al te best vanaf. Tommy's voorganger was razend, en hijzelf ook. Vorig jaar heb ik weer een kritisch stuk geschreven, over dat hij voortdurend wegkijkt bij bepaalde problemen in de regio – daar was hij ook niet blij mee.'

Ik por met mijn rietje tegen een ijsblokje en bedenk wat ik hierop moet zeggen. Uiteindelijk probeer ik de hele toestand maar te omzeilen. 'Ja, ik heb je oude artikelen gelezen', zeg ik schamper. 'Ongelooflijk dat je toen al journalist was. Je zou denken dat je tien jaar geleden nog een luier droeg.'

'Ik tel meer lentes dan me is aan te zien. Net als jij.'

'Ik moet ervandoor', zeg ik en schuif mijn half leeggedronken glas naar hem toe. 'Ik begrijp dat je bezorgd bent, maar zoals je weet hebben we ten minste één moordonderzoek lopen, misschien wel twee, en dat gaat natuurlijk voor.'

'Natuurlijk', zegt Simon, milder nu. 'Het is verschrikkelijk, nog zo jong allebei.' Hij drinkt zijn glas leeg en laat zich van zijn kruk glijden. 'Alleen wordt er al een tijdje gefluisterd dat Tommy zich niet zo om formaliteiten bekommert, en hier klopt gewoon iets niet.'

Ik buig naar voren; hij doet hetzelfde. Ik zie de lichte sproeten op zijn wangen, een vaag litteken door zijn wenkbrauw.

'Ik moet ervandoor', herhaal ik.

Ik zwaai naar Cam, die Simon nakijkt als hij me de parkeerplaats op volgt. 'Gemma,' dringt Simon aan, 'het minste wat je kunt doen is Vanessa vanavond vragen waarom ze Tommy niet meteen naar het ziekenhuis heeft gebracht. Vier uur is heel lang.'

Tran belt en ik neem demonstratief op, Simon met een handgebaar wegjagend.

'Gemma.' Door Trans toon bevriest mijn hand midden in het gebaar en ik vang Simons blik op. 'We hebben een lichaam gevonden.'

Woensdag 13 april, 20.32 uur

'Wat is er?' Simons ogen lijken te glanzen in het donker.

'Niets', zeg ik. 'Ik moet ervandoor.'

Ik scheur de parkeerplaats af terwijl hij daar met de handen in de lucht achter me aan staat te roepen.

Ik bel Tran via bluetooth terug. Net na achten heeft de Australische herdershond van een wandelaar een half begraven lichaam gevonden, zo'n twintig kilometer buiten Fairhaven. Eén arm van het slachtoffer was afgerukt en een stuk van het gezicht was weg, waarschijnlijk vanwege een schot. Een forensisch team is er nu naartoe en zal er tot in de nacht werk hebben.

'Het lijkt me onwaarschijnlijk dat het Abbey is.' Trans stem klinkt vreemd schel. 'Zo te horen is de staat van ontbinding daarvoor te vergevorderd, maar ik hou je op de hoogte.'

Onderweg naar de Gordons slingeren mijn emoties wild heen en weer tussen de wens dat het Abbey is en de wens dat ze het juist absoluut niet is. Ons werk wordt een stuk makkelijker als we haar lichaam vinden, maar dan is alle hoop vervlogen. Dan kunnen we alleen de poedelprijs nog maar binnenslepen dat haar gerechtigheid wordt gedaan. Geen Abbey en we verkeren nog steeds in onzekerheid, met het flintertje hoop dat alles nog op zijn pootjes terecht kan komen.

Vanessa had gevraagd of ik wat wilde eten, maar ik had helemaal geen trek, dus ik heb haar geholpen de restjes in Tupperwarebakjes te scheppen. Nu schenkt ze zichzelf nog een glas wijn in. Ben zit in de woonkamer met Charlie naar een film te kijken, iets met pratende dino's.

Ik hoor dat de wc in de gang wordt doorgetrokken, gevolgd door het geschuifel van Tommy die langzaam achter zijn looprek naar zijn slaapkamer gaat. 'Welterusten, dames', roept hij en ik zet onwillekeurig mijn stekels op. Al sinds ik thuis ben gedraagt hij zich vreemd tegen me; hij deed vaag en afwezig, vroeg me het hem van het lijf over de zaak en leek plotseling helemaal niet meer geïnteresseerd. Ik heb niets over het lichaam gezegd en hij ook niet, al weet ik zeker dat hij de melding heeft gezien.

Vanessa loopt de gang in en roept: 'Moet ik je naar bed helpen?'

'Nee,' zegt hij, 'dat hoeft niet, Ness. Ik moet me zo onderhand weer zelf zien te redden.'

Ze slaat haar armen over elkaar. 'Nee, je moet het rustig aan doen.'

'Geniet van je wijn, lieverd', zegt hij zangerig.

Dan keert ze zich weer naar mij en rolt met haar ogen, maar ik zie de bezorgdheid in haar blik. 'Die man wil nou nooit eens luisteren. Kom mee.'

Ik volg haar naar buiten. De temperatuur is gedaald, maar het is nog zacht. Een opossum schiet langs het tuinhek en krabbelt lawaaiig een boom in. Vanessa duikt onder de tafel om een citronellakaars aan te steken. 'De muggen kunnen flink tekeergaan in deze tijd van het jaar', zegt ze en ze strijkt haar haar achter haar oren. 'Wil je wat spray?'

'Het gaat wel.' Ik trek de mouwen van mijn spijkerjasje tot over mijn polsen en krul mijn benen onder me.

Nadat ze zich in de stoel tegenover me heeft laten zakken, neemt ze genietend een slokje wijn. 'Jeetje, wat ben ik moe!' Ze gaapt, slaat een hand voor haar mond en lacht. 'Sorry.'

Door haar warmte straalt ze openheid uit, maar ondertussen begin ik te voelen dat ze ook op haar hoede is. Ik vraag me af of Simon gelijk heeft. Misschien houdt ze inderdaad iets achter – verbergt ze iets.

'Ik hoop dat het een beetje ging met Ben vandaag', zeg ik. 'Het kan nogal een aanslag op je gestel zijn, oppassen op jongetjes van die leeftijd.'

'Die jochies barsten van de energie, hè?' Ze lacht opnieuw. 'Het is een positieve aanslag, hoor', benadrukt ze. 'Ik besef dat deze periode voor jullie allebei niet makkelijk is, maar ik vind het heerlijk om hem om me heen te hebben. Ik ben blij dat jullie allebei hier zijn. We zijn maar met z'n tweeën, dus dit is een welkome afwisseling.'

'Zo te zien heeft Ben het hier naar zijn zin.' Ik zwijg even. 'Maar misschien hou ik dat alleen mezelf maar voor.'

'Gemma...' begint Vanessa, en bijt op haar lip.

Ik kijk haar vragend aan.

'Ben vroeg vandaag of hij Jodie mocht bellen. Zijn stiefmoeder?' Vanessa kijkt me bezorgd aan. 'Hij kende het nummer uit zijn hoofd en ik heb gezegd dat het mocht. Ik neem aan dat het oké was dat hij haar belde?'

Mijn hart bonkt in mijn keel. 'Ja, natuurlijk is dat goed. Hij heeft de afgelopen twee jaar bij haar gewoond.' Ik neem te snel een slok water en ik verslik me. 'Ze is heel aardig', zeg ik schor.

'Ze hebben niet lang gepraat, maar ik kreeg het gevoel dat hij liever niet had dat ik het jou vertelde. Het lijkt me alleen verkeerd om iets voor je achter te houden.'

Ik werp een blik naar binnen. Ben wijst naar het scherm en zegt iets tegen Charlie.

'Ik wil niet dat hij níét met Jodie praat', zeg ik langzaam. 'Ik zou zelf vaker met haar moeten praten.'

'Jammer genoeg is het niet altijd zonneklaar hoe je moet omgaan met wat er echt toe doet.'

Ik denk aan de zwangerschapstest die ik onder in mijn koffer heb weggestopt. 'Klopt.' Ik ga verzitten en kijk haar strak aan. 'Dat ongeluk van Tommy moet nogal eng zijn geweest. Ik hoorde dat jij met hem naar het ziekenhuis bent gereden?'

Ze neemt nog een slokje wijn. 'Ja, dat was afschuwelijk. Hij belde en deed of er niks ernstigs gebeurd was, maar toen ik er aankwam schrok ik me rot. Hij zat onder het bloed.'

'Maar je hebt geen ambulance gebeld?'

'Nou ja, ik wilde wel, maar je weet hoe Tommy is. Volgens hem was het echt niet nodig, en natuurlijk moet je hier veel langer wachten op een ambulance dan in de stad. Er wordt veel meer eigen initiatief verwacht.' Dat komt er nuffig uit, alsof ze denkt dat ik haar veroordeel.

'Maar uiteindelijk ben je met hem naar het ziekenhuis van Fairhaven gegaan, niet naar Byron?'

'Nou...' zegt ze na een vreemd lachje. 'Zoals ik al zei vond Tommy het ziekenhuis niet eens nodig! Hij had beslist geweigerd als ik hem naar Byron had willen brengen. Volgens hem zag het er veel erger uit dan het was, en hij wilde niet dat er mensen van de zoektocht naar Abbey af werden gehaald. Dus zijn we hiernaartoe gegaan. Ik heb hem zo goed mogelijk verzorgd. Ten slotte heb ik hem overgehaald zich door een arts te laten nakijken – ik vond niet dat hij zomaar naar bed kon.'

'Aha.'

Ze zet haar voeten op de grond en friemelt aan haar shirt. 'In ieder geval ben ik blij dat het goed met hem gaat.'

'Ja, zo te horen had het veel erger af kunnen lopen. Moest hij uitwijken voor een kangoeroe?'

Lachend klopt ze met haar handen op haar bovenbenen. 'Ja, dat geloof je toch niet? Tommy heeft een bloedhekel aan die beesten.'

We zwijgen een ogenblik en luisteren naar de insecten.

'Heb je altijd al in Fairhaven gewoond?' vraag ik.

'Tommy wel. Ik ben geboren in Brisbane en woon hier sinds mijn twintigste. We hebben elkaar ontmoet toen Tommy er een of andere cursus deed, en dat was dat.'

'Je was totaal overrompeld?'

Ze lacht opnieuw en krijgt weer wat kleur op haar wangen. 'Zo ongeveer, ja. Binnen een jaar zat ik hier.'

Ik heb ongemerkt mijn verhoorstem opgezet, en probeer wat

vriendelijker te klinken. 'Hebben jullie nooit overwogen te verhuizen?'

'Niet echt. Tommy wilde hier altijd al chef worden. Hij houdt niet zo van het gedoe bij de grotere korpsen. En een jaar of negen geleden stapte de vorige hoofdinspecteur plotseling op en kreeg Tommy de kans om op te klimmen. We gaan nu niet meer weg. Misschien is het je al opgevallen, maar Tommy is nogal vastgeroest.'

'Was dat die zaak met de verdwenen tieners? Daar heb ik op internet over gelezen.'

'Ja.' Ze zucht. 'Greg en Sally. Ik heb Sally twee jaar in de klas gehad. Wat een engel! Haar ouders wonen hier nog steeds; ze sjokken als zombies door de stad. Volgens mij durven ze niet weg hier – voor het geval ze terugkomt, snap je. Vroeger kwamen ze de hele tijd bij ons om met Tommy te praten, dat raakte hem heel erg.'

'De onzekerheid is altijd het ergst', zeg ik. 'Mensen gaan eraan onderdoor. Ik wil dat bij Abbey voorkomen.'

'Zeker', mompelt Vanessa.

'Ik heb de uitkomst van het vooronderzoek gelezen. Ze menen dat Greg Sally heeft gedood en de stad uit is gevlucht.'

'Dat heeft Tommy nooit geloofd', zegt Vanessa. 'Hij en de hoofdinspecteur hebben veel ruzie over de zaak gehad. Ze waren het er hartgrondig over oneens.'

'Tommy geloofde dat hun allebei wat was overkomen?'

Vanessa knikt weifelend. 'Er is nooit een spoor van ze gevonden, en Gregs auto was weg. Vandaar dat veel mensen meenden dat ze er samen vandoor waren gegaan. Maanden later kwamen er meldingen dat ze gezien waren in plaatsen als Broome en zelfs Adelaide, maar volgens Tommy waren die vals. Al hun spullen lagen nog hier, en Sally zou bruidsmeisje zijn op de bruiloft van haar zus, de week erna. Haar familie heeft altijd volgehouden dat ze die nooit vrijwillig zou hebben gemist.'

'Wat is er volgens jou gebeurd?'

'Er is hun vast allebei iets overkomen. Er gingen verhalen over een seriemoordenaar die zich in de bush schuilhield.' Vanessa kijkt op naar de smalle maansikkel. 'Ergens klinkt dat aannemelijker dan dat Sally de grote dag van haar zus zou missen.'

'Had Tommy een verdachte op het oog?'

'De zaak heeft het korps bijna verscheurd. Er was heel veel kritiek van de pers. Tommy kreeg ruzie met de voormalige chef en toen hij eenmaal zelf aan het hoofd stond, was het een cold case geworden. De hele kwestie heeft hem nogal aangegrepen – hij begon aan zichzelf te twijfelen. Daar kwamen nog gezondheidsklachten bij, en hij stond onder enorme druk. Zijn eerste paar jaar als chef waren heel pittig voor hem.'

Ik hoor aan haar stem dat die jaren ook pittig voor haar zijn geweest.

'Waarom is zijn voorganger weggegaan?'

'Dat heeft hij nooit gezegd, maar ik denk dat hij Fairhaven gewoon zat was. Bovendien kwam hij uit een rijke familie die in de vastgoedprojecten zit. Het laatste wat ik ervan heb gehoord is dat hij voor het familiebedrijf is gaan werken.' Vanessa walst het restje wijn in haar glas rond. 'Denk je dat Abbey dood is?'

'Ik ben er niet zeker van, maar er is een grote kans dat ze zaterdagavond is gedood.'

Vanessa knikt, haar lippen samengeknepen. 'Ik weet dat het raar klinkt, maar het lijkt of er altijd al een vloek op het kind rustte.'

'Heb je Abbey ook in de klas gehad?'

'Nee, maar ze hielp me 's zaterdags altijd in de supermarkt. Het leek me een aardige meid, heel beleefd. En ze was zo knap, met die prachtige huid en dat lange, donkere haar.' Vanessa trekt een mondhoek op. 'Waarschijnlijk het enige positieve dat ze van haar vader heeft.' Met haar vingertoppen schuift ze haar lege wijnglas over de houten planken van het tafelblad. 'Tommy zei het altijd tegen me wanneer de politie weer naar de Clarks was geweest, en dan lette ik extra op haar als ik de week erna naar de supermarkt ging. Gewoon, om haar te laten merken dat er mensen waren die om haar heen stonden.' Vanessa trekt haar vestje dichter om zich heen. 'Veel mensen denken dat Daniel dom is', zegt ze. 'Maar in feite is hij alleen maar gevaarlijk. Toegegeven, hij gedraagt zich lomp in gezelschap, en is vaak boos, maar gek genoeg is hij alleen gewelddadig wanneer er geen getuigen bij zijn. Hij is niet van gisteren. Ik weet dat Tommy hem dolgraag achter tralies ziet, en hopelijk gaat dat door de situatie met Rick nu lukken.'

Vanessa ziet er heel kwetsbaar uit. Het ligt op het puntje van mijn tong haar te vragen of er meer achter Tommy's ongeluk zit dan ze liet merken, maar ik laat de kans glippen. Ik krijg jeuk van het gezoem van een mug en het lukt me niet te ontspannen. Door het raam zie ik de titelrol van de film verschijnen.

'Moet Charlie naar huis gebracht worden?' vraag ik Vanessa. Ik kom overeind, opeens wil ik dolgraag binnen zijn, met de gordijnen dicht.

Vanessa leunt naar voren en tuurt naar de twee jongens die op de bank hangen. 'Ik heb Charlies moeder gezegd dat hij hier kan blijven. Ze kunnen het prima vinden samen, hè? Had ik wel gedacht. Charlie heeft een zus, maar die is veel ouder en studeert in Sydney, dus hij is in feite enig kind.'

'Je bent echt geweldig met kinderen', werp ik een balletje op omdat ik me afvraag of ze zelf graag kinderen had gehad.

Dat doet haar blijkbaar goed. 'Dat krijg je van dertig jaar onderwijs.'

Ik glimlach. 'Eerst lesgeven en dan kinderen krijgen, zo zouden meer mensen het moeten doen.'

'Je komt er vanzelf achter, Gemma. Of je moddert maar wat aan. Er zijn honderden manieren om kinderen groot te brengen, en volgens mij doen de meesten hun best. Je ex en jij hebben het tot nu toe prima gedaan met Ben. Het is zo'n gaaf knulletje.'

'Weet ik', antwoord ik, en recht mijn schouders. Als ik langs mijn spiegelbeeld in de ruit kijk, kan ik Ben slaperig zien lachen om iets wat Charlie heeft gezegd. 'Eigenlijk ben ik daar juist bang voor. Ik sta er nu alleen voor en ik wil niet dat ik het ben die hem verknalt.'

Nadat ik Ben naar bed heb gebracht bel ik eindelijk Jonesy terug.

'Je kan niet opeens offline gaan, Gemma', zegt hij bars. 'Anders ga ik me zorgen maken.'

'Het gaat prima, echt waar.'

'Het gaat niet prima, je hebt verdorie een moordonderzoek en een vermissing op je bordje.'

'U weet toch dat ik dan meestal het gelukkigst ben?' zeg ik schertsend.

Jonesy schraapt zijn keel, dus er komt een gevoelig onderwerp aan. 'Gemma, ik heb van Tommy over die opossum gehoord. Dat was je zeker niet van plan om aan mij te vertellen?'

'Inderdaad niet', zeg ik stijfjes. 'Eigenlijk hoopte ik dat we dit gesprek konden overslaan.'

Hij gromt onderdrukt. 'Ik had deze opdracht uit je hoofd moeten praten.'

'We weten allebei dat dat niet was gelukt. Trouwens, ik denk dat Ben het hier fijn vindt.'

'Ik ben blij dat het goed gaat met die kleine jongen, maar ik maak me ook zorgen over jou.'

'Hoe goed kent u Tommy?'

'Niet bijzonder goed. We zaten op een cursus samen, het klikte en we hebben daarna contact gehouden. Lucy en ik hebben later nog eens vakantie in Fairhaven gevierd, maar dat was jaren geleden. Ik heb hem toch zeker een jaar of vijf niet meer gezien. Wat vind je van hem? Ik hoop dat die ouwe knakker niet te bazig is.'

'Ik kan hem nogal moeilijk peilen', ontwijk ik de vraag.

'Ik kan me voorstellen dat hij lastig is. Het is een man van de oude stempel. Ik weet dat hij een poosje terug gezondheidsproblemen heeft gehad. Hij mag blij zijn dat hij Vanessa heeft, dat is een engel.'

'Ja, ze zorgt heel goed voor Ben.'

'We moeten naar bedje toe', zegt Jonesy gapend. 'Vergeet niet dat je een zware tijd achter de rug hebt, Gemma, en jouw halve kracht mag dan misschien bij anderen de turbostand zijn, eens moet ook jij toegeven dat er een grens is. Dus als die in zicht komt, wil je dan beloven dat je mij dat meldt?'

Ik kijk naar het verfrommelde drogisterijtasje op mijn nachtkastje en naar de twee oplichtende blauwe streepjes achter het plastic venstertje.

'Beloofd.'

Vijf dagen vermist

Donderdag 14 april, 6.16 uur

Ik word vol verwachting wakker; in gedachten zie ik het forensisch team hard aan het werk dat onder hun draagbare lampen de ontbindende menselijke resten in de bush bestuderen.

Ik reik langs Ben om mijn telefoon te pakken.

Tran heeft een berichtje gestuurd: *Ze is het niet. Het is een jongen uit Evans Head die sinds twee weken vermist is. Dale Marx. We kijken of er verbanden zijn, maar tot nu toe niks gevonden.*

Ik laat de telefoon op mijn borst zakken en staar naar het plafond, langzaam mijn onbewust ingehouden adem uitblazend. Het is Abbey niet. We weten nog steeds niets, maar er is tenminste nog een kansje dat ze in leven is.

Ik ontbijt met Ben en Vanessa. Tommy was ook al vroeg op maar hoefde geen ontbijt en zit domweg aan tafel met glazige ogen naar zijn iPad te turen.

In de auto naar het politiebureau komen er telkens gedeelten van mijn gesprek met Vanessa bij me boven. Ze hebben die oude onopgeloste vermissingszaak duidelijk niet goed aangepakt, en Tommy doet ontwijkend, maar ik ben er niet van overtuigd dat de zaak onder de complottheorieën valt, zoals Simon beweert.

Ik begroet Tim en Kylie, de twee jonge inval-agenten die net hun dienst overdragen.

De Luca komt binnen, met een fris gezicht en een indrukwekkend dossier over Robert Weston. Hij is negentien en heeft een tussenjaar voordat hij rechten gaat studeren. Geen strafblad, al heeft De Luca een rechercheur in het Verenigd Koninkrijk te spreken weten te krijgen die haar iets interessants vertelde: Robert moet in november voor de rechter verschijnen om te getuigen tegen een man die hem buiten bij een pub heeft aangevallen en zijn arm heeft gebroken. De rechercheur met wie De Luca had gesproken, meende dat Robert de aanval had uitgelokt doordat hij de vriendin van de man had lastiggevallen. De vriendin legt blijkbaar ook een getuigenis af, waarbij ze de ongewenste berichtjes die Robert haar heeft gestuurd als bewijsstuk indient.

'Volgens de Britse politie is Weston heel opdringerig. Het grenst aan stalking.' De Luca geeft me een paar printjes: een kopie van zijn paspoort, een paar screenshots van zijn socialemedia-accounts en foto's van zijn drie reisgenoten.

'Goed gedaan', zeg ik.

'Jij was degene die met het signalement aankwam', zegt ze afwijzend.

Onze blikken kruisen elkaar en opnieuw vraag ik me af in welke strijd ik onbewust terecht ben gekomen.

'Teamwerk hoor', zeg ik, en ik vang een nauwelijks zichtbare frons op.

Met de drie jonge agenten neem ik het rooster door dat ik voor vandaag heb vastgesteld: Grange gaat naar het ziekenhuis om bij dokter Eric Sheffield na te vragen of Abbey onlangs op een consult is geweest of een afspraak heeft gemaakt, terwijl Lane en De Luca met nog meer jongeren van het feest gaan praten. Zelf zal ik proberen op het vakantiepark Dot te spreken te krijgen vóór mijn afspraak om negen uur met William, James en Miles.

Ik zeg gedag als de anderen de vergaderzaal uit lopen, log in op het computersysteem en roep het dossier van de zaak-Gregory Ng/Sally Luther op.

Uit Vanessa's samenvatting weet ik al dat hoofdinspecteur Stuart Klein het onderzoek leidde. Ik googel hem en vind een artikel van Simon over zijn vertrek uit het korps. In het stuk staat dat hij om familieredenen naar Sydney verhuist en veel zin heeft in zijn nieuwe baan.

Tommy was toen brigadier en leidinggevende van Janet Rixon, op dat moment de enige agent in Fairhaven. Op Google vind ik dat Janet tegenwoordig samen met haar man een kleine duikschool in Evans Head runt. Op de website staat een biografietje met een foto erbij. Ze lijkt rond de veertig te zijn, heeft een vriendelijk rond gezicht en een kort, blond bobkapsel. Ik scrol door de website en sla steil achterover van de prijzen van duikarrangementen.

Het zal wel te vroeg zijn, maar toch bel ik Janets werknummer. Ik krijg een bandje met een opgewekte stem die uitlegt dat de duiklessen elke dag om zes uur beginnen en je voor informatie het best tussen vier uur 's middags en zeven uur 's avonds kunt bellen.

'Verdorie', zeg ik tegen het lege vertrek.

Ik vang mijn schimmige spiegelbeeld in het whiteboard op en kijk mezelf geërgerd aan. Wat had ik dan verwacht? Dat Janet me een aanwijzing uit een negen jaar oude onopgeloste zaak cadeau zou doen waardoor ik Abbey opeens zou vinden? Ik merk dat ik me blindstaar op het verleden, me laat afleiden door belegen aanwijzingen. Die neiging heb ik altijd gehad, want het is vaak makkelijker dan tackelen wat zich vlak voor mijn neus bevindt. Nadat ik Janets nummer in mijn telefoon heb ingevoerd verzamel ik mijn spullen, met ledematen zo traag als stroop.

Als ik in de auto zit gooi ik er snel nog een berichtje aan Mac uit, waarin ik het vele werk en een griepje als smoes voor mijn stilzwijgen geef. Dan zet ik mijn privételefoon uit en stop hem in het handschoenenvakje.

Tijdens het korte ritje voel ik me gespannen. Ben was stilletjes vanochtend, nog meer teruggetrokken dan tot nu toe deze week, en ik moest vechten tegen mijn tranen toen ik hem gedag zoende. Ik neem nog een slokje water en probeer blij te zijn dat ik vandaag in ieder geval niet kotsmisselijk ben.

In de bomen die uittorenen boven het vakantiepark zijn de vogeltjes druk in gesprek terwijl ik de receptie binnenloop. Kate Morse is aan het bellen en kijkt me vernietigend aan, maar ik zwaai alleen maar en loop door naar het gemeenschappelijke terrein. Het ruikt er niet langer naar riool, maar naar spek. Katy Perry knalt uit een draagbare radio die aan het hek van het zwembad hangt. Een meisje gilt het uit van plezier wanneer een magere tiener haar in het water dreigt te gooien. Er liggen een paar oude vrouwen op stretchers, hun gelooide huid glimt in de zon. Twee mannen met sombrero's op gaan de barbecue met metalen krabbers te lijf en schrapen de zwarte aanslag in een emmer.

Als ik het pad afloop zie ik de keurige tuintjes, de wasruimte en de douches. Voorbij de douches staat een rij stacaravans met uitgebreide aanbouwsels, daarachter is een groot grasveld waar tenten en campers op staan, met hier en daar een elektriciteitspaaltje waar nieuwe gasten voor anker kunnen gaan.

Een moeder en een zoontje van Bens leeftijd komen de douches uit. Zijn haar is zo licht dat het bijna wit lijkt, en hij heeft een vlekkerig verbrand gezichtje, waardoor ik meteen bedenk dat ik Vanessa nog eens moet vragen of ze Ben wel regelmatig insmeert. De moeder en ik glimlachen beleefd naar elkaar, waarna ik achter hen aan loop en de smalle, uitstekende schouderbladen van het jochie bekijk terwijl hij op zijn kop krijgt van zijn moeder omdat hij zijn zwemshirt was vergeten.

Ik buig af naar de chalets op de westelijke vleugel. Ik kom langs zes dichte deuren en dan bij een die op een kier staat, maar het blijkt al snel dat daar binnen niet wordt schoongemaakt, maar een stel knallende ruzie heeft over geld dat opeens niet op de rekening staat.

De deur van het volgende chalet wordt opengehouden door een schoonmaakkarretje, maar het is niet Dot die er binnen hard aan het werk is, maar een vrolijke roodharige vrouw. Ze heet Joy en vertelt me dat Dot in de wasruimte zou moeten zijn. 'Erg hè, van haar dochter', zegt Joy, die een hoeslaken strak om een matras trekt. 'En ook van die jongen. Het doet me denken aan de tijd dat dat jonge stel verdween; toen voelde iedereen in de stad zich net zo rot. Alsof het kwaad hier was neergestreken. Is het al bekend waar dat arme kind is?'

'Daar kan ik echt niets over zeggen', mompel ik verontschuldigend. 'Heb je Dot al gesproken vandaag?'

Joy buigt haar armen en zet haar handen op haar brede heupen. 'O, gewoon. Hoi, en natuurlijk zei ik dat ik het zo erg vond van haar dochter. Maar Dot is niet zo'n prater, best begrijpelijk.' Ze raapt een berg vuil linnengoed op en propt die in een wasmand. 'Trouwens, wat valt er over zoiets te zeggen? Je kan alleen maar voor d'r bidden.'

Ik bedank Joy en ga op weg naar de wasruimte. Een enkel peertje verlicht met moeite het vertrek, waar een zware lucht van wasverzachter en pluis hangt. De zoemende wasmachines lijken me ernstig aan te staren wanneer ik al roepend mijn hoofd om de hoek van een paar aangrenzende ruimtes steek, op zoek naar Dot. Net als ik weer naar buiten wil lopen verschijnt ze in de deuropening, haar gebogen gestalte in het tegenlicht, emmer in de ene hand, zwabber in de andere.

'O!' Haar hand vliegt naar haar keel.

'Ha Dot. Herinner je je me nog? Rechercheur Woodstock. Sorry dat ik je zomaar op je werk stoor, maar ik wilde je graag even alleen spreken.'

De schrik ebt weg en ze schuifelt naar het aanrecht, waar ze eerst alle schoonmaakspullen terugzet en me dan pas aankijkt. Haar borst gaat hijgend en piepend op en neer.

'Ben je voor het eerst weer aan het werk?' vraag ik luchtig om haar aan het praten te krijgen. Ik zou haar dolgraag willen helpen de moed te verzamelen om de waarheid te vertellen. Het is me nooit helemaal gelukt om het vertrouwen van Nicki's moeder Deirdre te winnen. Uiteindelijk durfde zij me niet toe te vertrouwen dat ze het vermoeden had dat haar man meer wist dan hij losliet.

Dots hoofd veert op en neer terwijl ze aan de zoom van haar oversized T-shirt frunnikt. 'Ja. We hebben het geld nodig.'

'Wat voor werk doet Daniel ook alweer?'

Ze knippert met haar ogen. 'Hij is monteur, maar de garage is failliet, dus momenteel doet hij losse klussen. En we krijgen een uitkering.'

'Dat is vast zwaar', zeg ik, terwijl ik me afvraag waarom ze niet naar haar dochter heeft gevraagd.

Ze zucht diep en haalt haar schouders op. Ze ziet er doodmoe uit.

'Dot, het spijt me maar er is nog geen spoor van Abbey.'

'Oké.' Haar handen beven.

'We zetten uiteraard alles op alles om je dochter te vinden.'

'Ja.' Ze slaat haar blik neer.

'Ik wil je een paar vragen stellen.'

'Dat heb je toch al gedaan?'

'Soms loont het om iets nog eens te bespreken. Soms blijken mensen zich de dingen dan anders te herinneren.'

Ze steekt haar kin met een onverschillig gebaar in de lucht, maar ontwijkt mijn blik.

'Daniel en jij bleven zaterdagavond met je zoons thuis nadat Abbey uitgegaan was?'

'Ja.'

'En Daniel is echt de hele nacht thuisgebleven?'

'Waar moet hij anders geweest zijn?'

'Het is belangrijk dat we dat zeker weten.'

'Hij was 's ochtends vroeg wakker', zegt ze na een ogenblik. 'Hij was het die had ontdekt dat Abbey er niet was. Hij zag dat ze niet op haar kamer zat en haar bed onbeslapen was.'

'En je weet zeker dat ze die nacht niet thuis is gekomen?'

'Ik sliep', zegt Dot stug. 'Ik heb niks gehoord.'

'En maandagmorgen was Daniel echt thuis?' Ik stel de vraag nadrukkelijker. 'Rond een uur of zes?'

'Ja', zegt ze, maar met onvaste stem.

'Daniel en Abbey hadden zaterdagavond ruzie, toch?'

Dots hand veegt langs haar neus, ze krabt aan haar schouder en richt haar blik overal heen, behalve naar mij. 'Ze hebben altijd ruzie, dat stelde niets voor.'

'Volgens mij stelde het wel wat voor. We hebben van verschillende kanten gehoord dat het er fel aan toeging, dat het misschien zelfs erger was dan anders.'

Haar hoofd schiet omhoog en haar ogen flitsen. 'Ik weet niet wat haar bezielt de laatste tijd. Ze was boos en gaf hem een grote mond. Laat nou zitten, smeekte ik haar, maar ze wilde niet naar me luisteren.' De tranen springen in haar ogen. 'Ze gaf hem een klap.'

'Heeft Abbey Daniel geslagen?'

Dot klemt haar kaken op elkaar terwijl de tranen over haar wangen stromen. 'Waarom fokt ze hem zo op, ze weet toch wel beter?'

'En hoe reageerde Daniel?'

Even hakkelt ze en dan zegt ze met trillende stem: 'Hij ging over de rooie maar ze liep zomaar weg.' Ze veegt de tranen van haar gezicht. 'Toen ging hij drinken.'

'Dot, is het mogelijk dat je man Abbey later die nacht wat heeft aangedaan? Misschien dat hij dacht dat ze dat verdiende na die klap.'

Luid sniffend recht Dot haar rug; de tijd voor bekentenissen is duidelijk afgelopen. 'Ik zie niet in hoe. Hij was de hele nacht bij me thuis.' Ze zet de emmer in de gootsteen en draait de kraan open. 'Ik moet weer naar de chalets toe', zegt ze boven het geklater uit. 'Kate betaalt maar voor twee uur, en ik moet nog heel wat kamers doen.'

'Dot, laat mij je helpen. Als Daniel iets gedaan heeft, kan ik ervoor zorgen dat jij en je kinderen bescherming krijgen. Dan ben je veilig.'

Ze kijkt me deels minachtend, deels nijdig aan terwijl ze telkens met spierwitte knokkels in de dweil knijpt. 'Mijn man is opvliegend, dat is bekend, maar hij houdt van zijn gezin.'

'Soms is dat niet genoeg. Als je maar weet dat er mogelijkheden voor je zijn. Ik wil dat je je veilig voelt.'

'O ja? Nou, misschien hoef ik die mogelijkheden van je niet. Iedereen denkt altijd maar te weten wat het beste voor me is.' Ze zwijgt even en gaat resoluut verder: 'Zaterdagnacht en maandagmorgen was Daniel thuis, bij mij.' Dan fluistert ze, met trillende lippen: 'We willen alleen onze dochter maar terug.'

'Ik heb het dossier gelezen, Dot. Ik weet wat er gebeurt als Daniel een woede-uitbarsting krijgt, zelfs als Abbey weer thuis is. En dat hoef je niet te pikken.'

'Laat me met rust', sist ze met haar handen bij haar oren. 'Ik moet je hulp niet.'

'Oké', zeg ik terugdeinzend. 'Oké dan, Dot. Ik ga al.' Ik voel me leeg vanbinnen als ik in het zwakke licht haar schaduw op de muur met de zware emmer zie zeulen. 'Nog snel een vraagje en dan ben ik weg.'

'En dat is?' zegt ze zuchtend en met opgetrokken wenkbrauw, en ik vang een glimp op van de vrouw die ze zou kunnen zijn als ze maar even de kans kreeg.

'Abbeys fiets. Dat was een cadeau van Daniel, zei ze. Had ze daarom gevraagd? Want ik heb begrepen dat het nogal een dure was.'

Dot kijkt verbaasd. 'Daniel had de pest aan die fiets. Die heeft hij niet gekocht, maar zij.'

Donderdag 14 april, 9.08 uur

Vanaf negen uur sta ik bij de receptie op William Mayne en zijn vrienden te wachten. Dan probeer ik de mobiele nummers van Kates briefje een paar keer. Gefrustreerd bel ik Lane. 'Ze zijn er niet', zeg ik als ik de schaduw van een boom opzoek.

'Ik had gezegd dat ze er om negen uur moesten zijn', bevestigt hij. 'Misschien slapen ze nog?'

'Misschien.' Ik zucht. 'Ik zal het bij Kate navragen. Hé, ik heb trouwens net met Dot Clark gepraat. Ze zei dat Abbey die fiets zelf had gekocht. Daniel had er blijkbaar niets mee te maken.'

'Vreemd', zegt Lane.

'Waarom zou ze tegen jou hebben gezegd dat ze hem van Daniel had?'

'Geen idee', klinkt het perplex.

'Ze zijn er niet, hoor', zegt Kate die langsracet als ik ophang. 'Ik heb ze een halfuur geleden naar het strand zien gaan. Met hun surfplanken. Ik geef ze geen ongelijk, de golven zijn geweldig vandaag.'

Ziedend storm ik naar de auto terug, terwijl ik Williams nummer nog eens probeer. Onderweg naar het strand belt Grange. 'Ja?' bijt ik hem toe. Ik kan zijn nerveuze woordenbrij er vandaag niet bij hebben.

'Ik ben in het ziekenhuis, maar Eric, de arts, zegt dat hij heel terughoudend is met het verstrekken van patiëntgegevens.'

'Allemachtig', snauw ik. 'Rick is dood en Abbey wordt vermist.'

'Ja, dat weet ik, maar volgens hem is er nog altijd sprake van beroepsge...'

'Ik ben er over tien minuten', kap ik hem af. 'Ik wil dokter Sheffield sowieso spreken.' Ik hang op.

De schuifdeuren van het ziekenhuis gaan open en Meg Jarvis komt naar buiten.

'Hallo', zeg ik.

Ze tuurt mijn kant op en doet met een van paniek vertrokken gezicht een stap terug, zodat vreemde gewaden om haar heen zwieren.

'Meg? Goed dat ik je tegen het lijf loop.'

De sluitende deuren komen met rare schokjes tegen ons aan. Meg kijkt me alleen maar aan. Haar wazige blik is zeer verontrustend.

'Ik wil nog even met je praten over wat je me een paar ochtenden geleden op het strand vertelde. Wil je op het politiebureau komen? Of kunnen we ergens afspreken?'

'Sorry, ik ken u niet', mompelt ze.

'Wacht', roep ik haar na als ze me voorbijloopt. 'Alsjeblieft, Meg!'

Ze haast zich bij me vandaan, in de richting van het huis van de Gordons.

'Rechercheur Woodstock.'

Ik draai me om. Dokter Eric Sheffield steekt zijn hand naar me uit.

'Is Meg Jarvis onder behandeling bij u?' vraag ik. 'Is ze uw patiënt?'

'Ik ken Meg', antwoordt hij diplomatiek. Hij draagt een overhemd en een nette bermuda met daaronder bruine, gespierde kuiten.

'Wat deed ze hier?'

Hij lacht een rij tanden bloot die zo wit zijn dat ze wel blauw lijken. 'Aha, we storten ons direct in de discussie over vertrouwelijke patiëntgegevens.' Hij pakt me bij de arm. 'Deze kant op – Damon zit hier.' Eric loopt snel en houdt me steviger beet dan volgens mij nodig is. Ik ruk me los en volg hem als hij langs de receptie loopt, waar een tengere verpleegster met groene glitteroogschaduw aan de telefoon zit, en zijn kantoor binnengaat. Daar zit Grange, op het puntje van een beige fauteuil zonder armleuningen.

Eric loopt om het bureau heen en ploft neer op een chique leren bureaustoel die hij naar voren rolt. Met zijn gebruinde vingers vormt hij een piramide. 'Goed om eens behoorlijk kennis te maken, rechercheur Woodstock. Ik had me eerder deze week al willen voorstellen, maar het is hier zo druk geweest en ik moest Tara, mijn vrouw, helpen met wat probleempjes in haar beautysalon. En bovendien knijp ik er over...' hij kijkt op zijn horloge, 'zeven uur een paar daagjes tussenuit. Ik ga kamperen met mijn oudste zoon voordat de paasdrukte losbarst.'

'U hebt de leiding over het ziekenhuis?'

'Ja. Ik heb hier zo'n vijf jaar lang een eigen praktijk gehad, maar ik was de enige huisarts en heb altijd de ambitie gehad iets groters op te zetten. Er zijn eventjes plannen voor de bouw van een algemeen ziekenhuis geweest, maar of de kans erin zat dat daar groen licht voor zou komen weet ik niet. En toen mijn moeder tien jaar geleden overleed had ik opeens de middelen en kon mijn luchtkasteel werkelijkheid worden. Het kostte een flinke smak geld, dus hopelijk is het het waard.'

'Hoeveel bedden zijn er?'

'Slechts tien, maar we kunnen veel meer aan. We doen vooral zaken in de zomer en tijdens schoolvakanties, zoals u zult begrijpen, als we veel poliklinische ingrepen afhandelen. Ik heb drie huisartsen in dienst. Bevallingen en risicovolle operaties doen we niet, maar wie weet? Ik droom groot.' Hij glimlacht. 'Het toerisme trekt erg aan hier, dus dat biedt kansen.'

'Dat klinkt allemaal heel positief – en prijzig', zeg ik. 'Maar agent Grange heeft u ongetwijfeld al uitgelegd dat we uw hulp nodig hebben. We denken dat Abbey Clark voor haar verdwijning bij een dokter is geweest of dat van plan was, en we menen dat het ons verder helpt als we weten waar dat over ging. We zijn blij met alles wat u kunt vertellen.'

Hij vouwt zijn handen en legt ze op het bureau. 'Ja, en zoals ík al heb uitgelegd, wil ik daar absoluut niets over kwijt. Die informatie is vertrouwelijk en ik weet vrijwel zeker dat jullie geen bevelschrift hebben.'

'Kunt u wel bevestigen dat ze hier patiënt was?'

'Dat zijn de meeste inwoners van Fairhaven', antwoordt Eric effen. 'De volgende huisarts woont meer dan dertig kilometer hiervandaan.'

'En Rick Fletcher?'

Hij lijkt even te twijfelen. 'Rick hebben we hier nooit gezien. Ik geloof dat ik dat wel kan toegeven. Fitte, gezonde jonge mannen schuwen me meestal als de pest.'

'Maar fitte, gezonde jonge vrouwen niet?'

'Geen commentaar.'

Zijn donkere ogen kijken me vanachter zijn bril strak aan. 'Dan hebt u Abbey Clark zeker nooit behandeld voor een verwonding waardoor u vermoedde dat ze mishandeld werd?'

Hij zucht. 'Ik heb net als iedereen de geruchten gehoord – maar nee, ik heb nooit de noodzaak gevoeld aangifte te doen.'

'Jonge meisjes hebben meestal maar een paar redenen om naar de dokter te gaan.' Ik tel ze op mijn vingers af: zwangerschap, anticonceptie, een soa of psychische problemen. 'We zouden erg geholpen zijn wanneer we konden vaststellen wat er in Abbeys leven speelde rond de tijd dat ze verdween.'

Sheffields blik gaat van mij naar Grange. 'Het spijt me, rechercheur Woodstock, ik wil niets liever dan dat Abbey wordt gevonden en ik begrijp dat het frustrerend is, maar ik ben al eens eerder in een dergelijke situatie verstrikt geraakt. Zoals ik al zei tegen Damon: dat nooit meer. Het is van levensbelang dat mijn patiënten mij en mijn medewerkers vertrouwen. Pas als u met een bevelschrift aankomt of er zicht is op een gerechtelijk onderzoek, wil ik mijn standpunt misschien herzien.'

We houden elkaars blik een ogenblik vast. Ik besef dat hij niet gaat toegeven, en al ergert me dat mateloos, als ik hem was zou ik precies hetzelfde doen.

Ik gooi het over een andere boeg. 'Aiden Fletcher werkt voor u.'

'Tot voor kort. Hij zei dat hij iets anders wilde doen – met zijn broer, geloof ik, en hij had het over een baantje in Sydney.'

'Vond u dat vervelend?'

Eric maakt een onverschillig gebaar. 'Nee, helemaal niet. Wel logisch, na drie jaar. Bovendien heeft Aiden voor vervanging gezorgd, dus we hebben er weinig van gemerkt.'

'En die heet?'

'Zach Dickson.'

'Wat doet hij precies?'

'Aiden heeft de functie geleidelijk uitgebouwd. Hij is begonnen in de kantine. Die is alleen tijdens het bezoekuur geopend, 's middags tussen vier en zes, en wordt nu door een paar scholieren gerund. Aiden deed zo'n beetje alle logistiek. Onderhield de lijntjes met de gemeente over de afvalverwerking, en hij hielp me zelfs met verzekeringen en contracten met energieleveranciers. Slimme jongen, hoor. "Operations assistant" zou je de functie kunnen noemen.'

'Kon hij bij de medicijnen komen?'

Eric wijkt achteruit alsof ik hem een klap heb gegeven. Grange schraapt zenuwachtig zijn keel. 'Nee, natuurlijk niet. Op dinsdag begeleidde Aiden de geneesmiddelenleveranties, dat doet Zach nu. Ik controleer dan zelf de voorraden en alle leveringen worden ingescand. We hanteren een strikt systeem, dat spreekt voor zich.'

'Dus u registreert alles wat erin komt en eruit gaat?'

'Ja, ik registreer alle medicijnen voor het ziekenhuis en de apotheek en vergelijk de aantallen met onze bestelformulieren. Daarna gaat mijn handtekening voor ontvangst per fax naar de leverancier.' Erics telefoon zoemt in zijn zak en hij werpt een blik op zijn horloge. 'Hoor eens, rechercheur Woodstock, komt u anders na dit lange weekend nog eens langs, dan neem ik het hele proces met u door.'

'Wie weet doen we dat', zeg ik. 'En mocht u ondertussen bedenken hoe er medicijnen uit uw ziekenhuis zouden kunnen verdwijnen zonder dat u dat merkt, laat me dat dan weten.'

Eric kijkt me ijzig aan. 'Natuurlijk.'

Hij staat op om de deur open te doen, en Grange lijkt opgelucht dat hij weg mag.

'Ik hoorde van Tara dat u bij de familie Gordon logeert', zegt Eric gemoedelijk.

'Dat klopt', antwoord ik zachtjes, omdat Grange vlakbij is.

'Hoe gaat het met Tommy?' vraagt Eric.

'Die lijkt aan de beterende hand. U hebt hem na zijn ongeluk toch behandeld?'

Tot mijn verrassing moet Eric lachen. 'Wat een nachtmerrie was dat.'

'Hoe bedoelt u?'

'De man is behoorlijk koppig, dat hebt u vast al gemerkt.'

Ik glimlach, blij dat het ijs iets gebroken is. 'Er is mij verteld dat hij helemaal niet naar het ziekenhuis wilde.'

'Nee.' Eric lijkt te twijfelen. 'Gelukkig is hij daarop teruggekomen. Hij was er beroerd aan toe. Maar goed, ik moet echt haast maken. Sorry dat ik niet meer voor u kon betekenen.'

Ik loop naar de deur en steek mijn hand uit.

'Succes met uw onderzoek.' Hij geeft me een stevige handdruk en fronst dan.

'Wat is er?'

'Hoelang is het geleden dat u uw bloedwaarden hebt laten onderzoeken?' Hij bestudeert me aandachtig, als met röntgenogen. 'Sorry, slechte eigenschap van me: ongevraagd een diagnose stellen.' Hij maakt een verontschuldigend gebaar. 'Maar pas een beetje op uzelf, rechercheur.'

Ik krijg het benauwd van zijn neerbuigende toontje. 'Ik moet ook weten waar u zich maandagochtend bevond. Kan iemand bevestigen waar u was?'

Hij laat fluitend zijn adem ontsnappen en kruist zijn gespierde armen voor de borst. 'Meent u dat?'

'Ja, alstublieft.'

'Ik was thuis bij mijn gezin,' zegt hij zuchtend, 'en daarna ben ik hierheen gegaan om mijn administratie bij te werken. Dat kan Tara bevestigen.'

'Hoe laat bent u van huis gegaan?'

'Rond zes uur.'

'En heeft iemand u hier gezien?'

'Dat weet ik niet zeker. Maar ik sta natuurlijk op de camerabeelden. Ik kan u de banden laten sturen als dat moet.'

'Dat zou fijn zijn, bedankt. En weet u waar u me nog meer mee kunt helpen?' vraag ik en ik stap bij hem weg. 'Kopieën van alle bestellingen van geneesmiddelen plus de recente boekhouding van het ziekenhuis.'

Eric reageert spinnijdig. 'Is dat echt nodig? Ik begrijp niet wat onze bedrijfsvoering met het onderzoek te maken heeft.'

Ik been de ontvangstruimte uit, terwijl Grange achter me aan dribbelt. 'Tja, daar komen we vast wel achter', roep ik over mijn schouder.

Donderdag 14 april, 11.46 uur

Grange en ik worden hier en daar vreemd aangekeken als we vlak langs de rijen zonnebaders over het strand lopen. De geur van zonnebrand mengt zich met een vlaag visafval, afkomstig van de pier. Ik hoor geklingel van een naderende ijskar, en een paar kinderen kijken op. Achter me loopt Grange te ploegen op zijn politielaarzen, maar ik hou mijn pas niet in. De strubbeling in het ziekenhuis heeft me opgefokt; ik moet mijn woede ergens op afreageren.

Een jonge moeder met twee mollige peuters, van top tot teen verpakt in badkleding, kijkt ons bezorgd aan. Ik glimlach om haar gerust te stellen. Er zijn zo'n honderd mensen op het stuk strand ter hoogte van de winkels. Onder andere omstandigheden zou ik misschien zijn gestopt voor een foto. Zelfs ik besef dat je het niet veel beter kunt krijgen: vlekkeloos wit zand, een staalblauwe lucht en al die perfectie bijeengehouden door de gloed van de zon. Een ouderwetse gettoblaster steekt in het zand en er dwarrelt een opgewekt popliedje door de lucht. De golven welven zich in de richting van de zonnebaders tot ze een meter of twintig voor de kust breken en in enorme halve cirkels over het laaggelegen zand stromen.

Met een hand boven mijn ogen tuur ik langs een drietal meisjes in bikini die een loopje met de zwaartekracht nemen, naar een groepje van drie cricket spelende jongens. Met een grappig gebaar werpt een roodharige jongen de bal, zijn vriend met het bat slaat er onder luid gejoel faliekant naast. Er liggen drie surfplanken bij een stapel badlakens in het zand. Ik vang een Brits accent op en herken een van de jonge mannen van De Luca's detectivewerk.

'Bingo', mompel ik. Ik loop om de meisjes heen, terwijl Grange nog steeds achter me aan sjokt. 'William Mayne?' roep ik als de cricketbal voor mijn voeten in het zand terechtkomt.

'Argh!' De slagman laat zich op de grond ploffen. Hij heeft dikke strepen witte zinkcrème op zijn neus en wangen. 'Wat ben jij toch een kloothommel', roept hij naar zijn vriend.

Ik werp hem de bal toe. 'Ben jij William Mayne?'

'Nope, sorry. Will is daar.' Hij wijst naar twee knullen die een paar meter verderop met elkaar stoeien. Hun gespierde ruggen zijn roodverbrand en ik krimp ineen als een van hen op het ruwe zand wordt gekwakt.

'En jij bent?' vraag ik.

Hij grijnst, maar als hij Grange in zijn uniform ziet begint hij te hakkelen en wordt nog bleker. 'O. Oké. Will had gisteren dat berichtje gekregen. Fuck, sorry. We hadden een afspraak met jullie, toch?'

'Je naam graag', zeg ik bits als hij opstaat.

'Ik ben James.'

'James Peacock?' vraag ik wanneer ik me een omcirkelde naam op Kates lijst herinner.

'Eh, ja', zegt hij argwanend. 'Wat is er aan de hand?'

Een van de anderen komt aangekuierd. 'Sorry dat we jullie vanochtend hebben laten zitten.' Hij geeft Grange een pets op zijn rug. 'Acht uur, dachten we, maar er kwam niemand opdagen en iedereen zei dat de golven zo fantastisch waren vandaag. Maar het was om negen uur zeker? Had ik nog even moeten checken.' Of hij is dronken, of stoned.

'En jij bent?'

'O, excuus, wat onbeleefd van me. William Mayne.'

De kale kop van Grange is overdekt met zweetdruppels. Zelf voel ik mijn onderrug klam worden.

'Roep die andere vriend van je, en dan gaan we uit de zon', beveel ik en ik loop naar een picknicktafel onder de bomen, aan de rand van het strand. Gedwee haast James zich om Miles Procter te halen.

Het drietal neemt tegenover ons plaats. Ze zien er bespottelijk uit met hun zinkwitte strepen en verbrande schouders. William bijt op zijn lip; ik zie dat hij moeite heeft zijn lachen in te houden.

Ik laat ze de foto van de bewakingscamera in de stad op mijn telefoontje zien. 'Weten jullie wie dit is?'

'Dat is Robbie!' roept William lachend uit. 'Wat doet die nou?'

'Robbie wie?' vraag ik.

'Robert Weston', zegt James. 'Vriend van ons.'

'Waar is Robert op dit moment?'

'In Sydney', antwoordt James, maar hij klinkt aarzelend.

'Hij is maandag vertrokken, toch?'

William bromt en rolt met zijn ogen. 'Dat vind ik nou zo stom, dat agenten altijd vragen stellen waar ze het antwoord al op weten.'

'Kop dicht, Will', zegt James met een por in zijn ribben.

'Waarom is Robert weggegaan?' vraagt Grange.

'Omdat het een jankebalk is', giechelt William.

Wat zou ik hem graag bij de schouders pakken en door elkaar rammelen. 'Wat bedoel je?'

James werpt nog een vernietigende blik naar William. 'Hij had een blessure opgelopen tijdens het surfen, dus hij had hier niks meer te zoeken. Hij ging een baantje zoeken bij een callcenter of zo.'

'Ach, schei toch uit, hij had het verkloot bij de chickies hier', corrigeert William. 'En daar bleef hij maar over zaniken.'

'Welke "chickies"?' vraag ik, niet in staat het sarcasme uit mijn stem te weren.

'Allemaal', zegt William voor de grap. Als hij zijn fluorescerende zonneklep omhoogzet, gutst het water uit zijn flesje langs zijn hoofd. 'Oeps', zegt hij en giechelt weer.

Mijn geduld raakt zeer snel op. 'Meneer Mayne, dit is heel belangrijk. Of wil je mee naar het politiebureau om je roes uit te slapen?'

'Nee, nee. Het gaat wel. Sorry.' Hij sluit zijn ogen, ademt diep in door zijn neus en blaast langzaam door zijn mond uit. Het is te merken dat hij de slappe lach probeert te onderdrukken.

Ik richt me tot James. 'Wanneer heeft Robert zich bezeerd?'

'Vorige week. Woensdag geloof ik.'

'Weet je het zeker?'

James lijkt een beetje van zijn stuk gebracht. 'Ja. Hij is woensdagavond naar het ziekenhuis geweest. De dokter heeft hem pijnstillers gegeven en gezegd dat hij een verstuikte pols had die hij minstens een maand niet mocht belasten.'

'En zaterdagavond? Wat hebben jullie toen gedaan?'

'Party party', zegt William strontvervelend.

'Waar?' vraag ik.

'Een huisfeest', zegt James. 'Bij twee zusjes.'

'Robert ook?'

Ze knikken alle drie.

'Hoe kwamen jullie daar terecht?' vraag ik. 'Jullie zitten niet op de middelbare school.'

'*We heard it through the grapevine*', zingt William de song van Creedence na.

'We hadden in de pub met een paar chickies zitten praten en die vroegen of we ook kwamen', vult James aan.

'Kennen jullie Abbey Clark?'

'Die vermist is, toch?' zegt Miles.

'Heb je haar zaterdagavond gesproken?' vraag ik.

'Vervelend dat ze vermist wordt, hoor, maar het was een verwaande trut', zegt William, nu zonder het luchtige toontje. 'Robbie wou gewoon alleen maar met haar praten – hij komt vaak wat intens over, maar hij bedoelt het goed. Alleen zat die griet hem echt op te geilen. Volgens mij had ze mot met haar vriendje of iets dergelijks. Whatever.'

'Besef je wel dat ze maar vijftien is?' komt Grange er verontwaardigd tussen.

William aarzelt geen seconde. 'Nee toch! Ze zag er veel ouder uit. Robbie zal wel teleurgesteld zijn.'

'Wat bedoel je daarmee?' vraagt Grange.

'Hij had het nogal stevig te pakken. We moesten de hele tijd langs de supermarkt lopen omdat hij haar even wou zien. Maar zo is Robbie nu eenmaal, hij kan helemaal weg zijn van iemand.'

'Heeft Robert op het feest met haar gepraat?'

James knikt en William proest het uit. 'Dat wilde hij wel. Maar ze zei dat hij op kon rotten.'

'Goed,' zeg ik resoluut, om het moment te bespoedigen waarop ik niet langer met William hoef te praten, 'tot hoe laat zijn jullie op het feest gebleven?'

Weer gesmoord gegiechel. 'Nou ja, Robert waagde weer een gokje met een ander chickie nadat die Abbey hem had uitgefoeterd, dus we hebben de sneue pik daar maar achtergelaten.'

'Hoe laat was dat ongeveer?'

Voor het eerst lijkt William na te denken. 'Geen idee.'

'Het was vlak voor middernacht', zegt Miles. 'Ik weet nog dat ik dacht dat de pub wel dicht zou zijn.'

'Waar zijn jullie toen heen gegaan?'

William geeft een schopje tegen het zand onder de tafel en slaat zijn armen om de schouders van zijn vrienden. 'We zijn teruggegaan naar het vakantiepark en hebben bier gedronken in het zwembad, tot een of andere oude heks begon te zaniken over de herrie. Je mag blijkbaar na tienen niet meer zwemmen, echt belachelijk.'

'En is Robert ook weer naar het vakantiepark gegaan?' vraag ik.

'Jawel, maar later', zegt James.

'Hoe laat?' wil ik weten.

'Rond een uur of één geloof ik, maar ik sliep half.'

'Was hij alleen?'

William vindt dit hilarisch, hij hééft het niet meer. 'Zeker, echt moederziel alleen. De dag erna was hij helemaal depri.'

Ik kijk James aan. 'Wat bedoel je daarmee?'

James schokschoudert en lijkt niet op zijn gemak. 'Will heeft gelijk. Hij gedroeg zich vreemd. We pestten hem omdat hij pech met de *ladies* had – gewoon een beetje dollen, weet je – maar toen flipte hij. We gingen ervan uit dat hij wel bij zou draaien, maar op maandagmorgen zei hij dat hij wegging.' James fronst zijn dikke wenkbrauwen. 'We dachten dat hij een grapje maakte, maar hij pakte zijn spullen en stapte op.'

Donderdag 14 april, 14.51 uur

Ik roep het team bij elkaar in het bedompte vergaderzaaltje en ga leunend op mijn armen aan het hoofd van de tafel staan. 'Grange, ga jij achter die beelden van Sheffield aan? En check zijn alibi als die beelden niks opleveren. En ook de boekhouding van het ziekenhuis.'

'Eh, ja, tuurlijk.' Grange prikt met zijn penpunt in zijn notitieblok. 'Wie moet ik daarvoor benaderen?'

'Geen idee, maar zoek het uit', zeg ik pinnig.

'Bedoel je Eric Sheffield?' zegt Lane met een verbaasde blik.

Ik knik. 'Ik vraag me nog steeds af of er via dat ziekenhuis niet illegaal pillen worden verhandeld.'

De Luca fronst maar zegt alleen maar: 'Ik heb navraag naar Weston gedaan bij de luchtvaartmaatschappij. Hij is maandag van Byron naar Sydney gevlogen. Hij heeft op het vliegveld een paar honderd dollar gepind en daarna zijn bankpassen niet meer gebruikt.'

'Goed gedaan.'

Met een ijzige blik haalt ze haar schouders op. 'Je hebt er nog steeds niks aan als we hem niet kunnen vinden.'

'We vinden hem wel. Doe een belrondje langs backpackerhotels en andere verblijven aan de kust. Hij mag dan geblesseerd zijn, ik durf te wedden dat hij in de buurt van de zee blijft, en daar willen de meeste verhuurders een paspoort zien. Ik breng je in contact met een paar collega's van me.'

'Oké', zegt ze op vlakke toon terwijl haar vingers over haar laptop vliegen.

Ik frons. Die ijskonijn-act van haar maakt me knettergek.

'Het is wel zo met Weston', zeg ik, 'dat zijn vrienden hebben bevestigd dat hij maandagochtend op het vakantiepark was, dus het lijkt erop dat hij niets met Ricks moord te maken heeft. Dan zijn we dus weer terug bij de vraag of er een verband is tussen Abbeys verdwijning en Ricks dood.'

In gedachten verschuiven we zwijgend de puzzelstukjes.

'Er staan nog een paar anderen op de beelden van de gemeente die we moeten nagaan', zegt Lane. 'Ik geloof alleen niet dat het wat oplevert, ik herken ze allemaal. Vooral gezinnen en stelletjes. O, en Meg Jarvis zat twee uur in de kerk en kwam net na elf uur naar buiten.'

'Meg Jarvis?'

'Ja. Mijn moeder zei altijd dat ze daar de helft van haar tijd doorbrengt; kaarsjes opsteken en bidden.'

'Laat me weten hoe je gesprek met haar verloopt', zeg ik. 'Ze probeerde me een poosje geleden iets te vertellen, maar ik kon er niet achter komen wat ze wilde zeggen. Misschien weet ze iets.'

'Zo is Meg nu eenmaal', zegt Lane. 'Ze viel Tommy altijd met van alles en nog wat lastig maar weet nooit iets nuttigs. Ze is niet bepaald evenwichtig.'

'Ik begrijp wel dat ze niet helemaal spoort, maar ik wil dat je haar serieus neemt. Dat geldt voor alle mensen op je lijstje, of je ze nu kent of niet. De beelden zijn zo vaag, misschien hebben ze zonder het te beseffen iets relevants gezien. En ik wil dat hun alibi's worden vastgesteld.'

Lane opent zijn mond alsof hij wil protesteren, doet hem dan snel dicht.

'Hoe ging het met jullie verhoren?' vraag ik hem en De Luca terwijl ik naar het whiteboard loop.

'Net kiezen trekken,' antwoordt De Luca, 'en de kids zijn behoorlijk aangeslagen, wat ook niet helpt. Maar een paar hebben er toegegeven dat ze op het feest drugs hadden, dus we zijn iets verder gekomen dan zondag.'

'Wat voor drugs?'

'Merkloze pillen', zegt ze droogjes. 'Kennelijk helemaal de rage tegenwoordig.'

'Hoe kwamen ze daaraan?'

'Van de backpackers, uiteraard', zegt Lane. 'In deze regio zijn het altijd de mysterieuze backpackers.'

'En hasj dan?' vraag ik als de Fletchers me te binnen schieten.

'Daar had niemand het over.'

'Tja', zucht ik. 'Blijkbaar zitten de meeste afnemers van Georgina en Ian in het noorden. Ze deden liever geen business in Fairhaven; nogal logisch eigenlijk. Het bleek een belangrijke reden waarom ze geen herdenkingsbijeenkomst voor Rick wilden – ze waren bang dat de pers daarop afkwam en iemand ze zou herkennen.'

Een poosje zijn we stil. Goed of fout, Georgina en Ians wereldje is de afgelopen dagen dramatisch ingestort, en we leven tot op zekere hoogte allemaal mee.

'Heeft iemand gezegd dat Robert Weston of zijn vrienden verboden middelen verkochten?' vraag ik.

'Ze hebben niet echt een naam genoemd', zegt De Luca. 'We hebben gevraagd of er feestgangers met een accent of een herkenbare tatoeage waren, maar zonder resultaat.'

'Heb je gehoord of Abbey drugs gebruikte?'

De Luca schudt haar hoofd. 'Iedereen schijnt het erover eens te zijn dat ze vrij braaf is. Het is niet iemand die veel drinkt, en roken doet ze niet.'

'En Rick?' vraag ik.

'Het lijkt wat makkelijker om iemand voor de bus te gooien die definitief dood is', zegt De Luca. 'Blijkbaar kon je naar Rick toe als je drugs wilde hebben. Eén meisje zei dat hij haar ex-vriendje vorig jaar wat Stilnox-tabletten had verkocht.'

'Maar we hebben niks in zijn huis gevonden', zeg ik gefrustreerd.

'Weet ik.' Ze laat zich in haar stoel zakken. 'Dat kan een uitzondering zijn geweest. Het lijkt er niet op dat hij bekendstond als de plaatselijke drugsdealer of zo, alleen wist hij bij wie je moest zijn. Hij had sowieso een ruiger leven dan zijn vriendin: drinken, stickies roken en dergelijke.'

Net als Gregory Ng.

'Wie weet is dit een reden geweest dat het uitging tussen hen', opper ik. 'Was er geen berichtje van Abbey over dat hij ergens niet mee ophield?'

'Zeker.' De Luca bladert in haar map. 'Hier heb ik het. Dit heeft Abbey ongeveer een maand geleden aan Rick geschreven: "Dit is heel belangrijk voor mij. Ik vind dit maar niks, zeker niet na wat ik je had verteld."'

'Dat kan een verwijzing naar drugs zijn, maar ook met seks te maken hebben', zeg ik. 'Of gewoon met zijn gedrag? Dat hij in de pub werkte?' Ik steek mijn hand uit. 'Laat eens zien?'

Ze geeft me het afschrift en mijn oog glijdt over de rijen woorden, voornamelijk een nietszeggende uitwisseling tussen twee tieners die geen enkel benul hebben dat hun conversatie ooit door een zaal vol agenten zal worden bestudeerd.

Abbeys berichtjes aan Rick worden sinds het begin van het jaar steeds vager en onverschilliger; toen ik het eerder las zag ik haar als het ware wegglippen. Ik blader nog eens door de berichtjes en bekijk ze vluchtig. Rick dacht dat ze een ander had, maar haar telefoongegevens geven daar geen enkele aanleiding toe. Maar toch, als zelfs ik merk dat de afstand tussen hen steeds groter wordt, dan was er beslist iets aan de hand. En al dacht hij het alleen maar, daar was het wantrouwen niet minder om.

'Heb je iemand horen zeggen dat Rick tijdens het feest driftig reageerde?' vraag ik.

'Nee, driftig niet', zegt Lane. 'Abbey en hij hadden een heftige ruzie, maar iedereen die erbij is geweest, was het erover eens dat zij net zo kwaad was als hij. Al zijn vrienden zeiden dat hij weg van haar was. Ik kreeg de indruk dat hen dat irriteerde – je weet wel, dat hij helemaal voor iemand ging terwijl zij alleen maar lol wilden maken.'

'Zeker.' Ik moet aan mijn verkering met Jacob denken, op de middelbare school. Een allesverterende liefde die zeker niet onderdeed voor het gevoel dat ik later heb ervaren. Sommige vrienden en kennissen ergerden zich aan de band die wij hadden. Het besef drong plotseling tot hen door dat er een mijlpaal in onze ontwikkeling was waar niemand ons over had verteld, eentje die een scheidslijn vormde: tussen hen die de bedwelmende, gekmakende liefde hadden ervaren en de tieners die dat niet hadden. Ik weet nog hoe ik me voelde toen Jacob begon weg te glippen. Knettergek werd ik daarvan. Was dat Rick ook overkomen? Zo erg dat hij alles stuk wilde maken?

'Een heleboel jongeren denken dat Abbey is weggelopen', onderbreekt Lane mijn mijmeringen over het verleden.

Ik frons. 'Waarom?'

'Vooral vanwege haar vader, en ook omdat het uit was met Rick.'

'Dat hebben we vooral gehoord van de jongens die we hebben gesproken', verbetert De Luca. 'Alle meisjes reageerden nogal bezorgd; ze geloven niet dat Abbey midden in de nacht zou zijn vertrokken.'

'Ik ook niet,' zeg ik, 'maar misschien was ze wanhopig. Dat leugentje tegenover jou dat haar fiets een cadeau van haar vader was, dat is vreemd', zeg ik tegen Lane. 'Ik kom er maar niet achter waar dat op slaat. Wie weet kwam ze die diefstal aangeven zodat wij er niet meteen van uit zouden gaan dat ze was weggelopen. Maar waarom dan over haar vader beginnen?'

Lane bromt gefrustreerd. 'Ik weet het niet.'

Ik denk aan de ruzie die Abbey voor het feest met haar vader had. Misschien dacht ze dat ze het niet zou overleven als ze na afloop weer naar huis ging en is ze in paniek gevlucht.

'Hebben jullie van iemand iets gehoord wat erop wijst dat Abbey agressief was? Of dat ze Rick heeft bedreigd?'

'Nee', zegt De Luca. 'Een paar gasten zeiden dat het gerucht gaat dat Abbey Rick heeft vermoord, maar er was niemand die dat geloofde.'

Ik knijp mijn ogen dicht, en als ik ze weer opendoe dwarrelen er witte vlekjes over het tafereel voor me. 'Iets gevonden wat onze theorie bevestigt dat Aiden en Abbey wat met elkaar hebben? Een alibi voor Aiden?'

De Luca schudt haar hoofd. 'Volgens Aidens vrienden had hij geen relatie. Ze beweerden allemaal dat hij een beetje een loner is, en zijn broer zijn beste vriend was.'

Lane zegt: 'Ik zit nog achter bewakingsbeelden uit Sydney aan, waar Aiden maandagochtend op moet staan. Ik heb gesproken met het tankstation waar zijn creditcard is gebruikt; de manager gaat me terugbellen.'

'Goed.' Ik leun weer op tafel. 'Er is nog heel wat waar we achteraan moeten. Hou de druk erop.' Ik geef ze een veelbetekenende blik. 'Ik blijf nog even hier voor een telefoontje.' Als ze weg zijn plof ik in een stoel en leg mijn hoofd op tafel.

Ik bel Mac, maar krijg meteen de voicemail.

Met een bons gooi ik mijn mobiel op tafel en begin te trillen. Het voelt alsof ik hoe langer hoe meer de controle verlies.

Ik sta op. Wat heb ik een dorst.

Er wordt op de deur geklopt en Grange steekt zijn kale kop om de hoek. 'Het lab aan de telefoon.'

Zonder nog aan drinken te denken loop ik langzaam naar mijn bureau en neem het telefoontje aan.

Als ik ophang en me omdraai kijken de anderen me afwachtend aan.

'Het bloed op de grond is van Abbey', zeg ik.

Donderdag 14 april, 18.32 uur

De uitkomst van het bloedonderzoek verandert alles en niets. Een poosje bespreken we de mogelijke scenario's, maar we tasten maar ietsjes minder in het duister dan tot nu toe. Ik bel de Clarks op en verdraag Daniels tien minuten durende tirade over mijn onbekwaamheid, terwijl Dot op de achtergrond staat te huilen.

Wanneer ik het bureau uit loop bedenk ik opeens dat ik Janet Rixon niet meer heb geprobeerd te bellen, en besluit dat in de auto te doen. Maar als ik onderaan de hellingbaan ben, staat Simon Charleston me op te wachten. Hij ziet eruit als een student, met zijn verbleekte spijkerbroek en een T-shirt met opdruk: OUT OF OFFICE. LEAVE A MESSAGE. Een pen steekt uit zijn warrige bos haar en er zit een veeg blauwe inkt op zijn gezicht.

'Ik kan nu niet met je praten, Simon', zeg ik vermoeid.

'Heb je Vanessa gevraagd naar dat ongeluk?'

'Dat klopt allemaal.'

Hij laat zijn ogen rollen. 'Bullshit, en dat weet jij ook. Er zit een luchtje aan dit alles, en Tommy heeft ermee te maken.' Hij gaat zachter praten en komt dichterbij. 'Je bent nog maar pas aangekomen, maar ik speur hier al een hele tijd rond. Ik denk dat er iets fout zit met die vermeende moorden van jaren geleden. Ineens trok de ene na de andere getuige zich terug en niemand wilde meer door me geïnterviewd worden. En toen maakte Tommy opeens promotie, maar de reden kreeg ik niet te horen. En daar komt dan nu dat bizarre gedrag rond zijn ongeluk bij.' Hij kijkt verbeten en grijpt met een hand naar zijn kin. 'Toe nou, Gemma. Ik heb je hulp nodig. Ik weet dat jij niet alleen maar strikt volgens het boekje werkt. Laat me nou niet zakken.'

Dat was gericht op mijn zwakke plek en zijn schot was raak. 'Hoor eens, ik laat me door jou geen schuldgevoel aanpraten. Ik kom hier twee dingen doen: de moord op Rick Fletcher oplossen en Abbey Clark opsporen. Mocht je iets concreets hebben en het zit je dwars, ga er dan mee naar justitie. Want ik weiger jouw werk voor je te doen.'

'Nou, bedankt hoor', zegt hij en stampt weg.

Licht bevend stap ik in de auto en staar nietsziend naar het stuur. Als ik niet zo kwaad was zou ik ter plekke in slaap kunnen vallen. Ik knipper een paar maal en wrijf in mijn ogen om wakker te worden. Daarna start ik de motor en rijd naar de Gordons.

Mijn telefoon gaat; ik herken het nummer niet. Ik neem handsfree op en een huilende vrouwenstem galmt door de auto.

'Hallo?'

'Rechercheur, hij heeft gebeld... Aiden heeft gebeld.'

'Dat is goed nieuws, Georgina', zeg ik als ik van de weg af rijd en de auto onder een enorme eucalyptusboom stilzet. 'Nu weten we tenminste dat hij in orde is.'

'Maar er is iets mis! Hij deed zo vreemd. O God, ik begrijp het niet. Hij wil dat we ons huis uit gaan en bij anderen gaan logeren! Wat is er aan de hand?'

'Goed, Georgina, ik ben heel blij dat je me gebeld hebt. Vertel me eens precies wat er gebeurd is?'

Ze kalmeert een beetje.

'Heeft hij je op z'n mobiel gebeld?' vraag ik.

'Eh, ja, maar niet met zijn eigen telefoon. "Privénummer", stond er.'

'Oké, en wat zei hij precies?'

Haar stem schiet een octaaf omhoog en slaat telkens over. 'Hij was zo van streek! Hij klonk heel anders dan anders – hij bleef maar sorry zeggen en dat het allemaal zijn schuld was. Hij zei dat hij bang was dat Ian en ik gevaar liepen, dat we samen met Belinda weg moesten gaan.

Hij is bang dat ons hetzelfde overkomt als Rick. Ik snap er echt niks van.'

'Oké, Georgina, rustig maar. Je moet wel heel erg geschrokken zijn. Hoor eens, waar ben je nu?'

Ze laat bevend haar adem ontsnappen, en volgens mij hoor ik haar tanden klapperen. 'Thuis. De politie is hier de hele dag geweest, maar die zijn nu weg. Onze advocaat is er.'

'En waar is Ian?'

'Die is met Belinda op bezoek bij zijn moeder in het verpleeghuis. Het gaat niet goed met haar.'

'Oké. Ik ga het zo aanpakken: ik zorg ervoor dat er nu een agent naar jullie huis komt en een poosje bij jullie blijft.'

'Denk je dat Aiden gelijk heeft? Is er iemand die ons iets aan wil doen?'

'Dat denk ik niet, maar voorzichtig zijn kan geen kwaad.'

'We waren van plan om volgende week naar mijn zus in Sydney te gaan.' Georgina snuft. 'We krijgen... we krijgen Rick toch pas over een week, en zij gaat ons helpen de begrafenis te regelen... Maar misschien moeten we wat eerder gaan?'

'Dat lijkt me een goed idee.'

'En Aiden dan? Stel dat hij gevaar loopt?' Haar luide snik is oorverdovend.

'Georgina, heb je uit het telefoontje kunnen opmaken waar hij zou kunnen zijn?'

'Nee, dat denk ik niet.'

'En je kunt niemand bedenken die Aiden zo vertrouwt dat hij daarnaartoe kan zijn gegaan?'

'Zijn ex-vriendin misschien?' mompelt ze. 'Die twee zijn nog steeds close. Ze woont ergens in Sydney.'

'Weet je hoe ze heet?'

'Eh, ja. Elise Craven. Ik geloof dat ze in Newtown woont.'

'Mooi. Georgina, ik zorg dat er nu iemand naar je toe komt, oké? En we blijven uitkijken naar Aiden.'

Ik bel Tran en breng haar op de hoogte van mijn telefoontje met Georgina.

'Ik kan er een paar uur iemand van mijn team naartoe sturen', zegt ze. Ze lijkt er met haar gedachten niet bij te zijn. 'Ik kan die agent alleen niet lang missen. De overuren rijzen nu al de pan uit.'

'Alles in orde daar?'

'Ja en nee. We zijn de hele dag bezig geweest met het verhoren van Dale Marx' familie, maar zonder veel resultaat. Volgens zijn vrienden heeft hij zich in de paar maanden voor zijn verdwijning schuilgehouden. Zijn ouders hebben geen idee wat hij uitspookte. Zijn vader is erg ziek; ik neem aan dat al hun aandacht daarnaartoe ging.'

'Maar je denkt aan drugs.'

'Ik dénk niet alleen aan drugs. Het team heeft in zijn slaapkamer een flinke voorraad gevonden – een medicijnkast vol met spul van goede kwaliteit. En zijn auto is weg. Ik gok dat die wagen plus inhoud mee is genomen door degene die hem heeft gemold.'

'Is er een link met Aiden of Rick?'

'Dat trekken we uiteraard na, maar tot nu toe is er niks aan het licht gekomen. Ze hadden geen contact en hebben niet op dezelfde school gezeten.'

'Wat deed deze jongen?'

'Hij werkte bij een dierenarts. Schoonmaken, helpen bij het beheer van de dierenverblijven.'

'Zoiets als Aiden in het ziekenhuis', zeg ik.

Tran zucht. 'Zoiets ja.'

Ik praat haar bij over onze vorderingen en draai peinzend weer de weg op. Is hier sprake van een romantische driehoeksverhouding, eentje die om drugs draait of allebei? Als het om drugs ging, kon Rick hebben gedreigd Abbey te verlinken nadat ze hem had gedumpt. Zou dat voldoende aanleiding voor haar zijn geweest om haar verdwijning in scène te zetten en hem wat aan te doen? Voor de zoveelste keer probeer ik me voor te stellen dat ze Rick besluipt en hem neerslaat, maar dat wil er bij mij maar niet in, en ik pijnig mijn hersenen om andere opties te bedenken.

Ik stop de auto net bij de Gordons als er met een fel pingetje een lange e-mail van Jodie in mijn inbox belandt. Ze heeft sommige woorden vet gemaakt en de tekst in paragrafen onderverdeeld. Doodmoe scrol ik door de eindeloze mail. Over vier weken heeft Ben een schoolkamp – wil hij daarheen? Wat gaan we dit jaar met zijn verjaardag doen? Zou hij een feestje willen? Vind ik het goed als Jodie hem meeneemt als haar zus eind juni veertig wordt? Wil hij na de schoolvakantie blijven voetballen? Wil ik ook op de lijst contactgegevens voor noodgevallen? Wil ik hem overschrijven naar mijn ziektekostenverzekering?

Wanneer komen we naar huis?

Ik voel dezelfde beklemming als wanneer ik de laatste tijd met Mac praat. Ik mik mijn telefoon op de bijrijdersstoel, hij schampt de hoek van mijn laptop.

Meteen gaat hij over: Mac.

Mijn slapen beginnen te kloppen en met een kreun grijp ik met mijn vingers in mijn haar.

Ik kan dit niet.

De ringtone zwijgt, gevolgd door het gezoem van een voicemail.

Nog geen minuut later wordt er weer gebeld. Deze keer is het Cam.

Ik haal diep adem, neem op en probeer mijn stem luchtig te houden. 'Hoi Cam. Fijn dat je belt. Ik wilde je nog wat over Rick vragen. Weet je of hij plotseling besloten heeft om bij de pub weg te gaan of was dat iets waar hij al een poosje over nadacht?'

'Rustig, rustig, Gemma.' Cam lacht zenuwachtig en ik zie bijna hoe hij een hand door zijn haardos strijkt. 'Eh, het zit zo. Ik heb iemand hier in het hotel die je te pakken probeert te krijgen. Ik geef hem even.'

'Gemma, ik ben het.' Er klinkt ingehouden woede in Macs stem, en dan ontploft hij. 'Wat is er in gódsnaam aan de hand?'

Donderdag 14 april, 20.21 uur

Wanneer ik Ben naar bed breng, hoor ik het zachte gebrom van Mac en Tommy's stemmen uit de keuken.

'Blijft Mac nu hier?' vraagt Ben.

'Nee lieverd, hij kwam ons alleen maar even snel gedag zeggen en dan gaat hij weer terug naar Sydney.'

Ben knikt en zijn ogen zakken dicht; ik strijk zijn laken glad en geef hem een kus op zijn wang.

Dan ga ik weer naar de keuken. 'Ben was meteen vertrokken', zeg ik monter.

'Dat verbaast me niets', zegt Vanessa. 'Hij gaat maar door.'

Er valt een ongemakkelijke stilte waarin iedereen naar mij kijkt.

'Nou, Mac en ik gaan even wat drinken om over werk te praten', zeg ik. 'Ik ben zo terug.'

Mac zegt de Gordons gedag en volgt me de voordeur uit.

'Gaan we echt wat drinken?' zegt hij stijfjes als ik voor hem uit het tuinpad afloop.

Abrupt draai ik me om, met gebalde vuisten. Sinds ik hem bij het hotel heb opgehaald hebben we amper een woord gewisseld. Ik kan het wel uitschreeuwen als ik hem zie.

'Dat weet ik niet, Mac, zeg jij het maar.'

'Nee, nee, geen sprake van.' Hij heft zijn handen, zijn ogen schieten vuur. 'Je hebt het recht niet om kwaad op mij te zijn. Ik ben hiernaartoe gekomen omdat jij me negeerde. Want ik gééf om je, Gemma.'

We zijn in een patstelling beland, we koken allebei van woede. Het snijdt door mijn ziel.

Ik wend mijn blik af. 'Hierheen.' Ik steek de straat over naar het strand.

Zilveren wolken bedekken de maan, er schijnt alleen een zwakke gloed om de randen. De eucalyptussen strooien vlagen pepermunt in de warme lucht, maar er hangt ook een sterkere geur tussen. Ergens vlakbij is iets aan het rotten.

Ik ga midden op het strand in kleermakerszit op de grond zitten, als een kind. Mac laat zich naast me neerzakken.

'Hoor eens, het spijt me', zeg ik met alle kalmte die ik bijeen kan rapen. 'Ik zei al dat ik tijd nodig had om na te denken.'

Mac staart uit over zee. 'Besef je dan niet hoe doodeng ik dat vind?'

'Mac.'

'Wat, Gemma? Toe, wees nou eerlijk. Ik begrijp dat jouw en Bens leven op z'n kop staat, maar voor mij geldt dat niet minder. Je bent weggegaan en ik heb geen idee of je nog terugkomt.' Hij laat een handje zand door zijn vingers glijden. 'Maar het ergste is dat je niet met me wilt praten. Je sluit me buiten, en als ik dan hier kom merk ik ook nog eens dat je hebt gelogen over waar je logeert. Dat kan toch niet?'

Ik klem mijn hoofd tussen mijn knieën en bedek mijn oren zodat ik mezelf amper hoor zeggen: 'Het spijt me. Ik weet gewoon niet wat ik doen moet.' De tranen druppen uit mijn ogen, direct op het zand.

'Laat me je helpen, Gemma. Sluit me niet buiten.'

Zijn hand draait rondjes over mijn rug terwijl ik huil, en ik verzet me niet. De rillingen kruipen langs mijn nek naar mijn hoofd, en ik adem uit. Het voelt fijn om me te ontspannen, even niet op mijn qui-vive te zijn.

'Wat is er in het hotel gebeurd?' vraagt Mac. 'De eigenaar gaf een ontwijkend antwoord toen ik hem ernaar vroeg.'

Ik vertel Mac over de opossum en dat Tran erop stond dat ik naar de Gordons ging. Hij zegt niets, maar blijft mijn rug strelen, cirkelend op de maat van de golven.

'Ik was daar net zo lief gebleven,' zeg ik, 'maar uiteindelijk was dit gewoon makkelijker. En het leek me goed voor de zaak om dichter bij Tommy te zijn.' Ik lach schamper.

'Maar dat was niet zo?'

'Niet echt. Hij is niet zo blij dat ik hier ben.'

Mac glimlacht. 'Dat had ik ook niet echt verwacht.' Hij bundelt mijn haar in een dikke staart op mijn rug. 'Ik herinner me Tommy van dat gerechtelijk onderzoek over dat vermiste stel. Het is echt een mannenman.'

'Is dat een codewoord voor "zak"?'

Mac lacht en ik moet glimlachen.

'Wat vond je van dat onderzoek?'

'Allemachtig, je bent echt onverbeterlijk', zegt Mac geeuwend. 'Het was een zootje. Onvindbaar bewijsmateriaal, getuigen die weigerden te praten, verklaringen die niet-ontvankelijk bleken omdat de juiste procedures niet waren gevolgd. Uiteindelijk was de uitspraak waarschijnlijk wel terecht, maar dat was niet te danken aan de manier waarop de zaak was voorbereid.'

Ik kijk uit over de zee. De golftoppen lichten zilver op, als vissenstaarten.

'Een van de getuigen was de vader van het vermiste meisje', zegt Mac.

'Hè?'

'Daniel Clark. Hij zat die avond in de pub te drinken en had blijkbaar ruziegemaakt met die vermiste jongen, die Gregory Ng. Hij heeft Clark eruit gegooid. Aanvankelijk beweerde Clark dat hij zo dronken was dat hij het strand op was gestrompeld en daar bewusteloos neerviel.'

De radertjes in mijn hoofd treden in werking, en ik begin razendsnel verbanden te leggen. 'Aanvankelijk?'

'Ja.' Mac gaat verzitten en schuift dichter naar me toe. 'Hij zei dat hij op het strand zijn bewustzijn verloor, en toen hij bijkwam zag hij Gregory met nog iemand in zijn auto wegrijden.'

'Heeft hij gezien wie?'

'Alleen maar dat het een man was.'

'Dus Sally beslist niet?'

'Nee, Clark hield vol dat het een man was. Maar dat maakte toch niet uit, want later beweerde hij dat hij zich niks van die avond wist te herinneren vanaf het moment dat Gregory hem de pub uit had gezet. Zijn aanvankelijke verklaring moest een valse herinnering zijn geweest, zei hij.'

'Is Daniel door iemand afgeschrikt?'

'Dat heb ik me ook afgevraagd,' zegt Mac, 'maar daar ben ik niet zeker van. Ik herinner me dat ik de mogelijkheid heb overwogen dat hij op een bepaald moment met de politie onder één hoedje heeft gespeeld, maar hier was iedereen van mening dat hij vooral een zuiplap met een vaag verhaal was. Gewoon een van die rommelige zaken, dacht ik.' Mac is nu zo dicht bij me dat hij me snel een kus kan geven. 'Ik vond dat je dit moest weten. Misschien heeft Clark vriendjes bij de politie. Dat komt in dit soort plaatsen vaak voor, waar iedereen elkaar al heel lang kent.'

'Misschien', zeg ik en leun achterover op mijn ellebogen.

Mac blaast zijn adem uit en strekt zijn benen. 'Ik maak me zorgen om je, Gemma. Uiteraard vind ik het niet fijn dat je bedreigd wordt. Dat had je me moeten zeggen.'

'Niks aan de hand. Ik wilde niet dat je bezorgd was.'

Mac kijkt me in de ogen. 'Maar ik ben wél bezorgd. Ik maak me zorgen om ons.'

'Kus me.' Ik til mijn hoofd op tot we op gelijke hoogte zijn.

Hij maakt een geërgerd geluid maar drukt zijn lippen op mijn mond. Pepermunt en een vleugje bier. Ik probeer me aan hem over te geven, maar hij doet te voorzichtig. Zijn bezorgdheid is bijna tastbaar.

'Echt kussen', zeg ik en duw me tegen hem aan. Ik geef me over terwijl mijn lichaam zich ontspant. Maar het is nog steeds niet genoeg. 'Kom.' Ik krabbel overeind en probeer hem mee te trekken. Hij verzet zich niet en ik troon hem mee naar de bomenrij.

'Gemma, stop. We moeten praten.'

'Wil ik niet.' Ik trek zijn mond tegen de mijne aan en merk tot mijn genoegen dat hij reageert. 'Kom mee, naar de auto.' Ik loods hem langs het strand, het zandpad op.

'Gemma, hou op. Je bent gek – wat doe je nou?'

'Ik wil je', zeg ik terwijl ik ons over straat jaag en om de paar tellen stilsta om hem te kussen. Ik ben duizelig van verlangen. Hij lacht weifelend alsof hij denkt dat ik een grapje maak, maar ik wil werkelijk niks liever. Ik doe de auto van het slot, open het achterportier en doof de binnenverlichting. 'Stap in.'

'Meen je dat?'

'Ik wil je', zeg ik weer. 'Nu.'

Hij opent zijn mond, doet hem abrupt dicht en schuift midden op de achterbank.

'Ik wil jou ook, Gem, maar...'

'Sst.'

Ik kijk snel naar het huis van de Gordons: de lamp naast de voordeur werpt een halve cirkel zwak licht op het gazon, maar verder is het huis donker.

Ik trek het portier dicht en ga schrijlings op hem zitten. 'Ik verlang zo naar je.'

'Gemma', mompelt Mac als ik hem weer begin te kussen. 'Ik weet wat je aan het doen bent. Zo ging het precies nadat we Nicki hadden gevonden – toen sloot je me ook buiten.'

'Ziet dit eruit alsof ik je buitensluit?'

'Je weet wat ik bedoel. Je gaat de problemen uit de weg. Je doet alsof alles goed gaat.'

Daar moet ik bijna om lachen. Ik voel me helemaal niet goed. Maar ik hijs mijn rok omhoog en maak zijn riem los.

Ik duw mijn knieën aan weerszijden van zijn lichaam in het leer. Mac haalt schokkerig adem en slaat zijn stevige handen om mijn bovenbenen. 'Gemma, weet je dit zeker?'

Ik knik, leg mijn handen achter in zijn nek en bedek zijn mond met de mijne.

'Oké, maar dan moet je beloven dat we daarna praten.'

'Beloofd', fluister ik.

De afgelopen maanden lossen in het niets op. Het is net als de eerste keer dat we met elkaar sliepen: er bestaat helemaal niemand meer, alleen wij tweeën.

'God, wat hou ik van je', zegt hij buiten adem als ik boven op hem klim, net als ik hetzelfde denk.

Hij houdt me stevig vast wanneer ik ril van genot en de verrukkelijke pijn van het ogenblik wegebt om plaats te maken voor onze sombere werkelijkheid. De ramen zijn beslagen en ik hoor alleen onze raspende ademhaling. Mijn bezwete huid koelt af, ik laat me opzijrollen en trek mijn kleren weer aan.

'Wat heb je een haast om bij me vandaan te komen', grapt hij, terwijl hij met een arm om me heen zijn broek probeert op te hijsen en me een paar zakdoekjes geeft. Als hij me ineengedoken in de autostoel ziet zitten barst hij in lachen uit. 'Tja, zo kun je ook sorry zeggen.' Hij veegt met een mouw langs zijn slaap, maar kijkt dan weer serieus. 'Ik mis je, Gemma. Niet alleen dit, maar alles.'

Ik laat me weer naar hem toe trekken en zijn hart bonst tegen mijn oor. 'Ik mis jou ook.'

Hij strijkt het haar uit mijn gezicht. 'Kom naar huis. Rond deze zaak af als het moet, maar kom dan naar huis in Sydney, naar mij.'

'Dat kan ik je niet beloven', zeg ik, terwijl de woorden in mijn keel blijven steken. 'Het is allemaal anders nu.'

Hij schuift bij me vandaan en perst zijn mooie, volle lippen samen tot een strakke lijn. Van opzij kijkt hij me gekwetst aan. 'Waarom sluit je me buiten? Ik begrijp het niet.'

'Zo simpel ligt het niet.' Er komt paniek opborrelen.

'Misschien is het dat wel.'

'Ik ben zwanger', fluister ik.

Precies wanneer Macs mond openvalt, schijnt er een verblindend licht door de voorruit. Vlakbij start iemand een auto en scheurt de nacht in. Mac haast zich om zijn kleren in orde te maken en ik tuur de donkere straat in, terwijl mijn hart nog sneller klopt dan daarnet. Het is griezelig kalm buiten; er beweegt zelfs geen boomtak. Snel kijk ik in de andere richting. Ik heb me nog nooit zo kwetsbaar en onbeschut gevoeld. Dan schiet ik onwillekeurig in de lach; gegiechel dat al snel hysterisch wordt.

Mac kijkt me onzeker aan. 'Gemma?'

'Ik moet ervandoor', zeg ik, terwijl ik mijn benen strek en mijn rok recht doe.

'Gemma!'

'Nee, niet nu. Ik wil er nu niet over praten. Dat gaat niet.'

Mac slaat kreunend een hand tegen de dakbekleding. 'Fuck, je bent echt ongelooflijk. Je dropt zo'n bommetje en dan weiger je erover te praten? Dat is niet eerlijk.'

Ik duw het portier open en voel me bizar genoeg zowel chaotisch als kalm. Ik buig me terug, de auto in, en kus hem hard op de mond. Een deel van me wil weer instappen om het nog een keer te doen. 'Het spijt me, maar je kunt hier niet blijven en ik moet gaan. Ik heb slaap nodig. Laten we morgenochtend afspreken – vroeg. Er zit een koffietent aan de hoofdstraat, vlak bij het hotel. Ik ben er om halfacht.'

Zes dagen vermist

Vrijdag 15 april, 5.24 uur

Mac en ik zitten in de vergaderzaal. Het is laat en we hebben ruzie.

'Je luistert niet naar me', zeg ik nog eens. 'Alles wijst er nog steeds op dat Nicki is weggelopen. Haar ouders weten zeker dat het haar handschrift is op die ansichtkaart. Owen en ik hebben meer dan twintig vrienden van haar gesproken. Ze had het er al maanden over dat ze weg zou lopen. Het was uit met haar vriendje en haar hond ging dood. Ik heb geen verklaring voor dat getuigenis van Susie; die wilde ons misschien gewoon op het verkeerde been zetten. Zelfs als Susie ervoor werd betaald om te zeggen dat ze Nicki had gezien, wil dat nog niet zeggen dat ze zich niet ergens schuilhoudt.' Ik ga zachter praten. 'Nicki was in de war, Mac. Ze was nogal verknipt wat seks betreft – je hebt de foto's en de berichtjes gezien. Ik denk dat ze in een opwelling weg is gelopen en daar nu niet op terug wil komen om haar gelijk te bewijzen. Wat wil je nog meer?'

Mac houdt mijn blik een paar tellen vast, duwt zich dan bij het bureau vandaan en staat op met zijn handen in de zij. Hij kijkt naar het overzichtsbord met allerlei info over een meisje dat we nog nooit hebben ontmoet. 'Dat verklaart de bewakingsbeelden niet. Als ze met die bus is gegaan, waarom staat ze daar dan niet op? Er klopt iets niet, Gemma. Dat buskaartje kan door iedereen zijn gekocht. En die dode hond zit me ook niet lekker.'

'Wat bedoel je?'

'Die was nog maar drie jaar oud en viel zomaar dood neer in de achtertuin.'

Ik sla mijn armen over elkaar. 'Een hartaanval misschien?'

'Misschien, maar ik had de indruk dat er iets mis was toen ik met Lucas praatte. Ik weet zeker dat hij iets verzweeg.'

We vonden Lucas allebei moeilijk te peilen. Hij schiet heen en weer tussen verdrietig en apathisch en vraagt voortdurend of we vorderingen maken.

'Mac,' zeg ik zo kalm mogelijk, 'ik wil haar net zo graag vinden als jij, maar ik zie niet in wat een dode hond met een vermist tienermeisje te maken heeft. Ik wed dat ze ervandoor is gegaan en een of andere sukkel heeft overgehaald haar een tijdje onderdak te bieden. We verdoen onze tijd.'

Mac leunt voorover met zijn vuisten op tafel. 'Zie je het dan niet, Gemma? Er zijn iets te véél loze aanwijzingen. Iemand houdt ons voor de gek zodat het lijkt of ze is weggelopen.'

Ik zucht. Het enige wat ik wil is hem aanraken, hem kussen. Een maand geleden zijn we voor het eerst met elkaar naar bed gegaan; het lukte ons amper van de pub naar zijn huis te komen. In de taxi perste ik me tegen hem aan en ik wist dat alles voortaan anders werd tussen ons, dat wat ik zo graag wilde eindelijk ging gebeuren. Terwijl hij stond te prutsen met zijn voordeursleutels sloeg ik mijn armen om hem heen. De deur viel achter ons dicht en hij duwde me zachtjes tegen de muur. We vreeën ter plekke, in de gang naast de kapstok met onze kleren in hoopjes om ons heen. Ik wilde zo dicht mogelijk bij hem zijn.

Sindsdien woon ik in feite bij hem. Ik bevind me in een cocon van intense gelukzaligheid waarvan ik dacht dat dat alleen maar iets van films of verboden relaties was. Ik kan er nog steeds niet bij dat dit echt mogelijk is, dat we werkelijk samen kunnen zijn.

Alleen Nicki Mara is een stoorzender, het enige waar Mac en ik het niet over eens kunnen worden. Ik merk dat Owen er ons vaak samen over laat bakkeleien; blijkbaar voelt hij wel aan dat er meer tussen ons is dan alleen een zakelijke verhouding.

'Als ik eerlijk ben, Mac, dan heb ik het gevoel dat deze meid mijn tijd verpest. Als de pers er niet bovenop zat, hadden we deze zaak allang laten vallen. Ik ben het wel met je eens dat er loze aanwijzingen zijn. Maar ze kan dat buskaartje met haar creditcard hebben gekocht en vervolgens met contant geld een trein hiervandaan hebben betaald. En waarschijnlijk heeft ze die ansichtkaart wel gestuurd, maar dan kan het toch nog één grote leugen zijn?'

'Maar stel dat we ernaast zitten, Gem? Wat dan?'

Zijn woorden galmen in het rond als ik vol afgrijzen naar Nicki's gehavende gezicht in het lege bad staar, naar haar gebroken vingers in haar schoot gevlijd.

Stel dat we ernaast zitten?

Dan schieten mijn ogen open en Mac en de vergaderzaal verdwijnen naar de achtergrond. Al mijn frustratie is weggeëbd, en ik lig met een leeg, dof gevoel in mijn bed, mijn zenuwuiteinden afgestompt. Ik strek mijn handen naar het plafond, als om mezelf te bewijzen dat ik echt ben.

Ik laat me uit bed glijden en trek de wetsuit aan die ik in de kast van de logeerkamer heb gevonden. Voor de spiegel strijk ik met mijn handen over de voorkant van het pak. Gisteravond met Mac lijkt wel een miljoen jaar geleden. Ik sluip de gang door en het huis uit.

Buiten is het koel. Van de maan is geen spoor meer te vinden, maar de zon moet zich nog laten zien. Ik kijk uit over zee. Die kabbelt vriendelijk. Ik loop de golven in, de kou bijt in mijn voeten. Er is niemand te zien. Ik weet dat ik niet in mijn eentje het water in zou moeten gaan, maar ik voel een onbedwingbaar verlangen naar zuivering, me door de schok te laten resetten. Ik zet nog een stap. Het ijskoude water grijpt om mijn benen. Nog een stap en de zandbodem verdwijnt en ik moet keihard trappelen om mijn hoofd boven water te houden. Mijn tanden klapperen als ik door de kou word bevangen. Mijn spieren, mijn huid, mijn organen: alles schreeuwt het uit, uitroepen die zich in mijn hoofd mengen met de ritmisch beukende branding. Ik buig voorover en begin aan een schoolslag. Het pak schuurt bij mijn bekken, maar het voelt goed om te worden gedragen, gewichtloos en vrij te zijn. Ik zwem voorbij de omslaande golven naar de bedrieglijk kalme deining. Na een poosje draai ik me op mijn rug en tuur naar de lucht, met mijn oren onder water.

Houdt Scott me nu in de gaten? Ziet hij me hier ronddobberen en bedenkt hij hoe oneerlijk het is dat juist hij van ons tweeën is doodgegaan? Kijkt mama naar me en wijt ze mijn tekortkomingen als moeder aan haar plotselinge dood?

Ik strek mijn armen boven mijn hoofd en wiek ze naar mijn zij alsof ik aan het vliegen ben. Ik denk aan Mac en hoe graag ik wil dat onze levens zich samenvoegen, dat er eindelijk iemand voor me zal zorgen, maar ik zie niet in hoe dat nu nog gaat lukken. Ik begin te huilen, mijn tranen stromen in zee. Druppels in de oceaan.

Er zijn mensen die om me geven, om wie ik ook geef, maar op dit moment voel ik me volstrekt alleen.

Tot mijn verrassing is de kust opeens al ver weg. Ik kan het begin van het pad naar het huis van de Gordons zien, tussen de bomen achter een brede strook zand. Al watertrappend hoor ik mijn ademhaling in mijn hoofd weerklinken. Heeft Abbey zich die avond zo gevoeld, zo weerloos en alleen? Ik wil haar zo graag vinden. Ik kan haar nog niet in de steek laten, ik moet blijven proberen haar thuis te brengen, hoe dan ook.

Een golf petst in mijn gezicht en trekt me onder water. Ik schreeuw het uit en meteen heb ik een mond vol zeewater. Ik trappel sneller en weet happend naar adem boven te komen, maar een nieuwe golf slaat over me heen. Mijn neus vult zich met luchtbelletjes en mijn ogen prikken. Ik weet diep adem te halen voordat een nieuwe golf toeslaat. Ik word opzijgesleurd, de zee speelt spelletjes met me. De golf breekt en ik ben weer onder water. Met gespreide benen en mijn hoofd achterover word ik als een stuk zeewier heen en weer geslingerd. Met een ruk kom ik weer boven, snakkend naar adem. Weer een golf. Deze keer begin ik met brandende benen hard te trappelen. Ik moet hier weg.

Met alle kracht die ik bezit trappel ik weer, maar ineens weet ik niet zeker wat boven en onder is. Ik zie alleen nog maar zeeblauw. Ik voel een zware druk op mijn borst en raak in paniek. Verkeer ik nu in gevaar? Vreemd genoeg verlamt die gedachte me. Mijn verstand staat stil; met ingehouden adem laat ik me heen en weer slingeren door de oceaan.

Even later word ik weer boven water gespuwd. De lucht is een stuk helderder, de wolken moeten bijna plaatsmaken voor de zon. De woeste golven zijn bedaard, de toppen zien er nu ongevaarlijk uit. Mijn ademhaling is gejaagd en er giert een onverwachte energie door mijn lijf. Genietend van mijn pijnlijke spieren ploeg ik door het water en zwem zo snel als ik kan naar het strand. Door elkaar geschud, maar er niet onder gekregen.

Met trillende benen strompel ik het strand op. Ik rits mijn tweede huid open en stroop hem af. Ik voel me tegelijkertijd versuft en ontzettend alert als ik langzaam het pad afloop en het water uit mijn haar wring.

'Mam!' Ben komt de veranda af rennen, waar hij duidelijk op me heeft zitten wachten. Hij heeft zijn pyjama nog aan. 'Ik wist niet waar je was! Wat heb je gedaan?'

Het kippenvel staat nog op mijn armen. Al klappertandend stamel ik: 'Gewoon, even zwemmen.'

Ben knippert met zijn ogen. 'In zee?'

Ik knik en pak een handdoek van de balustrade.

'Ik wist niet dat je dat deed', zegt hij.

Ik sla de handdoek om ons heen en geef hem een zoen op zijn kruin. 'Nu wel.'

Vrijdag 15 april, 7.28 uur

Ik zit buiten voor café Bird of Paradise aan een tafeltje te wachten met net zo'n gierend paniekgevoel als na Scotts rampzalige telefoontje.

Aan een tafel binnen probeert een vrouw met ingevlochten haar twee rumoerige kinderen om te kopen met koek en warme chocomel zodat ze zich een beetje rustiger gaan gedragen, maar verder is er bijna niemand op straat, op een sporadisch langssjokkende jogger na.

Terwijl ik een lepeltje in een suikerpot rondschep, probeer ik mijn angstgevoel zo diep mogelijk weg te stoppen, maar dat borrelt telkens weer op.

Een opgewekte jonge vrouw in een extreem korte afgeknipte spijkerbroek steekt haar hoofd om de hoek van de deur. 'Weet je zeker dat je niks wil?' Haar luchtige hemdje laat een royale rand van haar flinke borsten vrij. 'Eigenlijk horen we vandaag niet open te zijn want het is Goede Vrijdag, maar de eigenaar is niet gelovig en die dacht: we zien wel hoe het gaat en sluiten wat eerder.' Ze zet haar handen in haar zij en kijkt me verwachtingsvol aan. 'Dus. Koffie?'

'Bedankt, maar ik wacht op iemand.' Ik kijk op mijn telefoontje hoe laat het is en vraag me af of wat ik net zei wel klopt.

Achter het caféraam is een van Abbeys vermissingsposters aangeplakt. De afbeelding is al flets aan het worden en de onderste hoeken zijn gescheurd. Ik vraag me af wie de posters heeft opgehangen.

Een oudere vrouw met zonnebril komt snelwandelend voorbij en lacht me toe. 'Hallo.'

Aan de overkant van de straat komt een jogger langs die een surfplank draagt. Ik weet vrij zeker dat ik hem gisteren op het strand heb gezien.

Zelfs de hond die aan de poot van een bankje is vastgebonden komt me bekend voor.

Aan de andere kant van de kruising laat Tara Sheffield zich uit een Audi-4wd glijden, die ze met een zwierig gebaar dichtpiept. Even later komt ze moeizaam manoeuvrerend met een stoepbord de smalle deur van de schoonheidssalon uit. Vanaf hier kan ik haar felroze nagels zien. Ze klapt het reclamebord open, waarbij de metalen poten over het beton krassen.

Als reactie lopen de rillingen over mijn rug, net op het moment dat twee handen mijn schouders van achteren vastpakken. Ik hap naar adem en laat het lepeltje los, dat hard op tafel klettert.

'Ik ben het maar', zegt Mac, terwijl hij me vluchtig op de wang kust en tegenover me gaat zitten.

De serveerster komt ogenblikkelijk tevoorschijn, zo te zien even opgelucht als ikzelf dat mijn afspraakje echt is komen opdagen.

We bestellen koffie en er volgt een afgrijselijke minuut waarin we proberen oogcontact te maken.

'Het spijt me van gisteravond', begin ik.

'Het was niet allemaal even erg', zegt Mac met een wrang glimlachje.

Ik staar naar de tafel. Beelden uit de auto flitsen door mijn hoofd, maar het lijkt iets wat jaren geleden is gebeurd. 'Nee', zeg ik, vechtend tegen de tranen. 'Maar van de rest heb ik wel spijt.'

Onze koffie wordt gebracht. Mac schept suiker in zijn kopje en roert. Ik bekijk zijn gezicht aandachtig, de manier waarop hij zijn horloge draagt, de zilveren vleug door het stroblonde haar bij zijn slapen.

'Ik zal er niet om liegen,' zegt hij, 'maar ik heb gisteravond nog lang wakker gelegen.'

'Ben je boos?'

'Nou, boos worden lijkt me niet aan de orde.' Zijn stem klinkt effen. 'Waar ik nu vooral benieuwd naar ben is wat jij ervan vindt.'

De druk op mijn borst neemt toe. 'Dat is het juist: ik weet niet wat ik ervan vind. Ik heb geen tijd om er iets van te vinden.'

'Weet je zeker dat je zwanger bent?'

Ik knik. Ik ga voor een glimlach, maar die komt er als een grijns uit.

Mac neemt nog een slok koffie en schiet dan in de lach. 'Sodeju, zeg!'

'Ik weet echt niet hoe het kan – ik bedoel, ik heb tenslotte een spiraaltje. Dat werkt zeker niet meer. Of ik heb misschien iets verkeerd gedaan? Ik heb geen idee.'

'Volgens mij is het "hoe" nu niet heel belangrijk, Gemma.'

'Nee', mompel ik. 'Waarschijnlijk niet.' Ik bijt op mijn lip. 'Ik heb overwogen het niet tegen je te zeggen, het gewoon te regelen en doen alsof er niets was gebeurd, maar ik...'

'Ik ben blij dat je het hebt gezegd', zegt Mac snel. 'Heel blij. En nog meer omdat ik nu hier zit en we er face to face over praten.'

'Ja.' Ik pak het lepeltje op en begin weer in de suiker te porren.

'Dus... wat vind je, Gemma?'

Een auto draait een parkeerplekje voor de schoonheidssalon in. Lanes vriendin met de dreadlocks stapt uit en haalt een enorm doek uit de kofferbak. Tara komt het stoepje voor de zaak af trippelen en zwaait met haar armen, ongetwijfeld om haar bewondering voor het schilderij te uiten.

Ik haal diep adem en probeer de paniek te onderdrukken, maar mijn stem klinkt steeds scheller. 'Ik wil dit niet, Mac, dat weet je. Ben is bijna negen en heeft sinds zijn vijfde niet meer bij mij gewoond. Jouw kinderen zijn volwassen en je loopt al tegen de vijftig. De laatste keer dat ik zwanger was had ik een miskraam, en er is een grote kans dat dat weer gebeurt. Scott is dood en ik maak me zorgen om Ben.' Mijn stem breekt. 'Ik kan niet eens goed met kinderen omgaan.'

'Dat mag allemaal misschien waar zijn,' antwoordt Mac kalm, 'maar dat laatste niet.'

'Het spijt me gewoon heel erg.'

'Dit lijkt me een typisch gevalletje fiftyfifty – allebei de helft van de schuld.' Hij reikt over tafel en pakt mijn hand beet. 'Meen je het echt, dat je het niet wilt?' Hij klinkt ongewoon weifelend.

'Ik weet het niet', zeg ik zachtjes, en ik voel opeens een hevige genegenheid voor hem. Dan begint er iets in mijn hoofd te zoemen. Ik hoor het aanhoudende beuken weer van de branding vanmorgen. Ruiten die verbrijzelen. 'Het spijt me, ik weet het echt niet! Het is allemaal veel te veel nu.'

Mac geeft een kneepje in mijn hand en knikt. Terwijl ik mijn tranen binnen probeer te houden vraag ik me af wat hij werkelijk denkt. Hij kan zeggen wat hij wil, maar hier heeft hij vast niet aan gedacht toen we een relatie kregen.

'Hij wil een hond', flap ik eruit.

'Wie?' vraagt Mac verbaasd.

'Ben.'

Mac lacht. 'Dan geef je hem er toch een!'

'Zomaar?'

'Waarom niet? Niks mis met een hond. Ik hou van honden. Jij houdt van honden.'

Ik zucht uit machteloosheid.

'Wat is er, Gemma?'

'Ik wil gewoon weten of het allemaal goed komt, wat "het" ook mag zijn.'

'Gem toch. Dergelijke vragen gaan mijn petje ver te boven, helaas.'

Ik kijk weer naar de salon. Het pand is in dezelfde kleur roze geverfd als Tara's nagellak.

Mijn blik zwenkt terug naar Macs bezorgde gezicht. 'Ik heb bedenktijd nodig. Je had hier niet moeten komen, en het was beter geweest als ik je nog niets had verteld. Je moet nu weggaan.' Ik zeg het fluisterend, terwijl ik alles op alles zet om me te beheersen. Ik wil hem niet kwetsen, maar hij verstikt me met zijn gevoelens. 'Sorry, maar dit lukt me nu niet. Ik mag nu niet instorten. Je moet me een tijdje met rust laten.'

'Dat meen je toch niet?' Mac kijkt me ongelovig aan. Hij trekt zijn hand weg en laat zich tegen zijn rugleuning zakken. 'Je kunt me niet blijven buitensluiten. Krijg die baby of niet, blijf in Smithson of niet, maar hoe dan ook hoop ik er voor je te zijn. Koop verdorie die hond voor Ben. Dat betekent echt niet dat je je settelt. Ik weet dat je daar doodsbang voor bent, maar je bent heus niet de enige.'

'Maar dit is niet wat jij wilt, hè? Dit is niet waar je voor hebt getekend. Niets van dit alles.'

'Ik zal niet zeggen dat het gemakkelijk was', zegt Mac verbeten. 'Toch heb ik er één ding van geleerd, en dat is dat ik veel om je geef. Er is nog veel onduidelijk, maar dát weet ik tenminste zeker. Ik kan je geen zekerheid geven – dat kan niemand. Maar hou op daarnaar te zoeken.'

Ik duw mezelf overeind. 'Het spijt me, Mac. Ik heb hier een klus af te maken. En ik moet eerst van Ben horen wat hij wil. Ik heb gewoon een beetje tijd nodig.'

'Nou, dan wacht ik maar rustig tot ik weer van je hoor, oké?' Hij kijkt gespannen.

Er valt niets meer te zeggen. Ik ontworstel me aan zijn blikken en loop trillend naar mijn auto. Vanachter de voorruit kijk ik toe hoe hij een briefje van tien dollar op het tafeltje legt en wegloopt. De metertjes op het dashboard draaien voor mijn ogen, ik haal een paar maal diep adem en na enkele ogenblikken bedaart het tumult in mijn hoofd. Als de schoonheidssalon ten slotte vaste vorm aanneemt, komt er opeens een sluimerend besef aan het licht.

Ik stap uit en steek de weg over.

Tara moet me hebben zien aankomen – ze loopt de winkel uit en zwaait me vriendelijk glimlachend toe. 'Goedemorgen, rechercheur!' kirt ze. 'Ik ben zo blij dat je eindelijk eens langskomt, maar eigenlijk zijn we vandaag gesloten. Ik zit hier alleen wat achterstallig werk te doen. Met een klein bedrijfje heb je nooit rust, hè, er ligt altijd zoveel werk.' Ze pakt een folder voor me uit de plastic hoes die aan het stoepbord is bevestigd. 'Hier staan alle behandelingen in.'

‘Tara,’ begin ik, terwijl ik ondertussen de kluwen in mijn hoofd probeer te ontwarren, ‘je had toch een kapotte etalageruit? Ik weet vrij zeker dat ik heb gezien dat er een nieuwe in werd gezet. Zei je niet dat er ingebroken was?’

Haar glimlach verdwijnt. ‘Ja, iemand heeft een steen door de ruit gegooid.’ Ze trekt een pruillip. ‘Er hing een schilderij, dat is helemaal verruïneerd. Eerlijk gezegd voel ik me daar erg rot over’, vervolgt ze. ‘Een ruit kan vervangen worden, maar een kunstwerk natuurlijk niet. De kunstenares, Elsha, was behoorlijk van streek en ik weet niet of de verzekeringsmaatschappij de schade gaat vergoeden.’

‘Wanneer is dat gebeurd? Op zaterdagavond?’

‘Tja, eh,’ zegt Tara, die nu wat geïrriteerd kijkt, ‘ik heb zondagochtend wel het bureau gebeld, maar de agente die ik aan de lijn kreeg zei dat ik later terug moest bellen. Ik hoorde geschreeuw op de achtergrond, maar toen wist ik dat van Abbey nog niet. Uiteraard hebben we later gehoord dat iedereen aan het zoeken was, dus toen hebben we het glas maar opgeveegd en de salon zo goed als het ging aan kant gemaakt. Er stonden boekingen voor de hele week, dus ik had geen keus. En toen kwam dat ongeluk met Tommy er nog bij, dus de zaak is een paar dagen blijven liggen. Eric heeft een plastic zeil uit het ziekenhuis voor de ramen gehangen, dat was het beste wat we ondertussen konden doen. Een complete nachtmerrie, eerlijk gezegd.’

‘Maar het is zeker van zaterdag op zondag gebeurd?

Tara stapt achteruit en zegt langzaam: ‘Ja, ik geloof van wel. We hebben zaterdagavond met het gezin in de pub gegeten, zoals altijd. Het was bingoavond, een inzameling voor het ziekenhuis. Die actie was al vroeg afgelopen, zo rond halftien, en we zijn langs de salon naar huis gelopen. Toen was er niets aan de hand. Maar zondagmorgen om zeven uur was dat wel anders.’ Ze wijst naar de overkant. ‘Mary van het café belde om het me te vertellen. Ze had het gezien toen ze openging. We hebben nooit contant geld in het pand, vandaar dat er geen alarm is.’ Tara staart naar haar salon. ‘Misschien zouden we er toch een moeten. Wat denk je?’

Ik luister amper naar haar terwijl ik een stap opzij doe en het raam bekijk. ‘Wat heb je met die steen gedaan? Heb je die nog steeds?’

Ze kijkt me onbegrijpend aan. ‘Ik heb geen idee. Misschien weet Eric dat wel. Zal ik hem bellen...?’

‘Tara, is er ooit eerder zoiets gebeurd? Is er bij jullie thuis weleens iets vernield?’

‘Natuurlijk niet.’ Haar stem stokt en ze kijkt geschrokken. De boogjes van haar wenkbrauwen proberen een frons in haar strakke voorhoofd te duwen. Dan recht ze haar schouders en zegt: ‘Eric is árts. We zijn vooraanstaande leden van deze gemeenschap. Weet je niet hoezeer we ons inzetten voor...’

Maar ik ben alweer op weg naar mijn auto.

Vrijdag 15 april, 9.14 uur

Onderweg naar het politiebureau realiseer ik me dat ik mijn werktelefoon bij de Gordons heb laten liggen. Vanessa's auto staat niet op de oprit, en ik herinner me vaag dat ze me heeft gevraagd of Ben vandaag mee mocht als ze met Tommy naar het ziekenhuis ging.

Op het brommen van de vaatwasser na is het stil in huis. Inka staat bij de achterdeur droevig naar me te staren en jammert doordringend. Mijn hartslag wordt sneller en ik vang een zwak gezoem op. Komt dat bij de koelkast vandaan? Om onverklaarbare reden voel ik me schichtig, gris mijn telefoon uit mijn slaapkamer en wil weggaan. Dan sta ik in de zonnige gang stil, en ik weet al wat ik ga doen voordat het goed en wel tot me doordringt.

De deur naar Vanessa en Tommy's badkamer staat op een kier. Ik geef er een zetje tegen tot ik de spiegelkast zie. Ik probeer eerst een paar kastdeurtjes en laat mijn blik over de verzorgingsproducten gaan en trek daarna een voor een de laden open. De middelste la zit vol verpakkingen van de apotheek. Het moeten er minstens vijftien zijn. De onderste lade ook: valium, oxycodon, alprazolam.

Ik buk en haal er voorzichtig eentje uit – op de sticker staat de naam van dokter Eric Sheffield en de datum van november vorig jaar. Lang voor Tommy's ongeluk. Ik pak er nog een. Deze is voor Vanessa, met een datumstempel van januari. Een andere is voor Kevin Gordon, op recept van een arts in Byron Bay, en op een van de doosjes valium staan de gegevens van Kai Lane, voorgeschreven door Eric.

Onmiddellijk zie ik een montage van scènes voor me. Tommy's

glazige blik. Zijn vage gepraat. Dat hij continu pillen slikt. De opgetrokken wenkbrauwen van Simon Charleston, Erics raadselachtige vragen over Tommy's gezondheid in het ziekenhuis.

Het lijkt of de muren op me afkomen als ik naar de inhoud van de lade staar. Wat is hier in hemelsnaam aan de hand?

Verhandelt Tommy medicijnen? Hamstert hij medicijnen en verkoopt hij die door? En is Eric er op een of andere manier bij betrokken? Ik kijk weer naar de medicijnverpakkingen. Lane ook?

Ik kom overeind en voel mijn bloeddruk kelderen. Terwijl de flauwte wegebt bekijk ik mijn spiegelbeeld. Ik zie er niet uit. Ik vraag me af wat er zou gebeuren als ik een paar van die witte pilletjes achterovergooide. Zouden ze de doffe pijn stillen die me in zijn greep houdt sinds Scott ziek werd? Zouden ze al het lawaai tegenhouden? Het gezoem in mijn hoofd?

Ik leg het doosje weer bij de andere in de lade. Nee. Dat zou het voor mij misschien makkelijker maken, maar voor Ben zeker niet.

'Ach, rot toch op', zeg ik, trap de lade dicht en storm het huis uit.

Als ik terugrijd naar de stad, zit ik mezelf enorm op te fokken en word hoe langer hoe bozer. Het lijkt wel of iedereen die ik hier tegenkom iets te verbergen heeft, en ik ben het spuugzat.

Het gezicht van Mac zweeft voor mijn geestesoog. Ik druk het beeld snel weer weg.

Ik parkeer voor de supermarkt, waar ik zonder Roxy in de ogen te kijken een pakje sigaretten en een aansteker koop. Een paar honderd meter bij het politiebureau vandaan zet ik de auto voor het pad door de struiken stil en stap prutsend aan de plastic wikkel uit.

Ik stel me voor hoe Abbey hier zaterdagavond stond. Was ze met Rick? Waren ze in een handeltje verstrikt geraakt, werkten ze samen tot er iets fout liep? Hadden ze gedreigd alles aan de grote klok te hangen? Ik steek een sigaret op en staar naar de lucht. En hoe zit het met Lane? Wat heeft hij hiermee te maken?

De herinneringen komen binnendruppelen, maar vormen al snel

een hele stroom: Nicki Mara's gehavende lichaam, haar nietsziende ogen. Mac die me tegenhield terwijl ik dichterbij probeerde te komen. Owens verslagen blik.

De gedachte dat het gebroken lichaam van Abbey misschien ergens in de buurt ligt te vergaan laat me maar niet met rust. Het was vreselijk toen we Nicki vonden; het zou nog erger zijn geweest als we haar nooit hadden gevonden. De rook blijft bij me hangen en het bloed stijgt naar mijn hoofd. Kokhalzend mik ik de sigaret op de grond en trap hem onder het stof. Waar ben ik in godsnaam mee bezig? Ik moet mezelf meester worden.

Ik stap de auto weer in, neem een flinke slok uit mijn flesje water en rijd naar het bureau.

Met grote passen loop ik naar binnen en kijk de drie agenten strak aan. 'Wie van jullie heeft die inbraakmelding in de schoonheidssalon opgenomen?' blaf ik.

Ze zitten allemaal doodstil. Na een ogenblik staat De Luca op. 'Ik.'

Er klinkt ergens muziek uit een computer. 'Zet eens uit', snauw ik.

Grange prutst aan zijn luidsprekers en gooit er een omver.

'Waarom heb je me daar niks over gezegd?' vraag ik De Luca.

Al is mijn blik op haar gericht, ik ben me ervan bewust dat Lane vlakbij is; in gedachten zie ik het doosje medicijnen met zijn naam erop in de lade van Tommy's badkamer liggen, en ik voel de woede weer aanzwellen.

De Luca is behoorlijk van streek en bloost niet bepaald charmant. 'Het leek me gewoon niet belangrijk', stamelt ze. 'Toen Tara zondagochtend belde heb ik het Tommy gezegd, maar op dat moment hadden we Daniels telefoontje al binnen dat Abbey vermist werd. Tara zei dat er niets uit de salon was gestolen, en vervolgens vroeg Tommy me om mee te gaan naar Rick.' De Luca lijkt behoorlijk van haar stuk gebracht. 'Door de zoektocht naar Abbey en daarna het ongeluk van Tommy ben ik er maandag pas mee verdergegaan, toen we bij de Fletchers vandaan kwamen. Dinsdag heb ik Noah de aangifte laten verwerken.'

Even sluit ik mijn ogen. Ik weet wel dat mijn boosheid over veel meer gaat dan alleen deze nalatigheid, toch kost het me moeite me te beheersen. 'Dacht je dan niet', zeg ik ingehouden, 'dat een vernieling, vlak bij de plek waar iemand vermoedelijk is gedood, van belang zou kunnen zijn?'

Ze slikt en kijkt naar haar collega's; die schieten niet te hulp maar staren naar de vloer. 'Het spijt me', zegt ze, en haar korte haar zwiept om haar gezicht als ze haar hoofd buigt.

'Met spijt gaan we deze zaak niet oplossen. Alles kan een aanknopingspunt vormen, en ik moet erop kunnen rekenen dat je geen cruciale informatie over het hoofd ziet. Dit had aan het tijdpad toegevoegd moeten worden. We komen nou niet bepaald om in de aanwijzingen.'

'Ik zie in dat ik nalatig ben geweest', zegt De Luca stijfjes. Ze staat op. 'Sorry.'

Het lijkt of ik haar zacht hoor snikken als ze het kantoor uit loopt.

Lane en Grange kijken even naar mij, waarna ze hun blikken weer op het verschoten tapijt richten.

'Ik wil ook met jou praten', zeg ik tegen Lane. Ik stap langs hem heen en hoor hem achter me aan lopen. Nog steeds ziedend van woede trek ik de deur van de vergaderzaal dicht en sla mijn armen over elkaar.

Lane gaat behoedzaam op het puntje van een stoel zitten en slikt hoorbaar. 'Wat is er?'

'Heb je Tommy Gordon weleens medicijnen gegeven?'

Er glijdt een ongelovige blik over zijn gezicht. 'Hè?'

'Ik heb tabletten bij de Gordons gezien met jouw naam op het doosje. Leg eens uit.'

Lane kijkt me wezenloos aan en veert plotseling op. 'O, valium, toch? Ja, dat is een recept dat ik vorig jaar heb gekregen voor een oude sportblessure, maar uiteindelijk had ik die valium niet echt nodig. Toen Tommy hier op een dag met een zere rug aankwam heb ik hem het doosje gegeven en gezegd dat hij het mocht houden. Niets bijzonders.' Hij staat weer vol zelfvertrouwen op en kijkt me vragend aan. 'Was dat het?'

Onze blikken haken in elkaar. 'Dat was het', zeg ik en trek de deur open. Als hij het vertrek uit loopt blijf ik hem aankijken en volg hem dan. 'Goed', zeg ik kortaf. 'Grange, jij moet nog achter Eric aan. Lane, ik wil dat jij je op Aiden concentreert. Om te beginnen wil ik bevestigd hebben dat Georgina echt een telefoontje van hem heeft gehad. Zo ja, kijk dan of je kunt traceren waarvandaan er gebeld is. Daarna kun je contact opnemen met die ex-vriendin van hem; wie weet wat dat oplevert.'

'Ik moet ook de alibi's van die mensen op de bewakingsvideo's nog natrekken', zegt Lane. 'En er zijn beelden binnengekomen uit Sydney, van de plaatsen waar Aidens creditcard is gebruikt.'

'Mooi, aan de slag', zeg ik en loop het bureau uit.

Ik hoor De Luca voordat ik haar zie. Ik loop om de hoek van het gebouw, waar ze met een hand boven haar ogen staat te bellen en een voor een haar voeten strekt. Als ze me aan ziet komen mompelt ze iets in de telefoon, veegt snel met een vinger onder haar linkeroog en hangt op. Haar ranke neusvleugels zijn een beetje rood, maar ze stelt zich even gereserveerd op als altijd. 'Excuses dat ik daarnet wegliep', zegt ze kortaf. 'Dat was niet professioneel.'

'Excuses dat ik je zo op je nummer zette', zeg ik. 'Dat was niet nodig, en eerlijk gezegd ook niet in eerste instantie op jou gericht. Ik was nijdig.'

Ze lijkt verrast, knikt alleen maar en steekt dan turend in de zon haar kin in de lucht. Ze is ten minste een kop groter dan ik, maar toch merk ik een bepaalde kwetsbaarheid bij haar, een smeulende frustratie. Ik moet denken aan wat Tommy een paar dagen geleden thuis over haar zei en voel opeens een zekere affiniteit met haar, ondanks haar stekelige houding.

'Hoelang werk je al op dit bureau?' vraag ik.

'Vier jaar.'

'En wat zijn je ambities? Wil je graag hoofdagent worden? Of ga je voor brigadier?'

Ze balt haar vuisten. 'Als ik hier blijf zit brigadier er voor mij niet in.'

Ik sla mijn armen over elkaar en leun tegen de muur. 'Hoezo niet?'

'Daar is geen sprake van.'

'Dat begrijp ik niet.'

'Ik heb het er met Tommy over gehad, maar die denkt dat ik er niet klaar voor ben.' Ze trekt een mondhoek op.

'Tja,' zeg ik diplomatiek, 'het is niet echt aan mij om hier iets over te zeggen, maar misschien kun je hem eens om wat bijzonderheden vragen en een carrièrepad uitstippelen.'

Ze rolt met haar ogen. 'Ik ken die bijzonderheden wel. Volgens hem vormt mijn "levensstijl" een probleem en dan ben ik ook nog eens zijn type niet. Ik zit niet te wachten op zijn stomme grapjes en zijn ouwelullenopvattingen', zegt ze schamper. 'Dus het is nogal duidelijk dat ik hier niet verder kom.'

'Het is niet makkelijk, hè?' zeg ik na een stilte.

'Voor sommigen is het makkelijker', zegt ze stuurs. 'Je hebt geen idee.'

Ik schiet verbaasd in de lach. 'Wat bedoel je daarmee?'

Ze schokschoudert. 'Jij bent zo ervaren dat mensen als Tommy je hierheen halen en je twee belangrijke onderzoeken geven.'

Daar kijk ik van op. 'Ik ken Tommy amper, maar hij heeft me in ieder geval niet gevraagd om het onderzoek te leiden – dat was Tran.'

'Nee,' hakkelt De Luca, 'dat klopt niet. Ik heb voorgesteld dat ik met Trans hulp de leiding zou nemen, en dat schijnt ze te hebben overwogen, tot Tommy begon te protesteren. Volgens hem had ik helemaal geen leidinggevende capaciteiten. Lane zei dat hij iemand wou inschakelen op wie hij kon rekenen.' Ze houdt haar hoofd schuin. 'Ik moet toegeven dat het me verbaasde dat je een vrouw bent. Blijkbaar heeft hij geen bezwaar tegen jou en tegen mij wel.'

Ik steek mijn handen in de lucht. 'Ik weet niet waar dit allemaal vandaan komt, maar het is toeval dat ik hier ben. Tran had aanvankelijk mijn baas gevraagd; ik ben in zijn plaats gekomen. Het kan me niet schelen wat er wel of niet gezegd is, maar ik ben hier nu en ik zou het op prijs stellen als onze samenwerking voortaan een stuk beter verliep. Jij ook?'

De Luca staart naar de grond en knikt stijfjes.

'Mooi. We hebben genoeg op ons bordje zonder allerlei extra toestanden. Oké?'

Ze veegt haar neus af en rekt zich in haar volle lengte uit zodat ze op me neerkijkt. 'Oké. Ik kreeg geen kans het je eerder te vertellen, maar volgens mij heb ik Robert Weston gevonden.'

Vrijdag 15 april, 15.06 uur

De Luca heeft met een backpackerhotel bij Bondi Beach gebeld waar Robert Weston maandagavond had ingecheckt. 'Hij was er gisteravond, en het meisje dat ik vanochtend aan de lijn had zei dat ze niet achter de balie weg kon om op zijn kamer te kijken, maar toen ze me doorverbond nam hij niet op.'

De Luca opent haar mailprogramma en laat me de boekingsbevestiging zien die het hostel haar heeft gemaild. Roberts alledaagse gezicht staart me vanaf de scan van zijn paspoort aan.

Ik werp een blik op het overzichtsbord: Robert, Aiden, Abbey. Daniel Clark. Eric. Georgina en Ian Fletcher.

'Heel goed gedaan', zeg ik en ik leg een hand op haar schouder. 'Ik zal even bellen. We sturen er een paar agenten naartoe, misschien krijgen die hem te pakken.'

Ik bel Owen, die me belooft een agent naar het hostel te sturen zodra dat mogelijk is.

Na het korte moment van opwinding schuiven we alle vier weer achter de stapels papier op ons bureau. Het is zo stil dat ik telkens als er een auto voorbijkomt de banden over het asfalt hoor rollen. De geur van geroosterd brood wakkert mijn misselijkheid aan en met een blik op de anderen neem ik nog een slokje water. De Luca maakt afwisselend aantekeningen en typt op haar laptop. Grange heeft het puntje van zijn tong uit zijn mond gestoken; de frons tussen zijn ogen is diep genoeg om er een tandenstoker in te kunnen stoppen. Lanes onbewogen gezicht lijkt kalm, al bewegen zijn ogen niet over het document voor hem en grijpt hij telkens naar zijn nek, die hij dan driftig begint te kneden. Ik sla mijn benen de andere kant op over elkaar zodat ik geen kramp krijg.

Ik sluit mijn ogen en denk terug aan Aiden die maandag bij zijn huis aankwam en instortte. Ik weet zeker dat zijn verdriet echt was, maar het blijft de vraag of hij niet iets met Ricks dood te maken heeft.

Ik schrik op als ik merk dat Grange naast me staat. 'Rechercheur Woodstock,' zegt hij aarzelend, 'het kost me moeite om de financiële gegevens van het ziekenhuis te pakken te krijgen. Dat is nogal ingewikkeld – er zit een holdingcompany boven, en de financiën van de schoonheidssalon zijn eraan gekoppeld. De accountants zitten in Sydney. Ik heb met iemand daar gesproken, en die zei dat hij zowel Erics als Tara's toestemming moest hebben, maar Eric is kamperen met zijn zoon. Dat had hij ons in het ziekenhuis al gezegd.'

'Allemachtig', mompel ik.

'Zeg dat wel. Het is me wel gelukt Eric te vinden op de bewakingsvideo's uit het ziekenhuis van maandagochtend.'

'Om hoe laat?'

'Eh... om 6.33 uur.'

De Luca kijkt op. 'Dat betekent niet dat hij niet bij Rick kan zijn geweest.'

'Nee, dat niet', zeg ik. 'Vraag na bij Tara hoe laat hij die ochtend van huis is gegaan en graaf nog even verder in hun boekhouding. Zo nodig regelen we een huiszoekingsbevel. Dat zullen we uiteindelijk wel krijgen, al hebben we pech dat het paasweekend is.'

'Bingo', zegt Lane vanachter zijn computer.

'Wat?'

'Het busje van Aiden, bij een tankstation in Penrith, Sydney.'

'En?'

'Hij zit niet achter het stuur. Een andere knul die ik niet ken.'

'Shit, oké. Kijk of je erachter kunt komen wie dat is. Dit betekent niet dat Aiden de afgelopen week niet in Sydney was. Maar wel dat we geen idee hebben waar hij heeft uitgehangen. Ze moeten wel wegwerptelefoons gebruiken. Zaten er vingerafdrukken op de telefoons die we bij hen thuis hebben gevonden?'

'Ja, alleen van Rick en Aiden.'

'Waren het oude modellen?'

Lane knikt naar het dossier. 'Nee, maar het waren goedkope mobieltjes. Niet het soort waarvoor ze een abonnement hadden.'

'Misschien had Abbey ook een andere telefoon', zeg ik. 'Het ziet ernaar uit dat ze alles contant betaalde. Als ze nog een telefoon had, kan ze zonder dat wij dat weten na haar bezoek aan het politiebureau nog met anderen contact hebben gehad. Ze kan zelfs iemand hebben gevraagd om haar op te halen. Of misschien hebben Rick en zij elkaar zaterdagnacht toch gesproken.'

Lane knikt langzaam.

'We moeten met alle telefoonshops in de stad gaan praten. Misschien is er iemand die zich herinnert de afgelopen maanden een prepaid aan Rick, Aiden of Abbey te hebben verkocht.'

'Alleen in Fairhaven?' vraagt Lane, die zijn portemonnee in zijn zak stopt.

'Zie maar hoever je komt', zeg ik. 'Neem een paar foto's van ze mee – ze zullen wel niet hebben gepind, maar misschien herinnert iemand zich ze.'

Hij pakt snel zijn spullen bij elkaar.

'En vraag meteen ook naar Daniel Clark', voeg ik toe.

Hij staat stil, houdt mijn blik even vast en knikt dan.

'Er is nóg iets', zegt De Luca als Lane wegloopt. Ze komt naast me staan en legt wat papieren op mijn bureau. 'Zie je dit?' vraagt ze, terwijl ze naar een paar rijen getallen bovenaan de bladzij wijst. 'Dit is van vorig jaar, toen Rick in de pub ging werken. Elke week komt zijn salaris binnen, tussen de honderd en tweehonderd dollar.'

Ik laat mijn wijsvinger langs de kolom gaan. 'Ja.'

'En toen ging hij van school af en begon meer te werken, uiteraard. Die toename zie je hier, vanaf november. De inkomsten springen naar een paar honderd dollar per week.'

'Klopt', zeg ik.

'We weten ook dat hij eind februari heeft opgezegd bij de pub. Dat zie je aan de betalingen die stoppen. Maar goed, ik heb alle zakelijke gegevens van hem opgevraagd. Hij heeft op 26 februari zijn bedrijfje opgericht en op dezelfde dag een zakelijke bankrekening geopend. Hij is meteen begonnen klanten te werven. We hebben een paar e-mails gevonden die hij naar de ouders van vrienden heeft gestuurd.'

Ik knik. 'Allemaal heel logisch.'

Ze pakt een ander vel papier. 'Klopt, maar niet met zijn uitgaven. Anders dan Abbey had Rick wel een creditcard – al sinds zijn zestiende.' Ze buigt voor me langs en wijst met een pen op een reeks afschrijvingen. 'Hij gaf veel geld uit – aan eten, sigaretten, kleren, surfplanken en muziek. Echt veel meer dan hij bij de pub verdiende.' Ze bladert terug naar het rekeningoverzicht. 'En kijk hier eens? Onverklaarbare kasstortingen, soms wel tot zeshonderd dollar.'

'Kreeg hij geld van zijn ouders? Hij was nog maar zeventien.'

'Voor zover ik kan nagaan betaalde hij geen huur en werden gas, licht en water door zijn ouders betaald. Ze maakten in ieder geval geen geld naar hem over.'

'Misschien gaven ze hem iets contant? Gezien hun eigen handeltje ligt dat voor de hand.'

'Misschien.' Ze fronst. 'Het lijkt alleen nogal veel.'

'Wacht eens', zeg ik terwijl ik de foto's van de plaats delict erbij pak. Het rode bloed op Ricks gezicht steekt fel af tegen de donkere tinten om hem heen. 'En zijn auto dan? Die ziet er vrij nieuw uit.' Ik wijs naar de garagemuur. 'En zijn gereedschap? Ik heb de indruk dat dat ook nieuw is. En we weten nog steeds niet hoe het zit met die koektrommel vol bankbiljetten.'

De Luca pakt de foto's op. 'Uit zijn rekeningoverzicht blijkt niet dat hij gereedschap heeft gekocht, en ook geen auto.'

We kijken elkaar aan als het muntje valt. 'Ga met de Fletchers praten', zeg ik. 'En controleer ook alle bankrekeningen van Aiden.'

Ik moet denken aan Abbeys inkomen van de supermarkt; gaf zij Rick geld?

'Komt voor elkaar.' Met een verbeten blik op haar gezicht verzamelt ze de papieren en gaat terug naar haar bureau.

Ik meld me bij Tran.

'De lijkschouwer wil Ricks lichaam nog niet vrijgeven', vertelt ze me. 'Hij wil er nog een wapenexpert bij halen, en die man kan hier maandag pas zijn.'

'Tja, tot we weten hoe het zit met Aiden, lijkt het me dat de Fletchers sowieso willen wachten met de begrafenis.'

Ik vertel Tran dat we hebben ontdekt dat er iets niet klopt met Ricks inkomen, en dat Aiden niet zelf achter het stuur van zijn busje bij het tankstation zat.

'Dat ziet er niet goed uit, hè?' Ze zucht. 'Ik moet zeggen dat ik medelijden met hun ouders heb, ondanks wat ze hebben uitgespookt. Nou ja, hou me op de hoogte. Na vandaag ben ik een weekendje weg, maar bel gerust. Morgen rond deze tijd wil ik waarschijnlijk wel eventjes aan mijn familie ontsnappen.'

'Wacht nog even', zeg ik als ik naar de vergaderzaal sprint en de deur achter me dichtduw. 'Wat ik je nog wilde meegeven, is dat je Edwina De Luca als dit allemaal achter de rug is eventueel zou kunnen koppelen aan een van je meer ervaren vrouwelijke agenten. Niet per se aan jou,' voeg ik er snel aan toe, 'maar ik geloof dat een mentor haar goed zou doen. Ze is erg ambitieus en levert goed werk af, maar ik ben bang dat ze hier niet de benodigde support krijgt.'

'Ze heeft Tommy', zegt Tran.

'Dat weet ik. Alleen lijkt hij me geen stimulans voor haar zelfvertrouwen. Dringend is het niet, maar ik wilde het even bij je kwijt. Tenslotte ben ik hier maar tijdelijk.'

'Oké, is genoteerd. Alleen denk ik dat De Luca juist beter haar best moet doen binnen de huidige omstandigheden. Ze kan niet verwachten dat ze een bijzondere behandeling krijgt.'

Daar kijk ik van op. 'Ze verwacht helemaal geen bijzondere

behandeling, ik weet alleen niet of ze wel voldoende steun van Tommy krijgt. Je weet ook wel hoe het werkt.'

'Gemma, laat ik het duidelijk zeggen: Tommy is nog geen enkele keer zijn boekje te buiten gegaan. Toch loopt het niet zo lekker met De Luca. Volgens hem heeft ze moeite met mannen.'

'Dat is niet waar. Volgens mij heeft ze een probleem met starre fossielen in het hogere kader.'

'Gemma, ik besef dat het niet zo botert tussen Tommy en jou, maar van zo'n toontje ben ik niet gediend. Ik stel voor dat je je op de zaak concentreert en je niet met het personeelsbeleid van het bureau bemoeit, oké?'

Tran beëindigt het gesprek en ik blijf ziedend van woede in de vergaderzaal zitten. Haar obsessie met de richtlijnen van het korps zorgt ervoor dat ze niet ziet wat overduidelijk is. Dat, of ze negeert het bewust.

Als ik merk hoe laat het is, steek ik mijn hoofd om de hoek van het kantoor. 'Naar huis, jongens', zeg ik. 'Anders maken we weer overuren. Grange, stuur jij een berichtje aan Lane?'

Hij knikt.

Mijn telefoon gaat en ik neem meteen op, maar het is Owen, niet Mac.

'We hebben Robert Weston gevonden.'

Vrijdag 15 april, 17.02 uur

Ik krijg een van de agenten uit mijn oude team aan de lijn en ik regel een videogesprek.

'Over een minuutje of twintig staat alles klaar', zegt ze. 'Gaat dat voor jou?'

'Prima, dan zit ik klaar', zeg ik en mijn vrije hand gaat al naar mijn laptop.

Lane zit weer achter zijn bureau naar de muur te staren. In het tl-licht lijken de paarse kringen onder zijn ogen nog donkerder.

'Is het gelukt met die telefoons?' zeg ik.

Hij wendt zich met een vage blik naar mij. 'O, ja. Min of meer. Iemand op het postkantoor herinnerde zich dat Aiden eind vorig jaar twee toestellen en prepaid-simkaarten was komen kopen. Voor buitenlandse vrienden die op bezoek kwamen, had hij gezegd.'

'Ongeloofwaardig verhaal.'

'Nogal.'

'En weten we inmiddels wie die jongen op de bewakingsbeelden van het tankstation in Penrith is?'

'Nee, maar ik dacht dat ik ermee naar de directeur van de middelbare school kon gaan om uit te sluiten dat het iemand van hier is, en dan een screenshot naar Sydney sturen.'

'Goed idee.' Bijna vraag ik hem mee naar mijn telefoongesprek met Weston, maar hij ziet eruit alsof hij aan een dutje toe is. 'Ik krijg zo een telefoontje. Zie ik je morgen om negen uur?'

Hij knikt. 'Tuurlijk.'

Ik log in op het videokanaal en haal een kop thee terwijl ik op verbinding wacht. Als ik de kantine uit kom is Lane verdwenen.

Weer in de vergaderzaal hoor ik het elektronische geluidje van de binnenkomende oproep, en ik neem op. Er komen twee mannen in beeld: Robert zit rechts, gekleed in een wijde bermuda en wit T-shirt, en tegenover hem zit een jonge agent die ik niet herken. De agent richt een afstandsbediening op mij en zet het geluid aan. 'Oké, rechercheur Woodstock, hoor je me?'

'Ja, ik hoor je.'

De agent vermeldt de datum en tijd en stelt zich dan voor. Hij legt Robert uit dat ik hem enkele vragen zal stellen, en dat ons verhoor wordt opgenomen maar dat hij niet aangehouden is. Als de agent de camera naar Robert zwenkt, stel ik mij voor en vraag hem dat ook te doen.

'Robert Phillip Weston', zegt hij zachtjes. 'Ik ben negentien en kom uit Brighton in Engeland.'

'Robert, weet je waarom ik met je wil praten?'

Hij trommelt met zijn vingers op tafel. 'Ik geloof van wel. Over dat meisje.'

'Welk meisje?'

'Het meisje dat vermist is. Abbey Clark.'

'Kende je haar, Robert?'

'Ik ben haar een paar keer tegengekomen. In een winkel en later op het feest.'

'Heb je met haar gepraat?'

Hij knikt. 'In de winkel maar heel kort. Op het feest heb ik wel met haar gesproken. Ik wist niet dat ze vijftien was, eerlijk waar. Dat zag ik later pas, op het nieuws.'

'Zou haar leeftijd een probleem zijn geweest?'

'Nou ja, ik had natuurlijk niet eh, met haar geflirt als ik dat had geweten.' Hij buigt naar voren en veegt zijn neus af. 'Ik vond haar gewoon erg knap en zo.'

'Heb je verder nog contact met haar gehad, afgezien van in de winkel en op het feest?'

Hij schuifelt in zijn stoel. 'Ik heb haar een paar berichten via Facebook gestuurd. Geen idee waarom eigenlijk – ik vond haar gewoon leuk, denk ik.'

'Heeft ze je geantwoord?'

Hij knikt enthousiast. 'Ze stuurde een heel aardig berichtje terug.'

'Hoe reageerde ze op je versierpogingen tijdens het feest?'

Opeens kijkt hij beteuterd. 'Ze was behoorlijk pissig. Geen idee waarom, ik deed gewoon aardig maar ze was heel chagrijnig en nogal bot. Van een ander meisje hoorde ik dat ze ruzie met haar vriendje had, dus daar zal het wel mee te maken hebben gehad.'

'En wat gebeurde er na jullie gesprekje?'

'Eigenlijk niks.' Hij haalt zijn schouders op. 'Ik heb telkens geprobeerd om met haar te praten. Ik dacht: als we maar weer aan de praat komen, dan ziet ze vast wel in hoe goed we bij elkaar passen, maar ze hield me de hele tijd af. Mijn vrienden gingen terug naar het vakantiepark, maar ik ben gebleven. Ik ergerde me eerlijk gezegd toch al de hele tijd aan hen, ze zaten me telkens over Abbey te jennen.'

'Goed, dus jij bleef op het feest. En met wie heb je gepraat?'

'Met een ander meisje. Beth. Het feest was in haar huis – nou ja, dat van haar ouders.'

'En hoelang heb je met haar staan praten?'

Robert zucht. 'Niet lang. We hebben een poosje staan vozen, zeg maar zoenen en zo en ze was geweldig, maar opeens begon ze heel raar te doen. Eigenlijk had ze een vriendje, zei ze. Toen ben ik weggegaan.'

'Waarnaartoe?'

Hij krabt aan zijn pols, maar hij wendt zijn blik niet af. 'Weer naar het vakantiepark. En toen ben ik nog sigaretten gaan kopen.'

'Ben je onderweg iemand tegengekomen?'

Hij zwijgt en blaast zijn adem uit. 'Ja. Ik heb haar gezien. Dat meisje. Abbey.'

Ik merk dat ik me vooroverbuig en het bureau vastgrijp. 'Hoe laat was dat?'

Hij haalt zijn schouders op. 'Iets na middernacht, geloof ik. Zo rond kwart voor hield ik het voor gezien. Een van de buren ging door het lint vanwege het lawaai toen ik wegging.'

'Waar heb je Abbey gezien?'

Hij harkt zijn vingers door zijn korte kapsel en zegt: 'Ik liep over de weg die op de hoofdstraat uitkomt.'

'Felton Way?'

'Ja, volgens mij wel. Maar goed, ik liep dus aan de kant van de weg. Toen ik een meter of vijftig voor de bocht was, kwam er iets tussen de bomen aan de overkant van de straat vandaan. Even later zag ik dat zij het was.' Handenwringend slaat hij zijn ogen neer. 'Ze rende – en ze hield iets beet.'

'Wat dan?'

'Ik was te ver weg om dat te kunnen zien, maar het leek me iets zwaars.'

'Heb je haar geroepen?'

Robert schudt zijn hoofd. 'Nee, zo dichtbij was ik niet en ik wilde haar niet laten schrikken.'

'Weet je dat zeker? Op het feest probeerde je dit meisje te versieren, en dan ben je opeens alleen met haar en waag je niet nog een poging?'

'Zo zat het niet, echt niet. Het leek net of ze iets aan het doen was... Ze rende heel snel. Ik kan het niet goed uitleggen.'

'Maar je weet zeker dat je haar niet hebt aangesproken?'

'Nee, maar ik ben haar wel gevolgd – ik bedoel, die kant moest ik sowieso op.'

'Oké, en wat gebeurde er toen?'

Robert gaat sneller praten. 'Toen kwam ze bij de hoek, u weet wel, waar die roze schoonheidsdinges zit. Ik bleef een stukje verder aan de overkant van de straat staan en hield haar zo'n beetje in de gaten.'

Ik weet vrij zeker wat er daarna gebeurde, maar vraag het toch. 'Wat deed ze, Robert?'

'Een poosje stond ze daar maar, naar het gebouw te staren. Best griezelig, alsof ze bezeten was.' Hij slikt. 'Opeens leek het of ze bijkwam, ze sprong op, deed een stap naar achteren en rende op het raam af.' Nu kijkt hij recht in de camera, met een heldere, verbijsterde uitdrukking in zijn donkere ogen. 'Ze gooide de steen zo door de ruit.'

Vrijdag 15 april, 17.47 uur

Ik kan het zien. Voelen. Eén ogenblik van pure, onvervalste razernij. De tijd die vertraagt als de steen door de lucht zeilt, daarna een zalig gevoel van bevrijding wanneer de glassplinters neerregenen. Het moet heftig, verrukkelijk en daarna beangstigend zijn geweest. Ik vraag me af of Abbeys woede met het neerkomen van het glas zal zijn weggeëbd of dat de woeste daad haar nieuwe energie en kracht had gegeven? Haar ervan verzekerd dat ze best weerstand kon bieden?

'Wat deed ze daarna?' vraag ik Robert zachtjes.

Hij kucht. 'Ze bleef er even naar staan kijken en toen ging ze ervandoor. Ze rende bij de winkels vandaan en verdween weer tussen de struiken.'

'Ben je haar achternagegaan?'

'Nee! Ik zweer het. Ik kreeg er juist compleet de stuipen van. Vorig jaar heb ik een vechtpartij meegemaakt, daar viel een dode bij... Het klinkt vast heel stom maar door deze toestand moest ik daar weer aan denken. Ik wou alleen zo snel mogelijk weg daar.'

'En wat heb je gedaan?'

'Ik ben een poosje blijven staan, maar er kwam niemand en er ging geen alarm af, dus ik ben naar het vakantiepark teruggegaan. Die sigaretten heb ik maar laten zitten.'

'Waarom ben je maandag uit Fairhaven vertrokken?'

'Weet ik niet', zegt Robert met een verwarde blik. 'Ik wilde er gewoon niet blijven, denk ik. Ik heb het nieuws gezien... Ik wist dat ze verdwenen was en besefte dat het slecht zou overkomen dat ik haar berichtjes had gestuurd en telkens met haar wou praten. En de meisjes van de supermarkt hadden me daar vaak gezien.' Hij grijpt naar zijn hoofd. 'Dat overkomt me af en toe, dat ik me helemaal op iemand stort. Geen idee waarom. Abbey leek me een coole chick en ik wilde met haar praten. Daar is niks mis mee, hoor.'

Ik zeg niets, zodat alleen Roberts gejaagde ademhaling in het vertrek klinkt.

'Bovendien zaten mijn vrienden me te treiteren en alleen maar wat rond te lummelen...' Hij laat zijn hoofd in zijn handen zakken. 'Het was echt onwijs stom om niks te zeggen. Zodra de politie vandaag belde had ik iets van: ja, ik moet iemand vertellen wat ik heb gezien. Maar maandag, toen wilde ik alleen maar wegwezen.'

'En je kende Rick Fletcher niet, haar vriendje?'

'Nee, nooit gesproken. Maar Beth zei dat hij die gast was met wie Abbey op het feest ruzie stond te maken.' Robert staart met grote ogen in de camera. 'Ik heb gelezen dat hij vermoord is. Had dat iets te maken met wat Abbey is overkomen?'

Ik stel Robert nog een paar vragen. Blijkbaar heeft hij zaterdag tijdens zijn nachtelijke wandelingetje verder niemand gezien. Ik zeg hem dat we binnenkort weer met hem moeten praten, verbreek de videolink en leg mijn hoofd in mijn handen. Alles aan Roberts lichaamstaal en gedrag kwam me oprecht over, maar toch neem ik me voor Kate te vragen of ze nog ergens bijhoudt hoe laat haar gasten na sluitingstijd het vakantiepark op komen.

Ik sta op en kijk op mijn telefoon terwijl ik mijn rug strek. Niks van Mac.

Ongerust bel ik Vanessa. 'Ik zit nog op het bureau', zeg ik. 'Mag ik Ben even aan de lijn?'

'Tuurlijk.'

Ben lijkt weer vrolijk te zijn en rebbelt over een nieuw spel dat hij van Charlie heeft geleerd. Ik vecht tegen mijn tranen als ik naar zijn uitleg luister. 'Moet je weer overwerken vanavond, mam?' vraagt hij.

'Ik wil nog een paar dingen afronden, oké? Het wordt niet erg laat. Misschien kun je me straks laten zien hoe dat spel van Charlie gaat.'

In de kantine van het politiebureau maak ik een beker oploskoffie die ik onderweg naar de pub opdrink. Als de cafeïne in mijn bloedbaan terechtkomt krijg ik een stoot nieuwe energie. Ik denk aan Roberts beschrijving van Abbeys actie. Waarom had ze het op de salon gemunt? Was het zomaar, uit drift om haar woede af te reageren? Wilde ze wraak op de Sheffields nemen? Om iets wat Tara of Eric haar – of Rick – had aangedaan?

Ik stap uit en wrijf in mijn ogen, terwijl mijn hart op hol slaat: er loopt een man op het pad langs het strand en even denk ik dat het Mac is. Gespannen ga ik de pub binnen en word meteen ondergedompeld in de bierwalm.

Het is er al druk; groepjes jongeren verdringen zich rond de biljarttafels. Ik zie Simon Charleston bij de bar staan, knik hem gereserveerd toe, en loop dan naar de bar en bestel een lightbier.

Cam begint te stralen als hij me ziet. 'Gemma, hoi!' Hij buigt zich over de bar tot hij verontrustend dicht bij mijn gezicht is. 'Ik hoop dat ik je zopas geen last heb bezorgd? Met die kerel?'

'Ach nee, niks aan de hand. Het was maar een klein misverstand.'

Hij rolt met zijn ogen. 'Ik weet hoe die ontstaan – ik schijn er een gewoonte van te maken.' Hij tapt vakkundig drie biertjes en zet die voor een tengere blonde vrouw neer. 'Dus alles is weer oké tussen jullie tweeën?'

'Ja hoor, helemaal goed.' Ik neem een slokje en zie dat Simon me somber vanachter een tafeltje in de hoek aankijkt terwijl hij zijn bier drinkt. Ik gun hem een geërgerde blik en keer hem dan mijn rug toe. 'Hé Cam, ik weet dat het druk is, maar heb je tijd voor een paar vragen?'

'Ik zeg in de regel geen nee tegen politieagenten.' Hij lacht. 'Een minuutje en dan kom ik naar je toe, oké?'

Vijf minuten later heeft hij tijd voor me. Hij gaat schrijlings op de barkruk naast me zitten en neemt een hap van zijn schuimkraag.

Ik wil net wat gaan zeggen, maar hij is me voor. 'Gaat het met je?' vraagt hij meelevend.

'Prima', zeg ik. 'Een beetje moe.'

'Ik snap niet hoe je het volhoudt. En nog met een kind ook.' Hij neemt een slok bier. 'Ik hoorde dat de Fletchers vastzitten – ongelooflijk dat ze in de hasj zaten. Bizar.'

'Zijn er hier veel jongeren die drugs gebruiken?'

'Ik zie dat niet. Ik bedoel: er zal vast weleens iets gebeuren, maar hier binnen wil ik het beslist niet hebben.'

'Heb je weleens de indruk gehad dat Rick zich met drugs inliet?'

Cam schudt zijn hoofd. 'Nee, dat was een vrij gewone jongen.'

'Heeft hij plotseling besloten om op te zeggen?'

'Volgens mij had hij al een tijdje lopen broeden op wat hij zou gaan doen. Ik herinner me dat hij eens vertelde dat Abbey vond dat hij een duidelijker doel voor ogen moest hebben, maar daar zal hij het pas met mij over hebben gehad wanneer hij daar zeker over was. Ik had hem een baantje met meer verantwoordelijkheid aangeboden; diensten inplannen en helpen met de bestellingen. Toen hij hier opzegde zei hij alleen maar dat hij voor zichzelf wou beginnen, wat ik uiteraard begreep.'

'En was Aiden hier ook vaak?'

'Niet echt. Hij was introverter dan Rick. Een beetje een loner, vond ik. Ik heb hem nooit met vrienden of een vriendin gezien.'

'Hoe laat ben je zaterdagavond dichtgegaan?'

'Rond elf uur, denk ik. Er werd hier een bingoavond gehouden, om geld in te zamelen voor het ziekenhuis. Gericht op gezinnen, en dus vroeg afgelopen.'

'En toen je naar huis ging heb je niemand zien rondhangen?'

Hij krabt aan zijn hoofd. 'Is me niet opgevallen. Toen ik eenmaal naar boven ging om te gaan slapen was er niet echt iemand meer.'

We nemen allebei een slok bier en luisteren naar het geroezemoes.

'Nog geen enkel teken van Abbey?' vraagt hij.

'Daar kan ik echt niets over zeggen. Maar dit is beslist geen makkelijke zaak.'

Cam zucht. 'Nee. Ik moet zeggen dat Daniel Clark geen warme gevoelens bij me oproept, maar dat ik heel erg met Dot meeleef – het niet-weten moet een marteling zijn.'

Ik knik. 'Zeg Cam, jij kende dat stel toch dat jaren geleden verdwenen is?'

Hij wrijft in zijn ogen. 'Zeker, door die geschiedenis stond mijn leven maandenlang op z'n kop. Wat er met Rick is gebeurd heeft veel weer naar boven gebracht. Het idee dat je iemand misschien niet zo goed kent als je dacht. Dat is best klote.'

'Die laatste avond heb je nog met Gregory Ng gewerkt, hè?' vraag ik als ik me dat artikel op internet herinner.

'Inderdaad. Ik moet onze gesprekken wel een stuk of honderd keer in gedachten hebben herhaald. Het was allemaal zo bizar, daar zal ik wel nooit een touw aan kunnen vastknopen.'

'Wat was Greg voor iemand?'

'Hij had soms een wat kort lontje. Hij komt uit een slecht gezin en heeft een vrij moeilijke jeugd gehad volgens mij – maar hij was gek op Sally, hij had het bijna nergens anders over. Je kent het wel: hoe slim ze was, hoe trots hij op haar was, hoe mooi ze was. Ik werd er soms wat onpasselijk van, om eerlijk te zijn.' Cam grinnikt en is dan even stil. 'Maar hij deed zijn werk goed. Zo af en toe hadden we lawaaischoppers in de zaak, en dat werd weleens knokken, maar niks ernstigs. Het was wel zo dat hij die avond ruzie met Daniel had, dat is ook uit het onderzoek gebleken. Dat heeft me wel aan het denken gezet – zou Daniel wraak hebben willen nemen?' Er verschijnt een rimpel boven Cams neus. 'Maar omdat Greg een greep uit de kas had genomen, ben ik ervan uitgegaan dat iedereen waarschijnlijk gelijk had, dat er van alles bij hem speelde waar ik niks van wist.' Hij houdt zijn hoofd schuin. 'Toch vind ik het moeilijk te geloven dat hij Sally iets had aangedaan, maar wie weet?' Hij kijkt me met opgetrokken wenkbrauw aan. 'Hoezo?'

'Gewoon uit nieuwsgierigheid.'

'Is één zaak niet genoeg voor je?' plaagt hij.

Ik glimlach wrang. 'Meer dan genoeg.'

Als mijn biertje op is, zeg ik Cam gedag en loop met een wijde boog om Simon heen de pub uit.

'Gemma, wacht!'

'Ga weg, Simon', zeg ik.

'Ik moet met je praten.' Hij draagt een zwart T-shirt en een vale spijkerbroek. Zijn gezicht is bruinverbrand.

'Vijf minuutjes.'

'Je zet altijd de wekker voor me', moppert hij met zijn handen in het haar. Dan sterft zijn glimlach weg. 'Gemma, ik ben bezig met een artikel dat morgen verschijnt. Het gaat over jou.'

'Wat?'

'Ik kan eigenlijk niet anders – we kregen een tip binnen waar mijn redacteur opgewonden van raakte.'

Ik maak een toegeeflijk handgebaar. 'Waar gaat het over, Simon?'

'Vervangend rechercheur moordzaken stad uit gejaagd na dreigement met dood dier.'

Ik leun tegen mijn auto. 'Dat is belachelijk.'

'Tja, iemand heeft mijn redacteur getipt.'

Ik sla mijn armen over elkaar en probeer niet te rillen. 'Wie?'

'Het was een vrouw, zei ze, meer weet ik niet.' Hij verplaatst zijn gewicht naar zijn andere been. 'Kan ik een reactie van je noteren?'

Ik kijk naar de pub. Heeft Cam iets tegenover een personeelslid laten vallen en heeft die de pers gebeld? Een dode opossum is vast geen goede reclame voor The Parrot, maar misschien vond een jonge medewerker het te interessant om voor zich te houden.

Of zou Tommy zo ver gaan om mijn gezag te ondermijnen? Het idee grijpt me naar de keel. Dan denk ik aan mijn woordenwisseling met De Luca van vandaag, hoe ze snel de telefoon ophing toen ik buiten kwam. Ongetwijfeld heeft Tommy Lane over de opossum verteld; De Luca kan het van hem gehoord hebben. Was ze zo gefrustreerd vanwege mijn komst, zo geïrriteerd door mijn kritiek dat ze heeft besloten me te dwarsbomen? Lijkt me onzin, gezien ons gesprekje daarna.

Misschien heeft Tommy Vanessa onder druk gezet om de krant te bellen.

'Geen commentaar', zeg ik nijdig tegen Simon. Ik voel me opeens zo eenzaam. 'Het is duidelijk dat ik de stad niet uit gejaagd ben – ik sta verdorie vlak voor je.'

'Gemma, ik weet dat het waar is van die opossum. Die eerste ochtend heb ik Cam voor je hotelkamer zien staan. Jullie bukten je en legden ergens een vuilniszak op. Dat was 'm, toch? Heeft iemand je bedreigd? Zodra mijn redacteur me over die tip vertelde heb ik het verband gelegd.'

'Hoe wist je welke kamer van mij was?'

Simon begint te hakkelen. 'Ik zag jou en je zoontje maandag aankomen. Ik logeerde boven en kon je deur precies vanuit mijn raam zien.' Hij perst zijn lippen samen alsof hij twijfelt of hij door moet praten. 'De beller zei dat je bang was. Ze had het over een zaak waar je in Sydney aan had gewerkt rond een vermist meisje, en dat je superieuren zich zorgen maakten of je het psychisch wel aankon.'

'Allemachtig, Simon', sis ik. 'Wat nou? Een anonieme bron belt je redacteur, komt met allerlei leugens aanzetten en dat zet jij in de krant? Ik had je als journalist hoger ingeschat.'

Hij kijkt beledigd. 'Gemma,' zegt hij zachtjes, 'officieel zit er geen schot in de zaak. Het lichaam in de bush was niet van Abbey. Of jullie weten niks, óf jullie vertellen ons niks. Hoe dan ook levert dat ons weinig kopij op. En dan krijg ik dit in de schoot geworpen. Iemand voelt zich bedreigd door jouw aanwezigheid hier, en er zijn duidelijke overeenkomsten met je vorige zaak... Tja, dat is een goed verhaal. Het spijt me, maar ik zou wel gek zijn als ik dat niet opschreef.'

'Ik wist niet dat je alleen maar een lullige marionet was.' Ik ruk het portier met zo'n kracht open dat ik mijn schouder bijna verrek. 'Schrijf lekker wat je wilt, Simon.' Ik sla het portier dicht en zonder naar hem te kijken zet ik de auto in zijn achteruit en scheur ervandoor.

Vanessa zet het eten op tafel als ik eraan kom. Ik sla een glas wijn af, maar stort me op de lamskoteletjes met salade terwijl ik luister naar Ben die me over zijn dag vertelt, en zo weinig mogelijk woorden met Vanessa en Tom wissel. Zo nu en dan glijdt mijn blik naar de twee pillendoosjes die midden op tafel liggen. Tommy is stilletjes vanavond en Vanessa lijkt schichtig; ze springt telkens van haar stoel om Inka de achterdeur in en uit te laten.

Met een onbehaaglijk gevoel bied ik aan op te ruimen, en de twee trekken zich terug om op de bank tv te kijken. Ben blijft met een kruiswoordpuzzel aan tafel zitten en ik help hem terwijl ik de tafel afruim en de vaat spoel. Ik hou zo vreselijk veel van hem.

Wanneer de afwasmachine is ingeruimd en staat te brommen, zeg ik Vanessa en Tommy welterusten en loods Ben de gang in. 'Vertel eens over dat spel dat je van Charlie hebt geleerd', zeg ik, en het volgende uur spelen we het, waarna ik hem bij zijn avondritueel help. 'Waarom slaap je niet lekker bij mij in bed?' stel ik voor, alsof hij daar uiteindelijk niet toch belandt.

Hij haalt zijn schouders op. 'Oké.'

Ik lees hem voor tot hij in slaap valt en blijf naar zijn gezicht liggen turen. Ik denk aan Abbey die de steen door de glazen ruit keilt.

Zeven dagen vermist

Zaterdag 16 april, 7.01 uur

Ik trek de voordeur van de Gordons dicht en zet mijn zonnebril op. Er is geen wolk aan de lucht en de zon werpt een gele gloed door de bomen. Voor het eerst sinds weken heb ik goed geslapen. Ik ben maar één keer wakker geworden en ondanks dat mijn gezicht wat opgezet is, voel ik me redelijk uitgerust.

Ik heb op internet Simons krant bekeken, maar nog geen spoor van het artikel. Dan zie ik een briefje op mijn voorruit en voel de woede weer oplaaien, al ben ik niet zo kwaad op hem als gisteren. Tenslotte doet hij gewoon zijn werk; als ik verslaggever was zou ik waarschijnlijk even vasthoudend zijn als hij, zo niet erger. En misschien wordt het stuk niet eens geplaatst.

Ik trek het opgevouwen briefje onder de ruitenwisser vandaan en vouw het open.

Alsof het in brand staat laat ik het op de motorkap vallen. Werktuiglijk kijk ik om me heen, maar er is niemand op straat, geen gezichten achter de ramen.

Ik kijk weer naar het briefje en duw voorzichtig een hoekje omhoog. Het is een kopietje van Scotts overlijdensbericht uit de krant van Smithson, een kleine rechthoekige afbeelding op een verder leeg vel. Rechts ervan heeft iemand geschreven: GA NU WEG HIER, DAN WORDT JE ZOONTJE GEEN WEES.

Ik kwak mijn tas zo hard op mijn bureau dat Grange opschrikt.

In de zure oprisping die ik daarnet kreeg toen ik het briefje nog eens las, proefde ik een vleug koffie. Helemaal onder in mijn tas vind ik een pepermuntje dat ik in mijn mond stop. 'Oké, excuus dat ik jullie allemaal zo vroeg heb laten komen, maar er zijn ontwikkelingen.'

Lane, De Luca en Grange kijken me alle drie vol verwachting aan. De Luca draagt haar korte haar in een piekerig staartje, waardoor haar gezicht nog smaller lijkt. Het lijken vreemden van me, meer nog dan anders, en ik weet niet wat ze van mij vinden. Zou een van hen me zo graag weg willen hebben dat ze me met bedreigingen proberen weg te jagen?

'Het is me gisteravond gelukt met Robert Weston te spreken. Hij gaf toe dat hij Abbey zaterdag heeft gezien, nadat ze bij het politiebureau was geweest.'

Ik zie dat De Luca een scheef gezicht trekt, en kan me wel voor de kop slaan dat ik haar niet bij het verhoor heb gevraagd. Tenslotte had zij hem gevonden.

Ik wijs naar de foto van de ingegooide ruit van de salon die ik op het overzichtsbord heb geprikt en praat ze bij over het gesprek met Robert.

'Dat klopt met wat die Engelse agent me heeft gemaild', zegt De Luca.

'Het kan dat hij liegt', zegt Lane. 'Niet over dat hij haar heeft gezien, maar misschien heeft hij die ruit zelf ingegooid. Om haar te laten schrikken. Hij kan haar ook iets hebben aangedaan.'

Ik zie Roberts gezicht weer voor me. 'Ik ben geneigd hem te geloven, maar we kunnen hem inderdaad nog niet helemaal afschrijven. Hij heeft wel een alibi voor maandagochtend, dus hij is niet de moordenaar van Rick.' Ik krijg zere benen en ga zitten. Ontspannen lukt me alleen niet: mijn zenuwen staan op scherp. Ik werp een blik op Lane en merk dat hij er ongeveer zo jofel uitziet als ik me voel. 'Gaat het wel?' vraag ik.

'Eh, ja hoor.' Hij schudt zijn hoofd en wrijft in zijn ogen. 'Sorry, slecht geslapen vannacht.'

Grange pakt zijn pen, begint erop te kauwen en kijkt verbaasd. 'Waarom zou Abbey zoiets doen?'

‘Ik zat te denken aan de Sheffields’, zeg ik. ‘Kan ze met hen bonje hebben gekregen?’

‘Misschien had ze een afspraak bij Eric gehad en was ze daardoor van streek’, oppert De Luca.

‘Zou kunnen’, mompel ik. ‘Het wijst in ieder geval niet op een erg evenwichtige gemoedstoestand.’

‘Denk je aan zelfmoord?’ vraagt De Luca.

Ik pers mijn lippen op elkaar en knik langzaam. ‘Dat lijkt hierdoor een stuk aannemelijker. We weten dat ze die avond zowel met haar vader als met Rick ruzie heeft gemaakt, en dat die gestolen fiets haar kennelijk dwarszat.’

We zijn allemaal stil en ik hoor de scherpe triller van de telefoon bij de balie. Lane knijpt zijn ogen dicht; hij ziet er afgepeigerd uit.

Noah steekt zijn hoofd om de deur. ‘Sorry dat ik stoor, maar Tim heeft zich ziek gemeld voor de late dienst. Hij heeft buikgriep en zegt dat hij vanavond zeker nog niet beter is. Ik heb Kylie geprobeerd, maar die staat al voor morgen ingeroosterd. Zelf kan ik vandaag natuurlijk hooguit een uurtje langer blijven, en morgen kan ik niet, want dan wordt mijn moeder zeventig en het gaat niet zo goed met ’r.’

‘Super’, mompel ik. Ik balanceerde al op het randje en dat briefje was het laatste zetje, dus een kleine tegenvaller lijkt opeens een onoverkomelijke hindernis.

‘Ik wil met alle liefde de nachtdienst doen’, zegt Lane snel. ‘Als ik vanmiddag wat kan slapen lukt dat prima. Waarschijnlijk heb je dan meer aan me – ik heb afgelopen nacht amper geslapen. Je kunt me altijd wat dossiers laten uitpluizen.’

Er zit eigenlijk niets anders op; bovendien wil ik Lane er liever niet bij hebben als we gaan onderzoeken in hoeverre Eric Sheffield betrokken is. Hoewel Lanes uitleg over dat doosje valium geloofwaardig klonk, heb ik er nog steeds een onaangenaam gevoel bij. ‘Oké, dat zou fijn zijn. Geef ons je hitlist voor vandaag, dan zien we hoever we komen. En meld je hier rond zes uur vanavond om Noah af te lossen.’

‘Geen probleem.’ Lane schrijft iets op een blaadje en geeft dat aan

De Luca. 'Als het moet bel je maar', zegt hij en gaat er opgelucht vandoor.

Wanneer de deur achter hem in het slot valt, kijk ik De Luca en Grange aan. 'Ik wil graag dat jullie nog eens met de jongeren van het feest over die pillen gaan praten. Ik wil precies weten wat ze gebruiken en hoe ze eraan komen. Laat de naam van dokter Eric Sheffield maar vallen, want ik vermoed dat hij een clandestien handeltje heeft.'

Eric is nog steeds onbereikbaar, en de montere receptioniste vertelt me dat hij voor de middag niet wordt terugverwacht. 'Het is een gekkenhuis vandaag', kwettert ze in de hoorn. 'Met Pasen is het altijd druk, maar echt, ik heb aan één stuk door gewerkt.'

Pasen. Shit. Daar heb ik geen seconde bij stilgestaan. Ik maak een aantekening op de rug van mijn hand in de hoop dat ik voor vanavond nog naar een supermarkt kan.

Sinds ik gistermorgen bij het koffietentje ben weggelopen heb ik niets meer van Mac gehoord, en al heb ik zelf gezegd dat hij me met rust moest laten, toch vreet het aan me.

Het komt me nu echt niet uit daarover na te denken. Ik trommel met mijn vingers op het bureau in een poging mijn gedachten uiteen te rafelen. Als Rick echt in het drugscircuit zat, hoever ging dat dan? Was Abbey erbij betrokken? Daniel? Of leg ik nu verbanden die er niet zijn?

De telefoon op mijn bureau snerpt en ik neem snel op. 'Rechercheur Woodstock.'

'Ik dacht al dat ik het nummer herkende', antwoordt een vrouwenstem vriendelijk. 'Met Janet Rixon. Ik ben politieagent in Fairhaven geweest. Ik zag dat iemand me een paar dagen geleden had gebeld. Ik neem aan dat Tommy Gordon me wil spreken?'

'Ah, Janet, hoi. Bedankt dat je terugbelt. Nee, ik wilde zelf graag even met je praten.'

'O, goed. Hallo. Sorry, hoe heette je ook alweer?'

'Rechercheur Gemma Woodstock. Ik werk tijdelijk in Fairhaven aan een moord en een vermissing.'

'Ja, Rick Fletcher en Abbey Clark; ik heb het nieuws gezien. Verschrikkelijk trieste zaak, al verbaast dat van Abbey me niet. Het zag er altijd al somber voor haar uit, met zo'n vader als Daniel.'

Ik werp een blik in het rond. De Luca en Grange staan te praten in de kantine.

'Janet, kan ik je zo op dit nummer terugbellen?'

'Tuurlijk. Ik ben verkouden, dus ik ga vandaag niet duiken. Ik heb zeeën van tijd.'

'Oké, momentje.' Ik pak mijn mobiel, stap de hitte buiten in en loop om het gebouw heen naar het stuk schaduw tussen de twee schuurtjes. 'Sorry daarvoor', zeg ik als Janet opneemt.

Haar warme lach klinkt aanstekelijk. 'No worries. Ik gok dat je buiten wat privacy hebt opgezocht?'

Met mijn ogen tast ik de muur van het dichtstbijzijnde schuurtje af. Volgekrabbeld met graffiti. Afbladderende verf. Een kledder vogelpoep. De scherp-zilte smaak van de zee. 'Toegegeven!' zeg ik voor de grap.

'Fairhaven is een merkwaardig plaatsje, hè', zegt Janet op liefhebbende, geamuseerde toon. 'Maar goed, sorry!' roept ze zichzelf tot de orde. 'Er is vast iets ernstigs waar je het met me over wilde hebben.'

'Jazeker.' Er bekruipt me opeens een bang voorgevoel. Als ik deze doos opendoe, kan ik hem misschien nooit meer dicht krijgen, zelfs al is het allemaal maar een gedachtespinsel van mij. Vooruit dan maar. 'Janet, ik heb begrepen dat jij hebt meegewerkt aan het onderzoek naar de verdwijning van Sally Luther en Gregory Ng. Jij werkte toen als agent in Fairhaven, klopt dat?'

'Ja, dat klopt.' Ze ademt hoorbaar uit.

'Ik wil je een paar vragen stellen als dat mag.'

'Het ligt niet meer zo vers in mijn geheugen, maar ik help je graag. Eerlijk gezegd heb ik er in jaren amper meer aan gedacht; tenslotte zit ik tegenwoordig vooral tussen het koraal.' Haar lachje klinkt nu zenuwachtig. 'Je denkt toch niet dat er een verband is tussen Abbeys verdwijning en die van Sally en Greg?'

Ik zwijg even omdat ik niets weet te zeggen zonder dat het absurd klinkt. Uiteindelijk kies ik maar voor 'nee'. 'Wat vond je verder van de uitspraak na het onderzoek?'

Janet neuriet. 'Het begint me weer te dagen waarom ik liever niet over die zaak nadenk. Weet je, ik heb echt geen idee. We kletsten zo in kringetjes rond dat we toen de zaak de ijskast in ging, weer terug bij af waren.'

'En waar was dat?'

'Tja, we dachten allemaal dat Greg de schuldige was.'

'Waarom nam iedereen zo snel aan dat Greg haar iets had aangedaan?'

Janet zucht. 'Om alle voor de hand liggende redenen. Die avond had hij uit de pubkas gestolen. Zijn vader had een enorm strafblad. Het was een Aziatische jongen. Er werd gefluisterd dat hij aan drugs verslaafd was, al konden we dat niet aantonen. Hij was hier in de stad gewoon niet zo populair als Sally, en ergens vond niemand in Fairhaven het leuk dat zij voor hem koos.'

'Waren er aanwijzingen dat hij weleens agressief tegen haar deed?'

'Nee, helemaal niet. Hij leek eerder dolverliefd. Ik moet ook zeggen... Die theorie dat ze samen zijn weggelopen? Die ging er bij mij niet in. Ik zag geen enkele reden waarom Sally ervandoor zou willen gaan. Haar ouders steunden haar door dik en dun – ze hadden geen probleem met Greg – en ze had net een nieuwe baan als receptionist bij de plaatselijke huisarts: ze kon doen wat ze maar wilde. Het sloeg echt nergens op.'

'Misschien had Greg haar overgehaald? Tenslotte was hij wanhopig genoeg om te stelen, dus er kan iets gebeurd zijn waardoor hij plotseling de stad uit moest. Sally kan van het ene op het andere moment hebben besloten mee te gaan.'

'Misschien, maar volgens Cam en zijn hotelpersoneel leek hij die avond prima in orde; hij liep te kletsen over Sally en de bruiloft van haar zus. Toegegeven, zijn gezinsomstandigheden waren niet super, maar hij had werk én Sally. Hij zat duidelijk in de lift. En ook al had hij haar meegevraagd, dan nog geloof ik niet dat ze de bruiloft van haar zus zou hebben gemist – al werd die uiteindelijk wel afgelast, natuurlijk. Dat is de voornaamste reden dat haar familie zeker weet dat haar iets is overkomen.'

Een ogenblik zwijgen we allebei.

'Jeetje, ik kan het cicadenkoor van Fairhaven horen!' zegt Janet lachend.

'Ik heb de dossiers van deze zaak opgediept', geef ik toe.

'Mag ik vragen waarom?'

'Ik heb de indruk gekregen dat er misschien wat schort aan de bewijsvoering.'

'Je hebt met Simon Charleston gepraat', zegt ze. Ik geneer me een beetje.

'Met Simon ja, maar ook met iemand anders en...'

'Weet je, Gemma...' Ze zucht. 'Ik ben niet erg ver gekomen in het korps, het was gewoon niet de baan voor mij. En dat werd me vooral duidelijk door de zaak-Luther/Ng.'

'Wat bedoel je daarmee?'

'Het is lastig om precies uit te leggen – de spanning binnen het team laaide opeens op.' Ze wacht even en gaat dan verder. 'De oude hoofdinspecteur, Stuart Klein, was geen aardige man. Ik mocht hem sowieso al niet, maar tijdens deze zaak gedroeg hij zich echt abnormaal.'

'Hoe dan?'

'Hij was agressief en grillig. Ik ben de eerste om toe te geven dat de zaak die eerste paar weken één grote chaos was, maar ik werkte er nog maar net, dus ik hield me gedeisd en probeerde niemand in de weg te lopen. Er waren getuigen die hun verklaring introkken, en Simon heeft je vast verteld dat er geruchten over zwijggeld de ronde deden. Maar dat is nooit bewezen. En ik zou eerlijk gezegd niet weten wie dan wie had moeten betalen. En toen vertrok Stuart opeens naar een andere staat, net op het moment dat de zaak vastliep. Ik kan je niet zeggen waarom, maar voor mij had het allemaal een bittere nasmaak. Ik ben nog even gebleven, maar het boterde ook niet tussen Tommy en mij, en uiteindelijk lag mijn hart er niet.'

'Wat zat er niet lekker tussen jou en Tommy?'

'O, we zaten gewoon niet op dezelfde golflengte. Ik wilde een betere werk-privébalans, en ik geloof dat hij als puntje bij paaltje kwam dacht dat ik niet betrokken genoeg was. Hij heeft het niet zo op vrouwelijke agenten – dat is geen geheim.'

Ondanks de hitte buiten heb ik kippenvel. Ik leun tegen de schuur en probeer na te denken.

'Geloof je dat Stuart corrupt was?' vraag ik.

'Weet ik niet', zegt Janet met een zucht. 'Ik zal niet zeggen dat het nooit bij me is opgekomen, maar bij hem was het vooral zijn arrogantie waar ik last van had. Hij kwam uit een rijke familie en was gewend zijn zin te krijgen. Mij behandelde hij als oud vuil. In vergelijking met hem was Tommy eigenlijk best oké. Maar zodra er een nieuwe agent kwam werken, een jonge man, telde ik niet meer mee.'

'Wat naar voor je', zeg ik meelevend, waarna ik ons gespreksonderwerp weer oppak. 'Daniel Clark is teruggekomen op zijn verklaring dat hij Greg die avond had gezien. Waarom?'

'Omdat hij een alcoholist is? Ik weet het werkelijk niet – ik was zo laag in de pikorde dat ik weinig heb gehoord.'

'Was Daniel een verdachte?'

'Officieel niet, maar ik heb altijd de indruk gehad dat Daniel er volgens Tommy iets mee te maken had.'

'En wat dacht Stuart ervan?'

'Die dacht dat Daniel een alcoholist was die zijn vrouw sloeg. Meer niet. Hij geloofde niet dat Daniel er iets mee te maken had, en verbood ons min of meer een onderzoek naar hem in te stellen. En toen Daniel weigerde een officiële verklaring af te leggen, was er sowieso geen link meer met de zaak.'

'Maar Greg had hem die avond de pub uit gegooid en hij gedraagt zich vaak agressief, dus hij had een motief. Ik begrijp wel waarom Tommy hem in beeld wilde houden.'

Janet zucht. 'Daar heb je gelijk in, maar om de een of andere reden verkilde de omgang tussen Tommy en Stuart tijdens deze zaak. Daar werd ik natuurlijk niet in gekend, maar het was duidelijk dat er wat speelde.'

'Had Daniel een alibi?'

'Volgens Dot was hij om elf uur thuis.'

'Dan was de tijd te krap. Als hij Sally en Greg die avond wat had aangedaan, kon hij niet in een halfuur ook nog eens al zijn sporen verbergen.'

'Klopt, maar Tommy wist zeker dat Dot hem dekte.'

'Nu ook weer', mompel ik.

'Zo gaat het nu eenmaal, denk ik', zegt Janet diplomatiek. 'Alibi's van een partner zijn altijd problematisch. Wat het verder nog lastig maakte, was Daniels bewering dat hij Gregs auto voorbij had zien rijden, later toen hij naar huis liep.'

'Wat bedoel je?'

'Hij meende dat hij Greg zag rijden. Keihard, bijna alsof hij geen macht over het stuur had.'

'Geloof je dat het waar was wat hij zei?'

'Dat weet ik niet zeker. Tegen die tijd wist iedereen dat Sally en Gregory vermist waren, dus het is moeilijk te zeggen of Daniel ons niet zat te dollen.'

Ik slaak een diepe zucht en vraag me af wat dit allemaal betekent. 'Ik zal je maar met rust laten. Dank je voor je tijd, Janet.'

'Tuurlijk, Gemma. Mag ik vragen waarom je hier niet gewoon met Tommy over hebt gepraat?'

Ik duw tegen een graspol met mijn schoen. 'Die is geblesseerd. Hij heeft vorige week een auto-ongeluk gehad, dus hij zit eventjes thuis. Ik wil hem niet storen als het niet hoeft.'

'O, nou, dat is vervelend. Ik was niet dol op Tommy, maar hij heeft een schat van een vrouw. Ik had altijd het gevoel dat ze zo haar best doet om te compenseren wat hij verknalt.'

Daar wil ik bijna mee instemmen als er me plotseling iets te binnen valt. 'Hé, Janet, je had het daarnet over getuigén. Wie heeft er nog meer een eerdere verklaring ingetrokken?'

'Och, nou, dat was nog gecompliceerder omdat er psychische problemen bij kwamen kijken. Megan Jarvis beweerde dat ze op de parkeerplaats twee mannen met een lichaam had zien sjouwen.'

'Heeft Meg Jarvis dat gezegd?'

Tot mijn verrassing grinnikt Janet. 'Ja.'

'Ik begrijp niet wat daar grappig aan is.'

Janet klinkt weer ernstig. 'Nee, niet grappig – in feite was het allemaal heel frustrerend. Het ene ogenblik vertelde Meg tegen iedereen die het maar wilde horen wat ze die avond had gezien; ik moest haar zelfs een waarschuwing geven omdat ze de volgende ochtend zo'n stennis bij de supermarkt stond te trappen. Maar toen we haar een paar dagen later de kans gaven om een officiële verklaring af te leggen, hield ze opeens bij hoog en laag vol dat ze die avond niet eens van huis was geweest.' Ze zucht. 'Om je de waarheid te zeggen weet ik niet wat ik moet geloven.'

Zaterdag 16 april, 10.02 uur

Ik blijf buiten treuzelen en loop een rondje om het bureau om te overdenken wat Janet allemaal heeft gezegd. Het zoemen in mijn hoofd begint weer wanneer de gebeurtenissen van die fatale avond, tien jaar geleden, zich voegen bij wat ik van afgelopen zaterdag weet. Ik doe nog een rondje, want ik wil in beweging blijven. Het zonlicht kaatst wit terug van de ramen, de auto's en de golfplaten schuurdaken.

Sally, Greg, Tommy, Abbey, Rick. Vormt Daniel de sleutel tot dit raadsel? De vijandigheid tussen hem en Rick kon toneelspel zijn geweest. Daniel was de ochtend nadat Abbey was verdwenen naar zijn huis gegaan – misschien hadden ze iets bekokstoofd maar deinsde Rick terug en heeft Daniel zich op hem gestort. Aiden kon erbij betrokken zijn.

Ik denk aan Tommy met zijn lade vol pillen. Waarom doet hij zo tegen mij? Territoriumdrift? Of is hij bang dat ik misschien ergens achter kom? Telkens als hij met me praatte, begon hij erover dat hij het huiselijk geweld van Daniel verafschuwde en dat de man opgesloten moest worden. Maar dat kon natuurlijk een dekmantel zijn voor een bondje waar beiden van profiteren. Wat heeft Daniel gezien in de nacht dat Sally en Greg verdwenen? Kan het zijn dat Tommy hem heeft gedwongen zijn getuigenis in te trekken? En Meg misschien ook?

Of word ik hoe langer hoe wanhopiger en ren ik achter mijn eigen staart aan?

Denk nou na. Was Abbey gewoon een meisje bij wie de problemen haar boven het hoofd groeiden, of bewijst haar actie bij de salon dat ze agressief genoeg was om Rick te kunnen doden? Was het jarenlange misbruik door Daniel haar eindelijk te veel geworden waardoor een duistere vulkaan binnen in haar was uitgebarsten? Misschien had Rick iets gedaan wat haar aan haar vader herinnerde en was er iets geknapt.

Dan denk ik weer aan de beelden waarop Abbey zaterdagavond bij het politiebureau aankwam, haar wanhopige bewegingen voor ze in de nacht verdween. Ik kijk naar de voorgevel van het bureau. Dat staat een stukje bij de weg vandaan. Langs de oprit staan een paar bomen. Ik herinner me dat Erin zei dat ze Abbey hier die zondag had gezien, en dat ze met haar fiets tegen een boom naar het bureau had staan staren.

Mijn blik dwaalt van de bewakingscamera boven de deur naar de geparkeerde auto's en ik volg de zichtlijn met mijn ogen.

Dan dringt de ijzige waarheid tot me door. De chronologie – daar komt alles uiteindelijk telkens weer op neer. Want hoe kon het eigenlijk dat Tommy eerder dan Lane bij het feest aan Firestone Drive aankwam? Ik herinner me dat ik naar de bewakingsfilm zat te kijken, het stukje nadat Abbey was verdwenen: de bewegende schaduw in de linkerbenedenhoek van het scherm, de koplampen van Lanes politieauto die een poosje in beeld bleven tot hij naar Tommy en het feest reed. Wat deed Lane daar? Was hij voor zijn vertrek naar de wc gegaan? Nee, want dan zou hij weer op de beelden binnen in het bureau zijn verschenen. Met een ruk draai ik me om en laat mijn blik van het bureau naar de schuurtjes gaan.

Het schiet me te binnen hoe graag Lane een nachtdienst draaide, hoe schuldig hij zich zogenaamd voelde dat hij Abbey geen lift had gegeven. Het schilderij in de etalage van de salon. Het meisje met de blonde dreadlocks dat gisterochtend het doek uit haar kofferbak sjouwde. Lanes hand onder haar rokband in de pub. Zijn vriendin.

Ik haast me terug naar het bureau. Met door de zon verblinde ogen zie ik alleen de vage contouren van Grange en De Luca.

'Waar zijn de sleutels van de schuurtjes?'

Ze komen allebei overeind.

'In de kluis', hakkelt Grange.

'Pak ze. Nu!'

Ik wacht hun reactie niet af maar ga naar de kantine, trek het rooster van de muur en blader terug naar de pagina van twee weken geleden. Mijn hartslag bonkt door mijn hele lijf: die zondag had Lane dienst.

Zijn hand, uitgestoken naar haar op de video: kalmerend en met gezag, maar niet om de reden die ik dacht. O, mijn God. Ik blader vooruit naar het rooster van afgelopen week. Zijn dienst begon die maandag om zes uur 's ochtends. Even sluit ik mijn ogen. Ik heb me nooit afgevraagd wie Ricks voicemail als eerste had beluisterd.

Grange is aan het bellen. Wanneer ik het kantoor weer binnenloop zegt hij: 'Dat was vreemd.'

'Wat is er vreemd?' wil ik weten.

'De schuursleutels zaten niet in de kluis, dus ik belde Lane of hij wist waar ze lagen.' Grange knippert met zijn ogen, zijn lange wimpers trillen. 'Hij gooide de hoorn erop.'

Het geknars van metaal gaat door merg en been. We doen alle drie een stapje terug wanneer Xander, de slotenmaker, de losgeknipte metalen haak van het tweede schuurtje uit de houder trekt.

Hij kijkt ons met een grijns aan. 'Moet er verder nog iets gekraakt worden?'

'Dank je, Xander,' zeg ik, 'je hebt ons enorm geholpen.'

Ik wacht tot hij weer in zijn wagen zit en open dan de deur. Die kraakt vervaarlijk, en er kolkt een wolk hete lucht naar buiten. De Luca en Grange turen langs me de donkere ruimte in, terwijl ik mijn blik langs planken vol plastic kratten met dossiers, een oude ventilator en twee kapotte stoelen laat gaan.

Tegen de achtermuur van de schuur staat een fiets onder een afdekzeil.

'Ik begrijp het niet', zegt Grange.

'Lane', mompelt De Luca lijkbleek.

'Ja', zeg ik.

‘Maar waarom zou hij over die fiets hebben gelogen?’ vraagt Grange. ‘Waarom zou Abbey dat doen?’

De alarmbellen die ik de hele tijd in gedachten hoor, hebben een felle hoofdpijn veroorzaakt, vlak achter mijn ogen.

‘Dat was een dekmantel’, zeg ik op weg naar het politiebureau. ‘Grange, zet dit hier af. Neem foto’s en bel Tran. Er moet hier zo snel mogelijk een forensisch team komen, zij zal haar invloed moeten inzetten.’ Ik ren naar de voordeur. ‘De Luca, kom met mij mee’, roep ik over mijn schouder.

‘Gaan we naar zijn huis?’ vraagt ze.

Ik knik. ‘Ik rijd wel. Kun jij zorgen dat zijn telefoon wordt uitgepeild? En kijk of zijn politiewagen te traceren is.’ Eventjes steekt er nog iets anders de kop op in de maalstroom van mijn gedachten, maar ik krijg het niet te pakken. Dus ik gris mijn tas maar mee en vlieg de deur uit.

Zaterdag 16 april, 11.44 uur

Lanes auto staat niet voor zijn deur en hij is niet thuis; tenminste, hij reageert niet als we driftig aankloppen. We lopen om het huis heen – een vrijstaand bungalowtje met siergras in de tuin. De rolgordijnen zijn dicht, en als ik door een scheur in het keukengordijn tuur kan ik niets zien.

'Ik besef dat het niet helemaal volgens de wet is, maar ik ga inbreken', zeg ik tegen De Luca, die slikt en instemmend knikt. 'Ik wil niet de hele stad doorzoeken als straks blijkt dat hij de hele tijd hier was.'

'Denk je echt dat hij gevaarlijk is? Misschien is alles wel een misverstand. Hij kan die fiets hebben gevonden.'

'Edwina', zeg ik.

Weer knikt ze en ik zie harde lijnen om haar mond. 'Ik ga naar de voordeur.'

Ik trek mijn pistool en controleer of de deur van de carport echt op slot zit, waarna ik er met mijn rechterlaars een harde trap tegen geef. Na drie trappen begeeft het slot het en zwaait de deur open.

Ik doorzoek snel de grote slaapkamer, woonkamer, keuken en badkamer. De deur naar een tweede slaapkamer is dicht, en voorzichtig draai ik de knop om en geef een zetje met mijn elleboog. De deur bonkt ergens tegenaan en ik spring naar voren.

Door de felrode gordijnen baadt de kamer in een oranje gloed. Een ribfluwelen zitzak, een oud bureautje en een halfgevulde boekenkast. Hier is hij ook niet.

Ik keer me om en sta als aan de grond genageld.

Achter de open deur staat een grote metalen kooi. Een val.

Met een hand tegen mijn keel deins ik achteruit. Onder in de kooi liggen kleine plukjes bruine en grijze vacht. Ik moet denken aan Lane die een hand op mijn rug legde bij het vakantiepark, toen ik moest overgeven. Zijn vrolijke geklets in de auto. Zijn babyface.

Ik schreeuw het uit van frustratie en klap voorover, zijn verraad voelt als een stomp in mijn maag. Hoe kan het dat ik dat niet heb gezien? Dat we het allemaal niet zagen?

'Rechercheur!' roept De Luca vanuit de voortuin.

Een vreemd, dof gevoel daalt over me neer. Na nog een laatste blik op de kooi doe ik de voordeur van het slot en loop naar buiten, nog steeds met getrokken wapen. 'Weet je waar zijn vriendin woont?'

De Luca kijkt nog een keer achterom naar het huis en loopt dan met me mee. 'Elsha? Nee, dat weet ik niet. Maar ze zal wel in de salon aan het werk zijn.'

'Ze was toch kunstenares?' vraag ik als ik mijn pistool wegstop.

'Ook masseuse', zegt De Luca.

'Oké. Dan gaan we daarheen.'

Onderweg belt De Luca Lanes ouders en doet alsof ze een oude schoolvriendin is.

'Nee, sinds vorige week hebben ze niks van hem gehoord', zegt ze als ze ophangt.

'Hij heeft toch broers en zussen?'

'Volgens mij wonen die in Melbourne', zegt ze afwezig, met gefronst voorhoofd. 'Wat ik me afvraag...'

'Nou?'

Ze kijkt me aan en ik zie een zenuwtrekje bij haar oog. 'Ik dacht alleen aan de laatste keer dat we naar de Clarks werden geroepen, begin februari. Toen wilde Lane er per se naartoe. De melding kwam binnen toen zijn dienst er net op zat. Ik zei dat ik wel zou gaan, maar hij wilde graag zelf en zou de dag erna het verslag wel schrijven, zei hij.'

Ik voel haar blik op me rusten als ik de rotonde naar de hoofdstraat neem.

'Hij wilde haar zien', zegt ze. 'Abbey.'

'Ja', zeg ik. 'Dat lijkt me wel.'

'Was het een stel?'

'Ze hadden vast iets samen.'

De Luca slaat een hand voor haar mond, haar lange vingers raken de rand van haar gezicht. 'Ze was nog maar vijftien. Denk je dat ze...?'

'Dat weet ik niet', zeg ik en trek de handrem aan. 'Kom mee.'

Als we de salon binnenlopen worden we ondergedompeld in een misselijkmakend zoete vanillegeur. Tara föhnt een pas geknipt bobkapsel en wiebelt met haar elleboog bij wijze van groet, al flitst er een geërgerde blik over haar gezicht. 'Minuutje geduld graag!' roept ze.

De Luca en ik gaan naar de kleine wachtruimte. Ik bekijk de rijen met glimmende producten tegen de muur en vraag me af wat je er in hemelsnaam mee moet doen.

Naast me masseert De Luca haar voorhoofd. 'Misschien wilde hij haar alleen maar helpen?' Ze is zo aangeslagen dat ze schor klinkt en ik herken de uitdrukking op haar gezicht: een combinatie van er niet aan willen en het besef dat er iets heel erg miszit. 'Moeten we Tommy niet bellen? Wie weet kan hij dit verklaren.'

Ik schud mijn hoofd. 'Nee. Hij zal de meldingen vast wel horen, maar ik wil hem hier niet bij betrekken.'

Het gebrom van de föhn stopt en dan vallen er andere geluiden op: het geknip van scharen, een scheurend geluid als een harsstrip wordt losgetrokken, het zachte gezoem van een uv-lamp boven de in folie gewikkelde nagels van een vrouw. Tara bespuit het droge haar met een flinke wolk haarlak en pakt een spiegel om de achterkant van het kapsel te laten zien.

Nadat ze bij de kassa haar klant heeft uitgezwaaid komt ze naar ons toe. 'Sorry!' zegt ze met de armen voor de borst. 'Het is nogal druk vandaag, en dat is maar goed ook, want het begin van de week was heel rustig. Kate Morse zei dat een aantal mensen hun reservering hadden geannuleerd.' Tara fronst en kijkt me recht aan. 'Ze durven zeker niet meer door wat er de laatste tijd gebeurt.' Ze kijkt langs ons heen naar de spiegel, verschikt wat aan haar kapsel en wrijft een streep make-up bij haar kaaklijn uit.

'Tara, heb je agent Lane vandaag gezien?'

'Nee. Hij heeft wel gebeld. Hij was op zoek naar Elsha, maar ik heb gezegd dat ze met een klant bezig was.'

'Hoe laat belde hij?'

'Iets voor negenen, geloof ik.'

De winkelbel klingelt en er komt een bruinverbrande vrouw binnen. Tara lacht haar stralend toe, rekt dan haar hals uit en stuurt met haar blik een van de medewerksters naar de balie toe.

'En daarna heb je niets van hem gehoord?' vraag ik.

'Nee', zegt Tara, hoe langer hoe ongeduldiger. Weer klinkt de winkelbel, en ze kijkt met een ruk achterom. 'Maar deze schoonheid misschien wel.'

Naast de balie staat het meisje dat maandagavond met Lane in de pub zat. Vandaag draagt ze haar dreadlocks als een tulband om haar hoofd gewikkeld, en er bungelen zilveren kettinkjes van verschillende lengte om haar hals en rond haar enkels. Wanneer ze mij ziet staat ze abrupt met een argwanende blik stil. Dan zet ze een klein doek tegen de balie; het is een felgekleurd schilderij van een abstracte bloem tegen een dieprode achtergrond met een sliertje van zilveren zaadjes aan de zijkant.

'Elsha,' vraag ik, 'heb je vanochtend met Kai Lane gesproken?'

Een doordringend chemisch luchtje verspreidt zich in de salon en de tranen springen in mijn ogen.

'Niet sinds hij bij mij thuis is vertrokken', zegt Elsha. 'Hij heeft me geprobeerd te bellen, maar ik was telkens met een cliënt bezig. En toen ik hem terugbelde stond zijn telefoon uit.'

'Hij is je vriendje, toch?' zeg ik.

Ze knikt weifelend. 'Ja. Een paar maanden nog maar – we hebben elkaar in november ontmoet.'

'En je hebt hem vanochtend gezien?'

'Ja, hij is bij me blijven slapen. We zijn meteen naar het werk gegaan.' Ze trekt een filigraanring van haar vinger, schuift hem weer terug en steekt haar kin uitdagend in de lucht. 'Hij werd wakker toen je hem belde dat hij vandaag weer vroeg moest komen werken. Hij heeft slecht geslapen vannacht, hij was erg moe. Waarom vraag je dat?' Elsha laat haar minachting voor mij duidelijk blijken, en ik vraag me af wat voor beeld Lane van me geschetst heeft.

'Hoe gaat het de laatste tijd met Kai?'

'Hij is erg gestrest. Eerlijk gezegd heb ik hem deze week amper gezien. Hij slaapt beroerd en ik sta vroeg op om te schilderen, dus...'

'Waren jullie afgelopen zaterdagavond samen?'

'Eh, nee. Hij had late dienst en heeft in zijn eigen huis geslapen.'

'En op maandagochtend? Is hij bij jou vandaan naar zijn werk gegaan?'

Met een afwerend gebaar kruist ze haar armen voor de borst. 'Dat weet ik niet. Ik geloof van wel.' Dan spert ze haar ogen open. 'Ja, ja, toch wel. Hij heeft zondag bij mij geslapen nadat ze naar dat vermiste meisje hadden gezocht.'

'Hoe laat is hij maandagochtend van huis gegaan?'

'Vroeg', zegt ze, weer op haar hoede. 'Maar dat weet ik niet precies. Ik ben op het strand gaan schilderen.' Ze ademt diep in en richt zich tot De Luca. 'Mag ik alsjeblieft weten wat er aan de hand is?'

Ik loop naar de balie en schrijf mijn telefoonnummer en e-mailadres op de achterkant van een prijslijst. 'We moeten hem vinden', zeg ik. 'Woon je alleen?'

Ze knikt.

'Ga dan na je werk niet naar huis. Ga naar de pub of een restaurant, oké? Je zou bij een vriendin kunnen gaan logeren – lukt dat, denk je?'

Ze knikt weer. 'Hoezo, wat heeft hij gedaan?' vraagt ze met een schelle stem die de lucht in schiet.

'Dat weet ik nog niet', zeg ik zachtjes. 'We maken ons alleen wat zorgen – het leek of er vandaag iets met hem aan de hand was, en we moeten hem iets belangrijks vragen.'

Ze knippert met grote bambi-ogen. 'Elsha, ik denk dat Kai contact met je gaat opnemen. Zodra hij dat doet, móét ik dat weten. Dat is heel belangrijk.'

Zaterdag 16 april, 13.23 uur

De Luca en ik lopen het politiebureau weer binnen en worden direct door Noah aangeklampt. 'Dot Clark heeft net gebeld', zegt hij. 'Ze zei dat ze je moest spreken.'

Ik leun tegen de balie om mijn vermoeide benen wat rust te geven. 'Oké, ik bel haar terug.'

Hij schudt zijn hoofd, kijkt een beetje benauwd. 'Ze zei dat ze nog eens zou bellen. Ze wilde per se niet dat je haar thuis belde.'

'Zei ze waarover het ging?'

'Nee, maar het klonk belangrijk. Ze leek zich behoorlijk druk te maken.'

Ik loop naar mijn bureau, op de voet gevolgd door De Luca. 'En nu?' vraagt ze.

'We gaan Lanes gangen grondig na.'

Ze slikt maar laat geen emoties blijken. 'Komt voor elkaar.'

Ik bel Owen.

'Helaas nog steeds geen spoor van waar Aiden Fletcher uithangt, Gemma, maar ik heb wel iets wat je misschien interessant vindt. Carl en ik hebben een bezorger opgepakt die voor een horecahandel werkt. Hij zegt dat hij ongeveer een maand geleden via internet werd benaderd om wat extra's te bezorgen.'

'Wat bedoel je?'

'In het mailtje stond dat hij wat extra kon verdienen door af en toe wat pakketten op te pikken bij een adres dat hij later zou krijgen, die hij dan als onderdeel van zijn normale rit moest afleveren.'

'Hoeveel extra?'

'Hij dacht een dollar of vijfhonderd', zegt Owen.

'Per levering?'

'Ja.'

'En, is hij erop ingegaan?'

'Ja, hij heeft geantwoord dat hij interesse had en drie dagen later kreeg hij een wegwerptelefoon toegestuurd. Voordat hij op weg ging kreeg hij een adres waar hij de spullen moest ophalen, en daar stonden inderdaad vijftien pakketten op de stoep en een envelop met contant geld.'

'Welk adres was het?'

'Gewoon in een woonwijk. We vermoeden dat het huis op dat ogenblik leegstond – volgens de bezorger stond er een bord TE HUUR in de tuin.'

'Oké. En wat bezorgt hij precies?'

'Kantinevoorraden voor scholen en ziekenhuizen.'

Ik blaas mijn adem uit. 'Waar?'

'De voorsteden in het westen van Sydney.'

'Maar je weet niet wie erachter zit?'

'Nee, alle sporen lopen dood. Het zit slim in elkaar. Ze houden het bescheiden en rekenen erop dat de bezorgers niet piepen omdat ze zo makkelijk wat bij kunnen verdienen.'

'Ik heb de indruk dat ze het ziekenhuis hier net zo gebruiken. Ik probeer de boekhouding in handen te krijgen, maar dat lukt nog niet erg.'

'Wij hebben hier ook een onderzoek naar een ziekenhuis ingesteld. Ik laat je weten wat daaruit komt.'

'Vraag ook even of hij de arts hier ook kent. Eric Sheffield.'

'Doen we.' Owen schraapt zijn keel. 'Hoe gaat het verder?' vraagt hij zachtjes, en ik begrijp dat hij met Mac heeft gepraat.

'Alles in orde, Owen.'

Bij de balie gaat de telefoon en Noah steekt zijn hoofd om de hoek van het kantoor, z'n blik op mij gericht.

'Ik moet ophangen, Owen, bel later even terug.' Ik leg neer. 'Dot?' vraag ik Noah en sta op.

Hij knikt.

'Geef maar in de vergaderzaal. Kom mee', zeg ik tegen De Luca.

'Ik?' vraagt ze verrast.

'Ja.'

Als de telefoon gaat zet ik 'm op de speaker. Dots stem tuimelt de ruimte binnen. 'Rechercheur Woodstock?'

'Ja, Dot. Zeg het maar.'

'Ik heb nog eens nagedacht... eh, over wat je eerder zei. Ik, eh, ik wil het juiste doen.'

De Luca staart naar de telefoon en leunt voorover.

'Oké, nou, ik ben blij dat je belt, Dot.'

'Ja. Het gaat over Daniel. Hij is die ochtend wel weggegaan.'

'Welke ochtend?'

'Maandag', zegt ze piepend.

'Hoe laat?' vraag ik, terwijl De Luca met een gespannen blik nog dichter naar de speaker toe komt. Het lijkt of ze haar adem inhoudt en ik herinner me de littekens op haar armen. Om de een of andere reden raakt dit haar persoonlijk.

'Het was nog donker.'

'Weet je hoe laat precies?'

Dot hakkelt. 'Niet zeker. Ik denk halfzes, of iets later misschien? Ik sliep nog half.'

Ik voel dat De Luca me aankijkt, maar ik hou mijn blik op de speaker gericht. 'Is je man in de auto weggegaan?'

'Ja', fluistert Dot. 'Ik hoorde de auto starten buiten, wat ik vreemd vond omdat hij sinds hij zijn baan kwijt is 's ochtends niet meer weggaat. Maar toen dacht ik dat hij misschien sigaretten ging halen, want die waren de avond daarvoor op. Hij bleef niet lang weg, ik ben denk ik in slaap gevallen maar ik hoorde hem terugkomen. Dat was rond halfzeven.'

Al mijn spieren zijn aangespannen en de pezen van mijn handen zijn net kabels.

'Is hij weer naar bed gekomen? Of heeft hij iets tegen je gezegd?'

'Nee, nee. Dat was juist zo raar.' Ze zwijgt.

'Dot?'

'Hij deed de douche aan.'

'Hij is gaan douchen?'

'Ja.' Ze zegt het zo zachtjes dat De Luca en ik ons nog verder naar voren buigen.

'Hij stond er uren onder.' Dots stem trilt. 'En weet je, hij doucht 's ochtends nooit.'

Zaterdag 16 april, 19.22 uur

Ben heeft geen trek en schuift aan tafel lusteloos stukjes vlees en groente zijn bord rond. Tommy lijkt afwezig, zijn huid ziet grauw. Mijn misselijkheid is weer in alle hevigheid terug, en al geloof ik niet dat ik hoef over te geven rommelt mijn maag onheilspellend.

Vanessa praat voor ons allemaal, maar wel met een wanhopig toontje in haar stem. 'Er is slecht weer op komst', zegt ze tegen niemand in het bijzonder. 'Inka zal vannacht binnen moeten slapen.'

Tommy gromt. Hij drukt twee tabletten uit een zilverkleurige strip en slikt ze met een glas water door. 'Je verwent dat beest veel te veel.'

Ik glimlach naar Ben maar hij ziet het niet.

Dots telefoontje en Lanes verraad blijven door mijn hoofd malen. Dot wilde vandaag niet officieel aangifte komen doen omdat Daniel thuis was, maar ze beloofde morgen na haar werk op het vakantiepark naar het politiebureau te komen. Er leek iets bij haar veranderd vanmiddag – misschien gaf de wanhoop om haar vermiste dochter haar een ongekende moed.

'Daniel nam het die arme jongen kwalijk dat Abbey weg was', vertelde ze op effen toon. 'Hij kan soms zo kwaad worden dat hij niet meer weet wat hij doet. Hij heeft hem vast iets aangedaan.'

Ik legde haar uit dat een verklaring van haar genoeg was om Daniel op te pakken, al konden we niet garanderen dat hij vastgezet zou worden.

'Ik wil ook een verklaring afleggen over dat andere', zei ze toen. 'Over wat hij de afgelopen jaren met Abbey heeft gedaan.'

'En met jou?' vroeg ik.

'Ja', fluisterde ze en begon toen te huilen.

Lane is nog steeds spoorloos, zijn auto ook. Mijn gedachten gaan terug naar onze momenten samen; ik fileer onze gesprekken en analyseer zijn gedrag, terwijl ik me afvraag hoe het komt dat ik zijn bedrog niet heb doorzien. Ik denk aan wat De Luca had gezegd: dat hij na de laatste melding van huiselijk geweld naar de Clarks is gegaan. Het is niet moeilijk je voor te stellen dat wanneer een kwetsbaar tienermeisje ziet hoe een knappe jonge agent het tegen haar gewelddadige vader opneemt, ze zijn plichtsbesef voor genegenheid aanziet. Had Lane de held gespeeld en was hij in de verleiding gekomen een stapje verder te gaan? Hoever zou hij willen gaan om zijn gezicht te redden, vraag ik me af terwijl ik wat salade naar binnen probeer te krijgen. Was het zo gegaan? Had Abbey gedreigd hem te ontmaskeren?

O God, wat heb je gedaan? denk ik, onverwachts heel erg met hem begaan.

Zelf heb ik in het verleden ook weleens een inschattingsfout gemaakt. Ik heb bevelen genegeerd, dingen expres achtergehouden, en ongetwijfeld ben ik soms het spoor bijster geraakt door mijn emoties, mijn persoonlijke betrokkenheid. Maar dat heb ik overleefd: met een beetje mazzel, de steun van leidinggevenden en doordat ik maar een klein beetje van de wet ben afgeweken. Maar dit is anders. Wat er ook gebeurd is die zaterdagavond, ik zie niet in hoe Lane hiermee wegkomt. Een woede-uitbarsting, een ongeluk, een dekmantel – dat maakt niet uit.

In het gunstigste geval heeft hij officieel gelogen en een belangrijk strafrechtelijk onderzoek verknoeid. In het slechtste geval is hij een verkrachter en moordenaar. Zijn carrière is voorbij, vanaf nu gaat het bergafwaarts richting een gevangenisstraf.

Tommy slaat met een glazige blik zijn bier achterover. Ik weet niet wat hij over Lane weet, want het was nog niet op het nieuws, maar er zijn vanmiddag wel een paar meldingen uitgegaan. Ik weet niet zeker of hij zijn werktelefoon checkt.

Er klinkt gerinkel: Vanessa ruimt de tafel af en ik spring overeind om te helpen.

'Toetje?' vraagt ze overdreven vrolijk. Iedereen mompelt 'nee, dank je' en de paniek rimpelt over haar gezicht. 'Zelfs jij niet, Ben?' vraagt ze met gespeelde schrik.

'Nee, dank u', herhaalt hij. Hij zet zijn bord op de keukenbar en glipt naar de bank, waar hij met zijn lego gaat zitten spelen.

Als de vaatwasser is ingeruimd, ga ik weer bij Tommy aan tafel zitten en vertel hem zachtjes over Dots telefoontje van vanmiddag.

'Nou moe', zegt hij, met zijn ogen knipperend. 'Ik geef toe dat ik niet had gedacht dat ze dat in zich had. Denk je dat ze die verklaring doorzet?'

'Ik hoop het van harte, maar ik reken er niet op. Ze is heel bang.'

Hij knikt traag. 'Nu moet je toch toegeven dat Daniel mogelijk ook de hand in Abbeys verdwijning heeft? Hopelijk heb je haar stevig aan de tand gevoeld over zaterdagavond. Misschien herinnert ze zich heel toevallig nog meer.' Voor ik iets kan zeggen steekt hij zijn klauwen van handen in de lucht. 'Ja, ja, ik weet het van Lane. Ik heb de meldingen gezien. Maar al is hij 'm gesmeerd, dat wil nog niet zeggen dat hij Rick heeft gedood.'

'Tommy,' zeg ik en ik buig me naar hem toe en houd mijn hoofd schuin totdat hij me aankijkt, 'Daniel kan Rick hebben aangevallen, dat weet ik nog niet zeker, maar het lijkt erop dat Lane iets met Abbeys situatie te maken heeft. Hij heeft gelogen over haar gestolen fiets en over God weet wat nog meer. Zodra hij wist dat ik die fiets zou vinden is hij ervandoor gegaan. Natúúrlijk is hij erbij betrokken, Tommy.'

Tommy's mond verstrakt. Hij pakt het zoutvaatje op en kantelt het tot het punt dat de korrels er net niet uit stromen. 'Ik zie het niet, hoor. Niet Lane. Er is vast iets anders wat hem scheelt.'

Ik word witheet. 'We kunnen niet verklaren waar hij uithing tussen het moment dat jij hem voor het laatst zag en toen hij je zondagochtend om tien uur op het bureau trof.'

'We zouden toch niet te snel oordelen', zegt Tommy stijfjes.

'Doe ik ook niet.' Ik probeer mijn woede niet in mijn stem te laten doorklinken. 'Maar we hebben nu misleiding, motief en gelegenheid. Op zich al erg genoeg, maar hij is er ook nog eens vandoor gegaan. Vertel jij me nu maar eens waar ik niet over mag oordelen.'

Tommy staart chagrijnig naar zijn vuile bord. 'Ik wil niet beweren dat hij niets fout heeft gedaan – hoe het in hemelsnaam met die fiets zit, geen idee. Maar ik schrijf hem nog niet zomaar af. Die knul deugt.'

Ik sta op en de vlammen slaan me uit als ik weer aan de opossumkooi in Lanes logeerkamer denk. 'Er deugde geen klap van alle leugens die hij iedereen heeft verteld', sis ik. 'Maar misschien beloon jij zulk gedrag juist wel.'

We zijn in een zwijgende patstelling beland, en ik deins bijna terug, zo tastbaar is zijn afkeer van mij.

Plotseling staat Ben op van de bank en glipt de gang in. Ik roep hem, maar hij loopt door.

'Ga nou maar snel je zoontje helpen.' Tommy zwaait en zegt dan sarcastisch: 'Prioriteiten stellen, hè?'

Briesend loop ik de gang door tot de baan licht die onder Bens kamerdeur uit piept mijn tenen raakt. Ik houd mijn adem in en hoor een gedempte huilbui. Dan druk ik de deurklink naar beneden, snel naar het bed toe en neem hem onhandig in mijn armen. 'Lieverd, lieverd, wat is er? Alles is oké, Ben. Ik ben er.'

Hij duwt me niet weg, maar geeft me geen knuffel terug. Hij blijft het kussen vastgrijpen en verbergt zijn hoofd snikkend onder het dekbed. Ik laat hem huilen en voel me als verdoofd: zijn tranen heffen mijn eigen verdriet op. Ik schaam me voor mijn onoplettendheid en voel me een enorme idioot. Natuurlijk gaat het niet goed met Ben. Ben is sterker dan ik ooit ben geweest, maar het gaat helemaal niet goed met hem. Ik strijk met mijn vingers de tranen van zijn gezicht. Mijn zoontje is geknakt en ik weet niet hoe ik hem recht moet krijgen.

Ik schuif naar voren zodat zijn rug tegen mijn borst ligt. Onze harten slaan in dezelfde maat: het mijne vormt de bas, het staccato van zijn snikken de melodie. Na een poosje wordt het schudden minder hevig en ik maak me met moeite van hem los. Het lijkt of ik niet eens meer weet hoe ik met mijn ogen moet knipperen.

Ik wil hem vragen wat er scheelt, maar dan roep ik mezelf tot de orde. Ik weet wat hem scheelt: hij is degene verloren die het dichtst bij hem stond, en zijn emotioneel gehandicapte moeder heeft hem meegetroond naar een vreemde stad waar hij niemand kent.

Het spijt me, zeg ik woordeloos, met tranen in mijn ogen.

'Zat je aan papa te denken?' vraag ik zachtjes.

'Is je baan echt gevaarlijk?' antwoordt hij.

'Hè?'

'Charlie zegt dat er de hele tijd politieagenten doodgaan. Hij liet me het nieuws zien van eentje die gisteren in Sydney is doodgegaan.'

'Ben toch', zeg ik. Ik had het nieuws ook gezien en de meldingen gekregen – een uit de hand gelopen geval van huiselijk geweld. De agente die de dader in bedwang had gehouden, was door hem met haar hoofd tegen een muur gegooid. Een paar uur later was ze in het ziekenhuis aan haar hoofdwonden overleden.

'Dat was een vreselijk ongeluk, maar zoiets komt bijna niet voor.'

'Maar het zou ook met jou kunnen gebeuren', houdt hij vol. 'Jij kan ook doodgaan.'

'Nee hoor.' Ik slik met dikke keel.

Hij kijkt me verwijtend aan, met een volwassen blik. 'Dat kun je niet beloven. En anders lieg je.'

Ik zucht. 'Hé.' Ik kom overeind en trek hem met me mee. 'Daar heb je gelijk in, dat kan ik niet beloven, maar ik pas heel erg op. En jij bent zo belangrijk voor me dat ik je beloof mijn uiterste best te doen om er altijd voor je te zijn.'

Ik tast naar zijn hand en geef hem een kneepje. Hij plooit zijn lippen tot er een lachje komt, maar we weten allebei dat mijn uiterste best nooit genoeg is als het universum het anders wil. Ik vraag me af of ik hiertoe gedoemd ben: dat ik Ben dingen beloof waarvan ik uit alle macht hoop dat ze zullen uitkomen.

Ik til voorzichtig zijn kin op. 'Zou je nu graag naar huis willen? Weer naar Smithson?'

Hij haalt zijn schouders op. 'Eigenlijk wel. Ik wil Annabel graag zien.'

'Natuurlijk wil je dat, lieverd', zeg ik.

'En opa en Rebecca.'

'En Jodie', voeg ik toe.

'Ja', zegt hij snel. 'Maar ik geloof niet dat ik al naar school wil. Als ik eraan denk doet mijn buik zeer.'

'Je vader houdt heel veel van je, Ben. Dat blijft zo.'

Hij kijkt me verward aan. 'Dat weet ik.'

'Ik kan dit soort dingen niet zo goed', zeg ik, struikelend over mijn woorden. 'Maar ik wil graag vaker over hem praten. We zouden allebei meer over hem moeten praten, wat denk jij?'

Ben knikt en zijn gezicht verkrampt van verdriet.

'Ben, Ben, hé...'

Hou hem gewoon vast, Gemma, hoor ik Scott zeggen. *Hou hem gewoon vast.*

Dus dat doe ik. Ik doe mijn mond dicht en omhels hem.

Zaterdag 16 april, 23.02 uur

Voor de derde keer draai ik mijn kussen; ik kan maar geen goede houding vinden. Ik voel me gesloopt. In een wanhopige poging de slaap te vatten ga ik alle namen van mijn team in Sydney langs, maar ik ben nog steeds half wakker als ik word gebeld. Mijn telefoontje werpt een spookachtig blauwe gloed op de aquarel aan de muur. Ik leun over de rand van het bed, zet mijn handen op de grond en wandel ermee naar mijn mobieltje dat aan de oplader ligt.

Ik herken het nummer niet. Met mijn benen nog in bed neem ik zo zakelijk mogelijk op.

'O ja, hallo.' Een vrouwenstem met een stevig accent. 'Ben jij die rechercheur van vandaag?'

Ik laat me op de vloer glijden en krabbel overeind tot ik zit. 'Ja, met rechercheur Gemma Woodstock.'

'Met Elsha. De vriendin van Kai.'

Ik veeg het haar uit mijn ogen en probeer me te focussen. 'Heb je iets van hem gehoord?'

'Hij heeft gebeld', zegt ze met onvaste stem. 'Hij is erg van streek. Ik maak me zo'n zorgen over hem.'

'Je hebt er goed aan gedaan mij in te lichten. Belde hij met zijn eigen telefoon?'

'Eh, nee, het was een geheim nummer.'

'En heeft hij net gebeld?'

'Ja, toen hij ophing heb ik jou meteen gebeld, zoals je vroeg.' Als ze begint te huilen bedenk ik opeens dat dit weleens een list zou kunnen zijn.

'Oké, Elsha, je doet het geweldig. Wat zei hij?'

'Hij wilde me zien. Hij zei dat we moesten praten omdat er van alles uit z'n verband wordt getrokken.'

'En wat zei jij toen?'

'Ik zei dat hij me bang maakte. Toen begon hij tegen me te schreeuwen, over of ik met de politie had gesproken. Hij zei dat het niet waar was, wat je ook beweerde, en dat ik hem moest geloven.'

'Oké, Elsha, dit is belangrijk: heeft hij gezegd waar hij naartoe ging?'

Ze haalt luid haar neus op en haar stem wordt een ogenblik gedempt. 'Nee, hij zei alleen dat ik niet moest geloven wat er werd gezegd, en dat hij me zou bewijzen dat hij het niet had gedaan.' Haar stem wordt weer helder. 'Maar hij klonk heel opgefokt, en ik geloof dat je gelijk hebt. Het spijt me zo. Wat heeft hij gedaan? Is hij... Heeft het iets met dat vermiste meisje te maken? O, mijn God!' jammert ze.

'Elsha, hoor eens.' Ik hijs me ondertussen in mijn spijkerbroek. 'Ben je daar veilig?'

'Ja. Ik logeer met een vriendin bij haar ouders.'

'Goed zo. Stuur me een berichtje met het adres. En bel me direct wanneer je weer van Kai hoort. Lukt dat, denk je?'

'Wees alsjeblieft voorzichtig met hem', fluistert ze.

Ik hang op, neem een kauwgompje en schrijf een briefje voor Tommy en Vanessa dat ik op de keukenbar neerleg. Ik bel De Luca's nummer al wanneer ik de voordeur uit glip.

'Is het Lane?' vraagt ze, zo te horen klaarwakker.

'Ja, ik had net Elsha aan de lijn.' Ik worstel tegen de wind in naar de auto. 'Lane heeft haar net gebeld. Ze zei dat hij haar wilde zien. Als ze allebei de waarheid spreken moet hij in de buurt zijn.'

'Geloof je dat? Dat ze niet liegt, bedoel ik?'

'Ze klonk doodsbang, maar wie weet? Het is alles wat we hebben momenteel. Ik zal Grange naar het huis van haar vriendin sturen, voor het geval Lane daarnaartoe gaat.'

'Oké. Wil je me anders voor de pub oppikken? Het scheelt tijd als ik daarheen rijd en je daar tref.'

'Prima, ik kom eraan. We bedenken straks wel een plan van aanpak, en ik zal Tran op de hoogte stellen van wat er speelt. Kun jij vragen of ze Elsha's telefoontje kunnen traceren? Het lijkt me van niet, maar het is een poging waard.'

De eerste spatjes regen vallen en ik doe de ruitenwissers aan, die een dun laagje stof over het glas smeren. Voordat ik de auto start komt Elsha's appje met het adres binnen, dus ik stuur het door naar Grange met de vraag daar zo snel mogelijk naartoe te gaan. Mijn zenuwen schieten alle kanten op als de volle omvang van Lanes verraad opnieuw tot me doordringt.

Ik draai de weg op en doe de koplampen aan – net op tijd om uit te wijken en Meg Jarvis niet aan te rijden.

Meg mompelt bij zichzelf, klakt met haar tong en heeft haar ogen stijf dichtgeknepen. Het lijkt me net zoiets als een kind dat zijn vingers in zijn oren steekt en gaat zingen om maar niet te hoeven horen dat het zijn kamer moet opruimen. Er komen grote regendruppels op ons neer terwijl we in het licht van mijn koplampen staan. Ik voel me nog meer gespannen dan daarnet, de wind giert om ons heen.

'Meg, mag ik je in de auto naar huis brengen?'

Ze doet haar ogen open en produceert een donker, boos geluid. 'Ik heb ze met haar bezig gezien, weet je. Ze was er al niet meer.'

'Wie, Meg?' De regen gutst over mijn gezicht. Ik wil haar het liefst bij de schouders pakken en door elkaar schudden tot ze antwoord geeft, maar dat zou het natuurlijk alleen maar erger maken. 'Zeg het, alsjeblieft.'

'Ze hebben geboet voor mijn zonden', zegt Meg treurig. 'Mijn zus was ziek, ik kon niet anders.' Ze schudt haar hoofd.

Ik veeg mijn gezicht droog aan de mouw van mijn trui. Mijn telefoon in de dashboardhouder licht op.

'Gemma, er komt net een noodoproep binnen.' De Luca's stem klinkt een octaaf hoger dan anders. 'Die kwam bij de Clarks vandaan; een van de kinderen heeft het alarmnummer gebeld. Lane is bij hen, en hij gaat blijkbaar door het lint.'

Zaterdag 16 april, 23.23 uur

Ik knijp zo hard in het stuur dat mijn handen pijn doen.

Allerlei theorieën schieten door mijn gedachten alsof ze de wild zwiepende bomen nadoen.

Wat doet Lane in godsnaam bij de Clarks thuis?

Megs waarschuwingen galmen na in mijn hoofd. Heeft ze echt iets gezien? Ik herinner me Janets woorden, dat Meg jaren geleden haar verklaring introk, en opeens valt er iets op z'n plek. *Ze hebben geboet voor mijn zonden.* Ging dat misschien over Sally?

Voor me schiet De Luca's auto het parkeerterrein van de pub op. Ze trekt een sprintje door de miezer en duikt bij me in de auto, net op het moment dat Grange me belt.

'Elsha is hier, bij haar vriendin', zegt hij. Het klinkt alsof hij gehyperventileerd heeft.

'Oké, geweldig. Blijf daar tot je iets van me hoort. Bel me wanneer Lane haar belt.'

'Wat is er aan...?' vraagt hij als ik ophang.

De Luca en ik zwijgen. Ik geef gas, draai de auto de weg weer op en race naar het huis van de Clarks.

'De jongen heeft de lijn na zijn noodoproep opengelaten. Lane is helemaal doorgedraaid, hij heeft staan roepen en schreeuwen tegen Daniel Clark.' De Luca staart in het donker. 'Ik kan het maar niet geloven.'

'Hoelang voor we assistentie krijgen?' vraag ik.

'Over een minuut of dertig, veertig zeiden ze.'

'Dan moeten we zonder hen naar binnen.'

Ze knikt. 'Weet ik.'

Als we de onverharde weg op rijden verandert de regen in een zilveren gordijn. Een lichtflits, daarna worden we weer in het duister ondergedompeld. Een windvlaag rukt de auto uit mijn macht.

Vanuit mijn ooghoek zie ik iets bewegen en ik kan net op tijd uitwijken om niet door een vallende boom te worden verpletterd.

De achterwielen slippen en we schieten met een harde klap naar rechts. Het stuur vastklemmend werp ik me met mijn volle gewicht naar links terwijl ik de lucht uit mijn longen voel ontsnappen. Ik kan niets zien, op de twee witte schijven van de koplampen na.

Alle geluid verwaait. De Luca is tegen de rugleuning van haar stoel gedrukt, de kin bijna op haar borst, de ogen groot van schrik. Haar ene hand duwt tegen het dashboard en in de andere klemt ze haar telefoon. Ze leunt mijn kant op; haar lippen bewegen maar ik hoor niets.

Er sluipt een zacht maar doordringend gesnerp de volledige stilte binnen en dan barst een afgrijselijk geloei los.

Ik lig met mijn voorhoofd tegen de claxon en het geluid beukt op mijn trommelvliezen.

'O!' Ik veer terug zodat het ophoudt. Weer stil. 'Gaat het met je?'

Ze knikt. 'En met jou?'

'Goed.'

'Die heb je handig ontweken.' Ze kijkt me verbluft aan, alsof ze nu pas doorheeft dat we niet op de boom zijn gecrasht. Zelfs in het zwakke licht zie ik dat haar pupillen zo groot zijn dat ze haar irissen volledig wegdrukken.

Ik knik en neem de ravage rondom ons op: de omgevallen boom, de weg die in een stroompje verandert. Ik draai de auto recht en rijd verder. Ze wijst vooruit naar de afslag en we worden weer flink door elkaar geschud als ik het plaatsje op rijd en de lichten doof.

Er glanst iets tegen de donkere achtergrond van het struikgewas: Lanes politiewagen die voor Jacqui Cobbs huis staat.

Mijn benen begeven het als ik de regen in stap en ik zoek steun bij mijn auto. We duwen onze portieren dicht en gaan op het huis af. Ik zie dat De Luca haar pistool controleert en ik volg haar voorbeeld terwijl ik vurig hoop dat we ze niet nodig zullen hebben.

Er schuren takken langs de zijkant van het huis; het felle, krassende geluid vormt een boze symfonie.

Ik plug mijn oortjes in mijn telefoon, doe de rechter in, wikkel vervolgens het snoer om mijn oor en druk het dopje op z'n plek. 'Bel me, dan blijf ik aan de lijn.'

De paniek schiet over De Luca's gezicht. 'Gaan we apart?'

'Ja. Ik ga het eerst naar binnen.' Ik recht mijn schouders. 'Jij blijft paraat voor als het uit de hand loopt. Ik wil niet dat Lane zich belaagd voelt – ik hoop dat we hem tot rede kunnen brengen.' Een volgende windstoot zwiept mijn haar in de lucht. Ik doe verwoede pogingen er een elastiekje om te doen, het is druipnat. 'Ga jij daarlangs. Kijk of de zijdeur open is. Hou je telefoon aan en kom als het moet naar binnen.'

Na een kordaat knikje verdwijnt ze in de duisternis. Ik loop over de kapotte tegels, leg mijn hand op de deurknop en blijf staan luisteren.

Niets. Misschien een zwak gemompel, maar zeker weet ik het niet.

Ik draai de knop om. De deur is open.

'Ik ga naar binnen', zeg ik zodat De Luca dat weet.

Een windvlaag overstemt het knarsgeluidje waarmee ik de deur achter me dichtdoe.

Mijn hand schiet naar mijn hals als ik tegen een schimmige versie van mezelf aan loop: de wc-deur is open en ik kijk recht in een spiegel.

'Binnen', mompel ik.

Ik hoor een schelle, hoge mannenstem en sluip er door de gang op af. Nog een stem. Onder de kamerdeur loopt een dikke streep licht; hij staat op een kier.

Ik leg mijn hand tegen de deur en duw hem voorzichtig een paar centimeter verder open.

Lane staat met zijn rug naar me toe, een paar meter bij me

vandaan. Met getrokken pistool, aan de hoek van zijn arm te zien. Een vreemde kalmte daalt over me. Hier is het dus op uitgelopen.

Ik tuur de kamer in en zie de tweeling aan de andere kant van het vertrek op de bank zitten, met angstogen knipperend in het zwakke licht. Dot staat hijgend voor hen en maakt zich breed. In een hoek blèrt de tv; een nietsvermoedende presentator van een televisieshow buigt zich met een overdreven knipoog naar de camera.

De wind krast tegen het huis alsof hij naar binnen wil.

'Ik ga niet weg tot je toegeeft wat je hebt gedaan.' Lanes stem klinkt laag en grommend.

Ik maak de kier nog groter en als ik langs hem kijk zie ik Daniel voor een overvolle salontafel staan. Hij heeft zijn kin arrogant geheven, maar er klopt een ader in zijn hals en zijn kuitspieren zijn gespannen.

'Beken nou maar', zegt Lane toonloos. 'Je hebt vanaf het begin onze tijd verknald.'

'Je bent niet wijs', snauwt Daniel.

'Ik ga hier niet voor opdraaien. Je moet je aangeven, Daniel.'

Daniel sist: 'Erúít, zei ik toch.'

Lane draait onhandig in een half cirkeltje rond en richt zijn pistool op Dot en de jongens. 'Je hebt Rick gedood,' zegt hij tegen Daniel, 'omdat je ontdekte dat hij Abbey iets had aangedaan.'

Dot jammert, terwijl haar blik van het pistool naar haar zoontjes flitst. 'Alsjeblieft.'

Daniel kijkt hem ziedend aan. 'Waag het niet mijn vrouw te bedreigen. Oprotten hier of je gaat er verdomme aan!'

Lanes vrije hand klauwt in zijn haar. 'Echt niet. Niet tot je me zegt wat er gebeurd is!'

'Mijn huis uit, verdomme!' brult Daniel.

Een van de jongens op de bank begint te huilen. Lanes hoofd schiet de richting van het geluid op, zijn handen gaan naar zijn gezicht en hij kreunt alsof hij pijn heeft. Het pistool is nu naar het plafond gericht. De wind raast door de kieren van het huis, zodat er valse echo's tussen de muren weerkaatsen.

Lane hervindt zijn evenwicht en richt het pistool weer op Dot. 'Zeg wat je hebt gedaan of ik schiet haar neer!'

Ik stap naar voren en neem Lane onder schot. Wanneer Dot me ziet verschijnt er een hoopvolle blik op haar gezicht. Daniel ziet me ook, maar hij vertrekt geen spier.

'Kai', zeg ik resoluut.

Hij draait om zijn as. Van zijn jongensachtige charme valt niets meer te bespeuren. 'Ik heb haar niks aangedaan! Rick ook niet. Dat moet je geloven.'

'Dat zeg ik ook niet.' Ik zet nog een stap. 'Maar daar moeten we een fatsoenlijk gesprek over voeren. Niet hier.'

Hij is zo opgefokt als een junk. De gloed van de tv wordt weerspiegeld in het zwart van zijn pupillen en mijn hart slaat over. Hij lijkt nu overal toe in staat.

'Ik weet hoe het overkomt', zegt hij. 'Ik weet dat je die fiets hebt gevonden, maar ik heb haar niet meer gezien nadat ze bij het bureau weggegaan was. Ik zweer het!'

Ik zie voor me hoe hij de fiets in het schuurtje propt terwijl Abbey de duisternis in holt. De bush was warm en kalm die avond, heel anders dan het woeste beest van nu.

Het kost me moeite me te beheersen. 'Oké, Kai, ik geloof je. Maar dit is iets tussen ons – we hoeven hen er niet bij te betrekken. Waarom kom je niet met mij mee? Dan bespreken we alles rustig.' Voorzichtig kom ik dichterbij.

'Nee! Ik weet hoe het werkt. Ik heb geen alibi. Alle shit wordt in mijn schoenen geschoven en dan hang ik.'

De jongens kijken verschrikt. Een snikje ontsnapt aan Dots keel.

'Kai, je weet dat je zo geen bekentenis kunt afdwingen.' Ik gebaar het vertrek rond. 'Het moet goed gebeuren, anders is het niks waard.'

'Hij heeft haar vast iets aangedaan,' zegt Lane gesmoord, 'toen ik naar het feest was.' Met de mouw van zijn jasje veegt hij de tranen uit zijn ogen. 'Hij moet haar bij het huis hebben opgewacht, of anders Rick. Of die backpacker. Ik in ieder geval niet, echt niet!'

Het publiek op tv begint te klappen en te juichen.

'Heb je Abbey gezien nadat ze bij het bureau weg was?'

Lane beweegt zich schokkerig en wil me niet aankijken. De loop van zijn pistool wijst onafgebroken mijn kant op. 'Ze rende ervandoor, dat zei ik toch al, en ik ging op weg naar Tommy. Maar later ben ik hierheen gegaan en...' Hij schudt zijn hoofd.

'Waarom kwam je die nacht hiernaartoe, Kai?'

'Daarom! Ik was bezorgd. Abbey... die was kwaad op me. Ik wou alleen maar weten of alles goed met haar was.'

Nee, denk ik met afschuw, *je was juist doodsbang dat Abbey zou verraden wat je al die tijd met haar hebt gedaan.*

'En hoe was je van plan daarachter te komen?'

'Ik wilde alleen maar even bij haar langsgaan.'

'Maar hoe?' dring ik aan. 'Wou je haar bellen?'

Verslagen laat hij zijn schouders hangen. Hij weet dat ik het weet. 'Er staat een boom voor haar raam. Ze doet het rolgordijn nooit naar beneden.'

Daniel verstijft.

'En was ze er?' vraag ik zachtjes.

'Nee. Ik weet niet of hij haar is gaan zoeken of dat hij door het lint ging toen ze thuiskwam of wat dan ook. Het kan dat Rick haar pijn heeft gedaan en hij hem daarom heeft doodgeslagen.' Lanes gezicht verkrampt weer. 'Ik weet niet wat er is gebeurd – maar híj wel', zegt hij, woest gebarend naar Daniel. 'Hij moet kappen met ons te beduvelen.'

Jacqui Cobbs schelle stem dringt mijn oor binnen. *Op een gegeven moment stopte er een auto aan het eind van de straat. Ik hoorde hem toen ik naar de wc moest, de motor draaide stationair. Hij had alleen de parkeerverlichting aan, wat ik nogal vreemd vond.*

Lane, die zijn dienstwagen aan het eind van de straat zette.

'Oké, oké', zeg ik rustig. Ik hoop nog steeds dat ik hem wat kan kalmeren, zodat ik hem kan boeien en hier ongedeerd vandaan krijg. 'Waarom was Abbey boos op je, Kai?'

Zijn gezicht verkreukelt als een vel papier. 'Ik zal haar wel teleurgesteld hebben. Ze wilde na afloop niet met me mee, ik mocht haar niet naar huis brengen. Ze ging ervandoor. En toen heb jij haar vermoord!' Klungelig zwaait hij het pistool naar Daniel. 'De volgende ochtend zag ik aan je dat je wist wat haar was overkomen. Je wíst het! Wat heb je met haar gedaan?' Lane kokhalst en veegt langs zijn mond. Hij heeft het niet meer, de spieren trillen in zijn gezicht en de aderen kloppen in zijn hals, maar de angst in zijn stem klinkt oprecht.

'Kai,' zeg ik zo kalm mogelijk, 'je weet dat we moeten gaan. Ga je met me mee?'

'Ik zet geen stap tot hij alles opbiecht.' Hij kijkt me smekend aan. 'Snap je het dan niet? Anders ben ik de lul.'

Ondanks mezelf voel ik een vleugje medelijden. Hij ziet er zo verloren uit. Ik kom er maar niet achter of hij nu een psychopaat is of gewoon wanhopig.

'Ik heb Abbey met geen vinger aangeraakt, en dat klotevriendje van haar ook niet!' zegt Daniel.

'Je liegt.' Lane knijpt zijn ogen samen en pakt zijn pistool steviger vast.

Daniels gezicht vertrekt van woede; het pistool schijnt hem nog steeds helemaal niet te storen. 'Ze was mijn dochter! Ik zei toch al dat Rick haar iets heeft aangedaan, dat ik hem daarom een pak op zijn flikker ging geven, maar dat iemand me voor was geweest? Geen idee wie', sist hij.

Chris en Wayne zitten als versteend op de bank. Dots blik glijdt kort naar de andere kant van de kamer. Ik kan niet om de scheidingswand heen kijken, maar herinner me de kleine eetkamer die uitkomt bij de trap naar de slaapkamers boven. Ik hoop dat het De Luca is gelukt het huis binnen te komen.

'Wat heb je gedaan?' gilt Lane.

'Opkankeren jij', hoont Daniel. 'Je bent een aanfluiting voor het korps. Vieze vuile pedo, ik hoop dat ze je opsluiten.'

Lane strompelt achteruit en schuift langs de muur naar de deur, zijn rechterarm nog steeds gestrekt, het pistool op Daniel gericht. Hij verstevigt zijn greep en richt.

'Nee, Kai, niet doen!' schreeuw ik.

Diep in het huis slaat ergens een deur dicht en de muren trillen.

Lane kijkt nog eenmaal met een gestoorde blik de kamer rond, zijn pistool slingerend in een grillige boog, dan glipt hij de schemerige eetkamer in en is weg.

Ik voel een elektrische siddering als ik mijn pistool op de plek richt waar Lane zojuist nog stond. 'Allemaal hier blijven', roep ik. 'Niet bewegen!'

Wanneer ik langs de eettafel loop, wordt het huis opnieuw heen en weer geschud door een keiharde knal, gevolgd door een schot. En een gil.

Zaterdag 16 april, 23.59 uur

Ik stuif de gang in. Met ingehouden adem wacht ik tot mijn ogen gewend zijn aan het donker.

Er klinkt afschuwelijk gekreun in de lange doorgang.

Mijn hart klopt in mijn keel, en als ik naar voren snel hoor ik gekletter van kogels boven mijn hoofd. Ik laat me op handen en voeten neervallen.

Geen geschut maar regen die tegen het golfplaten dak aan de voorkant van het huis knalt. Als ik weer overeind krabbel zie ik alleen maar een vierkant stuk licht aan het eind van de duistere koker, en ik storm erop af. Er flitst een akelige montage van scènes uit de afgelopen week door mijn hoofd: de gapende keelwond van de opossum, de bloederige schedel van Rick, het zwartgelakte gezicht op de foto's van Abbey. Mijn hersenen willen op topsnelheid aan het werk, maar door de regen kan ik onmogelijk iets horen, onmogelijk nadenken. Is dat gehuil? Gepraat? Roept iemand om hulp? Zijn het twee stemmen? Laten het alsjeblieft twee stemmen zijn. Ik richt mijn pistool naar voren en stap door de deuropening.

Het is een logeerkamer waar zwak maanlicht door het venster schijnt.

Een donkere plas breidt zich uit over het vuile crèmekleurige tapijt. Een wirwar van armen en benen. Twee pistolen slingeren op de grond.

Ik laat me vallen en kruip naar voren. Mijn knieën zijn plakkerig van het bloed en ik kan wel janken als ik dat zie. Ook al richt ik al jaren geen smeekbeden meer tot een hogere macht, ik merk dat ik aan het bidden ben terwijl ik een laken van het bed trek en een snikkende Lane help om de druk op De Luca's bovenlichaam te verstevigen. We proberen wanhopig het bloeden te stoppen.

Ik krijg dat onderwatergevoel weer. Ik neem De Luca's gezicht tussen mijn handen en voel haar polsslag tegen mijn vingers bonken terwijl ik haar in de ogen kijk, haar naam noem. Er flakkert een lichtje in haar pupillen. Iemand schreeuwt om hulp; het duurt even voordat het tot me doordringt dat ik dat zelf ben. Ik worstel me naar het wateroppervlak en haal gulzig adem.

Dan staat Daniel in de deuropening met een ondoorgrondelijke uitdrukking op zijn gezicht. Ik ben me scherp bewust van de pistolen op de grond. *We kunnen over een minuut allemaal wel dood zijn*, denk ik als ik De Luca in mijn armen neem en druk op het natte laken uitoefen.

En dan is Daniel weg. Is hij eigenlijk wel hier geweest? De tijd lijkt te verschuiven: sneller, trager, en opeens is Daniel terug, zijn armen vol rollen verband, een verbeten blik op zijn gezicht. Hij duwt De Luca's hoofd opzij om haar hartslag te voelen. 'Je redt het wel', zegt hij.

Lane staat amper een meter bij me vandaan, zijn gezicht bijna even slap en krijtwit als dat van De Luca. We staren elkaar een tijdlang aan. De pistolen lijken wel te gloeien op de grond.

Zonder mijn blik van Lane weg te nemen werp ik me naar rechts. Op hetzelfde moment dat hij in beweging komt.

Met een pistool in elke hand krabbel ik overeind en struikel tegen de muur. Hijgend zie ik hoe Daniel zich over De Luca buigt. Ik hoor een motor brullen, maar bij de voordeur aangekomen valt er niets te zien dan de achterlichten van Lanes dienstauto die door de regensluier priemen.

Acht dagen vermist

Zondag 17 april, 0.24 uur

De wind blijft onstuimig razend tegen het huis beuken.

Ik sta verstijfd in de deuropening, chaos achter me, chaos voor me.

Het doodlopende straatje baadt opeens in blauw en rood licht. Eerst wazige vlekjes, dan stevige vormen die een dronkenmansdans uitvoeren over de weg, de tuin, mijn gezicht.

Portieren vallen in het slot. Vreemden banjeren door de regen op het huis af, gewapend met de energie en instrumenten die hopelijk het eind van deze nachtmerrie inluiden.

'Gemma?' Trans bezorgde gezicht duikt voor me op.

'Het is De Luca', stamel ik, naar de slaapkamer gebarend. 'Hij heeft op haar geschoten.'

De ambulanceverplegers gaan het huis binnen. Ze praten met Daniel. Ze zeggen iets tegen De Luca.

Ik heb de pistolen nog steeds vast. Tran en ik kijken ernaar.

'Gemma?' vraagt ze nog eens.

'Lane is weg. Met de auto. Dot en de tweeling zijn in de woonkamer. Ongedeerd.'

'Lane heeft De Luca neergeschoten?'

Ik knik. 'Ik weet niet eens of hij wist dat zij het was. Ik heb het niet gezien.'

'Ben je gewond?'

'Nee.'

Daniel doet een stap achteruit wanneer ze De Luca's gezicht bedekken met een kunststof masker. De ambulancemedewerkers vinden het risico te groot om haar nu te verplaatsen en prikken naalden in haar aders terwijl ze op de grond ligt – haar bovenlichaam in het verband, net een mummie.

Daniel heeft bloedspetters in het gezicht en ook zijn handen zitten eronder.

Tran is nu aan het bellen; haar bitse bevelen galmen door de gang.

Ik ga naar de woonkamer. Dot heeft een arm om elk kind geslagen, haar blik is staalhard.

'Gaat het met jullie?' vraag ik.

Ze knikt.

'Daniel is ongedeerd', vertel ik haar.

Weer een knikje.

Tran heeft opgehangen. Ze glimlacht geruststellend naar de twee jongens en legt dan rustig aan Dot uit hoe het verder gaat.

Een ambulancemedewerker komt de kamer binnen. 'We brengen haar naar het ziekenhuis nu ze stabiel is.'

Ik steun tegen de muur en laat hun stemmen rond mijn hoofd tollen.

Mijn telefoon trilt als er een berichtje binnenkomt. Ik haal hem uit mijn zak en zie dat de lijn met De Luca nog steeds openstaat. Ik trek het dopje uit mijn oor en beëindig het gesprek.

Wanneer ik het berichtje lees val ik weer tegen de muur.

Mijn benen beginnen onbeheerst te trillen, mijn adrenalinepeil keldert en ik krijg opeens geen lucht.

Kokhalzend strompel ik naar de wc en ben net op tijd om een paar maal achtereen in de pot te braken terwijl Lanes boodschap ongenadig hard bij me binnendreunt.

Ik heb haar echt niks aangedaan maar ik weet dat ik alles verknald heb. Zeg tegen mijn ouders en Elsha dat het me spijt.

Zondag 17 april, 5.13 uur

Er liggen afgebroken takjes kriskras door elkaar in de voortuin van de Gordons. De acacia is omvergewaaid en heeft zijn gele bloemen als confetti op de veranda uitgestrooid.

Zachtjes steek ik de sleutel in het slot, duw de deur achter me dicht en laat mijn voorhoofd even tegen de deurpost rusten. Ik ben nog wat gammel maar voel geen vermoeidheid meer; die ligt al mijlenver achter me. In plaats daarvan ben ik vastberaden om deze beerput tot op de bodem uit te diepen, zodat ik die kan afsluiten en er dan als de sodemieter met Ben vandoor gaan. Ik til mijn hoofd op, laat de woede door me razen en bal mijn vuisten en klem mijn kaken op elkaar. Dat voelt goed.

Ben ligt nu opgekruld in mijn bed te slapen. Is hij in paniek geraakt toen hij merkte dat ik weg was? Heeft hij zich in het donker huilend afgevraagd of ik wel terugkwam? Wat zou er zijn gebeurd als ik niet terug was gekomen? Ik strijk een krul glad en volg zijn sproeten met mijn vingers. Zijn gezicht ken ik beter dan dat van mezelf, en toch blijft hij een mysterie voor me. Hij is zowel van mij als totaal afzonderlijk. De vreugde die hij me bezorgt weegt maar net op tegen de doodsangst die hij bij me oproept.

Ik glip de kamer uit en trek de deur dicht.

In de woonkamer schuift een streepje zacht licht over de vloer: de nieuwe dag die zijn voorganger voorbijsluipt. Tommy en Vanessa zitten naast elkaar aan tafel achter lege mokken. Op de keukenbar staat een mandje paaseieren.

'Gaat het met je, Gemma?' Vanessa's stem klinkt weifelend.

Ik laat me in een stoel tegenover hen vallen.

'Ik heb Tran gesproken', zegt Tommy. 'Ongelofelijk.'

'Ja', zeg ik.

'Ben kwam vannacht onze slaapkamer in,' zegt Vanessa, 'toen hij merkte dat je er niet was. Ik heb gezegd dat het goed met je ging en dat je gauw terug zou komen.' Ze draait haar trouwring haar vinger rond. 'In jouw bed werd hij al snel rustig.'

'Dank je.' Ik kijk naar deze vreemden hier voor me en moet een stroom emoties onderdrukken.

Op hun gezicht valt bezorgdheid te lezen, maar ik bespeur ook wantrouwen en een licht afwerende houding.

'Hoe is het met De Luca?' vraagt Tommy.

'Haar toestand is stabiel,' antwoord ik, 'maar kritiek. Dat is alles wat ik weet. Haar moeder weigerde te komen – ze zien elkaar blijkbaar niet meer – maar haar vriendin is bij haar.'

Tommy's dikke vingers omklemmen zijn mok. 'Ik kan gewoon niet geloven dat Lane zoiets zou doen', mompelt hij met vochtige ogen. Vanessa pakt zijn hand en trekt die in haar schoot.

Mijn vastberadenheid begint te wankelen. 'Ze proberen bij zijn lichaam te komen nu het niet meer regent.'

Vanessa knijpt haar ogen dicht. 'O God.'

'Ik denk dat hij geen andere uitweg meer zag.'

Tommy knikt, maar ik merk aan hem dat hij, net als ik, het telkens voor zich ziet: Lane die naar de klif rijdt, uit zijn auto strompelt en zichzelf in de afgrond werpt. Tommy buigt zijn hoofd en drukt met zijn vingers tussen zijn wenkbrauwen. 'Het was een goede jongen.'

'Hij heeft waarschijnlijk een tienermeisje verkracht', bijt ik hem toe. 'En hij heeft ons allemaal voorgelogen. Hij heeft de Clarks bedreigd en een agent neergeschoten.'

Mijn uitbarsting doet Tommy terugdeinzen.

'We hebben ons allemaal in hem vergist', ga ik verder. Mijn handen trillen zo dat ik ze moet vouwen. In mijn schoot leggen.

'We mogen best verdrietig zijn, Gemma', zegt Vanessa.

'Tuurlijk, en ik mag best boos zijn.'

Na een poosje vraagt Tommy: 'Hoelang hadden die twee al iets?'

'Dat weet ik niet.'

'En die fiets?'

'Ik denk dat hij in paniek raakte toen ze die avond opeens langskwam. Hij wist dat ze op de bewakingsbeelden zou staan. Zodra hij zag dat ze haar fiets had achtergelaten, moet hij hebben beseft dat een verzonnen aangifte een goed excuus voor haar bezoekje was. Als er ooit iemand naar zou vragen, kon Abbey zeggen dat die fiets de volgende dag weer was opgedoken, en zelf zou hij het terloops tegen jou kunnen zeggen en erbij vermelden dat de zaak opgelost was. Geen losse eindjes.'

'Maar wat ging er dan mis?' vraagt Tommy.

'Ik denk dat ze kwam zeggen dat ze het met Rick had uitgemaakt en met hem verder wilde, en dat hij haar heeft afgewezen. Ze raakte van streek, wilde geen lift van hem en rende ervandoor. Lane had die klacht over het feest toen al binnen, en hij belde jou. De fiets verstopte hij in het schuurtje. Hij wist dat die schuur niet gebruikt werd, en ging ervan uit dat hij alles wel glad kon strijken wanneer Abbey eenmaal tot bedaren was gekomen.'

'Vandaar dat ik eerder bij dat feest aankwam.'

'Ja.'

'Maar Lane was niet degene die...'

'Dat denk ik niet. Ik veronderstel dat Abbey die avond nog naar Rick is gegaan – tenslotte wist ze dat hij een paar vrienden op het strand zou treffen. Ik denk dat ze heeft opgebiecht dat Lane en zij iets hadden samen, en dat Rick door het lint is gegaan. Lane wilde koste wat het kost zijn naam zuiveren omdat hij wist dat hij nu de belangrijkste verdachte was.'

'En Daniel heeft Rick gedood?'

'Als het waar is dat Dot hem op maandagochtend het huis uit heeft zien gaan, dan ligt dat het meest voor de hand.'

Tommy mompelt iets onverstaanbaars.

'Wordt Daniel vervolgd?' vraagt Vanessa.

Ik zie in gedachten de rode vlek uitvloeien op het vuile crèmekleurige tapijt. Daniel die De Luca in zijn armen neemt, zijn bewegende mond als hij tegen haar praat.

'Wanneer Dot bij haar verklaring blijft, ook over het misbruik in het verleden, dan denk ik van wel.'

Een van de buren doet de achterdeur open en er zweeft een vrolijke jarentachtigsong de tuin van de Gordons in.

Vanessa komt overeind na een blik op haar horloge. 'Ik zal theezetten. Tommy, je moet je pillen innemen.'

Over de tafel kijk ik hem in de ogen.

'Tommy,' zeg ik, 'ik weet dat je een probleem hebt.'

'Ik heb geen idee waar je het over hebt', zegt hij nors.

'Die pillen, Tommy. Die verschillende doktersrecepten. Je ongeluk. Probeerde je te camoufleren dat je high was?'

'Dat is belachelijk.'

'Heb jij de krant getipt over mij? Wilde je me de stad uit jagen?'

'Hè? Nee. Je moet wel uitgeput zijn. Je hebt slaap nodig.'

Ik leun voorover en kijk hem woest aan. 'Je hoeft me niet te zeggen wat ik nodig heb, Tommy. Misschien weet ik er de helft nog niet van, maar ik zweer je dat ik het tot op de bodem uitzoek.' Ik knijp mijn ogen tot spleetjes. 'Hebben Eric Sheffield en jij iets samen opgezet? Hoever strekt het zich uit, Tommy?'

Met een zwierig gebaar duwt hij zijn stoel bij de tafel vandaan. 'Je spoort niet, jij', sist hij me toe. 'Deze zaak groeit je duidelijk boven het hoofd.'

'Ben is wakker', waarschuwt Vanessa met een hoofdknikje naar de gang. De wc wordt doorgespoeld.

Ik kijk Tommy nog eens strak aan en ga dan naar Ben. Hij is zich in zijn slaapkamer aan het aankleden. Hij ziet er moe uit, met donkere vegen onder zijn ogen.

'Ik ben gisteren weggeroepen', zeg ik in zijn haar. 'Het spijt me dat ik er niet was toen je wakker werd.'

'Gemma.' Vanessa staat in de deuropening, een diepe frons op haar voorhoofd.

Ik stap bij Ben vandaan. Maak me groot.

'Zit Tommy niet zo op zijn nek', zegt ze. 'Dat met Lane heeft hem erg aangegrepen.'

'Daarmee is het niet opeens oké dat hij zich met schimmige praktijken inlaat.'

'Tommy zou dat nooit doen', zegt ze met een gekwetste blik.

'Alsjeblieft zeg,' verzucht ik, 'word je het niet zat hem altijd blindelings te verdedigen?'

Haar ogen spuwen vuur als ze haar armen kruist. 'En dat na alles wat we voor je hebben gedaan.'

'Hou toch op hem te beschermen, Vanessa', zeg ik minachtend. Ik glimlach stijfjes naar mijn zoon. 'Kom mee, Ben, we moeten weg.'

'Nu?' Zijn rechterwenkbrauw schiet omhoog en hij werpt een bezorgde blik van de een naar de ander.

'Ja. Doe je trui aan en poets je tanden.'

Ik dring me langs Vanessa mijn kamer in, waar ik mijn vieze shirt uittrek, een schoon oranje T-shirt aandoe, deodorant onder mijn oksels spuit en wat spullen in mijn rugzak prop.

'Kom mee, Ben!'

Vanessa pakt me bij de arm, de huid bij haar hals trekt strak. 'Gemma, vind je niet dat hij al genoeg meegemaakt heeft?'

'Laat me los.' Ik doe de voordeur open en duw Ben naar buiten.

'Dit is belachelijk, Gemma,' roept Vanessa ons na, 'je moet nodig slapen! Ik kan het niet aanzien dat je je in jouw conditie zo afpeigert.'

Ik staar haar aan. 'Wát?'

'Ik weet het van de baby', flapt ze eruit. 'Ik heb de test in de vuilnisbak zien liggen.'

Zondag 17 april, 7.11 uur

Bens hoofd schiet omhoog, hij spert zijn ogen open.

We vormen een vreemd driehoekje op de veranda. Ik ontplof bijna.

'Hoe durf je!' bijt ik haar toe.

Vanessa bindt niet in. 'Ik begrijp niet waarom je je zo roekeloos gedraagt. Het lijkt of het je niet eens wat kan schelen. Wat bezielt je toch?'

'Hou je kop.' De woorden klinken messcherp en ik ben bang dat ik haar een klap geef als ik niet wegga.

'Mam?' Ben heft zijn gezichtje en kijkt ernstig naar ons allebei op.

Slippend over de afgewaaide bladeren en takjes haast ik me het verandatrapje af, en sleep Ben met me mee. De zon port voorzichtig tussen het wrakgoed van de afgelopen nacht, alsof hij wil kijken of er nog iets kan worden hergebruikt. Een paar huizen bij de Gordons vandaan staat een hoogwerker, en twee mannen in veiligheidshesjes proberen een omgevallen boom van een auto te tillen.

Ben en ik lopen in een ijzige stilte over het strand. Vandaag is de oceaan het toonbeeld van kinderlijke onschuld. Mijn zoontje lijkt in gedachten verzonken en ik vraag me af of hij misschien wonder boven wonder niet heeft gehoord wat Vanessa zei.

Ik bel met Tran, maar er is geen verandering in De Luca's toestand. Kritiek maar stabiel.

'Weet je dat Daniel Clark waarschijnlijk haar leven heeft gered?'

'Ja', zegt ze. 'Dat weet ik. Kennelijk heeft hij jaren geleden bij de reddingsbrigade gezeten.'

‘Tjee’, zeg ik en kijk hoe Ben zich bukt om een schelp te bestuderen.

‘We hebben het lichaam van Lane geborgen. Ik kom net bij zijn ouders vandaan. De autopsie is morgen.’ Ze zwijgt even. ‘Dot zet door: ze gaat vanochtend tegen Daniel getuigen.’ Tran klinkt net zo uitgeput als ik.

‘Waar is Daniel nu?’

‘Nog steeds bij Dot en de jongens thuis. Over een uurtje nemen we hun verklaringen over gisteravond af. Dot als laatste. De bedoeling is dat we hem dan aanhouden.’

‘Wanneer wordt het lichaam van Rick vrijgegeven?’ vraag ik.

‘Ik dacht woensdag. De inspectie van het lichaam door die wapenexpert staat voor morgen gepland. Ik heb een poosje terug met Georgina Fletcher gesproken – ze logeren nu bij haar zus. Volgens mij willen ze de begrafenis vrijdag houden.’

‘Nog geen spoor van Aiden?’

‘Blijkbaar niet. Misschien duikt hij opeens weer op als hij hoort dat Daniel vastzit.’

‘Oké. Als hij en Rick in de drugshandel zaten, dan gaat Aiden er misschien van uit dat de dood van zijn broer daarmee samenhangt. Daniels aanhouding kan hem op andere gedachten brengen.’ Ik onderdruk een geeuw. ‘Hou me op de hoogte over De Luca. En Daniels arrestatie.’

‘Doe ik.’

Ik roep Ben, die langs de waterlijn stukjes zeewier opraapt en in zee gooit.

‘Heb je dat meisje al teruggevonden?’ vraagt hij, in de zon turend.

‘Nog niet.’ Ik geef een zetje met mijn voet tegen een stuk wrakhout. ‘Maar hoe dan ook gaan we snel naar huis. Naar Smithson. Ik denk dat we morgen maar eens weg moesten. Lijkt je dat wat?’

‘Ja hoor.’ Hij kijkt uit over zee.

Wat zou ik dolgraag zijn gedachten kunnen lezen, ze uitpluizen en me ervan verzekeren dat het echt goed met hem gaat.

'Waarom hebben Vanessa en jij ruzie?' vraagt hij.

'Dat zit ingewikkeld. Ik werd boos en dat was verkeerd.'

'Klopt het wat ze zei en krijg je een baby?'

De wereld kantelt eerst naar rechts en dan naar links.

'Dat weet ik niet', zeg ik ten slotte.

'Met Mac?'

'Weet ik niet.' Het voelt of ik een mond vol met watten heb. Ik lik langs mijn lippen. Zout. 'Misschien.'

'Ik vind Mac aardig.'

'Ik ook', fluister ik.

'Mam, mag ik nog wat vragen?'

Mijn keel wordt dichtgesnoerd. 'Natuurlijk.'

'Is Mac Macs echte naam?'

Ik laat mijn ingehouden adem ontsnappen, streel over zijn haar. 'Officieel is het Cormac, maar volgens mij zegt niemand dat ooit.'

Met een glimlach springt Ben weg, raapt een boomtak van het strand en begint die over het zand naar een andere tak te slepen.

'Voorzichtig', zeg ik automatisch.

'Doe ik', antwoordt hij even vlug.

Ik kijk even toe hoe hij van de takken een onbeholpen tipi fabriekt, met een geconcentreerde frons tussen zijn ogen die exact op die van Scott lijkt.

Ik ga op een platte steen zitten, trek mijn knieën op en laat mijn kin op mijn gevouwen armen rusten. Ik ben uitgeteld. Vaag zie ik Lanes verminkte lichaam voor me; ik knijp mijn ogen dicht om het beeld weg te krijgen. Aan zijn schuldbekentenis bungelen wat losse eindjes die me niet met rust laten. Wat heeft hij precies gedaan?

'Mac!' roept Ben.

Ik draai mijn hoofd en open mijn ogen. Ben rent terug in de richting waar we vandaan komen. Als ik langs hem het strand afkijk, zie ik Mac met een bezorgde blik haastig op hem afkomen.

Ik sta op. Droom ik?

Hij loopt op me af en Ben huppelt vrolijk naast hem.

'Ben, wil je nog even verdergaan met wat je daar aan het bouwen was?'

Hij rolt met zijn ogen maar sjokt ervandoor.

'Wat kom je hier in godsnaam doen?' bijt ik Mac toe.

Hij aarzelt. Rood aangelopen en buiten adem maakt hij een verontschuldigend gebaar. 'Ik hoorde wat er vannacht is gebeurd. Je belde me niet terug, dus ik ben direct naar de Gordons gegaan – die zeiden dat je deze kant op was gelopen.' Hij zwijgt, nog steeds hijgend. 'Gemma, gaat het goed met je?'

Ik frons als ik hem probeer te begrijpen. 'Je bent hier vanochtend naartoe gevlogen? Hoe dan?'

'Ik ben niet weggegaan', zegt hij met een smekende blik.

'Wát?'

'Ik kon het niet, Gem! Niet na wat je me verteld hebt. Ik kon niet zomaar naar Sydney teruggaan en doen alsof alles oké was. Ik ben hier gaan werken en heb me wat gedeisd gehouden.'

'Zodat je me in de gaten kon houden?' zeg ik bits.

'Zo zat het niet. Je weet dat ik om je geef. Stop toch eens met doen alsof dat iets negatiefs is.'

Ik sla mijn armen over elkaar. Ik moet weer vechten tegen de vermoeidheid. 'En, dus, zit je in The Parrot?'

'Ja. Ik heb Cam gevraagd niets te zeggen.' Mac komt dichter naar me toe. 'Alsjeblieft, niet boos zijn. Ik was bezorgd. Je vader was ook bezorgd, en Jonesy. Candy ook.'

'Fantastisch', mompel ik, razend omdat ik blijkbaar over de tong ben gegaan.

'Gemma...'

'Wil je me naar het hotel brengen? Alsjeblieft? Ik moet slapen.'

Zondag 17 april, 11.32 uur

Het is licht wanneer ik wakker word. Vlakbij staat een tv aan, met het geluid zacht. Ik ben in het Parrot Hotel; ik herken het decor van onze eerste nacht in Fairhaven. Ik ga op mijn rug liggen, strek mijn benen en geniet van de rek in mijn vermoeide spieren. Maar dan komt de herinnering terug en voel ik me weer ellendig.

Ik kijk op mijn telefoon: een gemiste oproep van Owen. Ik kom overeind en bel hem terug.

'Shit, Gemma.' Dat soort taal is niks voor hem. 'Gaat het met je? Ik hoorde dat...'

'Het gaat goed, maar het is wel een akelige toestand. En ik betwijfel of we het meisje nu nog gaan vinden. Ik weet nu nog steeds niet wat er is gebeurd.'

Owen mompelt meelevende woorden. We weten allemaal hoe schrijnend het is als iemand vermist blijft, hoe afgrijselijk die voortdurende onwetendheid is.

Zachtjes druk ik met mijn hand op mijn maag – ik moet wat eten. 'Ik ga ophangen, Owen. Dank je voor je meeleven.'

'Natuurlijk. Hé, hoor eens, ik wilde je ook nog vertellen dat het team dat die drugszaak onderzoekt, een paar artsen op de hielen zit die er volgens hen bij betrokken zijn. Eentje heeft contact met een eigenaar van een verpakkingsbedrijf, en het team vermoedt dat ze de voorraden op die manier onder de radar verspreiden. Of het om gestolen spul gaat weten we niet zeker – we denken dat ze het zelf produceren en met een boel goedkope troep versnijden om de marges op te krikken. Waar het om gaat, is dat het er legaal uitziet wanneer alles in doosjes zit met een barcode erop. Het kan dus gewoon ergens in een magazijn staan, of zelfs in een apotheek liggen, zonder dat iemand er erg in heeft.'

'Allemachtig; wanneer drugsdealers zich ook nog gaan bemoeien met de grafische vormgeving en de kwaliteit van hun verpakkingen, hebben we echt een probleem.'

Owen lacht. 'Ja hè. Dit is een heel nieuw type dealers. Pillen vermomd als pillen.' Hij zucht. 'Let goed op jezelf, Gem. Laat me weten wanneer je terugkomt.'

Ik slof naar de woonkamer en geef Ben een zoen. Op tv is een schattig konijntje met een enorm ei aan het hannesen.

Mac kijkt in de keuken op van zijn laptop. 'Hé. Hoe voel je je?'

'Beter. Ik denk dat ik wat cornflakes neem.'

'Goed idee.'

Ik voel zijn ogen op me gericht als ik cornflakes in een schaaltje schud, er melk op giet. Ik check mijn telefoon. Tran bevestigt in een mailtje dat Dot een officiële verklaring heeft afgelegd over waar Daniel maandagmorgen was; hij wordt vastgehouden en ze staan op het punt hem te arresteren. Ik scrol door de rest van mijn mails en zie dat Grange eindelijk de boekhouding van het ziekenhuis heeft doorgestuurd.

Ik ga verder op mijn laptop en scrol door de afschriften. Elke maand wordt er een bedrag van duizend dollar overgemaakt naar de bv Parrot Bay Holdings met als beschrijving 'vrachtgeld'.

Ik googel het bedrijf: het staat op naam van Tara's schoonheidssalon. Ik ga achteroverzitten. Het gezoem in mijn hoofd begint weer.

'Hoeveel weken ben je?' vraagt Mac zachtjes.

'Hè? Eh, ongeveer zeven denk ik. Van die keer dat je in Smithson was.'

Hij knikt.

'Ik had net Owen aan de lijn over een drugsonderzoek in Sydney. Het team daar denkt dat er een verband is met medicijnen die hier in de buurt en andere streken worden verkocht.'

'En er is ook een link met jouw zaak?'

'Dat weet ik niet zeker', zeg ik terwijl de radertjes in mijn hoofd draaien. Ik herinner me dat Janet zei dat Sally Luther voor de plaatselijke huisarts werkte, en Eric mij vertelde dat hij huisarts was voordat hij hier een ziekenhuis vestigde. 'En Aiden werkte in het ziekenhuis', mompel ik.

'Wat?' Mac leunt naar voren en pakt mijn hand.

Hoewel ik hem in de ogen kijk lukt het me niet mijn aandacht op hem te richten. Is Eric de sleutel tot deze hele zaak? Ik denk weer aan het moment dat ik dat briefje onder mijn ruitenwissers ontdekte. Hoe erg ik schrok. Maar volgens Elsha had Lane die nacht bij haar geslapen en werd hij wakker toen ik hem belde om die dag vroeg naar het bureau te komen. Hij kan helemaal geen tijd hebben gehad voor een omweg langs de Gordons.

'Dat briefje over Scott was niet van Lane', zeg ik.

'Wat?' vraagt Mac.

'Het is...' Ik slik, en probeer na te denken. 'Het klopt gewoon niet.'

Pillen vermomd als pillen. Verscholen waar iedereen het kan zien.

'Hier zit nog meer achter', zeg ik en schuif mijn stoel achteruit.

Mac kijkt verschrikt op. 'Gemma, je moet die zaak nu laten rusten. Je hebt genoeg gedaan.'

'Wil je dat niet doen, mij vertellen wat ik moet?' Mijn hoofd tolt. 'Kun je op Ben passen? Ik moet iets natrekken. Het heeft niks met Rick of Abbey te maken. Volgens mij is er wat anders aan de hand.'

Mac ademt fluitend uit. 'Ik heb Cam beloofd hem te helpen. Sinds vannacht staat de pub blank, het is een enorme troep. Hij kwam zonet langs toen je nog sliep, en het lijkt me dat Ben graag meehelpt. Maar Gem, er komt een moment waarop we de zaken op een rijtje zullen moeten zetten.'

Ik maak een nieuwe paardenstaart en trek mijn kleren recht. 'Weet ik, maar ik moet eerst iets anders doen.'

Ik zeg Ben gedag en ga de deur uit. Het lijkt veel langer dan een week geleden dat ik die dode opossum zag liggen. Ik realiseer me dat mijn auto nog bij de Gordons staat en blijf in de zon staan bedenken wat ik zal doen.

'Gemma!'

Abrupt draai ik me om.

'Maak je geen zorgen', zegt Simon, die al een afwerend gebaar maakt. 'Ik loop alleen maar langs, ik wil niet nog eens op mijn kop krijgen.' Hij stapt om me heen en doet zijn kamerdeur open.

'Zeg Simon,' vraag ik, 'zou je me eventueel een lift kunnen geven?'

Simon parkeert zijn auto voor de hoofdingang van het ziekenhuis. 'Ik heb dat artikel niet geplaatst.'

'Dat heb ik gemerkt.'

'Ik heb er keihard met mijn redacteur om gevochten.'

'Gelukkig ben je sterk.'

Hij spant zijn spierballen. 'Zeker. Ze heeft me nog wel verteld dat het telefoontje van een vrouw met een accent kwam; een Nederlandse of Scandinavische misschien. Hoe dan ook: ik heb mijn redacteur weten te overtuigen dat er iemand met een lastercampagne bezig was, en dat wij de lul waren als we het zouden plaatsen.'

'Bedankt', antwoord ik afwezig.

Een accent. Elsha. Lanes verraad reikt tot over het graf.

Ik draai me naar Simon. 'Ik moet ervandoor.'

'Tuurlijk. Succes met je gesprekje.'

'Het duurt misschien maar even.'

'Anders wacht ik wel even', zegt hij. 'Ik heb een boek bij me.' Hij wijst naar een beduimelde Tom Clancy op de achterbank. 'Bovendien hoop ik uiteraard dat er een primeur voor me in zit. Het zou fijn zijn als ik een exclusief interview met je mocht houden over wat er vannacht is gebeurd.'

'Jij denkt ook maar aan één ding', verzucht ik.

'Dat zeggen al mijn ex-vriendinnen ook', klinkt het lollig als ik uitstap.

Ik storm de hal van het ziekenhuis binnen. 'Vrolijk Pasen!' kwettert de receptioniste, maar ze neemt me zenuwachtig op.

'Ik wil dokter Sheffield spreken', zeg ik bits.

'Eh, nou, die loopt rondes. Weet u dat hij vannacht bij een bevalling heeft geholpen? Het was echt fantastisch; de ambulance kon niet naar het huis toe, zo hard stormde het, vandaar dat ze hem hadden gebeld.'

'Hier naar binnen?' vraag ik terwijl ik de klapdeuren al openduw.

'Eh, momentje, dan piep ik hem op... Wacht alstublieft!'

De deuren slaan achter me dicht. Eric staat aan het eind van de gang en kijkt verrast op.

'Hallo, rechercheur.'

'Dokter Sheffield, ik moet met je praten. Nu.'

'Oké, geen probleem.' Hij glimlacht een verpleegkundige geruststellend toe, geeft haar in een moordend traag tempo wat papieren en krabbelt iets op een notitieblok. 'Mijn kantoor?'

Ik knik en we lopen samen de gang door.

'Ik heb het gehoord van Edwina', zegt hij als ik de deur dichtdoe. 'Wat vreselijk.'

'Vertel eens hoe het zit met Tommy Gordon?'

'Wat is er met hem?'

'Je schrijft al jarenlang valse recepten voor hem uit.'

'Ja', zegt Eric bedaard. 'Tommy is verslaafd, en dat uit zich in pseudo-chronische pijn. Ik had eerst niet in de gaten dat hij doktersrecepten hamsterde, tot Vanessa vanaf ongeveer een jaar geleden met allerlei kwaaltjes bij me langskwam. Het ene nog vager dan het andere. Na een poosje viel het muntje: ze shopte voor Tommy.' Hij wrijft in zijn ogen. 'Je moet begrijpen dat zoiets ingewikkeld is – ik mag geen klachten van een patiënt negeren, ook al weet ik vrijwel zeker dat iemand liegt of zich iets inbeeldt. Ik heb haar ernaar gevraagd, maar uiteraard hield ze zich van de domme. Toen heb ik gezegd dat ze geen recept meer van me meekreeg.'

'Tommy was high toen hij dat ongeluk had', zeg ik. 'Daarom is

Vanessa hem gaan halen. Door eerst naar huis te gaan kon hij later zeggen dat hij die medicijnen pas na het ongeval had geslikt, om een eventueel bloedonderzoek in de war te sturen.'

'Daar kun je weleens gelijk in hebben', zegt Eric mat. 'Ik heb geprobeerd hem erover aan te spreken, maar je kent Tommy.' Hij aarzelt. 'Ik heb ook overwogen hem aan te geven, maar ik geef toe dat ik in tweestrijd sta. Ik weet niet precies hoe erg het is, en gezien zijn positie vind ik het allemaal best lastig.'

Alles wat Eric zegt klinkt oprecht. Zijn toon is kalm en vriendelijk en ik ben even van mijn stuk gebracht. Hij slaat zijn armen over elkaar en kijkt me afwachtend aan.

'Maar je verkoopt wel clandestien medicijnen?'

'Hè? Nee.'

'Wordt dit ziekenhuis gebruikt om illegale medicijnen uit de grote stad te verspreiden?' vraag ik door.

Hij lacht, schijnbaar verbijsterd. 'Voor zover ik weet niet. Ga anders even zitten.' Hij wijst naar een stoel.

Ik blijf staan. 'Een aantal ziekenhuizen in deze streek worden als distributiecentrum gebruikt. Ook scholen en dierenartsenpraktijken. Het lijkt erop dat de gebruikelijke bestellingen worden aangevuld met extra voorraden – verpakt als voorgeschreven medicijnen en vervolgens illegaal verhandeld. En dan hebben we het niet over klein bier.'

Eric zet grote ogen op. 'Daar weet ik niets van af.'

'Ik heb je boekhouding bestudeerd. Er wordt iedere maand een behoorlijk bedrag aan vrachtgeld overgemaakt naar een holding die op naam van je vrouw staat. Dus je verbergt iets.'

Eric kijkt verbluft. 'Niets.'

'Leg het me dan uit. Waarom betaal je vrachtgeld aan de salon van je vrouw?'

'Om fiscale redenen. Een paar jaar geleden hebben we de koppen bij elkaar gestoken en besloten dat we wat efficiënter met ons geld om konden gaan.'

'Wie zijn die "we"?' vraag ik ongeduldig.

'Tara, ik en een paar kleine bedrijfjes uit de buurt. Het is eigenlijk logisch. We krijgen allemaal regelmatig voorraden uit Sydney, dus in plaats van allemaal apart de vrachtkosten te betalen bedachten we dat we wat geld konden besparen. Tara had al een bedrijf opgestart voor haar salon, vandaar dat we alle vrachtkosten via haar zaak bij de belasting opgeven. Vervolgens dragen het ziekenhuis en de anderen allemaal hun aandeel in de kosten aan haar af. Mijn boekhouder kan het waarschijnlijk beter uitleggen. Ik probeer niets te verbergen, maar ik snap werkelijk niet wat je bedoelt.'

'Welke andere bedrijfjes?'

'Eh, de salon dus. Dat is Tara's kindje, die laat ik voornamelijk aan haar over. Verder de supermarkt van Des en Min en de pub van Cam.'

'En hoe gaat het dan, komt er één levering binnen voor jullie allemaal?'

'Ja', zegt Eric. 'Alles wordt via het ene bedrijf geregeld. De leverantie komt binnen op dinsdag, zoals ik al zei.'

'Wie onderhoudt de contacten met het vervoersbedrijf? Doet Tara dat?'

'Zij betaalt het, maar Cam begeleidt alles. Hij heeft altijd al een goed zakeninstinct gehad. Het werkt echt super, als een estafettesysteem. Wij krijgen als eerste onze spullen omdat er zorgvuldig met onze bestellingen moet worden omgegaan. Alle apotheekvoorraden en eventuele nieuwe apparatuur worden op de bestellijst afgevinkt, daarna levert de chauffeur de bestellingen voor de supermarkt af, daarna die voor de salon en ten slotte de pub. Nadat Cam zijn deel van de voorraad heeft afgenomen, laadt hij de vrachtwagen weer vol met wat wij die week aan catering nodig hebben en komt de chauffeur onze kant weer op. Het loopt gesmeerd, veel beter dan het systeem dat we daarvoor hadden. En doordat alle ritten op dinsdag zijn, kunnen we de vrachtwagen voor de rest van de week verhuren. Totdat de wagen op zondag weer naar Sydney terug moet, laat Cam een paar jongeren uit de pub bestellingen bezorgen in de regio zodat ze wat kunnen bijverdienen. Dat is wat Aiden de laatste tijd deed:

vrachttransport over langere afstanden. Cam is altijd op zoek naar manieren om de jongeren hier te steunen door ze flexibel werk aan te bieden. We hebben het gehad over de braindrain hier – dit is één manier waarop ondernemers mensen ertoe kunnen bewegen hier te blijven.'

Opeens lijkt het of er een bankschroef om mijn borst klemt.

'Sally Luther werkte voor jou,' zeg ik plompverloren, 'toen je die huisartspraktijk nog had.'

Met een verbaasde blik zet Eric zijn vingertoppen tegen elkaar. 'Dat klopt, ja. Het was een fantastische meid, en een uitstekende receptioniste. Vanwege haar vriendje had ze besloten hier te blijven en via afstandsonderwijs te studeren, maar ze wilde graag wat verdienen. Het was verschrikkelijk toen ze wegviel.' Eric recht zijn rug. 'Dat Abbey weg is en nu Aiden ook nog, geeft me wel een beetje een déjà-vugevoel. Cam belde me gisteren om te vragen of ik nog iets van Aiden had gehoord. Hij klonk heel bezorgd.'

'Fuck!' roep ik uit.

Eric schrikt van mijn uitbarsting.

Ik tast naar de deurkruk en merk amper dat de deur tegen de muur aan knalt als ik het parkeerterrein op ren.

Zondag 17 april, 12.53 uur

Ik spring Simons auto weer in en priem met een vinger naar de weg. 'Terug naar de pub! Nu!'

Hij knikt, klapt zijn laptop dicht en mikt die als een frisbee op de achterbank.

Ik bel Tran en spreek gillend een bericht in dat ze versterking naar de pub moet sturen.

Cam is de spil van dit alles. Rick, Aiden, Sally, Greg. Abbey. Misschien Dale Marx ook. Hij schept toekomstmogelijkheden voor zijn jonge protegés in Fairhaven, die hij verblindt door ze verdiensten voor te spiegelen waar ze alleen maar van konden dromen. Met de gal komt een angstig gevoel in me naar boven.

'Ga je nog vertellen wat er aan de hand is?' vraagt Simon.

'Mijn zoontje is daar,' zeg ik met onvaste stem, 'en ik denk dat hij Rick Fletcher heeft gedood.' Ik pers mijn lippen op elkaar. 'En Abbey misschien ook.'

Simon werpt me een blik toe. 'Wát? Wíé heeft ze gedood?'

'Cam O'Donnell!'

Simon schudt zijn hoofd. 'O'Donnell? Ik dacht dat Daniel Clark Rick Fletcher had vermoord. Dot gaat aangifte doen, toch?'

'Hoe weet jij dat nou?'

'Politieberichten.'

Ik kijk hem misprijzend aan. 'Schiet nou maar op.'

Fairhaven flitst voorbij. Mijn knieën worden tegen het handschoenenkastje gedrukt. Simon slalomt rond alle stormschade en ik krijg zo'n gevoel in mijn maag als je boven in een achtbaan hebt, vlak voor een steile afdaling.

Voor ons doemt de pub op. De gouden letters glanzen, de scherpe hoeken van het dak steken af tegen de strakblauwe lucht en de gestaag langsdrijvende witte wolkenslierten.

'Cam kon het goed vinden met de vorige hoofdinspecteur', zegt Simon. 'Hij had zijn drankvergunning allang kwijt moeten zijn omdat hij voortdurend alcohol aan minderjarigen schonk, maar hij heeft zelfs nog nooit een tik op de vingers gekregen. Volgens mij had hij het minder getroffen met Tommy, maar ja, als je in zo'n stad eigenaar van de plaatselijke pub bent, maakt niemand je in feite wat.'

Ik knik, maar kan alleen aan Ben denken. De verwarring van de afgelopen weken is opgelost en heeft zich verscherpt tot er één ding kraakhelder is: hij is alles voor me.

Uiteindelijk weet Simons opmerking zich voorbij dit ogenblik van inzicht te dringen.

'Hebben ze Cam verhoord over die vermissingen?' vraag ik.

'Die van Abbey?'

'Nee', zeg ik geërgerd. 'Die van Greg en Sally.'

'Dat lijkt me wel. Ik bedoel: hij had Greg als laatste gezien. En uiteraard kwam hij met die melding dat er die avond geld uit de kas was verdwenen, en dat werkte de theorie in de hand dat ze waren weggelopen.'

We draaien te snel de parkeerplaats op en nemen een stoeprand mee. Ik word hard tegen de deur aan gesmeten.

Greg werkte voor Cam. Rick werkte voor Cam. Alles wijst ten slotte naar Cam. Niet naar Eric.

'Sorry,' zegt Simon als hij een plaatsje op schiet, 'ik weet niet wat er...'

Mijn voeten staan al op straat voordat de auto helemaal stilstaat. 'Wacht hier', blaf ik. Simon heeft zijn handen nog om het stuur geklemd. 'Er komt versterking aan.'

Een groepje mensen vormt een kringetje bij de voordeur dat elkaar met verhalen over stormschade trakteert als ik aan kom rennen.

'Onze voortuin is een compleet rampgebied geworden', zegt een vrouw die hard aan haar hondenriem trekt.

'Ons speelhuisje is ingestort', zegt een ander.

'Ik heb er vanochtend de kettingzaag bij moeten pakken', zegt een van de mannen, wippend op zijn voeten en zijn hemdsmouwen opstropend. 'De tuin was één grote chaos.'

'Ze zijn nog niet open, meid.' De vrouw met de hond glimlacht naar me, met oranje lipstick op haar tanden. 'Blijkbaar staat het blank.'

Ik negeer haar en duw de deur open. Met een doffe klap slaat die achter me dicht.

Binnen zijn de lichten uit, en zo zonder muziek hangt er een dreigende sfeer, net een verlaten pretpark. Terwijl mijn ogen aan het halfdonker wennen, dringt een smerige mix van geuren mijn neus binnen: bierdampen, vuilnis, verschaalde aftershave en vochtige vloerbedekking. Er druppelt water uit een lamp boven het gedeelte waar de band meestal staat. Iemand heeft er een emmer onder gezet.

Ik loop door de zaal, mijn zenuwen knetteren. Stel dat ik te laat ben.

Die vorige keer was ik te laat – Nicki Mara was dood en de schreeuw om hulp die niemand had gehoord was op haar gezicht bestorven.

Vanuit de keuken klinkt metaalgekletter. Ik ren de bar door en duw de deur open.

Ben. Daar is Ben, die voorzichtig een emmer leeggiet in een grote roestvrijstalen gootsteen. Ik ben vreselijk opgelucht. 'Ben, lieverd, wat fijn dat je hier bent. Je moet met me meekomen.'

'We helpen Cam met opruimen', zegt hij, zijn blik gefocust op de straal water uit de emmer. 'Er is gisteren een overstroming geweest en alles is nat.'

'Kom mee', zeg ik. 'Waar is Mac?'

'Die is boven – hij is een leiding aan het maken.'

'Snel, Ben!' sis ik.

Hij kijkt verbaasd op. 'Maar mam, we zijn nog niet klaar.'

'Nú.' Ik wenk driftig en net als Ben zuchtend de emmer neerzet, komt Cam vanuit de voorraadkamer naast de koelkast de keuken binnen. Zijn T-shirt kruipt op over zijn slanke torso en zijn spieren spannen zich wanneer hij een zware plastic bak met schoonmaakspullen naar binnen manoeuvreert. 'Gemma! Wat een aangename verrassing.' De gebruikelijke warme gloed ontbreekt aan zijn blik. 'Laten we die maar even dichtdoen.'

Hij duikt achter me en sluit de deur naar de bar. Alles wordt stil.

Cam draait zich snel om en lacht breed naar me. 'Wat een klotezooi, hè? Het dak heeft gelekt en nu zijn de stoppen doorgeslagen.' Hij hijst de grote bak op het fornuis en wrikt zijn handen los. 'Jeetjemina, wat zwaar', zegt hij buiten adem, laat zich tegen de oven zakken en strekt zijn vingers.

Hij houdt zijn blik op mij gericht wanneer hij een gasaansteker met een lange, rode steel oppakt en zijn vinger bij de knop legt.

'Eerlijk gezegd moeten we ervandoor', zeg ik. 'Ik kwam Ben juist ophalen. Iets met de familie.'

Cam richt zich traag op. 'Wat jammer nou, want ik kan wel wat gezelschap gebruiken. Ik heb net slecht nieuws gekregen over mijn broer.'

Het zweeft het vertrek rond: een zekere vijandigheid. Roekeloosheid. Ik hoop als een bezetene dat hij mijn angst niet kan ruiken.

'Dat is vervelend voor je, maar we moeten gaan. Kom, Ben.' Ik wenk hem en probeer te glimlachen. 'We halen Mac en laten je met rust.'

Cams mond verandert in een akelige, jongensachtige grijns. 'Mac stort zich echt op een taak, hè? Hij is verrassend handig. Volgens mij is hij nog wel even bezig boven.'

Mijn hart bonkt bijna uit mijn borstkas.

'Trouwens, waarom heb je zo'n haast, Gemma? Een belangrijke aanwijzing? Een nieuwe zaak?'

'We moeten gewoon echt weg nu', zeg ik met vaste stem terwijl ik mijn hand naar Ben uitsteek.

Cam kijkt me ijzig aan en loopt op Ben af. Mijn hand jeukt. Als ik nu mijn wapen trek, dan kan dit maar op één manier worden opgelost: door een directie confrontatie. En dat kan ik niet laten gebeuren.

Cam heeft zijn linkerhand op Bens schouder gelegd. De punt van de aansteker strijkt langs de zoom van zijn T-shirt.

Ik sta stokstijf.

'Anders ga je toch alleen, Gemma, om alles te regelen? Ben kan wel bij mij blijven. We willen niet dat hij in iets gevaarlijks verwikkeld raakt.' Cam bukt zich tot hij Ben in de ogen kan kijken. 'Oké, vriend?' vraagt hij met een liefdevol kneepje.

Ben knikt, maar zijn lijfje verstart onder Cams greep.

'Alsjeblieft, Cam', smeek ik. 'Niet doen.'

'Ik heb moeite met die blik van je', zegt hij gespeeld verdrietig tegen me. 'Wat is er veranderd, Gemma? Ik ben deze week toch aardig geweest voor je vriendje door hem in je oude kamer te verstoppen?' Hij kijkt me uitdagend aan. 'We waren toch vrienden?'

'Hou op, Cam, je maakt hem bang.'

De laatste luchtige trekjes verdwijnen van zijn gezicht, dat zich tot een masker verhardt.

'Laat hem gaan', sis ik.

'Sorry, dat gaat niet.'

Ben heeft zijn ogen tot spleetjes geknepen. Samengeperste lippen, trillende neusvleugels.

Ik word duizelig, er dansen lichte vlekjes voor mijn ogen.

Ik zie de nachtmerrie zich als een bloedvlek voor me ontvouwen.

'De politie is onderweg', zeg ik.

Cam lacht terwijl er rode vlekken in zijn hals opkruipen. 'Ik denk dat de politie de handen wel vol heeft met wat er gisteravond is gebeurd. Ze hebben me vanochtend even bijgepraat. Handig hoor, als je een beetje goede connecties hebt.'

Ik heb geen idee of hij bluft of niet, maar Tran zal toch inmiddels mijn bericht wel hebben gekregen en Simon zal hulp hebben gehaald. *Alsjeblieft, alsjeblieft.*

'Dat briefje onder mijn ruitenwissers, dat was jij', flap ik eruit.

Met een valse grijns trekt hij Ben tegen zich aan. Ben krimpt ineen. 'Ja. Ik had het een en ander nagetrokken. Ik moet zeggen dat ik dolblij was toen iemand die opossum voor je deur legde. Niet mijn stijl, maar supereffectief. Alleen kneep je er niet tussenuit, maar ging je bij meneer agent logeren.' Hij kijkt me schuin aan alsof we samen een goede grap hebben bedacht. 'Als je ziet hoe het er nu voor staat, zijn we het vast wel eens dat je beter weg had kunnen gaan.'

'Wat heb je Abbey aangedaan?'

'Ik heb die stomme trut niet aangeraakt', verzucht hij.

Alleen. Gevangen in een pikzwarte ruimte. Mijn hele lichaam schreeuwt het uit. Ik bevroor toen zijn handen me brandden, me bezoedelden. Angst als een hand om mijn keel. Ik kon niet schreeuwen, kreeg geen adem. In die altijd zo vriendelijke ogen zag ik opeens niets dan kwaad.

'Jawel', zeg ik. 'Vandaar dat ze zich ziek begon te melden op haar werk en niet meer hier kwam. Ze was bang voor je.'

'Bullshit.' Het spuug spettert in het rond.

Ben knippert met zijn ogen.

'Ze heeft over je in haar dagboek geschreven.'

'Abbey was niet goed snik. Nogal logisch als je uit zo'n gezin komt. Maar nu is ze toch weg, dus wat boeit het?'

'Je hebt haar die dinsdagavond in februari in de supermarkt lastiggevallen toen je merkte dat ze alleen in de winkel was. Dat heeft ze tegen Rick gezegd. Vandaar dat hij zijn baantje bij jou heeft opgezegd.'

'Abbey flirtte de hele tijd met me', bijt Cam me toe. 'Het was verdomme net Lolita. Als ze al iets over mij heeft geschreven, dan kwam dat doordat ze helemaal bezeten van me was. Ik speelde haar spelletje alleen maar mee. Maar neem van mij aan: het kind spoorde niet. Rick was veel beter af zonder haar – dat heb ik hem ook gezegd.'

Het is benauwd hier; ik haal zwaar adem.

'Ze is vijftien jaar', zeg ik.

'Ze zit voortdurend iedereen op te geilen', sneert Cam. 'Dat is algemeen bekend hier.' Hij gaat wijdbeens staan en duwt Ben achteruit naar de deur van de voorraadkamer. 'Trouwens, het is haar woord tegen het mijne en tja, ze is hier niet, hè. Ik maak me niet druk over wat het een of andere schoolkind in haar dagboek zit te zwetsen.'

Ik probeer mijn woede te bedwingen, er focus aan te geven. Ik moet dit monster klein zien te krijgen. Ik moet Ben beschermen.

'Je hebt haar die avond gezien. Jij en Rick. Wat is er gebeurd?'

Er klopt een adertje onder Cams oog en hij balt zijn vuisten. 'Toevallig liep die stomme slet ons tegen het lijf, en ik zei hoi maar ze ging finaal door het lint. Blijkbaar had Rick haar beloofd dat hij uit mijn buurt zou blijven. Ik ben haar eventjes achternagerend, gewoon voor de lol. Maar Rick was helemaal ondersteboven. Ze zal zich wel van kant hebben gemaakt, of ze is naar huis gegaan waar ze door Danny is afgetuigd. Maar eerlijk gezegd: ik heb geen flauw idee. En zolang ze niet terugkomt kan het me geen donder schelen.'

'Toe nou, Cam. Als jij Abbey niets hebt aangedaan, dan komen we hier wel uit. Zo hoeft het niet af te lopen.'

Hij zucht. 'Helaas wel, want jij bent hier gebleven terwijl je gewoon naar huis had moeten gaan. En je hebt precies uitgedokterd hoe het zit. Die eerste avond dat ik je ontmoette wist ik al dat je niks door de vingers zou zien.'

Hij rukt Ben verder bij me vandaan.

Opeens wordt het rood voor mijn ogen, en met een zwierig gebaar trek ik mijn pistool en richt dat op zijn slaap.

Hij aarzelt.

'Laat Ben gaan, het is maar een kind.'

Als mijn zoontje me aankijkt begin ik te trillen. Het vertrek vervaagt een ogenblik.

'Ik ga niet naar de gevangenis', zegt Cam. 'Echt niet.'

'Zover hoeft het niet te komen.' Mijn stem klinkt dik, de woorden worden een brij.

'O, maar zover komt het wel degelijk, dankzij jou, juffrouw Gemma.' Hij verschikt zijn hand op de steel van de aansteker die tegen Bens haar rust.

Dan komt er een andere angst opzetten. De man is krankzinnig.

'Wat is er met Rick gebeurd?' vraag ik.

Hij haalt traag zijn schouders op. Dan ontbloot hij zijn tanden tot ik zijn tandvlees zie. 'Arme Rick.' Het zweet glimt op zijn huid, en zelf voel ik het vocht ook langs mijn oogkas druppen. 'Die stomme idioot dacht dat ik zijn sneue vriendinnetje had afgemaakt. Dat geloof je toch niet? En hij wilde ermee naar jullie toe. Waarom kon hij niet gewoon weglopen, net als die slappe zak van een broertje van hem? Wel laf, maar veel veiliger.' Cam is nu dieprood aangelopen en zijn oogwit licht vreemd geel op.

'Dus heb je Rick gedood?'

Cam lacht toonloos. 'Hoe komt het toch dat die sukkels als een baksteen voor van die arrogante meiden vallen zodat ze niet meer helder kunnen denken? Knettergek word ik daarvan. Rick was super, weet je, een aardige jongen – hij verdiende lekker, we deden prima zaken en dat geeft hij allemaal op voor een meisje.'

'Net als Greg', mompel ik.

'Klopt', sist Cam. Onder het strakke masker trekt er een rimpeling over zijn gezicht. 'Weet je hoeveel ik godsamme voor deze stad heb gedaan? Hoeveel kinderen ik heb geholpen?'

Ben ziet eruit alsof hij in trance is. Zijn ogen staan wijd open en knipperen amper. Mijn gedachten racen wild in het rond. Ik bid op het ritme van mijn hartslag.

'En Sally en Greg, vertel eens?' De woorden komen hortend uit mijn mond.

Cams stem klinkt nu heser, dikker. 'Ik heb haar niet gedood; dat was een ongeluk. Het gebeurde alleen wel toen ze zich ergens mee bemoeide waar ze niks mee te maken had.'

'Zoals wat?'

Hij staart langs me heen maar ik blijf hem aankijken. 'Greg en ik deden ook prima zaken. Hij wilde dolgraag indruk maken op Sally door zich te onderscheiden, en die mogelijkheid bood ik hem.'

'Je liet hem dealen, net als Rick.'

Hij lacht. 'Ik heb geen drugslab of iets dergelijks. Het zijn allemaal goedgekeurde medicijnen. Er gaat heus niemand aan dood, als ze tenminste niet te stom zijn voor dit leven.' Hij knijpt zijn ogen dicht. 'Het was Gregs schuld; zijn emoties werden hem de baas.'

'Zoals bij Rick?'

'Je vergeet zo gauw dat het nog maar kinderen zijn', mijmert Cam. 'Geen zelfbeheersing.'

'Wat is Sally overkomen?'

'Na sluitingstijd is die stomme muts hier naar binnen geslopen om Greg te verrassen. Ze betrapte ons terwijl we aan het werk waren, en dat vond ze niet leuk.'

'Ze zag de medicijnen?'

Cam schokschoudert. 'Gregs vader was weer in aanraking gekomen met de politie, en dat stelden Sally's snobby ouders niet erg op prijs. Dus toen ze achter de pub kwam en zag dat we voorraden aan het uitzoeken waren, reageerde ze hysterisch. We hadden toen nog niet eens zoveel handel, maar ze begon te razen en te tieren dat ze het uitmaakte met Greg en naar de politie zou gaan. Wist zij veel dat ik die al in mijn zak had.' Cams blik wordt glazig; ik besef dat hij naar de barruimte achter me kijkt. 'Greg probeerde haar te sussen – best zielig, eigenlijk – maar ze wilde er niks van weten. Ze rende de keuken uit naar de bar en daar gleed ze uit over de vloer die Greg net had gedweild. Het klonk verschrikkelijk: ze knalde met haar hoofd tegen de rand van het buffet.' Cam rilt. 'Ik hoor het gekraak nog.'

Ik zie het voor me. Hoe Sally daar ligt, met een vreemde knik in haar nek. Greg in paniek. Cam bedaard.

'Jullie hebben je samen van haar ontdaan.' Ik voel een flauwte en duw mijn schouders uit elkaar om rechtop te blijven staan.

'Dat moest wel. Zelfs Greg had door dat er niks anders op zat.'

'Dus jullie hebben haar hier weggesmokkeld en haar lichaam in de bush gedumpt,' zeg ik, 'maar iemand heeft jullie gezien. Meer mensen zelfs.'

Cams blik is kil, en weer op mij gericht. 'Gregs auto stond buiten, dus we hebben haar in de kofferbak gelegd en de troep hier opgeruimd.'

Cam komt met een beangstigende boel informatie aanzetten, en al besef ik dat hoe meer hij ons vertelt, hoe meer gevaar we lopen, toch lijkt het me het veiligst om hem zo lang mogelijk aan het woord te laten. 'Jij hebt haar auto thuisgebracht?' opper ik.

Hij knikt. 'Ja. Greg volgde me naar haar huis, en daarna reden we naar de rand van de stad. Het was zondagnacht, niemand op straat. Alles zou goed zijn gegaan, maar Greg verloor zijn kalmte. Zodra we haar hadden begraven, knapte er wat. Ik drong maar niet tot hem door. Ik zei dat het nu toch al gebeurd was, en we moeilijk naar de politie konden gaan nadat we haar begraven hadden. Gedane zaken.'

'En toen?'

Ben hangt slap in Cams armen met gesloten ogen, en ik proef zout. Ik wist niet dat ik huilde.

'We stapten in de auto en Greg bleef maar janken en jammeren over dat hij niet zonder haar kon leven. Ik probeerde hem rustig te krijgen, maar toen sprong hij de wagen uit en rende terug naar de plek waar we haar hadden begraven. Ik erachteraan – ik moest wel. Maar luisteren, ho maar. Hij probeerde haar zelfs op te graven.' Cam tilt een wenkbrauw op alsof dat een grapje is. 'Echt bizar, eerlijk gezegd.'

'Heb je hem gedood?'

'Ik heb een paar waarschuwingsschoten gelost om aan te geven dat ik geen geintje maakte. Maar hij begon te schreeuwen. Hij maakte me verwijten, dat het allemaal mijn schuld was. Dat we naar de politie moesten.'

'En toen heb je hem doodgeschoten en naast Sally begraven.'

Cam lacht schamper. 'Het leek me dat Greg dat had gewild.'

Ik ben zo woest dat het tafereel voor me rood kleurt. 'Waar zijn ze?'

'Een stukje van de weg af, in de buurt van het plaatsnaambord. Ik moest Gregs auto ook kwijt, dus die heb ik in een meer gereden en ik ben vandaar teruggelopen. Kostte me uren.'

'Daniel Clark heeft je zien rijden die nacht.'

'De klootzak had zich er niet mee moeten bemoeien', zegt Cam nors. 'Net als die verslaafde heks.'

'Maar jij en Stuart Klein hebben ze zwijggeld betaald.'

Cam lacht. 'Ik geloof niet dat ze wisten wat ze hadden gezien, maar uiteindelijk bleken ze snel bereid het te vergeten. Blijkbaar is iedereen te koop.'

'En wat was Kleins rol?'

'Die bleef bij me uit de buurt in ruil voor een beetje zakgeld. Het betaalt zich altijd uit als je een paar goede connecties hebt, Gemma. Jammer dat ik Tommy niet in de tang heb gekregen, maar je kan nu eenmaal niet alles hebben.'

Ik ben zo duizelig dat ik amper overeind kan blijven. Dan dringt het eindelijk tot me door: gas. De keuken is vergeven van het gas. In gedachten zie ik hoe Cam zich tegen het fornuis liet ploffen toen hij die bak neerzette. Mijn blik gaat naar de aansteker in zijn hand.

Hij kan ons met z'n allen opblazen. Ik moet hem aan de praat houden.

'Wat heb je met Abbey gedaan, Cam? Die wist ook dat jullie dealden.'

'Ik zei toch dat ik haar niet heb aangeraakt. Ik geloof niet dat hij haar wat over onze bijverdiensten heeft verteld.'

'Toch heb je Rick vermoord.'

'Hij kon het niet met rust laten!' De aderen in Cams hals zwellen op wanneer hij Ben dichter naar zich toe trekt. 'Precies als Greg. Hij riep allerlei dreigementen, wilde de politie gaan vertellen dat ik wist wat er met Abbey was gebeurd. Maar ik heb dit allemaal niet gewild. Ik ben geen moordenaar, ik kon gewoon niet anders.'

Mijn knieën knikken en ik begin te wankelen, mijn pistool zwaait op en neer in de richting van Cam en Ben. 'Cam, laten we hier weggaan en alles fatsoenlijk doorspreken.'

Hij houdt de aansteker voor zich; het onschuldige stukje plastic licht fel op in zijn hand. 'Nee, ik ga niet naar de gevangenis, rechercheur. No fucking way. Ik kan ergens opnieuw beginnen. Verdwijnen, net als Abbey. Dat heb ik al eens gedaan.'

Zijn pupillen dansen. De giftige damp hangt als een mist in het vertrek.

'Nee!' gil ik. 'Mac!'

'De apparatuur zal wel beschadigd zijn geraakt door het noodweer', zegt Cam. 'Het wordt een vreselijk ongeluk, zoals er al een paar tragedies in Fairhaven zijn geweest.'

Er beweegt niets in de keuken, behalve Cam die zijn vinger optilt. We kijken elkaar indringend aan.

'Laat mij rustig vertrekken, dan krijg jij je kind terug.' Hij glimlacht hartelijk naar me. 'Er is een smalle doorgang vanuit de voorraadkamer naar de zijkant van het gebouw. Ik knijp er stilletjes vantussen.'

Hij doet een stap achteruit, zijn hand nog steeds op Bens schouder.

Hoe dan ook gaan Ben en ik dood, als ratten in de val van Cams vlammenzee. Zodra hij buiten is brandt hij de hele zaak plat.

Ik hoor Scotts stem. Ik zie Bens gezicht.

Beng.

Een luchtstroom. Beweging. Cam duikt de voorraadkamer in, één hand tegen de metalen deur, de andere op de knop van de aansteker. Ben tuimelt voorover.

Een gericht schot.

Een ogenblik. Een miljoen gedachten. Daarna niets.

Ik voel een ruk aan mijn schouder, daarna trekt een gloeiende pijn vanuit mijn arm door mijn lichaam. Mijn benen verkrampen. Met een blikkerig geratel valt de aansteker op de grond. Mijn knieën klappen op het beton.

Iemand roept telkens mijn naam.

'Ben,' snik ik, 'help Ben.'

Handen pakken me onder de oksels. Cam gaapt me aan als ik word weggedragen, zijn blauwe ogen net knikkers. Een grote, donkerrode vlek op zijn T-shirt.

‘Ben.’ Ik maai met een hand door de lucht, probeer hem te vinden. Inmiddels ben ik weer in de grote zaal; ik herken het balkenplafond.

Het bezorgde gezicht van Simon verschijnt boven me, zijn handen grijpen me bij de schouders. ‘We hebben hem, Gemma. Het is allemaal in orde.’

Mijn gezicht is glad van de tranen, die in mijn haar druppen. ‘Ben.’

Met halfgesloten ogen zie ik Mac, doodsbleek, met Ben in zijn armen. Hij laat zich op zijn knieën vallen en zet mijn zoontje naast me neer, pakt zijn gezichtje beet en herhaalt zijn naam telkens weer.

Opeens een massa personen in blauw. Simon verdwijnt. En Mac zie ik ook niet meer. Iemand duwt zachtjes mijn hand naar beneden, langs mijn zij, en wrikt het pistool uit mijn vingers. Mijn hand die het wapen omklemd had doet pijn, alsof de botjes zijn gebroken.

Ik heb een man gedood. Die gedachte kan ik maar niet loslaten; zo vreemd, zo onmogelijk.

‘Is Cam...?’ vraag ik.

‘Ik ben bang van wel’, zegt een stem naast me.

Als ik me omdraai zie ik een jonge agent met krullen en een flinke dot sproeten. Met een zucht richt hij zijn blik naar de keuken en een ambulancemedewerker komt op me af. Het is de aardige man die afgelopen maandag bij het huis van Rick Fletcher op Ben heeft gepast.

‘Help mijn zoontje, alsjeblieft.’

‘Probeer rustig te blijven. Ben is in goede handen.’

Ik hoor de vertrouwde geluiden van verplegers, voel iets drukken op mijn arm. Een fel lampje priemt in elk oog.

‘Er is een graf aan de rand van de stad. Daar liggen ze begraven’, zeg ik, al schijnt niemand naar me te luisteren.

‘Gemma!’ Het is Tran. ‘Gaat het?’

‘Cam heeft ze allemaal gedood’, mompel ik. ‘En hij wilde het hotel platbranden.’

‘Komt het goed met haar?’ Trans stem sterft weg. ‘En redt het jongetje het?’

Mijn ogen vallen dicht en ik hoor geen antwoord.

Zondag 17 april, 17.32 uur

Nicki Mara bleek een afwijking van de statistieken: een vermiste tiener die in werkelijkheid was gekidnapt. Ik had allerlei theorieën overwogen, maar nooit vermoed hoe het echt zat.

Een jaar daarvoor had Lucas Mara ruzie gehad met de medefirmanten van zijn advocatenkantoor. Wat wij niet wisten was dat hij bij zijn vertrek een riante vergoeding voor zichzelf had geregeld, waarvoor hij oude fictieve klantenrekeningen had gebruikt. Zijn voormalige zakenpartners hadden schaamteloos de wet overtreden: ze waren betrokken bij drugshandel, omkoperij en gewelddadige moorden. Lucas had zich van hen losgemaakt en was voor zichzelf begonnen, dus hij had straf verdiend. Ze bedreigden hem en doodden zijn hond, maar hij hield voet bij stuk: hij weigerde het geld terug te betalen.

Toen Nicki verdween vreesde hij het ergste, maar hij hoorde wekenlang niets. Vandaar dat hij ons niets vertelde, in de hoop dat ze echt was weggelopen. Maar toen kwamen er bedreigingen. Nooit te traceren, niet openlijk, maar duidelijk genoeg zodat Lucas begreep dat Nicki in handen was van een paar akelige mensen, en gevaar liep. Hij kon geen kant op. Hij kon ze niet geven wat ze wilden zonder dat zijn eigen rol in hun criminele organisatie bekend werd en hij naar de gevangenis moest. Bovendien vermoed ik dat hij diep vanbinnen niet geloofde dat ze haar echt iets zouden aandoen.

Nadat Deirdre ons had verteld dat hij 's nachts heimelijk het huis verliet, hebben we hem ondervraagd, en stevig ook, tot hij eindelijk toegaf dat hij dacht dat ze ontvoerd was en hij haar probeerde te vinden. Zonder het ons te melden nam de idioot ook contact op met zijn ex-collega's en zei dat hij hen allemaal zou aangeven als ze Nicki niet lieten gaan.

Dat liep gruwelijk mis. Ze droegen hun hitmannen op Nicki af te maken. Het probleem op te lossen. Ze spoten haar vol heroïne en wurgden haar.

Met een suf en opgeblazen gevoel word ik wakker, maar ik heb geen pijn. Rondom het ziekenhuisbed hangt een lichtblauw gordijn, en als ik mijn ogen dichtdoe ligt Nicki onderuitgezakt in het smerige bad, haar huid vol vlekken en kneuzingen. Onmiddellijk sper ik mijn ogen weer open.

Cam verschijnt op het blauwe gordijn. Met een vuile grijns beweegt hij zijn duim naar de knop van de aansteker in zijn hand. Mijn gezicht verkrampt als het schot door de keuken van de pub weerkaatst. Een vreemd raspend geluid komt uit mijn mond.

Het gordijn beweegt en Mac steekt zijn gezicht tussen de plooien. Hij duwt de stof opzij en gaat op de plastic stoel bij het bed zitten.

'Waar is Ben?' vraag ik schor.

'De zaal hiernaast, slaapt als een roos', zegt Mac. 'Het komt allemaal goed. Met jou ook.'

Ik laat me terugvallen op het bed.

'Met de baby is ook alles in orde', zegt Mac zachtjes. Hij leunt voorover met zijn ellebogen op zijn knieën. 'Eerder vandaag, nadat je was weggegaan, zei Ben tegen me dat we misschien een baby krijgen. Ik wist niet goed wat ik zeggen moest.'

'Lang verhaal.'

'Tja.' Hij zucht. 'Dat zal vast.'

'Lucas Mara had me gebeld', zeg ik zachtjes. 'Een paar dagen voor we Nicki vonden.'

Mac kijkt me fronsend aan. 'Weet ik, dat heb je gezegd.'

'Nee, niet waar.' Ik begin te huilen. 'Ik heb je niet verteld wat hij tegen me zei.'

'Je zei toch dat hij maar wat uitkraamde? Je hebt Deirdre gebeld en haar geadviseerd hem naar een psycholoog te sturen.'

Ik duw me overeind, maar mijn polsen begeven het. 'Ik had beter naar hem moeten luisteren. Hij zei dat hij had gedroomd. Dat een paar mannen Nicki hadden ontvoerd. Hij had het gevoel dat ze in een huis in Mosman was. En ik dacht dat hij aan het doordraaien was. Hij ratelde aan één stuk door en ik heb hem niet serieus genomen. Ik zat met mijn gedachten bij de zaak-Ronson en geloofde nog steeds dat we geen tijd moesten verspillen aan een weggelopen meisje.' Kreunend sla ik mijn handen voor mijn gezicht. 'Ik heb haar laten stikken. En we hadden haar kunnen vinden, Mac. We hadden haar kunnen redden.' Ik ga fluisterend verder. 'Wat moet ze bang zijn geweest.'

Hij streelt mijn wang. 'Niet doen, Gem. Kwel jezelf niet zo. Je weet wel beter.'

'Ik wilde Abbey zo graag vinden. Daarom ben ik hiernaartoe gegaan.'

'Weet ik', zegt Mac. 'Maar hoe dan ook had je daar Nicki niet mee teruggebracht. Je bent een goede agent, je hebt hart voor de zaak en je doet wat je kunt.'

'Alleen is dat niet altijd genoeg', zeg ik.

'Nee, dat klopt, maar dat wist je allang. De zaak-Nicki was gecompliceerd. We zaten er allemaal naast. Zelfs als je Lucas serieus had genomen, wat zou je dan hebben gedaan? Ieder huis in Mosman doorzocht?'

'Ik wou alleen maar dat ik uit Lucas had gekregen wat hij allemaal wist. Nu zijn ze allebei dood.'

Twee weken na Nicki's dood had Lucas zich in zijn cel opgehangen.

'Tja.' Mac laat zich weer achteroverzakken. Hij ziet er verschrikkelijk uit.

'Gaat het wel met je?' vraag ik zwakjes.

Een ogenblik denk ik dat hij gaat huilen. Er trekt een vreemde rilling over zijn gezicht, maar dan komt hij overeind en pakt mijn hand.

'Jawel, maar zoiets als vandaag wil ik nooit meer meemaken.'

Ik ben zo blij dat hij me aanraakt. 'Ik ook niet.'

'Gemma, ik moet ervandoor.'

'Wat bedoel je?'

'Ik vlieg vanavond terug naar Sydney.' Hij trekt zijn hand terug en kijkt op zijn horloge. 'Over een uurtje of twee.'

Ik ben zo aangedaan dat ik niets weet uit te brengen.

'Molly is morgen jarig, en dan kan ik niet wegblijven', gaat hij verder.

'Dat was ik vergeten', mompel ik.

'Ik had hier niet moeten blijven', zegt hij en hij haalt een hand door zijn haar. 'Dan was dit allemaal niet gebeurd. Bovendien had ik ons wat ruimte moeten gunnen om na te denken. Die hebben we allebei nodig.' Hij ziet er zo verslagen uit.

'Het spijt me zo, Mac.'

Hij knikt. 'Mij ook. Je weet dat ik je bewonder, Gemma, maar als je me niet in vertrouwen neemt redden we het niet samen.' Hij kijkt resoluut en slaat zijn handen ineen. 'Wat we ook beslissen. Het is alles of niets.'

'Weet ik', fluister ik.

'Je moet erachter zien te komen wat je wilt.' Hij komt overeind. Drukt een kus op mijn voorhoofd. 'Over alles. Ik ben me rot geschrokken vandaag, Gem. Ik moet naar huis. Ik moet ook nadenken.'

De kleine Ben in het enorme ziekenhuisbed is een hartverscheurend gezicht. Hij is bekaf maar verrassend energiek. Terwijl ik op de rand van zijn bed zit met zijn hand in de mijne, vraagt hij honderduit over Cam. Met een vinger volgt hij de sproeten op mijn handrug en overdenkt mijn antwoorden. Tot mijn opluchting lijkt hij zich niet al te veel te herinneren van wat er is gebeurd.

'We kunnen iemand voor hem regelen om mee te praten', zegt Tran later tegen me als we achter een dampende mok chocolademelk in het ziekenhuisrestaurant zitten.

'Ik moet in Smithson sowieso op zoek naar een therapeut voor hem. Hij heeft wel wat meer te verwerken dan wat er vandaag is gebeurd.'

Tran houdt mijn blik vast. 'Je wordt uiteraard onschuldig verklaard, Gemma. Je kon niet anders.'

'Hoe is het met De Luca?' vraag ik.

'Het gaat goed met haar.' Tran gaat hoofdschuddend verder. 'Ze beginnen morgen met graven op de plek waar Cam het over had. Niet te geloven – ik moet wel duizenden keren langs dat stomme bord met WELKOM IN FAIRHAVEN! zijn gereden. Sally's moeder viel flauw toen we het haar vertelden.'

'Ik heb een telefoontje van mijn collega Owen Thurston gekregen', zeg ik. 'Ons team heeft de broer van Cam voor verhoor opgepakt. Hij is arts in Sydney en zijn vrouw werkt bij een apotheek.'

Tran nipt aan haar mok. 'Ja, het reikt allemaal veel verder dan we dachten. We houden de voormalige hoofdinspecteur tegen het licht. In zijn tijd was het netwerk nog niet zo groot, maar in het gunstigste geval heeft hij een oogje dichtgeknepen. In het ergste geval een aandeel opgestreken. Cam heeft flink verdiend aan zijn handeltje, vooral de laatste twee jaar.'

Ik knik. 'Hij kon voortdurend over beïnvloedbare jongens beschikken die dolgraag wat wilden bijverdienen en een doel in hun leven zochten. En al die backpackers en vermogende vakantiegangers op doorreis vormden een ideale afzetmarkt. Hij zal hebben gedacht dat iedereen ervan profiteerde. Misschien heeft hij zich zelfs wijsgemaakt dat hem niets te verwijten viel omdat hij niet in verboden middelen handelde.'

'Toch kan ik maar moeilijk geloven dat niemand ooit iets heeft gezegd. Zeker tegenwoordig, bedoel ik.'

Ik neem een lepeltje schuim en voel hoe de belletjes oplossen in mijn mond. 'Cam hield alles onder de radar. Hij gebruikte bestaande leveranciers, bood mensen net genoeg geld om risico's te willen nemen. En zodra ze waren ingestapt, werden ze medeplichtig. Ik gok dat hij de helft van de spullen rechtstreeks vanuit de pub verkocht, maar nooit zelf als stroman heeft gefungeerd. En ik denk dat hij weinig mensen in vertrouwen nam – Rick en Aiden waren uitzonderingen.'

'Greg ook', mompelt Tran.

'Ja, al heb ik geen idee of het die avond precies zo is gegaan als Cam zei. Bijvoorbeeld of de dood van Sally echt een ongelukje was. Ik hoop dat het forensisch team dat kan ophelderen.' Lanes smekende gezicht komt me voor de geest, en ik hoor hem weer zeggen dat Abbey wel door Rick of Daniel moest zijn gedood. 'Cam weigerde ook te vertellen wat hij met Abbey had gedaan. Misschien durfde hij dat zichzelf niet eens toe te geven, omdat ze nog zo jong was.' Huiverend zie ik hem in gedachten Abbeys gezicht wegkrassen in Ricks overhoopgehaalde slaapkamer, met het bloederige lichaam van de tienerjongen maar een paar meter verderop.

'In ieder geval heeft het team vandaag niets in de pub gevonden wat naar Abbey wijst,' zegt Tran, 'maar wie weet hoe het bij het welkomstbord van Fairhaven gaat.'

Ik neem een grote hap lucht en adem dan langzaam uit. Aan het eind van de gang zie ik Vanessa aankomen, die met lange, wapperende haren op me afsnelt.

'Wanneer wil je mijn verklaring hebben?' vraag ik aan Tran.

Ze gaapt. 'Laten we daar morgen van maken, dan kun je daarna met je zoontje naar huis.'

Vanessa mag pas naar Ben van me wanneer ze niet meer huilt.

'Ik kan het allemaal maar niet geloven', zegt ze als ze met me terugloopt naar mijn kamer. 'Aan de andere kant: Tommy heeft Cam nooit zo gemogen. Instinctief wantrouwen, denk ik.' Haar gezicht zakt wat in. 'Maar ik wel. Ik ben er mooi in gestonken.'

'We zijn er allemaal in gestonken', zeg ik. 'En ik weet vrij zeker dat Stuart Klein met Cam meedeed. Ik denk dat hij vóór de zitting getuigen afkocht.'

'Had hij met dat dealen te maken volgens jou?'

'Weet ik niet. Misschien.'

Vanessa bijt op haar lip tot de kleur eruit verdwijnt. 'Jee, Gemma, wat ben ik blij dat Ben ongedeerd is. Toen ik hoorde dat hij er vandaag bij was toen... tja, daar wil ik niet aan denken.'

Ik schud mijn hoofd. Zelf blijf ik ook bij die duistere gedachten vandaan, bij dat andere scenario waarbij het niet goed was afgelopen met Ben.

'Wat er allemaal is gebeurd raakt Tommy erg. En niet alleen dat met Lane', zegt ze aarzelend. 'Hij is heel blij dat Sally's ouders haar dood misschien eindelijk kunnen verwerken, maar hij is erg aangeslagen over vandaag.'

Ik trek mijn kamerjas uit, gooi hem over de stoel en klim weer in mijn ziekenhuisbed.

'Vanessa', zeg ik als ik zit.

'Ik weet het', fluistert ze en haar hele gezicht verdwijnt bijna achter haar handen. 'Hij heeft hulp nodig.'

'Ja.' Ik probeer streng te kijken. 'En als hij niet alles opbiecht doe ik aangifte.'

'Hij is nu eenmaal erg ouderwets, Gemma. Om hulp vragen vindt hij vreselijk. Maar je hebt gelijk.'

'Het gaat me niet alleen om die verslaving', zeg ik en ze krimpt ineen. 'Hij heeft tegen een hoop mensen gelogen. Hij zal moeten overwegen of het op dit moment wel mogelijk is om bij de politie te blijven.'

Ze zet grote ogen op. 'Wat moet hij dan? Daar zit zijn hart in.'

Zwijgend trek ik de dekens tot mijn middel op. 'Het spijt me, Vanessa. Ik besef dat dit niet makkelijk is.'

Haar blik dwaalt af naar het glas water met een pil ernaast bij mijn bed.

'Hij had een zere rug. Daar is het allemaal mee begonnen, weet je. Hij was het jaar daarvoor gestopt met roken, maar dat ging niet zo best. Hij zondigde telkens weer. En toen belandde hij voor z'n rug in het ziekenhuis; hij sloeg tegen de grond toen hij bij het hotel een paar vechtjassen uit elkaar haalde.' Ze begint met rusteloze vingers aan de zoom van haar paarse rok te plukken. 'Hij had veel pijn en de medicatie was zo'n uitkomst. Maar uiteindelijk, nou ja...' Ze schraapt haar keel. 'Ik zag het gebeuren, maar hij wilde niet naar me luisteren. Dus ben ik weggegaan, een paar jaar geleden. Ik heb bijna drie weken lang ergens anders gewoond. Niemand wist ervan. Ik was pisnijdig omdat we van plan waren een kind te adopteren en hij opeens niet meer wilde. Dat moest wel van die medicijnen komen. Hij leek wel een heel ander mens geworden.' Ze glimlacht gespannen naar me. 'Ik moest ze voor hem regelen, maar na Kerstmis afgelopen jaar heb ik besloten dat ik er niets meer mee te maken wilde hebben. Geen idee hoe hij er sindsdien aan komt.' Haar gezicht zakt ineen. 'Op een gegeven moment heeft hij zelfs iemand van het politiebureau naar de huisarts gestuurd. Mijn God, wie weet was dat Lane wel.' Dan recht ze haar rug en glimlacht nog eens geforceerd. 'Uiteindelijk ben ik zwak geweest. Ik ben weer naar huis gegaan.' Ze kijkt me smekend aan. 'Want weet je, Gemma, ik hou van hem. Hij is niet bepaald perfect, maar het is een goede man. Ik heb hem gezegd dat ik er gewoon niks van wilde weten. Dat ik mijn eigen gang zou gaan en me niet met zijn zaken zou bemoeien. We hebben dan wel geen kinderen, maar ik zie het als mijn taak om voor hem te zorgen.'

'Ben heeft het heerlijk bij je gevonden, Vanessa', zeg ik zachtjes. 'Bedankt dat je voor hem hebt gezorgd. Voor ons allebei.'

De tranen schieten in haar ogen, en snuffend knikt ze me toe. 'Wanneer gaan jullie naar huis?'

'Waarschijnlijk moet ik morgen een verklaring afleggen, dus ergens daarna.'

'Ik kan dan wel zolang op Ben passen. Vind je dat goed?' Ze bet haar oog aan de ruches van haar mouw.

'Ik weet zeker dat hij dat fantastisch vindt, dank je. Ik wil ook even langs Dot. Mijn verontschuldigingen aanbieden omdat ik haar dochter niet heb kunnen vinden.'

Negen dagen vermist

Maandag 18 april, 15.17 uur

Er ligt een afgebroken boomtak op het dak van de Clarks en de tuin is bezaaid met rottend blad. Helaas heeft de frisse geur van regen plaatsgemaakt voor de muskuslucht uit zee. Als ik het paadje naar de achterdeur neem, knal ik bijna op een van de tweeling die om de hoek komt hollen. 'Mam is binnen', gilt hij zonder stil te staan.

De deur is open. Ik ga naar binnen. 'Hallo?' roep ik zachtjes.

De stem van Dot galmt door de donkere gang en ik begrijp dat ze aan het bellen is. 'Nog niet', zegt ze angstig. 'Nog even wachten.' Ze tut geïrriteerd. 'Hoe weet ik dat nou?'

Een lange stilte. Ik hoor de jongens buiten naar elkaar schreeuwen.

'Ik vind dit verschrikkelijk', zegt Dot, waarop weer een drukkende stilte volgt. De jongens schreeuwen maar door.

'Dot?' roep ik.

Er wordt zachtjes gemompeld en dan verschijnt ze in de gang. 'Rechercheur. Ik wist niet dat je langs zou komen.'

'Ik kwam alleen maar even gedag zeggen', zeg ik na een korte aarzeling.

Ze trekt aan een los draadje aan haar zomerjurk. Haar borst gaat op en neer alsof ze heeft gerend. 'Ga je weg?'

'Ja.'

'Ik hoorde wat er gebeurd is. In de pub.' Ze kijkt naar de grond. 'Ik ben blij dat je zoontje ongedeerd is.'

Ik knik. Het hele voorval komt hoe langer hoe meer als een droom op me over. Het lukt me blijkbaar niet om Cams gezicht voor me te zien, alleen zijn brede schouders, kastanjebruine haar, zijn fonkelblauwe ogen. 'Ik ook.'

'Weet je wat nou zo gek is', mompelt Dot. 'Ik herinner me die avond dat Daniel tien jaar geleden thuiskwam. Hij hield bij hoog en laag vol dat hij Gregs auto had gezien met twee mannen erin. Ik had moeten weten dat er iets miszat toen hij opeens beweerde dat hij te dronken moest zijn geweest om daar zeker van te zijn. En daarna had hij ineens iets gewonnen, genoeg geld om een verdieping op ons huis te laten zetten. Ik geloof dat ik niet eens heb gevraagd waar het vandaan kwam.' Ze lijkt uit haar mijmering te ontwaken. 'Wil je wat drinken?'

Ik loop mee naar de keuken. Die lijkt lichter geworden; een gordijn weggehaald misschien?

'Zal ik theezetten?' vraagt ze.

'Nee, dank je.' Ik kijk hoe ze aan het aanrecht staat te hannesen, gerinkel van borden en bestek tegen het metaal.

'Blijf je in Fairhaven wonen, Dot?'

Met trillende onderlip zet ze haar handen in haar zij. 'O, nou, dat weet ik niet. Dat hangt ervan af hoe het met Daniel afloopt, lijkt me. Dat kan ik nog niet helemaal overzien.'

'Het is oké om bang te zijn, Dot. Wat jij hebt gedaan is niet makkelijk.'

Ze staart het raam uit. 'Het is vreemd, zo zonder hem. Zonder hen allebei.'

Als ik haar zo gebogen zie staan, met dikke wallen onder de ogen, denk ik dat ze de moeilijkste tijd nog weleens voor zich kan hebben, ondanks alles wat er is gebeurd.

'Weet je, er is veel support beschikbaar voor je. Professionele hulp.'

'Ja, weet ik.' Met afgewende blik grijpt ze de hoek van de keukenbar vast. 'Dank je.'

'Dot, het spijt me zo dat we Abbey niet hebben gevonden. Haar zaak heeft nog steeds prioriteit. En ik heb beslist de hoop nog niet opgegeven dat we wat antwoorden voor je kunnen vinden.'

Dot volgt de nerven in het hout met haar vinger. 'Ik weet dat ze daar ergens is.'

Precies wat Deirdre, Nicki Mara's moeder, ook had gezegd in haar marmeren keuken.

Ik was zo dom geweest met haar in te stemmen. Tegen Dot zeg ik niets.

De stilte tussen ons duurt voort. Ik ben benieuwd hoe haar leven er over een halfjaar uitziet. Of over een jaar. En daarna. Ik kan me er geen voorstelling van maken, en zij vermoedelijk ook niet.

Ik voel weer een lichte misselijkheid komen opzetten. Die herinnert me eraan dat ik mijn eigen toekomst op de rails moet zien te krijgen. 'Nou, ik moet ervandoor', zeg ik. 'Pas alsjeblieft goed op jezelf.'

Ze knikt en werpt een blik op het kleine vertrek, bijna verbaasd zichzelf hier aan te treffen. 'Ja.'

Ik zoek de auto op. Ik voel me onverklaarbaar aangeslagen. Misschien was het geen goed idee hier nog eens naartoe te gaan. In gedachten zie ik Lanes gezicht in het blauwe maanlicht, over de bloedvlek om De Luca's lichaam gebogen. Ik doe mijn ogen dicht. Ik ben doodmoe. Door de spleetjes van mijn ogen neem ik het huis op: de wirwar aan takken op het dak, het sprieterige gras dat de bloemperken overwoekert, het rondslingerende speelgoed in de tuin.

Ik start de auto en rijd het pad af dat naar de hoofdweg loopt. Opeens krijg ik geen adem. Ik zit weer op mijn werk in Sydney en hang de telefoon op nadat Lucas Mara me heeft gebeld met een onsamenhangend verhaal over Nicki.

'Volgens mij is ze daar!' gilde hij. 'Ik heb haar in een droom gezien. Ze leeft nog.' Hij huilde niet, maar zijn stem was onvast en hij onderdrukte een snik. 'Alsjeblieft, rechercheur.'

'Lucas, ik weet dat dit moeilijk voor je is, maar we hebben je dochter niet opgegeven. Kun je een reden bedenken waarom ze in Mosman zou zijn? Kent ze daar iemand?'

'Nee. Nee, ik geloof van niet.' Zijn stem beefde. 'Maar stel dat ze daar is?'

Nadat ik hem had gekalmeerd hingen we op en ik liep de wc's in.

Terwijl ik mijn handen waste bekeek ik mezelf in de spiegel. *Nu is hij helemaal de weg kwijt*, dacht ik. Dat het bergafwaarts ging met Nicki's verdrietige vader wist ik al, en dit telefoontje onderstreepte dat alleen maar. Natuurlijk betekende zijn droom niets. Ik boog me naar voren om mijn tanden te controleren en wenkbrauwen glad te strijken. Nee, hij was gewoon uitgeput en zo wanhopig dat hij met van alles aan kwam zetten dat kon helpen zijn dochter te vinden, al was het maar een droom.

Ik mocht er van mezelf nog één keer over twijfelen. *Weet je wat ik doe*, dacht ik: *ik bel Deirdre en vraag of ze een beetje op Lucas wil letten. Misschien nog eens voorstellen dat hij hulp zoekt.*

Maar diep vanbinnen wist ik het. Ik wist het. Het knaagde aan me: de smekende, wanhopige klank in zijn stem. Hij probeerde me iets te vertellen. Ik had haar kunnen vinden. Ik had haar kunnen redden.

Echt, niet nog eens.

Een zwarte vogel maakt een duikvlucht en scheert langs de voorruit.

Ik rem af en zet de auto aan de kant terwijl ik naar mijn telefoon tast. 'Grange, Gemma hier.'

'O, rechercheur Woodstock, dag. Hallo. God, hoe is het met je?'

'Prima. Je moet even een telefoonnummer voor me natrekken. Ik wil weten wie Dot Clark daarnet aan de lijn had.'

'Ze zijn weg!' Kate Morse maakt een verontschuldigend gebaar met haar oranje zelfbruinhanden als ik haar kantoortje op het vakantiepark binnenloop. 'Ze zijn gisteren vertrokken en ik weet niet waarnaartoe.'

'Ik kom niet voor de Britten', zeg ik.

Een paar minuten later begeleidt Kate me over een slingerpad aan de oostkant van het park. Ze rommelt met een sleutelbos. 'Dit hele stuk doen we altijd vanaf eind maart dicht. Eén gedeelte is veel beter te hanteren dan wanneer iedereen verspreid over het park zit.' We bereiken een rijtje vaste chalets. Ze laat haar blik langs de nummers gaan en stopt bij nummer zeventien. 'Dit is 'm.' Zenuwachtig zoekt ze de sleutel op. 'De chalets zitten allemaal op dezelfde telefoonlijn, elk op een doorkiesnummer. We moesten de gasten hier wel een vaste telefoon aanbieden omdat de ontvangst prut is. Ik zeur de gemeente er al jaren over aan het hoofd, maar denk je dat het ze ene donder kan schelen? Natuurlijk niet. Aha, gevonden.' Ze steekt een sleutel in het slot.

Het lijkt of ik iets vluchtig zie bewegen, maar dat kan ook komen door het jagen van mijn bloed.

'Wat hoop je eigenlijk te vinden?' vraagt Kate. 'Sinds februari is hier niemand meer binnen geweest.'

Ze duwt de deur naar een kleine vierkante ruimte open. Binnen is het koel, de gordijnen zijn dicht. Wanneer mijn ogen aan het donker zijn gewend, zie ik dat het bed niet is opgemaakt. Op het glazen tafeltje naast de deur liggen een paar chipszakjes. Een uitpuilende katoenen draagtas hangt aan een stoel.

'Wat krijgen...' mompelt Kate.

Het lijkt hier precies op de kamer waar ik Nicki heb gevonden: een donker, muf mantelzorghuisje in de achtertuin van een woning in een buitenwijk. Overal tekenen van leven, behalve op haar ontbindende lichaam.

'Is er een badkamer?' fluister ik.

Kate kijkt met hoog opgetrokken wenkbrauwen om zich heen. 'Daar.' Ze wijst naar een schuifdeur in de hoek.

De bodem onder mijn voeten begeeft het, maar ik blijf overeind. Ik adem de verschaalde sigarettenrook in en stap met getrokken pistool op de badkamerdeur af – biddend, smekend en tegen beter weten in hopend dat Nicki als door een wonder achter die deur is, dat ze nog leeft.

Het gebrul in mijn hoofd wordt oorverdovend.

Behoedzaam schuif ik de deur naar links.

Speldenprikjes schieten kriskras over mijn lichaam.

Het meisje zit opgekruld in één kant van het bad.

Ik vergeet uit te ademen.

Het is Nicki.

Maar ditmaal knippert ze met haar ogen.

'Wat krijgen we nou?' mompelt Kate achter me.

Ik laat mijn hoofd tegen het hout van de deurpost zakken en blaas mijn longen leeg.

'Hallo Abbey.'

Maandag 18 april, 17.41 uur

Tran stormt de hal van het ziekenhuis binnen. Sinds ik vanochtend mijn verklaring ben gaan afleggen, heeft ze haar haar in een staart gebonden en nu hangen er een paar slierten voor haar ogen.

'Hier', roep ik. Ik zit in het wachtkamertje om de hoek en hou een oogje op Abbeys broertjes die zich onverstoorbaar door een krat speelgoed heen werken.

'Je hebt haar gevonden, Gemma? Niet te geloven.' Trans verbijsterde blik glijdt naar de jongens.

'Abbey is daar binnen, met Eric. En Dot is er ook bij. Het komt allemaal goed, alleen heeft Abbey een akelig ontstoken beenwond.'

Tran ploft op een stoel. 'Heeft Lane seks met haar gehad?'

Ik knik. 'Volgens Abbey zijn ze minstens tien keer met elkaar naar bed geweest, op Lanes initiatief. Toen hij eind vorig jaar op die melding van huiselijk geweld afkwam, schijnt hij haar apart te hebben genomen en gezegd dat ze ergens met hem moest komen praten, weg van haar vader. De dag erna hebben ze elkaar op het strand getroffen en zijn bij hem thuis beland. Daarna gaf hij haar telkens een briefje in de supermarkt met de tijden waarop het hem uitkwam. Ze zegt dat hij er zelfs eens eentje in haar locker op school had gedaan.'

'Jezusmina.'

'Zeg dat wel. Ze moest beloven niets te zeggen.' Ik kan zien dat Tran zich afvraagt hoe dit straks door de media wordt opgepikt. Zelfs in zijn dood bezorgt Lane het korps nog een boel narigheid.

'Hoe dacht hij hier in hemelsnaam mee weg te komen?'

'Hij rekende erop dat Abbey verliefd genoeg was om zijn geheim te bewaren. Ze was niet erg close met haar ouders, en vanwege Rick zou ze het nooit tegen haar vriendinnen hebben gezegd. Zo verliep alles precies zoals Lane het wilde. Ze was de perfecte prooi voor hem.'

'Tot ze opeens in het politiebureau stond', zegt Tran.

'Precies. Daar wist Lane geen raad mee, en zodra ze hem vertelde dat ze het met Rick had uitgemaakt om bij hem te zijn, begreep hij dat hij er een punt achter moest zetten. Dus vertelde hij haar over Elsha.'

Tran kijkt verbaasd.

'Abbey zegt dat ze niet van plan was dat schilderij stuk te maken. Ze zag het in de salon hangen en gooide in een opwelling een steen door de ruit. Ze was op weg naar het strand om het met Rick bij te leggen.'

'Maar toen zag ze Cam en Rick samen bezig.'

'Ja, en dat terwijl Rick haar had beloofd bij Cam uit de buurt te blijven nadat hij Abbey had lastiggevallen in het magazijn van de supermarkt.'

'In hoeverre was ze op de hoogte van hun pillenhandeltje?'

'Ik geloof niet dat ze daar iets van wist. Volgens mij flipte ze gewoon. Lane had haar net laten zitten, en nu ontdekte ze ook nog dat Rick achter haar rug met Cam omging.'

'Maar hoe is ze dan ontsnapt?'

'Toen Cam achter haar aan kwam rende ze om de tankwagen heen en gooide een schoen in de struiken in de hoop dat hij haar daar zou zoeken. Daar trapte hij in. Ze klom tussen de vrachtwagen en de benzinetank om zich te verstoppen. Toen liep ze die snee aan haar been op. Ze hoorde Rick een paar minuten lang haar naam roepen. Ze weet niet waar hij vervolgens naartoe is gegaan, maar hij zal zijn zus wel hebben opgezocht op het strand.'

'Ik vraag me af wat hij ons had willen zeggen toen hij belde', mompelt Tran.

'We kunnen er wel van uitgaan dat hij dacht dat Cam Abbey iets had aangedaan, dus ik gok dat hij hem wilde verlinken. Maar of hij ook van plan was ons over die medicijnenhandel te vertellen: geen idee.'

'Hoelang heeft Abbey zich daar verscholen?'

'Bijna twee uur. Ze was doodsbang dat Cam terug zou komen.' Ik kijk naar de tweeling die elkaar natspuit met water uit de waterkoeler. 'Ze denkt dat ze rond een uur of drie thuis was.'

'Hoe kwam ze erbij om naar het vakantiepark te gaan?'

'Makkelijk bereikbaar?' opper ik. 'Ze is de sleutels van haar moeders werk en al het contant geld dat ze op haar kamer had gaan halen.' Ik stel me een jachtige, uitgeputte Abbey voor. Kloppende beenwond, gebroken hart. 'Ze dacht niet ver vooruit. Maandagavond lukte het haar wat eten uit de vuilnisbakken te stelen, maar op dinsdag sloeg de wanhoop al toe. Ze zag Dot op haar werk aankomen, en nam het risico haar te roepen toen ze langs de westelijke vleugel liep.'

'En toen kwamen ze op het idee om Daniel de moord op Rick in de schoenen te schuiven?'

'Dot vertelde haar over Rick, en ik vermoed dat Abbey werkelijk dacht dat haar vader de schuldige was. En ook al was Dot er vrij zeker van dat hij het huis niet uit was gegaan, ik denk dat ze zich heeft laten meeslepen doordat Abbey zo stellig was. Abbey heeft haar waarschijnlijk ingefluisterd wat ze moest zeggen. Dat hij hen misbruikt heeft is natuurlijk gewoon waar.'

'Mijn God', zegt Tran. 'Van de regen in de drup.'

'Wat je zegt.' Ik zucht. 'Ze zijn allebei nog steeds vast van plan Daniel aan te klagen. Hij zal de gevangenis wel in gaan.'

'Tja, alle drie misschien wel', zegt Tran met een blik naar de tweeling. 'Ik blijf het ongelooflijk vinden dat ze al die tijd hier vlakbij was.'

'Zeker. Echt bizar.' Ik probeer alle emoties van me af te zetten. 'De komende tijd zal niet makkelijk voor haar worden. Ze is zoveel mensen om wie ze gaf kwijtgeraakt.'

'En ze is nog zo jong', voegt Tran toe. Ze veegt in haar ogen en schudt even met haar hoofd. Achter ons zwaaien de dubbele deuren naar de onderzoekskamers ruisend open. Abbey komt naar buiten lopen, tussen Dot en Eric in. Hij zegt iets tegen Abbey, die knikt. Haar bovenbeen zit in het verband. Het is duidelijk dat ze heeft gehuild. Eric gebaart naar me, zegt geluidloos dat ik nog een verslag krijg, en verdwijnt dan weer door de deuren. Tran en ik komen overeind en lopen op ze af. De tweeling kwebbelt luidruchtig achter ons.

Abbey veegt haar haar achter haar oren en tuurt ons vanonder haar donkere wenkbrauwen aan. 'Hoe gaat het nu verder?'

Dinsdag 19 april, 11.55 uur

'Telefoon uit, alstublieft.' De stewardess kijkt me doordringend aan.

'Doe ik.' Ik antwoord Tran nog snel dat ik haar later bel.

Ze hebben Sally en Greg gevonden. Hun stoffelijke resten worden vandaag opgegraven, zodat er morgen een lijkschouwing en forensisch onderzoek gedaan kan worden. Ondanks wat Cam had gezegd, over Sally's dodelijke val in de pub, meent Mick Lamb na een eerste blik op haar lichaam dat ze door het hoofd is geschoten. Net als Greg.

Inmiddels heeft het team van Tran een verband gevonden tussen Cam en het lichaam dat vorige week in de bush werd ontdekt. Dale Marx, drieëntwintig jaar, had in Sydney voor hetzelfde ziekenhuis gewerkt als Cams broer, en werd ongetwijfeld vermorzeld tussen de raderen van hun enorme netwerk.

Ik buig me voorover en check snel mijn berichten, waarna ik mijn telefoon op de vliegtuigstand zet. Nog steeds niks van Mac. Ik probeer hem sinds gisteravond al te bellen en vanochtend heb ik ingesproken dat ik met Ben naar Smithson terugga, maar hij heeft niet geantwoord.

Een bang voorgevoel maakt me onrustig. Ik rommel in het rekje aan de stoel voor me om mijn aandacht af te leiden.

We zijn direct uit het ziekenhuis van Byron naar het vliegveld gereden. De Luca zag bleek en ze is nog zwak, maar heeft het ergste achter de rug. Volgens de arts kan ze over een week of twee waarschijnlijk naar huis.

Louise, haar vriendin, was met Ben naar de visvijver in de tuin gegaan zodat wij even konden praten.

‘Ik herinner me vrijwel niets vanaf het moment dat we bij het huis aankwamen’, had ze me gezegd met een van frustratie vertrokken gezicht. Dat er overigens zelfs zonder make-up prachtig uitzag.

‘Dat lijkt me niet eens zo erg’, zei ik. ‘Er zijn veel dingen die ik liever zou vergeten.’

‘Ik kan er nog steeds niet bij dat Lane zoiets kon doen.’ Haar stem klonk onvast, maar ze had droge ogen. ‘Abbey zo in te palmen en ons allemaal voor te liegen. Maar ook dat hij is gesprongen.’

‘En jou heeft neergeschoten’, voegde ik toe.

‘Het vreemde is dat ik daar amper aan heb gedacht. Ik zie hem alleen maar telkens van die klif springen.’

‘Ik ook’, gaf ik toe.

Een ogenblik zaten we in stilte bij elkaar, wat me gek genoeg een vredig gevoel gaf. Ik kende haar nauwelijks, maar we zijn voor altijd verbonden door wat er die avond bij de Clarks is gebeurd.

‘Aiden Fletcher is vanochtend opgedoken’, vertelde ik haar. ‘Ongedeerd.’

‘Wat? Waar?’

‘Hij hield zich schuil in hun huis. Kennelijk is hij er dinsdagavond binnengeslopen nadat het forensisch team weg was. Hij heeft vast gedacht dat Cam niet meer terugkwam.’

‘En praat hij?’

‘Als een ekster’, zei ik glimlachend. ‘Hij verzwijgt niets van wat Cam heeft gedaan. Trouwens, ook niet over zijn eigen rol. Hij wordt aangeklaagd. Zijn ouders ook.’

‘Shit zeg.’ Voor het eerst sinds ik haar ken leek De Luca oprecht geschokt.

‘En, denk je dat je weer bij het korps aan het werk gaat?’ vroeg ik haar, net toen Louise en Ben terugkwamen. Louise keek haar verwijtend aan en wierp haar blonde paardenstaart over haar schouder. ‘Ja, vertel eens, Eddie, wat ga je doen?’

De Luca zuchtte. ‘Ik ben politieagent. Wat er gebeurd is, verandert daar niets aan, maar Lou is bang dat ik weer naar het bureau in

Fairhaven terugga. Een andere omgeving is sowieso niet verkeerd, dus ik overweeg om me te laten overplaatsen. We hebben het er al over gehad om te verhuizen; Lou heeft flexibel werk.' Ze keek om naar Louise. Haar vriendin had haar armen voor haar borst gekruist, maar keek haar liefdevol aan.

'Heb je familie hier in de buurt?' vroeg ik De Luca.

'Pap is dood', antwoordde ze cru. 'Mam woont in de buurt, maar we hebben eigenlijk geen contact. Lang verhaal, maar het komt erop neer dat ze in een heleboel zaken de kant van mijn vader heeft gekozen. Zelfs na zijn dood konden we maar niet op één lijn komen.'

Ik herinnerde me haar uitbarsting, die eerste dag dat we naar de Clarks gingen, en dat Tran me vertelde dat haar moeder weigerde bij De Luca in het ziekenhuis langs te komen. En de littekens die ik op haar arm had gezien.

'Wat gaat Tommy nu doen?' vroeg ze.

'Die heeft extra verlof opgenomen, en Tran zei dat ze voor de komende maanden een fulltime hoofdinspecteur heeft geregeld. Tommy zal aan het een en ander moeten gaan werken.'

Er kroop een harde blik in haar ogen. 'Ik wil in ieder geval niet meer voor hem werken', zei ze. 'Zoveel is zeker.' Ze wees naar haar verband. 'Weet je wat zo gek is? Ik voel me geradbraakt, en tegelijk heel sterk. Opeens is me een heleboel duidelijk geworden.'

'Ik ben blij dat het goed gaat', zei ik toen ik haar bij het weggaan omhelsde. 'We houden contact, ja? Dat meen ik.'

Terwijl het vliegtuig zich losmaakt van de startbaan kijk ik Ben even van opzij aan. Ik sta perplex, ik bewonder zijn veerkracht. Hij buigt zich naar voren om door het raampje naar de vleugel te kijken. Zijn haar is wild en krullerig, net als dat van mij, en hij heeft dezelfde lichtgroene ogen, maar de vorm van zijn gezicht en de welving van zijn lippen heeft hij beslist van Scott. Een felle pijn vlamt in mijn hart. Ik voel me heel schuldig dat Scott Ben niet zal zien opgroeien. Ik herinner me wat Scott vlak voor zijn dood tegen me zei, dat ik vanwege Ben goed op mezelf moest passen. Een kort moment bedenk ik hoe rampzalig de afgelopen twee weken voor ons allebei hadden kunnen aflopen. Geëmotioneerd pak ik Bens hand, knijp even, en beloof het Scott stilzwijgend. Beter laat dan nooit.

'Tjonge, wat heb ik een honger', zeg ik, mijn tranen verbijtend.

'Voor we weggingen heeft Vanessa een paar mueslirepen in mijn rugzak gestopt. Je mag er wel een. Goed idee ook – je hebt geen ontbijt gehad.'

'Dank je.' Ik buk me en haal er eentje uit zijn tas. Met een glimlach begin ik te kauwen.

Ik wist al wel dat het tussen ons anders dan anders zou gaan, dat we om beurten voor elkaar zullen zorgen. Als ik eerlijk ben: hij let al jaren op me.

Ik heb met Jodie gesproken', zeg ik. 'Wil je morgen naar haar en Annabel?'

'In papa's huis?'

'Eh, ja.'

'Tuurlijk. Annabel zal wel veel groter zijn geworden toen wij weg waren. Want baby's groeien heel snel, hoor.'

Ik slik een enorm brok in mijn keel weg en wikkel mijn hand om de zijne. De wereld buiten is een groenblauwe waas. De afgelopen twee weken lijken wel een bizarre droom. Ik vraag me af of ik ooit in Fairhaven terugkom, of ik een van die mensen ooit nog eens terug zal zien.

Ik druk een kus op Bens kruin. 'Je hebt gelijk', zeg ik. 'Ze groeien heel snel.'

Donderdag 21 april, 10.52 uur

'Allemachtig, Woodstock,' buldert Jonesy, 'echt wat voor jou, drie moorden oplossen voor de prijs van één.'

Ik sta te blozen in de deuropening van het politiebureau in Smithson als een paar agenten zich omdraaien en me aangapen.

'Ik moet mijn verslag nog indienen, dus momenteel krijg ik nog helemaal niks betaald', probeer ik geestig te zijn. 'Bovendien zijn het eigenlijk vier moorden, als je ene jongen die Cam heeft vermoord ook meerekent.'

'Nou, in ieder geval verrekte goed gedaan.' Jonesy grijpt met een enorme hand mijn schouder beet en kijkt zijn personeel streng aan, alsof er ontslag staat op hun gebrek aan wonderbaarlijke oplossingen. 'Naar binnen, jij', zegt hij en loodst me naar zijn kantoor. 'Hierheen, hierheen.'

Als we de gang door lopen word ik door heimwee overspoeld. Het lijkt of ik hier gisteren nog was. En tegelijk wel eeuwen geleden. In de hoek staat een draagbare ventilator die volgens mij al op zijn laatste benen liep toen ik hier als rechercheur begon.

Jonesy wijst naar de bank, doet de deur dicht en laat zichzelf in zijn versleten leren stoel ploffen.

Hij helt voorover en neemt me onderzoekend op. 'Zonder gekheid, Gemma, ik kon het niet geloven toen ik hoorde wat er gebeurd was. Komt het goed met die agente?'

'Ja, maar ze heeft nog een lange weg te gaan. Gelukkig is het een taaie.'

'En hoe zit het met jou? Kun jij het een beetje uithouden?'

'Het gaat prima.'

'Je hebt iemand doodgeschoten, Gemma. Hij heeft Ben bedreigd. Het gaat prima? Kom nou.'

Ik kijk hem verbaasd aan. Zo heeft nog nooit iemand de gebeurtenissen in Fairhaven omschreven, en Cams dood lijkt opeens smerig en gruwelijk in de ruimte tussen ons in te hangen.

'Ik wou maar dat het niet zo gelopen was', zeg ik langzaam. 'Maar ik kon niet anders. Ik moest hem wel neerschieten.'

'En dat is maar goed ook,' zegt Jonesy instemmend, 'maar zulke rottige dingen kunnen je soms op een raadselachtige manier overvallen. Ga met een psych praten – God weet dat er daar genoeg van in het korps rondlopen – en zorg dat je je kop weer helder krijgt.' Hij kijkt me vorsend aan. 'Dat zou je sowieso moeten doen.'

'In Sydney ga ik de hele tijd naar iemand toe. Al jaren.'

'Tuurlijk. Maar je bent nu niet in Sydney, dus zoek even een nieuwe.'

In een reflex gaat mijn kin omhoog, maar ik dwing hem naar beneden. 'U hebt gelijk, dat zal ik doen.'

'Mooi.' Hij gaat weer achteroverzitten. 'Je ziet er moe uit, Gemma.'

'Ben ik ook. De afgelopen dagen waren vrij heftig.'

Pap en ik hebben gisterenavond lang gepraat. Rebecca was bij een vriendin en Ben bij Jodie, dus wij tweeën waren alleen thuis. Pap was nog steeds boos omdat ik naar Fairhaven was gegaan. Hij voelde zich verraden en afgewezen. Ik heb mijn excuses aangeboden en geprobeerd uit te leggen hoe benauwd ik me vaak in Smithson voel. Hoe bang ik ben dat als ik hier weer kom wonen, die vreselijke rusteloosheid terugkeert waar ik al die jaren mee geworsteld heb – dat ik dan langzaam gek word. We hadden het over mam en Ben, Scott en Mac. We hebben het over Rebecca gehad. Over dat pap ouder wordt. Hij vertelde me waar hij zich allemaal zorgen over maakt. Ik geloof niet dat we ooit eerder zo open en eerlijk met elkaar hebben gepraat.

'Je begrijpt niet hoeveel jij en Ben voor me betekenen, Gem', zei hij met schorre stem. 'Jullie tweeën zijn alles voor me.'

'Weet ik, pap', zei ik en liet me door hem knuffelen alsof ik een klein meisje was.

Ik heb hem maar niet verteld dat ik zwanger ben; ik wilde hem niet betrekken bij iets wat misschien wel weer gewoon zou oplossen.

'Hoe gaat het met Ben?' vraagt Jonesy en met een schok ben ik weer in het hier en nu.

Ik haal diep adem en blaas de lucht met bolle wangen uit. 'Goed. Het is echt een geweldig joch.'

'Wat dacht jij dan, natuurlijk! Geen twijfel aan.'

'Hoe is het hier?' vraag ik met een blik op zijn opgeruimde bureaublad, wat niets voor hem is.

'Niet slecht.' Hij schraapt zijn keel. 'Zoals altijd zijn er wel zaken die me alert houden, maar niks wat we niet aankunnen.' Hij is even stil. 'Ik heb onlangs Tommy nog gesproken. Hij wilde geen bijzonderheden noemen, maar zei dat hij maar bleef tobben met zijn gezondheid. Ik geloof dat hij het onderhand wel welletjes vindt.'

'Dat is goed nieuws. Ik weet dat hij een vriend van u is, maar ik ben niet bepaald weg van hem.'

Jonesy knikt traag en bedachtzaam. 'Ik voel me erg rot dat het zo is afgelopen', zegt hij nors. 'Ik denk telkens dat het beter was geweest als ik zelf was gegaan.'

'Het is uw schuld niet – ik wilde hier weg. Ik moest weg, denk ik.'

'En hoe is het om weer terug te zijn?'

Ik wring mijn handen en zie hoe lang mijn vingernagels zijn geworden. 'Dat weet ik niet', is mijn eerlijke antwoord. 'Ben heeft stabiliteit nodig, dat is het enige wat ik op dit moment zeker weet.' Ik kijk in Jonesy's bezorgde ogen, maar daar vind ik geen antwoorden.

'Denk je dat je een poosje in Smithson blijft?' vraagt hij aarzelend.

'Een poosje, ja', zeg ik met een flauw lachje.

'En wat vindt je vriendje in Sydney daarvan?'

Er borrelt een lach omhoog. 'Volgens mij ben ik iets te oud voor een vriendje. Trouwens, Mac is eerder van uw leeftijd dan van de mijne.'

'Nou, hoe je hem verdorie dan ook noemt', zegt Jonesy gegeneerd.

Ik zucht. 'Ik weet niet wat hij vindt. Momenteel staat alles op losse schroeven.'

Mac heeft mijn berichtje van dinsdag nog steeds niet beantwoord, en ik word gek van zijn radiostilte.

Jonesy schuift ongemakkelijk in zijn stoel, vouwt zijn armen voor zijn borst en begint ergens anders over. 'En je werk?'

'Dat weet ik niet.'

Stilte. Hij laat een pen tussen zijn vingers ronddraaien, tikt met de punt op het hout. Ik moet de neiging onderdrukken om de pen weg te grissen en in de prullenbak te gooien.

'Dat weet ik niet', zeg ik nog eens. 'Het interne onderzoek duurt nog een paar weken. Stel dat het redelijk rechttoe rechtaan verloopt en ik word vrijgesproken, dan neem ik extra verlof op.' Ik kijk langs Jonesy de centrale ruimte in. Een agente met bruin haar doet de klep van het kopieerapparaat omhoog en even licht haar gezicht op. 'Daarna zien we wel weer.'

Het lijkt of Jonesy nog iets wil zeggen en ik verstijf. Ik hoop niet dat hij me een aanbod doet waar ik over na moet denken. Iets wat de zaken nog ingewikkelder maakt zodat ik wel een beslissing zal moeten nemen – alweer.

'Trouwens, ik moet er echt vandoor', zeg ik. 'Ik kwam alleen maar even gedag zeggen, maar ik heb het stervensdruk; er moet een heleboel worden geregeld voor de komende weken. Ik moet van alles met Jodie afstemmen.'

'Natuurlijk.' Jonesy veert verrassend snel op uit zijn stoel. 'Maar aangezien je nog een poosje in de buurt blijft, verwacht ik wel dat je af en toe binnenwipt. En dat je me op de hoogte houdt van je plannen. Wie weet zijn er, eh, mogelijkheden dichter bij huis.'

'Zal ik zeker doen.' Ik kom overeind en stampvoet zachtjes om mijn slapende benen wakker te maken. 'We houden contact.'

Ik loop ongemakkelijk naar links en rechts wuivend door het kantoor naar de parkeerplaats. In gedachten zie ik mijn vroegere zelf achter een bureautje in de hoek zitten: een jonge vrouw in een uniform, met lange, donkere klitten, een koppig geheven kin en een wantrouwige blik in haar ogen. Ik laat me in Scotts auto glijden, leun achterover en staar naar de onderkant van de zonneklep. Eigenlijk hoef ik helemaal niets te doen. Ben is nog steeds bij Jodie, pap en Rebecca zijn gaan winkelen in Gowran. Het duurt nog een paar uur voordat ik een telefonische afspraak met Simon heb, die een special over de moorden en de terugkeer van Abbey schrijft.

Ik schud mijn hoofd zo hevig dat ik het bijna kan horen rammelen. Ik voel me rusteloos en weet even niet wat ik doen moet. Misschien gewoon terugrijden naar paps huis en een dutje doen. Net als ik de auto start gaat mijn telefoon.

'Hoi Candy.'

'Gemma, kom even koffiedrinken.'

'Nu?'

'Ja, ik zit bij Reggie's. Heb je tijd?'

'Ik kom net bij het politiebureau vandaan. Ben er zo.'

Ik rijd om het huizenblok heen en parkeer mijn auto naast Candy's felrode Fiat. Het is bomvol en lawaaiig in het restaurant. Ik zie Candy in een zitje achterin bij de muur; een limoengroene stretchjurk spant om haar enorme buik. Er staat een half opgedronken choco-milkshake voor haar en ze is in een druk gesprek gewikkeld met iemand die tegenover haar zit.

Als ze me ziet klaart haar gezicht op, en dan wurmt ze zich uit het zitje.

'Ja, je mag me interviewen over de moord op Rick', zeg ik als ik haar stevig omhels en haar harde buik tegen me aan voel. 'Maar niet over hoe ik Abbey heb gevonden. Ik heb Simon al een exclusieve reportage beloofd.'

'Zul je net zien.' Ze rolt met haar ogen. 'Alsof ik dat ooit aan je zou vragen.'

Ik sla voor de grap in haar richting. 'Alsof je dat niet zou doen.'

Candy's donkere ogen nemen me op en ze geeft mijn hand een kneepje. 'Ik ben blij dat je ongedeerd bent, Gem. Ik heb me zorgen gemaakt.' Ze kijkt achterom naar het zitje en bijt op haar lip.

'Wat is er aan de hand?'

'Mac is hier.'

'Waar?'

'Daar.'

Mijn hartslag versnelt. 'Ik dacht dat hij in Sydney zat. Weet hij dat ik hier ben?'

'Niet hiér hier.' Ze lacht haar typische brutale lachje, maar ik merk dat ze wat zenuwachtig is. 'Hij vindt het lastig om met je om te gaan en heeft mij om advies gevraagd, maar ik weet niet wat ik tegen hem moet zeggen. Tenslotte ben je een complete nachtmerrie.'

Ik volg haar blik en zie de zijkant van zijn been en zijn schoen van Italiaans leer.

'Je moet met hem praten, Gemma.'

Ik probeer te glimlachen. 'Candy, op dit moment wil hij juist met jóú praten, niet met mij.'

'Ga naar hem toe, anders ga ik nu bevallen en laat ik jou met je blote handen mijn kind ter wereld brengen.'

Ze geeft me een zetje.

Mac klemt zijn Breitling-horloge in zijn handen en draait hem langzaam in het rond.

Hij kijkt op.

'Gemma!' Hij komt half overeind, maar merkt dan dat hij onder het tafelblad vastzit. Met opgetrokken wenkbrauwen richt hij zich naar Candy.

'Wat een toeval!' Ze grist haar tas tevoorschijn en wriemelt haar vingers naar ons. 'Nou, dan ga ik maar weer. Doei, jongens.' Ze manoeuvreert haar buik om een groepje vrouwen heen dat bij de bar staat.

Ik laat me op de bank tegenover Mac glijden terwijl de adrenaline door mijn vermoeide lijf stroomt. 'Hoi.'

Hij ziet er verhit uit; zijn overhemd zit verkeerd dichtgeknoopt, het boordje zit scheef. Door mij raakt hij uit balans. Ik staar in zijn vertrouwde ogen, laat mijn blik over zijn volle lippen gaan, tot de geluiden om me heen versmelten tot een gelijkmatig gezoem, terwijl ik me uitsluitend op mijn ademhaling richt.

'Ik weet het, ik moet je niet telkens onaangekondigd opzoeken,' zegt hij, 'maar het lukt me niet bij je weg te blijven.'

De tranen schieten in mijn ogen. 'Ik geloof niet dat iemand me ooit telkens heeft opgezocht.'

'Gemma?'

Mac pakt mijn hand. Na een paar tellen pak ik zijn andere.

'Oké', zeg ik. 'Laten we praten.'

Dankwoord

Toen ik begon met het schrijven van *Het duistere meer*, wilde ik het verhaal alleen maar afmaken en misschien, heel misschien, bij een uitgeverij pitchen. En nu zijn er drie boeken van me verschenen. Uiteraard heb ik nog steeds het gevoel dat alles één grote droom is, en ik besef dat ik heel erg heb geboft dat ik de kans heb gekregen zo'n enorm gecompliceerd personage als Gemma te bedenken.

Helaas blijkt dat het schrijven zelf er niet makkelijker op wordt; vandaar dat ik heel blij ben dat er mensen in de buurt zijn die me op het smalle, rechte pad houden, of liever gezegd: op de kronkelwegen en dwaalsporen.

Ik wil vooral mijn agent bedanken, Lyn Tranter, mijn uitgever Jane Palfreyman en mijn redacteur Kate Goldsworthy, die de woorden zo ongeveer uit me hebben getrokken. Zonder jullie was dit boek er niet gekomen, of als dat wel het geval was, zou het maar een schaduw zijn geworden van wat het nu is.

Bedankt voor al jullie ideeën, advies, aanmoediging en geduld.

Of het nu gaat om praktische hulp of verheven esoterische gesprekken over verhaallijnen en personages, mijn privé-schrijfhulpteam zorgt ervoor dat ik de eindstreep haal. Dat team bestaat uit mijn kinderen Oxford en Linus, uit Tom, mijn ouders, zus, collega's en vrienden. Het zijn stuk voor stuk bijzondere mensen en ik weet dat ik ongelooflijk heb geboft dat ze tot mijn kring behoren.

Ik wil mijn steeds groter wordende club schrijfvrienden bedanken voor al hun steun, hun hilarische verhalen, hun empathie en inspiratie.

Ik ben jaloers en trots op jullie allemaal; dat ik er tijdens dit avontuur zulke fantastische vrienden bij heb gekregen, was een onverwachte toegift.

Ik wil de politieagenten en huisartsen bedanken die me hebben geholpen om dit boek zo geloofwaardig mogelijk te maken. Ik besef dat mijn gevraag naar 'maar wat als...' vermoeiend was, en waardeer het dat jullie me hebben geholpen om alles wat ik bedenk, binnen de kaders van het recherchewerk en de wet te laten passen. Het spreekt voor zich dat alle fouten van mijzelf zijn.

Een groot applaus voor het hele team van Allen & Unwin, die mijn boeken met aanstekelijk enthousiasme uitgeven en met wie alle contacten altijd heel fijn verlopen. Hetzelfde geldt voor de boekhandels – jullie zijn kanjers.

Dit boek is opgedragen aan mijn ouders, Susan en Kevin Bailey, die me niet alleen hebben leren lezen en schrijven, maar me ook altijd hebben aangemoedigd de lat hoog te leggen en als ik ergens aan begon, dat ook af te maken. Dat bleken heel nuttige vaardigheden toen ik dit boek schreef. Dus: dank dat jullie de vooruitziende blik hadden om me dat allemaal bij te brengen (en ook voor een heleboel andere dingen).

En tot slot: bedankt, lezer, dat je dit boek hebt gelezen.

'Sfeervol en spannend tot op de laatste bladzijde.' – Trouw
HET DUISTERE MEER
THRILLER
SARAH BAILEY
M

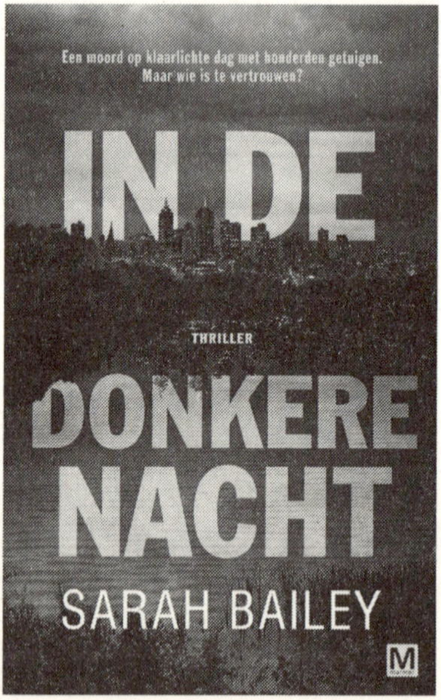
Een moord op klaarlichte dag met honderden getuigen.
Maar wie is te vertrouwen?
IN DE
THRILLER
DONKERE NACHT
SARAH BAILEY
M

DE HUIS GENOOT
THRILLER
Drie vrouwen:
een vermoord, een vermist,
een verdacht
SARAH BAILEY
M

Een gestolen lichaam
Een schokkende misdaad
EEN DOOD VOL LEUGENS
THRILLER
SARAH BAILEY
M

Colofon

Dit is een speciale uitgave in opdracht van Book & Service B.V.

Oorspronkelijke titel: *Where the dead go*

First published by Allen & Unwin, Australia, in the English language, 2019

Vertaling: Jetty Huisman
Omslagontwerp: Buro Blikgoed
Omslagbeeld: Jeremy Vessey – Unsplash / Shutterstock
Zetwerk: Mat-Zet bv, Huizen
Druk: Wilco

Eerste druk mei 2021
Vierde druk juli 2024

ISBN: 978 94 6068 649 8
E-ISBN: 978 94 6068 741 9
NUR: 305, 331

Uitgeverij Marmer BV
Noorderstraat 55
3742 BB BAARN
T: +31 6 49 88 14 29
I: www.uitgeverijmarmer.nl
E: info@uitgeverijmarmer.nl